四十年波澜壮阔
四十载笔走风雷

笔底风云四十年

张曙红新闻报道作品集（上）

张曙红 著

经济日报出版社

图书在版编目（CIP）数据

笔底风云四十年：张曙红新闻报道作品集：上下册/张曙红著.——北京：经济日报出版社，2023.10
ISBN 978-7-5196-0756-2

Ⅰ.①笔… Ⅱ.①张… Ⅲ.①新闻—作品集—中国—当代 Ⅳ.①I253

中国版本图书馆CIP数据核字(2021)第000688号

笔底风云四十年——张曙红新闻报道作品集（上下册）
BIDI FENGYUN SISHINIAN——ZHANGSHUHONG XINWEN BAODAO ZUOPINJI（SHANGXIACE）

张曙红　著

出　　版：	经济日报出版社
地　　址：	北京市西城区白纸坊东街 2 号院 6 号楼 710（邮政编码：100054）
经　　销：	全国新华书店
印　　刷：	北京九州迅驰传媒文化有限公司
开　　本：	710mm×1000mm　1/16
印　　张：	56.5
字　　数：	768 千字
版　　次：	2023 年 10 月第 1 版
印　　次：	2023 年 10 月第 1 次印刷
定　　价：	228.00 元

本社网址：edpbook.com.cn　　　微信公众号：经济日报出版社
未经许可，不得以任何方式复制或抄袭本书的部分或全部内容，**版权所有，侵权必究。**
举报电话：010-63567684
本书如有印装质量问题，请与本社总编室联系，联系电话：010-63567684

自序

四十年前夏日的一天，一辆"北京212"从北京火车站接上我，驶上长安街，路过天安门，拐进了西黄城根南街的一座拥挤院落，自此我成了当时的中国财贸报、后来的经济日报的一员，开启了我的新闻职业生涯。

回想起来，与新闻结缘，还是在更早的少年时代。大约是在小学四五年级的时候，有一天心血来潮，我写了一篇关于学校开展学雷锋活动的记叙文，寄给了县广播站。不久后的一天傍晚，从村头的大喇叭里，听到播音员用带有罗田味的普通话朗读我写的广播稿，感觉格外亲切，而且颇有些成就感。这是我发表的第一篇新闻作品，虽然其时我对什么是新闻报道并无了解，也分不清消息与通讯有何区别。

在我们那个偏远的山乡，当记者是一个令人尊崇、让人羡慕的职业，有所谓"见官大一级"之说。1978年我以应届高中毕业生的身份参加高考，没想到分数跨过了重点线，于是由我父亲做主，第一志愿填报了中国人民大学新闻系，理由就是毕业以后可以去党报当记者。好在我自己还是有些自知之明的，知道这个第一志愿有些悬，在最后一刻撤回了志愿表，改填为武汉大学中文系，得以顺利录取。中文系虽以文学为主课，但新闻写作也是必修课程，从中我得到了有限的新

笔底风云四十年（上）

闻基础知识和实践训练。

1982年7月，当我从武汉大学中文系毕业的时候，正赶上当时的中国财贸报根据中央决定，筹备创办经济日报，需要大量新闻人才。报社领导和人事部的同志分头到各大学挑人，在武大，分别从中文系挑选了我和赵健（中国经济传媒协会会长、中国保险报业股份有限公司原董事长）、从经济系选中了庹震（现任人民日报社社长），还从湖北财经学院挑中了李洪波（经济日报社原副社长）。我有幸成为从武汉晋京的"四条汉子"之一，于是再度与新闻结缘，而且一干就是四十年。

从性格上看，我是一个随遇而安的人。这是我长期从事新闻工作而没有转行、甚至没有跳槽离开经济日报的主观原因，虽然其间跳槽或转行的机会还是有的。另一方面，则在于新闻行业对于年轻人是颇具吸引力的。在前互联网时代，作为主流媒体的从业者，是一件风光的事。你可以游历四方，饱览风物；你可以胸怀全局，指点江山；你可以专精一业，登堂入室；你可以问道贤达，遍结文缘……"铁肩担道义，妙手著文章。"这是一片既可以施展个人才华、又可以抒发家国情怀的天地。上可以窥堂奥、议国是，下可以问民生、接地气，新闻人的职业特征足以包容下有志者的豪情壮志和五彩梦想。

从编辑、记者、评论员，到部门主任助理、副主任、主任，再到报社编委、副总编辑，一个一个台阶走来，我在新闻实践中丰富了技能，经受了历练，收获了成长。颇为幸运的是，一批新闻界前辈、"大咖"成为我的职业引路人。曾记得，根据老主任贺师尧的安排，我第一次出差就是到山东莘县，成为中央媒体中最早采访报道张海迪事迹的记者；安岗同志选派我奔赴云南老山前线进行战地采访，行前仔细叮嘱，期望殷殷；范敬宜同志策划指导《汛前淮河纪行》批评报道，亲自审定每一篇稿件、拟定每一个标题；颇有惜才之名的杨尚德同志慧眼识珠，将《发展看"九" 稳定看"十"》推到头版头条位置刊出，一炮打响，余音不绝；主持两会报道的余焕春同志将《民主监督为何"相距甚远"》破例提到一版刊发，并鼓励我成为专为一版供稿的"专业户"；艾丰同志策划《海尔扩张之路》等深度报道，带着我们结识一批企业界朋友，做出更具专业性的企业报道……徐心华、武春河、冯并、徐如俊、庹震、张小影、傅华、郑庆东等历届报社领导言传身教，关爱有加，令人心存感激。詹国枢、李洪波、丁士、汪朗、姜波等领导和同事始终关注和支持我的每一点进步，亦师亦友，如切如磋，令人心怀温暖。有一批经验丰富的新闻前辈领航把关，是经济日报的幸运；与一批优秀而友善的新闻人才同向同行，则是我个人的幸运。

对于这一代新闻人来说，更大的幸运则在于，我们的新闻职业生涯赶上了一个前所未有的改革时代，一个朝气蓬勃的开放时代，一个高歌猛进的发展时代。我们经历了从短缺到自足，再到丰盈的物质进步；经历了从温饱到总体小康，再到全面小康的社会发展；经历了从计划经济到商品经济，再到市场经济的体制变革；经历了从加快发展到科学发展，再到高质量发展的理念嬗变。作为观念变革、经济发展、社会进步的参与者、见证者、记录者，我们用自己的笔和镜头见证了沸腾的生活，记录了时代的变迁，推动了社会的发展。虽然说新闻都是碎片化的，但正是这一个又一个晶莹的碎片，共同构成了中华民族走向伟大复兴的时代印迹，一个宏阔进程的历史镜像。

一滴水可以见太阳。当我从故纸堆中翻检自己写过的一篇篇报道，仍然能够从中感受到当年的激情与感奋，并从中生发出一些新的启迪和思考，因此，就有了将之去芜存精并汇编成册的动因。四十年

笔底风云四十年（上）

来，我分工联系过不同领域，关注的话题比较广泛。从方便读者阅读的角度考虑，从八个方面对文稿进行了分类整理。"第一辑 感受发展热潮"是党的十八大以来对各地推动高质量发展的深度调研作品，其中数篇万字长文是以"经济日报调研组"名义刊发的，可以说是集体智慧的结晶；"第二辑 把脉中观经济"是党的十八大以前关于地方经济发展的调研报道，一以贯之的是转变观念、解放思想、加快发展的主题，体现了经济日报长期关注中观经济发展战略的报道特色；在企业报道方面，"第三辑 跟踪国企改革"收入了国有企业改革和发展的典型经验，以及各地推进国企改革的实践探索；"第四辑 发现民营经济"则是关于民营企业和民营经济报道的集纳，从中可以一窥从个体工商户萌生到民营经济勃兴的发展脉络；在主持经济日报政科文部工作期间，我们落实中央领导同志指示，组织了《创新型城市调研行》和自主创新示范企业系列报道，"第五辑 聚焦自主创新"选录了其中一些较有影响的作品；"第七辑 旁观两会议政"是从历年参加全国人大、政协会议报道中选出的一些代表性作品，虽是陈年旧作，但代表委员的一些深邃思考即使放在今天也并未过时。且从纵向上看，从两会这个窗口可以感受到中国民主与法治的不断进步；深入新闻现场是对记者的基本要求，"第八辑 走进新闻现场"是从各类新闻现场发回的报道，其中一些现场特写篇幅不长，但以小见大，也是我在新闻写作上个人风格的体现。与上面大体按内容分类不同，"第六辑 探访东北振兴"是一次对东北三省九市纪行式采访的成果，这组报道因持续时间较长、篇幅较多，故以专辑形式收录。总的来看，收入本书的200余篇报道，时间或远或近，篇幅或长或短，文字或巧或拙，虽然说不上篇篇精品，但都倾注了作者的心血与感情，其中一些作品也曾在经济社会生活中

自序

产生过积极影响，体现了一个新闻工作者推动进步、服务人民、努力为改革开放鼓与呼的初心。

时间是一块"试金石"，可以检验每一篇文字的成色。时间又是一把"杀猪刀"，消磨着每一个过来人的激情。当职业生涯即将结束的时候，人们难免回首自问：值得吗？这让我想起了以前看到的一则故事。偏远的村寨里有一个年轻人即将远行，临行前请村里的智者嘱咐几句。智者送给年轻人一个"锦囊"，让他到最困难的时候再打开。年轻人走进了外面的世界，历尽艰辛，实在撑不下去的时候，他打开"锦囊"，里面的纸条上写着三个字："不要怕"。于是年轻人再贾余勇，坚持了下来。当年轻人也变成了老人，回到家乡，看着平和的田园生活，不禁为当年的选择而困惑。他再度造访智者的家，智者的儿子告诉他，父亲去世前给他留下了另一个"锦囊"。打开一看，里面仍然只有三个字："不要悔"。

以前给报社年轻人讲课的时候，我喜欢讲这个故事，重点在前面三个字："不要怕"，以此激励青年人要有开拓创新、一往无前的勇气。这里引述这个故事，当然是为了后面三个字："不要悔"。

人生就是一个不断选择的过程，每个人都要为自己的选择负责，为选择的后果"买单"。只要你曾怀揣梦想，并为之不懈努力，你的付出就是值得的，你的人生就有其价值。无论最后的结果如何，不要悔！

目录
CONTENTS

第一辑　感受发展热潮 / 001

长春担当 / 002

宜昌蝶变 / 018
　　加快建成中部地区崛起重要战略支点 / 034

顺德再造 / 039

涪江潮涌 / 058

常德行 / 072
　　从一产独大到三产融合 / 072
　　从一花独放到百花争艳 / 076

泉州行 / 079
　　从以快制胜到以质为先 / 079
　　心无旁骛做实业 / 084
　　依山向海再启航 / 087

陇原行 / 092

错将张掖认江南 / 092

戈壁荒原起绿洲 / 096

金色大道连城乡 / 099

蓄势待发看龙城 / 102

"陇上江南"景色新 / 107

探访长江经济带 / 111

金沙碧水千秋画 / 111

绿色发展万里春 / 115

守住底线走新路 / 119

第二辑　把脉中观经济 / 125

解放思想看江西 / 126

跳出江西看江西 / 126

跳出争论谋发展 / 132

跳出惯性闯新路 / 136

跳出旧制创新篇 / 140

解放思想才能加快发展 / 145

一条切合实际的发展新路 / 149

问安庆何以心安 / 161

- 安庆，你本该走得更快些 / 162
- 安庆，总想对你叙说 / 164
- 让我们重新认识自己 / 169
- 古城呼唤精神涅槃 / 172
- 要让政府先入世 / 174

让连云港不再沉寂 / 179

- 抬起你的龙头来 / 179
- 打出你的拳头来 / 184
- 亮出你的风采来 / 189
- 鼓起你的劲头来 / 193

回归十年看香港 / 198

- 伟大构想　成功实践 / 199
- 巩固优势　发展优势 / 204
- 背靠祖国　面向世界 / 209

百城调研行西安篇 / 214

- "洼地"如何筑"高地" / 215
- "优势"如何成"胜势" / 221
- "包袱"如何变"财富" / 226

第三辑　跟踪国企改革 / 233

科学的决策是怎样产生的 / 234

工会改革面临重大突破 / 238

"吴老大"素描 / 240

负重而行 / 245

嘉丰风格 / 253

"国字号"：何以再辉煌？ / 262

葛化是怎样起死回生的 / 267

这家工厂为啥有八千万存款 / 271

"荷花"重放更鲜艳 / 274

"永光"沉浮记 / 277

办法总比困难多 / 280

坚定信心话改革 / 283

正是东风吹来时 / 287

第四个"M"最重要 / 289

买方市场三方谈 / 292

关于稽察特派员的对话 / 296

红塔集团探访录 / 299

　　跳出来的红塔 / 300

　　长出来的红塔 / 304

闯出来的红塔 / 307

拼出来的红塔 / 311

改革要有新突破 / 314

装备制造新跨越 / 317

永不言败 / 322

化危为机谋发展 / 333

迈向高端天地宽 / 338

第四辑　发现民营经济 / 345

一条充满光明的路 / 346

虽然是涓涓细流 / 348

民营经济冲击波 / 353

福日的探索 / 357

王祥林与喷施宝神话 / 360

一个延续360年的故事 / 363

没有终点的旅程 / 367

挥洒人生天地间 / 378

民营企业如何跨世纪 / 383

让思想再次解放　让双脚站稳大地 / 389

扩张的策略 / 395

郑家纯的"冷热观" / 399

激活民营企业的投资热情 / 401

珍惜阳春　创造金秋 / 407

光彩事业西北行 / 409

趋利避害　扬长避短 / 415

随总统来访的温州人 / 419

"五个满意"是如何实现的 / 420

旺盛的生命力从何而来 / 423

战略转型赢得发展先机 / 426

共谋双赢之局 / 430

再造1000天 / 433

"宁波帮"的传承与创新 / 438

第一辑 感受发展热潮

调查研究是新闻工作者的基本功。进入新时代，面对新常态，在繁忙的编务之余，作者努力挤出时间，深入基层，践行"四力"，把握经济生活的律动，感受发展观念的变革，记录迈向全面小康的历程。《顺德再造》《宜昌蝶变》《长春担当》等万字雄文，展现了一幅幅贯彻新发展理念、构建新发展格局、推进高质量发展的壮阔画卷，被誉为"深度调研报道的范例"。

笔底风云四十年（上）

长春担当

经济日报调研组

今年春天，新一轮新冠肺炎疫情的出现，让恢复发展势头良好的长春一度"失速"。

-9.9%！在上半年省会城市半年报排名中，长春GDP增速"垫底"，也是全国唯一负增长的省会城市。

本报调研组不久前来到长春采访，感受到的不是消沉与懊丧，而是勇毅与自信。"长春的家底还在，发展的热度未减，干部的士气更盛！"经历了新一轮疫情大考，长春统筹疫情防控和经济社会发展的信念没有动摇，加快全面振兴、全方位振兴的步伐更加坚定。

人们看到，在"负增长"的背后，是富有韧性的逐步复苏：4月份经济触底、5月份逐渐回升、6月份强劲恢复，初步核算上半年长春GDP完成3073.83亿元，虽同比下降9.9%，但好于预期5.1个百分点。在实现疫情清零目标之后，长春迅速全面复工复产，经济走上"止跌、回升、增长"的轨道。前三季度，GDP降幅收窄至3.8%，主要指标全面好转。

"事非经过不知难！这一仗打得很艰苦，长春全力答好党中央提出的'疫情要防住、经济要稳住、发展要安全'三张考卷。经过这样一场大考，长春人的精气神更足了,我们有信心继续把三张考卷答得更好!"吉林省委常委、长春市委书记张志军感慨道。

在东北振兴、吉林振兴的战略全局中,长春的地位极为重要,作用无可替代。吉林省委提出"一主六双"高质量发展战略明确,突出发挥长春辐射主导的"一主"作用,进一步释放长春区位、资源、产业、科技、生态、文化等多重优势。"扛起'一主'担当,是吉林省委赋予长春的重要使命,也是长春率先突破的现实路径。市委市政府为此作出推动国际汽车城、现代农业城、'双碳'示范城、科技创新城、新兴消费城、文化创意城建设,实现'六城联动'的战略部署,加快打造高质量发展引擎。"张志军说。

任重道远须策马,风正潮平好扬帆。乘着党的二十大胜利召开的东风,长春高质量发展时已至、势正起、兴可待。

一柱擎天

"上一次来一汽还是9年前,这次来看了以后,感到眼前一亮,今非昔比啊!"2020年7月23日下午,正在长春考察调研的习近平总书记来到一汽集团研发总院,一路看过来,倍感欣慰。

一汽,新中国汽车工业的"摇篮"。汽车产业,是长春产业布局中最耀眼的名片。

一组数据足以说明汽车产业和一汽对长春的重要性:2021年,长春市统计口径累计生产整车242.1万辆、销售240.2万辆,汽车产业实现产值6143亿元,占全市工业总产值的70.3%,而这其中,一汽又占据了"半壁江山"。

"20年前我刚参加工作时,大家开玩笑说,长春市公务员的工资,有一半是一汽发的。"长春市统计局副局长汤大鹏对记者说。虽然这只是个"段子",但说明了一汽在长春的独特地位。

对汽车产业在长春"一业独大"、一汽"一企独大"、产业结构单一的担忧,从来就没有停止过。

笔底风云四十年（上）

"一业独大"的问题究竟该如何看？贯彻新发展理念，对标高质量发展要求，长春认识到，汽车产业对于今天的长春来说，不是大不大的问题，而是强不强的问题，是能不能实现高质量发展的问题。只要符合高质量发展要求，即便"一业独大"，也不妨让他大下去。

从做大到做优做强，长春对汽车产业有了新的追求。市第十四次党代会报告提出，"支持一汽创建世界一流企业，全力建设世界一流汽车城。以汽开区为龙头，带动朝阳、绿园、宽城、公主岭，建设1个万亿级世界级汽车产业基地和1个千亿级世界级高端装备制造基地，汽车产量达到400万辆，轨道客车产量达到5000辆。"

万亿级汽车产业发展蓝图绘就，正在徐徐铺展。

"这是红旗车？"在一汽NBD总部展厅里，酷炫的超级跑车、可爱的智能小巴、豪华的商务车打破了记者过往对红旗车"官车""专用车"的印象。

在一汽红旗繁荣工厂，生产线上忙碌的"机器人"又让记者近距离感受到这个超级智慧工厂的"高大上"。厂党委副书记康艳霞告诉记者，工厂具备1小时生产60辆整车的能力，相当于每分钟就有一辆新车下线。目前，繁荣工厂投产红旗E-QM5、全新红旗H5、红旗HQ9三款车型，预计今年底前还将有三款在制在研产品实现量产。

统计显示，2021年一汽全年销售整车350万辆、营业收入7050亿元、利润480亿元，经济效益创"十三五"以来新高。其中，自主品牌成为增量的最大来源——红旗品牌销量突破30万辆，4年增长63倍，增速位列高端品牌第一；解放品牌年销售44万辆，创造了中重卡销量全球"五连冠"。

"红旗"迎风招展，风景这边独好！从"国宾车"到"国民车"，"红旗"走出高楼深院，驶入千家万户。

汽车是供应链关联性极强的产业。长春拥有全国唯一一家以汽车命名的开发区，聚集了庞大的产业集群，全市拥有汽车零部件配套企业1100余家，其中规上企业401户，配套产值规模近1600亿元。

建设国际一流的汽车城，产业链、供应链上，哪一环都不能成为短板。

长春市工信局局长赵明瑞介绍，聚焦汽车产业"弱链、断链"问题，长春大力部署"补链、强链、延链"，目前已梳理出130个项目、计划总投资1300亿元。"下一步，通过这些重大项目的加快落地实施，将实现国际汽车城以城促链、以链兴城，构建起上下互动、整体连接的有机循环。"

作为汽车供应链的重要一环，汽车电子已成为当下汽车产业技术创新的主要突破领域之一。与一汽集团NBD总部仅一条马路之隔的富赛汽车电子有限公司是一家成立两年多的公司，主要产品是让汽车更"聪明"的汽车电子，涵盖智能座舱、智能驾驶和智能网联服务三大领域。

"以前一汽的汽车电子产品主要来自省外、国外的供应商，我们从今年1月开始给红旗车批量供货。"富赛公司总经理丛俊波告诉记者，公司目前正在筹建第二工厂，预计到2025年销售收入将达到50亿元。

2020年正式划归长春代管的公主岭市，正积极发挥区位优势，推进汽车零部件产业创新发展、集群发展，增强汽车配套产业链整体竞争力。

公主岭市委书记李洪亮一见到记者，就说起半个多月前去江浙等地考察时的感受："我看了好几家汽车配件企业，很受震撼和启发。不管是大企业还是小企业，如果不创新、不转型，必定很快就会倒下。"适应长春汽车产业新发展格局，公主岭市正在推进汽配企业"腾笼换鸟"。"落后的、创新能力不强的，就会被淘汰掉。"李洪亮说。

从做大到做优做强，不仅要向内使劲，努力补链强链，还要坚持扩大开放，实现强强联手。

30多年前，中德合资的一汽-大众开创了中国大型国有企业合资的先例，引领了中国汽车工业的对外开放。

30多年后的今天，长春主动拥抱汽车产业变革新浪潮，迎来了又一个开放引资的重大标志性项目——总投资358亿元的奥迪一汽新能源汽车项目。

在长春新凯东大街与汽车大路交汇处，奥迪一汽新能源汽车项目工地

笔底风云四十年（上）

上吊塔林立，人来车往，一片火热的建设景象。项目经理闫磊介绍，总装车间正抢在入冬前上梁，预计年底便可以完成"暖封闭"，进入设备调试安装阶段。

这是奥迪在中国首个专门生产纯电动汽车的生产基地，全部建成后预计年产高端新能源汽车30万辆，达产后将直接带动上下游产值3000亿元。

"这个项目能够拿下来，实属不易！"回忆项目落地长春的前前后后，长春汽开区经济发展局局长李轶感慨良多，"当时，外方在选择合作对象时非常慎重，提出了一个长长的问题清单，由1200多个问题组成！"一个环节一个环节地协调，一个问题一个问题地攻关，最终，长春交出了一份令双方满意的答卷，啃下了这块硬骨头。

在国际经济格局调整、国内经济疫后复苏的大背景下，奥迪新能源汽车项目如期落地，不仅对于长春是利好，对于吉林发展、对于东北振兴，都有着重大的示范意义。"一个大项目能撬动一个增长极。加快重大工程项目建设，可以释放强大动能，拉动产业发展。"吉林大学东北振兴发展研究院副院长刘威认为，推动东北全面振兴，要把项目建设作为有效载体和关键抓手，启动建成一批"顶梁柱"式的重大项目，发挥重大项目的牵引和支撑作用。

在新能源汽车的发展新赛道上，长春落子如飞，先机在握。

一飞冲天

一箭十六星！今年8月10日12时50分，我国在太原卫星发射中心使用长征六号遥十运载火箭，成功将由长春长光卫星技术有限公司研制的"吉林一号"高分03D09星等16颗卫星发射升空。

"一飞冲天"的成功并非偶然。

2018年9月，习近平总书记在东北考察并主持召开深入推进东北振兴座谈会时强调，要以培育壮大新动能为重点，"尽快形成多点支撑、多业并举、多元发展的产业发展格局"。对于长期"一业独大"的长春来说，新动能如何培育、产业结构如何优化，是一道绕不开迈不过的必答题。

对于这道必答题，长春的答案是：拉长补短。"所谓'拉长'，就是继续做大做优做强汽车业，建设1个万亿级的汽车产业集群；所谓'补短'，就是打造高端装备、光电信息、生物医药、农产品加工、能源、文旅等6个千亿级产业集群，形成新的增长极。"长春市委政研室主任王小明介绍说。

走进长光卫星技术股份有限公司，公司党委副书记、副总经理贾宏光领着记者来到"吉林一号"卫星回传的地图前，介绍说："2015年10月8日，'吉林一号'光学A星发射成功，这是我国第一颗商用高分辨率遥感卫星，商业航天帷幕由此拉开。我们目前已有70颗卫星在运行，'十四五'末将达到138颗。"

历经8年持续奋斗，长光卫星异军突起，建成了我国最大的商业遥感卫星系统，具备提供农林生产、环境监测、地理测绘等服务能力，是目前吉林省唯一的独角兽企业。

华灯初上，北国春城美轮美奂。长春市内一半以上的照明设施，均为长春"智造"。

"点亮"长春的是希达电子技术有限公司。这也是一家依托中科院长春光机所建立的国家级高新技术企业，主营高密度集成三合一LED显示、大功率LED照明产品。走进公司采访，映入记者眼帘的是一块块超大屏高清晰LED显示屏。"这款我们研发的全倒装COB幻晶系列产品，系全球首发，处于国际领先水平。"希达电子董事长郑喜凤说。公司总资产由成立之初的30万元发展至逾8亿元，2021年被认定为国家级"专精特新"小巨人企业。

光电信息产业具有高创新性、强渗透性、广覆盖性，不仅是新的经济增长点，而且是改造提升传统产业的支点。"光电信息产业发展空间巨大，未来我们希望打造千亿级的光电产业集聚区，以支撑长春新兴产业发展和转型升级。"长春新区管委会副主任唐继东说。

作为全国著名的老工业基地，大力发展高端装备制造业，重铸制造业优

笔底风云四十年（上）

势，是长春有效破解结构性问题的必然选择和最优路径。

高铁是长春智能制造的典型代表，疾驰在祖国各地的高铁列车约四成产自长春。2015年7月，习近平总书记在考察中车长春轨道客车股份有限公司时说，高铁动车体现了中国装备制造业水平，在"走出去""一带一路"建设方面也是"抢手货"，是一张亮丽的名片。

在位于长春绿园区合心镇的中车长客动车组基地，记者了解到，贵阳城际动车组项目已实现首批6列车交付；波士顿橙线、墨尔本项目正在按计划装配与走车；西安地铁16号线、深圳地铁14号线等一批重点项目生产稳步推进……2021年，中车长客作为长春装备制造业的龙头骨干企业完成产值283.3亿元，占全市装备制造业总产值的78.5%。

在为北京冬奥会研发的模型车内，中车长客股份公司国家轨道客车工程研究中心副主任王成涛向记者介绍，中车长客在行业率先具备列车网络自主研发能力，并首次在动车组和城市轨道列车上实现自动驾驶。"我们研制的中国首列新能源城际电动车组，可以在不接触电网的情况下续航超过200公里。"王成涛说。

目前，以高铁为代表的一批高端装备制造产业正在长春聚集。2021年，长春高端装备制造业完成产值546.1亿元。赵明瑞表示，下一步，将围绕高端装备制造业11个产业链条、80余个产业节点，妥善解决缺链断链问题，着力提高本地配套率，持续优化产业链整体结构，做大产业规模。

作为国家首批认定的三个生物产业基地之一，长春是国内最大的基因药物生产基地、亚洲最大的疫苗细胞因子产品生产基地。近年来，长春生物医药产业进入加速发展期，有望成长为又一个千亿级产业。

位于长春新区的长春高新生物医药产业园，聚集了长春高新、金赛药业、百克生物、迪瑞医疗等一批领军企业。2021年，长春新区生物医药产值实现223亿元，占吉林省30%、长春市80%，在"全国生物医药园区产业竞争力排行榜"中位列全国第10位、东北地区首位。

"长春新区组建以来,依托产业基础、资源禀赋和创新优势,积极推动医药产业高质量发展,为持续探索产业链、创新链双链融合发展路径,打造具有国际影响力和竞争力的医药产业基地奠定了坚实基础。"长春新区党工委副书记、管委会主任华景斌说。

2021年4月30日,国药集团中国生物长春生物制品研究所分包装生产的首批"长春造"新冠疫苗正式上市。长春生物制品研究所有限责任公司总经理邹勇介绍,公司生产的疫苗、干扰素产品持续为全国各地疾控中心供货。"今年3月份,长春出现多发疫情期间,公司实施封闭生产,全力保障了疫情防控的需要。"

"2019年,长春生物医药产业产值150亿元;今年预计突破300亿元。到'十四五'末,预计达到1000亿元,持续以翻番的速度增长。"张志军对此充满信心。

接二连三

作为工业大市的长春,还是全国重要的商品粮生产基地和玉米主产区。这一点,颇有些超出外地人对长春的固有认知。

有数据为证:长春有耕地2737.8万亩,辖下6个农业县(市)区都是产粮大县,其中榆树市、农安县、公主岭市稳居全国十大产粮大县前列。2021年,长春产粮1236.52万吨,同比增长6.24%,对全省粮食增产贡献率达30.77%。妥妥的农业大市、产粮大市!

巩固和发展粮食生产优势,保障国家粮食安全,是新时代东北全面振兴、全方位振兴的应有之义。牢记总书记的嘱托,长春以建设农业强市为目标,以现代农业城建设为抓手,在稳固一产、做强农业、保障国家粮食安全方面,动足了脑筋、下足了功夫。

驱车秋日的松辽大地,黑土地上一派勃勃生机。在农安县的广袤田野里,只见绿油油的玉米如队列整齐的步兵方阵,一直绵延到天际。

笔底风云四十年（上）

令人诧异的是，无论地形、道路怎么变化，所有田块的垄向都保持不变。"这是我们全面推广的高光效种植技术。以往垄向都随地形、道路变化而变化，什么朝向都有，现在的垄向是根据太阳光照角度来确定的。"农安县副县长周德库解释说。

原来，近年来，长春市全面推广高光效种植技术，根据太阳光来向，将田地的垄向调整至磁南偏西18至20度，同时，实行宽窄行组合垄种植法，把以前单垄单行间距65厘米改成大垄双行间距170厘米，以充分利用太阳的光热，提高粮食单产。中科院东北地理与农业生态研究所测产结果显示，用高光效技术栽培的玉米，平均单产可提高15%—17%，最高可增产23.7%。

记者在采访中发现，当地农业科技研究和成果推广极其活跃。在农安县华家镇毕家店，今年划出了一大片试验田，示范推广米豆间作技术，通过高秆与低秆作物搭配，形成透光通风走廊，以大幅提高光合作用效率。

米豆间作技术采用玉米大垄双窄行的田间布置方式，可以实现一次性播种、精量施肥，同时覆土镇压，节省了时间和人力成本。由于套种了拥有天然固氮能力的大豆，土壤肥力可自然改善。长期定位实验表明，玉米、大豆间作在保障玉米不减产的前提下，每公顷还可产大豆2000公斤左右。

发挥粮食主产区和农业大市优势，近年来，以肉牛为核心的畜牧业在长春得到快速发展。

走进皓月集团沃金黑牛养殖示范基地，只见一幢幢标准化牛舍里，一头头大黑牛膘肥体壮、毛色锃亮。有的津津有味地吃着玉米秸秆加工的饲料，有的悠闲地踱着方步，有的正在按摩机上蹭痒痒。

皓月集团行政综合部外事主管徐锐告诉记者，这里饲养的是采用胚胎移植等科技手段，繁育出的拥有自主知识产权的"沃金黑牛"。按照日本和牛肉定级标准，沃金黑牛肉质大部分达A3以上等级，可与日本神户牛肉媲美，成为国内高端牛肉的代表，供不应求。目前，皓月集团已带动20多万农户通过养牛致富增收，年出栏肉牛100万头。

去年初，落实吉林省"千万头肉牛"工程发展目标，长春市启动了300万头肉牛产业暨"秸秆变肉"工程，力争到"十四五"末，全市肉牛养殖超过300万头，饲料化利用秸秆超过720万吨，秸秆饲料化利用率达到60%以上，肉牛良种化程度达98%。

农业不加工，等于一场空。单凭种植和养殖，显然难以成为农业强市。党的十八大以来，长春努力拉长产业链，加快发展农产品精深加工，促进一二三产融合，全面推动现代农业城建设。

在中粮生化能源（公主岭）有限公司，总经理孙本军告诉记者，公司年加工净化玉米70万吨以上，主要产品有食用玉米淀粉、葡萄糖浆、麦芽糊精、玉米蛋白粉、玉米原油及新研发的蜡质玉米变性淀粉，成为雀巢、联合利华、蒙牛、伊利等知名企业的长期供应商。其中，蜡质玉米变性淀粉，每吨能卖1万元，附加值惊人。

"一根玉米卖出天价钱"，曾在网络上引发热议。如今，得益于农产品加工技术的创新发展，鲜食玉米在长春已经长成大产业。仅公主岭年销售鲜食玉米就超过4亿穗，产值达14亿元，带动超5000户农民增收。

在公主岭农嫂食品有限公司生产车间，记者看到，一穗穗新鲜玉米棒经过清洗、塑装、蒸煮，变成真空包装的鲜食玉米，装箱发往各地。项目经理王小敏介绍，公司在真空鲜食玉米行业创造了3个"全国第一"：产量1.2亿穗，销售量全国第一；电商销售额1.25亿元，在玉米类产品中销售额全国第一；出口16个国家和地区，出口量全国第一。

今年4月，又一块国家级"金字招牌"落地长春：国务院批复同意建设吉林长春国家农业高新技术产业示范区。

5月31日，长春农高区正式挂牌，吉林省委书记景俊海在揭牌仪式上讲话，要求农高区抢抓重大机遇，着力完善产业规划布局，加快推进重点项目建设，充分发挥产业链条完整、创新要素集聚、园区功能完善等优势，引领带动吉林现代农业建设再上新台阶。

笔底风云四十年（上）

在位于公主岭市的长春农高区核心区建设现场，记者看到，农高区"一核一带六基地"发展蓝图已经绘就，一批重点项目陆续签约，有的已进入施工阶段。其中，鸿翔种业加工厂、种业交易中心计划年内建成投产，肉牛良种繁育融合示范产业园项目年底前完成一期基础施工……

稳固一产，使命担当；接二连三，空间无限。

春色长驻

长春是工业之都，又是产粮大市，还是全国第一个森林城市。市林园局副局长孟庆华介绍，截至2021年底，长春市建成区绿地面积20905公顷，绿化覆盖率42.17%，人均公园绿地面积13.13平方米，居全国乃至亚洲大城市前列。

仲秋时节，位于长春城区东南角的净月潭游人如织。天蓝云白，微风拂煦，水清岸绿，草木葳蕤。市民来到这里，春可踏青，夏怡嬉水，秋宜寻芳，冬能滑雪，可谓四季宜人。

经过几十年的规划建设，如今的净月潭已建成亚洲最大的人工森林，成为长春名副其实的都市"氧吧"。长春净月高新技术产业开发区党工委副书记孙洪健告诉记者，20多年来，净月历经旅游经济开发区、经济开发区、高新技术产业开发区、国家级高新区的发展蜕变，但净月的生态特色没有丝毫减弱，在实现生态、经济、科技有机融合发展的过程中，生态资源优势不断放大。

习近平总书记指出，良好生态环境是东北地区经济社会发展的宝贵资源，也是振兴东北的一个优势，要把保护生态环境摆在优先位置，坚持绿色发展。牢记总书记的嘱托，长春对标人民群众日益增长的对美好生态环境的需要，挖潜增绿、提质护绿，加快生态修复，厚植生态本底，努力探索一条生态优先、绿色发展新路。

在长春市南关区，有一座建于20世纪30年代初的净水厂，占地35万平方米。随着城市规模的扩大和供水能力的提升，2015年11月，南岭水厂不再为居民供水。完成历史使命的南岭水厂，何去何从？对于这块位于城市中心的黄金宝地，长春市顶住诱惑，没有急功近利地搞大规模商业开发，而是将其作为伊通河综合治理工程的一部分，对园内的历史遗迹和文保建筑按照"修旧如旧"的思路予以升级改造，使之与绿地、水塘、古树等生态环境融为一体，建成了一处水文化生态园。2018年10月1日正式免费开园。

"我们是第一次来这里，之前听朋友说这座公园有特色，没想到在市中心还有这么大一片美丽的园林，孩子在这里还能了解城市建设的历史，很有教育意义。"一早就带着家人到此游玩的市民田芳女士向记者表示。经过华丽变身的水厂旧址，如今成为市民和游客的热门打卡地。

"大屋顶、四排树、圆广场、小别墅"，这是人们对长春城市风貌的历史记忆。如今的长春，伊通河两岸绿意盎然，南北湖周边焕然一新。历史建筑与现代街市相融合，美丽雕塑与诗意园林相辉映。党的十八大以来的十年间，长春市公园总数由64个增加到175个，公园总面积由1263公顷增加到4595公顷。园林城市名不虚传。

持续打好蓝天、碧水、黑土地保卫战，长春生态环境质量稳步提升。今年截至7月31日，城市环境空气质量优良天数192天，优良率90.6%，同比提升5.7个百分点；细颗粒物（PM2.5）浓度32微克/立方米，同比下降4微克/立方米。环境空气质量创有监测记录以来同期最好水平。新凯河、饮马河等重点流域治理顺利推进。16个国考断面优良水体比例保持在50%；劣五类断面由6个降为1个，下降31.3%。

位于城区东北角的长春北湖国家湿地公园，总面积11.97平方公里。步入园中，但见湖水澄碧，花木葱茏，园中有园，移步换景，让人仿佛置身江南水乡。唐继东介绍说，这片区域地势低洼，工业尾水、生活污水等在此汇聚，多年来一直是城市排涝区、水灾频发区，环境质量堪忧。为此，当地投资30亿元，用了两年半的时间，将其改造成一座兼具防洪、治污功能的湿

笔底风云四十年（上）

地公园，在治理过程中疏通了"外河""内湖"两大水系，实现了河湖分治、湿地修复的目标。

生态环境质量的提升，为长春文化旅游产业发展创造了条件，增添了动能。由春到冬，冰雪节、消夏节、电影节、汽博会、文博会、农博会、航空展、动漫展、雕塑展等会展节庆活动轮番上演，"你方唱罢我登台"，吸引来各方宾客，拉动旅游、商贸、物流、文化等诸多产业。2021年，长春市接待游客10124.51万人次，同比增长39.88%；实现旅游收入2045.73亿元，同比增长48.08%。

今年8月23日，第17届长春电影节在"喜迎二十大"的热烈气氛中隆重开幕。长春是新中国电影事业的"摇篮"，大批优秀电影人才从这里走向全国各地。如今，长影老厂区已改建为博物馆，成为国家级重点文物保护单位。

依托深厚的电影文化底蕴，长春建设了国内第一家世界级电影主题娱乐园、国家5A级旅游景区——长影世纪城。在此基础上，孙洪健告诉记者，以打造全球知名的影视产业集群为目标，净月高新区正在全力推进总面积达1051平方公里的长春国际影都工程建设。其中的万达项目建成后，将成为目前国内规模最大的影视文旅项目。

北国春城春常在，绿色发展育新机。秉承新发展理念，长春市在"六城联动"总体规划中，明确了建设"双碳"示范城、文化创意城的目标。长春市委副书记赵明介绍，"围绕文化旅游、影视文化、数字经济三大主导产业，我们正在加大招商引资、补链强链力度，加快形成点、线、面协同发展的大文旅发展格局，力争到2025年形成千亿元级文化旅游产业集群，带动全市旅游总收入达到3000亿元。"

一流愿景

对于产业发展来说，比空气质量与生态环境更为重要的，是优良的营商环境。

一段时间以来，东北地区的资本、人才流失问题颇为突出，一些地方竞争意识不强、市场化程度不高、民营经济活力不足，导致本地企业长不大、长不好，外地企业进不来、留不住。

从营商环境破局，是东北振兴的关键环节。2020年7月，习近平总书记在吉林考察时指出：要加快转变政府职能，培育市场化法治化国际化营商环境。

长春市深入贯彻总书记关于营商环境建设重要指示精神，把优化营商环境作为实现率先突破的关键一招，加快建设服务型政府，构建亲清新型政商关系。"建设'东北最优、全国一流'的营商环境，是我们追求的目标"，长春市政务服务和数字化建设管理局副局长刘晓茹如是说。

创新出台政策体系。为帮助市场主体纾困解难，近年来，一系列扶持政策在长春陆续出台。2020年出台扶持政策9条，2021年接续扶持政策15条，今年上半年再出台助企解困政策36条。两年多来，落实配套扶持资金共计8.6亿元。

深化政务服务改革。持续推进"一网通办""跨省通办"等改革举措，全市政务服务事项平均审批时限由23.4天压缩至7.9天，承诺办理时限较法定时限压缩66.4%。推行政务事项集成办理，通过"一表申请、要件共享、一窗受理、联审联办"，已实现61项主题服务事项集成化"一次办结"。

畅通政企沟通渠道。通过座谈会、沙龙、企业讲堂等形式，建立各级党政主要负责同志参与的政企互动机制。深化"万人助万企"活动，完善营商环境监督员队伍，构建亲清政企关系微信服务群工作机制，打造全天候、扁平化、零距离的"长春助企模式"。

在"长春亲清政企关系微信服务群"中，赵明瑞的网名叫"服务员老赵"。采访期间，微信群时有呼叫，老赵一一耐心回复，不厌其烦。"我们要第一时间受理企业提出的问题，实现秒接、秒应、周办结。"老赵解释说。

在长春，以构建亲清政企关系为主旨的微信群已形成"1+9+17"的服务群矩阵，联系着上万户市场主体，一大批像"服务员老赵"这样的助企干

笔底风云四十年（上）

部，坚持24小时"接单"，随时回应企业需求。

作为改革的"试验田"，长春新区灵活运用国家赋予的"先行先试"政策，探索实施了一系列审批服务改革，形成一批可复制、可推广的做法。他们在全省率先推行"标准地+承诺制"改革，对于"标准地"投资项目，实行一次性告知、一次性承诺、一次性办结的方式，全面容缺、联合审批，项目审批速度和服务效率大幅提升。

2021年6月，长春至味食品有限公司入驻长春新区第7块"标准地"，在提交工程建设项目报审材料后，当天即获得项目立项批复、建设用地规划许可证、建设工程施工许可证。"拿地即开工"，反映出行政审批效率的"加速度"。

以"东北最优、全国一流"为追求，长春改善营商环境的成效逐渐显现：2020年成为全国营商环境提升最快的10个城市之一、网上政务服务能力提升最快的5个城市之一；2021年10月，在全国城市信用状况监测排名中，长春在36个省会及副省级以上城市中居第10位；2021年，全市市场主体数量达到130.6万户，位列东北四市之首……长春"审批不见面、办事不求人"政务服务新模式、深化商事制度改革成效还受到国务院通报肯定、推广。

今年3月，一场突如其来的疫情，成为对长春治理能力的大考，也是对营商环境的极限测试。

"疫情发生后，企业的生产经营受到严重影响。工信等部门实行'包保'，协调、指导开展核酸检测、环境消毒，住厂200多名员工有序生产。即使在疫情最严重的时候，设备正常运行，产品正常供货，保障了核酸提取仪、试剂等医院紧急物资的生产供应。"迪瑞医疗董事、执行总经理郑国明表示。

原材料供应链是企业的"生命线"。受疫情影响，迪瑞公司有一批进口物资在江苏昆山没法运出，如果不能及时到位将严重影响生产。"省市有关部门获知后第一时间与江苏方面协调，不到一周，中外运就把货运过来了，解了公司燃眉之急。"郑国明说。

经历42天的艰苦工作，4月13日，长春实现社会面动态清零，打赢了疫情防控的长春保卫战。

在疫情得到控制之后，长春市各部门迅速行动起来，制定指导方案，以最快速度推动复工复产、复商复市。全市255名处级以上干部分工联系1005家重点企业，收集意见建议164条，到7月底解决了84条。人社部门组建"人社服务专员"队伍，建立24小时重点企业用工调度保障机制，保障企业用工需求。金融系统启动金融服务"百日专项行动"和"助企纾困专项行动"，截至7月末，全市金融机构为重点保供企业发放贷款15.05亿元。

经历了这场疫情的冲击，长春从市场主体到政府部门，都对营商环境有了更深刻的认识。

"政府和市场形成良性互动，是取得抗击疫情胜利的一个重要保障。在疫情中，政府积极组织、推动，市场化供应体系得到有效运转。这让我们深切感受到，处理好政府和市场关系，是建设一流营商环境的根本。"长春市商务局局长常忠诚深有感触地说。

营商环境没有最好，只有更好。长春人清醒地认识到，虽然近年来改善营商环境的努力初见成效，但对标"国内一流"，仍有不小差距，还需要付出更多艰苦的努力。"我们将深入贯彻落实党的二十大精神，以政务环境为基础，以市场环境为核心，以法治环境为保障，全力打造东北领先、国内一流、对标国际的营商环境，进一步增强城市吸引力、竞争力。"长春市委副书记、市长王子联表示。

"由于地理区位、自然条件等因素，东北地区包括长春在发展产业中经济成本较高，具有天生的劣势。我们要正视劣势、创造优势，只有通过营商环境的不断改善，才能形成'洼地效应'，促进项目、资金、技术、人才等生产要素不断聚集，推动区域经济高质量发展。"吉林省社科院副院长丁晓燕分析说。

笔底风云四十年（上）

东北振兴，事关全局。习近平总书记对此高度重视，念兹在兹。今年8月，习近平总书记在辽宁考察时强调，党中央高度重视东北振兴。党的十八大以来，党中央深入实施推进东北振兴战略，我们对新时代东北振兴充满信心、也充满期待。金秋10月，在党的二十大报告中，习近平总书记对深入实施东北振兴战略提出了新的要求，作出了新的部署。

11月23日，中共长春市委召开十四届四次全会，审议通过《关于全面贯彻党的二十大精神 在中国式现代化进程中开创长春振兴发展率先突破新局面的意见》，要求各级党组织扛起政治责任，抓好贯彻落实，推动党的二十大精神在长春落地生根、开花结果。

期望殷殷，征程漫漫。秉承"宽容大气，自强不息"城市精神的长春人深知，唯有深化改革、加快发展，勠力同心、勇毅前行，方能率先突破，不负重托。

（调研组成员：张曙红、李己平、曾金华、黄俊毅、马洪超、王玥、李彦臻，原载2022年12月19日《经济日报》，《吉林日报》《长春日报》等于12月20日至21日转载）

宜昌蝶变
经济日报调研组

有诗云：峡尽天开朝日出，山平水阔大城浮。

这座挟"峡尽天开"之势、享"山平水阔"之利的"大城"，就是长江中游的起点——宜昌。

浩荡长江为宜昌的发展带来了一次次历史性机遇，经历了葛洲坝工程、三峡工程等重大工程项目建设，这座峡江小城几经蝶变，快速成长为长江中上游区域性中心城市，经济总量跃居湖北第二。

但历史发展并不总是直线性的，进入新时代的宜昌经受了新的考验、面临着新的挑战。

2016年1月，推动长江经济带发展座谈会在重庆召开。习近平总书记在座谈会上强调，当前和今后相当长一个时期，要把修复长江生态环境摆在压倒性位置，共抓大保护，不搞大开发。

彼时，从上游到下游，从支脉到主干，长江生态系统不堪重负，警讯频传。沿线长期形成的粗放发展模式，与"共抓大保护，不搞大开发"的绿色发展新要求矛盾突出。这种矛盾，在当时的宜昌显得尤为尖锐。

在宜昌当地干部的记忆中，2017年是他们压力最大、日子最难过的一年。年初，宜昌因为"化工围江"被中央环保督察组点名批评；年中，作为地方财政支柱之一的宜化集团深陷债务危机，前景堪忧；年末，部分县市遭遇统计督查问责整改，经济数据面临"挤水分"的要求。

三大冲击叠加的直接后果，是宜昌当年经济增速陡然降至2.4%，在湖北13个市州中排名垫底，经济总量排名"退二进三"，掉落到"老三"的位置。

潮起潮落，世事无常。宜昌人没有就此消沉，而是痛定思痛，重新出发。坚定不移走生态优先、绿色发展之路，努力化解"化工围江"危机，推进一江碧水系统治理，积蓄高质量发展动能，全市经济社会发展实现了转折性变化、深层次变革。今年前三季度，全市实现地区生产总值3456.63亿元，同比增长20.5%，增速居湖北省第1位。规模以上工业增加值、固定资产投资增速、社会消费品零售总额等主要经济指标均位列全省第一方阵。

短短几年时间里，改变是如何发生的？初冬时节，本报调研组来到宜昌，探寻宜昌蝶变背后的答案。

笔底风云四十年（上）

化解磷的困境

磷，英文Phosphorus，在元素周期表上排名第15号的非金属元素，也是一种用途广泛、不可再生的稀缺资源。

宜昌是长江流域最大的磷矿基地，已探明储量占全国的15%、全省的50%以上。依托丰富的资源和长江水运优势，磷化工业在宜昌勃然而兴，列岸成阵。宜昌市经信局局长丁庆荣说，"化工产业是宜昌第一个产值超过千亿元的产业，也是宜昌不折不扣的'支柱产业''吃饭产业'，一度贡献了全市三分之一的工业产值、全省三分之一的化工产值，创造了大量税收和就业机会。"

然而，"村村点火、处处冒烟"的无序发展，让宜昌陷入"化工围江"的困局。2016年最高峰时，长江宜昌段200多公里岸线上，分布着化工企业130多家、化工管道1020公里以上，最近的化工企业距离长江不足100米。

厂房污水横流、码头砂尘漫天、江水持续恶化……宜都市经信局总工程师杨学成回忆说："那时化工厂排放大量工业废气，在空气中遇水形成酸雨，群众反映，家里的门把手都被腐蚀了，晾晒衣服都不敢开窗户！"

粗放式发展得不偿失，也难以为继。长痛不如短痛，治污须下猛药。响应习近平总书记"共抓大保护，不搞大开发"的号召，宜昌人以"壮士断腕"的勇气，打响了化工产业的转型之战。他们提出"关改搬转"四剂药方，目标是三年内实现沿江1公里内化工企业"清零"。

第一剂药方是"关"。

田田化工位于点军区艾家镇，距长江干流仅百米之遥。此前企业生产经营状况良好，年销售近3亿元，利税近3000万元。2017年底，这家有着47年历史的化工厂正式停业，随后，300多套生产装置被陆续拆除。为解除职工后顾之忧，有关部门先后举办6期转岗培训，组织28家企业到厂区举行8次专项招聘会，使全厂400余名职工都得到了妥善安置。

第二剂药方是"改"。

三宁化工是宜昌化工行业的龙头企业之一，在关闭部分沿江生产设置后，公司主体在姚家港化工产业园区实施就地改造升级。2018年，三宁化工投资100亿元建设了60万吨乙二醇项目，实现了产品由传统化肥向精细化工和高端复合肥转变。目前，公司高新技术产品的占比达63.47%，非肥化工产品产值占比接近50%。

第三剂药方是"搬"。

为改变化工企业布局散乱的问题，从2017年起，宜昌高标准建设了宜都化工园、枝江姚家港化工园两个专业园区，3年安排5亿元专项资金，支持符合环保、安全标准的化工企业搬迁入园。华阳化工是第一家搬入宜都化工园的企业。公司副总经理徐波介绍，搬迁入园为工厂赢得了发展的机遇。今年7月，公司一期投资2亿元的生产线顺利投产，产能从5000吨增至8300吨，产品种类也由8种增至16种，成为全球最大的紫外线吸收剂生产企业。

第四剂药方是"转"。

在枝江，聚龙环保公司积极响应"关改搬转"要求，整合3家同行企业资金主动转型并入驻姚家港化工园。转型后的公司产能由原来的3万吨扩大到22万吨，销售范围从宜昌扩展到整个长江流域，成为全省最大的水处理剂生产企业，并凭借"铁盐反应釜"等10余项专利入列国家高新技术企业。

截至今年10月底，宜昌市已经累计完成124家化工企业的搬迁改造工作，正在进行搬迁的还有10家，"关改搬转"阶段性攻坚任务基本完成。

从新发展理念出发，宜昌人清醒地认识到，"关改搬转"的关键不在于要不要发展化工，而在于要发展什么样的化工。必须重新定位化工产业的发展方向，推动传统化工向高端化、精细化、循环化、绿色化方向发展，让"老树发新枝、老树变新种"。

"一吨普通的磷酸卖8000元，升级成电子级磷酸，一吨就能卖上24000元……"谈起产业链向高端转型带来的显著效益，兴发集团副总经理李少平

笔底风云四十年（上）

颇有些兴奋。从20世纪80年代开始，兴发集团走过了生产磷肥、农药为主的"1.0时代"、生产食品级磷酸盐为主的"2.0时代"，如今进入了生产有机硅、微电子新材料为主的"3.0时代"。在"关改搬转"中，兴发集团拆除了临近长江的22套生产装置，投入20亿元培育有机硅和微电子新材料产业，公司自主研发的电子级磷酸、硫酸、蚀刻液系列产品，一举打破了国外的技术封锁。华丽转身后的兴发集团，目前已经成为全国最大的精细磷化工企业。

对于磷化产业来说，无论如何转型、怎样升级，都面临着一个绕不开的"世界性难题"——磷石膏治理。

"废渣不废，而是放错了地方的资源。"在位于宜都化工园的泰山石膏（宜昌）有限公司，公司安质处处长王晓明说，他们以磷石膏为原料，经过化学去污处理后，研发出轻质高强的纸面石膏板和装饰石膏板，很受市场欢迎。"这些年效益越来越好，坚定了我们继续扩大产能的信心。"

在宜都化工园，像泰山石膏这样的磷石膏综合利用企业，共有11家。宜都市委书记谭建国说："今年前三季度，宜都全市副产磷石膏385.85万吨，综合利用218.3万吨，综合利用率达到56.58%。"

通过分类实施"关改搬转"，宜昌不仅破解了"化工围江"难题，传统化工产业也逐步实现"破茧重生"。目前，全市精细化工占化工产业比重由整治前的18.6%提高到36.2%以上；化工产业利润、税收连续两年实现10%以上增长。

守护水的清纯

"清江清哟长江长，曲曲弯弯向远方……"

宜昌傍水而居，因水而兴。宜昌的快速发展，离不开对长江水系的开发利用。雄浑的长江、美丽的清江，哺育了两岸人民，润泽着这片土地。

然而，得之于水的宜昌也曾失之于水。一段时间内，长江不宁、清江不清、黄柏泛黄、香溪不香……水的优势变成了治理的痛点和难点。

2018年4月，习近平总书记在湖北考察时指出，推动长江经济带发展，前提是坚持生态优先，把修复长江生态环境摆在压倒性位置，逐步解决长江生态环境透支问题。从开发长江水利，到保护长江水质，宜昌干部群众牢记总书记的嘱托，扛起了新的历史责任：修复长江生态，筑牢三峡生态安全屏障。

治水先治渔。就是要让养鱼的收网，打鱼的上岸。

一声号子响，江河泛舟忙，这是许多宜都市白水港村人最生动的记忆。"白水港村祖祖辈辈以打渔为生。"村党总支书记李春梅说，2018年，宜都启动渔民上岸、渔船退捕工作，一方面细化安置补偿，一方面保障转产就业，全村360名渔民弃船上岸，实现再就业。村民刘泽维告诉记者，退捕后他一次性拿到25万元补偿金，和老伴每月有退休金2000多元，空闲时还可以打打零工，日子过得越来越踏实。

像刘泽维这样收网上岸的渔民，宜昌全市共有3678名。在政策扶持下，他们中有就业意愿的，100%实现了再就业。

网箱养鱼是农民致富的重要产业，又是污染水质的重要源头。20世纪末，清江库区水产养殖快速发展，高峰时期江面遍布4万多养殖网箱，面积达86万平方米。"一眼望去全是网箱，江面上漂浮的不是垃圾就是死鱼。"宜都市高坝洲镇青林寺村村民鲁志国回忆说。

为根治"清江不清"的顽疾，2016年6月，宜都痛下决心启动网箱拆除工作，全面禁止网箱养鱼。同时规划建设现代渔业产业园，推进"鲟鱼上岸"，"拆网箱不拆产业"。

走进湖北清江鲟鱼谷特种渔业有限公司养殖车间，只见工厂化的养鱼池连成一片，室内恒温恒湿，不同品种的鲟鱼在各自池中惬意游弋。公司负责人季坚义介绍，鲟鱼谷现有鲟鱼100多万尾，其中一部分承接了原清江库区的网箱养殖鱼，弥补了养殖户的部分损失。公司最大限度挖掘鲟鱼价值，生产出鱼子酱、保健品、面膜等多种产品销往国内外。2020年11月，鲟鱼谷

笔底风云四十年（上）

二期工程投产，鱼池面积增加两倍，养殖规模达到4000吨。

治水须治航。就是要管住船舶污染，发展绿色航运。

长江被称为黄金水道，舟楫往来如梭，航运日益兴旺。由于三峡大坝通航能力有限，每年有6万艘次船舶、50万人次船员、200万人次游客需在此待闸或转运，也就意味着大量的船舶垃圾、生活污水、含油污水等要在此处集中排放。

"船舶污染物防治是一项系统工程，涉及部门多、环节多，以往职能不清，扯皮不断，成了'老大难'问题。"宜昌市港航建设维护中心党委书记梅常春介绍，2019年，市交通运输局推出船舶污染物协同治理信息系统"净小宜"，实现污染物"交接转处"的实时跟踪记录，打破了监管部门间的信息壁垒。

在秭归港，记者登上"三峡环保8号"接收船，船长覃太春告诉记者，"行船如果有排污需求，只需用手机通过'净小宜'下单，系统即会安排就近的接收船免费上门服务。"他们刚接收一批生活污水，正在向秭归服务区交付。

像秭归服务区这样的船舶污染物转运码头，宜昌共建有11个。今年1至10月，全市接收处理船舶垃圾1767吨，含油污水5338吨，生活污水116087立方。

江上要实现绿色航运，岸上就要有岸电设备。近年来，宜昌加快推进港口岸电建设，在长江流域率先实现岸电全覆盖。

"船舶停靠后，关闭燃油发电机，用一根缆线接入岸电桩即可使用岸电。"长江三峡岸电运营服务有限公司副总经理李兴衡介绍，岸电不仅费用低，生态环保效应尤为显著。以秭归港为例，使用岸电年可替代电量1200万千瓦时、替代燃油2820吨，相当于减少8784吨碳氧化物、29吨氮氧化物、34吨硫化物、6吨烟尘的排放。

治水须治岸。问题在水里，根子在岸上。长江岸线治理，刻不容缓。

第一辑　感受发展热潮

"有口皆查、有污必治"。宜昌对长江、清江流域内1971个入河排污口进行全面排查，制定"一口一策"，建立排污口溯源整治工作清单，已立行立改1050个。同时，取缔非法码头216个、采砂场134家，全市码头数量减少三分之二；全域生态复绿5.27万亩，修复长江岸线95公里、支流岸线196公里。

随着一家家沿岸化工厂"关改搬转"、一座座运输码头被拆除合并，曾经"深藏不露"的长江逐渐向人们展现出秀丽的身姿。走进猇亭区长江大保护纪念公园，远望大江奔涌，近看绿草茵茵。猇亭区委书记李小军说，这里三年前还是成片的煤堆场。他们拆除厂房、关闭码头，利用腾退的长江岸线建成生态公园，如今成为市民临江观鱼的一处标志性景点。

在秭归，记者披着月色登上木鱼岛，身后是山间小城的璀璨灯火，眼前是高峡平湖的浩渺烟波，人们徜徉在亭台桥榭、青草绿树之间，不时传来欢声笑语。秭归县县长顾鹏飞介绍，这里原是三峡工程蓄水后形成的废弃荒岛，2018年秭归投入约5000万元，将这处荒岛打造成了群众和游客喜爱的休闲乐园。

月明三峡曙，潮满二江春。宜昌修复长江生态的努力取得显著成效。数据显示，长江干流宜昌断面水质已稳定达到二类标准。2020年，在湖北省长江大保护十大标志性战役考核中，宜昌获评"优秀"并以98.6的综合评分位居全省第一。今年前9个月，宜昌纳入国家"水十条"地表水考核的16个断面水质优良比例均达100%。

岸在变绿，水在变清，天在变蓝，林中百鸟鸣唱，江上鱼儿洄游。一度成为"稀客"的江豚，如今已是长江宜昌段的"常住居民"。听说记者也想去江边"打卡"江豚，宜昌市委宣传部副部长陈珊珊翻出从自家阳台上拍摄的一段手机小视频：只见滔滔江水中，两只江豚结伴而行，不时探出头来，展露"笑靥"。

"作为长江生态的晴雨表，江豚那'天使般的微笑'，是对宜昌人为保

笔底风云四十年（上）

护长江生态付出巨大努力的最好奖励。"陈珊珊感慨地说。

锻造链的韧性

人不负青山，青山定不负人。十里生态桃花、百里茶叶走廊、万亩柑橘公园……绿色生态产业在宜昌由点到面、扩面成片，生产、生活、生态"三生融合"，颜值、价值"两值齐美"。

走进5A级景区"三峡人家"，只见江水如玉带蜿蜒，山崖似令牌陡立，峡映灯影，石拟游僧，悬泉飞漱，绿潭澄碧……"去年虽然受到疫情影响，三峡人家接待游客量仍然达到111万人。"三峡人家文化旅游发展公司副总经理王敏说。

紧邻三峡大坝的夷陵区许家冲被称为"坝头库首第一村"，2018年4月，习近平总书记来到这里看望坝区移民，勉励村民走绿色发展之路。三年来，许家冲干部群众不负总书记的期望，开民宿、栽茶树、种山果，农村电商有模有样，乡村旅游红红火火，全村人均年收入突破2万元。

"后皇嘉树，橘徕服兮。受命不迁，生南国兮。"诗人屈原笔下的"后皇嘉树"，如今成了秭归人民的致富果。全县有三分之一的农户从事柑橘相关产业，2020年脐橙种植面积达40万亩，年产60万吨。发展深加工企业20余家，电商企业1600余家。记者在龙头企业屈姑食品有限公司看到，香甜的柑橘被加工成蜜饯、果酒、香醋等30多个品种，"从花到果、从皮到渣"吃干榨净，每年可以为橘农增收逾1200万元。

守护青山绿水，换来金山银山。生态优先、绿色发展的理念在宜昌日益深入人心。在加快"两山"转换、发展绿色产业的同时，以新发展理念为指导，宜昌开启了调整产业结构，培育发展新动能的探索。

"重新定位宜昌产业发展方向，需要完整准确全面贯彻新发展理念。深刻领会习近平新时代中国特色社会主义经济思想，我们认识到，在'壮士断腕'的背后，蕴藏着'脱胎换骨'的重大机遇。任何一座城市的发展壮大，都离不开一批战略性、引领性的支柱产业,这就是我们构建新发展格局的努力方向。"宜昌市委书记王立说。

10月12日,新能源巨头宁德时代牵手宜昌,总投资320亿元的邦普一体化新能源产业园项目正式在宜昌高新区落户。如此巨额的单项投资在全省市州一级可谓屈指可数,而宜昌更看重的则是它的产业链带动作用。宜昌磷化工产业优势与宁德时代新能源技术优势结合,实现了进军新能源新材料赛道的目标,让宜昌化工产业链得以向高端延伸。

顶着满天的星光,记者来到邦普一体化新能源产业园建设工地,只见数个土建标段都在挑灯夜战,挖掘机挥臂不止,渣土车往来穿梭,一派繁忙景象。一路上还不时遇到连夜搬迁的群众。宜昌市高新区党工委(管委会)办公室主任胡煜介绍,项目签约的第二天,市里就从各相关部门抽调40余人成立工作专班,集中办公;列出38项任务清单,逐项推进。由于宣传到位、政策得力,老百姓积极配合,大面积的征地拆迁工作进展顺利。

在新一轮结构调整和动能转换中,宜昌重点瞄准绿色化工、生物医药、先进装备制造、清洁能源、新一代信息技术等新兴产业,加大招商引资力度,一批大中项目快速落地。同时,围绕龙头企业加快产业链布局,延链、补链、强链,着力增强产业链韧性。

一个"造车梦",宜昌人做了几十年,如今梦想成真。走进广汽传祺宜昌工厂,看板上当月"影豹"轿车下线数定格在10027辆,创下月产新高。"'影豹'一上市就成了爆款,目前已有4万多台订单,生产线满负荷运转。"广汽乘用车副总经理、宜昌公司总经理梁伟彪告诉记者,项目总投资35亿元,2019年6月建成投产,由于自动化程度高,被称为汽车行业智能制造标杆工厂,荣获"中国汽车工业科技进步奖"。在广汽传祺带动下,猇亭区已聚集21家汽车零部件企业,汽车产业链初具规模。

作为中国工业互联网领域的领军企业,东土科技创始人响应家乡政府召唤,回乡投资建设了集研发中心、制造中心、工业旅游体验中心、培训中

笔底风云四十年（上）

心、供应链和订单中心"五位一体"的宜昌工业互联网产业园。东土科技（宜昌）有限公司副总经理李长青介绍，公司依托在工业芯片、工业软件、控制系统的长期技术积累，正在加快构建国产自主可控底层根技术平台。将发挥5G+工业互联网技术优势，助力产业智慧化、智慧产业化，带动宜昌信息技术产业链优化升级。

生物医药是宜昌的传统优势产业，如今优势更优、龙头更强、产业链条更具韧性。人福药业是全国最大的麻醉药品定点研发生产企业，近年来，他们坚持"专精特新"创新发展道路，企业仿制药一致性评价获批品种达到24个。2020年7月，自主研发的首个创新药注射用苯磺酸瑞马唑仑成功上市，今年单品创收超过1亿元。公司副总经理晏涛说，"十四五"期间，公司将在宜昌投资60亿元，建设总部基地和高端原料药生产基地，可新增销售收入100亿元，极大增强产业链、供应链自主可控能力。

产业是发展的基石，项目是产业的抓手。宜昌市市长马泽江介绍，前三季度全市新签约5000万元以上项目1213个，实际到位资金1519亿元；累计新开工亿元项目516个、总投资1485亿元，分别增长80%、46%。"改善营商环境没有终点。我们不仅要招得来，更要落得好、建得快、留得下。"马泽江说。

集聚群的合力

2021年3月，从鄂州调任宜昌市委书记的王立，发现自己多了一个新头衔："群主"。

这个"群"，指的是宜（昌）荆（州）荆（门）恩（施）城市群。根据湖北省委十一届八次全会提出的"一主引领、两翼驱动、全域协同"区域发展布局，宜荆荆恩城市群为湖北区域经济发展的两翼之一，而宜昌则成了"一群之主"。

东承沪汉、西接成渝，依托长江黄金水道和沿江高铁东西通道，推动宜荆荆恩城市群加快发展意义重大。湖北省委对"群主"宜昌寄予厚望：支持宜昌建设区域性中心城市、提升省级副中心城市能级，引领带动宜荆荆恩城市群协同发展。

要发挥"群主"的引领作用，前提是要有当"龙头"的规模和实力。宜昌市委分析认为，县域经济不强是区域经济发展的最大短板。为补上这块短板，宜昌加快推进扩权赋能强县改革，提升县级管理服务能力。支持县市培育壮大一批有竞争力和影响力的特色产业、块状经济、网状经济，带动形成"一县一品"。主动对接荆州、荆门，优化产业布局，推动宜都、枝江、当阳、松滋四市县设施互联互通、产业联动发展，共建全国百强县域聚集区，培育带动城市群发展的新增长极。

记者在枝江采访的时候，市委书记余峰正在准备一场"大考"：第二天，他将在全省县域经济推进会上作视频发言，向省市领导汇报枝江的做法和经验。近年来，枝江坚持工业强市不动摇、提档升级不松懈，成功跻身全国县域经济百强、全面小康指数百强、营商环境百强"三个全国百强"，摘得全国文明城市、国家卫生城市"双桂冠"。余峰介绍，刚刚召开的枝江市党代会确定了新的工业发展战略，就是要突破性发展新能源、新材料、新电商等"五新"产业，进一步挺起县域经济高质量发展的"脊梁"。

区域协同，交通先行。宜昌素有"三峡门户、川鄂咽喉"之称，宜昌通则长江通，中部畅则全局畅。加快交通基础设施建设，畅通人流物流，不仅是宜昌发展的需要，更是城市群建设的需要。

今年以来，宜昌交通建设好事不断：宜都长江大桥通车，连接两大百强县市；沿江高铁宜昌北站效果图亮相，开工建设在即；三峡机场二期改扩建工程进入收尾阶段……随着城际和区域内"断头路"不断打通，"宜荆荆60分钟交通圈""中心城区30分钟通勤圈"正在形成，宜荆荆恩城市群越变越"小"。

今年7月，宜昌、荆州联手推进焦柳铁路－枝城港－车阳河港多式联运

笔底风云四十年（上）

项目开工，这是宜荆荆恩城市群首个跨区域基础设施项目。宜都市宁通物流有限公司董事长杨晨告诉记者，宜都枝城港区和松滋临港工业园两地相隔不过10余公里，过去两个园区货物运输主要通过公路来回转运，成本高、效率低。多式联运项目建成后，实现水运与铁路无缝衔接，不仅可以降低物流成本，还为串起两地产业链提供了便利。

区域合作，产业为基。推动区域产业协同发展，意味着要变对手为握手、变竞争为合作，加快规划对接，形成产业互补，共同构建新格局、拓展新空间。

"以前宜都和松滋的化工园项目重复，竞争激烈。如今，双方在产业规划、项目引进和废弃物处理上均通盘考虑，让资源配置最优化。"松滋市经济开发区总经济师陈冬介绍，宜都和松滋在产业协同布局上进行了有益探索：松滋化工园即将开工的一个新能源项目用地空间不够，通过协商占用了宜都市68亩地，这在以前是不可能办到的；从前两地园区各自规划建设发电厂，现在正在研究共建一个发电厂，实现跨区域集中供热。

由宜昌牵头，更多产业合作在渐次展开。建立重点项目合作库，以项目化推动城市群发展一体化，初步谋划重大项目351个，总投资11676亿元；联合荆州、荆门共同申报"国家级磷化工产业集群"，已获工信部1000万元奖补资金；携手恩施巴东、荆州松滋共同申报实施山水林田湖草生态保护修复工程，已开工项目63个，总投资103.2亿元……

文旅产业是宜荆荆恩的共同优势，具备一体化发展的良好基础。"我们要跳出行政区划界限，推动建设城市群旅游联盟，共同开发文旅资源。"宜昌市文化和旅游局负责人介绍，四市州正在规划整合旅游景点和线路，着力打造"一线串珠"的旅游线路产品，实现由"一线游"向"一片游"深度转化。

传承"骚"的遗韵

如果说三峡是宜昌的地标，那么钢琴则是宜昌的物标。

宜昌之所以被称为"钢琴之城",因为这里有全球最大的三角钢琴生产企业金宝乐器,年产钢琴7万余台,全球每7台钢琴中就有一台"宜昌造";还因为宜昌是我国钢琴普及率最高的城市,"长江钢琴音乐节"已连续十年在这里举办,成为市民共同的节日。钢琴文化已深深扎根于这片土地。

钢琴,如同一个隐喻,昭示了物质文明与精神文明如何在这片土地上有机地融为一体,不可分离。

在走向高质量发展的新征程上,宜昌不仅规划了经济发展的新路径,而且提出了文明建设的新目标:在全国文明城市"四连冠"基础上,努力创建文明典范城市,打造文明城市"升级版"。"我们提出这样的目标,就是要进一步加大精神文明建设力度,传承优秀文化传统,提升市民文明素质,为宜昌实力提升、能级跨越提供强大的精神力量。"市委书记王立解释说。

物质文明与精神文明并重,传统文化与现代文明交融,生态文明与创新追求交汇,赋予宜昌这座年轻城市斑斓的底色和多彩的标识。

这是一座文化之城。

"屈子衣冠犹有冢,明妃脂粉尚流香。"作为屈原故里、昭君故乡,宜昌有着神奇的历史传说和丰厚的文化积淀。几经搬迁的屈原祠如今坐落在秭归凤凰山上,坐西北而望东南,俯瞰着现代文明的结晶——三峡大坝。这位眷恋家乡的爱国诗人,目睹发生在这片土地上的沧桑巨变,不知会发出怎样的感叹!

屈平辞赋悬日月,万古离骚识楚才。屈原文化是宜昌人最为珍惜的文化资源。为了传承、弘扬屈原文化,宜昌与学术机构合作,组建了屈原文化研究院。规划建设了屈原广场、屈原大道、天问台、天问阁、天问塔等公共文化场所,让屈原文化融入城市肌理。每年举办端午诗会、诗歌朗诵大赛等活动80余场,参与各类诗歌活动的群众10万余人次,因此宜昌又被称作"诗歌之城"。市人大常委会主任王国斌说,屈原文化是具有世界影响的中国文化品牌,具有穿透历史的时代价值。构筑以屈原为文化地标的精神高地,用

笔底风云四十年（上）

中华优秀传统文化为城市立心铸魂，是宜昌城市文明建设的鲜明特征。

这是一座好人之城。

一个典型就是一面旗帜，一个好人就是一座灯塔。宜昌在文明实践中努力倡导崇尚好人、关爱好人、礼遇好人、争当好人的良好风尚。今年以来，先后有10人荣登"中国好人榜"，5人获评"湖北好人"。全市累计获评全国道德模范1人、提名奖13人次，上榜"中国好人"109人。可谓好人辈出，星光灿烂。

如果说评选出来的"好人"是耀眼的鲜花，众多的城市志愿者则是这座城里动人的"绿叶"。全市注册志愿者达80.25万人，占常住人口19.97%。志愿服务组织有3800多个，还涌现出"三峡蚁工""长江哨兵"等闻名全国的志愿服务品牌。伍家岗区杨岔社区活跃着一支杨帆志愿者联盟，发起人熊祥国对记者介绍，他们有18名志愿者每日轮流值班，吸引200多名社区志愿者参与社区服务，开展了关爱社区特殊家庭的"暖心家园"活动以及为残疾人提供服务的"护翼行动"。

这是一座暖心之城。

民生无小事，枝叶总关情。宜昌在文明创建中坚持从群众身边小事做起，群众盼什么就干什么。学生是全社会最牵挂的群体，今年全市中小学都办起了小食堂，家长再不用为了学生的午饭来回接送；农贸市场群众离不开，管理又跟不上，宜昌新建改造菜市场65家、取缔马路市场15处；为解决市民停车难，市政府要求节假日期间所有机关事业单位的内部停车场都要向群众开放，同时规划建设更多智慧立体停车场；公交是大多数市民的"第二双脚"，交运部门合理增加高峰时段发车班次，缩短发车间隔时间，推进智慧调控，让搭乘换乘更方便……正是这一桩桩琐碎小事，让市民感受到了城市的温度。

落实党史学习教育"我为群众办实事"要求，宜昌正在全市基层党组织中开展"筑堡工程"，就是要把每一个基层党组织"筑"成服务群众的暖心堡垒，打通社会治理的"末梢神经"。市委要求基层干部以"早看窗帘晚看灯"的细心、贴心、暖心，围绕"八大服务场景"，办好群众身边小事。廖丹丹是伍家岗区伍临社区党委书记，1998年就开始在社区工作。她感到，"筑堡工程"对社区建设要求更严更细，措施更具体，保障上也更给力。

这是一座活力之城。

第七次人口普查数据不久前公布，人们发现，宜昌是除了省会武汉之外，全省仅有的人口净流入城市。越来越多的年轻人走进宜昌、扎根宜昌，彰显了城市的吸引力和凝聚力。

要让更多的年轻人走进来、留下来，就要努力创造宜居宜业、创新创业的城市环境。围绕建设区域性中心城市目标，宜昌提出打造区域性科创中心、金融中心、物流中心、消费中心、活力中心"五个中心"，完善城市功能。高标准推进宜昌科教城建设，积极招引高校院所设立研究中心、试验基地，为宜昌育人聚才。以政府定补和企业投入相结合的方式，加快组建国家级三峡实验室。推动商贸物流等向现代服务业转型升级，发展体验消费、数字消费、首店经济、网红经济等新业态。突出山水、文化特色，联通"两河六库"，提升"两坝一峡"沿线景观，加快建成百里滨江绿道，擦亮城市绿色底色。

从宜昌市区沿江上溯30余公里，就到了西陵峡南岸的石牌村。这里曾是抗战时期宜昌保卫战的最后防线，江岸上零落的炮台见证着时代的变迁。长江在这里迤然西来，又遽然东去，由此峡尽天开，一泄千里，势不可当。

峡江如画，世事如诗。今天的宜昌，走过了发展的弯路，经历了转型的阵痛，实现了从"化工围江"到绿色发展的历史性蝶变。正在以新的使命担当，适应责任之变、要求之变和格局之变，向着世界旅游名城、清洁能源之都、长江咽喉枢纽、精细磷化中心、三峡生态屏障、文明典范城市的目标迈进。

航程再启，天高水阔。风正帆悬，行稳致远。

［调研组成员：张曙红、魏永刚、董庆森、祝伟、李华林、柳洁，原载

笔底风云四十年（上）

2021年12月20日《经济日报》，《湖北日报》12月29日转载。收入郑庆东主编《践行习近平经济思想调研文集（2022）》，人民出版社2023年2月出版］

作品点评

张曙红同志领衔的调研报道《宜昌蝶变》，经过一个多月反复修改，今天闪亮登场。这篇重磅稿件，紧紧围绕习近平经济思想，采访扎实深入，点面结合，对地方经济的梳理和勾画是准确的，写出了宜昌的困惑和抉择、突围和出路，加上写作精心，可谓高质量、高水准，为我们2021年习近平经济思想深度调研活动画上了圆满句号。

［摘自郑庆东著《总编辑评报（上）》，经济日报出版社2022年4月出版。作者系经济日报社长兼总编辑］

加快建成中部地区崛起重要战略支点
——访湖北省委书记、省人大常委会主任应勇

近年来，湖北省锚定"建成支点、走在前列、谱写新篇"目标定位，加快打造全国重要增长极，建设美丽湖北、实现绿色崛起。经济日报调研组深入湖北宜昌蹲点调研，日前推出《宜昌蝶变》系列报道，浓墨重彩呈现了宜昌走生态优先、绿色发展新路，推进经济社会高质量发展的实践与探索，在湖北引发积极反响。

立足新时代，踏上新征程，湖北将如何践行习近平新时代中国特色社会主义经济思想，全面推进高质量发展？记者就此专访了湖北省委书记、省人大常委会主任应勇。

记者：在贯彻落实习近平新时代中国特色社会主义经济思想方面，湖北

有何经验和体会？

应勇：习近平新时代中国特色社会主义经济思想是做好新时代经济工作的根本遵循和科学指南，为湖北高质量发展提供了"金钥匙"。我们坚决贯彻习近平总书记对湖北工作的重要指示批示精神，坚持谋定后动、谋定快动，创造性推进工作，用改革的办法攻坚克难，以实际行动抓好贯彻落实。

一是准确把握新发展阶段，勇担总书记赋予湖北的重要使命。始终牢记总书记殷殷嘱托，充分发挥经济大省、科教大省、生态大省、农业大省优势，锚定"建成支点、走在前列、谱写新篇"目标定位，加快打造全国重要增长极，建设美丽湖北、实现绿色崛起。

二是完整准确全面贯彻新发展理念，加快疫后重振和高质量发展。克服疫情带来的冲击，以"拼、抢、实"的状态和作风，实施"一主引领、两翼驱动、全域协同"的区域发展布局，构建先进制造业主导、战略性新兴产业引领、现代服务业驱动的现代产业体系，搭建科技强省"四梁八柱"，推进县域经济和农业产业化取得实质性突破，制定实施省域治理现代化政策体系，持续打造"政治生态好、用人导向正、干部作风实、发展环境优"的省份，奋力推动"十四五"开好局、起好步。

三是积极服务和融入新发展格局，打造国内大循环重要节点和国内国际双循环战略链接。湖北东联长三角、西接成渝、南邻粤港澳、北望京津冀，处于我国经济菱形结构的几何中心。我们以长江中游城市群协同发展为契机，以打造武汉城市圈升级版为引擎，持续优化营商环境，当好有呼必应、无事不扰的"店小二"，加速资源要素集聚，加快打造内陆开放新高地。今年我省前三季度GDP增长18.7%，经济运行呈现全面恢复、快速增长、质效提升、稳中向好的良好态势。

记者：从本报在宜昌调研的情况看，湖北遵照总书记的嘱托，深入推进长江大保护，加快生态修复和绿色转型，效果显著。这方面有哪些经验做法？

笔底风云四十年（上）

应勇：湖北是长江流域重要的水源涵养地、南水北调中线工程核心水源区、三峡库坝区所在地，肩负着确保"一库清水北送、一江清水东流"的重要使命。近年来，我们认真贯彻落实习近平生态文明思想，坚决扛起生态大省的政治责任，让美丽湖北、绿色崛起成为湖北高质量发展的重要底色。

坚定不移把修复长江生态环境摆在压倒性位置。坚持三江同治、河湖共治、流域齐治，推进山水林田湖草综合治理、系统治理、源头治理，构建全方位保护、全流域修复、全社会参与的长江生态共同体。把治水当作湖北天大的事来抓，坚决落实长江"十年禁渔"，推进实施长江大保护"6+4"攻坚提升行动，累计"关改搬转"沿江化工企业417家，协同推进水灾害防治、水资源节约、水生态保护修复、水环境治理，湖北长江干流水质全线提升至II类。

坚定不移加快全面绿色转型。加快产业结构、能源结构调整，打造多式联运的集疏运体系，推进土地集约节约利用，全力推进化工产业高质量发展，落实能耗"双控"要求，加强"两高"项目精细化管理。"十三五"时期，湖北单位GDP能耗累计下降18%。

坚定不移拓宽绿水青山与金山银山的转化通道。坚持把生态环境作为新旧产业迭代、新旧动能转换的关键变量，变生态要素为生产要素、生态财富为经济财富、生态优势为发展优势，建立协同、安全、韧性的现代产业体系。用好全国碳市场交易注册登记结算系统，建立健全生态产品价值实现机制，不断提升绿水青山"颜值"、实现金山银山"价值"。

记者：作为科教大省，湖北如何发挥科技资源比较优势，以科技创新引领产业发展？

应勇：去年以来，我们深入贯彻习近平总书记关于科技强国建设的重要论述，以创建武汉具有全国影响力的科技创新中心和湖北东湖综合性国家科学中心为引领，突出重点、夯基垒台、厚植优势，持续筑牢"四梁八柱"。优化区域创新布局。加强武汉城市圈和"两翼"城市群创新协同协作，着力构建"一主引领、一廊融通、两翼联动、多点支撑"的区域协同创新态势。强化创新平台支撑。对标上海张江、北京怀柔等先进科技园区，加快以东湖科学城为核心区域的光谷科创大走廊建设，与国家部委共建7个湖北实验室，不断增强创新策源功能。改革创新体制机制。完善关键核心技术攻关"揭榜挂帅"制，推动基础研究、技术创新和成果转化融通发展，引导科研主体面向重要领域"卡脖子"关键核心技术展开攻关。加快科技成果转化。围绕"51020"现代产业集群部署创新链，以科技赋能产业转型升级，以创新稳链、补链、强链。营造良好创新环境。打造热带雨林式科技创新生态，促进各类创新主体蓬勃生长、创新人才"铺天盖地"、创新要素加速流动。

记者： 在基层调研中我们感到，湖北省委对发展县域经济高度重视，着力甚勤。这是出于什么样的考虑？

应勇： 发展不平衡不充分是湖北最大的实际，县域经济不强是湖北高质量发展的突出短板，农业产业化程度不高是制约农业现代化和全域高质量发展的突出问题。我们把加快县域经济和农业产业化突破性发展，作为夯实全域协同发展的基石，筑牢打造全国重要增长极的底座。

县域强则全域强，县域兴则湖北兴。我们把富民强县作为实施"一主引领、两翼驱动、全域协同"区域发展布局的重要举措，推动县域与武汉城市圈和"两翼"城市群融合发展，深度融入城市群的产业链、供应链、资本链、人才链、创新链，形成一体化发展格局。我们着力推动以县城为重要载体的城镇化建设，推进县域人口集中、产业集聚、功能集成、要素集约，提升县城功能品质，促进城乡融合发展。大力实施百强进位、百强冲刺、百强储备"三百工程"，7个县市进入全国百强。深化扩权赋能强县改革，在干部任用、资金奖补、发展考核等方面打出一套激励组合拳，营造县域经济百舸争流的发展局面。

加快推动湖北由农业大省向农业产业强省跨越。我们树立大抓产业、抓大产业的理念，推进新兴产业"无中生有"、传统产业"有中生优"、优势

笔底风云四十年（上）

产业"优中做强"，把农产品资源优势转化为产业发展优势。实施农业产业化"十百千万"工程，全省重点建设10条农业产业链，由8位省领导担任链长，推动农业产业链延链补链强链，建立健全广大农户深度参与的利益联结机制，以农业农村的现代化抬高全域高质量发展的底板。

记者：去年以来，经历了严重疫情等重大考验，湖北如何坚持以人民为中心的发展思想，补齐治理短板，兜牢民生底线？

应勇：近年来，我们坚持践行以人民为中心的发展思想，把民心作为最大的政治，不断在发展中保障和改善民生，努力实现人民群众对美好生活的向往。全力打赢脱贫攻坚战。积极应对严重疫情、汛情带来的"加试题"考验，圆满完成剩余5.8万贫困人口脱贫任务，确保底线不破、后墙不倒，做到质量更高、成色更好。做好返贫监测，加强帮扶政策统筹、机制统筹、资源统筹、力量统筹，确保"脱贫不返贫、振兴不掉队"。全力兜牢民生"保障网"。民生支出占地方一般公共预算支出比重始终保持在75%左右。特别是去年疫情发生后，我们全力做好"六稳""六保"工作，大力压减公用经费和一般性支出，优先保障基本民生，兜牢了民生底线。全力补齐基层治理短板。深入贯彻习近平总书记"补短板、堵漏洞、强弱项"的重要指示精神，省委十一届七次全会出台了"1+1+11"政策体系，着力打造疾控体系改革和公共卫生体系建设"湖北样板"。加强党建引领的基层社会治理，推进省域治理体系和治理能力现代化。全力做好安全稳定工作。全面贯彻总体国家安全观，统筹发展和安全，严格落实意识形态工作责任制。毫不放松抓好常态化疫情防控，全力防范化解疫后综合症，大疫大灾之后没有发生企业规模性倒闭、没有出现职工规模性失业、没有发生涉疫群体规模性上访。持续打好防范化解重大风险攻坚战，建设更高水平的法治湖北、平安湖北，平安建设连续16年获得全国优秀省份，保持了政治社会大局稳定。

记者：今年4月，《中共中央国务院关于新时代推动中部地区高质量发展的意见》公布，给湖北发展带来了新机遇。湖北将如何贯彻落实《意见》精神，率先在中部地区实现绿色崛起？

应勇：推动中部地区高质量发展，是以习近平同志为核心的党中央统筹国内国际两个大局、促进区域协调发展作出的重大决策部署。《意见》特别强调"中部地区特别是湖北省经济高质量发展和民生改善需要作出更大努力"。湖北紧紧围绕习近平总书记赋予湖北"建成中部地区崛起重要战略支点"的历史使命，抢抓历史机遇，抓好《意见》贯彻落实，力争率先在中部地区实现绿色崛起，打造全国重要增长极。

概括来讲，就是发挥"六大优势"、增强"六大功能"、实现"六大目标"。一是发挥科教大省优势，增强科技创新策源功能，打造具有全国影响力的科技创新中心。二是发挥产业基础雄厚优势，增强高端产业引领功能，打造全国重要先进制造业基地。三是发挥中心城市支撑引领优势，增强辐射带动功能，打造中部区域协调发展示范区。四是发挥生态大省优势，增强生态承载功能，打造中部绿色崛起先行区。五是发挥区位交通和市场空间优势，增强交通枢纽和市场枢纽功能，打造内陆开放新高地。六是发挥党建引领基层社会治理优势，增强公共服务供给功能，打造中部省域治理样板区。

（原载2021年12月22日《经济日报》，与董庆森、柳洁合作。《湖北日报》12月23日转载）

顺德再造

经济日报调研组

经历40余年的高速发展之后，驰名中外的"广东四小虎"之一——佛山

笔底风云四十年（上）

顺德，也面临着发展的"天花板"。因"村村点火，户户冒烟"而形成的一片片村级工业园如今成了"散乱污破"的代名词，发展乏力、结构欠优、环境不佳，成为顺德推进高质量发展的短板。

在新时代高质量发展的考卷面前，顺德人如何作答？老旧的村级工业园在新发展理念引领下如何再造？经济日报调研组近日深入顺德采访调研，探寻今天的顺德如何秉承敢为人先的勇气，以推进村级工业园改造为突破口，再创高质量发展的新辉煌。

40多年前，这里曾是领改革开放风气之先的敢闯敢干之地。在这里，诞生了全国最早的"三来一补"企业；在这里，产生了全国第一家完成股份制改造的乡镇企业；在这里，因产权制度改革引发全国范围的"靓女先嫁"还是"丑女先嫁"之争；还是在这里，邓小平同志提出了"发展才是硬道理"的著名论断……

40多年来，这里的干部群众秉承敢为人先、勇于创新的锐气，大力发展乡镇企业、民营经济，在806平方公里的土地上，创造了一个又一个奇迹：孕育了两个世界500强企业，自2011年起连续9年位居全国综合实力百强区榜首，一大批自主品牌走向全国走向世界……

这里，便是驰名中外的"广东四小虎"之一——佛山顺德！

但率先发展，也率先触碰到发展的"天花板"。在经历了40余年的高速发展之后，曾为顺德社会发展、经济繁荣、就业改善立下赫赫战功的村级工业园，因发展乏力、结构欠优、环境不佳、安全隐患突出等诸多原因而疲态尽显。一片片曾经生机勃发、令人引以为傲的土地，如今却成为顺德进入新时代的切肤之痛。

在新时代的高质量发展考卷面前，近300万顺德人如何作答？率先触碰发展"天花板"的顺德如何再创辉煌？新的发展理念与老旧的村级工业园将碰撞出什么样的火花？这些问题的答案，隐藏在一场始于2018年且仍在继续的村级工业园改造"大戏"之中。

负重而行

不夸张地说，世界上有两个顺德。第一个顺德，带着各种耀眼的光环，高端大气上档次。第二个顺德，拖着村级工业园的沉重枷锁，步履艰难、气喘如牛。

这是一组组让人颇为沉重的数字。截至2018年，顺德382个村级工业园见缝插针地散落在区内205个村（居委会），用地面积接近13.5万亩，占全区已投产工业用地的70%，但仅贡献了4.3%的税收。亩产效率之低、效益之弱，可见一斑。

这是一幅幅让人触目惊心的画面。高楼林立的现代化都市与破落杂乱的生产作坊相邻，在标准化智能制造工厂的不远处散布着低矮破旧的小车间，从空中俯瞰好像七八十年前一件穷人的百衲衣——百孔千疮，补丁满满。

这是一个个让人遗憾的场景。"占地400亩的厂区，挤满了3万多人，车间盖到了10层……每天早上一睁眼，想的就是怎样再'挖'出1平方米。"早在16年前，格兰仕董事长梁昭贤最大的焦虑，就是想在顺德增资扩产却没有空间。无奈之下，格兰仕把制造中心搬到了顺德之外。格兰仕的无奈，并非孤例。

不可否认，村级工业园在顺德历史上曾发挥了不可替代的作用。

位于珠三角核心区域的顺德，毗邻港澳，是我国改革开放当之无愧的前沿。早在党的十一届三中全会前夕，顺德就引进了中国第一家"三来一补"企业——容奇镇制衣厂（"大进制衣厂"前身）。资料显示，当年只有300人的大进制衣厂，成立一年就赚得外汇20万美元，轰动一时。

不只是服装产业，顺德当年令人津津乐道的"摇头摆尾"两大产业，也是蓬勃发展。所谓摇头，就是电风扇。顺德的电风扇有多强？数据显示，截至1985年，顺德的风扇厂达14家，年生产能力881万台，产量占到了全国的

笔底风云四十年（上）

20.6%。

乘着改革开放的东风，害怕了贫穷落后而又敢为人先的顺德人，开始拥抱工业，"村村点火，户户冒烟"成了那个时代乡村工业"野蛮"发展的印记。

这些村级工业园里聚集了超过1.9万家中小微企业，正是这一个个小工厂，富裕了顺德百姓，配套了顺德制造，培育了体系完整的产业链条，孵化了美的、格兰仕等一大批知名企业，造就了以制造业闻名的"广东顺德"品牌。改革开放40多年来，顺德创造了GDP增长648倍，年均增长率18%的奇迹。

但光鲜亮丽的成绩背后，高耗能、低产出、环境恶化、管理落后、安全隐患突出等问题也到了不容忽视的程度。创造顺德经济辉煌，扮演了珠三角制造业摇篮角色的村级工业园，逐渐成为发展桎梏，不仅挤占了大量空间，还成为"散乱污破"的代名词。

土地资源接近开发极限。顺德区约50%的土地被高强度开发，远超国际公认30%的警戒线；13.5万亩村级工业园的面积相关100平方公里的土地，而顺德的总面积才806平方公里。顺德面临着低端产能无法出清，高端产业无法布局甚至"一亩难求"的尴尬。

生态环境接近忍耐极限。"我早就看着不顺眼了，低矮破旧，时而出事故、发生火灾，时而冒臭气……严重影响了村民的健康生活和对美好居住环境的向往。"顺德区龙江镇新华西村党委书记陈江华深有感触地说。

顺德在负重前行！作为连续九年位居全国综合实力百强区之首的顺德，又是国家生态文明建设示范区，在高质量发展的时代背景下，这样的情形又岂能延续？

"村级工业园是顺德高质量发展大道上最棘手的问题、最主要的矛盾，但也是贯彻新发展理念、推动高质量发展的希望和潜力所在。必须举全区之力打赢这场没有退路的战斗，这是场必须打且必须打赢的攻坚战。"佛山市委副书记、顺德区委书记郭文海说："顺德不能拖着破旧的村级工业园进入新时代!"

时移势易,形势逼人。只有痛下决心,坚决淘汰那些高污染、高排放的产业和企业,才能为新兴产业发展腾出空间——推进村级工业园改造,是顺德深化改革加快发展的必由之路,是经济增长模式由要素驱动向创新驱动、从高速增长到高质量发展转变的必然选择。

点评: 率先发展地区率先遇到问题。顺德一方面拥有3600多亿元的地区生产总值,坐拥两个世界500强企业等一系列耀眼光环,另一方面却拖着数十年来形成的庞大村级工业园,园内充斥着小、乱、污、险的落后生产力,如果不果断淘汰,不仅无缘高质量发展,已有的高端产业也会因"劣币驱逐良币"而外流。

壮士断腕

撼山易,撼思想难,撼动利益更是难上加难。

虽然"不能拖着破旧的村级工业园进入新时代"的必要性、紧迫性和重要性在广东顺德干部群众中已经有了一定共识,但要动一块毫无章法地搭建了40多年的"大积木",要碰一个盘根错节地延展了40多年的"利益体",涉及全区10个镇街的382家村级工业园、数万家各类企业、数十万就业人口。钱从哪里来?人往哪里去?到底怎么改?结果会怎样?又会产生什么连锁反应?没有经验可循,难度可想而知。

明知山有虎,偏向虎山行。在顺德有这样一个故事广为人知。2018年1月8日凌晨1点多,郭文海办公室的电话突然响了起来,是区委办公室的同志打来的。原来,当日早上9点中共佛山市顺德区第十三届代表大会第三次会议就要召开,而作为重头戏的党代会报告,郭文海却依然没有定稿,他依然在权衡。

权衡的是,到底是将"村改"定为头号工程,将其作为许胜不许败的攻坚战,还是将"村改"作为重点工程,给工作留点余地,给自己留条退路。

笔底风云四十年（上）

何去何从，郭文海的思虑远在文字表达之外。上午9时，当着数百位代表和与会人员，郭文海公布了答案：把村级工业园改造作为党委政府"头号工程"，全区上下要高度统一、高度重视，下定决心、强力推进。

又一次，在一场开弓没有回头箭的战斗中，"可怕"的顺德人，面对不可预知的困难，做出了毅然决然的选择。

而真正让顺德党员干部吃下定心丸的，是当年3月，习近平总书记在参加十三届全国人大一次会议广东代表团审议时所作的重要讲话。2018年3月的北京，乍暖还寒。总书记的到来，让广东代表团的代表们如沐春风。面对来自改革开放排头兵、先行地、实验区的全国人大代表，习近平总书记语重心长。他寄语广东要在构建推动经济高质量发展体制机制等方面走在全国前列，直言广东"要以壮士断腕的勇气，果断淘汰那些高污染、高排放的产业和企业，为新兴产业发展腾出空间"。

习近平总书记的重要讲话精神，激励了广东代表团的代表们，也迅速传到远在2000多公里之外的顺德。有一位顺德干部，这样描述听到传达后的心境：总书记切中要害，一语中的，让我们眼前一亮、心头一暖，让我们知道，顺德干村级工业园改造是对的：污染的GDP，不能要；落后的GDP，不能要；黑色的GDP，更不能要！

既有非常之事，必经非常之难。"村改"之难，至少就有以下几个方面：用地政策突破难，由于历史原因，顺德村级工业园大量存在城市规划与土地规划不符的情况，拆了可能就不能再建；长租期低租金现象普遍存在，动辄还有30年、40年的租期，厂房业主、经营企业等既得利益群体阻力大；土地权属复杂，国有土地、集体土地交织，集体土地的处置又需要征得成百上千乃至近万名村民的同意，改造意愿极难统一；利益诉求难平衡，以"工改工"为主的模式，虽然有利于发展实体经济，但难免与群众诉求有温差……多重矛盾交织在一起，犹如"老虎吃天，无从下口"，影响了干部队伍的信心。

鼓舞士气，成为当务之急。2018年7月30日，在中共佛山市顺德区委十三届五次全会上，一个别开生面的细节令人印象深刻。会上，郭文海专门领学了《经济日报》于当年2月28日发表的深度报道《顺德当年——一个县域经济奇迹的诞生》的编者按和结语。据一位当时与会的干部回忆，2018年恰逢改革开放40周年，不少与会干部通过重温顺德40年激情燃烧的岁月，深受触动，备受鼓舞，对焕发敢闯敢试、敢为人先的"可怕的顺德人"精气神，产生了积极作用。

更让人士气高涨的，还有实实在在的政策。2018年国庆之际，顺德收到了一个大大的"红包"。在广东省委、省政府的大力支持下，"改革先锋"顺德又一次被赋予广东深化改革探路的历史使命——率先建设广东省高质量发展体制机制改革创新实验区，并给予顺德一系列先行先试的政策支持。村级工业园改造，成了顺德推动高质量发展的突破口。

至此，一场涉及382个工业园区、用地面积13.5万亩的轰轰烈烈的"村改"大戏正式拉开帷幕。

点评：顺德人用本地话评价自己，喜欢用三个词："识做、搞掂、坚野"。其大意，"识做"是会干、懂得如何干；"搞掂"是善干、干得好；"坚野"是品质过硬。正因为有了"识做"的智慧、"搞掂"的能力、"坚野"的决心，顺德人在面对村级工业园改造时，没有被困难和问题吓倒，没有让困难成为前进道路上的拦路虎，而是毅然决然，迎难而上，敢闯敢试，在改革创新中突破困难。这种品质和毅力，正是顺德改革开放40多年来，取得一系列骄人成绩的关键所在。

八仙过海

顺德推进村改，没有成法可依。10个镇街不设试点，全线出击。于是，各个街镇"八仙过海，各显神通"，从某种意义上说，这种"八仙过海"是被逼出来的。但恰恰是这种不得已而为之，契合了村改错综复杂的实际。

笔底风云四十年（上）

顺德区委改革办副主任吴文杰介绍，在一个不足百亩的村级工业园内，土地权属不清者有之，厂房被层层转包者有之，占用河滩建厂者有之，多个分散独立的企业有之。而这样的情况，几乎是顺德村级工业园的常态。

为此，顺德坚持从实际出发，哪里影响改造，就从哪里改革突破，大胆试、大胆闯。针对不同改造项目的不同要求，灵活用好政策组合拳，因地制宜探索出政府挂账收储、一二级联动改造、国有集体混合开发、直接征收开发、生态复垦复绿、政府统租统管、企业长租自管、企业自主改造和"改造权+土地使用权"公开出让9种改造模式。

乐从镇上华村位于顺德区西北角，随着城市化进程的加快，这里临近佛山新城，区位优势更加凸显。20世纪90年代起，上华村248亩的村级工业园里，散布着60多家企业，主要从事家具、小五金等行业。近年来，这些企业产值低、污染大、隐患多，与当地新的发展需求格格不入。

"这种低端的工业园，10年前我们就已看不上眼了。当时也想改造，但苦于没有政策支持。"上华村党委书记曾剑雄告诉记者。为谋划长远发展，上华村从10年前就决定将企业的租地合同由以往的10年一签调整为3年一签，逐步清退低端污染企业。

2018年，乘着村改的东风，在全面听取村民意见、充分保障村集体利益的前提下，上华村精心制定方案，抢喝"头啖汤"。原有企业短租合同全部到期后，上华村于2018年上半年将整理后的248亩土地进行公开流转（土地所有权仍归上华村集体），由美铭产业园开发有限公司承租后，筹建上华智能智造产业园。

上华智能智造产业园建成后，年总产值预计可达100亿元。村集体收到的年租金以每亩4.7万元为基础，每年递增2%。"现在，年轻人回乡的越来越多，对未来发展更有信心啦。"上华村股份社理事长霍杰杨表示，30年流转期满后，村集体将无偿取得产业园物业产权。

村改中，"工改商（住）"的好处是显而易见的，而"工改工"则面临着原权属人收益不高，村集体改造意愿不强的现实问题。顺德构建"长短结合""钱物兼有"多种改造收益模式，首创"工改工"挂账收储土地公开出让成交价98%返还村集体，让村集体享受土地增值的最大红利。

所谓挂账收储，就是集体土地先转国有，卖地后再按与政府签订的协议进行土地补偿。相对于政府征收土地标准固定，挂账收储模式中的土地通过市场公开出让，地价相对高一些。

"在以往的'三旧'改造中，挂账收储更多应用于商业住宅项目，地价升值很高，政府就规定一个适中的比例给原权属人分成，政府和原权属人都有不错的收益。而'工改工'并没有改变土地功能，土地出让收入也不会很高，一些镇街就提出能否把分成比例提高。"顺德区村改办政策服务组副组长辛彩红解释说，为鼓励"工改工"，顺德区经过研究，决定政府充分让利，把"工改工"土地出让金的98%返还村集体（仅扣除2%的上缴费用），这个做法后来也得到了广东省有关部门的认同。

村改中，政府直接征收开发模式成熟、易行，有利于政府按产业需求招商引资，也不用企业面对复杂的拆迁补偿问题，产业项目接受度高，但也面临着政府资源投入多、财政压力大的问题。为打掉"缺钱"这只拦路虎，"改造权+土地使用权"公开交易新模式应运而生。

"改造权+土地使用权"公开交易，简单说有些类似"毛地出让"。土地由政府直接征收，并在地上建筑物未清拆情况下办理土地征收手续，再通过"改造权+使用权"公开交易，竞得人先支付改造资金，政府利用这笔改造资金完成土地整理，在具备条件后改造人直接受让土地使用权。

杏坛镇党委书记柯宇威认为，采用这一模式有两大好处，政府主导直接征收，有利于实现整体连片改造和快速推进土地整理，整体拆迁风险可控；同时，利用社会资金进行厂房清拆，大大缓解了政府财政资金压力。

点评：只要方向对，不怕困难多。顺德在村改实践中不搞"一刀切"，鼓励"八仙过海"，大胆探索，充分体现了实事求是的原则，发挥

笔底风云四十年（上）

了基层的首创精神。顺德现行探索的村改模式有9种之多，运用的精髓其实只有一个：一切从实际出发，因地制宜，充分尊重和满足多个利益主体的合法权益。

闻鸡起舞

敢称"铁军"者，必须具备铁的信念、铁的意志、铁的作风、铁的担当、铁的纪律。顺德村改能够在困境中杀出一条生路，离不开这样一支铁军。

2020年12月10日晚上11点53分，在顺德村改工作微信群中，郭文海发了一段文字，然后直接@10个镇街的书记和镇长："村民已经完成表决的地区，请尽快推进村级工业园拆除和清退！"下面，同一个词不断闪烁：收到、收到、收到、收到……

这些常年奋战在村改战场的最前线，冲在炮火最猛烈地方的镇街主要负责人，他们收到的是任务，更是挑战。

用一位村改干部的话说就是：村改比征地拆迁还要难！因为村改不仅涉及村民土地，还涉及厂房业主、经营企业等多方利益，可谓牵一发而动全身。

要完成这些当初看来是"不可能完成的任务"，靠的是人，是一支敢打硬仗的队伍。

在当地村改干部口中，流传着这样一句话：周六保证不休息，周日休息不保证。周六日是村民和业主的休息日，村改干部往往利用周末的时间入户做宣传、沟通工作。

周末如此，平时更是这样。"我们的村改干部基本是早上6点起床，7点集合进村入户，因为过了8点，农民出门务工，再找人就难了。这真正是闻鸡起舞、日夜兼程、风雨无阻，这是真正的顺德铁军。"郭文海说。

坚定信念、敢于担当的顺德铁军，不仅敢于承权，更敢于行权。

为打破审批周期长、手续繁杂等制约，顺德村改开创性地实行纵向"一竿子"、横向"一次过"审批机制，推行"容缺受理""信任审批"，对没有违反规划大原则的项目，村民表决通过后报联审会议审批，后续补办审批手续，推动审批项目迅速落地。龙江镇仙塘宝涌工业区（一期）项目9天就办好了建设审批手续，90天建成厂房，创下顺德村改新速度。

时间回溯到3年前，情况却完全不同。2017年9月份，郭文海调任顺德。上任之初，他进行了为期3个月的调研，在调研中发现两大突出问题，一个是产业发展没有空间，这也是推行村改的肇始，另一个是顺德干部队伍当年那种担当作为不见了，更多的人习惯了按部就班。

如何让当年的改革精神重现，让干部们找回当年那股精气神？区委班子统一了认识：从用人导向上做文章。

在2019年2月份召开的中共佛山市顺德区第十三届代表大会第四次会议上，20名干部被命名为"担当有为先进个人"，一批勇闯善为的先进集体被表彰。截至目前，3批共192个担当有为先进集体和214个先进个人，因为敢担当、善作为被表彰。

除了表彰激励，更重要的是激发干部队伍干事创业的热情。

"村改对我们地方来说，是个历史性工程，有机会参与村改，人生必将留下浓墨重彩的一笔。我是村改人，我很光荣。这个认识非常重要。"顺德区委副书记、区长王勇说，这也体现了习近平总书记提出的，只有奋斗的人生才称得上幸福的人生。

10个镇街冲锋在前，如何为铁军做好后勤保障，免除冲锋的后顾之忧？

顺德区委、区政府专门出台了履职容错免责机制，规定了14种可以容错免责的情形，对干部在改革创新、服务民生、攻坚克难等工作中的失误，给予最大限度的宽容，为担当者担当，为负责者负责，为干事者撑腰。同时，由于村改涉及多方面利益，审计和监察也随时跟进，一路为村改干部护航。

郭文海对村改干部们承诺："所有出台的村改政策，如果出了问题，责任由我来担当，你们往前冲就行了。我希望这个队伍打下一个又一个山头，

笔底风云四十年（上）

但不愿意看到任何干部因为勇于担当而倒下去。"

点评："万亩奔腾"，离不开万马奔腾。正是因为有了这样一支村改铁军，才能攻下一个又一个难关，开创一个又一个模式，为顺德产业高质量发展打开空间。纵观顺德40年改革发展史，其实就是一部党员干部带领全区人民"摸着石头过河"的创业史。这支坚强的顺德铁军，是顺德创新创业的开路先锋和坚强后盾，进入新时代，还将继续为顺德高质量发展提供强大支撑。

共建共享

村改，涉及征地、拆迁、补偿等众多利益问题。在这个过程中，会不会损害群众尤其是农民的利益？进一步讲，人民群众又能从村改中得到什么益处？这是改革能否顺利推进的关键所在。

在北滘镇黄龙村靠近广佛江珠高速的区域，占地600亩的黄涌工业园正经历涅槃。这个兴起于20世纪90年代的村级工业区以五金、塑料为主要产业，曾是村集体经济发展的重要力量，但其高耗能、低产出的特点也成了新时代发展的包袱。

"改造村级工业园势在必行，但村民同意不同意，我们心里并没有底。"黄龙村党委书记陈忠青说，实际情况也是这样，刚开始村改时，村民是不理解、不接受甚至是抵触的。

担心之一是，原来的村级工业园每年能给村集体带来约580万元的租金收益，虽然不少村民觉得每亩地每年1万元的租金不算多，但村改后会不会连这些收益都得不到？

担心之二是，原来村级工业园土地属于农业用地，村改之后，土地会不会被复垦复绿？如果那样的话，不仅补偿款少，租金收益也会比改造前更低。

最终形成的村改方案打消了村民的种种顾虑。陈忠青介绍，600亩村级工业园用地,因规划控制,约有120亩用于复垦复绿,其他都是"工改工""工改商"。村集体与黄涌工业区的原有租户解除协议后,通过挂账收储、政府征地等方式进入土地出让流程。粗略估算,在土地出让补偿方面,村里一次性分红约为15万元/股,总共1764股。

除了一次性补偿,还有持续的租金收益。根据方案,村集体会获得10.29万平方米的现代化工业厂房,还有500平方米的商业物业,同时,开发商承诺返租10年。据此计算,产权物业租金收益将达到每年1800万元左右,是原来土地租金的3倍多。

对一个农村家庭,这些收益意味着什么?面对记者的问题,黄龙村村民卢月仙笑着回答说:"我家有5股,因为没有土地,收入全靠分红,之前1年能拿村集体分红3万多元,现在一次性补偿就能拿到70多万元,还不包括以后的租金收益!"

辛彩红介绍说,现在,很多村居村改都按照"分五留五"(土地补偿金的五成用于一次性分配,五成留存村集体)的原则分配资金,甚至还有的村不要分钱,100%要物业。

"没有钱分也要改!"说这话的是杏坛镇光华村光华股份社理事长吕伟盛。为什么?吕伟盛直言,因为村级工业园的污染问题早已让村民们苦不堪言。

光华村德彦工业区始建于20世纪90年代初,当初工业区没有什么规划,没有污水处理等配套设施,连消防通道也没留。工业区位于村子东南方,每当东南风起,整个村子都会气味弥漫。此外,污水也排不出去。

村改解决了这一问题。2020年年初,光华村德彦工业区改造启动清拆工作。不到1年时间,73岁的光华村村民潘教初就发现,村里的空气、河道的水质都有了明显改善。村口新建的公园里,也有了更多欢声笑语。

村改过程中,村民利益和村集体利益是主体,厂房业主利益和园区企业利益也不能忽视。而且,在习惯了几十年的长租期、低租金情况下,来自厂

笔底风云四十年（上）

房业主和园区企业等群体的阻力更大。

在容桂街道红星社区聚胜工业区，有一个专业市场，也叫边料街，市场中的100多家企业主要业务是铁皮边角料处理。"集体补偿都谈好了，但搬迁过程还有很多困难。"容桂街道村改办常务副主任叶毅萌说，"为此，我们积极帮助这些企业联系地方落脚。如果企业选择落户容桂，我们还开通了绿色通道，配合办理各种手续，便利用水用电，实现企业平稳搬迁。"

为了妥善安置好村级工业园中的优质中小微企业、有潜力的科创型企业以及产业链必要的配套企业，2019年，顺德发布了村级工业园升级改造腾挪园第一批认定名单和腾挪项目扶持试行办法，充分保障企业的利益。

点评： 从刚开始的艰难起步到如今的势如破竹、取得重大成果，从不理解不信任到拧成一股绳、形成强大合力，从"要我改"到"我要改"，顺德村改的这些变化反映了村改并非政府的一厢情愿，而是一场符合各方利益的改革。只有坚持以人民为中心，充分协调各方利益，充分调动各方力量，让群众共建共享村改红利，才能破解各方利益纠葛的诸多难题，换来顺德城乡华丽蝶变。

凤城涅槃

经过攻坚克难，如今，顺德村级工业园改造取得决定性成果。

截至2020年12月31日，累计完成改造83310亩，累计关停、整改落后风险企业12799家。2021年，村级工业园将在总体上退出顺德的历史舞台。

寸土寸金。将近100平方公里的空间腾出来，顺德该如何绘就最新最美的画卷？区委区政府在学习习近平新时代中国特色社会主义思想的过程中统一了认识，明确了思路：村级工业园改造，不是简单的破和立，而是推动产业转型升级的过程，是贯彻新发展理念、实现高质量发展的过程。

按照高水平重塑产业空间布局的要求，顺德全面整合382个村级工业园，建设连片现代主题产业园（城），2020年启动规划建设超20平方公里的大良红岗科技城、龙江数字产业城,推动10个镇街各自建设至少1个平均超2000亩的现代主题产业园(城)。

总占地面积2618亩的顺德(龙江)数字装备园,重点发展高端装备制造,由浙江万洋集团负责招商。

走进万洋众创城,只见一栋栋崭新的工业厂房拔地而起,招商中心高悬横幅"给企业一个家",从公示的入驻情况表看,剩余的空间已经不多了。截至目前,万洋众创城一期、二期项目已签约55家企业,其中国家高新技术企业12家。

为推动产业高质量发展,顺德探索构建了现代产业园(城)"四定"建设管理体系,即定园区规划建设标准、定园区产业主题方向、定园区企业准入标准、定园区有力度的产业扶持政策,着力打造智慧、生态、安全、人文、美丽的现代化园区。

栽好梧桐树,广引金凤凰。2019年以来,顺德引进项目投资总额达2865亿元,其中投资超亿元项目285个,投资超10亿元项目31个,投资超100亿元项目6个。

本地企业积极增资扩产。美的机电在杏坛镇光华德彦工业区建设全球领先的机电产品生产基地,计划总投资30亿元打造世界级"灯塔工厂"。曾因受土地空间制约到区外投资设厂的格兰仕、志豪家居等企业陆续回流。

海内外优质项目持续落地。全球注塑机行业龙头企业宁波海天集团投资超百亿元的高端智能装备生态产业基地落户顺德龙江镇现代产业集聚区。大族机器人总投资20亿元,在顺德建设机器人全球总部、机器人研发与孵化基地、先进制造集中示范区。

伴随着龙头企业的升级,相关配套产业也跟了上来。"很多产业链上下游优质企业分布在原来的村级工业园中,好像玻璃珠里藏着'钻石'。在推进村改中,要先把'钻石'找出来保护好。"北滘镇党委书记张新杰说。为此,北滘全面推进腾挪园区建设,对需要重点保留扶持的企业妥善安置。

笔底风云四十年（上）

顺德支持企业把村改搬迁腾挪过程作为优化生产流程、实行精益管理、推动产业转型升级的过程。2020年，顺德加大了技术改造投资补助力度，拨付企业技改奖补资金超9000万元，帮助企业加快转型步伐。

随着转型升级步伐的加快，顺德经济发展后劲越来越足。近三年来，顺德地区生产总值年均增长7.3%。2020年，在新冠肺炎疫情冲击下，顺德实现了逆势增长。全区生产总值增长4.1%，规模以上工业增加值增长8.1%，固定资产投资增长13.5%。

顺德村改，不光是重塑了产业发展新格局，更有效撬动了经济社会各领域迈向高质量发展。

重塑城乡发展新格局。结合村级工业园改造腾出的空间，启动新一轮城乡国土空间规划，统筹规划建设城市、产业园区和美丽乡村，3年内推动40个整村改造项目，推进城乡融合发展、乡村振兴。

重塑生态文明建设新格局。从源头上极大地减少了大气、水体、土壤等环境污染，并腾出空间复垦复绿，农村新建污水管网1038公里，国控断面综合污染指数较2018年改善了34%，空气质量综合指数为2.96，比2018年改善提升29%。打造一批公园，重现岭南水乡风貌。

重塑基层治理新格局。一揽子解决了许多长期困扰农村的征地留用地、人居环境质量较差等历史难题，极大地提升了村居党组织的威信，密切了党群干群关系。

重塑公共服务新格局。通过村改累计腾出公益性用地8199亩，主要用于增加医院、中小学、文化公园等高品质公共基础设施供给，让群众共享高质量发展成果。

以新发展理念为指引，顺德蹚出新路，凤城"凤凰涅槃"，这片改革热土充满生机与活力。

点评："一子落，满盘活"。在顺德推进高质量发展的大棋局中，村改就是那关键的一招。村改抓住了要害，开对了药方，集中解决了一些长期困扰改革发展的矛盾和问题，打开了新时代顺德发展的新空间。以此为突破口，乘势而上加快转型升级，强力推进高质量发展，顺德更大的变化可期，必将带给世人更大的惊喜。

再为人先

从敢闯敢试、敢为天下先，到闻鸡起舞、日夜兼程、风雨无阻，顺德村改已经推进了两年多时间，并结下了令人欣喜的硕果：截至目前，顺德累计完成土地整理8.3万多亩；村级工业园改造前后平均容积率从0.78提高到2.5，用地效率提升近3倍；已关停整改产能落后、存在风险隐患的小微企业12799家；2019年以来引进285个超亿元项目……

人们希望知道的是，顺德村改做对了什么？

做法一：坚持实事求是、因地制宜推进改造，不搞"一刀切"。经济日报调研组在顺德调研期间了解到，顺德当地在详细分析不同村级工业园的土地属性、用地现状、利益主体、资金状况、业主实力的基础上，总结出了9种改造模式。当地干部也坦言："实际上的模式，肯定还不止这9种，可能有12种之多。"

中国国际经济交流中心首席研究员张燕生认为，不同情形适用不同模式，具体问题进行具体分析，从表面上看，增加了工作量，提升了工作难度，但实际上这样的多元化改造模式，恰恰切中了顺德村级工业园现状复杂、利益交错的实际。前期看，似乎是慢了，但却能最大限度地减少后期的利益冲突，总体来看改造速度不会慢。最关键的是，最大可能地让利益攸关方的合法权益得到保护，减少村改阻力。

做法二：牢牢把握以"工改工"为主，克制走捷径冲动。最难能可贵的选择，不是回避诱惑，而是面对诱惑，依然能够做出正确的选择。顺德的村级工业园改造，最好走的捷径就是"工改商（住）"，通过商品房、商业用

笔底风云四十年（上）

地快速回笼资金。但在这个问题上，一向善于变通的顺德人却"轴"了起来。

据了解，顺德村改中，70%的土地规划为工业空间，8%左右空间用以复垦复绿，只有不到22%的空间是"工改商（住）"。这22%的"工改商（住）"土地收益也要用于反哺工业和复垦复绿。北京大学国家发展研究院BiMBA商学院院长陈春花认为，顺德之所以这样执着，原因有二：一是如果"工改商（住）"比例过大，补偿过高，无疑会推高整个村改的成本；二是工业土地都用来建房子，大家都去挣快钱，谁还会安心做实业？坚定不移做大实体经济，是顺德决策者的选择。

做法三：民主决策，尽最大可能照顾利益攸关方的合法权益。村级工业园首先涉及的是村集体和村民的利益。为此，顺德在村级工业园改造的过程中，充分发挥民主，尊重民主决策。村改方案、产业发展方向都须经过全体村民投票，赞同率不超过三分之二的门槛（除早期项目外，实际赞同率大多在98%以上），再好的项目也无法落地。同时，在村改过程中，涉及村民、村集体、业主、租户等多方面复杂利益关系，顺德坚持在合法合理合情前提下最大限度维护好各方合法利益。

张燕生一直在关注顺德村改，对这一做法感触颇深。他表示，由于土地性质多样、利益主体多元、遗留问题多发，顺德村改之难可以说是"难于上青天"。值得点赞的是，顺德充分发挥了党开展群众工作的优良传统，尊重民意，发扬民主，减少了改革的阻力，增强了改革的合力。短短两年，村级工业园土地整理达到8万多亩，群众上访或群体性事件发生率为零。没有民主决策为前提，没有合法利益保护为基础，是很难做到的。

做法四：政府、市场、企业、社会各负其责，良性互动，形成强大合力。要改变顺德村级工业园的落后面貌，不能等着市场去自然消化落后产能，对于躺在收租金舒适区的既得利益者来说，恐怕再过几十年也未必有改革的动力。但如果单靠政府大包大揽、任性强拆，而让市场袖手旁观，村改也难以顺利推进。此外，企业积极参与，社会负责托底，都有力地促进了村改。陈春花表示，在顺德村改中，有为政府，有效市场，有力企业，有序社会，各自做好自己的事，相互补位，联合发力，才有了今天的局面。

结语

作为率先发展地区，顺德面临的村级工业园改造，正是其他一些地区已经或者即将面临的难题。从这个意义上说，顺德的村改实践，对不少地区特别是珠三角、长三角地区的城市，有着难能可贵的借鉴意义。这些经过实践检验的探索与尝试，有助于降低类似地区推进相关工作的试错成本，有利于把新发展理念转化为破解深层次矛盾的具体路径，加快东部发达地区的转型步伐，推动高质量发展。

敢为人先的顺德，在我国开启新征程之际，再度先人一步，成为推动高质量发展的探路者，可谓功莫大焉。

（调研组成员：张曙红、张建军、周雷、胡文鹏、孟飞，原载2021年2月1日《经济日报》。收入《顺德再造》，经济日报出版社2021年8月出版）

作品点评

深度调研报道的范例

20多年前，《经济日报》刊发了《可怕的顺德人》以及后来的《顺德当年》《顺德力量》等报道，均引起较大反响。如今，《顺德再造》万字雄文又掀高潮。文章聚焦顺德如何提高土地综合利用效率，为新时代发展打开空间，以新发展理念走出高质量发展新路径。这对广东乃至先发展起来的沿海地区来说，无疑是十分重要的，有一定的代表性和典型意义。

曙红同志带领一众精兵强将，在顺德待了好几天，下了大功夫。报道主题重大、观察细致、采访深入、提炼精当、写作讲究，为我们提供了一个深度调研报道的范例。建议同志们抽时间阅读，认真学习借鉴。

努力是个十分缓慢的过程，量变可以引发质变。也只有当量变累积到一定程度，才能够引发质变。我们希望，经过大家的共同努力，持续提升《经济日报》的质量，假以时日一定会产生良好的社会效果和市场预期。

对《经济日报》来讲，这样的报道实在是多多益善。比较理想的是每周一套，如果做不到，能不能每个月做一套呢？广东做的已经不少了，其他地方是不是可以接上来呢？

[摘自郑庆东著《总编辑评报（上）》，经济日报出版社2022年4月出版。作者系经济日报社长兼总编辑]

涪江潮涌
——四川绵阳创新引领高质量发展纪实
经济日报调研组

绵阳，古名"涪县""绵州"，后因位于绵山之南而得名"绵阳"。

一不靠海、二不沿边、三非省会，在很多人看来，这是一座不起眼的城市。然而，许多人不知道的是，就在这里，"两弹元勋"们创造了不朽的传奇，"三线"建设也曾留下轰轰烈烈的壮举。这座偏居西南一隅的秀丽小城，不仅是我国重要的国防军工、科研生产基地，还是党中央、国务院批准建设的唯一以"中国"字头冠名的国家科技城。

站在新的历史起点上，这座肩负着国家使命的城市，该如何续写新时代的荣光？盛夏时节，记者来到绵山之南、涪江之畔采访，看绵阳如何探寻以科技创新引领高质量发展之路。

服务"国之大者"

"城不为大,域外声扬;地亚通衢,望系九鼎",一篇《绵阳赋》,道出了绵阳人的自信与自豪。

"绵阳,肩负着特殊的历史使命。"西南科技大学教授唐永建解释说。

早在"一五"时期,国家就在绵阳布局了一批重要电子工业项目。二十世纪五六十年代,地处西部内陆腹地的绵阳又成为"三线"建设的主战场之一。响应国家号召,享有"中国核武心脏"声誉的中国工程物理研究院,搬进了绵阳梓潼县的大山深处。在其前后,一大批国防科研院所和军工骨干企业相继在绵阳落地生根。

如今,走进梓潼大山深处的"中国两弹城",依然可以看到白色墙壁上留下的醒目标语:干惊天动地事,做隐姓埋名人。还有"两弹元勋"邓稼先题写的诗句:"红云冲天照九霄,千钧核力动地摇,二十年来勇攀后,二代轻舟已过桥。"

伴随着"红云冲天"的惊喜,一穷二白的绵阳在共和国的版图上异军突起,初步形成了以军工电子为核心的工业发展体系,奠定了在军工科研生产领域的特殊地位。

进入新时期,绵阳在改革发展中的地位日益显现。2000年,党中央、国务院作出建设中国(绵阳)科技城的重要战略决策。从那一刻起,将服务国家战略与自身发展紧密结合,一路砥砺奋进,绵阳逐步走出了一条依靠科技创新推动经济社会发展、服务保障国家重大战略的路子。

"习近平总书记对绵阳科技城建设多次作出重要指示,对科技城发展寄予殷切期望。遵循总书记的指示精神,绵阳的改革发展,不仅要面向经济主战场,更要面向国家重大战略需求,助力国家进一步强化战略科技力量,这是'国之大者',是我们必须履行的职责使命。"绵阳市委书记罗增斌说。

笔底风云四十年（上）

6月17日9时22分，神舟十二号载人飞船在酒泉卫星发射中心成功发射。支撑此次载人飞船的诸多"硬科技"中，就有"绵阳制造"的身影。

"由我们研制的隔离器，将助力神舟十二号载人飞船与天和核心舱自主交会对接，并促成载人飞船与天和核心舱、天舟二号货运飞船形成组合体，为整机在太空中正常工作提供保障。"中国电子科技集团公司第九研究所隔离器项目负责人告诉记者。

从雷达到火箭，从"神舟三号"到"天舟二号"，从大飞机到"天问一号"……"绵阳制造"在国家重大科技项目中屡建奇勋。谈起这些，绵阳市科技局局长刘青川如数家珍，自豪之情溢于言表："绵阳在核科学技术、空气动力、激光等学科处于世界一流水平，航空发动机研发试验、航空电源系统、磁性材料与元器件等处于国内领先水平。"

始终牢记国家使命，积极服务国家战略，既是绵阳人的共识，更是绵阳人的自觉行动。要地给地，要人出人，就像战争年代支援前线一样，闻风而动，听令而行，优化服务，不讲价钱。据统计，"十二五"以来，绵阳供地3万余亩，拆迁安置群众3万余人，直接投入近100亿元、间接投入超400亿元，支持1500余项国家重点科研项目在绵实施。

在服务保障国家战略的过程中，绵阳因势利导，加快布局和推动科技服务业发展。积极培育科技龙头企业，分层分类建设各类科技服务平台，努力构建覆盖科技创新全链条的科技服务体系。在政策支持下，一大批为科研服务的中介机构勃然而兴，加速成长，带动了以科技服务业为重点的生产性服务业发展。2020年，全市服务业占GDP比重达到48.6%。

在众多科技服务机构中，设在绵阳的国家两用技术交易中心是最具影响力的平台。5年来，中心累计整合科技成果3.1万余项，满足企业技术创新需求3000项，聚合各类专家1500人。中心还走出四川，相继在河北、山东、广东等地设立了5个分中心。2020年10月，又在重庆市北碚区设立了分中心，服务成渝绵创新"金三角"建设。

营造创新生态

作为中国唯一的国家级科技城,绵阳不缺创新决心,更不缺创新资源。实现以创新驱动高质量发展,绵阳更需要解决的是,如何营造有利于创新的环境,构建良好的创新生态。

近年来,在解决为创新服务的人才、资金、设施这些具有共性的问题上,绵阳作出了有益探索,积累了成功经验。

创新人才如何集聚?

人才是创新之本。但比起东部沿海地区,地处西部内陆的绵阳,在吸引人才方面并无优势。

如何补上这块"短板"?近年来,绵阳市加大了制度创新的力度,相继出台了"1+20"人才新政,实施"科技城人才计划"引人才、"绵州育才计划"育人才、"国家科研人员激励计划"用人才,每年拿出6000万元人才发展专项资金,逐步形成具有含金量和吸引力的人才政策体系。

据统计,近8年来,绵阳累计投入人才发展专项资金近4亿元,引进领军人才397名、创新创业团队516个。

人才一靠引进,二靠培养。中国兵器装备集团自动化研究所有限公司近5年来和北京理工大学、电子科技大学等高校合作培养了12名博士。"我们和13所高校、30余家科研院所共建了针对专业领域的科学实验室,比如光电信息、人工智能等。这样的共建模式更利于我们进行长期的人员交流和学生培养。"公司科技与战略发展部部长朱松柏说。

绵阳深知,只有最大限度地为科技人才"松绑解套",才能激发他们干事创业的热情。作为全国首批科研人员激励计划试点城市,绵阳大胆推进科技成果产权制度改革、完善科研人员多元化激励方式,探索职务科技成果转化收入分配模式……

"西南科大有3.8万年轻人,创新的活力就在年轻人身上。绵阳很多大企

笔底风云四十年（上）

业是学校董事单位，他们的很多项目是从学校的实验室走向市场的。"西南科技大学极端条件物质特性实验室负责人告诉记者，学校提倡和鼓励研发课题面向企业、面向市场，明确实行"先确权、后转化"的成果转化机制，最大限度地保证职务发明人的个人权益，力促科技成果转化见实效。

随着科技体制改革的不断推进，绵阳对人才的吸引力不断增强。四川九洲投资控股集团有限公司是中国电子信息竞争力百强企业。"九洲集团为员工建了近800套人才公寓，先后引进硕士、博士人才近900名，他们来了以后能快速进入科研'主战场'，充分发挥自己的能力。"公司监事会主席范付忠告诉记者，九洲集团承担了国家级重大科技项目150余项，拥有4个国家级科研平台，"为科研人员提供干事创业的舞台，这是对人才最大的吸引力。"

创新资金如何保障？

资金链是维系企业生存和发展的命脉。而科技型中小微企业大多因轻资产、无抵押物，很难从银行获得贷款。解决企业的这一"痛点"，离不开政府的政策扶持。

2018年10月，全国首个"政府+银行+平台"新型科技金融服务产品——"仪器设备贷"在绵阳诞生。

"这款产品由中国工商银行绵阳分行提供低利率纯信用贷款，绵阳市财政局建立风险池为企业增信兜底，四川大型科学仪器共享平台提供全链条仪器共享服务。"共享平台运营方，四川中科融创科技有限公司副总经理张志强告诉记者，"仪器设备贷"的优势在于无需抵押，大数据授信，纯信用方式放款，最快5个工作日可以资金到账。

"2018年，我们公司需要新建一个专用电机检测平台，正是通过'设备仪器贷'获得了3年期100万元贷款。"绵阳赛恩新能源科技有限公司是首批得到贷款的3家企业之一。公司总经理刘昆明说，对当时发展还很艰难的企业而言，这笔贷款就是"及时雨"。在政策扶持下，公司逐步走出困境，营业收入从2018年的180万元增长至2020年的1900万元，并于2020年开始盈利。

"设备仪器贷"已累计为47家科技型中小企业放款4000万元，而金融"活水"对企业发展的助力远不止于此。

作为企业应收账款融资服务全国两个试点城市之一，绵阳在全国率先开创了一种全新的应收账款融资服务模式：以关联企业从产业链核心龙头企业获得的应收账款为质押进行融资。

通过加入中征应收账款融资服务平台，中小微企业可以实现在线提交应收账款相关数据作为抵押凭证，而这个平台又与供应商管理系统、金融机构信贷系统实现了三方数据自动化传输。通过这一套完整的在线融资系统，已累计为354家企业提供贷款资金312.3亿元。

截至2021年6月末，绵阳科技型企业贷款余额347.6亿元，科技企业贷款户数1806户，其中高新技术企业贷款余额149.59亿元，授信户数268户。

创新资源如何共享？

"绵阳有不少高校、科研院所、企业承担着国家专项计划的研发任务，为此需要购买一些大型高端仪器，在完成相关任务后，这些仪器却面临闲置的问题，而一些中小微企业想用这些仪器却买不起、用不上。"刘青川介绍，这种在各地普遍存在的现象，在绵阳已经找到了解决的办法。

2017年，四川省科学技术厅与绵阳市人民政府合作，在绵阳建立了四川大型科学仪器共享平台——17共享网。经过几年的探索发展，如今，这个平台已经连接了四川100多家科研院所，累计对外开放共享科学仪器6000多套，先后为2400余家企业提供各类服务超过19000余次。

"盘活分散、低效的创新资源，需要有人来当'红娘'，这就是我们这个平台的定位，就是针对企业需求建立数据库，以仪器共享为核心，构建资源跨行业、跨地区开放共享的模式。"17共享网负责人说。

共享平台开张后，众多企业循声而来，绵阳耐特电子有限公司就是其中

笔底风云四十年（上）

之一。通过17共享网对接，公司借助远在广东佛山的微宜特电子有限公司设立的实验室完成了产品可焊性实验。"全国能做这种实验的机构不少，而佛山的这家无论是价格还是实验周期都是最符合我们要求的。"绵阳耐特电子有限公司技术部经理赵宏宇解释说。

人尽其才，财尽其用，物畅其流。绵阳着力推进共通共用、共建共享的基础设施和平台建设，有效整合了技术、资本、信息、人才、科研设施等资源要素。绵阳在科技创新政策上的大胆探索，形成了一批可复制可推广的经验，得到了国家有关部门的肯定。在国务院向全国推广的三批次56条全面创新改革试验经验中，绵阳就贡献了9条。

致力自立自强

依托雄厚的科技资源，瞄准源头创新，绵阳加强系统谋划和前瞻布局，引导和组织优势力量下大力气攻克了一批"卡脖子"技术。据统计，"十三五"期间，绵阳累计实施省级关键核心技术攻关项目650余项，填补了一批国内空白。

多年来，绵阳专利授权保持20%以上的增速。但不少专利技术并没有实现产业化，科技的优势未能转化为发展的胜势。

"过去我们把成果写成文章，现在成果面向市场、面向企业，与市场主体的联系紧密了，科研团队创新活力也更足了。"西南科技大学教授常冠军说。今年5月，他主持研发的一项技术成果转让给绵阳当地的四川冠慕思杨新材料科技有限公司，转让收益在学校与成果完成人之间以2∶8的比例进行分配。西南科技大学开展的这项职务科技成果混合所有制改革试点，已累计促进33项成果转移转化。

为加快科技成果落地转化，绵阳探索形成了一套科技成果对接机制。目前，全市有国省级技术转移中心11家，省级科技成果转移转化示范企业91家，创业服务、融资担保、科技中介等服务机构更是数以百计。

中国兵器装备集团自动化研究所有限公司拿出10多项原创技术放在了绵阳市的转化平台上。不仅如此，公司在2000年前后还专门成立了推动科技成果转化的子公司维博电子。

"立足技术积累、针对市场需求，我们开发了应用于轨道交通和新能源出行的电量隔离传感器，年产值达1亿多元，另一项核电站辐射监测产品年产值5000多万元。"公司副总经理郝云刚说，公司将在智能制造领域下功夫，大幅提升科技成果产业化比例。

在绵阳，类似的科技成果转化的故事还有很多。麦思威尔科技有限公司与西南科技大学建立联合实验室和学生实训中心，还与中国工程物理研究院合作共建纳米新材料研发中心。凭借当地科研资源，成立8年的这家民营企业已发展成四川省规模最大的水性石墨烯涂料生产商、生产的水性石墨烯防腐涂料在行业同类型产品的销售额及市场占有率排名全国前三。

据统计，近3年，全市实现技术合同登记额近40亿元，近300项科技成果实现转化。目前，绵阳科技创新综合水平指数达到74%，高新技术产业化指数达到76.15，均居西部城市前列。

4月24日，绵阳市科学城医院。随着首台国产医用回旋加速器在这里投入使用，发达国家对这一核医学影像关键设备的垄断从此打破，我国核医学事业在自主可控方面迈出了坚实一步，标志着我国核医学高端装备自主创新达到新的高度。

这一高端医疗装备源自中国工程物理研究院的技术成果转化，由四川玖谊源粒子科技有限公司研发生产。在玖谊源的生产车间，CEO马瑞利向记者解释，医用回旋加速器是一种非常重要的高端核医学装备。既可通过质子束打靶生产医用同位素，协助PET-CT（正电子发射计算机断层显像）进行癌症的早期诊断，也可直接用于癌症的治疗。然而在过去，这一高端医疗装备全部依赖进口。

十年磨一剑，2017年医用回旋加速器核心技术被攻克。经过几年的中

笔底风云四十年（上）

试研发，今年产品正式投入市场。"人民的幸福离不开科技的进步。目前，公司具备了年产20台医用回旋加速器的能力。"马瑞利说。

随着创新驱动发展战略的深入实施，近年来，绵阳在自主创新、源头创新上持续发力。瞄准军工电子、核技术应用、激光、北斗卫星应用等领域，实施了一批具有前瞻性、战略性的重大科技项目，加快了高技术产业化进程。中电科九所磁性材料产业园一期等项目建成投产，亚洲最大的航空发动机高空模拟试车台投入使用，核医疗健康产业园启动建设，国家技术标准创新基地绵阳区域中心获批成立……

作为超级电容器（一种新型大容量电池）的一种电极材料，碳气凝胶直接影响着超级电容器的性能和生产成本，这一关键原材料原来主要靠进口。如今西南科技大学与中钢集团合作，经过原创性技术攻关，在马鞍山建成年产30吨的碳气凝胶生产线。"与市场需求紧密结合的源头创新，对于生产力的提升有着立竿见影的效果。"西南科技大学科技处处长宋绵新深有感触地说。

壮大创新主体

草铵膦原药市场占有率全国第一、全球第二的利尔化学；高阻燃电工聚酯薄膜产品在全球市场占有率超过50%的东材科技；5G特种连接器市场占有率全国第一的华丰公司……四川省共有10个全国制造业"单项冠军"企业（产品），其中3个在绵阳，总数全省第一。

"作为一家科技型上市公司，能真切感受到这里的创新氛围。"东材科技董事长助理、研究院院长周友说。

从一家"三线"国营企业起步的东材科技，坚持自主创新和协同创新双轮驱动。2012年，公司斥巨资投建特种聚酯薄膜生产线，产品主要应用于消费电子、平板显示、家电等领域，去年净利润达到1.7613亿元。

持续投资新项目的勇气从何而来？周友回答，一是因为绵阳空气动力研究所、中国航发燃气涡轮研究院等当地科研院所在技术和设备上给予了巨大支持;二是川渝地区已成为显示产业热土,京东方、惠科等行业巨头相继在绵阳落户,让东材科技敢于"押注"显示行业的未来。

"企业一头连着科研,一头连着市场,是最活跃的创新主体。推动高质量发展,关键就在于不断培育壮大市场主体。"绵阳经开区党工委书记兰劲说,绵阳经开区不断优化营商环境,为企业创新发展提供政策支持,5年间新增市场主体15400余个,园区经济体量节节攀升,形成产城融合发展的新格局。

为提高科技对经济增长的贡献率,绵阳构建起以企业为主体、市场为导向、产学研深度融合的技术创新体系,加快形成大中小企业协作配套的企业创新发展格局,着力培育一批核心技术能力突出、集成创新能力强、引领重要产业发展的创新型企业,促使创新主体不断聚合、创新活力不断激发。

"创新早已融入每一位员工的血液里。"爱联科技副总经理冯毅说。这家仅成立四年的公司,如今已发展成为月产模组1200万片的中国重要的物联网模组及系统集成研发和制造基地。

截至2020年底,绵阳全市工业企业研发活动覆盖率27.96%,居四川省第一位;入库国家科技型中小企业1375家、瞪羚企业10家,均居全省第二位;高新技术企业446家,产业化指数达到76.15%,主营业务收入实现1973亿元。

总投资465亿元的绵阳京东方光电科技有限公司,是绵阳迄今为止投资额最大的单体工业投资项目,也是京东方在全国布局的第二条柔性显示生产线。

京东方的到来为绵阳产业转型升级贡献了力量——吸引上下游配套企业10余家,与川渝地区50余家配套企业建立合作关系,持续带动周边配套。

紧盯科技含量高、清洁低碳、创新能力强、市场前景广的优质项目,绵阳按照产业发展规划,在重点产业的"引进"和"落地"上下功夫。

笔底风云四十年（上）

"十三五"期间，绵阳累计引进5亿元以上重大项目83个。随着京东方、惠科、威马等重大产业项目相继落地，有力促进了产业结构优化，形成一批具有市场影响力的先进制造业基地。

园区是产业集聚的平台。对标新发展理念，园区也面临着转型升级的问题。"为盘活存量增效益，我们启动了'清理闲置、促进建设'行动，5年来累计盘活低效闲置用地2000余亩、闲置厂房49万余平方米，引进项目约90个，新增投资近72亿元。园区建成区单位面积投入强度达到208万元/亩，产出强度达到239万元/亩。"绵阳安州工业园区党工委书记蔡晓玲说。

在"清闲促建"行动中，省级高新技术企业鸿永盛模塑有限公司落户安州工业园区，项目的落地吸引了一批汽车零部件配套企业，助力安州区打造新能源与智能网联汽车产业功能区，优化了50平方公里的空间布局。

加快载体建设、加速产业集聚，绵阳正在全力推动产业向技术链、产业链、价值链中高端迈进，打造具有核心竞争力的产业集群。据统计，目前全市共有规模以上工业企业1113户，形成了60多个具有核心竞争力的重点创新产品，为高质量发展积聚了强大动能。

打造科创高地

2020年是中国（绵阳）科技城建设20周年。三组数据，折射出20年来绵阳积攒下的雄厚科研"家底"：

截至2020年底，绵阳拥有国家级科研院所18家、西南科技大学等高等院校15所，两院院士28名、享受国务院特殊津贴专家800多名，各类专业技术人才23.7万；

"十一五"以来，绵阳累计斩获国家科技进步奖64项，居全国地级市之首；

"十三五"期间，全社会研究与试验发展经费投入占地区生产总值比重始终保持在6.5%以上。而在世界范围内，也只有以色列和韩国超过4%。

得益于创新驱动发展战略的持续实施，绵阳经济结构持续优化，创新主体不断聚集，经济增长动能强劲。2020年，绵阳市克服疫情影响，地区生产总值实现3010亿元，比上年增长4.4%，成为四川省除成都外首个迈上3000亿元台阶的市州。在争当全省经济副中心的竞争中，绵阳实现了"关键一跃"，占据了有利位置。

2020年也是绵阳建市35周年。与建市时的1985年相比，绵阳GDP增长了107.3倍、地方一般公共预算收入增长了54.9倍、社会消费品零售总额增长了131.9倍、城镇和农村居民人均可支配收入分别增长了56.3倍和53倍，实现了从西部小县到四川第二大经济体、成渝城市群区域中心城市的巨变。

然而，辉煌属于过去，未来充满挑战。进入新的发展阶段，绵阳在科技创新上也面临着不少新的难题：企业创新主体地位还不突出，科技成果转化孵化效能不够高，创新资源配置市场化仍然不足，协同创新渠道有待进一步畅通……

面向未来，如何坚持创新驱动、走好高质量发展之路？绵阳人在思考。

"要坚决贯彻落实习近平总书记的重要指示精神，准确把握绵阳科技城在新形势下的使命和目标定位。深入实施创新驱动发展战略，努力形成成渝地区双城经济圈的创新高地，探索打造区域科技创新先行示范区的路径。"2020年9月，绵阳科技城建设部际协调小组第十四次会议在绵阳召开，为新时代的绵阳在全国创新版图中找准了位置，规划了航向。

2020年11月，党中央、国务院印发《成渝地区双城经济圈建设规划纲要》，明确提出"高水平建设中国（绵阳）科技城，鼓励大院大所发展孵化器、产业园，推动空气动力技术、核技术等再研发和在周边地区转化"。

落实中央部署，四川省将绵阳科技城作为全省深入实施创新驱动战略的重要载体，出台了《关于推进中国（绵阳）科技城加快发展的意见》，从简政放权、产业发展、城市建设等六个方面明确20项支持政策事项，给予绵阳科技城最大程度支持。

笔底风云四十年（上）

"成都、重庆，在科技能力、人才集聚方面拥有优势，绵阳在国防军工科研方面拥有自己的优势。"刘青川认为，三地联手打造成渝绵"创新金三角"，对于绵阳来说是个难得的机遇，必须发挥优势，乘势而上，主动融入区域创新体系，在成渝地区双城经济圈建设中发挥更大的作用。

潮涌涪江，形势逼人。3月底，绵阳125个重大项目集中开工，总投资达471.5亿元。其中，总投资约30亿元的激光产业基地项目，建成后将成为完全自主可控的激光装备制造基地；中国（绵阳）科技城先进技术研究院今年底有望挂牌运营；在绵阳市区北部，总面积396平方公里的科技城新区挂牌成立，目标是到2035年打造创新新引擎、产业新高地、城市新空间……

"站在'两个一百年'历史交汇点上，绵阳在服务国家科技自立自强中的地位更加突出、作用更加凸显。我们要坚定以习近平新时代中国特色社会主义思想为指导，完整、准确、全面贯彻新发展理念，加快推进中国（绵阳）科技城科技创新先行示范区建设，持续壮大战略科技力量，努力成为国家战略科技力量的重要布局地，成为推进科技体制改革的重要试验田，成为建设区域性创新高地的重要力量。"在绵阳市委理论学习中心组学习会上，市委书记罗增斌的一席话道出了绵阳人的心声与信心。

先行示范，使命在肩。征程再启，未来可期。

（调研组成员：张曙红、钟华林、朱文娟、陈莹莹、沈慧、刘畅，执笔：陈莹莹、沈慧、刘畅。原题为《潮涌涪江格局新》，原载2021年8月22日《经济日报》，《四川日报》《绵阳日报》8月23日转载）

作品点评

只要有内容，"长篇大论"也受欢迎

今天头条有机会，把张曙红同志带队的绵阳调研稿抢发了。《潮涌涪江

格局新》虽不属于践行习近平经济思想调研系列，但围绕绵阳创新引领高质量发展这个主题，深挖细研，条分缕析，有材料有思考，将科技先行示范区写透了，对其他地区是很有借鉴意义的。原是照3篇写的，读完觉得不够精练，又做了三合一浓缩、改写，稿件更充实，质量还是杠杠的。建议同志们调研时学习参考。

对这类长篇报道，一度心存疑虑，担心可读性差，宣传效果不佳。但从实际来看，这是多虑了，关键还在于是否有内容。人们不爱看长文，主要还是因为没价值，花长时间读完却没有什么收获。习近平经济思想调研系列都是上万字的大家伙，但多的有两三千万阅读量，点赞数大几十万，少的阅读量也有二三百万和十多万点赞量。

这些数字也许不能全面反映问题，但至少可以说明，质量好、有内容的报道读者是有需求的，也是有人看的，哪怕是上万字稿件。反之，缺乏内容的稿件，再短也是吸引不了读者的。因此，我们要不惜时间和人力，精心策划，用心采访，倾心打磨，力求体现高质量、高水准，推出一个个精彩的调研报道，展现一件件优秀的新闻作品，让职业更出彩、稿件更出色、报纸更受读者和受众的欢迎。

坚持不一定成功，但不坚持一定不会成功。

［摘自郑庆东著《总编辑评报（上）》，经济日报出版社2022年4月出版。作者系经济日报社长兼总编辑］

笔底风云四十年（上）

常德行

从一产独大到三产融合
——湖南常德市推进高质量发展纪实（上）

这里是文人墨客传说中的"世外桃源"，也是中国第一粒稻种抽穗灌浆的地方，如今是全国重要的商品粮棉猪鱼生产基地：粮食产量和面积稳居湖南省第一，9个区县中有7个国家级产粮大县，2个商品棉基地县，5个水产重点县。

农业大市如何走出高质量发展之路？近年来，湖南省常德市用生动实践作出了积极探索。在稳粮保供的基础上，常德着力推进农业供给侧结构性改革，一二三产业融合发展，农文旅养相得益彰。在贯彻落实新发展理念、实施开放强市产业立市战略过程中，农业大市正在向经济强市迈进。

念好"农"字诀

"扛稳粮食安全重任，是农业大市应有的担当。"一见面，常德市委农办专职副主任徐郁平就用一组数据向记者展示了常德农业的实力：2020年全市粮食播种面积882.8万亩，增加46.6万亩，居全省第一；推广油菜全程机械化生产，油菜收获面积444.6万亩、总产59.2万吨，居全省第一；优质蔬菜种植面积140万亩（含复种），当年申报粤港澳大湾区"菜篮子"基地30个，居全省第二。

评价粮食生产的贡献，不仅要看面积和产量，还要看经营体系和集约程度。据介绍，全市已建成高标准农田441万亩，占耕地面积的58.1%；水稻耕种收综合机械化水平达81.5%，农民"面朝黄土背朝天"正成为历史；流转耕地面积378.2万亩，占家庭承包耕地总面积的55.89%；粮食产地初加工率和农产品品牌销售率不断创出新高。

建设"菜园子"，丰富"菜篮子"。在汉美蔬菜合作社，一辆辆满载蔬菜的货车从合作社冷库出发，陆续发往长沙、广州市场。这家常德最大的蔬菜合作社也是粤港澳大湾区"菜篮子"基地。理事长方正初说，合作社以每亩600元的价格流转农民土地，拥有连栋育苗工厂、水肥一体化基地，做到了统一品种、技术和销售。通过订单农业、稻菜轮作，每天仅销往广州市场的辣椒就有130吨。2019年实现销售收入6000多万元，2020年1月至10月销售7500万元。

"猪粮安天下"。2019年以来，受非洲猪瘟冲击，全国生猪生产出现滑坡。响应国家号召，常德像抓粮食一样抓生猪生产。龙头企业佳和农牧公司发挥规模化养殖优势，大量租用退养的中小规模户养殖闲置栏舍，实行"基地+小农庄"模式，投资少、复产快。2020年全市生猪生产稳步恢复，市场猪肉供应保障有序。全市新建扩建年出栏500头以上的规模猪场226家，中小规模猪场1541个，复养成功率96.07%。

打响"德"字号

与全国其他地方一样，常德曾长期受制于农产品"多的不优""优的不多"的困境。面对得天独厚的农业资源，如何加快推进现代农业，是常德发展绕不开的课题。常德市委书记周德睿说，破解农业大市的发展难题，必须把精细理念贯穿现代农业发展全过程，深入推进农业供给侧结构性改革，大力实施"三品"工程，不断提高农业质量效益和竞争力。

刚刚捧回了"汉寿甲鱼"国家地理标志农产品证书，汉寿和田生态农业公司负责人徐元很是兴奋，他见证了汉寿甲鱼在历经挫折后重振品牌的历程。"这是稻田生态综合种养模式，水稻为绿色优质稻，以甲鱼粪便为养料，不施化肥、农药，甲鱼用鲜活饵料饲养两年后上市。"在公司养殖基

笔底风云四十年（上）

地，技术顾问、汉寿县特种水产研究所所长游洪涛告诉记者，以前当地甲鱼养殖密度大，每亩有500只，如今生态养殖每亩只投放120只，品质大幅提升。

水美则鱼肥，土沃则稻香。汉寿县是中国甲鱼之乡，拥有甲鱼养殖户2000余户，但一度也跟其他产区一样面临传统养殖模式带来的困扰。汉寿县特种水产研究所通过科学养殖技术示范，带动农户参与健康生态养殖。在该基地工作的村民戴鹏飞说，如今水稻和甲鱼都卖上了好价钱。按每亩收获水稻600斤、每斤售价3.6元计算，亩均水稻产值2100多元，与双季稻持平。甲鱼每年每只增重0.8斤，除去成本，每亩可增收近5000元。

伴随品种改良、品质提升、品牌打造工程的推进，常德香米、常德茶油、常德甲鱼等一批"德"字号品牌越来越响。如今，常德全市建成市级标准化示范园230多个，全市"两品一标"新增124个，有效产品总数达到330个。作为湖南省唯一的国家农产品质量安全市创建单位，全市所有"两品一标"农产品全部纳入省"身份证"平台和国家农产品追溯平台管理。

再现"桃源景"

三次产业融合发展是加快农村经济发展的必由之路。常德有着推进产业融合的独特优势：有龙头带动，市级及以上农业龙头企业355家，农产品加工转化率达48%；有技术渗透，全市有益农信息社1253个，新技术延伸到了村；有山水资源，是中国稻作之源，首批国际湿地城市。近年来，常德强力推进开放强市、产业立市，形成了产业链延伸、新技术渗透、多业态复合等多种融合发展模式，立足一产、接二连三，发展二产、前伸后延，创新三产、功能拓展。

来汉寿蔬菜主题公园参观的人会感到惊讶，这里光辣椒品种就有152种。记者采访时，蔬菜文化节刚刚在这里举办，科普农业、观光农业、创意农业在此相遇相融。"这是汉寿蔬菜产业园的核心区，集中连片蔬菜种植面积5.6万亩，是全省面积最大的蔬菜基地。"汉寿县农业农村局总经济师丁立君说，按照"研加销融合、产学游关联"的思路，园区立足一产、接二连三，年吸引游客10万人次以上，综合收入达3000万元。

一颗毛豆成就了一个小巨人企业。湖南桃花鸭食品科技有限公司是一家以休闲食品加工为主的省级农业龙头企业。"企业原有140多个品类，但经营效益不理想，新的管理团队接手后，经过优化只保留了70多种，并以3种为主打。"董事长黄邦洲说，2019年以来投入近3000万元改造生产线，获评湖南省小巨人企业。如今，毛豆这一单品占公司销售收入的六成以上，在电商平台拼多多毛豆品类中销量居全国第一。目前的订单已经排到了半个月以后，通过发展二产、前伸后延，2020年收入达1.2亿元。

进入桃花源旅游管理区汤家山村，一幅美丽乡村的画卷徐徐展开。在这个"中国美丽休闲乡村"，人们得以体验田园风光、乡土文化、农家美食、生态康养等乡村慢生活。"景区带村、旅游活村"，当地还推出山水实景剧，向游人再现《桃花源记》的田园生活。这部实景剧的360名演员里，有九成以上是当地农民，每人年收入在1.6万元到6万元不等。只需稍加培训，他们就能把渔樵耕读原汁原味呈现出来。2019年8月以来，又有35名建档立卡贫困人口被吸纳进来。通过创新三产、功能拓展，如今村民年人均纯收入达2.3万元。

"三农"向好，全局主动。作为农业大市的常德，正在不断把农业农村的先手转化为整体发展的优势，夯实高质量发展的基石。

（原载2021年1月17日《经济日报》，与乔金亮、刘麟合作）

笔底风云四十年（上）

从一花独放到百花争艳
——湖南常德市推进高质量发展纪实（下）

在湖南常德从农业大市走向经济强市的历程中，烟草业可谓居功至伟。在相当长的一段时间里，卷烟工业支撑着全市工业的大半壁江山。曾经有个说法：烟厂打个喷嚏，整个常德经济就要严重感冒。

此行来到常德采访，记者发现常德的经济结构正在发生历史性变化。数据显示，2019年常德非烟工业占全市规模工业增加值的比重首次超过50%。2020年前3季度，常德市规模工业增加值逆势增长3.1%，高新技术产业增加值增长11.1%。"一烟独大"的局面得到明显改观。

一花独放不是春

多年来，常德的经济总量一直排名湖南省第三，这其中离不开烟草工业的贡献，但这样的发展模式也带来隐忧。"一枝独秀不是春"，如何加快非烟工业发展，改善工业经济结构，是常德市委、市政府一直在思考的问题。

遵循新发展理念，结合自身禀赋及区位条件，2017年，常德市委、市政府提出"开放强市、产业立市"的发展战略，制订了产业立市三年行动计划，成立了推进产业立市三年行动指挥部，从推进项目、培育产业、壮大企业、提升园区、打响品牌、扩大开放等六个方面发力，做大产业发展规模、促进产业均衡布局、提升产业整体素质。

"产业是发展的基础。我们一手抓传统产业'老树开新枝'，一手抓新兴产业'新芽成大树'，着力打造生物医药与健康食品、装备制造与军民融合、烟草、文旅康养四大千亿产业集群，加快培育新能源、电子信息、节能环保等战略性新兴产业，推动产业格局向'多点开花、多极支撑'转变。"常德市委书记周德睿说。

走进常德中车新能源汽车有限公司装配车间，只见一辆辆新能源客车陆续下线，整装待发。公司副总经理昌景文介绍，2020年上半年尽管受到新冠肺炎疫情影响，但很快复工复产，全年生产目标顺利完成。"现在，中车新能源客车'超级工厂'已经试投产，达产后可年产2万台新能源客车。"昌景文说，公司强大的产业辐射和带动能力，将有力带动本地汽车配套产业的发展。

2020年是常德产业立市三年行动计划的收官之年。一批主导产业、特色产业相继落户常德，茁壮成长，逐步发挥集聚效应，成为常德经济高质量发展的有力支撑。目前，常德装备制造业与军民融合产业已突破"千亿大关"，生物医药与健康食品产值也跨上了千亿门槛，产业格局从"一烟独秀"走向"百花争艳"，展现出旺盛的生命力。

激发创新原动力

创新是产业发展的第一动力。常德的决策者清醒地认识到，要实现产业立市的目标，不仅要做大规模，还要提升质量。必须顺应数字化、网络化、智能化的潮流，坚持创新引领，推动产业升级。

在湖南中联重科建筑起重机械有限责任公司，记者看到，生产线上焊花四溅，各类智能机器人正有条不紊地忙碌着。这里是全球最大的塔机智能工厂，平均每90分钟生产一条起重臂，110分钟产出一台塔机。"这是我们增资建设的智能工厂一期工程，拥有12条自动化生产线和1万多个传感器、100多台工业机器人、35台无人搬运小车、16套数控加工中心等先进设备。目前，公司正在快速推进二期项目建设。"公司总经理助理梁岱介绍。

工业互联网是制造业提质增效的利器。与华为等科技龙头企业合作，常德规划建设了工业互联网创新中心，赋能工业企业数字化转型，计划在3年内实现180家企业上"云"，已与21家企业深度对接，成功孵化金健米业、三金药业、金康光电3家工业互联网应用标杆企业。

"没有创新就没有生命力。我们每一款产品都是创新的成果。"湖南响箭

笔底风云四十年（上）

重工科技有限公司董事长阎军说，公司主攻研发生产智能化的短臂架泵车。虽然创业时间不长，但凭借深厚的工程机械经验，已成功研制出全球第一台两桥38米泵车，刚刚上线全球第一个五桥73米泵车。公司还入选工信部"小巨人企业"名单，产品开始打入国际市场。

环境就是生产力

"产业立市"与"开放强市"相辅相成。3年来，常德进一步解放思想，优化环境，加大招商引资力度，创新开放平台，完善开放体系，发挥驻外产业招商服务中心作用，努力让更多的优质企业和项目进得来、留得住。

"面对疫情冲击，我们推出云招商，确保疫情期间招商引资'不掉线''不打折'。"常德市工信局局长卢岳介绍，2020年，全市新引进、新开工、新投产亿元以上产业项目分别达到286个、220个、150个，签约落地10亿元以上产业项目35个。为帮助企业应对疫情影响，市政府及时出台"稳企十条"等政策，给予239家企业用电用气补助641.2万元，为54家工业企业兑现"个性化奖励"2278万元。

为打造便捷高效的服务环境，常德建立了市级领导"一对一"联系重大产业项目制度，深入开展千名领导干部结对服务千家企业活动，帮助企业解决发展中的难题，327个事项实现"一次办"，企业开办时间压缩至1个工作日内。

"我们切身感受到政府职能部门'保姆'式的服务，企业只管撸起袖子发展生产。"湖南飞沃新能源科技股份有限公司是一家专业从事高强度紧固件研发、制造及提供整体紧固系统解决方案的高新技术企业。虽然受到疫情影响，去年公司销售额仍大幅增长。谈起企业发展历程，公司董事会秘书刘志军感慨道，公司发展这么快，得益于优质的营商环境，"市里各个部门都非常关心公司发展，尤其提供了一系列财政金融政策支持，缓解了公司快速发展带来的资金紧张局面。在这里发展，令人安心放心"。

环境就是生产力。2019年，常德营商环境测评为湖南省第二。营商环境的持续优化，进一步激发了市场主体活力和社会创造力，企业稳得住、能发展，企业家有奔头、有信心，能够放开手脚干事业。

（原载2021年1月18日《经济日报》，与王琳、谢瑶合作）

泉州行

从以快制胜到以质为先
——福建泉州推进高质量发展纪实（上）

每座城市都有自己的镜像，福建省泉州市镜像尤其丰富。

看数字泉州：2018年地区生产总值8468亿元，居福建省首位，国内城市第18位；

看产业泉州：拥有纺织服装、鞋业、石油化工、机械装备等7个超千亿元产业集群，还有一大批家喻户晓的市场品牌；

看民生泉州：城市居民人均可支配收入达46111元，农村居民人均可支配收入20277元，人均公园绿地面积14.6平方米；

还有生态泉州、文化泉州、古城泉州，等等。

镜像难以穷尽，追求却始终如一。泉州市委书记康涛告诉经济日报记者，从改革开放初期艰苦创业致富，到新时代全面贯彻新发展理念，深入落实"机制活、产业优、百姓富、生态美"的新时代新福建建设部署，努力打好三大攻坚战，全面建成小康社会，泉州始终践行着以人民为中心的发展思想。

笔底风云四十年（上）

壮士断腕，谋求发展高品质

泉州经济，曾经以快见长，以速度取胜。从新中国成立之初设立生产自救工厂，到改革开放之初村村点火、遍地开花，泉州经历过靠比拼速度规模的粗放发展阶段。进入新时代，泉州转变发展理念，更新发展思路，谋求在高质量发展中"一马当先"。

在泉州安溪县龙门镇，记者走进中国国际信息技术（福建）产业园，感受"中国云谷"的风采，探寻泉州制造业转型升级与生态文明建设正向互动的轨迹。

时针拨回至2010年。石材开采加工是龙门镇的传统支柱产业之一，但显然，这种粗放型经营、污染环境的发展方式，越来越不适应科学发展的要求。下定"壮士断腕"的决心，安溪对石材行业启动彻底整治，坚决淘汰落后产能和落后技术，在全省率先实现了石材行业全面退出。

"石材退出后留下的这片崩岗地，给我们带来了一次腾笼换鸟、变废为宝的重要契机。"园区管委会主任陈清芳回忆。在安溪县委、县政府的统筹布局下，龙门镇果断实行产业转型，抢占科技产业高地，引进了国富瑞数据系统有限公司、中国电信、网宿科技等一批含金量高的龙头企业，不仅示范带动效应明显，还引爆了一条以数字经济为引擎的产业链，支撑起安溪"无中生有"的智慧产业。短短几年间，"中国云谷"里风起云涌，周边聚集起3万人以上的人口，创造数字经济产值超300亿元。

同样的蝶变，在泉州各地上演。在安溪，陆续兴建了光电产业园、高端装备制造产业园、厦泉（安溪）经济合作区湖里园和思明园等现代专业园区，创造了体量巨大的园区经济。在南安，石井、水头连片废弃采石场治理工程包斥资1.1亿元，整理出泉州芯谷用地2400亩；在石狮，宝盖山废弃石窟化身占地600多亩的峡谷旅游场所，以"花海谷"之名引来游客如织……

这一系列蝶变，印证了泉州市高质量发展的前行脚步。泉州市市长王永礼说，泉州多数企业起步于"老行当"，转型升级不是推倒重来，更不是另起炉灶，而是从产品、工艺、管理赋能入手，不断提升企业核心竞争力；从强链、建链、补链入手，加快形成传统、高新、重化三大产业板块。

高科技产业加速发力，新动能优势不断显现。今年上半年，泉州市高新技术产业增加值增速由上年的16.3%提升至19.4%。在泉州经济技术开发区，锐驰智能公司总经理办公室主任刘艺华演示了一款4K短焦0.19投射比镜头技术，这款即将进入市场的"智能投影电视"，是年轻的锐驰公司独立研发的前沿技术产品。开发区管委会副主任连志富介绍，目前开发区各类市场主体11000多家，其中科技小巨人领军企业就有15家。

刺桐花开，打造生态高颜值

泉州之美，美在生态。

不过，泉州生态高颜值并非与生俱来。由于历史原因，发端于乡村工业，以闲资、闲房、闲人"三闲"起步的乡镇企业、个体私营企业，大多聚集在能耗污染较明显的行业，生态颜值有些"先天不足"。因此，泉州生态环境保护的重要环节，是节能减排治污。

泉州采取的做法是，在前端抓产业升级、在末端抓污染控制。泉州市自然资源和规划局副局长刘克华说，抓产业升级就是"抓技改"和"入园区"两条腿走路，抓污染控制就是上足"淘汰一批""监管一批"双保险。从2007年起，当地就采取差别电价、财政补助、"上大压小"等措施，分阶段、分批次淘汰水泥、石材、煤炭、钢铁等行业的落后产能，引导电镀、制革、化工、漂染等重污染企业有序集中入园，实现污染集中排放、集中处理。与此同时，全市目前已有超2000家规上企业参与"数控一代"、智能化改造、"机器换工"，节省人工成本，提高产品产出率和成品率，实现节能减排。

石狮市委书记朱启平介绍，20世纪90年代初，大量漂染、印染企业进

笔底风云四十年（上）

驻到石狮一些偏远小渔村，立起了100多根烟囱。2011年，石狮市建成了大堡、伍堡、锦尚3个工业集控区，实行集中供热，实现印染工业区纺织染整企业无烟囱、无燃煤锅炉，每年减排二氧化硫近7000吨、氮氧化物近2000吨。如今，一些地方还在忙于环保"过关"，石狮已经踏上新征程。

泉州市还以小流域治理为抓手，把山水田林草和社区、乡村整治连为一体，努力打造看得见青山、闻得到花香的美丽家园。被泉州人称为母亲河的晋江，下游排列着田安大桥、刺桐大桥、泉州晋江大桥，过去桥下放牧、杂草丛生，经过南岸专项整治，这里变成绿地、清波、花海、榕树交融的水系公园。泉州还在全省率先实施河长制、湖长制，全市53条城市内河及107个湖泊水库全部纳入系统监管，使"漠漠水田飞白鹭"的景象成为常态。

一面治理，一面优化，泉州以"生态+城市"的理念，形成"亮点在古城、厚度在山海、空间在生态连绵带"的生态大格局。市住建局副局长张春权介绍，按照这一格局，泉州在外围构筑起"以山为屏"的城市生态屏障，并通过山线和水线形成山海相连的"廊道"，在城市内则按照"山水园林""百姓园林"的布局，以"针灸式"绿化、小微公园实现宜绿尽绿，四季有花。

盛夏时节，记者走上泉州大坪山新建的山线绿道，只见不少市民呼朋唤友，或骑行，或步行，欢声笑语洒满绿道。这里有云麓花园，汇集了闽南特色建筑；有桃源茶谷，精心打造以茶文化为特色的绿野休闲；有花圃林带，营造出四季轮换的缤纷花海。泉州市城市管理局副调研员林谋雄说，泉州古称"刺桐城"，春天刺桐花开时从这里望去，仿佛"闽海云霞绕刺桐"，令人流连忘返。

文旅交融，"活态古城"高气质

泉州面朝大海，宋元时期就是大都市，至今仍有6.41平方公里的古城。保护好古城，就是保存了历史，传承了文脉，续写了历史文化名城的未来。

在对历史文化名城的保护上，泉州有自己的探索，这就是"留人、留形、留神韵，见人、见物、见生活"。

金鱼巷是一条200米长的石板小巷，两旁红砖古厝，去年才改造完成。行走于这条老巷，可以踱进老宅里的精品咖啡店；走入"润物无声"的文创世界；在"海丝金凤"里来一碗闽味元宵；或者乘坐穿梭小巴，来一场"古城穿越"。小巷里人来客往，散发着茶米油盐的烟火气和人情味，将传统与现代元素交融成一幅令人惬意的画面。泉州市古城保护协调组办公室主任李伯群欣慰地说，这样的美好体验，是古城保护团队用心维护的结果。

古城保护，使泉州古城文化散发出历史与时代相融的魅力。这里的六胜塔、江口码头、洛阳桥、开元寺、天后宫、清净寺等10多处遗存，是泉州作为"海丝"大港和世界多元文化交汇点的佐证，也是古泉州史迹申遗的依据。2019年7月9日闭幕的第43届世界遗产大会宣布，第44届世界遗产大会将于2020年在中国福建省福州市举办。古泉州（刺桐）史迹申遗有望。

古城保护与文化传承如影随形。每周二、周五下午，在源和1916创意产业园内的古巷乐府，已经退休的李仲荣老师要和一群南音爱好者来这里演唱。南音是泉州独有的唐宋时期古乐遗存，被誉为"中国音乐史活化石"，并与南戏、南建筑、南拳、南派工艺一起形成"五南"闽南文化。源和1916创意产业园的全新亮相，使南音等文化遗存找到一扇独具特色的交流窗口，让南音爱好者得觅知音。

源和1916创意产业园的所在地原本是一片旧厂区。让旧厂区文化搭台，文旅唱戏，是泉州古城活态保护的一道新风景。现在，源和1916、西街小西埕、蔡氏古民居旅游区、晋江五店市传统街区等创意园区，已成为新老泉州人的主要打卡点。而随着泉州科技与规划馆、工人文化馆、泉州大剧院、图书馆相继建成投用，"四朵花瓣"组成了现代化的泉州市公共文化中心，古城文化与现代文明交相辉映，构成了一道同频对话的时空通道。

在这条生机盎然的时空通道上，泉州正努力镌刻着新时代高质量发展的

笔底风云四十年（上）

恢弘蓝图。

（原载2019年8月14日《经济日报》，与瞿长福、薛志伟合作）

心无旁骛做实业
——福建泉州推进高质量发展纪实（中）

探访泉州经济，不能不说说泉州的民营企业。

泉州人用"八八九九九"来形容民营经济在泉州的地位，即贡献81%的税收、82%的GDP、94%的研发投入、91%的城镇就业、98%的企业数量。这一数字，远高于全国"五六七八九"的比例。迄今，泉州民营经济增速已连续20年在福建省领跑，从发展质量到规模效益，不断实现新的飞跃。

为什么是泉州？泉州为什么能？

坚守实业，危中寻机

"永不止步"，这是泉州安踏集团的广告语，也是泉州民营企业精神文化的写照。

泉州民营企业家有不服输的个性，不怕困难、迎难而上的品格，已浸入他们的骨髓。改革开放之初，泉州率先突破计划经济体制束缚，"村村点火""前店后厂"，从一双鞋、一颗糖、一片纸开始，迈出了当地民营经济发展的第一步。1991年，安踏创立之初只是一家传统的鞋加工厂。没想到的是，1997年，亚洲金融危机爆发，泉州外贸订单急剧缩水，众多晋江外向型企业经营难以为继，不少单纯依靠外来订单的小工厂纷纷关门倒闭。

在泉州民营企业家的眼中，危机二字要拆开来看，危中蕴藏着机会。安踏就是在举步维艰之际看见了契机。在晋江提出"品牌立市"之际，1999年，安踏拿出前一年的全部利润共380万元，在CCTV-5推出乒乓球运动员孔令辉代言的广告，让安踏品牌家喻户晓。由此，安踏开始了品牌创建之路，逐渐步入了行业的"第一梯队"。

"现在，我们在国产品牌中，无论是市场占有率还是销售额都是第一。"安踏体育用品有限公司首席财务官赖世贤介绍，安踏集团2018年全年收益达到241亿元，同比增长44.4%，毛利率上升3.2个百分点至52.6%，创造了安踏集团有史以来的最佳业绩。

泉州民营企业家的另一特点是务实，体现在企业层面，就是坚守实业，把实业当成"传家宝"。"面对近年来'脱实向虚'挣热钱、快钱的诱惑，泉州企业家都在心无旁骛地坚守实业。"泉州市工业和信息化局副调研员刘小宁介绍，实业被泉州人看作"传家宝"。现在，当地大部分龙头企业的主营业务收入占到营业收入的比重都在90%以上。企业赚到了钱之后，不是想着如何享受，而是将其中的绝大部分都投入了再生产。

反映在数据上就是：2018年，泉州市民间投资逆势增长，全年民间投资增长18.6%，2019年上半年，泉州市民间投资继续保持较快增长，同比增长12.6%。

坚守实业，给企业带来了实实在在的回报。2008年国际金融危机以来，泉州民营企业的数量、税收、就业等指标均逆势成长，不减反增。

既要放活，也要管好

支持民营企业发展，政府该扮演怎样的角色？

该放的坚决放。早在泉州民营经济起步阶段，政府就敢于放下条条框框，旗帜鲜明地放手扶持，为民营经济发展创造较为宽松的环境。

"对企业，政府是不叫不到、随叫随到、说到做到、服务周到。"恒安国际集团共享中心副总裁刘莹告诉记者，为不干扰企业的日常经营，政府工作人员一般不上门。但在企业需要帮助的时候，有关部门随叫随到，给企业的承诺说到做到，让企业感受到温暖和信心。

笔底风云四十年（上）

该管的要管好。管什么？一是管政策落实，抓好服务。泉州市政府常务副市长洪自强说，从2012年开始，泉州全面推进民营经济综合改革试点，突出"自己人"定位，深入企业了解需求，按照"简明易行"的要求，出台了扶持民营经济的32条措施。

"为了鼓励民营企业把未分配的利润投入再生产，我们出台了300字的政策，仅一页纸，企业申报起来也很简单，效果立竿见影。"据测算，这样的"一页纸"就可以撬动130亿元企业利润再投资。

二是加强引导。在亚洲金融危机之后，泉州市政府为鼓励民营企业做强品牌，拿出真金白银奖励获评中国名牌产品、中国驰名商标的企业，引导和支持企业上电视、做品牌、进股市、筹资本。如今，泉州是国内外知名的"品牌之都"，全市有效注册商标35万件，中国驰名商标159件。

三是解决难题。市发改委负责人介绍，"每天我们接到企业反映的问题，都要求有关部门一周内答复，能解决的必须解决，不能解决的也要给企业一个说法。"正是因为有这样良好的政企关系，有泉州企业家恋祖爱乡的根祖脉情结，再叠加"一企一策"的措施，不少民营企业即使走出去，也会把高端制造中心、物流配送中心、研发中心、展示中心等留在泉州，在泉州扎下根、留下"祖厝"。

"双手"合力，相向而行

营商环境好了，企业干劲更足了。"现在，安踏已经进入了单聚焦、多品牌、全渠道的4.0阶段，实现了变革和转型。"赖世贤介绍，安踏已经从单一品牌转型成为拥有安踏、斐乐、迪桑特、可隆、斯潘迪等多品牌的体育用品集团。在成为国产品牌行业龙头之后，加快多品牌的国际化布局已经成为安踏当前及下一步的重点。

面对当前复杂多变的国际形势，泉州的民营企业虽然有担忧，但仍然对未来充满信心。"我们现在重点是向内挖潜，进行管理变革。"刘莹介绍说，恒安虽然原料进口受到影响，成本有所上升，但好在恒安的市场主要在国内，国内市场的巨大潜力给了他们发展的信心。赖世贤也表示，安踏的大部分产品都面向的是国内消费者。虽然受到外部影响，需要推出更多的促销活动以刺激消费，但目前总体来看，影响基本上可以消化。

面临内外部压力，泉州正加强规划引领，在推进现有产业转型升级的同时，力图改变以往传统产业单一支撑的格局。

入驻源和1916创意产业园的功夫动漫是泉州文化创意型小微企业的代表。功夫动漫公司合伙人林党政告诉记者，他们已为三只松鼠、来伊份等多家知名企业制作了动画形象，现在还在为各地政府打造城市IP，如为福建福鼎制作的《太姥娘娘与白茶仙子》，就帮助当地推广了"太姥山旅游景区"和"福鼎白茶"品牌。

市场和政府"两只手"协调发力，相向而行，泉州民营经济发展正迸发出新活力。现在，泉州正大力传承弘扬"晋江经验"，打造有利于创新创业创造的良好发展环境，鼓励民营企业转型升级，推动传统制造业自动化、数控化、智能化改造，使泉州成为制造业高质量发展的沃土。

（原载2019年8月15日《经济日报》，与陈果静、薛志伟合作）

依山向海再启航
——福建泉州推进高质量发展纪实（下）

泉州，不愧为当年"海上丝绸之路"的出发地。记者来到泉州采访，扑面而来的就是"海丝"气息。先是新建成的泉州大剧院开门迎客，首演剧目选择了歌剧《马可·波罗》，再现了海丝名港的昔日辉煌；接着，走进海上丝绸之路艺术公园，一尊尊精美的雕塑风情各异，描绘出海丝航路上曾经的繁荣画卷；与此同时，在北京，中国外交部举办福建省全球推介会，泉州作

笔底风云四十年（上）

为"海丝起点城市"被隆重地推介到世界面前。

开放，是泉州立城之本。如今的泉州，开放型经济发展可圈可点。去年全市外贸进出口总额1853.7亿元，同比增长18.2%；"海丝"沿线国家和地区来泉设立企业1589家，实际利用外资24.77亿美元。悠久的海丝文化催生出新的泉州故事。

新战略带来新机遇

"七山二水一分田"的艰苦自然条件，赋予泉州人能闯善拼的性格，代代相传的打拼故事，也教会他们从不把目光局限在当下。

让泉州人高兴的是，经过几十年快速发展之后，新时代的泉州迎来了更大发展机遇。

随着"一带一路"倡议提出，泉州敏锐地察觉到新的发展空间。由此，泉州抓紧打基础、补短板，盘活城市资源、统筹发展问题，力图通过扩大开放促进深化改革、完善制度，进一步改善营商环境和创新环境，降低市场运行成本、提高运行效率、提升国际竞争力。如今，在原有的"民办特区""经济大市""首批历史名城"等金字招牌之外，泉州又增添了"全国首个东亚文化之都""海上丝绸之路战略支点城市"等新名片。

泉州人素来爱拼会赢，泉州干部很有"输人不输阵"激情。来泉州采访的第二天，正赶上泉州市委、市政府组织各县（市、区）负责人兵分几路看发展成效，互相点评、各自表态，又是一轮比学赶超的热潮。在泉州，围绕"走出去"的一些难点堵点，就在这种干事创业的氛围中打通了经络。"民营经济与外向型经济互相促进是泉州过去的特色和优势，也是走向未来的重点。"近3年，泉州市累计完成外贸进出口总额4958.9亿元，外贸总量占福建省15%。

新机制打造新平台

侨乡优势、"三来一补"、贸易流通等沿海城市开放发展的特色道路，曾是泉州的特长，但泉州的成功不仅仅在此。

石狮以商贸立市，从归侨带来的洋货摆摊起步，成为全国闻名的服装和"洋货"集散地。1988年9月，石狮市正式挂牌成立。此后30年，石狮GDP从4万亿元增至770多万亿元，财政总收入从2600多万元增至60多亿元。在石狮服装城，记者遇到了做服装贸易30多年的本地人杨煌若。"18岁就入行，从小女孩做到老阿婆了。"她笑着回忆，"以前在家门口、大仓街都摆过摊，2010年搬进这里服装城，条件好多了。"不过，她和丈夫有些感叹，从稀缺经济到相对过剩，和全国不少地方一样，为石狮立下汗马功劳的传统服装贸易已不如从前。

怎么办？视野开阔的石狮人开始转型升级。7月的福建炎热多雨，飞机不断延误，同是石狮服装城商户的陈栋梁还是坚持飞到了北京，接下来他要到俄罗斯、美国等地出差一个月。近几年，国内外经济形势比较复杂，但他的生意越做越好。他告诉记者，除了公司及时转型调整，当地实施的一项新政策帮了大忙。"去年开始通过市场采购贸易平台出口，非常便利。可以实现买全国卖全球的贸易出口，不用担心外省工厂给我们开出的发票是否有风险，会不会由于工厂欠税倒闭影响到我们，让我们更安心、大胆去开拓国际市场。"

陈栋梁所说的市场采购贸易平台，指的是2018年石狮服装城获批的国家级市场采购创新试点，目的是为商户提供灵活选择、高效便捷的通关服务。据当地海关统计，自2018年11月15日泉州石狮服装城市场采购试点运行以来，截至2019年8月，以市场采购方式出口货物货值突破10亿美元，涉及的商品类别共计12大类，出口国家和地区共计116个。

被誉为"世界陶瓷之都"的德化县走出了另一条转型升级之路。德化是

笔底风云四十年（上）

中国三大古瓷都之一，宋元时期就是"海上丝绸之路"的重要出口商品来源地。今天的德化，已成为中国最大的陶瓷工艺品生产和出口基地，拥有陶瓷企业2600多家，从业人员10多万人，年产值近200亿元。

"让世界共享'中国白'，先要世界了解'中国白'。"陶瓷艺术大师陈仁海对记者说，他把推广"中国白"视作自己的使命。德化白瓷历史悠久，近年来，德化陶瓷企业各显神通开发推广白瓷产品，三德陶瓷与故宫合作开发限量典藏系列、顺美陶瓷和迪士尼等企业合作从单纯代工走向设计加工，等等。如今，德化陶瓷出口逆势增长，产品远销190多个国家和地区。

新愿景激发新动力

泉州是著名的侨乡。分布在129个国家和地区的泉州籍华侨华人有750多万人，台湾同胞中44.8%、约900万人祖籍泉州。如何吸引侨胞和台湾同胞？泉州针对性地采取了一系列开放包容措施。

在泉州台商投资区，有关负责人介绍，他们既是国家级台商投资区，又是国家级经济技术开发、国家高新技术产业开发区、国家自主创新示范区，四块"国字号"牌子集于一身，宏大的发展愿景加上优良的营商环境吸引来众多的侨胞和台湾同胞投资兴业。去年，全区实现地区生产总值291.83亿元，正在成为城市经济新的增长极。

泉州能吸引八方来客，以贫瘠的自然禀赋走到今天，开放包容功不可没。为了在国际市场中有更多话语权，近年来，泉州成功引进世界500强企业和台湾百大企业各5家，福海粮油、台湾健康医疗等一批产业带动力强的重大外资项目相继落地。一些本地企业境外上市返程投资，安踏体育、达利食品等企业成功赴境外上市，返程投资额150.9亿元，成为利用外资新的增长源。

泉州，这座素以勇立潮头著称的历史文化名城，正借助"一带一路"建设机遇为新的腾飞全面发力。

（原载2019年8月16日《经济日报》，与乔申颖、瞿长福合作）

作品点评

《经济日报》解剖泉州案例　对比中看高质量发展

当前中美经贸摩擦不断升级，国内经济面临下行压力。利用迎接新中国成立70周年契机做好经济形势宣传，既回顾多年成就，又展示当前亮点，对于坚定"四个自信"、进一步做好经济工作具有重要意义。《经济日报》泉州报道就是一组比较典型的作品。

该组报道具有三个特点：

一是呈现喜人景象。报道以生动事例、宽广视野和精辟述评，全景式呈现了泉州近年来推进高质量发展的可喜进展，在对比中展现中国经济的潜力和前景。上篇《以快制胜到以质为先》，通过各种独特"镜像"，映出数字泉州、产业泉州、民生泉州、生态泉州、文化泉州、古城泉州……反映曾经贫穷落后的沿海经济"洼地"，如今如何成为全面优质发展的高地。

二是强调心无旁骛。中篇《心无旁骛做实业》让人欣喜地看到，在新一轮科技革命与产业变革浪潮冲击下，在中美经贸摩擦带来的挑战中，泉州保持战略定力，摒弃传统思维，创新发展理念，不仅守住实体经济，而且取得高品质提升。下篇《依山向海再启航》，既回眸泉州这一"海上丝绸之路"启航之地，更揭示排除各种干扰、扬帆而去的远大志向。

三是突出精神力量。晋江在泉州。今年全国两会期间，习近平总书记参加福建代表团审议时再次提到"晋江经验""现在仍然有指导意义"。《经济日报》这组报道不仅是对泉州进一步落实"晋江经验"的写照，对各地也很具针对性和启示性。

《经济日报》在"壮丽70年·奋斗新时代"主题宣传中，深入剖析泉州这样的典型，通过曲折看发展，通过对比话当今，既有纵深感又有现实感。以更多典型说话，形成爱国强国报国的共鸣共振。

（摘自经济日报内刊）

陇原行

错将张掖认江南

题记

　　2013年初夏，我和同事王晋应本报驻甘肃记者站站长李琛奇之约，赴甘肃西部四市采访。我们从兰州出发，沿河西走廊一路西行，过武威，越张掖，访酒泉，最后登上了万里长城的西端起点嘉峪关。一路行来，但见祁连高耸，雪如云盖，绿洲毗连，人沙共处。虽然由于历史上特大地震的破坏，这一带地面遗存的古建筑不多，但一个个熟悉的地名与神奇的传说，仍然给人以厚重的历史感。如何与自然和谐相处，是我们此行采访的主题。尤其是张掖提出的以发展生态经济为突破口加快转型升级的发展思路，给我们留下了深刻印象。因此，在《甘肃河西走廊纪行》系列报道见报时，我们有意打破行程顺序，把张掖报道调到第一篇，得以在一版头条位置刊出。

　　在今天看来，当年张掖人的选择无疑是正确的。但在当时"以GDP论英雄"的氛围中，张掖的做法却引起了不少争议。不久，市委书记陈克恭即被免职他调，其推行的生态优先、绿色发展试验亦不了了之。

第一辑 感受发展热潮

汽车在连霍高速上飞驰,路边戈壁旷野的土黄色中,时有一抹绿色跳跃。在西北行走,看惯了戈壁、大漠后,这一抹绿色格外亮眼。

珍视、呵护这片绿色,是今天甘肃张掖人的坚守和选择。

张掖位于河西走廊中部,因"张国臂掖,以通西域"而得名,有"塞上江南"和"金张掖"的美誉。黑河穿城而过,为这个西北古城增添了水的灵秀。

走进张掖国家湿地公园内,一望无际的芦苇轻轻摇摆,漫长的栈道在芦荡间逶迤,时不时有鱼虫跃动、鸟雀惊起。公园管理委员会副主任李纲说,"4年前,这里还是城市北郊的盐碱地、垃圾场。这些年投资9000多万元,重现碧水蓝天,已成为离城市最近的湿地公园,发挥着重要的涵养水源、调节气候、防风固沙等生态功能。"这片面积为2.6万亩的湿地,恢复了张掖"半城芦苇,半城塔影"的历史风貌,成为市民和游客夏天最为喜欢的休闲之所。

每个地区和城市都有自己的资源禀赋,要实现科学发展,就必须找准特色,明确方向。从张掖自然属性、历史属性和现状特征出发,基于对生态基础性、脆弱性和特殊性的认识,张掖市委、市政府2008年明确了"生态安全屏障、立体交通枢纽、经济通道"的战略定位,提出了"生态建设、现代农业、通道经济"这3个发展重点,形成了以发展生态经济为突破口加快张掖转型升级的发展思路。

"我刚到张掖任职的时候,大家问我'金张掖'金在何处?说老实话,回答这个问题很尴尬。"张掖市委书记陈克恭回忆道,"从现状看,张掖在全省的位次有下滑之势;从远景看,又看不到明显的优势和出路。这个'金'字显然还不是现实。"

通过深入调研,他们对张掖的特殊区位和自然禀赋有了新的认识。河西走廊是我国的战略通道、经济通道、军事要塞、生态屏障、对外开放的必经之路,位置非常重要。同时,这里位于我国地形第一阶梯青藏高原与第二阶

笔底风云四十年（上）

梯内蒙古高原过渡处，南依祁连山，北望巴丹吉林沙漠，高原冰川、森林草原、荒漠戈壁、丹霞景观、湿地景观在这里如一幅画卷依次铺展，堪称"中国地貌景观大观园"。

"这是一条自然生态景观线，也是一条丝绸之路历史人文线，张掖恰恰处在两条线的交会点上。'金张掖'的'金'就在于其历史文化丰厚，在于其生态意义重大。张掖是个坐落在湿地上的城市，北面是戈壁沙漠，南边是青藏高原，如果北边的沙漠侵害到南边的水源涵养地，会造成巨大的生态灾害。绿洲是整个城市、整个河西走廊经济社会发展的基本面，水是发展的第一要素，这就决定了河西走廊必须定位为生态经济功能区，走生态经济的发展路子。"陈克恭说。

加快向生态经济转型，是张掖人的坚定抉择。2011年，市委、市政府进一步确立"率先实现转型跨越"的总基调和"做大做靓宜居宜游"的战略基点，把发展生态经济作为转变经济发展方式的基本途径，把建设生态经济功能区作为经济结构战略性调整的主攻方向，培育壮大宜居宜游首位产业，着力打造中国地貌景观大观园、暑天休闲度假城、高端户外运动集中区，彰显"多姿多彩多优势"特色风貌。

越野车在沙丘间颠簸，尘土飞扬，路边的梭梭、白刺、沙拐枣等沙生植物倔强地生长着。记者来到临泽县平川镇一工程滩个体治沙造林示范点。这里位于巴丹吉林沙漠南缘，时值正午，阳光晒得人睁不开眼睛。张掖市林业局防火办副主任李庆会指点着连片的沙生植物，"这是3年前种的梭梭树，生命力特别强，固沙效果不错。名贵中药材肉苁蓉就寄生在梭梭的根部，肉苁蓉亩均产值1500元左右，经济效益可观。农民治沙除了每亩地能得到120元的造林补贴，还能卖苁蓉，承包积极性很高。"

在临泽县小泉子林场治沙站，52岁的治沙站站长王廷江带着记者攀上高高的沙丘，深一脚浅一脚，鞋里灌满了沙子。"这片示范区共有5000亩，去年我们完成治沙任务1000亩，今年的任务是再治理2000亩。在这里种一棵树真不容易,要把水拉上来浇上,三分种七分管,种上了要成活,关键在于管理好。我们站在风沙的前沿,把沙丘治住,不让沙丘流动,这是改善生态环境的基础工程!"

生活在大漠的人们从切身经历中更深刻地体会到,先污染再治理的模式行不通,不保护生态环境,人类连生存的底线都守不住。高台县林业局副局长陈鸿多年治沙,他印象最深的是,2009年刚开始治沙时,风沙特别大,"扎了两顶帐篷,过几天就得把帐篷绳子再固定一下,不然就会被风刮跑。种上梭梭,一场大风就把树苗刮跑了,风沙一来,公路都埋了。造林后,沙丘固定下来了,行路正常了,过去的农田又能耕种了。"他感慨地说,"不讲生态文明,绿洲就会变成沙漠,黑河就会变成第二个石羊河。"

肥沃的绿洲使张掖具备较好的农业基础。如今,这里的传统农业正加速向现代生态农业转变。在甘州区南部,张掖市政府与中国农科院共同规划建设了现代农业试验示范区。示范区建设管理处负责人告诉记者,他们以"多采光、少用水、节省地、高效益"为追求,2010年开工建设以来,已累计投资9.19亿元,培育农作物新品种200多个,滴灌、喷灌、微润灌等节水技术被广泛应用,收到了农业增效、农民增收的显著效果。

记者走进示范区的一座日光温室,只见满棚的辣椒苗长得一人多高,挂满果实。党寨镇王家堡村村民陈会萍正忙着采收,她告诉记者,这是去年试种的新品种,已经采收了3茬,销售收入1.4万元。她家是甘州区妇女小额担保贷款扶持户,2010年贷了5万元政府贴息贷款,今年初已提前还款。去年,她家人均纯收入在1万元左右。"我今年选了两个品种试种,各种了一半,感觉其中一个产量更高。技术上有问题,打个电话专家就来了,没啥困难!"

在张掖,建设生态文明的理念越来越深入人心,发展生态经济的路子越走越宽广。去年,全市实现生产总值291.89亿元,同比增长12.2%;财政收入12.7亿元,同比增长23.7%;城镇居民人均可支配收入14395元,同比

笔底风云四十年（上）

增长16.1%；农民人均纯收入7504元，同比增长16%。更令人欣喜的是，宜居宜游的环境建设带动了生态旅游的加速发展，2010年接待游客100万人次，2011年达300万人次，2012年突破500万人次。生态旅游带来的人气，又为第三产业的发展创造了条件，使产业结构逐步得到改善。

与抓工业、抓项目比，发展生态经济投入多、见效慢。陈克恭坦承，选择这样一条路子，难免会遭遇各种非议和压力。"现在各级政府对干部考核的重点还是GDP。数字指标上不去，同志们到省里开会就会感到脸上无光。同时，老百姓要脱贫致富，愿望很强烈。有人说，你看得那么长远，眼前的事情怎么办？各地都在上工业项目，你反过来花钱搞保护，不搞工业怎么把GDP搞上去？怎么把老百姓的收入搞上去？我们顶住了压力，坚持下来了，大家看到了效果，就坚定了发展生态经济的信心。"

不唯GDP，坚定不移地发展生态经济，反而给城市带来了持续发展的动力。陈克恭说："我们提出把宜居宜游打造成首位产业，以此推动城市经济社会发展。其实，一个城市只要形成宜居宜游的环境，随之而来就是宜商宜业，最终一定能够实现经济发展、社会和谐、文化繁荣、环境优美、民族团结的发展目标。"

如今的张掖绿洲，经济发展，环境改善，日益呈现出"多姿多彩多优势"的魅力。"不望祁连山顶雪，错将张掖认江南"，古人的诗句，已经成为今日张掖的现实写照。

（原载2013年8月7日《经济日报》，与王晋、李琛奇合作）

戈壁荒原起绿洲

无土栽培的生菜青翠欲滴、美丽的四季红果生机勃勃、150斤的巨型南瓜一人抱不住、奇异的砍瓜砍了还能长……在酒泉市肃州区国家现代农业示范区泉湖万亩核心园,各具特色的农产品让人大开眼界,园区俨然一条现代农业观光长廊。

"西北干旱多沙,缺水缺土。我们规划建设了这个示范园,搞水培、雾培、有机质无土栽培。你看,这种有机质是用秸秆、棉籽壳、牛羊粪等合理配比而成的,这项技术还获得了国家专利。"泉湖乡党委书记陈冲自豪地介绍,去年的西北非耕地农业利用技术及产业化项目总结交流会就是在这儿召开的。

这个示范园规划占地1.2万亩,计划投资1.3亿元,引进了8家"农字头"企业和4家专业合作社,辐射周边7个乡镇、60多个行政村的近10万农民。去年,当地实行大规模土地流转,由村委会与农户签订13年的土地流转合同,土地流转尊重农户意愿,价格以听证会形式、参照周边流转价格确定,每3年动态调整一次。陈冲说,"算下来,农户除了得到土地流转的收益,还可以在园区做产业工人领工资,风险降低了,亩均纯收益达到2700元左右。去年,泉湖乡农民人均纯收入达到9400元。"

酒泉是个传统农业市,总人口110万人,其中农业人口64万人。"全面建成小康社会,难点在农村,重点在农民。党的十八大召开后,我们确立了实施农民收入倍增计划,目标是到2016年农民人均收入在2011年的基础上实现翻番,达到16554元,年均增速高于城镇居民可支配收入。"酒泉市副市长李永军介绍说。

以"服务城市、富裕农民"为目标,酒泉市委、市政府确立了做精第一产业的七大战略:精心布局,因地制宜发展城郊型农业;精育产业,构建特色精品产业体系;精细管理,提高农业产出效益;精准生产,加快农业标准化步伐;精深加工,提升产业化经营水平;精确对接,增强农民进入市场的组织化程度;精密部署,加快移民群众扶贫开发步伐。

"东有寿光,西有春光"。酒泉春光市场是甘肃省第二大农产品批发市场,有1500多家商户入驻,每天客流量2万多人次,去年市场交易额达到15

笔底风云四十年（上）

亿元。春光公司总经理秦天成告诉记者，"我们坚持'公司+协会+基地+农户'的模式，发起成立了春光农产品流通协会，免费为农户发布种植技术和市场需求信息、价格信息，已带动周边3万多农户调整种植结构，形成超过200万亩的特色果蔬种植基地。"他们计划近期投资3.6亿元再建一个春光市场，预计年交易额将达到22亿元，交易量达到200万吨，成为"西北第一、世界一流"的农产品批发市场。

现代农业的发展，离不开大型龙头企业的带动。敦煌种业百佳食品有限公司是从外地引进的农产品深加工企业。该公司总经理岳宗博告诉记者，公司由敦煌种业和山东百佳公司合资兴建，主营脱水蔬菜，产品销往40多个国家。"酒泉气候干燥，日照时间长、昼夜温差大，生产的洋葱品质好，做脱水蔬菜成本比别的地方低。"去年公司销售脱水洋葱5000吨，带动当地洋葱种植1万亩左右，在脱水蔬菜行业里位列第一。与公司签约的农户每亩地纯收入千余元，公司提供种子、技术等服务，降低了农户的风险。

都说戈壁滩是不毛之地，但肃州区总寨镇却在戈壁滩上建起了1400亩生态循环农业产业园。记者看到，外面大风裹挟着黄沙吹过，一座座大棚里各类瓜菜生机盎然。种植户范立德告诉记者，大棚是政府投资建设的，以补贴价出售给农户。"2009年，我试种了4个大棚，当时还有些怀疑，戈壁滩真能种出蔬菜来？干了3年，就把成本收回了。这几年，挣了钱就扩大生产，现在已经有了14座大棚。没想到这石头缝里也种出金子！"说到这里，范立德开心地笑了。

在酒泉，有一个特殊群体成为实现农民收入倍增计划的"最难的难点"。改革开放以来，因疏勒河项目、九甸峡库区等工程建设需要，酒泉农村先后接纳了16万外地移民。移民们背井离乡，对当地生产方式不熟悉，家底非常薄、致富门路少。酒泉市委、市政府清醒地认识到，"别的地方是城乡二元结构，酒泉是特殊的'三元结构'，没有16万移民脱贫致富，就没有酒泉市的全面小康。"

从市区西行110公里，记者来到玉门市独山子东乡族乡。这个以移民为主体的乡共有1615户、7470人，开垦耕地2.9万亩，但耕地中盐碱地占76.8%，沙地占26%。盐碱地上，有的地方已经长出了麦苗，有的地方则寸草不生。"这是改良过的耕地，今年基本没啥收成。但为了改良土壤，还要坚持种下去。政府给村民提供化肥、粮食直补、低保等，还需要三五年才能把土壤改好。"乡畜牧站站长马志明说。

乡党委副书记王永幸说："我们正在采取综合措施，开挖排碱沟、拉沙换土、种植耐盐碱作物、打排碱井等，争取尽快达到'人均一亩高效田、户均一亩增收棚、户均输转一个劳动力'的目标，逐步培育起以种植枸杞、设施养殖、劳务输转为主的增收产业。"

去年独山子东乡族乡农民人均纯收入2512元，今年预计实现2989元。金旺村村民马成虎是2009年从东乡县搬迁来的，一家8口住在5间土坯房里。"这边虽然条件艰苦，但土地多，打工也方便。去年我家种的枸杞让雨水泡坏了，收入不高。今年如果能有个好收成，加上还有卖羊的收入，全家收入能到10万元，相信日子会慢慢好起来。"马成虎对未来充满期待。

"小康要同步，关键在西部""全面建小康，关键看老乡"，让西部的农民尽快富裕起来，无疑是全面建成小康社会关键中的关键、重点中的难点。虽然任务艰巨，但酒泉人满怀信心。去年全市农民人均纯收入达到9645元，增长18.2%，是历年来增速最快的一年。

（原载2013年8月8日《经济日报》，与王晋、李琛奇合作）

金色大道连城乡

"马踏飞燕"是中国旅游的标志，也是甘肃武威市的城标。这件著名的青铜奔马，就是在武威城中出土的。

笔底风云四十年（上）

武威古称凉州，历史底蕴丰厚，是古丝绸之路的要冲。昔日"人烟扑地桑柘稠"，如今，传统的农耕之地正发生着脱胎换骨的变化。

从武威市中心驱车往北，连接城乡的是一条新修的双向六车道大道。"这就是金色大道。"市交通局长范景林指着路旁的武威市城乡融合发展核心区金色大道路线平面图说，"你看，从金色大道延伸出来的绿色线是通往各园区的连接线，这条路把沿线的工业园区、农村、城市有机联接起来，形成'交通轴+葡萄串+生态绿地'的发展模式。城乡的空间距离拉近了。"

金色大道全长167公里，串起了29个乡镇、8个工业园区，形成"一轴两城三组团"的生产力空间布局。依托金色大道，城乡得以交融，产业得以集聚，初步形成了要素聚集、资源共享、城乡融合一体化发展的新格局。"骨架已经形成，下一步是长肉充血的时候了。"对这条经济带的未来，范景林充满期待。

像许多农业地区一样，武威要发展，必须破解这样的课题：城市小，农村大；工业弱，农业强；城镇化水平低，城市带动农村能力弱、工业无力反哺农业。2012年，全市城镇化率为30.5%，比全省低了8.1个百分点。

针对这样的实际，武威市委、市政府以缩小城乡差距、提高城镇化率和增加城乡居民收入为目标，制订了城乡融合发展战略，着力建设城乡融合发展核心区。

2011年8月，甘肃省政府批复实施《甘肃省统筹城乡发展实验区武威城乡融合发展核心区整体规划》。通过新建高等级公路，形成区域经济发展的"脊椎和主动脉"，打破城乡和行政区界限，在人口密度大、自然资源和工农业基础发展较好的优势地区集聚要素，建设城乡融合发展核心区。

核心区以金色大道为中轴，两侧依次构建绿化林带、经济林果区、居民区、设施农业区、高效节水大田作物区、外围生态区。全市约49%的人口、59%的GDP和64%的工业增加值集中于核心区，将成为带动区域经济跨越式发展的引擎。

产业发展是实现城乡融合的纽带。布局在金色大道一边的新能源装备制造产业园已经初具规模，记者来到聚兴物流有限公司钢化玻璃厂，工人们正忙着把玻璃送入高温处理生产线。厂长高廷龙是江苏常州人，到武威创业20年了。"这是今年新上的项目，这条生产线投资1000万元，预计3年能收回投资。"

武威海润光伏科技有限公司是江苏江阴海润光伏集团的子公司，生产经理杨师乙介绍说，这里主要生产多晶组件，产品销往西北地区。他们去年4月动工建设一期工程，当年9月试生产，今年计划完成销售额2亿元。这也是公司为了应对国际订单减少，转身国内市场的一项举措。河西走廊光照充足，人力成本比东部低，虽然现在行业面临困难，但发展前景还是不错的。

一些"农字头"龙头企业的引进和建设，为城乡融合增添了新的"催化剂"。武威市百利种苗有限公司位于清水乡，农户们正在管护刚育出的种苗。公司经理李文鸿告诉记者，他们的主业是蔬菜育苗，通过工厂化育苗，示范推广，为农民提供全程服务。温室大棚内，一排排西红柿长得一人多高，上面挂满了大大小小的果实。"这个棚有34个品种，农民经常来这里看，哪个品种好，就选哪个，委托我们育苗。我们采用单管滴灌技术，在节水的同时还不容易发生病虫害，蔬菜能达到绿色无公害标准。"

走进凉州区高坝镇蜻蜓村新建的农民小康住宅，50岁的村民刘国安告诉记者，他家是去年10月搬进来的，住宅成本价是19万元，除去国家补贴和拆迁补偿款，自己只掏了10万元。他家承包了两个大棚，主要种辣椒、西红柿，去年收入在4万元左右。村党支部书记马元介绍说："我们正向现代农业转型，下一步打算种有机蔬菜，去年试种了一些，利润翻了一番。今年我们着重发展礼品蔬菜，村里有专业合作社，打的品牌就是蜻蜓牌，不愁卖。"

近年来，武威经济呈现出增长快、结构优化、效益提升的势头。去年完成工业固定资产投资198亿元，增长82.7%。虽然发展势头良好，但武威市委负责同志对现状并不满足："我们的发展是在小基数、低水平上的快速增

笔底风云四十年（上）

长。要尽快缩小差距、与全国同步全面建成小康社会，就必须奋力转型跨越，大力实施城乡融合、工业强市和生态立市战略，全力推动科学发展、转型跨越。"

（原载2013年8月9日《经济日报》，与王晋、李琛奇合作）

蓄势待发看龙城
——甘肃天水市推进高质量发展纪实

天水，地处秦岭西段、渭水中游，作为传说中的"人类始祖伏羲诞生之地"，素有"龙城"之称。"甘肃人说到天水，就等于江浙人说苏杭一样，是个风景优美、物产富饶、人物秀丽的地方。"许多年前，著名记者范长江在《中国的西北角》一书中写道。

在20世纪"三线"建设中，天水成为我国重要的工业基地和装备制造业基地。经过改革开放以来的快速发展，天水经济规模大了，城乡面貌新了，风景更加优美，物产更加丰饶，但也面临着人才、技术、交通等瓶颈制约，转型升级步伐缓慢。党的十八大以来，站在新的起点上，天水进一步明确了打造省域副中心城市的发展目标，抓产业、促融合、补短板、强基础，全力营造区域发展新的增长极。

在迈向高质量发展的征程上，今日龙城，蓄势待发！

龙头企业撑起产业链条

在我国集成电路产量排行榜上，甘肃名列第二。而在甘肃集成电路产业布局中，天水则是当仁不让的排头兵。

在天水华天电子科技园，华天电子集团封装厂房的密闭车间里，自动化设备有条不紊地运行着，每天都有6000万只集成电路从这里顺利下线。

华天电子集团的前身是1969年成立的天水永红器材厂。经过数十年发展，华天集团如今已是我国西部地区最大的集成电路封装企业，在全球集成电路封装行业中排名第六。

"我们身处西部内陆，在人才、技术、资金、市场等方面都不占优势，这意味着我们必须克服更多困难。"华天电子集团党委书记张玉明说，公司要发展壮大，必须以产业园区建设为抓手，以市场为导向，着眼于延长、做强、优化产业链，形成完善的上下游产业配套，打造产业集群。

华天电子科技园应运而生，生产锡箔、零散配件、包装材料等配套企业快速成长，华天的"小伙伴"逐渐多了起来。

天水华洋电子科技股份有限公司是华天集团的配套企业之一。公司党委书记兼副总经理贺志刚介绍，华洋科技刚成立时，公司75%以上的引线框架产品都是为华天集团供货。得益于早期积累，目前华洋集团的国内外客户群已达到61家。

在做大做强电子信息全产业链的同时，天水还以长城电工为引领，推动输配电装备智能化、集成化、绿色化、服务化、协同化发展；整合机械行业骨干企业优势，加快推动信息技术与制造业的深度融合；继续调整优化产业结构，着力培育新兴产业。

产业聚集离不开人才聚集，而人才匮乏是西部地区产业发展的瓶颈。"东部地区特别是长三角、珠三角地区的人才集聚效应明显，西部地区人才外流压力大。"张玉明说，为破解人才、技术等瓶颈，公司每年都得拿出大量精力想方设法留住人才。

人才压力在传统产业表现得更加突出。天水锻压机床（集团）有限公司的前身是一家三线企业，近年来，受机械行业下行压力加大影响，天水锻压持续处于亏损状态。公司总经理关尚虎说，这几年，市场同质化竞争严重，企业利润越来越薄，"企业效益不好，工资上不去，外地的毕业生招不来，一些成熟的技术人员又很容易被东部地区挖走，现在厂里技术人员的平均年

笔底风云四十年（上）

龄已经超过40岁"。

为破解人才瓶颈，天水市委市政府提出，加快制定引进紧缺人才和高层次人才的政策措施，坚持"不求所有，但求所用"原则，健全人才柔性流动政策，拓宽人才引进渠道，扩大人才引进范围，吸引高层次人才加入产业集群，努力为高质量发展培育和积累一批高素质人才。

三产融合开发特色资源

花牛苹果是天水的一张名片。作为我国在国际市场上第一个获得正式商标的苹果品种，天水的花牛苹果很早就闻名海内外。苹果产业由小变大，由大变强，逐渐形成了完整的产业链。

在天水花牛苹果产业园，记者走进天水花牛苹果（集团）公司包装车间，浓浓的果香扑面而来。工人们娴熟地把花牛苹果装箱入库。该公司董事长贾福昌子承父业，从事苹果销售已30多年。他告诉记者，每年苹果收获季节，公司就开始收购果农的苹果，并陆续销往全国各地。公司还与京东、天猫等电商平台合作，打出了自己的品牌。

同样是在天水花牛苹果产业园，长城果汁集团有限公司年产10万吨的高端果蔬汁加工灌装生产线建设示范项目正在抓紧施工建设。这条在建的自动化生产线总投资6.5亿元，预计两年内建成投产，建成后年产值有望达到10亿元，并吸纳带动2万多农户致富，人均年增收3000元以上。

"天水有很好的农产品资源，关键是要把产业链做长做优，实现一二三产业的融合发展。"长城果汁集团有限公司副总经理张忠旺说，公司依托本地的苹果资源，打造苹果汁研发、生产和销售的产业链，间接带动了当地果农的增产增收。公司创建以来，累计收购原料苹果170多万吨，生产浓缩苹果汁24万吨，实现出口创汇超过4亿美元。

天水不仅出产花牛苹果，还拥有秦安蜜桃、麦积葡萄、秦州大樱桃等一系列农产品知名品牌，特色农产品发展有着广阔的前景。天水市发展和改革委员会副主任董国杰介绍，近年来，天水市按照"一县一特色、一县一产业"的思路，立足县域资源禀赋和产业基础，在建设冷链物流、农产品精深加工、打造特色品牌上下功夫，用工业化谋划农业产业化，促进三次产业融合，进一步夯实了高质量发展的基础。

文化旅游资源，是天水的又一特色资源。今年10月份，国务院公布第八批全国重点文物保护单位，天水又有4处文保单位名列其中。至此，天水市全国重点文物保护单位已达21处，在甘肃各市州中位列榜首。

依托丰富的文化旅游资源，天水市以建设文化旅游强市为目标，积极推进麦积山、伏羲庙等大景区建设，建成一批文化旅游基础设施，大力推进文化旅游深度融合，全市文化旅游工作步入转型升级、提速发展的新阶段。今年前三季度，天水累计接待游客接近3700万人次，旅游综合收入233.2亿元，同比分别增长16.5%和17.2%。

强基补短优化发展环境

记者来到位于天水经济技术开发区众创大厦一楼的政务大厅时，窗口工作人员正在有序开展工作。这个700多平方米的政务大厅去年刚投入使用，已经入驻9个部门20个办事窗口，可以为园区企业提供189项行政审批和服务。

杨娜是凯迪阳光生物质能源开发有限公司的财务经理，正在行政大厅的税务窗口办理业务。她告诉记者，公司2012年搬到经济技术开发区，以前办理相关审批业务需要到麦积区，坐公交车至少要一个半小时。开发区的政务大厅投入使用后，业务办理方便了很多。

优化营商环境，是关乎实现高质量发展的一道"必答题"。董国杰告诉记者，天水市按照"你投资我服务，你发财我发展"的理念，不断深化"放管服"改革，加大简政放权力度，积极推进"一窗办、一网办、简化办、马上办"改革，全面推行重大招商引资"项目管家"服务，打造项目服务的"高

笔底风云四十年（上）

速公路"，尽可能让投资商"少跑路""不跑路"。

营商环境的持续改善，吸引了一批企业到天水投资发展。近年来，白鹿仓国际旅游度假区、秦州区万达广场等项目顺利落地实施，500万只蛋鸡健康养殖基地、天水江南市场等项目前期工作也在有序推进。

作为老工业基地，近年来天水城市规模在不断扩张，但市政公用设施投入欠账太多，导致人口增长与城市承载力不匹配，带来了出行交通拥堵等一系列问题。为彻底解除交通等瓶颈制约，天水在推进供给侧结构性改革中，及时启动了一批重点城市交通基础设施项目。

在天水市城区轨道交通一期工程施工现场，记者看到，工人们正在抓紧设备调试和收尾作业，电车司机已经开始在轨道上试车。天水通号有轨电车公司总经理朱开封介绍，天水市城区轨道交通规划总长度96.87公里，估算总投资超过170亿元。目前一期工程已经完成80%以上的工程量，有轨电车也已配置到位。预计明年3月份可以正式投运，将有效缓解天水城区交通不畅的问题。

轨道交通建设是天水市补"短板"的重点项目之一。为解决水资源短缺、公共设施不足等问题，天水还启动了以曲溪水源为城市主水源的天水曲溪城乡供水工程、城市集中供热项目、地下立体停车设施项目等，加快推动重点项目投资建设力度。

在秦州区四十里铺村，总投资5.22亿元的区域粮食仓储物流生态产业园区正在抓紧施工。天水第一粮库有限公司董事长孔祥东说，这一项目建成后，对于完善区域内粮食安全工作手段，保障市场供给，调节市场物价，发挥国有粮食企业主渠道作用，保障天水经济社会长远健康发展具有重要意义。

董国杰告诉记者，在补齐软环境、硬环境"短板"的同时，天水将积极融入区域合作交流，牢牢抓住"一带一路"建设的机遇，巩固"东出"基础、做好"南向"文章，积极对接关中地区，主动抱团陇南，融入成渝经济区，形成多层次、全方位、宽领域的对外开放格局。

（原载2019年12月9日《经济日报》，与林火灿、李琛奇合作）

"陇上江南"景色新
——甘肃陇南市推进绿色发展纪实

扼甘陕川三省要冲的甘肃陇南市，素有"陇上江南"之称。这里山大沟深，人多地少，又有着丰富的资源、秀美的风景。近年来，随着交通条件和基础设施的不断改善，曾经深度贫困的陇南迎来了新的发展机遇。

绿色，是陇南的底色，也是陇南人一直悉心呵护的亮色。党的十八大以来，陇南市委、市政府坚定不移地贯彻新发展理念，积极践行"两山"理论，全力打造美丽乡村，综合治理"两江一水"，按照"有所为、有所不为"的方针调整产业结构、发展特色产业，走出了一条绿色发展的新路子。

走进冬日的陇南，记者记录下几则绿色发展的故事，感受到陇南人对新发展理念的坚守。

"三棵树"撑起一片天

虽是冬日，但陇南武都区白龙江两岸依然青翠，连片的橄榄树林一眼望不到尽头。当地人说，这里气候和土壤条件与地中海沿岸颇为相似，被认为是世界顶级的油橄榄生产带。

正值油橄榄收获季节，陇南祥宇油橄榄开发有限责任公司的3条生产线开足马力，以每天560吨的鲜果加工量满负荷运转。公司副总经理王伍信说，根据国际标准，橄榄鲜果在24小时内压榨、制成酸度不超过0.8的橄榄油才算品质最好的特级初榨橄榄油。而在祥宇，从鲜果采摘到出油不超过8小时。

笔底风云四十年（上）

王伍信记得，前几年，市场上也曾出现过无序采摘和收购的情况，企业加工保障能力跟不上，大量果子被积压。

为了不浪费一颗好果子，武都区积极引进加工企业，派专人到田间地头指导果农严格按品种和成熟度适时错时采摘；企业事先与每位种植户签订收购协议，根据政府指导收购价敞开收购。种植与加工无缝对接，大大提升了油橄榄产业的经济效益。

目前，武都区的油橄榄种植面积占全国的60%以上，鲜果产量占全国的90%以上，被国家林业局确定为国家油橄榄示范基地，已有159个贫困村1.01万农户、4.42万贫困人口通过种植油橄榄脱贫。

在陇南，被当地人称之为"摇钱树"的，除了油橄榄，还有花椒、核桃。2018年，陇南的花椒种植面积达到251万亩，产值46亿元，其中武都区的花椒种植面积和产量均居全国县区第一。全市核桃种植面积432万亩，位居全国地级市第二。成县、康县被命名为"中国核桃之乡"。

陇南市农业农村局局长赵亚军说，陇南地形地貌复杂，气候立体多样，耕地少、坡地多，发展特色林果业具有得天独厚的条件。这些年，陇南积极引导群众合理开发生态资源，因地制宜发展特色林果业，构筑了群众脱贫增收的产业基础。目前，以"三棵树"为代表的陇南特色经济作物总面积稳定在1000万亩左右，产值达180亿元。

油坊坝飞出俏天鹅

阳坝自然风景区是位于陇南康县的4A级景区。走进核心景区的天鹅湖畔，只见两岸青山如黛，谷底碧水如镜，天鹅游弋，水鸟争鸣，美丽的田园风光令游人心旷神怡。

如今成为网红打卡地的天鹅湖，原来的名字叫油坊坝。由于山高地僻，交通不便，油坊坝曾是远近出名的贫困村。近年来，随着美丽乡村建设和生态旅游的发展，油坊坝变身"天鹅湖"，吸引了越来越多的客人。渡畔水居农家客栈的主人刘树斌告诉记者,他从2010年开始改办民宿,眼看着游客一年比一年多,现在一年的接待量超过2000人。

昔日的油坊如今搬进了村史馆,旅游服务成为天鹅湖新村村民的主业。全村开设了58家民宿和农家乐,旺季时能收拾出500张床位来,旅游业年产值350万余元。家家户户手机上接民宿订单、卖地方特产。

从油坊坝到天鹅湖的变迁,是康县生态旅游发展的缩影。党的十八大以来,康县立足县情实际,发挥生态优势,大力实施全域美丽乡村、全域旅游景区等"四个全域工程",从农村建设规划入手,把村庄作为景点来设计,保护原始风貌、改善基础条件,就地取材、依村就势、因户施策,全面推进一村一品、一村一景的乡村旅游开发,带动了贫困群众增收致富,实现了县域经济的跨越发展。

岸门口镇朱家沟村曾被收入第四批中国传统村落名录,45座古民居修旧如旧,潺潺溪水顺级而下,千年麻柳喜迎游人;阳坝镇花桥村按照"政府引导、市场运作、企业经营、村民参与"的模式整合资源、招商引资,旅游设施不断改善,村容村貌焕然一新……像朱家沟、花桥这样的旅游示范村全县共建成69个,拥有2个国家级4A级景区和4个3A级景区,还有1镇12村上榜"中国最美乡镇"。

近年来,随着兰渝铁路全线通车、成县机场建成通航,村村铺上水泥路,县县修通高速路,陇南市彻底告别了不通"铁公机"的历史,为发展全域旅游创造了条件。截至今年11月,陇南全市累计接待游客2106.13万人,同比增长24.32%,实现旅游综合收入111.47亿元,同比增长26.43%。

铅锌矿挖出新景点

记者采访的下一站是位于陇南徽县郭家沟的金徽矿业公司。一路行来,沿路"金徽矿业景区"的指示牌格外显眼。

原来,这座去年4月建成投产的铅锌矿,同时拥有了国家4A级景区的

笔底风云四十年（上）

招牌。

"在收获金山银山的同时，我们坚决不能失去绿水青山。"金徽矿业党委副书记范守明说，从筹建开始，金徽矿业就以创建中国一流绿色矿山为目标，把绿色发展理念融入矿山建设的全过程之中，实现了矿山开采合法化、资源利用高效化、采矿作业清洁化、矿区环境生态化，着力打造资源节约型、环境友好型企业。

这座达产后年选矿能力将达到150万吨的铅锌矿，在建设过程中坚持开发和保护同步，修护山体护坡4万多立方米，绿化面积80多万平方米。为了避免露天采矿剥山皮的情况，金徽矿业采用了充填采矿法：将选矿后的尾砂尾矿、采矿废石回填至井下采空区，不但最大程度避免了地表塌陷，提高了井下采矿安全作业环境，也大大减少了废弃物对地表环境的影响。

地上花园，地下工厂。在看得见的绿色外，金徽矿业还利用一套自主研发的回水净化新技术，让工业用水直接全部循环利用，每吨原矿新水消耗量降至0.2立方米以下；生活污水经处理后用于绿化，实现了废水零排放，水资源利用率达到100%。

挖矿"挖"出个新景区，体现了陇南人对绿色发展的追求。秉持新发展理念，陇南扎实开展环保专项执法检查和"散乱污"企业及工业园区整治工作，坚决关闭了一批小矿山小煤窑小冶炼；进一步加大环境保护考核权重，实行生态环保"一票否决"；坚决拒绝污染企业的梯度转移，没有让一家"三高"企业落地……随着生态环境的持续改善，陇南重新成为大熊猫、金丝猴等国宝级动物的"天堂"。通过互联网在线观看金丝猴的野外生活，成为陇南人的赏心乐事。

"如果说缺乏工业支撑是陇南发展短板，那么绕过了先污染后治理的老路则是我们的幸运。"陇南市委书记孙雪涛说，后发赶超的陇南要扬长避短，找到一条属于自己的发展道路，这只能是一条环境友好和资源节约的路子。

今日的"陇上江南"，景色新，百业旺。今年前三季度，陇南完成地区生产总值325.9亿元，同比增长8.6%，增速居全省第二位。农村居民可支配收入5707元，同比增长10.2%，增速位列全省第一。生态美带来百姓富，绿色发展的理念在陇南结出了丰硕果实。

（原载2019年12月26日《经济日报》，与陈莹莹、李琛奇合作）

探访长江经济带

金沙碧水千秋画
——云南省推动长江经济带保护与发展纪实（上）

巍巍云岭，三江奔腾。

云南地处金沙江、澜沧江、怒江等众多水系的上游。这里有"三江并流不交汇"的瑰丽之景，也有"江流到此成逆转"的奇伟之观，不过最动人心弦的，却是金沙江畔"晴山滴翠水挼蓝"的纯美之境，车行江岸上，宛若人在画中游。

作为长江干流的上游河段，金沙江在云南的流域面积达10.95万平方公里。在推动长江经济带发展过程中，"像保护眼睛一样保护生态环境，像对待生命一样对待生态环境"，已经成为云南省干部群众内化于心、外化于行的共识。

生态，是优势也是教训

在云南大学经济学院院长施本植看来，"富生态"和"穷经济"是云南

笔底风云四十年（上）

经济社会发展面临的强烈反差和突出矛盾。

论生态，云南是长江上游重要的生态安全屏障，国土面积仅占全国的4.1%，却囊括了除海洋和沙漠之外所有的生态系统类型，是我国生物多样性最丰富的省份。全省129个县（市、区），属于国家层面限制开发区域的有18个，省级限制开发区域有69个。

论经济，云南是一个集边疆、民族、山区、贫困等特征为一体的欠发达省份，2015年全省生产总值13717.88亿元，仅为长江中游湖北省和下游上海市的一半左右；人均GDP不到全国平均水平的七成，仍有471万农村贫困人口，贫困发生率为12.7%。

既要承担维护区域、国家乃至国际生态安全的战略任务，又要如期实现与全国同步建成小康社会的目标，殊为不易。"经济要发展，但不能以破坏生态环境为代价"，在云南采访，可以强烈地感受到，生态优先的理念几乎是一种从上到下的共识。原因何在？

3月1日清晨，滇池草海的永昌湿地草色葱茏，鸟鸣啁啾。记者遇到了正在晨练的李家全。他是附近新河村的农民，为了支持滇池治理，他不能再用网箱养鱼了，家里的田地也被租用，通过工程措施恢复成了湿地。对于这些付出，李家全说，"把一潭臭水变清了不容易，值得。"

这潭曾经的"臭水"就是命途多舛的滇池。上世纪80年代末，这颗高原明珠由于人类无止境的索取和破坏，变成了蓝藻肆虐、臭气熏天的一潭死水。生态环境没有替代品，用之不觉，失之难存。滇池是一面镜子，映照出破坏生态必将自食苦果的教训；也是一座警钟，警醒人们要时刻把生态保护摆在压倒一切的优先位置上。

随着长江经济带建设上升为国家战略，生态优先、绿色发展的思路与云南自身的发展逻辑高度契合。争当全国生态文明建设排头兵，在生态环境保护上算大账、算长远账、算整体账，成为云南权衡保护与开发、生态与经济的优先选项。

保护，是信念又是责任

金沙江在丽江石鼓镇来了个华丽转身，形成"奔入中原壮大观"的长江第一湾。生态保护也是如此，转过身来，才能留住最美的风景。

从人进湖退转为湖进人退。从滇池到洱海，都在求解退与还的辩证法——退田退塘、退人退房，还湖、还林、还湿地。退还之间，折射出发展理念和发展方式的深刻转变。地处洱海上游的罗时江湿地，菖蒲摇曳，水草丰茂。大理市洱海管理局罗时江湿地项目负责人张秀梅说："这片湿地共1600余亩，通过水网构建和植物配置，成为一道巨大的生态滤网，有效吸收氮磷物质，净化了近三成的洱海水源。"

从砍树卖树转为造林护林。大约20年前，丽江的林业产值占到GDP的1/4，是主要的支柱产业。然而，大规模的林木输出导致森林覆盖率不断下降，水土流失日益加剧，生态环境渐趋恶化。为了保护恢复长江上游的生态屏障功能，20世纪末，丽江实施天然林禁伐，全面关停并转了森工、造纸等企业。丽江市林业局副局长杨向勇说："5家重点森工企业的2000多名员工，全部从砍树人变成了种树人。"

从养鱼能手转为洱海卫士。在洱海沙坪湾，记者遇到了正在打捞水葫芦的杜子钧。62岁的老杜是西闸尾村村民，曾是村里网箱养鱼协会的会长。1987年，村里有200多户在洱海搞网箱养鱼，网箱越来越密，导致水质不断恶化。洱海蓝藻爆发后，全面取缔了网箱养鱼和机动渔船。2003年，杜子钧成为第一批洱海滩地协管员，去年被评为大理市洱海卫士。如今，他每天早上沿环海路捡拾白色垃圾，下午划船打捞水面的浮游物。"保护洱海，是信念，更是责任。"他说。

发展观念的转变，留住了云岭大地的绿水青山。通过实施环湖截污、入湖河道整治、湿地建设等工程，五百里滇池重现白浪碧波，成千上万的红嘴鸥翩飞起舞，让游客流连忘返；"苍山不墨千秋画，洱海无弦万古琴"的美

笔底风云四十年（上）

景让大理生态游成为新亮点，去年旅游业总收入增长超两成；迪庆普达措国家公园的树木上挂满了浓密的松萝，这种只能生长在纯净生态中的植物，是滇金丝猴最爱的美味。

云南省环保厅副厅长高正文介绍说，"十二五"期间，云南省森林覆盖率达55.7%，同比提高了2.8个百分点，金沙江干流出境三块石断面水质稳定达到或优于三类，单位GDP能耗累计下降19.8%，全省85%以上典型生态系统和重点保护野生动植物得到了有效保护。

长效，靠自觉更靠制度

久久为功。生态环境保护是一项长期任务，既要靠大家的自觉努力，更要靠周密的制度建设。

在"奖"的一面，生态质量与财政扶持挂钩。云南在全省129个县（市、区）开展县域生态环境质量监测评价与量化考核，并将考核结果作为生态功能区财政转移支付资金分配的重要依据，充分调动起地方政府保护生态环境的主动性。去年全省生态功能区转移支付资金共达38.85亿元，参照各项考核指标，对县域生态环境质量发生变化的30个县进行了奖惩共计约1.3亿元。

生态文明绩效评价还成为政绩考核的"指挥棒"。据介绍，云南省对限制开发区和生态脆弱的19个一类贫困县取消GDP考核，对二类贫困县弱化GDP考核。与此同时，对资源消耗、环境损害、生态效益等生态文明建设指标的考核力度不断加大，积极探索推进自然资源资产负债表编制试点和领导干部自然资源资产离任审计试点。

在"罚"的一面，环保执法力度不断加大。泸沽湖是云南九大高原湖泊之一。去年12月，丽江市环境监察队对泸沽湖周边的小宾馆、小饭店进行突击检查，发现其中3家存在偷排、漏排污水情况。"根据新环保法和'水十条'，我们对商户下达了停业整顿通知，每户罚款5万元，并将主要责任人移送公安机关。"丽江市环保局副调研员李之寿说，"这种处罚力度是以前没有的"。

为了不让洱海重蹈滇池"先污染、后治理"的覆辙，大理州积极探索生态保护的体制机制改革。设立了云南省首家生态文明建设委员会，由州委书记、州长任主任，建立起"山水林田湖"保护治理的统筹协调机制；通过地方立法，颁布了10个生态文明建设有关条例，编制了《大理州主体功能区和生态文明建设规划》；积极探索洱海流域治理的生态补偿制度，2014年起，洱海流域下游大理市每年对上游洱源县拨付1500万元生态补偿资金。

"体制机制创新为洱海流域生态系统的恢复和保护带来了实实在在的成效。"大理州生态文明建设委员会办公室副主任朱智云介绍，"十二五"期间，洱海水质总体稳定保持在三类，累计30个月达到二类，比"十一五"多了9个月。

去年初，习近平总书记在云南考察时，主动提出在洱海边留影，对当地干部说，"立此存照，过几年再来，希望水更干净清澈。"如今，云岭大地处处涌动着绿色发展的热潮，守护好母亲河的金沙碧水，为流域发展播撒绿色的希望，期待金色的收获！

（本文系《探访长江经济带》系列报道之一，原载2016年4月13日《经济日报》，与张双、周斌合作）

绿色发展万里春
——云南省推动长江经济带保护与发展纪实（下）

"希望云南主动服务和融入国家发展战略，闯出一条跨越式发展的路子来，努力成为民族团结进步示范区、生态文明建设排头兵、面向南亚东南亚辐射中心，谱写好中国梦的云南篇章。"2015年初，习近平总书记考察云南

笔底风云四十年（上）

时，着眼于新的时代背景和战略布局，为云南确定了新坐标、明确了新定位、赋予了新使命。

一年之后的初春时节，记者来到云岭大地，深切感受到经济社会发展的春风扑面。面对"十三五"时期跨越发展、全面建成小康社会的目标任务，云南省正以推动长江经济带建设为契机，努力成为我国生态文明建设的排头兵，唱响一曲绿色发展的"云中滇歌"。

绿色定位助力跨越发展

作为经济"后进生"，云南不能照搬别人的发展模式，只有立足实际、发挥优势，才能与其他省份同步实现全面建成小康社会的目标；作为生态"优等生"，坚持生态优先、绿色发展，则是云南经济社会发展的内在要求，也是推进长江经济带建设的必然选择。

发挥得天独厚的资源禀赋优势，走经济增长和生态保护双赢的绿色发展之路，云南的绿色经济方兴未艾，绿色产业体系日渐丰满。近年来，云南大力发展高原特色生态农业，花卉、咖啡、橡胶、烤烟面积和产量均为全国第一，茶叶产量居全国第二。木本油料、林下经济、生态旅游、观赏苗木等绿色富民产业提质增效、转型升级，木材加工、竹产业、林化工、林浆纸等传统产业也实现了健康发展。

粮食产业欣欣向荣。在大理州洱源县玉食农特产品开发有限公司，厂房里机器轰鸣，一袋袋"洱海之源"品牌的绿色大米从生产线上流出。"利用洱源优越的自然环境，我们采用公司+农户的方式，种植了3万亩绿色水稻，加工生产大米，带动5000多户农户致富。"公司经理、"90后"创业者王梧斌说。

花卉产业姹紫嫣红。目前，大理茶花种植遍布8个县（市），种植户达1万多户，茶花年产值5.26亿元，是云南茶花产业化、规模化生产最大的地区。云南远益园林有限公司董事长李奋勇介绍说，公司给农户提供茶花等苗木，由农民种植、公司回收，农民利用房前屋后种植花卉，实现了致富增收。

"通过将花卉产业作为高原特色农业产业进行扶持发展，2015年全州花卉园艺总种植面积13.93万亩，同比增长12.18%；花卉综合总产值66.07亿元，同比增长2.87%。"大理州农业局局长李跃兴说。

在丽江市，高原特色农业得到长足发展。全市建成了30个高原特色农业示范园、11个精品庄园，深入推进螺旋藻、油橄榄、核桃、中药材等特色产业发展壮大。2015年，全市烟草种植面积24.3万亩，产量60.5万担；中药材种植面积达到16.7万亩；经济作物种植面积达85万亩。

资源优势成就产业优势

坐拥得天独厚的旅游资源，近年来，云南省全力打好旅游业发展这张牌，推动旅游与一二三产业深度融合，促进旅游资源开发从规模扩张向质量提升转变、旅游产业从粗放经营向集约发展转变。2015年，云南省旅游业总收入达3281.79亿元，比上年增长23.09%。

丽江地处滇川藏交会区的滇西北高原，境内地理和人文环境独特。"经过20多年培育发展，丽江旅游业从无到有、由小到大，产业规模日益壮大，产业体系逐步完善，品牌效应不断扩大，成为经济社会发展的先导和支柱产业。"丽江市旅游发展委员会主任和仕勇说。如今，丽江从名不见经传的边陲小城变成了蜚声海外的旅游名市。

旅游不但带来源源不断的游客，还促进了生态保护和就业增收。玉龙雪山景区发展初期，景点存在无序经营、破坏环境等情况。为改变这些乱象，玉龙雪山管委会提出以旅游反哺农业，社区群众不再直接参与景区经营活动。至2015年，社区群众享受旅游反哺补助资金达人均8000元/年。同时，景区还提供了农民工就业岗位近800个。

在迪庆州，旅游业作为支柱产业也取得长足发展，"十二五"期间共接待国内外游客6223.72万人次，旅游总收入达575.45亿元。按照"初步建成

笔底风云四十年（上）

香格里拉普达措国家公园、香格里拉梅里雪山国家公园、香格里拉滇金丝猴国家公园、香格里拉虎跳峡国家公园、香格里拉大峡谷国家公园，完成集散中心及精品旅游环线建设，实现产业初步提升"的目标，加大对五大国家公园的建设力度，特色品牌初步形成。

迪庆吉顺集团董事长马志明说，他的公司通过与当地政府签订开发协议经营纳帕海景区，实现了对自然生态的有效保护，几年来还给附近6个村的群众补偿了2000多万元，带动了一大批人就业。

地处"洱海之源"的大理州洱源县茈碧湖，碧波荡漾，湖底水草清晰可见。湖畔的梨园村，因村中遍栽梨树而得名。78岁的阿吉祥老人家新盖了三层楼房，她高兴地对记者说："环境好了，生活就好。这些年，湖水清了，村子美了，游客多了，我们卖一些自己腌制的梨子、梅子给游客，收入也多起来了。"

创新理念引领转型升级

"作为生态敏感地区，云南发展尤其要注重产业选择和模式创新。"云南大学经济学院院长施本植说，推动长江经济带建设，要厚植绿色发展理念，项目选择和运作都要秉持"资源消耗相对小，附加价值相对高，市场前景相对好，污染排放相对少"的原则。

做强存量，做优增量。近年来，云南积极化解过剩产能，开展传统制造业绿色化改造，坚持走绿色工业发展之路，不断加大企业节能力度，严格限制高耗能行业过快增长。与此同时，集中力量优先发展现代生物医药、新能源、新材料、先进装备制造、电子信息等新兴产业，加快发展新技术、新产品、新业态、新模式。长期以来基于自然要素禀赋的产业结构，正在向创新驱动的产业结构转变。

迪庆州加快香格里拉工业园区建设，使深加工业向园区聚集，培育壮大了旅游、生物、水电、矿产四大支柱产业。迪庆州生物资源开发创新办公室负责人张漾彬介绍说,"2015年,全州高原特色优势生物产业总产值达到约42亿元"。

依托长江黄金水道,构建现代化综合立体交通体系,是加速要素流动,助推经济发展的有效抓手。

在昭通,以水富港为重点的港口码头建设加速推进。水富港是万里长江第一港,处于昆明、成都、贵阳、重庆四大城市辐射交会地带,地缘优势明显。2015年1月,水富—宜宾—上海航线集装箱班轮航运启航,自此,云南境内货物可以通过集装箱航运通江达海。按照规划,2020年,昭通市港口货物吞吐能力将达800万吨/年。

在大理,大(理)攀(枝花)铁路和高速公路规划加速布局。打通连接成渝经济区的边界通道,解决货物南下北上的运输需求,缩短成渝经济区到缅甸口岸的铁路和高速公路里程近200公里。航运通道上,规划建设金沙江中游的龙开口翻坝码头、中江码头等工程,为长江两岸群众出行创造便利条件。

"营造绿色山川,发展绿色经济,建设绿色城镇,倡导绿色生活,打造绿色窗口,坚定走绿色发展、生态富民之路,建设美丽云南,生态文明建设走在全国前列。"云南省确立的"十三五"绿色发展目标,深刻诠释了"绿水青山就是金山银山"的真义所在。让保护与发展相得益彰、人类与自然和谐共生,七彩云南,美不胜收。

(本文系《探访长江经济带》系列报道之一,原载2016年4月14日《经济日报》,与周斌、曾金华合作)

守住底线走新路
——贵州省融入长江经济带发展纪实

早春时节,雨中的贵州梵净山别有一番风景。作为国家级自然保护区和

笔底风云四十年（上）

国际人与生物圈保护区成员，亿万年来这里的野生动植物始终保持和谐共存。"山上做减法，山下做加法"，以环梵净山景区为节点，一个高品质的文化旅游区域已初现端倪。

作为地处长江上游的内陆省份，贵州省坚持生态优先、绿色发展，坚定不移守底线、走新路、奔小康，在建设长江上游生态安全屏障、综合交通运输体系、对内对外开放等方面重点发力，书写了欠发达地区深度融入长江经济带的新篇章。

守住两条底线

贵州有大美。这里山、水、洞、林、石交相辉映，森林覆盖率超过50%，被誉为"山地公园省"。黄果树瀑布、赤水丹霞地貌、荔波大小七孔、乌江画廊等自然风光令人心折，丰富的人文景观和多彩的民族文化相映生辉。

贵州很富有。这里能源资源富集，水能资源蕴藏量居全国第6位，煤炭资源保有储量超过江南11个省区市总和。目前已发现矿产近130种，有46种储量排在全国前10位，生物资源种类繁多。

贵州也很穷。这里是我国西部多民族聚居之地，也是贫困问题最突出的欠发达省份。受自然地理、历史等因素影响，贫困和落后依然是发展的主要矛盾。到2015年底，全省88个县（市、区）中尚有65个属于集中连片特困地区，有493万农村贫困人口。

因地制宜补齐短板、因势利导做强长板，处理好生态保护与经济发展的关系，是贵州实现同步小康面临的当务之急。

2015年6月，习近平总书记在贵州调研时指出，希望贵州协调推进"四个全面"战略布局，守住发展和生态两条底线，培植后发优势，奋力后发赶超，走出一条有别于东部、不同于西部其他省份的发展新路。

对于贵州来说，长江经济带战略是一个难得的历史机遇。"深度参加长江经济带建设，对于贵州经济发展具有重大战略意义。"贵州财经大学教授张晓阳说，贵州一直都是"两江"流域的重要生态屏障，对于实现整个长江流域的生态安全举足轻重。全省88个县市中，有69个属于长江防护林保护区的范畴。贵州的资源禀赋有着其他省市所不具备的条件，特别适合聚集高端产业和高端专业人才，并承接长江下游省市的产业转移。

贵州省委书记陈敏尔指出，"脱离生态环境保护搞经济发展是竭泽而渔，离开经济发展抓生态环境保护是缘木求鱼"。面对既要"赶"又要"转"的双重任务，贵州坚定地发出了"多彩贵州拒绝污染"的最强音，扎实推进绿色贵州建设行动计划，牢牢守住增长速度、人民收入、贫困人口脱贫、社会安全四条发展底线和山青、天蓝、水清、地洁四条生态底线。

贵州省环保厅总工程师陈程介绍，通过从源头控制污染，实施生态文明建设体制改革、强化司法联动、实行跨区域联防联治等手段，贵州省把绿色发展理念落实到规划、行动和日常管理中去。经过整治，省内长江经济带流域水质得到明显改善。赤水河流域的主要断面水体水质全部在Ⅲ类以上，入、出省境断面均达Ⅱ类标准，乌江流域出境断面氟化物指标全部达到规定类别的水质标准。

"十二五"期间，贵州完成营造林2161万亩，投入长江流域水土保持生态建设资金6.15亿元，共治理水土流失面积6592.6平方公里，100多条小流域得到治理，开展水土保持重点防治县（市）达到54个。过去5年，贵州森林覆盖率每年增长1个百分点。2015年，贵州又提出推进绿色贵州建设三年行动计划，力争用三年时间，全面绿化宜林荒山荒地，到2020年森林覆盖率达到60%，实现年均2个百分点的增长。

破解两大瓶颈

水利和交通，曾经是长期制约贵州发展的两大瓶颈。贵州要融入长江经济带，加快水利和交通建设尤为关键。

笔底风云四十年（上）

因为喀斯特地貌，贵州多雨却又缺水。"十二五"时期，贵州水利总投入达到1122亿元，是贵州水利建设史上投入最多、强度最大、速度最快的五年。为集中解决工程性缺水难题，贵州先后启动实施了水利建设"三大会战"、"小康水"行动计划、水利建设"三年行动计划"等系列水利战略行动，一座座水库拔地而起，一股股清泉流进了千家万户……

还是因为喀斯特地貌，修路难、出行难长期阻碍着贵州的发展。在贵州调研采访，记者深切地感受到了当地干部群众对于畅达交通的渴望，以及穷省办好大交通的巨大自豪感。

"涉历长亭复短亭，兼旬方抵贵州城"，宋代诗人笔下的行路之难如今已不复存在。到2015年底，随着贵州望谟县至安龙县高速公路项目建成通车，贵州省提前三年实现了88个县（市、区、特区）通高速的目标，成为西部地区第一个县县通高速的省份，也是全国为数不多实现这一目标的省份之一。山隔水阻的贵州，从此成为了交通畅达的"高速贵州"。

内联——贵州高速公路通车里程由2008年的933公里增加到2015年底的5128公里。高速公路网覆盖全省规划的5个1000亿元产业园区、10个200亿元产业园区、20个100亿元产业园区，以及70多个国家级和省级风景名胜区。

外通——向东，将打通连接长三角的高速通道；向西，建设通向东盟的国际高速大通道；向南，通过高速通道融入珠三角；向北，实现与古丝绸之路的高速连接，并为完善全国高速公路骨架网络建设作出重要贡献。

记者了解到，"十三五"时期，贵州省计划投入资金2900亿元，力争建成和在建高速公路里程达到7400公里以上，形成23个省际通道，使网络结构更加完善、高速公路密度进一步提高。

路通了，老百姓的心"亮"了。

"高速公路修通前，我们是有区位没优势，没有七八个小时到不了贵阳，现在最快三个小时就能到了。"国家级贫困县、铜仁市沿河土家族自治县县委书记任廷浬深有感触，"沿河要变边缘为前沿！为什么敢这么说？我们是贵州最靠东靠北的一个县，也是乌江出省的最后一个县，融入长江经济带的优势巨大。"

船行乌江山峡，青山相对，水如碧玉。作为贵州省第一大河，乌江是贵州融入长江经济带的重要载体。昔日乌江，也曾百舸争流商旅云集，然而最近十几年来，由于通航设施与水电站建设不同步，乌江流域仅能开展区间内短途的库区客货运输，通江达海的作用无法发挥。历经数年的航道整治和港口布局优化，今年6月，乌江将迎来500吨级航道复航前的首次试航，到2017年10月建成构皮滩500吨级升船机后，贵州北入长江、连接长三角经济区的出省水运通道将全面打通，实现"一船"直通长江。

航道畅通、枢纽互通、江海联通、关检直通，正在助力贵州西部内陆开放新高地建设。自2015年8月，长江经济带12个直属检验检疫局启动检验检疫通关一体化模式至今，贵州省263家诚信评级B级及以上的进出口企业已出口277批次、货值7317万美元；进口117批次、货值2631万美元。

主攻三大战略

交通的改善，带来了物流、人流、信息流，贵州的绿水青山，正在变成金山银山。

如何把后发优势转化为经济优势？贵州的思路很清晰，那就是"念好山字经，做好水文章，打好生态牌"。不走先污染后治理的老路，不走以牺牲环境为代价换取一时经济增长的邪路，也不走捧着青山绿水"金饭碗"过穷日子的穷路，要走生态优先、绿色发展，百姓富、生态美的新路，努力实现弯道取直、后发赶超。

"该开发的，提高质量开发；该保护的，真真实实保护。"贵州省发改委总规划师张美钧说。当前，贵州正在千方百计做强大数据、大旅游、大生态三大战略产业。这并非异想天开，而是来自对国情省情的深刻洞察——贵州具有空气清新和气候凉爽的优势，能够在大数据、大健康等新兴产业发展上

笔底风云四十年（上）

抢占先机；具有资源丰富和交通改善带来的区位优势，能够通过交通发展唤醒"沉睡"的资源；具有劳动力丰富和市场潜力巨大的优势，能够为经济社会发展提供劳动力支撑和市场需求。

在北京·贵阳大数据应用展示中心，记者了解到，三大电信运营商以及微软、富士康、阿里巴巴、华为等国内外知名企业正在抢滩"云上贵州"。土生土长的朗玛信息技术股份有限公司等企业也在借大数据东风，积极布局互联网医疗和大健康产业。统计数据显示，截至2015年底，贵州省大数据电子信息工商注册企业达到1.7万家，以电子信息产业为主导的园区25个，以大数据引领的贵州电子信息产业2015年增加值同比增长80%以上。

过去"藏在深山人未识"的青山秀水，如今吸引来越来越多的游客。记者在贵阳、遵义、铜仁等地采访期间，虽然时值旅游淡季，但淡季不淡，各类景区游人如织，其中不少是从四川、广东、北京等地慕名而来。"生态是我们融入长江经济带的最大优势。"铜仁市市长陈晏很有信心，"我们要结合供给侧改革，提供高端旅游产品，争创全域旅游示范区，实现大旅游产业井喷式增长"。

三大战略的效益正在显现。据统计，"十二五"期间，贵州省大数据信息产业年均增长37.7%，电子商务交易额年均增长64%，旅游总收入年均增长27%，服务业增加值年均增长12.5%。

"江南千条水，云贵万重山。五百年后看，云贵胜江南"。今日贵州，借力长江经济带，已经与"江南"难以分割。黔山秀水间，3500余万贵州人民正在埋头苦干，努力走出一条符合自身实际和时代要求的后发赶超之路。

（本文系《探访长江经济带》系列报道之一，原载2016年4月15日《经济日报》，与熊丽、王新伟合作）

第二辑 把脉中观经济

密切关注各地经济发展的新思路新变化新趋势，及时予以总结、提炼、推广，是《经济日报》做好中观经济报道的主要形式。作者策划、参与了一系列为中观经济发展"把脉""问诊""开方"的深度报道，《解放思想看江西》《问安庆何以心安》《让连云港不再沉寂》等都曾产生过较大反响，成为推动相关地区解放思想、转变观念、加快发展的舆论先声。

笔底风云四十年（上）

解放思想看江西

题记

2001年5月开始，江西在全省开展了一场热烈而扎实的解放思想学习教育活动，极大地振奋了干部群众的精神，开启了改革开放的思路，增强了加快发展的信心。根据江西记者站反映的情况，经济日报社组成了由张曙红牵头，薛晓峰、万建民参与的调研采访组，与驻站记者廖国良、赖永峰合作，赴江西进行调研采访。2001年9月17日起，在一版显著位置连续推出《解放思想看江西》系列报道，题目分别是：《跳出江西看江西》《跳出争论谋发展》《跳出惯性闯新路》《跳出旧制创新篇》。编辑部在为首篇报道配发的《编者按》指出，江西的思考和做法，对于中西部地区如何进一步解放思想，开拓创新，在新世纪实现跨越式发展，对于我们如何把"三个代表"重要思想落实到实际工作中去，具有借鉴意义。

跳出江西看江西

这是一片火红的土地。这是一个火热的夏天。

"江西的天空热风阵阵，江西的大地热浪滚滚，江西的人民热气腾腾。"当地媒体用如此炽热的语言描绘发生在红土地上的巨大变化。

热从何来？从今年5月开始，一场以"三个代表"重要思想为指导的解放思想学习教育活动在江西大地上蓬勃开展起来。又一波思想解放的大潮如滔滔赣江奔涌向前。

江西被搅动了。"老表"被搅动了。

不前不后　不东不西

在二十世纪六七十年代，江西被称为"前方的后方，后方的前方"。

在改革开放时期，江西又处于"东部的西部，西部的东部"。

改革开放20多年，是江西人民思想不断解放的时期，是江西历史上经济发展最快的时期。江西经济在不声不响中有了很大发展，有了明显变化。"九五"期间，江西经济保持了良好的发展态势，地区生产总值从1995年的1170亿元上升到去年的2003亿元，年均增长9.4%，提前4年实现了比1980年翻两番的目标。全省财政收入去年达到171.69亿元，比1995年增加66.47亿元，年均增长10.3%。全省城镇居民人均可支配收入由3376.56元增加到5104元，农民人均收入由1537.36元增加到2135元。山河改变了面貌，政府增加了财力，人民得到了实惠。

在1985年制定的江西省《1980—2000发展战略纲要》中，提出"江西要略高于全国平均水平的发展"的要求。十几年来，从统计数字看，江西经济也确实实现了略高于全国平均水平的增长。地理区位上的"不前不后，不东不西"，成为江西经济发展水平的现实写照。

然而世纪之交回头看，让江西人不可理解的是，尽管年年略高于全国平均水平，但江西却在不知不觉中拉大了与全国的差距。

跳出江西看江西，人们惊诧地发现，江西在全国经济总量中分量变轻了。江西人口是全国的3.3%，而国内生产总值只占全国的2.2%，财政收入

笔底风云四十年（上）

只占全国的1.3%。去年GDP增速名列全国倒数第4位；人均GDP排在倒数第5位；人均财政收入列倒数第3位；城镇居民人均可支配收入比全国人均少了1176元，排在第25位。

差距不仅表现在总量和速度上，还表现在经济结构上。1999年江西一二三产业结构为25.1∶35∶39.9，工业比重低于全国10.7个百分点，农业高出6个百分点。在工业经济中，国有工业占80%，高出全国20多个百分点。有学者注意到，江西工业产值在全国所占的比重，从1991年的1.87%，下降到1999年的1.14%。

跳出江西看江西，人们愕然地看到，江西与周边省份的差距拉大了。从经济总量上比较：江西去年的GDP只相当于安徽的66%，湖南的54%，福建的51%，浙江的33%；从发展速度上看："九五"期间，江西经济的增长速度落后周边省份1.1至2.5个百分点，差距呈扩大之势；从对外开放来看：去年江西的进出口总额为16.24亿美元，分别为安徽的49%，湖南的65%，福建的7.7%，浙江的5.8%。旅游创汇收入为0.6亿美元，仅为安徽的55%，湖南的27%，浙江的12%，福建的7%。去年全省实际利用外资3.28亿美元，同比下降42.3%，不到湖南的三分之一、浙江的七分之一、福建的十一分之一。

真是"不比不知道，一比吓一跳"。

江西在发展，这是毋庸置疑的；发展中的江西落后了，这同样是必须正视，无可回避的。这不仅为一串串冷峻的数字所证明，也为那一队队如雁南飞、留不住的人才所证明，为那一笔笔如水东流、蓄不住的资金所证明，为那一栋栋旧貌未改、遮不住的山乡茅屋所证明。

奋起直追　从何入手

差距令人警醒，落后催人奋发。站在新世纪的新起点上，江西再不奋起直追，就对不起长眠于地下的26万江西革命英烈；江西再不加快发展，就对不起生活在这片红土地上的4100万父老乡亲!

面对实现现代化目标的历史使命,面对老百姓加快发展的巨大热情,江西的决策者们坐不住了。新任江西省委书记孟建柱上任后就一头扎到基层,用1个多月的时间跑遍了全省11个设区市。在与干部群众的广泛接触中,在省委和几套班子的反复讨论中,形成了这样的共识:江西经济发展的差距,本质上是机制、体制上的落后,核心是思想观念的落后。加快江西发展,必须从进一步解放思想、转变观念入手。

5月10日,有5000余人参加的全省电视电话会议召开。这是一次解放思想动员大会。孟建柱在动员报告中说,一个地方发展快不快,变化大不大,关键在于党的解放思想、实事求是的思想路线是否真正深入人心,真正落到实处,也就是敢不敢干,会不会干,能不能干。加快发展,需要激情,需要智慧,但首先需要的是进一步解放思想,更新观念。省委决定要把解放思想、转变观念作为当前工作的抓手,组织全省各级干部开展一次解放思想的学习教育活动。活动的主题就是以"三个代表"重要思想为指针,弘扬井冈山革命精神,学习兄弟省市改革开放的先进经验,走加快江西经济发展的新路。

为推动各级干部开阔眼界,打开思路,江西省委从两个方面入手启动解放思想学习教育活动:一是请进来,二是走出去。

辽宁省省长成为第一个"请进来"传经送宝的嘉宾。第二个"请进来"的是上海市政府副秘书长、市经贸委主任黄奇帆。7月23日,他以《投融资体制改革与资产重组》为题,介绍了上海市调整经济结构,实行资产重组,解决"钱从哪里来"的做法和经验。上万名省地县三级干部在南昌的主会场和各地的分会场旁听了一堂生动的"资本运作课"。

在一个个嘉宾被"请进来"为江西干部"充电""上课"的同时,一批批江西干部加入了"走出去"的队伍。由省四套班子的主要负责人带队,各地市和省直厅局负责人参加的江西省学习考察团,分赴广东、上海、江苏等

笔底风云四十年（上）

沿海发达地区学习考察，并举办招商引资洽谈会。沿海发达地区的巨大变化和飞速发展，让"走出去"的江西人眼界大开，更让他们感到形势逼人。省长黄智权在总结学习考察的体会时说，先进地区解放思想、深化改革、扩大开放的经验，建立社会主义市场经济新机制和运作机制的经验，抢抓机遇、加快发展的经验，使我们得到了启示，看到了差距，增加了加快发展的信心和决心。只要我们努力实践"三个代表"重要思想，把解放思想、更新观念贯穿于加快发展的全过程，创造性地开展工作，经济发展中的难题总是有办法解决的。我们一定能够担负起加快江西发展的历史责任。

跳出江西看江西，人们看到了差距；立足全局看江西，人们看到了机遇；着眼未来看江西，人们看到了信心和希望。

坚定信念　敢闯新路

就在江西解放思想学习教育活动方兴未艾之际，7月1日，江泽民总书记在庆祝中国共产党成立80周年大会上发表重要讲话，这篇闪耀着马克思主义思想光辉的纲领性文献给江西干部群众以极大的鼓舞，为把全省解放思想学习教育活动引向深入提供了强大的思想理论武器。

在省委常委理论学习中心组的学习讨论中，常委们纷纷表示，总书记的讲话是指导全国各项工作的纲领性文献，同时非常切合江西的实际，具有很强的针对性。江西要加快发展，就必须以学习贯彻"七一"重要讲话为契机，进一步推进思想大解放，观念大转变，大力弘扬井冈山精神，立足新的实践，不断研究新情况，总结新经验，解决新问题，找到新答案，在理论与实践的结合中推进理论创新、制度创新、科技创新和其他各个方面的创新。

解放思想的口号在红土地上喊得更响亮了。以学习和贯彻"七一"重要讲话为中心，江西解放思想学习教育活动进入了新的阶段。各个部门、各个地区都以"七一"讲话精神为武器，解剖思想不够解放的种种表现，寻找加快发展的新路。

在景德镇，干部群众在学习讨论中深刻反思，为什么中外闻名的瓷都长期以来包袱沉重、欠账甚多、步履艰难、变化不大？面对新的历史机遇如何确定城市新的定位和发展构想？在市八届党代会上，进一步明确了解放思想、扩大开放、加快发展，重振瓷都雄风，建设具有较强经济实力的经济重镇，历史文化和现代文明融为一体的江南旅游都市的发展蓝图。

在宜春，市委书记危朝安在各种场合反复强调要提倡三个"问一问"：市委、市政府领导要多问问自己学了用了解放思想的好做法没有？对基层的创新和创造，鼓励、支持、放手了没有？对阻碍发展的问题坚决查办了没有？部门的同志要问一问，当现行的条条框框与发展要求有矛盾时变通了没有？基层的同志要问一问，为发展试了没有、闯了没有？

在赣州，市委、市政府明确提出，要充分发挥赣州紧邻闽粤港澳的优势，使江西"南大门"成为大开放之门和大发展之门，努力把赣州建设成闽粤湘赣四省边际区域性中心城市。

热风吹雨洒江天。南昌动起来了，全省动起来了。思想搅动之后，是精神的振奋，思路的开阔，政策的落实，作风的转变。全省上下形成了人人思发展、议发展，处处谋发展、促发展的新气象。

井冈山是一座英雄的山。这里是中国革命的摇篮，这里是井冈山精神的发源地。江泽民总书记今年考察江西时，将井冈山精神概括为"坚定信念、艰苦奋斗，实事求是、敢闯新路，依靠群众、勇于胜利"。井冈山精神是江西人民的宝贵财富，也是江西加快发展的精神支柱。8月3日，江西省委十届十三次全委（扩大）会在井冈山召开。这既是3个月来解放思想学习教育活动的总结会，更是进一步深入学习贯彻"七一"重要讲话，把解放思想学习教育活动进一步引向深入的再动员会。会议地点的选择是意味深长的。站在历史与现实的交汇点上，人们更深切地感受到那火辣辣的热切期盼，那沉甸甸的历史责任。

笔底风云四十年（上）

坚定信念闯新路，江西有希望，"老表"有盼头。

（原载2001年9月17日《经济日报》，与廖国良、赖永峰合作）

跳出争论谋发展

改革开放以来，江西在全省开展过多次解放思想的学习、讨论。此次解放思想学习教育活动是历次思想解放活动的继续和深化。记者注意到，这次活动不像以前那样称作"解放思想大讨论"了，而是把活动的重点放在"学习教育"上。

"江西经济落后，但口号从不落后。在以往历次思想解放过程中，江西不仅产生了许多在全国叫得响的口号，而且还创造了许多轰动一时的经验。但回头看，江西人往往醒得早、起得晚，把理论落实到实践的坚韧性不够。"江西省委政研室副主任龚绍林认为，"口号超前、行动滞后""动嘴不动心、动口不动手"，这样的思想解放只能导致无谓的争论。江西要进一步解放思想，不能是"坐而论道"，必须找准思想观念上的差距，有的放矢，对症下药。

与江西以往历次思想解放相比，这次解放思想学习教育活动究竟新在哪里？省委书记孟建柱回答：新就新在我们有了"三个代表"重要思想作为指针；新就新在我们强调要把解放思想的成果落实在加快发展上，在学习教育活动中强化以经济建设为中心的观念，咬定发展不放松。

让思想冲破牢笼

思想是行动的先导。江西省委在此次活动中始终紧紧抓住实现跨越式发展与观念滞后这个突出矛盾，推进干部群众观念的转变。

解放思想，解放什么？江西社会科学院经济所所长汪玉奇研究员认为，就是要像《国际歌》中唱的那样,"让思想冲破牢笼"。我们的思想有两个牢笼,一个是计划经济思想的"牢笼"。在从计划经济向市场经济的转轨中,我们一些政府部门和地方、企业领导的思想落后了,很大程度上还禁锢在计划经济的"牢笼"中。江西的国有工业占全省工业经济的80%,全国只占60%,沿海地区就更低。大力发展非公有制经济是我们的必然选择。但由于计划经济对思想的禁锢,导致一些部门办事效率低下,办一个私营企业,要盖30多个章,费用是税收的4倍。这样的投资环境,怎么能让非公有制经济蓬勃发展起来?第二是要冲破自然经济思想的"牢笼"。江西的土地是"六山一水两分田,一分道路与庄园",有许多像流坑那样的千古一村,这既是历史文化传统的标志,其实也可以看作沉重思想包袱的标志。带着自然经济的狭隘眼光,就必然会在发展市场经济中缺乏远见,缺乏世界的眼光、开放的眼光。马克思在《资本论》中有一句名言"死人捉住活人",我们这些活人再也不能让自然经济这个死人给俘虏了,束缚了。

有专家指出,江西是一个好争论的地方。一些在沿海和其他地区已经解决了的理论和政策问题,在江西一些地方还常常引起争议。在发展非公有制经济的问题上,一些部门和干部总放不开"姓公姓私"的疑虑,迈不开步子。江西许多地市关于支持非公经济的决定去年才得以出台,比外地要晚四五年。在放开搞活国有中小企业方面,一些地方囿于传统思维定式,举棋不定,欲干还休,时而消极抵制,时而又追风赶浪。到现在还有一些地方中小企业改制进展不大。正是争论贻误了时机,摇摆丧失了机遇。

"谈农业两三天,谈工业一袋烟,谈资本市场基本不沾边",这曾经是江西一些干部观念陈旧的写照。在"请进来""走出去"的活动中,江西干部感受到新观念的冲击,感受到新知识的力量。一些省内外知名专家成为地方的"抢手货",各类现代市场经济知识讲座大受追捧,学习新知识、掌握新本领成为各级干部的自觉追求。记者在采访中也感到,"老表"口中的新名词明显多起来了,什么"经营城市",什么"资本运作",什么"竞争战

笔底风云四十年（上）

略"，还有"借鸡生蛋""借梯上楼""借船出海"，等等，人们耳熟能详。新的观念正在逐步深入人心。

咬定发展不放松

解放思想是为了加快发展。江西在这次学习教育活动中，致力于破除一部分干部群众中存在的"小富即安，不富也安，安于现状，得过且过"的心态，增强干部群众加快发展的紧迫感和责任感，坚定加快发展的信心和决心。赣州市委书记张海如对此深有体会：过去一些地方感觉比较闷，有劲使不上，有好的思路用不上，问题就在于发展没有紧迫感，没有一个干事业、求发展的环境和气氛。学习先进地区的经验，不是要照搬照套别人的做法，而是要看我们是否真正确立起经济建设这个中心，让发展这个道理硬起来，可以说，这是最大的思想解放。

治理脏乱差，清除违章建筑，是南昌城市建设中的老大难问题。在这次学习教育活动中，南昌的同志认识到，这个难题之所以久拖难决，根子在于一些干部对改革、发展、稳定三者关系缺乏全面、辩证的理解。在实际操作过程中"就稳定抓稳定"，结果不仅作茧自缚影响了发展，而且也使稳定缺乏坚实的基础。市委书记吴新雄说：就稳定抓稳定没有根基，许多影响稳定的因素，只有靠加快发展才能在根本上得到解决。走出了认识的误区，摆正了三者关系，南昌创建花园城市，推进城市化、工业化的"一个目标、两篇文章"的发展思路进一步明确了，全市迅速形成人心思变化、人心思发展的氛围。全市一举拆掉20万平方米违章建筑，力度不可谓不大，但市民"舍小家、顾大家""舍旧家、建新家"，积极支持配合，没有出现一户钉子户。

招商引资要改善环境，以往人人也都讲环境，但总是习惯于将别人作为自己的"环境"，而没有将自己作为别人的"环境"，更没有站在加快发展的高度来理解和处理企业权益与部门利益的矛盾问题，因而软环境长期难有实质性变化。通过思想观念的转变，服从大局、服务大局的意识得到增强，省委、省政府提出的"放权于市场、让利于企业、落实于基层"得到广泛响应。针对全省1127项审批与收费项目,在今年初减少45%的基础上,在此次学习教育活动中又砍掉20%。是否对发展有利、能否让人民满意,成为江西检验思想是否解放的一条重要标准。

从"坐而论道"到"闻鸡起舞"

解放思想,加快发展是一个系统工程。景德镇市市长许爱民认为,解放思想不能是抽象的解放,具体的不解放;说起来解放,做起来不解放;要求别人解放,自己不解放。"坐而论道"莫如"闻鸡起舞"。这次解放思想之所以成效明显,就因为形成了上下联动,整体推进,理论与实践紧密联系,干部群众广泛参与的"大合唱"。

第一产业比全国平均水平高出8个百分点、第二产业又比全国低16个百分点、第三产业缺乏支撑,是长期以来困扰江西经济发展的一个重大问题。抓住机遇加快工业化进程,是江西的当务之急,然而长期以来一些地市犹豫不决摇摆不定。江西早就有了"关键在工业、潜力在工业、希望在工业,加快江西发展必须主攻工业"的认识,然而"工业高地"久攻不下,一位工业主管领导不禁发出"兵力不强,火力不猛,弹药不足"的感叹。问题的根子究竟在哪儿?在反思中人们清醒地认识到,原因就在于思想没有形成共识,决策没有摸透省情,措施没有落到实处,以致贻误了时机,错过了机遇。通过学习教育,省委、省政府提出的以加快工业化为经济发展战略核心的决策得到广泛认同。一些地市多年没有配备主管工业的副书记、副市长很快配备上了,长期以来满足于"农业通"的不少干部开始学习现代工业管理了,加快发展工业真正被摆在各地经济发展的"第一日程"上了。

随着解放思想的进一步深入,团结一心谋发展、真抓实干促发展的氛围正在江西逐步形成。省政府副秘书长肖四如在评价这种变化时说,解放思想转变观念,根本的问题是营造一个有利于发展的政治文化氛围。要通过进一

笔底风云四十年（上）

步学习教育，建设一种促进发展的文化、利于开放的文化、倡导法治的文化、鼓励创新的文化、优化环境的文化。通过进一步改革干部体制和社会分配体制，使解放思想的成果"转化、物化、固化"。

（原载2001年9月18日《经济日报》，与薛晓峰、廖国良合作）

跳出惯性闯新路

如同歌中唱的那样："江西是个好地方。"独特的区位条件，丰富的矿产资源，良好的生态环境，逐步完善的基础设施，这一切都在告诉人们：这片红土地集聚着巨大的发展潜力！江西没有理由成为中国经济发展的"盆地"！

条件已经具备，机遇正在招手，江西在新世纪实现跨越式发展是完全可能的。省长黄智权在接受采访时说，学习江泽民同志"七一"重要讲话，落实"三个代表"的要求，首要的是要加快社会生产力的发展，千方百计把江西经济搞上去。要把弘扬井冈山精神与学习借鉴沿海省市先进经验结合起来，以世界的眼光，开放的姿态，在强化与沿海地区产业、市场、技术对接和把握我省与沿海发达地区的梯度差中，寻找加快发展的新机遇；在发挥江西自然资源优势和生产要素价格低廉的优势中，寻找加快发展的新机遇；在抓住科技革命先机中，寻找跨越式发展的新机遇，走出一条具有江西特点的加快发展的新路子。

在解放思想学习教育活动中，在重新审视江西省情、总结历史经验的基础上，一条走出传统思维惯性，立足新世纪发展大格局，顺应国内外竞争大趋势的江西经济发展新路子已现雏形。这就是：紧紧抓住加快工业化这个战略核心，大力推进农业产业化、农村工业化、城市化和城市工业现代化，不失时机地推进信息化。

农业大省不等于农业强省

江西是农业大省。江西以占全国2.5%的耕地生产了约占全国4%的农产品，粮、猪、油、菜、鱼、果等主要农副产品产量都在全国排11—12位。新中国成立以来，江西向省外输出商品粮600多亿公斤，年外销生猪1000余万头。富饶的红土地不仅出产了丰富的物产，也出产了不少抓农业的经验。"农业开发总体战""三高农业""打生态农业牌"等一系列响彻全国的口号最先都是从江西提出来的。

然而，"农业大省"不等于"农业强省"。重新审视江西农业的优势，远没有人们想象的那么强大。2000年江西农民人均收入2135元，仅仅比1999年上升了6元。江西农民的人均农业产值只相当于全国人均农业产值的80%左右。江西农产品的竞争力在弱化，市场也呈萎缩之势：在深圳市场上，江西的生猪一年销售20万头，而湖南销售了180万头。有专家尖锐地指出：江西还沉湎在"牧歌式"的农业优势中。

就农业抓农业，农业没有出路；就农村抓农村，农村面貌难以改变。跳出农业看农业，人们发现，"农业大省"之所以不能成为"农业强省"，一个重要原因就是没有强大工业的主导和支撑。发达地区的实践证明，工业化程度越高，支农的力度也越大，农业的集约化程度和效益就高，农业现代化的步子就迈得快，农民就越富。

在反思与比较中，江西的决策者形成了共识：解决"三农"问题要有新思路。不仅要继续在调整农业结构、加大科技兴农、加快农业产业化上下功夫，而且必须跳出农业抓农业。解决农业问题，就要积极发展非农产业；解决农村问题，就要积极发展工业经济；解决农民致富问题，就要扩大农产品的消费群体，改变大多数人口搞农业的局面。跳不出传统农业模式，就不可能实现全省经济持续快速发展。

跳出农业抓农业，促使江西进一步确立了"实施以工业化为核心的发展

笔底风云四十年（上）

战略"的思路。稳固农业基础的根本出路是强化工业主导。只有江西的工业搞上去了，"农业大省"才能真正变成"农业强省""经济强省"。

抓住城市化这个枢纽

江西人自嘲：江西有全国最大的乡和最大的镇，这就是萍乡与景德镇。两个地级市被人们以乡镇视之，说明城市规模小，长不大。全省70多个县城，人口在5万以下的占三分之二。最大的南昌市也只有120万人口，2000年地方财政收入不过18.3亿元。

南昌市委书记吴新雄认为，南昌市现有的规模难以担当起其作为省会城市、区域经济中心的责任，在经济发展上对周边城市缺乏辐射力。如果不加快城市化步伐，争取到2010年城市人口达到300万，那么南昌将不但失去江西区域经济中心的地位，自身的工业化进程也将受到极大的阻碍。赣州市市长王昭悠介绍说，赣南800万人口，占全省将近五分之一，但是工业产值还不到全省的1/26，这与赣南缺少一个区域经济中心不无关系。

在江西经济发展新思路中，工业化是核心，农业产业化是基础，信息化是方向，城市化是枢纽。抓住了城市化这个枢纽，也就抓住了发展的关键环节，可谓"提领而顿，百毛皆顺"。

到去年底，江西城市化水平只有27.3%，低于全国平均水平4个百分点。城市化的低水平一方面影响了农村劳动力正常转移，阻碍了农业规模经营、产业结构调整和农民收入增长；另一方面城市是工业的母体，工业化进程必须以城市化的发展为依托。江西现有的城市规模和现代化水平已经成为加快工业化进程的制约因素。大力推进城市化进程，刻不容缓。省体改办副主任林加奇分析说，江西城市化发展的主要问题，一是城市发育不够。大中城市数量少，辐射功能不强。小城镇规模小，分布散，发展后劲不足；二是制约因素不少。不同类型城镇发展的思路和定位不清；要素流动和产业聚集的制度环境建设滞后，管理水平亟待提高。

曾有人形容江西的城镇建设是："远看村村像城镇，近看镇镇像农村。"加快江西城市化建设，有一个选择什么样的城市化道路的问题。这些年，沿海地区小城镇发展快，成为农村人口转移的有力依托，但仔细分析，这些地区小城镇经济之所以很有活力，关键在于小城镇处于大城市的辐射区，在发展中能够受到大城市的牵引。江西的情况则有所不同，不可能照搬沿海地区的经验。江西的城市化，不能搞"遍地开花"，必须把重点放在大中城市的培育上，通过区域中心城市的发展，力争在全省形成若干个具有辐射和带动作用的经济增长极。

以大开放促大发展

在采访中记者发现一个有意思的现象：江西的高速公路建设基本上是围绕南昌这个中心省内循环的，而与邻省广东、浙江等都没有直接的高速路接通。我们在昌九（南昌到九江）、九景（九江到景德镇）高速上走了一遭，车流量很小，大货车则更少见。而在通往"南大门"赣南的105国道上，因为车流量过大，常常发生堵车的现象。有专家认为，这种情况在一定程度上反映了江西在发展经济上采取内向自我循环的价值取向，缺少参与区域、全国甚至世界市场的意识。

江西山水相依的自然条件组成了一个独立的生态系统，三面环山呈现一个向北开口的盆地，但北部又隔着一条长江。多年来自然经济思想根深蒂固，在发展的思路上也总是在无意识地追求建立一个独立的经济体系。在这次全省解放思想学习教育活动中，打开了眼界的人们终于意识到：不打破自我封闭不行！不开放则不能发展！

江西连接了我国经济最发达的两大区域——珠江三角洲和长江三角洲，在区位上形成了特殊的"走廊经济"。如果江西不能很好地利用这种区位优势，关起门来搞经济，则很容易受到这两大经济板块的挤压，近年来江西已经明显地感受到了这种压力。另一方面如果江西能够主动打开大门，参与到

笔底风云四十年（上）

这个市场中去，则这个"走廊"就会产生"吸盘效应"，充分吸收两大区域的经济辐射。

在充分分析了这些因素后，江西的决策层跳出了原来无意识地内向自我循环的发展思想，提出了"实施大开放主战略"的思路。

江西大开放主战略的定位是对内开放与对外开放并举。一方面加快对外开放步伐，在优化投资环境的基础上加大招商引资的力度。另一方面加强对内开放，特别是加强与沿海发达地区的经济联系，要"甘当配角"，努力把江西建设成"三个基地，一个后花园"，即沿海中心城市和省区产业梯度转移的承接基地，沿海发达地区优质农副产品的供应基地，沿海发达省市的劳务输出基地和沿海发达城市的"后花园"。

如今，走出去的江西人"当惊世界殊"；也许在若干年之后，世人也"当惊江西殊"！

（原载2001年9月19日《经济日报》，与万建民、廖国良合作）

跳出旧制创新篇

搅动了的江西是一片充满生机与活力的土地。

搅动了的"老表"是富于创新和实干精神的人群。

解放思想的过程也是实践创新的过程。从"苦干、实干"到"敢干、肯干"再到"能干、会干"，思想观念的变化带来实践创新的飞跃。生活在江西这块红土地上的4100万人民，正在以坚定的信念，创造性的工作，脚踏实地的作风，谱写江西跨越式发展的崭新篇章。

走江西经济发展新路，必须破解许多躲不过、绕不开的难题；而破解难题，唯有拿起创新的武器。省委副书记钟起煌说，井冈山精神的实质是什么？就是在斗争中创新。面对新形势下的新矛盾、新问题，不能只靠以往的经验，不能光凭过去的本本，而要按照"三个代表"的要求，以"三个有利于"为标准，开动脑筋，大胆探索，在实践中找办法，在创新中求答案。

实施工业化为核心的发展战略，最大的难题是解开国企改革和发展这个"结"。省直经济管理部门在学习教育活动中转变了观念，转变了作风，也丰富了加快国企改革和发展的办法与思路。一系列政策措施相继出台：加强对国有企业产业结构的优化升级和所有制结构的调整，从战略上调整国有经济的布局；通过资产重组和结构调整，重点加强支柱产业和重点领域的国有企业，提高国有企业的整体素质；吸引更多的民间资本参与国有企业的改革和发展；以推动企业制度创新为突破口，通过制度创新带动企业技术创新、管理创新、发展创新；通过产业政策引导，做大做强食品、汽车、钢铁、航空制造、有色金属、烟草、医药、化工、陶瓷、出版等行业30户大企业、大集团公司，壮大和培育江西经济的新亮点。

各个地市在做大做强企业上开展了新探索。景德镇市委书记舒晓琴把他们的思路概括为：建好一个园区，加速两个创新，落实"三百"项目，抓好四个一批。通过这一系列措施重点扶持汽车、家电、化工、电子信息等优势产业，做大昌河、华意、陶瓷股份等12家大企业、大集团，使其成为支撑全市经济大厦的支柱。

如何用好资本市场、拓宽投融资渠道，是江西加快经济发展的一个难点。江西上市公司数量在全国排倒数第6位，总市值只占沪深两市总市值的1.1%。迄今还没有一家具有主承销资格的综合类券商。

针对这种状况，省有关部门提出，要通过新设、变更、引资、债转股等多种途径，打破行业、地区和所有制界限，加快企业股份制改造步伐，争取在一年的时间里让全省股份有限公司总数翻一番，为更多的企业上市创造条件。同时帮助上市公司加大资本运作的力度，提高资产质量。工商银行江西分行主动出击，先后组织全省上市公司高峰会和拟上市公司的高峰会，与企

笔底风云四十年（上）

业负责人共同探讨运用现代融资手段，做大做强企业的良方，并提出了促进拟上市公司的一揽子计划，安排50亿元"孵化"资金扶持企业改制上市。

以开拓的勇气创新体制

学习沿海发达地区经验，追问自身经济发展的落差，不能不看到体制的制约：对下面统得过多，管得过细，卡得过紧。怕简了政底下会懵，怕放了权底下会乱，怕松了手底下会糟。而根本原因是权力思想在作怪，部门、局部利益在纠缠。

只有企业和基层有活力，经济才能真正活起来。加快发展必须创新体制，创新体制最紧迫的是必须简政放权。江西省委、省政府明确提出：今后凡是市场能办的事，就要坚决还权于市场；凡是能下放的管理权限，就尽可能下放，给市县以更大的发展余地，给企业以更大的活动空间。

省政府及省直各部门率先垂范，从自己做起，从现在做起。三管齐下：

一是放权。从今年8月起，省级建设项目的审批权、工业园区和工业小区的设立权、工商税收的管理权、人事有关的管理权等下放各设区市。

二是还权，大幅度压缩行政审批事项。今年以来江西省级行政审批事项砍掉了两批，第一批压了514项，第二批压了197项，总计压了711项，占原有行政审批事项的63%。这其中还权于市场和企业的269项，下放给市、县的124项，简化审批手续的84项，规范备案、强化服务的56项，规范行政确认事项的86项，其他类别的92项。并赋予市县在基本建设和技改项目审批、土地使用审批、外商投资项目审批等方面更大的自主权、决策权。

三是让利，调整财政利益格局。规定各设区市原体制上解省财政每年递增5%的比例，不再上解，土地出让金上缴省财政的20%部分3年之内免缴。各项相加，仅今年省财政让了6.88亿元。开明之举，赢得上下一片喝彩声。

以开阔的胸襟打造环境

实施开放带动的发展战略，以大开放促大发展，关键在于营造一个留得住人才与资金的环境。用宜春市市长伍自尧的话说，招商引资是落后地区加快发展的"华山一条路"，环境也是生产力。

江西明确把投资环境建设定位为"一把手工程"。8月21日，省政府《关于进一步优化外商投资及经营软环境的意见》正式出台，提出举全力营造四种环境：全面推进依法行政，为外商投资营造规范、透明的法律和政策环境；简化办事程序，提高工作效率，为外商投资营造公开、公正、廉洁、高效的行政环境；强化监督制约机制，为外商投资营造统一开放、公平竞争的市场环境；转变思想，更新观念，在全社会努力营造亲商、安商、富商的人文环境。

"人人是环境，个个是形象"。从省、市、县到乡镇，都在治乱减负，优化环境上动真的，来实的。上饶市委提出软环境建设要做到"四个突破"：突破"肥水不外流"的狭隘地域观念，树立"让一切投资者赚钱"的开放理念；突破传统招商方式，求实绩，重效果；突破"重前期服务，轻全程服务"的做法，在提高服务水平上下功夫；突破"见物不见人"的习惯，以招贤引智促招商引资。在被费孝通誉为"无中生有，有中生特，特在其人，人联四方"的赣南南康市，风尘仆仆从广州招商回来的市委书记潘昌坤兴奋地告诉记者：今年南康招商引资实现前所未有的突破。1—6月签约合同资金4.13亿元，同比增长了162.7%。

在致力于改善软环境的同时，硬环境的建设也加大了力度。江西提出用2年时间，打通北到上海，东到浙江、福建，南到广东的高速公路，总长度超过1000公里，今年内数条高速公路同时开工，2003年全线通车。一个以高速公路和国道为骨干、沟通省内外的现代化交通网络，将把这片红土地与外面的世界更紧密地联系在一起。

笔底风云四十年（上）

从沉寂已久中苏醒的南昌人，敏锐地认识到用硬环境、软环境来诠释投资环境已经远远不够了。他们以超前的胆识提出了建设现代文明花园城市的目标。新一届市委、市政府班子认为，创建现代文明花园城市是营造一流创业投资环境的必然选择。花园城市是更高境界的环境，是最好的硬环境和最好的软环境，是最适合外资进入的投资环境。建设现代文明花园城市的构想点燃了"英雄城"430万人民的希望。近两个月来，南昌老百姓以从未有过的热情投入到这场"城市革命"中去。从拆除占道经营的违章建筑入手，几天工夫就装扮出几条亮丽的大街；新型灯光的亮化工程、新颖雕塑的美化工程、栽花种草的绿化工程，一个个闪亮登场。

今日南昌，喜事连连，商潮滚滚。清华高科技园注资3亿元筑巢南昌经济技术开发区；8月23日，原南昌柴油机厂厂区内的241.4亩土地，以每亩247万元的高价，拍得转让地价5.96亿元，市财政从出让中得到约2亿元的回报；一些国际知名企业纷纷聚焦南昌，太平洋百货来了、马来西亚金世纪集团来了……重新打量这座城市，人们赞叹："面貌为之一新，眼睛为之一亮，精神为之一振。"

"一万年太久，只争朝夕。"今天红土地上的人们对此有了更深的感悟。

点击江西3个多月解放思想学习教育活动大事记，让人真切感受到抢抓机遇，敢为人先，赶超先进的实干之风拂面而来。解放思想学习教育活动正在转化为江西各项工作稳步、快速发展的现实。今年上半年，全省生产总值增长8%，快于上年同期；工业增速创造1997年以来的最高点，国有工业实现利润比去年增长12倍；财政收入增长15.5%；利用外资比去年同期增长了41.6%。

8月26日，为解放思想学习教育活动推波助澜的12期"泰豪论坛"落下帷幕，出席座谈会的省委书记孟建柱即席发言，向与会的专家学者们出了这样一道思考题："我们现在在做什么？我们明天将做什么？我们准备好了吗？"

解放思想永无止境，加快发展任重道远。

（原载2001年9月20日《经济日报》，与赖永峰、廖国良合作）

解放思想才能加快发展
——访中共江西省委书记孟建柱

江西搅动了。一场解放思想的学习教育活动犹如滋润万物的春雨，催发了红土地上蕴藏的勃勃生机。

为什么要开展这样一次解放思想学习教育活动？这次活动有什么特点？有什么收获？就此，江西省委书记孟建柱接受了本报记者的采访。

记者： 您是今年4月从上海来到江西任职的，一个月后省委、省政府作出开展解放思想学习教育活动的决定。为什么选择这一活动作为抓好江西工作的突破口？

孟建柱： 这次江西开展的解放思想学习教育活动，是江西省委、省政府面对新形势、新任务采取的一项重大举措。来到江西之后，我和大家都在思考一个问题，站在新世纪的新起点上，江西的下一步如何走？当前我们面临的形势很好，但问题也很多，比如"三农"问题、财政拮据问题、国企改革问题、经济发展与发达地区的差距在拉大问题等等，这些新问题如何破解？在省委、省政府主要领导交接之后，首先应该抓什么？带着这个问题，我们到市县做了些调查研究，听取了不少同志，包括老同志和专家的意见。大家都感到首先要进一步端正党的解放思想、实事求是的思想路线，从转变观念入手。解放思想、转变观念是改革发展的强大动力，只有进一步解放思想，用发展社会主义市场经济的新观念来统一全省干部群众的思想，开阔视野，改进作风，才能结合我省实际，走出一条加快江西发展的新路。

应当看到，党的十一届三中全会以来，在历届省委、省政府的领导下，在全省人民的共同努力下，应该说江西省的改革开放和现代化建设取得了显

笔底风云四十年（上）

著的成绩，这是有目共睹的。但是与周边省市相比，我们深感差距还很大。造成差距的原因很多，其中一条最重要的原因是，在我们的思想观念中还存在许多与发展社会主义市场经济要求、与新形势新任务不相适应的东西。只有坚决地跳出原有的思维方式和传统思路，才能有效破解前进道路上的各种难题，赢得江西各项事业的大发展。

记者：有些江西的同志开玩笑说："江西不东不西，不是东西。"作为既不靠海、又不沿边的内陆地区，打破封闭意识，顺应大开放的时代趋势，对江西来说尤为重要。

孟建柱：加快江西发展，必须增强大局意识和开放意识，这也是我们学习江泽民同志"七一"讲话的重要体会。"七一"讲话始终站在历史发展的高度、全球战略的高度来审视我们这个时代，审视中国的前途和命运。江西作为一个内陆省份，进一步扩大开放显得尤为紧迫、尤为重要。我们提出要跳出江西看江西，立足全局看江西，着眼未来看江西，就是要以更加开放的眼光审视自己，用更加广阔的胸怀博采众长，把江西的改革、发展放在全国的大局中，放在世界的大局中去思考，去谋划。以放眼全球的宽广视野，贯通古今的深邃目光，从世界政治、经济、科技、军事、文化发展的大局中来寻求我们的发展机遇，把握我们的发展趋势，以开放促改革，以大开放促进大发展。

记者：跳出江西看江西，也就是要在一个更广阔的天地里重新审视省情，找准自己的位置，进而找到一条切合实际的发展新路。

孟建柱：江西是一个资源相对丰富的省份，有着独特的优势和发展潜力，但是经济发展相对落后、人均财政收入低、投资能力十分有限，仅仅依靠自身力量不可能大踏步前进，实现跨越式发展。因此要实现工业化，就必须大力实施大开放这个主战略，以大开放促大发展。一方面我们要加大对外开放的步伐，直接引进外资。另一方面要扩大对内开放，大力加强与东部沿海发达地区的经济联系。省委、省政府提出的要努力成为沿海发达地区的

"三个基地，一个后花园"，是正确地分析江西省情，分析当前国内外经济的大背景后作出的决策。

所谓"三个基地，一个后花园"，就是说，江西要充分发挥区位、资源和劳动力成本低的优势，积极主动地接受沿海经济中心城市的辐射，成为沿海地区产业梯度转移的承接基地；要积极发展订单农业，成为东部地区的优质农副产品供应基地；江西劳动力资源丰富，要成为东部地区的劳务输出基地；要开发利用好丰富的旅游资源，成为东部沿海城市的"后花园"。改革开放以来，沿海发达地区已经有三次承接全球产业结构调整的机会，第一次是20世纪80年代初的"三来一补"；第二次是一部分技术密集型企业转移过来，比如家电等；现在第三轮转移已经开始。梯度差也是发展空间和机遇。沿海发达地区在承接海外技术产业梯度转移的同时，会相应地把一部分在当地比较成本高的产业转移出来，这正是我们发展的极好机会，千万不能错过。我们这个定位，是按照市场经济的比较优势原则提出来的，是一个既积极又稳妥的战略定位。中国最富饶的两个地方是长江三角洲和珠江三角洲，这两个地方离我们的飞机行程差不多都是一个小时，这是一个发挥优势互补的很好的区位条件。

记者：许多地方有这样一种现象："说归说，干归干"。往往把解放思想当作一句口号。江西在这次学习教育活动中如何保证解放思想的成果落实到实际工作中，转化为加快发展的动力？

孟建柱：解放思想的目的是实事求是，就要使我们的思想和行动更加符合客观实际。解放思想要落实到行动上，思想是不是解放了，观念是不是转化了，最终要看生产力的发展、地区综合经济实力的增强和人民生活水平的提高。我们坚持贯彻求真务实精神，既注重转变观念，又注重真抓实干。各个地方和部门注意从实际出发，结合思想和工作上存在的问题和不足，结合研究解决新情况和新问题，对照先进找差距，针对差距制定整改措施，以思想观念的转变推动发展思路、体制机制、工作方式方法的创新，扎扎实实地

笔底风云四十年（上）

抓各项工作的落实。这次学习教育活动还有一个特点，就是上下联动，整体推进，通过思想的解放、观念的转变，营造一种同心同德求发展，开拓创新谋发展，真抓实干促发展的良好氛围，形成深化改革、加快发展的合力。到目前为止，江西今年签订的项目已经有1000多个开工或即将开工，注入银行资金有57亿多元。这就是真抓实干的体现。在省委制定《关于解放思想加快经济发展的若干意见》之后，省政府迅速出台了配套的《实施办法》，60条中每一条都有实实在在的政策内容。比如，取消三分之二的行政审批项目，这在全国也是走在前面的。

记者：如何评价江西解放思想学习教育活动的成果？

孟建柱：这次解放思想学习教育活动，在广度、深度、力度等方面有了新的突破，取得了比较明显的效果。全省上下进一步统一了思想，开阔了眼界，振奋了精神，增强了信心。解放思想、加快发展已经成为全省广大干部群众的共识，成为促进我省加快发展的强大动力。思发展、议发展、谋发展的浓厚氛围正在全省形成。当然，活动取得的成果还是初步的，发展还是不平衡的，也有一些地方和部门一般化的号召多，具体落实少。

正因为活动的成果是初步的，阶段性的，所以我们强调，要把解放思想贯穿于发展的全过程。江泽民同志在"七一"重要讲话中指出，"解放思想、实事求是，是引导社会前进的强大力量。社会实践是不断发展的，我们的思想认识也应不断前进，应勇于和善于根据实践的要求进行创新。"必须看到，解决制约江西发展的观念落后和体制机制差距问题，不可能一蹴而就；在这样一个快速发展变化的时代，也容易出现人们的思想落后于实际的情况；同时随着实践的发展，需要不断破解的新难题、新矛盾还很多，因此解放思想是一个长期的、不断前进的过程，必须贯穿于各项工作的始终。在不久前召开的省委十届十三次全委会上，省委要求各地、各部门要继续深入学习江泽民同志"七一"重要讲话和视察江西时的重要讲话，坚持以"三个代表"重要思想统揽各项工作，以这次学习教育活动取得的阶段性成果为新的起点,进行解放思想再发动、再动员,继续探索加快江西发展的新路子,不断完善我们的各项政策和措施。

(节选自2001年9月22日《经济日报》,与廖国良、薛晓峰合作)

一条切合实际的发展新路
——江西省经济社会又快又好发展纪实
经济日报赴江西采访组

题记

2006年10月,根据报社编委会统一部署,我带领政科文部几位同志和江西记者站两位同志共同组成赴江西采访组,承担了《又快又好发展新看点·江西行》系列报道任务。在一个月的时间里,我们兵分两路,深入城区、企业、乡村,走遍了鄱湖南北、赣江两岸,采访了26个县、市、区,连续刊发了25篇纪行式通讯。最后两路采访队伍会师于井冈山上,梳理一路的采访收获,集中大家的智慧,撰写了这篇8000余字的述评:《一条切合实际的发展新路》。

《江西行》系列报道在读者中特别是在江西产生较好反响。时任江西省委书记孟建柱两次批示给予肯定;时任江西省委常委、宣传部长刘上洋在长篇述评送审稿上批示:"这篇报道写得很好。气势恢弘,材料详实,文笔生动,全景式地展现了江西5年来发生的巨大变化和取得的辉煌成就。衷心感谢徐社长和庹总编辑对江西的支持和关心,衷心感谢经济日报赴江西采访组的全体同志。你们的工作精神、工作作风和业务水平值得我们很好地学习。"

江西在变。山变得更绿,水变得更清,田园变得更青翠,山川变得更秀美;

笔底风云四十年（上）

江西在变。农民越变越少，工厂越变越多；城市越来越靓丽，交通越来越便捷。

正在赣鄱大地上发生着的，是一场深刻而广泛的变革。它使山河增色，它使人心振奋。

什么是这种变化的源泉？一个月来，本报记者北上九江，南下赣州，东走上饶，西至萍乡，与江西的干部群众一起探讨、交流，从发生在红土地上方方面面的变化中，梳理出一根贯穿始终的红线，这就是：科学发展，和谐创业。

这是一条切合江西实际的发展新路。

观念是发展的先导

科学发展，观念为先。站在"十一五"开局之年，盘点"十五"的收获，江西人别有一番心得。

江西，物华天宝，人杰地灵。明清之前一直是中国南北通衢要道。然而，随着粤汉铁路的兴建、京广铁路的开通，中国经济由水运时代跃进到铁路时代，江西作为南北交通要道的地位开始隐退，关山阻隔加重了江西的封闭。

地处内陆，又是农业大省，虽然江西经济发展的速度不慢，但不知不觉中，江西一度在全国的位置逐年下滑，在中部这个"洼地"中亦有垫底之势。"过去我们的干部去外地开会，一般是坐在后排，不敢发言，不是因为别的原因，就是因为江西落后了。"

江西要加快发展、奋起赶超，从何入手？江西省委负责同志在一番调查研究后认为，"江西经济发展落后的原因是多方面的，但从根本上是思想观念的差距，是体制机制的差距。而一个地方的发展，没有思想的领先，就没有发展的领先；实现不了观念的超越，就实现不了发展的超越。"

从2001年5月开始，江西省委、省政府在全省推动了一场"以'三个代表'重要思想为指针，大力弘扬井冈山精神，认真学习兄弟省市改革开放经验，走加快江西发展新路"为主题的解放思想教育活动，使人们的思想受到了触动，干部群众开放意识、市场意识、机遇意识、创新意识大大增强。

"观念就是财富，思路决定出路，环境是最大的品牌，发展是永恒的主题"，这四句话成为这场学习活动给江西人民留下的最宝贵财富。

差距促人自省，落后催人奋进。越来越多的江西人认识到，江西的发展正处于十分关键的时期，必须紧紧抓住发展这个"永恒的主题"，不因闲言碎语而分神，不为阻力干扰而退缩，"不管东西南北风，咬住发展不放松"。江西省发改委主任洪礼和说，几年来，省委、省政府牢牢抓住发展这个主要矛盾，始终坚持发展为大、发展为重、发展为先，用发展凝聚人心，用发展破解难题，用发展为民造福，用发展检验工作，用发展造就干部队伍，这是江西发生深刻变化的关键所在。

记者在江西各地采访，还时常听到干部群众提起五年前的"井冈山会议"。正是在那次江西省委十届十一次全会上，第一次提出了"以大开放为主战略，以工业化为核心"的发展思路，以及"三个基地一个后花园"的战略定位，即把江西建设成为"沿海发达地区的优质农产品生产供应基地、沿海产业梯度转移承接基地、劳务输出基地和沿海发达地区的旅游休闲后花园"。

2003年的金秋时节，中共中央总书记、国家主席胡锦涛同志来到江西考察，他充分肯定了江西人民加快发展的热情和立足省情的发展思路，同时提醒江西的同志，"随着我国现代化建设的推进，要更好地促发展、加快发展，必须树立协调发展、全面发展、可持续发展的科学发展观。"

科学发展才是真发展。结合江西发展的实际，省委书记孟建柱提出检验科学发展的"四看"标准："今后看发展，不仅要看总量和增量，更要看质量和效益，看资源的节约和环境的保护，更要看群众的幸福感受。"

以解放思想主题教育活动为起点，五年来，全省范围的主题教育活动每

笔底风云四十年（上）

年一次：

2002年：《塑造江西人新形象》；

2003年：《弘扬井冈精神，兴我美好江西》；

2004年：《树立科学发展观，建设美好新江西》；

2005年：《建设和谐平安江西，共创富民兴赣大业》；

2006年：《科学发展，和谐创业》；

……

在一次又一次的主题教育活动中，科学发展的理念逐渐深入人心。一些长期困扰着干部群众的思想认识问题，在广泛、深入地学习讨论中迎刃而解。

作为传统的农业大省，江西在发展农业上积累了丰富的经验。在推进工业化的过程中，如何处理好农业与其他产业的关系，尤其是处理好工农两大产业的关系？"如果仅仅围绕农业抓农业，跳不出传统农业经营模式，是不可能实现跨越发展的。"江西的干部群众逐渐认识到，解决农业问题，就要积极发展非农产业；解决农村问题，就要积极发展工业经济。解决农民致富问题，就要扩大农产品的消费群体，改变大多数人口搞农业的局面。建设新农村，需要更多的农民变成市民。工农互动、城乡统筹，是解决"三农"问题的根本出路。

跳出农业看农业，以工业的理念来谋划农业，江西逐步找到了一条发展农业、繁荣农村的新思路。五年来，在工业化、城市化加快推进的同时，农业的基础地位没有削弱，而且得到了进一步巩固。江西省农业厅副厅长张忠平介绍，"十五"期间，江西粮食年年增产，2005年达到371.4亿斤，粮食播种面积、单产和总产都创历史新高。尤其值得一提的是，2005年全省农民人均纯收入达3266元，增幅比城镇居民人均可支配收入高10.6%，城乡居民收入比由2003年的2.8∶1缩小到2.6∶1，低于全国3.2∶1的比例。

"不怕眼前落后，就怕眼光落后"，萍乡市委主要负责同志说。他认为，江西这几年最深刻的变化是观念的变化，干部群众的眼界开阔了，学会了用市场经济的眼光、世界的眼光、现代化的眼光来看问题和解决问题。

开放是发展的"引擎"

观念的变革是无形的，而有形的变化令人印象更加深刻。

记者在赣鄱大地上采访，行程数千公里，所经地市均有高速公路联通，一路畅行无阻。过去从赣州到南昌至少要花8小时，且道路颠簸难行，现在有了高速公路，时间缩短了一半，当天就可以打个来回。

省交通厅副厅长许润龙向记者介绍，2001年的时候，江西高速公路只有300多公里，且基本上是围绕南昌而建，在省内循环。如今，全省已开工建设了13条高速公路，通车总里程达到1580公里，排全国第9位，打通了通往周边省份的出省主通道，省会南昌到各设区市的道路也实现了高速化。较为完备的高速交通网络，促进了省内"4小时经济圈"和省际"8小时经济圈"的形成。

高速公路的发展对于解读江西的变化具有着标本性的意义。因为这种变化在一定程度上反映了江西发展思路的重大转折，那就是从无意识的内向自我循环走向主动、积极的大开放。

以大开放促大发展，是立足于江西省情的重大决策。"跳出江西看江西，立足全局看江西"，把江西的发展放在全国乃至世界经济发展的大背景下来审视，江西人看到了自己的不足，也看到了自己的优势。这就是毗邻我国最具发展活力的长江三角洲、珠江三角洲、闽东南三角区，可以说是"沿海的内地、内地的前沿"。这一独特的区位条件，加上资源丰富、生态环境优越、劳动力等生产要素成本相对较低等，对外来投资者有很强的吸引力。只要思路对头，就完全有可能把经济发展水平的落差转变为加快发展的势能，实现又快又好地发展。

从做沿海发达地区的"三个基地、一个后花园"的战略定位，到"对接

笔底风云四十年（上）

长珠闽，融入全球化"的主动出击，凸显了江西人坚定不移地实施大开放主战略，发展开放型经济的决心和韧性。在地处江西"东大门"的上饶，市委书记姚亚平对记者解释说，"以大开放为主的工业化发展战略，包含两方面的内容，第一要搞工业化，第二要以大开放为主，不是关起门来搞工业，而是要借助外来的市场要素办工业。以工业的崛起实现在中部地区的崛起。"

开放的经济需要优良的环境。为了打造环境这个"最大的品牌"，江西全力推进交通、电力、通信、机场、港口等基础设施建设。在用电量不断增加的前提下，电力供应保证了连续4年不拉闸限电；昌北机场航班大幅增加；九江港集装箱吞吐量达到5年前的10倍；南昌至深圳、厦门等地的海铁联运已经开通；新建的赣龙、铜九和武九铁路使江西与周边地区的联系更加通达。

发展开放型经济，光有发达的交通、充足的电力等是远远不够的。江西省代省长吴新雄指出，随着经济社会的发展进步，地区之间在硬环境上的差距正在日益缩小，"环境优势更重要的体现在一个地区开放的理念、方针、服务、效率、诚信，以及一个地区领导敢于解决实际问题的实干精神上。"为此，江西以深化行政审批制度改革为突破口，推进政府职能转变，共精简了72%的行政审批事项，清理了518项行政事业性收费、政府性基金以及109项地方性法规和省级行政许可。与此同时，在全省上下树立"人人都是投资环境"的理念，形成"亲商、安商、富商"的社会氛围，致力于营造竞争有序的市场环境、公平规范的法治环境、高效廉洁的政务环境、诚实守信的人文环境。

以建设中部地区重要的现代制造业基地和物流商贸中心为目标，南昌市全面优化经济环境，大力推进开放型经济。在海外某同业公会公布的投资环境综合排名中，南昌从2002年的"不予推荐城市"，到2003年成为"予以推荐城市"，最近连续三年被列为"极力推荐城市"。"十五"期末，开放型经济对南昌经济增长的贡献率达42.4%。

在江西大开放主战略中，工业园区的建设具有着重要意义。从2001年开始，江西省主要利用荒山、丘陵和滩地，开发建设了一批工业园区。在园区内，工业企业集中布局，可以共享基础设施，集中处理工业污染，降低了入园企业的建设和运营成本，有效地促进了产业集群的形成。经过几年的发展，工业园区已成为江西省招商引资的主要平台，带动经济发展的新的增长极。2005年，全省工业园区实际利用外资16.5亿美元，占全省的68%；实现工业增加值453亿元，占全省规模以上工业增加值的54.7%；上缴税金94.97亿元，占全省财政总收入的22.3%。

开放型经济的发展促进了人们思想观念的进一步解放。在九江，市委主要负责同志对记者说，长期以来我们的经济活动几乎无一例外地是按照行政区划来组织的，造成了资源的浪费。我们提出"跳出九江谋发展"，就是要实现由行政区划经济向区域经济的转变，把"一脚跨三省"的区位优势转化为经济优势和发展活力，使之成为"赣鄂皖湘区域性转港贸易物流中心"。

开窗引入大江来。如今，开放型经济已经成为江西经济发展的主导力量。开放型经济对全省GDP增长的贡献率达到44.7%，提供的财政收入占全省财政总收入的三分之一，对新增就业的贡献达到50%。"十五"期间，江西共批准外商投资企业3562个，实际利用外资累计达75.7亿美元，超过此前20年的总和，增长速度和人均水平位居中部地区首位；全省进出口总额以年均20%速度增长，2005年突破40亿美元大关，出口超过24亿美元。

创业是发展的源泉

随着大开放主战略的实施，江西开放型经济有了看得见的变化，成效喜人。然而，实现江西经济的持续发展，仅有外源发展动力是不够的，还必须激发内生发展动力，把外源型发展和内源型发展结合起来。

江西的同志发现这样一个现象：近年全省每年都引进省外资金约1000亿元，但每年通过银行流到省外的储蓄资金也达到1000亿元，这就是说，

笔底风云四十年（上）

引进的资金与流出的资金相当。如何让人民群众中蕴藏的发展积极性充分调动起来，让一切财富的源泉充分涌流，这是江西面临的又一个现实课题。

胡锦涛同志在考察江西的时候提出"齐心协力，富民兴赣"的号召，江西的同志理解，富民为先，兴赣的目的是富民，只有民富了才能真正兴赣。新余市委书记、市长汪德和说，把GDP变成老百姓口袋里的财富，是发展经济的根本要求和执政为民的具体体现。富民的途径之一，就是通过推进百姓创业，提高群众的投资性、经营性和财产性收入，使老百姓家业殷实、企业兴旺、事业发达。

"兴赣"要"富民"，"富民"须"创业"。总书记的指示为完善和提升江西的发展战略打开了思路。2005年初，江西省委、省政府明确提出要把大开放与本土创业紧密结合起来，作出了开展全民创业，以创业推动发展，以创业带动致富的战略决策。

以"建设和谐平安江西，共创富民兴赣大业"为主题的教育活动在全省启动。2005年4月1日，在全省动员会上，时任江西省省长的黄智权强调，开展这一主题教育活动，唱响"和谐兴赣、创业富民"的主旋律，是构建和谐社会、落实科学发展观的重大举措，对于江西又快又好发展、实现在中部地区崛起具有十分重要的意义。

为了在全省形成"百姓创家业、能人创企业、干部创事业"的生动局面，省委省政府出台了《关于推动全民创业、加快富民兴赣的若干意见》，要求在全省最大限度地开放创业领域，激活各类创业主体，加强创业培训，营造良好的创业环境；省委宣传部组织了由优秀创业者组成的创业先锋宣讲团、由专家学者组成的创业文化宣讲团、由有关部门负责人组成的创业政策宣讲团，分赴全省各地，宣传创业政策，弘扬创业文化，营造有利于全民创业的舆论环境；省工商、质监等55个相关部门从各自职能出发，相继推出了一系列支持、服务全民创业的政策措施；有关部门还结合就业和再就业工作，开展形式多样的技能培训，通过发放小额贷款等措施，鼓励群众自主创业，以创业带动就业。

"白天当老板，晚上睡地板""千方百计、千山万水、千言万语、千辛万苦"……这些当年流行于浙江民营老板之间的创业语汇，如今不时地被江西的老表们挂在嘴上。在记者采访的一路上，听到了许许多多老表们的创业故事。

在鹰潭，市长胡宪告诉我们，该市余江县有个中童镇，全镇3.2万人，常年在外经销眼镜的就有1.2万人，年销售收入达到20多亿元。最近，他们在家乡兴办起眼镜工业园，从浙江引进了30多家眼镜生产企业。小眼镜闯出了大市场，富裕了一方百姓，活跃了当地经济。

在抚州，市委书记钟利贵向我们介绍，该市资溪县是一个人口不足12万的小县，那里不种小麦，没有面粉厂，但在两位创业者的带领下，资溪人把7000多家面包店开到了全国30个省市区的1000多个城镇，还开到了国外。全县农民人均收入的近一半来自于小小的面包，人均储蓄达7000多元，列全省前茅。

在萍乡，记者采访了以花炮生产闻名的上栗县。在全民创业的热潮中，这个县以"放开、扶持、服务、引导"的八字方针，力促民营经济发展。2005年全县9个乡镇全部进入全省百强乡镇，其中上栗镇进入全省10强乡镇。全县乡村经济红红火火，呈现出"人人有事干，户户无闲人，家家有钱赚，村村有富翁"的景象。

人民群众的创造热情和创造活力一旦激发出来，其能量是巨大的。随着全民创业政策的落实、全民创业氛围的初步形成，有力地激活了民间资本，增强了微观经济主体的活力。据2005年下半年统计，全省个体工商户和私营企业分别增长32%和16%，发展速度明显加快，特别是个体工商户，高出全国平均增长率近5个百分点。与此同时，自主创业日益成为城乡居民收入的重要增长点。据分析，今年上半年全省城镇居民人均经营性收入同比增长29.3%，农民人均从经营二、三产业得到的现金收入增长了21.8%。

笔底风云四十年（上）

越来越多的数据表明，江西经济发展的内生动力显著增强，全民创业、和谐创业正在成为推动江西经济新一轮增长的源泉。

和谐是发展的基石

记者在江西采访期间，正值党的十六届六中全会召开。六中全会就构建社会主义和谐社会作出的重大决策，在江西的干部群众中引起了强烈的共鸣。吉安市委书记弘强对记者说，按照六中全会精神建设和谐社会，启动了江西科学发展的新阶段。就吉安来说，我们提出了建设"实力吉安、效率吉安、和谐吉安"的目标，而"和谐吉安"是建设"三个吉安"的出发点、落脚点。

按照"在发展中构建和谐社会、在社会和谐中谋求更好发展"的理念，江西省委、省政府坚持以人为本，努力实现"五个统筹"，让人民群众参与发展的进程、分享发展的成果，为构建和谐新江西积累了丰富经验。

近年来，江西城市面貌的迅速改变，常常令外来者惊羡不已。在省会南昌，人们惊讶地看到，8年前还是一片荒芜的红谷滩上，崛起了秀美的花园式生态型新城区，一个融历史名城、山水都城、现代新城于一体的新南昌日渐清晰地展现在人们面前；昔日名不见经传的宜春市，如今以"城在山中，山在城中，山水相抱"的山水生态城市美名远播；武宁、玉山、兴国、南丰……记者走过一座座县城，每每为城区优美的环境、整洁的市容而感叹。江西的城市品位日益提高，人居环境明显改善。

在城镇越变越大、越变越美的同时，江西农村面貌日新月异。按照统筹城乡发展的思路，省委、省政府每年都要出台加快农村经济社会发展的新措施、新办法。为促进农民增收，提出了"山上办绿色银行，山下建优质粮仓，水面兴特色养殖"的发展思路；为繁荣农村经济，明确了"希望在山，潜力在水，重点在田，后劲在畜，出路在工"的20字方针；为推动新农村建设，建立了"政府主导、农民主体、干部服务、社会参与"的工作机制，等等。

记者在采访中看到，江西农村粮食生产稳定发展，林果业、畜牧业、水产业、经济作物种植业逐渐兴旺，大大充实了农民的钱包。与此同时，投入农村基础设施的资金逐年增多，农村生产生活条件大为改善。"走平坦路，喝干净水，上卫生厕所，用洁净能源"，成为今天部分农村地区生活的真实写照。

在江西，统筹城乡发展的格局已初见端倪：城市化率由五年前的27.7%提高到37%，增幅超过了前20年的总和；城镇居民人均收入和农民人均纯收入分别年均增长11%和8.9%，尤为令人振奋的是，在这个欠发达的农业大省，农民的人均纯收入已经连续三年高出了全国平均水平。

优美的生态环境，是江西最值得珍惜的后发优势。基于这样一种认识，江西提出了一句响亮的口号，那就是："既要金山银山，更要绿水青山"。

随着工业化的大规模推进，守住"绿水青山"的理念不断经受着考验。江西不少工业园都经历过这样的诱惑：一个接一个上亿元的项目登门请求落户。然而，只要是高污染、高消耗的项目，几乎无一例外地吃了"闭门羹"。广丰县的工业园区先后拒绝了7个投资过亿元的项目。县委书记说得动情："我们知道，每一个项目都能创造财政收入，都能创造就业机会，都带来GDP政绩。拒绝是痛苦的，但是着眼于未来，我们必须作出这样的抉择！"

"我们江西的工业园是用推土机推出来、用炸药炸出来的！"谈到江西以"愚公移山"的精神创办工业园区，省社联副主席汪玉奇十分自豪。他的话在记者一路的采访中得到印证：南昌县的小蓝工业园建立在一片荒滩沙丘之上，是用推土机推出来的园区；贵溪市工业园区所在地，原本是一片红石荒山，贵溪人用了1000吨炸药炸出了这片平地。到2005年底，全省93个工业园区所占用的44万亩土地中，70%以上都属于"三荒"和丘陵地带。

在经济快速增长、城乡面貌巨变的同时，江西留住了青山、碧水、蓝

笔底风云四十年（上）

天。省环保局的同志告诉记者，去年，江西的森林覆盖率达到了60.05%，居全国第二位；全省主要河流的水质84%达到了Ⅰ～Ⅲ类；设区市空气质量达到Ⅱ级标准的占82%；生态环境质量指数达到79%，名列全国第8位。

"发展为了人民，发展依靠人民，发展成果由人民共享"。近年来，江西财政收入每年以数十亿的速度增长，这些新增加的财富用到了哪里？翻开江西省发改委"十五"统计资料便可一目了然：绝大部分都用在了与人民群众、特别是弱势群体利益攸关的民生问题上。

"政府买单，农民看戏"便是其中备受称道的一举。省委常委、宣传部长刘上洋介绍，为了丰富农民的文化生活，2004年省财政专门拿出了6000万元资金。为用好这笔资金，结合文化体制改革的推进，江西探索了一套全新的文化事业补助机制：把电影票、戏票直接发给农民，让农民自主选择爱看的节目；之后，剧团和电影放映队拿着农民的戏票，找财政结账。这种模式在广大农村大受欢迎，今年，这笔专项资金增加到了一个亿。

即使增长有目共睹，江西仍然是一个财政并不宽裕的省份。但是5年来，江西农村23万"五保户"的供养标准被一提再提，已超出了全国平均水平；城镇居民养老保险覆盖面不断扩大，已超过了95%；2005年，105万企业离退休人员获得了养老金64.6亿元；新型农村合作医疗试点由7个县扩大到了11个县，202万农民获得了就医补助……

公共财政向弱势群体倾斜，各项社会事业齐头并进，使得江西人民在经济的跃升中尝到了甜头，分享了好处，江西崛起的事业因而成了老百姓自己的事业，有力地推动了经济与社会的和谐发展。

江西在变。然而，江西的决策者们清醒地认识到，江西这几年的发展变化还是初步的，江西作为中部地区欠发达省份的地位没有根本改变，发展不够、发展不充分仍然是江西的主要矛盾。"十一五"时期是全面建设小康社会的关键时期。江西人民正按照科学发展观与建设和谐社会的要求，大力推进农业农村现代化、新型工业化、新型城镇化、经济市场化、国际化进程，努力建设"创新创业江西、绿色生态江西、和谐平安江西",为建设美好家园,创造幸福生活而不懈奋斗。

站在历史的新起点上,面向以"三个江西"构架起来的新坐标,江西的干部群众必将像胡锦涛总书记所期望的那样,齐心协力,富民兴赣,科学发展,和谐创业,努力推动江西经济社会又快又好发展,在促进中部地区崛起中交出一份优异答卷。

(本文系《又快又好发展新看点·江西行》大型系列报道的结篇。采访组成员:张曙红、梁沂滨、廖国良、陈建辉、赖永峰、杨忠阳、郑杨,原载2006年11月10日《经济日报》。收入《新世纪 新江西》,江西人民出版社2006年12月出版)

问安庆何以心安

题记

  2002年,是我国加入世贸组织的第一年,也是迎接党的十六大的重要一年,各地都在思考如何抓住机遇、加快发展。在有着"千年古城、百年省会"之称的安徽省安庆市,一场解放思想、寻找差距、重新审视自我的大讨论,正在轰轰烈烈进行。经济日报驻安徽记者站站长陈雷敏锐地发现了这一动态,与时任报社副总编辑、也是安庆老乡的丁士同志共同策划,组成了由张曙红、白海星参与的采访组,共同采写了《问安庆何以心安》系列报道。2002年2月1日推出首篇报道《安庆,你本该走得更快些》,编辑部在《写在前面的话》中揭示了系列报道的主旨:与安庆人共同思考"安

笔底风云四十年（上）

庆为何落后了？"的症结，寻找"面对新机遇，安庆怎么办？"的答案，希望安庆能给更多的地方以启示。

安庆，你本该走得更快些

在安徽，安庆是个名声很响的城市。

改革开放之初，安庆不仅经济发展居于全省前列，而且有不少"敢为人先"的尝试。中国第一个民营外贸企业家孙超，被理论界称之为引发商贸变革的"孙超现象"；安庆食品企业率先打出的"窗口"经济模式，也曾是当年的独创。1988年，安庆市工农业总产值已达到73.8亿元，超过同为江城的马鞍山和芜湖。辉煌的历史，优越的区位，又有率先改革的勇气，按照这样的发展趋势，人们对于安庆的发展与改革理应有着更高的期望。

然而，近些年来，寄厚望于安庆的人们发现，安庆有些落后了！原来肩膀头一般高的兄弟城市，一个一个把安庆远远地甩在后面：芜湖一跃成为安徽经济新亮点，马鞍山成了全国优秀园林城市。而今天的安庆，其现状确实令人难以心安。

过去，安庆财政的日子相对好过，靠的是安庆石化一柱擎天。这几年，作为支柱企业的安庆石化原油加工量减少，直接导致全市工业增加值、GDP和财政收入增速明显放慢。财政收支平衡压力增大，县级财政运转吃力，乡镇财政入不敷出，负债和拖欠工资的情况还较为普遍。目前全市财政负债在5个亿以上。

随着改革的不断深化，下岗职工再就业压力越来越大，低收入人群生活仍然是一个需要关注的经济和社会问题。现在全市城镇登记失业率为3.5%，如果算上隐性失业就可能更多。同时，农村劳动力富余问题也相当突出。

由于近几年来整体发展"减速",公共事业"欠账"颇多,城市面貌变化不大。快速发展后劲不足、经济环境优化不够,存在着观念性、体制性、机制性障碍。城市化水平比较低,城乡二元结构差距越来越大等。方方面面的问题摆在了安庆人的面前。

从经济总量上看,安庆的块头似乎不小,然而,从人均看,却有明显差距。在我国已全面进入小康标准,人均GDP为800美元时,安庆市却只有512美元,比安徽省的平均数低了88美元。安庆市人均财政收入379.3元,比全省低73.25元;人均财政支出310元,比全省低154.84元。在农村,安庆市农民人均纯收入是1706元,比全省低近200元;城镇化率只有28%,比全省低2个百分点。安徽本就不甚发达,而安庆竟低于全省水平。与省内沿江城市比较,到2000年,马鞍山人均GDP是1万元左右,芜湖是9000元左右,而安庆却只有4210元。这里虽有安庆所属县多于其他市的因素,但差距是实实在在的。用安庆人自己的话说:当别人有钱吃两碗饭的时候,安庆只能买一碗饭吃。

另一方面,当经济的竞争演变成为人才竞争的关键时刻,曾以"人才摇篮"著称的安庆,却有一批批优秀的专业技术人才远走异地他乡。日趋严重的人才流失现象,使昔日的"文化之邦"渐显苍白。有关调查显示,自20世纪90年代以来,安庆国企的中青年专业技术人才流失严重。以化工系统为例,1997年以来该系统就未进过一名大专以上毕业生,而每年通过人才服务中心正规渠道流失的中、高级人才有20人至50人之多。教育、文化、医疗卫生等知识密集型的系统,人才流失也日益加剧。

走出去的日益增多,而进来的却在逐年下降。安庆市考取大学的本科生能回乡工作的不足十分之一。人才的流失就是财富的流失,这已不是一句抽象的话。安庆人自己算了这么一笔账:培养一名人才费用约10万元,安庆市每年考取大学1万人左右,按每年为外地输送8000人至9000人计算,就相当于每年流出8亿元左右的资产。

笔底风云四十年（上）

人才"引不进、留不住"的一个直接后果，是造成了安庆市人才总量不足，以及因人才错位带来的人才结构性短缺。现在，安庆市每万名劳动者中具有初级以上职称的仅187人，人才资源密度仅1.8%，低于全省平均水平，每10万人中受大学教育的仅2043人，远远满足不了经济腾飞时代人才资源密度7%以上的需求。

一件件，一桩桩，令安庆人不得不承认这样的现实：改革开放以来，尽管与自己的过去相比，综合实力、城市面貌都获得了长足发展，但是，安庆却相对落后了。在芜湖、合肥、马鞍山等周边城市走过一圈的安庆人，回来后都会发出这样的慨叹：外面的世界真精彩！

人们在深思，长江流域原本是中国经济的高增长带。长江流域人口占全国35%，GDP占全国的40%。安庆联东启西，地势优越，发展速度却低于全国平均水平，是令人难以想象的。为什么曾得改革开放风气之先的安庆变得缺少"精、气、神"了，没了当年创造轰动一时的"窗口"经济、生产出安徽省第一台电风扇、第一台洗衣机、第一台空调的创新激情和创业冲动了呢？

春风几度，潮起潮落。安庆人问自己：我们究竟应当如何迎头赶上？

（原载2002年2月1日《经济日报》，与丁士、陈雷、白海星合作）

安庆，总想对你叙说

记者按语：

在安庆采访期间，时常听人提起一封外商李先生的来信。这封寄给安庆市委的信最早刊登在市委内部刊物上，最近由《安庆日报》公开发表，成为全市解放思想大讨论的生动教材。如何看待安庆的发展环境？为什么安庆这些年落后了？读一读李先生的来信，相信读者会有一个更直观的印象。李先生在来信中指出的问题，不仅在安庆存在，在别的地方也不难发现。正因为如此，我们把这封来信作为这组系列报道的一部分，推荐给广大读者。

改革开放的多年实践，为安庆市拓出一片新天地。在安庆进入新的发展时期，作为热爱并时刻关注安庆的异乡朋友，深感有责任对安庆叙说自己的逆耳忠言，以期拓展自我反思的深度和广度。也许"今天的问题就是明天的机会"。

看重"回头率"

安庆是座美丽的城市，只是这种"美丽"缺乏"回头率"。借香港朋友之评价："远看靓丽，近看麻花"，不吸引人。

招商引资，首先是要拿出所能给予的优惠政策，其次是明确政策兑现率。然而，一些人在与外商交往中，在尚未进入实际性商谈之时，却立马要求利润分成，生怕人家多赚。这种"十鸟在林，不如一鸟在手"的急功近利行为，最终的结果是群鸟齐飞。这种短视行为，对招商引资是釜底抽薪式的"毁灭"。有道是：舍不得孩子打不到狼。你连孩子都舍不得抱出来亮相一下，还一直在吆喝："狼来，狼来。"狼会来吗？最起码你把孩子抱出来看一下，等狼来了，再抱回去还来得及。

不守时，在安庆司空见惯。不少客商对安庆人不守时的陋习深恶痛绝！有时与客人约好时间，自己却姗姗来迟，甚至干脆不来，让人白耗时光。有一次，一位客商与有关人员约好上午8时30分见面，这位客商提前10分钟在安庆大酒店大堂等候，却始终不见人影，几经催促，皆言："快到了，快到了。"到11时45分才来，且没作任何解释和道歉。结果，这位客商袖手而去，所带来的投资"支票"也随之而逝。在"时间就是金钱，效率就是生命"的口号中度过许多年，安庆依然没有形成大家期盼的"效率机制"。（记者点评：也许在某些人看来，这位客商喋喋不休的也不是什么了不得的大事。

笔底风云四十年（上）

不就是约会迟到吗？迟到总是有理由的呀。但恰恰在这些我们不太在意的小事上，体现出效率的高与低，作风的好与坏，环境的优与劣。环境是什么？环境就是工作作风，环境就是政府效率，环境就是社会信用。正是从这个意义上，我们说：人人都是投资环境。）

更致命的是"信用失常"。今天高高兴兴地订好条款，明天就"灰头土脸"；今天许下承诺，明天就风吹云散。做事理念毫无连贯性，以至一片本可以丰收在望的"肥沃土地"，却成了"杂草丛生"。信用的失常，注定了这个城市经济起飞艰难。

逛街入店，顾客问话，店员懒得搭腔，爱理不理。好心情随之荡然无存。问及好友，答曰：大家都在一个锅里搅稀饭，好坏一样，人人有份，自然是"官不修衙，客不修店"，其结果，挫伤人的积极性，助长懒汉行为，造成效率低下。

世纪之交的机遇之争，在很大程度上，就是环境之争，谁能营造良好的环境，谁就能赢得发展的主动权。为什么安庆投资环境缺乏"回头率"？一言以蔽之，主要还是人文因素的缺陷，因为它在有意无意地"劣化"环境。

再拓"六尺巷"

"让他三尺又何妨"的"六尺巷"，让安庆人津津乐道，引以为荣。博大宽容的胸怀是人的一种美德，更是人们成就事业的基础。但是，现在这种美德已被有些人拱手转让出去，取而代之的是他们嗜赌一样的心态，即为人处世如同打一张牌，步步为营，处处设防，既防下家吃，又防对家碰，还防上家和。如此心态，于人于事毫无裨益。

有些人对前来洽谈投资的客商，力避多接触，生怕招惹是非，好像热情一点，积极一点，主动一点，就一定是捞到什么好处，不然凭啥这么做？结果是谈起来客客气气，做起来磕磕碰碰，搞得大家都很尴尬。一位欲投资置业的外商，想与有关人员多交流协商一下，大家都推托有事，纷纷告辞，生怕说不清，害得这位外商叫苦连天："连最起码的信任都没有，还谈什么生意？更不要谈合作。"

内不足则需外求。一些人却是宁可大家一起受穷，不愿让人先富。把这种"恨人有，笑人无"的病态心理植入招商引资过程中，往往是表面一团和气，背后互相捣鬼。"只要你过得比我好，我就受不了"的嫉妒心理表现得淋漓尽致，人为地制造麻烦，严重挫伤了投资者的积极性，痛失许多"借鸡生蛋"的发展良机，到头来谁也没吃到饭。

安庆人精明，但不聪明。很难敞开自己的心扉，自然会造成心理上的"闭关自守"。谁引进一个客商，谁就是"既得利益者"，谁搞成一个项目，谁就是"免费午餐者"。正常的交往，被随意玷污，让人不堪其忧。更有甚者，一旦客商看中哪个项目，便想到"肥水不流外人田"，工作中或从中作梗，或顶着不办，为自己的"精明"沾沾自喜。"精明"的结局，苦守一隅受穷，导致经济建设的恶性畸变。（记者点评：在李先生看来，精明的安庆人并不聪明。精明人总是只算计自己的得与失，而聪明人不仅要算计自己的得与失，还要为别人算计得与失。这就是"聪明"比"精明"的高明之处。投资者是要赚钱的，要投资者赚钱还是怕投资者赚钱？两种不同的思路必然导致两种截然不同的结果。安庆要进一步对外开放，加快招商引资步伐，看来首先需要解决的问题是如何让精明的安庆人聪明起来。难怪李先生呼吁，提倡"六尺巷"典故所体现的宽厚谦让的美德。）

应当承认，安庆在招商引资方面下了不少苦功，作了许多努力，有了一定成绩。然而为什么常常事倍功半呢？根子还在于：眼界不宽、心胸狭窄、思想落伍。由此便不难看出，凡事先纠缠于"利己"，而不去考虑"他人"，势必会导致拿一个错误的认识作标准，去衡量经济发展，这样除了阻碍安庆经济发展与社会进步还能有什么呢？因此安庆必须真正摆脱时时掣肘经济发展的落后观念。惟有如此，安庆才有可能踏上一条崭新的道路。

笔底风云四十年（上）

重树"天柱山"

凌厉霄汉，一柱擎天，气势恢宏的"天柱山"，是敢闯敢为，富有责任感精神的张扬。如今可贵的"天柱山"精神，却被四平八稳的循规蹈矩的陈旧观念所束缚。

无论什么事，都要开上一个会。于是，大大小小、各种各样的会议便应运而生，结果"船多塞港"。有些人在办事过程中，经常推三诿四，理由很多。如领导有看法，同事有意见，群众有反映……于是思想深处的因循守旧、安于现状的落后观念便沉渣泛起——能不做的就不做，能修修补补就不必伤筋动骨，反正是"多一事不如少一事"。对需要承担责任的事，能推则推，不能推就干脆来个"糊涂的爱"，跳起"慢四"，让你无可奈何。诚如一位领导者所言："奔驰车驶进了乡村小道，你想快也快不了。"许多事因此而被耽搁。

由于缺乏责任感，使一些人抱着"大家事管不着"的消极态度，浑浑噩噩，"当一天和尚撞一天钟"；随波逐流，"傻子过年看邻居"，使得本来就已缓慢的经济发展如履泥泞。没有责任感，就没有是非感！最终会使一个地方变成一潭活水不入、风吹不动的"死水"。（记者点评：爱之深，恨之切。虽然李先生的"忠言"确有点"逆耳"，其中也难免偏颇、过激之处，但从中我们更多感受到的是真诚的情谊，是热切的期盼。俗话说，旁观者清。许多事情我们已经习以为常，不以为过。只有换一个身份、换一个角度，才可能真正感悟其中的差谬。李先生的来信，为正在反思中的安庆人提供了一个独特的视觉，促人警醒，引人深思。因此来信公开发表后在上上下下、方方面面引起的震动，也是不难想见的。相信聪明起来的安庆人不会辜负李先生们的期望，必将以再拓"六尺巷"的胸襟，以重树"天柱山"的勇气，为安庆的发展创造一个优良的环境，赢得新的发展机遇。）

（原载2002年2月2日《经济日报》，与丁士、陈雷、白海星合作）

让我们重新认识自己

进入新世纪,面对新的机遇和挑战,安庆怎么办?这个问题一直萦绕在安庆人的心头。

江泽民总书记"七一"重要讲话发表后,各地兴起的新一轮解放思想热潮催动着安庆人;我国正式加入世贸组织,进一步对外开放的历史重任召唤着安庆人。安庆人再也坐不住了,一项重要的决策随之做出,一股澎湃的春潮应时而至。

2001年11月23日,中共安庆市委八届三次全体(扩大)会议召开,会议决定以"三个代表"重要思想为指导,以解放思想为切入点,以优化环境为着力点,以加快发展、富民强市为主题,在全市广泛深入地开展解放思想大讨论活动。会议号召600万安庆人民积极主动地适应新形势、迎接新挑战,始终坚持以经济建设为中心,按照"三个有利于"衡量工作的是非得失,以思想观念的新跨越,促进环境大优化,推动经济大发展。市委书记赵树丛强调要站在加快发展、富民强市的战略高度,充分认识进一步解放思想的重要性紧迫性,这既是加快安庆发展的现实要求,更是面向未来发展的历史选择。

反映了广大人民群众愿望的决策,自然能得到广大群众的衷心支持和拥护。

人们惊异地发现,仿佛一夜之间,安庆人动起来了。市委、人大、政协几大班子带头行动,纷纷下基层摸情况、搞调研,参与和指导大讨论。各区县(市)、部门和系统纷纷建立起大讨论办公室,按照市委的部署,在思想发动的基础上,勇敢地拿起解剖刀对准本部门和单位,查摆问题。翻看这一段安庆的报纸,主要版面刊登的都是大讨论的消息和各种座谈会的发言摘要。看着那一篇篇、一版版发自肺腑的诤言、直言和自我反思,不能不为安庆人求发展的急切心情所感动。不少在安庆经商的外地人也热心参与进来,

笔底风云四十年（上）

出席会议，投书媒体，增加了讨论的"热度"。

来自市委大讨论办公室的统计数字是：在一个多月的时间中，市、县及各系统召开各类座谈会600多次，查摆事实问题700多件（条），提出整改措施500多条。14个部门向社会公开作出承诺112条。在此期间，收到群众来信、来电1789件（次），收到群众意见、建议1829条。

大讨论重在优化环境，各政府部门围绕投资环境、工作环境和发展环境揭摆问题，将自查情况公开见报，努力使讨论触到"痛处"，落到实处。市经贸委自查了工业意识不强、工作重点不突出、企业改革力度不大、作风不够深入等方面的问题，劳动局摆出了对企业服务不够主动、深入基层不够、业务指导有差距等方面的问题，税务部门也查摆了服务意识差、效率不高及有人情税现象等方面的问题，提出通过大讨论重点规范行政执法行为，提高服务水平。各职能部门、系统都向社会作出整改的承诺，并在媒体上公开，由群众加以评议。各方面反映，这次大讨论对大家触动很大，大家都在检视自己的"风纪扣"。在报纸、电视上公布承诺，将有力促使有关部门努力兑现承诺。

解放思想重在观念更新。各部门、系统讨论几乎都把查摆事实问题的重点引向思想观念方面。市政协的一份调查报告更以"优化思想环境"为专题，系统解剖了安庆"思想环境"存在的突出问题，包括在发展思路上习惯于传统思维方式，随意性较大；在发展观念上安于现状，画地为牢；在服务意识上存在本位主义，大局观念不强；在精神状态上不思进取，得过且过；在工作作风上搞形式主义和"官本位"等等，提出要把解放思想、转变观念放在优化环境的首位，强调没有思想大解放、观念的大转变，就没有改革的大突破、经济的大发展。

一些领导干部和群众在大讨论中深入地自我解剖道：安庆有些同志往往不能跳出自己看自己，自我封闭，小富即安，"步子不大年年走，成绩不多年年有"，只愿自己跟自己比，不愿把自己与别人比，只求一个"稳"字，掩饰一个"混"字。他们"自己不敢冒进，又怕别人奋进"。别人在发展中有了成绩就疑神疑鬼，别人在发展中遇到挫折就幸灾乐祸。"不思进取、得过且过"，"脚踏西瓜皮，滑到哪里算哪里"，以致工作消极冷淡，环境不能优化，经济步履维艰。

大讨论增加了安庆人优化环境，加快发展的紧迫感，特别是大讨论所倡导的"人人都是投资环境，事事都是投资环境"精神，矛头直指一些公务员存在的有事互相推诿、不负责任的陋习，强化了人们的自我反省意识，使人们精神面貌开始有较大改观。一位多年在安庆经商的外地人深有感触地说：安庆确实动真格的了。安庆人有这样的勇气，环境一定会大变样！

市委牢牢把握讨论活动的发展方向和节奏，及时给予指导，在自我"揭短"的同时，不忘褒奖正面典型，当地媒体重点宣传了安庆的优秀企业华茂、全力、鸿润、南翔企业集团发展壮大的经历，鼓舞了人们的信心。在筹划解放思想大讨论的同时，市委、市政府还不忘抓住关系地区经济发展的重大项目，切切实实改善安庆的投资环境。继把新城区菱湖地区确定建为旅游休闲区，挥出城市建设大手笔后，又在中央及省的支持下，开工建设古城人民盼望已久的安庆长江公路桥项目。去年底还成功承办了全国光彩事业促进会二届二次理事会，使全国优秀民营企业家目睹了安庆投资软硬环境的不断改善，促成了外地民营企业家迅速签约投资安庆。广东香江集团在安庆合作投资"光彩大市场"三期工程，办齐证照只用了三天，得到投资者的好评。

诚然，解放思想大讨论仍在深入，澎湃在古城的春潮仍在高涨，而将大讨论统一的思想认识落实到行动上，更是一项艰巨的任务，但安庆人毕竟行动起来了，随着一些具体措施的出台，将会有更大的收获。

（原载2002年2月4日《经济日报》，与丁士、陈雷、白海星合作）

笔底风云四十年（上）

古城呼唤精神涅槃

在安庆采访，无时无处不在感受这座历史名城的灿烂文化。从两千年前就传出"孔雀东南飞"那段凄美故事的小镇，到养育了名声赫赫的"桐城派"大师们的县城，从耸立于江畔的"长江第一塔"，到风光各异的浮山、天柱山……历史文化的厚重底蕴每每令人心灵震颤、感慨万千。无怪乎人们用十六个字概括安庆——"千年古城，百年省会，历史悠久，名人荟萃。"

的确，悠久的历史赐予安庆人无数引为自豪的话题，他们乐于向外乡人讲叙黄梅戏和严凤英的故事，讲叙当年徽班进京创造出中国第一大剧种"京剧"的历史，讲叙方苞、程长庚、陈独秀、朱光潜、邓稼先等等从安庆地区走出去的一代名流。他们还会热情地向游客们推荐国家级风景名胜区"古南岳"天柱山、国家级自然保护区鹞落坪、佛教禅宗二祖寺三祖寺，等等。安庆人的自豪不无道理，因为这座古城的确不负"文化之邦""戏剧之乡""文物之乡"的美誉。

然而，当市场经济的大潮挟一批批客商涌向这座古城的时候，安庆人却有点露怯了：历史文化中的糟粕部分，往往成了阻碍人们前进的包袱。

在此次解放思想、优化环境大讨论中，查摆人文方面存在的问题被列为几个重点之一，这标志着以历史文化为荣的安庆人勇敢地拿起了解剖刀，下决心割除地域文化中落后的东西，以全新的精神面貌塑造安庆的现代文明，以现代人的开阔胸怀建设与国际接轨的新经济。

不少人在解剖分析中认为，这些年来，当安庆的步伐放慢了的时候，虽然在追赶先进地市中有点"气喘吁吁"，但是满足于"底蕴深厚"，还时常显得怡然自得，挺逍遥。只埋怨别人就是不埋怨自己，还爱说假如省会还在安庆云云。这样的情绪和社会氛围，怎能搞好经济？

不少在安庆经商的外地人毫不客气地批评一些安庆人往往只着眼于"小我"，只看到眼前有无直接利益，不善于着眼于"大我"，看今后的长远利益。因此，在沿海城市很容易办的事，在这里办不成，或者要花很高的成本才能办成。

不止一位外地客商携巨资前来寻求合作，而接待者往往就因为某些细节不合心意，生怕对方赚得比自己多，便将送上门的生意拒之门外。安庆这几年经济发展相对滞后，最根本的原因是观念落后、思想封闭、小富则安、不思进取。

"不要满足于历史留给我们的文化财富，更不能让传统文化中不合时宜的东西束缚住我们的手脚。"这是安庆人在讨论中达成的共识。他们尊重传统，但这种尊重已经不再是对文化遗产的炫耀，而转化为对先辈创新精神的弘扬。在讨论中，安庆人提起天柱山，说到独秀山，已经不再陶醉于它的人文景观或者名人效应，而是在思索其"擎天之柱""独秀于林"的精神内蕴。他们自责，为什么这种作为历史文化精华所在的敢为天下先的精神，后来会渐渐失落于计划经济的桎梏和小农经济的汪洋大海中，而未能成为安庆人的主流精神？为什么类似于发生在这块土地上的"不敢越雷池半步"的故事却在当代社会生活中一再重演？为什么先人所有的"让他三尺又何妨"的克己谦让、着眼长远的公德不能承继，代之而起的却是斤斤计较蝇头小利，往往把"政府权力利益化，部门利益个人化"的陋习？

安庆人痛心疾首。他们知道，由于历史的机缘，安庆曾经是我国近代工业的发轫之地。清代曾国藩在这里创办了军械所，于是中国有了第一台蒸汽机、第一艘机帆船、第一座兵工厂。就是在近几十年，安庆也曾经在工业品生产上创造过诸多省内第一。他们更知道，当年程长庚率徽班从这里进京，因为博取广纳，才成就了辉煌二百多年的"国剧"。还有邻省湖北黄梅县的乡村小调，流传到安庆地区后，经过当地民间艺人的不断加工、丰富，成为至今风行大江南北的黄梅戏。安庆人的祖先们这种海纳百川的胸襟、锐意进取的豪情，怎么在当今子孙的身上越发少见了呢？

人们举出事例，不少安庆人在本地经商被有关方面算计得所获甚少，被

笔底风云四十年（上）

"红眼病"搞的无可奈何，而到其他地方经商却屡战屡捷。有从事企业管理工作的同志告诉我们，因为安庆一些人计划经济传统思维根深蒂固，至今还向往"一大二公"，看不起民营企业，因此这个历史商埠发展民营经济的潜力远没有发挥出来。人们认为，安庆人应敞开广阔胸襟，广为吸纳，重塑地域文化和城市精神，为创造社会主义市场经济的商业文化做贡献。

曾在其他历史文化名城担任过市长的市委书记赵树丛对安庆传统文化的分析显得超脱而又深刻，他认为陶醉于历史传统中的精华并非坏事，事实上，安庆人对历史文化的陶醉促成了纯朴民风的形成与保持，这对尽善尽美求圆满的秉性的承继，进而促进社会总体稳定有积极作用。但过于陶醉往日辉煌，以至这也看不惯，那也不愿干，求稳怕乱，畏首畏尾，就会使人不思进取，形成"多做多错，少做少错，不做不错"的社会评价标准，长此以往，空想误时光，最终愧对历史。在建设社会主义市场经济新时期，这无疑是致命的弱点。改革开放以来发展较快的大多是历史不太悠久的新兴城市和抛弃了历史包袱的沿海老城市，正说明正确认识和处理历史文化影响的重要性。

诚哉斯言。有学者预言，对一个国家和地区而言，将来影响最大、穿透力最强的将是凝聚着古今文明成果的"文化力"。我们相信，安庆这一古老城市正在经历着的精神文化的涅槃，将为这座城市的经济发展插上腾飞的翅膀。

（原载2002年2月5日《经济日报》，与丁士、陈雷、白海星合作）

要让政府先入世

尽管解放思想是新时期永恒的命题，但发生在安庆的解放思想大讨论适逢我国加入世贸组织的关口，因而也就有了其特殊的背景和使命。

入世考验着我们的企业，更考验着我们的各级政府。中共安庆市委在部署大讨论工作时，把解决政府如何适应市场经济，特别是入世后市场规则的变化问题，作为一项重要内容，用市委书记赵树丛的话说，要让政府"先入世"。

就政府应对入世挑战问题，记者与对此颇有研究和心得的赵树丛书记作了一番对话。

记者：为什么说政府入世比企业入世的任务更艰巨？

赵树丛：政府应对入世的关键，就是要改革机构、更新观念、转变职能。政府机构改革就是转变政府职能的过程，就是政府自我革命的过程。现在的发展方向应该是"大社会、小政府"：政府工作要加强法制化、服务性。机构改革要减人、减事、减虚。我们还要树立新的发展理念，运用新的发展手段。也就是说，企业入世面对的是市场竞争，而政府入世失去的资源却是手中的权力。这个观念的转变要比企业难得多。如果哪一天我们这群人下岗的时候，我们的思想工作大概不比下岗职工更好做。而现实是只有转换政府职能，才能优化环境，加快经济发展。因此，政府职能一定要转变，要认真研究哪些该政府管，哪些不该政府管；哪些管了才能发展，哪些不管才能发展，这是真正体现政府形象和职能的问题。我们要立足于政府是公共的政府，立足于政府是经济建设中促进发展的政府，立足于政府是服务的政府，还要立足于政府是管理成本低廉的政府，是廉洁高效的政府。

记者：政府入世后职能该做哪些转变？

赵树丛：我们现在经济之所以不活，就是因为政府包办过多。过去在经济工作中，往往先看找谁说了算、谁批的，以审批代替依法监督职能，失去了政府应有的功能。我们的经济工作不是按照市场主体在发展中的实际情况决定，而是处在"审批经济"状态。改革就要涉及利益的调整，就要减少政府的某些权力，其实我们更要考虑自己有没有无所不包的能力。入世后政府的定位，是要把以往直接驾驭生产力的过程转变为推动生产力发展的过程、

笔底风云四十年（上）

适应先进生产力发展要求的过程。要注重政府自身生产力，不是盯着自己所管着的生产力。比如在农业问题上，农民现在最缺的是信息层面和流通层面的问题，可是我们以往总是去管农民种什么。结果往往是工作不能见效，农民不能增收，对政府不满意、不信任。

记者：如果政府"撒手不管"了，企业会不会产生"没有靠山了"的失落感？

赵树丛：一段时期以来，我们的政府工作错位了，和企业一道都在做企业层面的事，结果越不好的企业越找政府，越不适应市场的企业越和政府抱得紧。而政府工作的结果，并没有落实到发展市场经济中去，往往视过程为结果，下发个文件就是结果。事实上政府的权力也是有限的，一方面在市场竞争中很多事情政府无权管，而且往往是管也管不好。很多事情政府既管不好，管起来"成本"也大得多。我们安庆的全力集团修了一个水电站，按照国家预算要9000多万，最后全力集团自己建造只花了7000多万，这省出来的2000万，就是民营资本与政府资本的成本差异。

记者：在一体化市场经济中，我们该怎样对待看得见的"资源优势"？

赵树丛：由于我们过去都是由政府来决定资源的配置，而我们本地人注重的是资源经济，只注意当地资源优势，不注重市场比较优势，这是传统经济的典型特征。

沿海人注重的是市场经济，有的价值优势要通过市场增强，这就是观念上的差异问题。观念转变就是要我们在资源中挖潜，在市场上增值。只有充分发挥市场效应，让资源优势体现出市场价值，才能获取更高利益，加快发展。现在的关键是转变传统思维模式，就是要我们重新认识资源，重新认识市场。我们安庆市的桐城人很会经商，他们有一句名言是："两头（资源和市场）在外，全靠脑袋"，说的就是这个意思。

记者：目前各地政府花了不少精力搞招商，入世后在招商引资中政府该确立什么样的观念？

赵树丛：投资与发展密切相关。有投资就有发展，有投资就有就业，有就业才能提高群众生活水平。安庆发展要钱，要资本，但不能仅仅依靠国家来投资。搞企业、搞投资，需要外商，需要有钱、有经营能力的人来投资。因此，支持外商投资，支持民间投资，就是支持安庆的发展，就是为群众服务。

但目前安庆确实存在一些阻碍投资的情况。其主要原因相当部分是在政府，是在政府的观念上，在政府办事渠道、环节上，在政府某些公务员把个人和部门利益置于公共利益之上的错误行为上。在市场经济中转变观念，是一个"痛苦"的选择，与发达地区合作，让投资者进来，就是要让人家赚钱。在安庆有这样一个故事：有个停产企业在对外合资过程中，外商要盘活那些一直闲置的资产约1000万。有的人就说，如果给我1000万，我也能搞活企业。其实这1000万是评估的价值，并不是现金。就像是骑牛找马，也总要有人给你提供牛，或者是你自己能找到牛，否则只能是奢谈找马。

因此，在招商引资中，我们政府要"反弹琵琶"，看看投资者的利益需求，招商引资不能以我为主，不是只引资，不重商。只有找来市场的主体，才是真正的招商。要建立稳定的环境，市场经济要有规则，要有法治的保证，不能因领导变化而变化，不能搞感情经济，要降低非经济因素产生的成本。我们的所有机关和部门要站在投资者的角度来思考问题，要正确处理眼前利益与长远利益的关系，不能算小账、不算大账，算近账、不算远账，算死账、不算活账，要着眼于安庆的长远发展，权衡利弊，趋利避害，切忌"画地为牢"，当发展的"拦路虎"和"绊脚石"。

记者：我们知道，入世后最为直接和突出的是对政府管理体制和行为方式的挑战。请您谈谈安庆当前应对入世的基础和思路。

赵树丛：安庆改革开放20多年的历程，是安庆人民不断解放思想、不断更新观念的历程，是在创新中前进、在创新中发展的历程，每一次思想大解放都对安庆的经济社会发展起到了积极而巨大的推动作用。20多年

笔底风云四十年（上）

来，历届市委、市政府与全市人民团结奋斗，锐意进取，全市综合经济实力、城乡面貌、人民生活水平跨上一个新台阶，为我们加快发展奠定了坚实的基础。

当前，我们要深刻领会党的十五届六中全会精神和江泽民总书记"七一"讲话精神，正确认识外来资本、民营资本。我们现在已经不能用传统对国内市场的看法去看国际市场，现在要突破的框框是没有国界的市场问题。我们必须按照"廉洁、勤政、务实、高效"的要求，真正把政府的职能转到"经济调节、市场监督、社会管理和公共事务"上来。在政府的职能定位和行为方式调整上，需要"减法"和"加法"一起做。所谓"减法"，就是减少审批，减少各种扶持、补贴、优惠。要根据市场经济的规则和要求，精简审批项目，减少市场准入限制。所谓"加法"，就是除了加强区域经济宏观调节之外，政府还要在为企业发展创造平等竞争环境的前提下，努力为企业创造更多的商业机会，并在国际贸易中维护企业的利益。

我们要充分认识进一步转变观念、优化环境的重要性、紧迫性。为此，市委决定把解放思想、优化环境作为2002年工作的指导方针，开展贯穿全年的，以为经济中心服务、为市场主体服务、为基层服务、为群众服务为主要内容的"四服务工程"。通过进一步的思想大解放，促进工作大落实，环境大优化，经济大发展。

（原载2002年2月6日《经济日报》，与丁士、陈雷、白海星合作）

第二辑　把脉中观经济

让连云港不再沉寂

题记

　　2005年前后，在全国15个沿海开放城市中，江苏连云港排名倒数第二，是没有多少存在感的城市。面对发展的窘境，连云港人在反思，新一届市委领导班子有意推动一场思想解放、观念变革的大讨论，加快连云港改革发展的步伐。为了给连云港改革发展点上"一把火"，2006年夏天，我们来到连云港市深入采访，8月5日起在《经济日报》连续推出《让连云港不再沉寂》系列报道。这组报道在当地产生了轰动效应，有力推动了干部职工的思想解放，为加快改革发展营造了良好舆论环境。四年后的2010年夏天，在时任社长徐如俊带领下，我们再次来到连云港调研，采写了《加快经济发展方式转变调研行·连云港篇》系列报道，反映了当地几年来发生的深刻变化和加快发展方式转变的探索思考。

抬起你的龙头来
——让连云港不再沉寂①

　　这是一个眼球经济的时代，在全国各地的城市都力图提高自己知名度的今天，连云港显得有点特殊：它既老幼皆知，又有些寂然无声。

　　说连云港老幼皆知，因为它是一个全国绝大部分中小学生都能从地理和政治课本里知道的城市——它是1984年全国首批14个沿海开放城市之一，是西至荷兰鹿特丹、全长10900公里的新亚欧大陆桥的东方桥头堡。

　　说连云港寂然无声，因为相当长的一个时期它在各类国家级媒体中的曝

笔底风云四十年（上）

光率不高，很少成为新闻尤其是经济新闻的热点。这种状况与它的战略地位殊不相称，却又跟它的经济实力息息相关。

"20年前成为第一批沿海开放城市时，连云港的人均GDP高于全国平均水平，现在只有全国平均水平的72%，人均少3000元。"每每谈到连云港加快发展的紧迫性时，连云港的干部总要提到这个令人触目惊心的对比。

纵向看，20多年来连云港的发展并不慢。1978年连云港市地区生产总值是10.45亿元，人均321元，2005年GDP达455.97亿元，人均10003元。然而这个纵向比较显得相当不错的成绩，与其他沿海开放城市横向比较起来，不免显得黯淡无光。2005年全国15个沿海开放城市里，连云港的GDP仅高于建市比它晚得多的北海，位列其余13个沿海开放城市之后。当2005年的统计数据表明，甚至连比邻而居的山东日照，这个原来基础远不如连云港的县级市，如今的工业产值也赶上并超过连云港的时候，连云港人真的坐不住了。

龙头为何没抬起来

陇海线是国家连通东中西部的一条铁路大动脉。连云港作为这条线的东端起点，成为中西部地区对外开放最便捷的出海口和重要通道，辐射人口接近3亿。

"连云港处在中国万里海疆的脐部，战略位置很重要。中国经济的精华在沿海地带，弱在陇海兰新线。连云港处于这两个地带的交汇点上。连云港发展得好，就能带动苏北和陇海兰新地带。"市委主要负责同志这样分析连云港对苏北地区乃至我国中西部地区的龙头带动作用。

20多年过去了，这个龙头为何还没抬起来？这位负责人分析，客观原因有两个：

一是连云港过去处于"四不靠"的被边缘化的尴尬位置。往南离长三角略远，中间没有繁华城市过渡；往北又被排除在环渤海经济圈及胶东经济带之外；往中西部看，都是经济不太发达的地区，得不到有效的经济支持；往东看，国际化程度不够，在日韩知名度不高，开放度也不够，引进外资少。

二是受城市发展空间的限制。"原来港口归交通部管，盐田、农场归省里管，港口往东是核电站，往西是碱厂，往北是大海，往南是云台山。"

除了这两个客观原因以外，主观上，连云港没有能够抓住两次大的发展机遇。

一个是1984年，连云港被定为第一批沿海对外开放城市。那时的连云港与其他沿海开放城市发展差距不大，基本在一个水平线上。但这个机遇没抓住。据说，当时国家给第一批沿海开发区的低息贷款额度，连云港都没有用完，最后上交了。听起来令人不可思议。二是1992年邓小平南方谈话之后，又丧失了一次机遇。当时很多地方大力发展民营经济，连云港还在靠负债发展国有工业，乡村工业、民营经济一直没做起来。直到2005年，连云港下辖四个县的工业比重才刚刚超过农业。

为什么会错失这两次机遇？不少连云港的干部认为，关键还是观念问题。连云港位于苏北地区，平原多，搞农业有基础、有经验，解决温饱问题并不困难，容易滋长小富即安的思想，缺乏发展海洋贸易、现代工业的传统。连云港市统计局刘军说："主要是思想解放不够，对机遇的认识，对政策的把握都不到位。"

机遇和优势在哪里

接连错失机遇的连云港拉大了与其他沿海开放城市的距离。今天，在新的机遇面前，连云港人有着深切的危机感与紧迫感。

这一次是国家的西部大开发政策和江苏省的苏北振兴战略带来的机遇。

市长刘永忠说："西部大开发，为连云港的发展带来了新的机遇。整个西部大开发，将促进物流量激增，而连云港通过陇海线联接着广阔的中西部地区，港口65%运货量都来自中西部。可以说，西部大开发是中央送给我们

笔底风云四十年（上）

的'大礼包'。还有个'小礼包'，国家把港口下放给我们了。原来用一寸岸线都要到北京去报批。现在港口建设明显加快了，投资主体多元化，资源配置市场化。三四年的投入相当于以前几十年。"

"中央的'大礼包'之外，还有省里的'大馅饼'。江苏省把原来省直管的沿海部分低产盐田，移交给了连云港。由于盐田本来就是工业用地，不占农田拆迁又少，连云港市将其规划为临海产业园区，以满足大的工业项目用地需要。"

此外，沿海交通的发展也将使连云港与其他沿海地区的联系更加紧密，打破原来"四不靠"的被边缘化局面。市政府办公室的同志介绍说："省委、省政府对发展苏北、发展连云港的重视和支持程度是空前的。省里的沿海和沿东陇海线开发，都关系到我们。现在正投入巨资，做沿海公路、沿海铁路和相关配套工程。大交通就可以带来物流、人流和信息流，把我们跟上海、苏南、胶东都联系起来。"

一个地区要发展，除了看准机遇，还要找准优势，发挥优势。连云港目前的发展优势也很突出。

首先是交通运输便捷。以港口为中心的铁、空、水、公立体交通网络已经初步形成。海运方面连云港港口是亚欧大陆间重要的水陆中转港、全国沿海主枢纽港之一，江苏唯一大型海港。铁路运输特色鲜明，铁海联运位列大陆沿海港口前三强，新亚欧大陆桥集装箱过境运输优势明显，占整个运量的90%，去年增长率达55.7%。公路运输是全国45个主枢纽城市之一，连霍（连云港至新疆霍尔果斯）、同三（黑龙江同江至海南三亚）两条国家干线高速公路在此交会，每百平方公里高速公路密度达3.3公里，被交通部纳入长江三角洲"半日交通圈"规划范围。民航机场达国际4D级标准。

其次是工业用地宽裕。近海临港的低产盐田被逐步调整为临港工业建设用地，目前正在规划建设的临港产业园区，首期30平方公里起步区已具备项目进区条件。

最后是电力保障充足。连云港是建设中的新能源基地,新海发电公司两台33万千瓦热电机组已经并网发电,田湾核电站两台106万千瓦机组已经投入运行,核电二期工程及风力发电、抽水蓄能电站等其他新能源项目正在进行中,可为各类工业项目提供充足的能源保障。

此外,良好的生态环境也是连云港的一大优势。在国家环保总局公布的2004年最佳环境城市排行榜中,连云港名列污染控制最佳城市第2名。

勾画新的蓝图

面对这样的机遇和优势,连云港该如何确定今后的发展方向?

"连云港要加快发展,首先要按照科学发展观解决好发展定位问题,其次是空间布局、产业布局问题,再一个是发展举措的研究和落实。至于说发展的信心,只要客观条件具备,加主观努力,一定会有信心,而且会越来越有信心。历史给我们机遇,历史也给了我们责任。"市委主要负责同志分析说。

连云港的新定位被概括成三句话:一个国际性的海滨城市,一个现代化的港口工业城市,一个山海相拥的知名旅游城市。

这个定位是根据现实情况作出的。

定位为国际性海滨城市,是因为连云港区位优势独特。连云港是江苏唯一的深水港,又在新亚欧大陆桥的东端,对苏北的振兴和中西部的崛起有不可替代的作用。连云港市发改委主任董春科说:"从江苏省来讲,全省有一千多公里海岸线,但能建深水港的,只有连云港。因此,省委、省政府对连云港港口建设越来越重视。"

定位为现代化的港口工业城市,是因为港口的发展和工业的发展是互动的关系。连云港腹地的工业基础薄弱。小腹地是苏北,中腹地是中部,大腹地是中亚,港口的发展既寄希望于中西部腹地的大发展,更需要连云港自身工业发展的支撑。

笔底风云四十年（上）

定位为山海相拥的知名旅游城市，是因为连云港文化底蕴深，旅游资源丰富，有包括花果山景区在内的4个国家4A级景区，有比敦煌石窟早200年的孔望山摩崖石刻等5个国宝级文物。

三句话的定位，勾画出连云港加快发展的新蓝图。2005年7月，在省委、省政府的支持下，连云港市组织开展了东部沿海地区总体规划国际竞赛活动。经过64家国内外知名设计机构设计方案的比选整合，形成了富有前瞻性、具有国际水准的城市港口、旅游和产业发展规划，得到了省委、省政府的充分肯定，引起了国内外的广泛关注。

目前，连云港已经完成了城市总体规划的修编和详细规划的编制工作。随着东部地区战略规划、产业布局规划、组合港口规划逐步明晰，国内外许多实力雄厚的财团纷纷前来考察投资项目，一大批引资项目已经进入实质性运作阶段。

沉寂已久的连云港逐渐火热起来。虽然发展的道路上还有一道道难题需要破解，但这丝毫不影响他们的信心。正如市长刘永忠所说："对连云港的未来，对苏北的未来，我们充满信心。当然需要劳动的汗水，智慧的结晶，等是等不来的，要干出来。连云港就像一个烧了很多年的蒸汽机，动力很足，爆发在即。"

（原载2006年8月5日《经济日报》，与佘惠敏合作）

打出你的拳头来
——让连云港不再沉寂②

这里是横贯新亚欧大陆桥的"0"公里起点，这里是中国绵延万里海岸线的中心，这里是孙中山先生在《建国方略》中要建设东方大港的地方。南依云台山，北观连岛，取二者首字为名的连云港有着太多神奇而美丽的光环，然而光环之下的它让人有陌生之感。在改革开放后沿海港口飞速发展的日子里，人们却很少能听到从它那里传来的声音。连云港是一个什么样的港口？它过去怎么了？现在又在做些什么呢？

"东方桥头堡"的困惑

提起自己的港口，连云港人总是自豪地称其为"新亚欧大陆桥的东方桥头堡""淮海经济区和中西部地区最便捷的出海口"。的确，东西大动脉陇海兰新铁路直通港区，拥有江苏省上千公里海岸线上唯一的一段深水基岩岸线，连云港无疑是幸运的。也正因为如此，自1933年开港以来，连云港从一个仅有几万吨吞吐量的小港逐渐发展成了中国25个沿海主要港口和12个区域性主枢纽港之一。1984年，连云港市因为这个港口的缘故被国家列入首批14个沿海对外开放城市之一，拥有了国家级经济技术开发区和出口加工区。人们都以为，以城市工业和对外贸易为依托的港口迎来了发展的黄金时期。

然而，令人困惑的是，在此后相当长的时间里，连云港却并没有太多的变化，不知不觉中，它与其他沿海港口的距离拉大了。以同为首批开放的宁波港来比较，1985年，连云港和宁波港吞吐量分别是929万吨和1040万吨，双方基本在同一起跑线上。20年后的2004年，连云港吞吐量上升到4352万吨，但相比宁波港的22589万吨的吞吐量，二者之间的差距已相当明显。

2005年，连云港的货物吞吐量在首批14个沿海开放城市的港口中仅排名倒数第三，甚至连连云港人一向瞧不上眼的日照"小港"也在不经意间超越了连云港，"新亚欧大陆桥东方桥头堡"的称号似乎有些名不副实了。

问题出在哪里？连云港人陷入痛苦的反思之中。

2001年底来连云港工作的刘永忠市长曾在镇江工作多年，对比苏南地区，他认为：一个港口的发展需要两个依托，所在城市和腹地。"遗憾的是，连云港这两个依托都不强。连云港市原来就是个小城市，几十万城区人

笔底风云四十年（上）

口还分三片，所辖的县又都是农业大县，工业基础一直很薄弱。连云港的腹地看似广阔，其实都是'穷兄弟'。无论是苏北和中西部地区，还是中亚，经济上都不属于发达地区。没有腹地的支撑，连云港就成了空港，再好的区位优势也难以拉动港口运量的提升。"

刘市长举了一串数字为证：连云港吞吐量从1933年开港至1988年才达到1000万吨，而跨越第二个1000万吨台阶则是在并不久远的1999年。在其他沿海港口迅猛发展的九十年代，连云港的吞吐量基本处于停滞状态，始终维持在1500万吨、集装箱10万标箱左右。

即便是那些可以争取到的为数不多的货源，也常常因为连云港的设计能力的不足而流失到其他港口。连云港市委常委、港口管理局局长丁军华不无遗憾地告诉记者：连云港历史上受制于自然条件的不足，没有深水航道，大型化船舶无法靠岸，因此码头建设普遍偏小，而港口本身陆域的狭窄，也在一定程度上制约了港口规模的扩大。由于港口吞吐量有限，许多海运公司都不愿来连云港开辟航线，造成了连云港航线密度不高，缺乏直挂航线，船期、交货期不能得到保证。即使是来连云港挂线的航运公司，也由于量小成本高，而导致其海运费的价格比青岛、上海等基本港高出许多。

在港口工作多年的李传贵对此深有感触：20世纪90年代中期，在港口做货代的他经常要去徐州的厂家揽货源。徐州到连云港仅有200公里，又有陇海铁路相连，按理说从连云港出海才最方便。但李传贵磨破了嘴皮子也没能说动那些厂家。"厂家是要算综合成本的，船期没法保证，海运费的价格又高，谁还愿意来？"

其实，李传贵对连云港的区位优势是很有信心的，在采访中他不断掰着指头给记者算账：从郑州西站发货，连云港比到上海、日照、青岛港分别近了300至500公里。"只要连云港能多一些直挂航线，享受到基本港的运价，这些货源自然就会回流的。"

"一体两翼"新布局

进入21世纪，随着西部大开发战略的实施，连云港迎来了新的发展机遇。

"2000年至2005年，连云港港口增幅连续五年全国第一，平均达53%，货物吞吐量5年跨越4个千万吨级台阶，2005年更是突破6000万吨，集装箱突破100万标箱，而这些货源中西部地区占到65%以上。目前连云港已成为中国铝锭出口第一港，焦炭出口和化肥进口第二港，但连云港的设计吞吐能力却仅有4000万吨，早在2004年就已在超负荷运行。"港口的同志介绍说。

面对这次难得的机遇，连云港如何才能牢牢抓在手中呢？

市委、市政府经过深入调研后开出了"药方"：连云港要实现持续快速发展，必须在加快现有港口建设的同时，对港口做出科学定位和长远规划。即以现有港区为核心，跳出现有港湾，向两翼拓展，形成"一体两翼"的港口组合布局。在统一规划的基础上，优化和整合港口资源，全力打造集装箱优先发展的亿吨大港、青岛和上海之间干线大港和带动区域经济发展的组合大港。

其中，主体各港区充分发挥基岩海岸深水岸线资源优势，加快深水航道建设，以集装箱和大宗物资中转运输为重点，大力发展综合物流。两翼各港区以发展临港工业为重点，通过港口建设带动临港基础产业开发和加工工业发展。还要通过市场化的手段，加快若干配套港口的建设，下决心将现有港区的煤炭、铁矿砂等散杂货逐步转移出去，这样不仅可以为港口的发展拓展新的空间，更可以为临港产业的发展开辟更为广阔的腹地。

据介绍，为实现这一战略目标，江苏省省长梁保华亲自到连云港主持现场会，决定加大基础设施建设力度。目前，已开工建设主体港区15万吨级深水航道、五个集装箱泊位和25万吨矿石码头围堰工程，45万平方米的物流园区今年也将投入使用。"十一五"期间，连云港还将重点建设第六代集装箱码头、30万吨级原油码头以及大型LNG（液体天燃气）码头等工程，

笔底风云四十年（上）

形成近1亿吨的吞吐能力。与此同时，重点实施东陇海铁路电气化改造，新建沿海伸展的连（连云港）盐（盐城）铁路，加快建设与沿海港口、产业开发相配套的海堤大道、沿海产业大道、疏港通道等支撑产业发展的铁路、公路网络建设。到2008年连云港港口吞吐量将突破亿吨，集装箱达到300万标箱。

"港口运力的提高同样离不开集疏运交通体系的建设和完善"，连云港市交通局副局长程广宇向记者介绍说：目前连云港的交通运输中，铁路和公路占到90%，而水运、空运仅占10%。随着港区发展，仅依靠铁路、公路疏港将远远不够。连云港有丰富的内河资源，今后将加快干线航道建设，形成"一纵三横"的"海河联运"的疏港航道网。如灌南县境内的灌河即是苏北地区最大的入海潮汐河流，具备海河相通、江河相通的良好集疏运条件，疏浚后可常年通航3000吨级以上船舶。

港口集疏运发展还需要强大的空港做支撑。市有关部门的同志介绍，"我们正在努力增辟通达国内外的空中航线，增加航班数量，积极争取开通到日本、韩国的国际航班和到香港等地区的包机。同时，着力扩大货运功能，争取开放航空口岸，在'十一五'期间，将目前的支线机场建成干线航空枢纽港。"

临港工业——工业化的引擎

没有雄厚的工业基础，就不可能有港口的长足发展。这是连云港人从对城市和港口历史的反思中得出的教训。因此，"坚持工业第一方略，充分发挥资源优势和区位优势，大力发展临港产业和产业集群，进而带动港口的发展。"这是今天连云港人的共识。

"简单来说就是'以工兴港''工港互动'。"连云港市经贸委副主任方念军向记者解释说，"港口是连云港最大的优势，连云港要走出有自己特色的工业化道路，就要根据国家的产业政策导向充分发挥沿海港口群优势，大力发展关联度大、产业链长、带动力强的临港工业,并配合临港工业发展物流业、船舶制造业等产业,形成带动全市经济跨越发展的'拳头'。"

与此同时,连云港还将围绕产业联动,集中培育和发展一批具有地方特色和一定优势的产业,改造提升传统产业,努力形成新能源、新医药、新材料等产业集群。

连云港当前的临港工业已初具雏形:中海集装箱一期15万标箱去年10月投产,产值已达10多亿元,二期工程正在建设中,投产后集装箱生产能力将达到30万标箱。主要经营外向型食品加工的益海粮油,去年的销售收入达48亿元。下一步的重点是加快临港产业区的建设,加快提高园区硬件设施承载能力,以吸引国内外更多适合在连云港发展的临港工业进驻产业园区。

市委常委、连云港经济技术开发区党工委书记郗同福告诉记者,整个临港产业区起步区已完全具备了项目进入条件。"我们的目标是在园区内形成若干个国家鼓励发展的产业集群,尽快建成临港产业基地,力争到2010年,临港工业产值达到380亿元,占全区工业总值的70%左右。"说到这一点,他显得信心十足。

(原载2006年8月6日《经济日报》,与董磊合作)

亮出你的风采来
——让连云港不再沉寂③

连云港是一个美丽的城市。

美就美在,她有外表,有内涵,还保留了原生态。

论外表,她依山傍海,有城有岛,花果山奇石怪洞,连岛上碧海金滩,处处风光旖旎。论内涵,她文化底蕴深厚,是《西游记》文化的发源地,奇

笔底风云四十年（上）

书《镜花缘》的诞生地，有比敦煌莫高窟还早200年的孔望山佛教造像，有5000年历史的一直未被破译的将军崖岩画。论生态，这里海碧天青，林深泉茂，2005年近岸海域海水水质达标率100%，空气质量优良率88.8%，国家环保总局公布的2004年度最佳环境城市排行榜中，连云港名列污染控制最佳城市第2名。

在加快城市发展的进程中，如何对待老祖宗留下的这份"遗产"呢？

守住青山绿水

保护生态这方面，连云港人有共识。他们很自豪于目前保留下来的青山绿水。"我们是黄海不黄的区域。"连云港市环保局王绪华说，"招商引资的准入关，环保是第一关。现在我们招商引资的力度很大，由于连云港商务成本较低，很多污染企业都想转移连云港，一旦松一松，后果不得了。"

对他们来讲，保护生态，并不是发展工业的负担，而是实现跨越式发展的一张"王牌"。

连云港市市长刘永忠把发展工业过程中的生态保护标准概括为"三看两不要"："三看，就是看天空蓝不蓝，看流水清不清，看群众腰包鼓不鼓。这是检验是否落实科学发展观的标准。两个坚决不要：牺牲环境为代价的坚决不要，牺牲群众利益的坚决不要。"他认为，连云港这样的后发地区能否有后发优势，生态是王牌。"要与有眼光的、以人为本的企业家谈，跟大公司谈。生态保护实行一票否决。"

他们曾经为此推掉了一个17亿元的项目。上海一家焦化厂被政府责令搬迁，曾想把这个项目转移到连云港。"我们谈了很多次，快谈成了。到实地一考察，七分钟开一次炉，烟太厉害了，放我这环境就毁了，马上决定不能要。"

沿海城市那么多，连云港目前的工业基础又很薄弱，严格把守环保关的情况下，能吸引到足够的外来投资吗？刘永忠对这个问题充满信心，还分析出一套在吸引中端资源的基础上通过规划再引入高端资源的竞争战略。"吸引力有特殊性。对局部地区来讲，要考虑到它的特殊优势。中端的资源目前还比较丰富，不污染环境的但是要占地耗能的制造业，苏南上海容纳不下，连云港有地方有能源可以容纳。底线是不污染环境。我们要设置环境门槛，引资的质量要高。数量是可以改变的，门槛过低带来的后果短时间很难改变。高端资源要进来，选择将会更加严格，会选择生态好、成本低的地方，这方面连云港有优势。一方面，连云港也要发展数量；另一方面，高端资源的竞争，连云港要做好准备。我们可以先规划，做好生态，现在很多地方想这么做已经没有条件了。"

按发展规划，连云港将来会承载比现在多得多的企业，这会否造成环保的压力？连云港市环保局负责同志说："将来的环保，一是把住准入关，严格控制污染企业转移；二是管理关，老的污染企业要在线检查，加强力度，保证达标排放。一新一老都管住了，就不怕企业多，企业多不要紧，只要能达标。"

拓展城市空间

与其他经济发达的沿海开放城市不同，连云港是一个生态环境保护得很好，同时又有许多待开发地段的城市。这样一个城市，具有成为生态型城市的潜力和实力。

生态环境是两重资源，一是发展资源，生态好的地方会成为投资商的优选地。二是享受资源，良好质量的空气和水，会让人们生活舒适，增加城市吸引力。

所以，对连云港来说，在规划的时候就应注重生态的保护和利用。

连云港市规划局副局长钱德福说："连云港的规划要以人为本，要成为一个生态型城市、节约型城市，体现滨海特色，实现港、城、旅游的协调发展。"而要实现这样的目标，连云港的基础非常好——"森林、海洋、湿地都

笔底风云四十年（上）

有，三大生态系统，连云港都具备。要考虑城市如何在其中生长。"

2005年7月，国内20多位专家学者应邀来到连云港，举行发展战略规划研讨会。在此基础上，不惜重金开展东部滨海地区发展战略规划国际竞赛。经过对多家参赛单位规划成果的专家评审，和市民、县区、部门领导投票评选，整合形成了东部城区战略发展规划成果。按照这个规划方案，连云港主要发展空间将拓展到港口周边地区、北部滨海地区和南部滨海地区三大区域，未来连云港东部滨海地区将形成"一体两翼，组团递进，三极拉动，重点突破"的整体空间结构。一体是指新海城、开发区、滨海新城围绕云台山形成的城市功能主体。其中，新海城延续原有的行政、办公、商业及居住功能；开发区分为经济技术开发区及云台山南麓产业区两部分；滨海新城作为未来城市拓展的重点地区，将体现高品质的、真正的滨海城市形象。两翼以积极推进城市化和发展大型产业基地为主要目标，北翼以赣榆县城为中心，依托岚山港、青口港、九里港，重点发展海头、柘汪片区；南翼重点发展燕尾、灌南组团，并预留埒子河以北发展组团。

在这个规划中，保障生态安全是滨海新区建设的第一要务。规划对于较大规模的河口湿地，以及自然山体生态区域，进行严格的控制与保护。同时，在滨海地区新城、新港、新区、新项目建设前必须进行生态安全可行性评价，以指导其选址和开发建设，规避风险。东部滨海地区是可持续发展的新城区，组团与组团之间，利用河流、湿地等自然本底进行分隔，留出从山到海、从城到海的生态廊道，并赋予其休闲、旅游、体育等公共功能。这些生态廊道相互穿插，绿脉纵横，城市在其中生长开来。

展现山海魅力

良好的生态环境，丰富的人文资源，使连云港成为富于魅力的旅游城市。连云港的三大定位里，就有一个定位是做山海相拥的知名旅游城市。

连云港2003年被评为中国优秀旅游城市。全市共有20个风景区、120

个主要景点，其中花果山风景区、连岛海滨度假区、孔望山风景区、渔湾风景区为国家4A级景区，连云港港口、宋口村、振兴花卉园是全国首批工农业旅游示范点。旅游资源可以概括为"一身名牌"，主要包括名海（指黄海）、名山（指花果山和孔望山）、名水（指温泉）、名石（指水晶）、名书（指西游记）、名竹（指金镶玉竹）、名井（指亚洲第一科研钻探深井）等。"十五"期间，连云港市接待海内外游客从"九五"末的308万人次增加到"十五"末的705万人次，年均递增15%以上，旅游综合收入由24.87亿元增加至64.74亿元。

连云港市旅游局局长李道莹说，旅游产业的目标是要从支柱产业向主导产业过渡，现在这个目标进展得很顺利。"2002年旅游业只占GDP5%多一点，去年这个数字已经达到14.2%。"

目前连云港也在注重对旅游景区的环境保护和管理。李道莹说，云台山风景名胜区管委会对环境的保护很严格，坚决制止环境的破坏。"我们管得比较严，涉及景区的立项首先要到旅游局和管委会审核，如果认为对旅游和生态有破坏，我们就不同意立项。我们现在是以保护促进发展，连云港核心景区植被生态保护目前在中国沿海地区都是比较好的。"

（原载2006年8月7日《经济日报》，与佘惠敏合作）

鼓起你的劲头来
——让连云港不再沉寂④

"从某种程度上来说，连云港的开放，不是主动的，而是被动的，连云港人思想没有广东人开放，胆子没有山东人大，有风险的不敢干，难度大的不愿干，无先例的不肯干，不敢抢抓机遇。"谈起连云港为什么发展不快的话题，连云港市统计局刘军做了这么一番分析。

笔底风云四十年（上）

不过，现在情况正在发生改变。

在连云港开发区，一位职员告诉记者，他两个月才休息了半天，现在是"白天不开会，中午不回家，节假日不休息"，而以前每天工作时间还不到8小时。"表面上看，是来的投资商太多了，我们实在忙不过来，往深里看，其实是我们的观念发生了改变，大家都有一种紧迫感。"

开掘"第一资源"

人才是连云港实现跨越发展的瓶颈。对于这种瓶颈，江苏连云发展集团有限公司董事长周文军感受深刻："我们公司准备在境外上市，现在急需懂英语和金融的人才，但这样的人才大都集中在北京、上海等大城市，连云港很难找到。"

事实上，连云港这些年一直都在大力引进人才。"十五"期间，全市人才总量以年均5.56%的速度持续增长。2005年末，全市各类人才队伍总量达到了23万。高层次人才也在不断增长，到2005年末，共有各类高层次人才7141名。但这和连云港正在进行的跨越式发展要求相比，速度还不够快，高层次人才还不够多。

"连云港以前每年也从外地招聘很多人才，但能真正留下来的并不多。有一次市里引进了一批广电方面的人才，可人家一爬上市广电大楼，往下一看，全是一片低矮的棚户区，许多人第二天就走了。"提到人才问题，连云港有人给我们讲了这样一个故事。

"其实人才与经济发展之间有一个互动规律，经济总量与人才吸引力呈正向关系。"连云港市人事局局长吴建成分析说，经济越发达，对人才吸引力相对就越大。就目前情况而言，连云港对人才吸引力还不是特别强。"连云港每年高校毕业生2000多人，能回来的也就30%左右，大部分到上海和苏南去了，连自己培养的人都不回来，如何吸引和留住外地人？"

这确实是一个令连云港感到尴尬的问题。怎么办？市委、市政府提出，

"十一五"期间,连云港将树立人力资源是第一资源理念,大力实施"人才强市"战略,培养和引进两手抓,力争有新的较大突破。

"222"人才引进工程就是连云港市解决这一难题的重要举措。据介绍,在"十一五"期间,连云港市每年计划引进非师范类本科学历人才2000名、硕士以上学历或副高职称的人才200名,博士或具有正高职称的人才20名。

"不仅如此,我们还要充分整合海外人才信息资源,建立海外高层次人才信息系统库,提升人才开发的外向度。"吴建成表示,连云港将不断创新引进海外留学人才的手段和方法,建立长效的海外留学人才联系机制和聘用机制。为此,连云港市已建立留学人员创业启动基金和科技活动帮扶基金,鼓励留学人员领衔承担国家、省、市重点科研开发项目,高科技攻关项目和高新技术成果转化项目,投资创办高新技术企业和社会中介服务机构;鼓励企事业单位聘任海外留学人才担任技术领导职务、高级顾问或咨询专家。

按照"人才强市"战略,"十一五"末,连云港人才总量在全省省辖市中实现进位,在苏北鲁南地区实现进位,在沿海开放城市中实现进位,全市人才总量达34万左右,年均增长8%,每万人口人才占有量达到680名左右。

创新工作机制

制定好决策不容易,落实好决策则更难,尤其是在连云港这样还不是十分发达的地方。俗话说,"一分决策九分落实",没有落实,一切就是空谈。

2005年,连云区开展了一次震动全市的机关作风集中教育整顿行动,对63个单位的工作状态进行了暗访。在连云区、开发区联合召开的机关作风建设大会上,区领导做了3件事。第一件,请全体干部观看暗访时拍摄的录像,对办事态度冷淡,上班时打牌、吃瓜子、玩电脑游戏等行为,进行了公开曝光;第二件,当众宣布对11名"不在状态"干部的处理决定:通报批评责令写出深刻检查、扣发年终岗位目标管理奖、取消年终评优资格;第

笔底风云四十年（上）

三件，出台了一系列规范性文件和制度。紧接着，连云区又对干部人事制度、分配制度等进行了配套改革。

类似的行动相继在市直机关和各区县展开，不仅增强了工作人员发展意识、责任意识、服务意识、竞争意识和危机意识，更提高了办事效率。开发区管委会加大了"并联式"审批和"一条龙"服务的力度，管委会专门建设行政服务办公大厅，将与投资审批相关的国土、规划、环保、工商、税务、海关、国检、公安等驻区机构集中起来，实行"并联式"联合办公，推出了"首问负责制"和"一条龙"服务。

记者点开连云港政府网站，进入市委市政府重大事项督查页面，全市重大事项概况、责任体系、实施计划、项目进展情况、督查信箱等栏目"一清二楚"，除文字说明外，还配有大量的图表和影像资料，能全面反映重大事项实施过程的所有重要环节和相关情况。

市政府副秘书长石海波介绍，2005年10月29日，市委、市政府成立了重大事项督查组，由市委常委、组织部长徐一平担任组长，从市委办、市政府办、市委组织部、市纪律检查委员会等部门抽调10多位精干人员，按照"重激励、硬约束、严考核"的总体要求，对市委、市政府重大决策和重要工作部署全力进行督查推进。督查组策划设计的重大事项督查管理系统，分别设在市政府内网和市政府门户网站，对市委、市政府已确定的33个重大事项进展情况进行全方位、全过程动态反映。各重大事项责任人和责任单位履行职责情况也在网上一目了然。

督查组负责同志介绍："对重大事项进行督查推进，只是连云港市委、市政府提高工作效能，改善投资环境的方式之一，在具体工作中我们还有更多的创新。现在起早贪黑抓落实，星夜兼程求发展，已成为连云港市干部和群众的真实写照。"

汇聚发展要素

一个地区的快速崛起，取决于能否大量吸纳和汇聚外来要素，最大限度地整合和激活潜在要素为发展所用。

在采访中，记者了解到，当前连云港市拥有的国际水准的战略规划、丰富的盐田资源、黄金海岸线，已经带来客商、项目和投资等重大商机。全市各招商分团以及项目载体充分利用这些优势资源，加强宣传推介，争取洽谈合作，切实把商机优势转化为现实的招商成果。仅2005年浙江在连投资22.5亿元，上海在连投资14.2亿元，实际利用外资2.7亿美元。

"资本运作的滞后与短腿也是制约连云港加快发展的瓶颈之一。在目前连云港新一轮大开发、大开放、大发展过程中，必须破除资金制约难题。因此，强化资本运作势在必行。"金海投资公司的一位负责人说。

去年8月份，连云港市通过优化整合国有资产，成立金海投资公司，组建江苏连云发展集团，注册资金18亿元，以此为融资平台和投资主体，吸纳国际国内市场资本，招引战略投资伙伴。

与此相呼应，作为破解资金投入瓶颈的金融资源整合"大戏"也在悄然上演。面对加快发展的新形势，连云港市积极创新银地互动合作双赢机制，大力开展银政、银企合作，主动向金融机构推介符合国家产业政策的项目，解决企业融资难的问题。去年10月份以来，先后有5家国内金融机构以及周边城市的6个市级商业银行共11家异地金融机构，采用银团贷款、委托贷款、票据融资等方式放贷，支持连云港建设。省内各个商业银行也纷纷扩大对连云港基层行的信贷授权，提高贷款审批效率，全市金融环境日趋好转。

目前，连云港市在编制实施东部城区战略规划的同时，正对全市7500平方公里版图进行全面规划，从中心城区到四个县城，从四个县城到中心集镇，从中心集镇到自然村庄，进行规划全覆盖，市县联动解决环境改善、氛围营造、布局形成、网络构建、项目引进等问题,为发展要素的快速汇聚共同编织宏伟蓝图。

可以想见,当港口与城市协调发展、经济与环境同步优化、地域文化与海洋文化相融合、区位优势与文化优势相得益彰的时候,一个真正的国际性海滨城市——连云港就将矗立在黄海之滨。

(原载2006年8月8日《经济日报》,与杨忠阳、桂迎宝合作)

回归十年看香港

题记

2007年7月1日,是香港回归10周年。为做好相关报道,中央宣传部、国务院港澳办等联合组织了中央新闻媒体赴港采访团,由中宣部新闻局副局长(也是原经济日报同事)高善罡任团长,10家中央新闻单位派出15名资深记者参加采访。虽然采访团人数不算多,但规格颇高,受到中联办和特区政府的高度重视。我们5月25日飞抵香港,到6月2日离开香港返京,在7天的工作时间内,先后采访了特区政府行政长官曾荫权、立法会主席范徐丽泰、财政司司长唐英年、律政司司长黄仁龙、贸易发展局主席吴光正、金融管理局总裁任志刚、旅游发展局主席田北俊、经济发展及劳工局局长叶澍堃等港府一众高官。中联办主任高祀仁、外交部驻港特派员吕新华也接受了采访。在采访团日程之外,我还联系了光大集团有限公司高级研究员周八骏等专家,就正确认识香港经济的现状与趋势进行了研讨。回京后,完成了《纪念香港回归10周年系列报道》。在这个"规定动作"之外,还编发了关于香港旅游业发展的整版专题报道。

伟大构想　成功实践
——纪念香港回归10周年系列报道之一

在庆祝香港回归10周年的日子里，记者随中央新闻媒体采访团来到香港采访，所见所闻令人振奋。中环道景气兴旺，铜锣湾人声鼎沸，葵涌港千帆竞发，太平山游人如织……美丽的"东方之珠"容光焕发，光芒璀璨。

10年探索，10年实践，10年发展，一个科学构想在香港变成了生动的现实。正如中央人民政府驻香港特别行政区联络办公室主任高祀仁在接受记者采访时指出的，回归10年来，"一国两制"经受了各种考验，取得了巨大的成功，显示出强大的生命力。

（一）

回归前，对于"一国两制"是否可行不少人还心存疑虑，甚至有西方媒体妄言"香港将要死亡"。如今，经历了10年的探索和实践，人们对"一国两制"的疑虑基本消除，西方媒体的悲观预言一一破产，"一国两制"不仅得到广大香港同胞的拥护，而且得到国际社会的普遍认同。

"一国两制"是一个全新的事业。香港回归后，中央政府、特区政府和香港社会各界人士积极应对新形势，为"一国两制"的成功实践做了大量开创性的工作。中央政府严格按基本法办事，坚定不移地贯彻"一国两制"、"港人治港"、高度自治的方针，坚定不移地支持行政长官和特区政府依法施政，坚定不移地维护香港的繁荣稳定，坚定不移地支持香港循序渐进地发展符合香港实际的民主制度。香港特别行政区行政长官领导特别行政区政府认真执行基本法，团结带领香港各界人士，沉着应对各种困难和挑战，妥善

笔底风云四十年（上）

处理一系列重大问题，保持了香港社会的稳定，实现了香港经济繁荣、民主发展和社会全面进步。

在"一国"的前提下，香港按照基本法继续实行资本主义制度，原有的社会、经济制度和生活方式保持不变，法律基本不变。香港居民的人权和自由得到充分、全面的保障。随着香港特别行政区的成立和基本法的实施，香港同胞真正当家做主，享有比港英时期更为广泛的民主权利，根据"港人治港"的原则，香港特区的行政机关和立法机关都由香港当地人组成，通过民主方式选举产生，而且民意基础不断扩大。香港同胞全面行使基本法授予的行政管理权、立法权、独立的司法权和终审权，积极参与特别行政区政治、经济和社会事务的管理。不仅如此，基本法还保障了香港居民中占绝对多数的中国公民，享有依法参加全国性事务管理的权利。10年来，由香港特区的中国公民选出本区的全国人大代表，组成香港代表团，参加最高国家权力机关的工作，与全国各地的代表一起决定着国家的重大事务。新界乡议局主席、香港特别行政区第三届立法会议员刘皇发认为，"实现人民当家做主的权利，这是10年来最值得称道的成就。"

完善的法治是香港繁荣稳定的保障。

特区政府律政司司长黄仁龙认为，在"一国两制"方针下，香港的法制不仅得到延续，而且有所发展。香港拥有一支高水平的法官队伍，在国际上声誉很好，评价很高，这对于维护香港作为国际金融中心的地位非常重要。基本法为香港居民的人权和自由提供了前所未有的保障，10年来正在不断地得到落实，我们也在不断地向市民介绍基本法，使大家对法制赋予的权利加深了理解。当然司法实践过程中难免会有争议，关键是出现争议后如何去处理，化解矛盾，增强互信。这方面我们做得很好，得来不易。市民对香港的法制很有信心。

在回答记者关于如何评价"一国两制"实践的问题时，黄仁龙说，"一国两制"的实践是成功的，不仅我们这样认为，一些国家的报告都承认，

"一国两制"是非常成功的,尤其在人权保障、司法保障方面做得很好。

黄仁龙的这一观点不断得到新的印证。

6月22日,欧盟委员会发表年度报告指出,自从中国1997年恢复对香港行使主权以来,"一国两制"原则得到尊重,而且运作良好。香港特区政府在经济、贸易、财政、金融及监管等方面继续享有高度自治权,香港市民也从香港本身的法律制度、私有产权、言论自由及市场经济体系中受益。

(二)

保障香港的繁荣稳定,是落实"一国两制"方针、贯彻实施基本法的目的。回归以来,中央政府始终把保持香港长期繁荣稳定作为处理涉港事务的根本出发点和落脚点。

中央政府高度关注香港的发展,全力支持香港同内地加强在各个领域的交流与合作。在亚洲金融危机冲击香港时,中央全力维护港币的稳定;为加强香港与内地的经济合作,促进共同繁荣,及时采取内地与香港建立更紧密经贸关系安排、开放内地居民赴港个人游、推动泛珠江三角洲经济合作等政策措施。这一系列措施,推动香港与内地交流合作不断向深层次、宽领域拓展,香港与内地人流、物流、资金流加速流动,为香港的发展注入了活力,为实现香港与内地优势互补、互利双赢创造了条件。

金融风暴的冲击、世界经济衰退的拖累、非典疫情的影响……10年来香港发展的道路并不平坦。回首10年历程,香港中华总商会会长霍震寰深有感触地说,回归以来香港经历了很多挑战,但每次都是中央及时施以援手,特别是CEPA(内地与香港建立更紧密经贸关系安排)的实施,对香港经济走出低谷发挥了重要作用。现在香港经济持续繁荣,人们对未来更有信心。

香港的命运与祖国的命运从来都是紧密联系在一起的,国家的强劲发展和强力支持为香港实现更大发展提供了不竭动力和坚实保障。10年来,特

笔底风云四十年（上）

区政府坚持以发展经济为重、以改善民生为先的施政方针，先后克服了亚洲金融危机的冲击和非典、禽流感疫情等事件的影响，实现了经济发展、社会稳定、民生改善。特别是2003年下半年香港经济复苏以来，经济持续恢复，失业率不断下降，保持着较好的发展势头。2006年，香港本地生产总值再创历史新高，同比增长6.8%，特区政府财政提前实现消灭赤字的目标。多位香港经济界人士在接受记者采访时认为，目前的香港经济，正处于回归以来最好的时期。

与此同时，香港继续保持自由港和国际大都市的特色，继续保持国际金融、贸易和航运中心的地位，继续是全球最自由开放的经济体和最具发展活力的地区之一，已连续13年被美国传统基金会评为世界上最自由的经济体，综合竞争力名列前茅。国际投资者更加看好香港。截至2006年12月，跨国公司在香港设立地区总部或地区办事处多达3845家，比1997年增加53%。世界最大的100家银行有四分之三在香港营业。

（三）

"一国两制"和基本法为香港特区参与国际经贸事务、扩展对外交往提供了广阔空间。10年来，"中国香港"以前所未有的姿态活跃在国际经贸合作舞台上。

回归以来，香港特区以"中国香港"的名义参加了超过190个不以国家为单位的国际组织，包括亚太经济合作组织（APEC）及世界贸易组织（WTO）等。

目前，有200多项国际公约适用于香港。经中央政府授权，香港在民航运输、司法协助、投资保护等领域签署了大量双边协定，并在经济、贸易、金融、航运、通信等领域单独地同世界各国、各地区保持和发展关系，签订和履行有关协议。香港特区护照目前获得134个国家和地区给予免办签证待遇。

外交部驻香港特派员公署是根据基本法第十三条的规定，在香港特区设立的、负责处理涉港外交事务的机构。外交部驻港特派员吕新华介绍，特派员公署遵照"一国两制"和基本法，坚决维护国家的主权和利益，积极协助和促进特区开展国际交往和合作，全力保护香港同胞在海外的合法权益，与特区政府密切沟通和协调，为促进香港特区开展对外交往、促进香港的长期繁荣和稳定，做了大量工作。10年来，协助特区政府官员以中国政府代表团成员等身份参加以国家为单位的国际会议838次；协助特区申办和举办政府间国际会议60多次；协助特区参与7个政府间国际组织的活动；协助国际货币基金组织等5个国际机构在香港设立办事处；协助4个非政府组织申请联合国经社理事会咨商地位；参与处理中央政府与外国政府签署在港设领协议40多项；协助特区政府与100多个国家或地区签署给予特区护照持有者入境免签证协议或行政安排；与我国有关驻外使领馆和特区政府密切合作，共同处理了4000多起涉港领事保护案件，关注和协助案件达万余起。

回归祖国大家庭的香港国际地位进一步提升。2005年香港成功主办世界贸易组织第六次部长级会议，会议通过的《香港宣言》对进一步推动全球经济自由化、促进贫穷国家和地区的发展起到积极作用。2006年12月香港承办国际电信展，是该项展览创办30多年来首次在日内瓦以外的城市举办，反响巨大。2006年11月，特区政府前卫生署长陈冯富珍女士当选为世界卫生组织总干事，是中国首次提名竞选并成功当选联合国专门机构的最高领导职位。

2008年奥运会马术赛还将在香港举办。香港同胞与内地同胞共同分享伟大祖国的崇高国际声誉，共同感受作为炎黄子孙的骄傲。

回归以来，"一国两制"平稳实施，"港人治港"、高度自治得到全面落实，香港政局稳定，经济持续恢复和发展，民生不断改善。"一国两制"在香港的成功实践得到广大香港同胞和国际社会的广泛认同。不少移居海外的港人纷纷回流香港，重新在香港生活和工作，享受"一国两制"给香港带来

笔底风云四十年（上）

的独特优势。

（原载2007年6月27日《经济日报》）

巩固优势　　发展优势
——纪念香港回归10周年系列报道之二

如何评价当前香港的经济形势？众多接受采访的香港经济界人士给出了一个相同的答案：现在是香港回归以来最好的时期。

这个答案是有一系列数据支持的。

经济持续增长。2006年香港本地生产总值为14723亿港元，比上年增长6.8%；人均本地生产总值为214710港元，比上年增长5.8%。

财政状况好转。香港的财政年度为4月1日至次年3月31日。特区政府2005/2006年度财政收入为2471亿港元，结余140亿港元，扭转了连年赤字的局面。2006/2007年度财政结余预计为551亿港元，为历年来第二高。

家底更加丰厚。截至2007年3月，香港的外汇储备为1354亿美元，居世界第8位；财政储备为3657亿港元。

就业不断改善。2007年3月香港失业率为4.3%，为近年来最低水平……

（一）

尽管回归前人们对香港经济的前景有着种种臆测，但回归后骤然而至的种种意外冲击，还是远远超出了人们的预期和想象。

10年前，在那场席卷亚洲、波及全球的金融风暴中，以经济高度自由著称的香港处在风口浪尖之上。面对国际金融"大鳄"的肆意攻击，在中央政府的支持下，特区政府果断出手，奋起反击，终于稳定了局面，取得了

"香港金融保卫战"的胜利。

回首当年那场惊心动魄的斗争，香港特别行政区行政长官曾荫权对记者感叹：香港人有一种精神，就是"永不言败"。每一件事情发生后，我们很快地总结，很快地反思，改善我们的工作。金融风暴之后，香港的金融市场有了整体的提升。期货市场、现货市场，还有基础设施，都得到了改善。现在香港应对外来冲击的能力有了显著增强。正是因为10年来香港走过了一条不平凡的道路，今天的香港比1997年以前更稳固，更成熟，更了解香港将来发展的道路。

唐英年是在香港经济最困难的日子里出任特区政府财政司司长的。那是2003年8月，非典疫情使刚刚出现复苏势头的香港经济雪上加霜。唐英年介绍，当时我们承受着巨大的压力，一是通货紧缩，5年累计通货紧缩14%左右，平减物价指数（指用名义产值除以实际产值所得到的价格指数）下调了24%左右；二是经济负增长，失业率创历史新高。"但即使是在最困难的时候，我对香港经济也没有失去信心。香港经历了很多的挑战，香港人经得住考验。"

唐英年对香港经济的坚强信心很快为现实所印证。随着中央政府加大对香港经济的支持力度，签署并实施内地与香港建立更紧密经贸关系安排（CEPA），推出内地部分省市居民个人赴香港游等重大举措；随着特区政府采取一系列有力措施，稳定金融市场，刺激经济，改善民生，香港经济终于走出谷底，形成V型反转。2001年香港经济增长仅为0.6%，2002年为1.8%，2003年经济增长达到3.2%，从2004年到2006年，经济增长分别取得8.6%、7.5%、6.8%的增幅。2004年7月，香港摆脱了持续68个月的通货紧缩。2006年综合消费物价指数比上年平均上升2%。与此同时，负资产个案从2003年6月的10.6万宗减至2006年4季度的8400宗。

"过去几年，通过中央政府的大力支持和香港居民的共同努力，香港经济出现了全面的复苏，过去3年香港经济年平均增长7.6%，这对于一个成熟

笔底风云四十年（上）

的经济体来说是非常难得的。"唐英年对记者说。

经济的强劲复苏使香港居民普遍受惠。一些节庆日，不少企业传出加薪喜报，雇员普遍获得丰厚花红。香港税务局分析纳税人资料，发现2005/2006年度香港125.2万名纳税人的收入创历史新高，达4747亿港元，较上一年度增加约1%。

4月18日，由唐英年出任财政司长以来编制的第四份财政预算案，在香港立法会三读高票通过，在2007/2008财政年度，特区政府将拿出200多亿港元，实行多项税务宽减和一次性回馈措施，藏富于民；同时继续积极推动各项扶助弱势社群的措施，投放在社会福利方面的预算开支总额达374亿港元，是除教育以外的最大开支项目。

（二）

经风雨后见彩虹。走过不平坦的10年发展之路，人们发现，香港传统优势产业抵御了各种风浪的冲击，固本强基，避短扬长，赢得了新的优势。10年来，香港的国际金融、贸易、航运中心地位得到进一步加强。

金融业是香港经济的重中之重。回归以来，随着国家经济实力增强，香港作为国际金融中心的地位有长足发展。截至2006年底，香港有认可的银行机构202家，其中持牌银行138家。世界前100家大银行中有69家在港营业；香港银行总资产为83069亿港元，比上年同期增加1.5%；香港是世界上第六大外汇市场，每天24小时与世界各地进行外汇买卖，2004年日平均成交量为1022亿美元；香港还是世界四大黄金交易中心之一，2005年交易量达到392万两。

香港股市在国际资本市场上占有重要地位，目前总市值超过14万亿港元，全球排名第八，亚洲排名第二。在位于中环交易广场的香港交易所，记者看到，交易大厅宽敞明亮，"红马甲"们安静地守候在各自的电脑前，聚精会神地关注行情的变化。交易所主席夏佳理介绍，截至今年5月25日，在香港交易所（主板和创业板）挂牌上市的公司从10年前的619家上升到1188家，总市值由4.3492万亿港元提高到14.8309万亿港元，2006年总交易量达到8.3763万亿港元。去年全年首次公开招股集资额超过3300亿港元，超越了纽约，仅次于伦敦，全球排名第二。

作为国际贸易中心，目前香港是世界第11大贸易体。2006年进出口总额为5万亿港元，比上年同期增长10.5%，其中出口（包括港产品出口和转口）2.46万亿港元，增长9.4%；进口2.59万亿港元，增长11.6%。

作为国际航运中心，香港是世界最大的集装箱运输港口之一，目前约有80家国际航运公司每周提供约450航班，覆盖全球超过500个港口。2006年共处理2331万个标准集装箱。从1992年至2006年，集装箱处理量仅有3年排世界第二位，其余年份皆居世界第一；作为全球第五大船舶注册中心，截至今年3月，香港注册船舶总吨位达3338万吨；作为世界最繁忙的航空港之一，香港国际机场拥有年客运量8700万人次、货运量900万吨的设计能力，2006年处理的货物总量为358万吨，比上年增长5.2%，居世界第一位。

记者来到葵涌港一号码头参观，但见海面上巨轮穿梭，码头边吊塔林立，一片繁忙兴旺景象。现代货箱码头有限公司项目发展及工程总裁卢伟民向记者介绍，这家成立于1969年的私营公司曾建设了香港首座集装箱码头，在过去的10年中，公司业务得到迅猛发展，并在向内地扩展。2004年8月，公司参与建设的葵涌9号码头竣工，使公司拥有的集装箱泊位增加到7个。2005年，公司启动超过10亿港元的投资项目，以进一步完善原有的一、二、五号集装箱码头设施，体现了对香港航运业发展的信心。

（三）

由于特殊的地理和历史原因，香港经济在经历两次转型之后，形成以金融、贸易、航运为支柱产业，以服务业为主体的经济结构。回归以来，香港经济如何进一步改善结构，转型升级，成为经济界人士不断思考和探

笔底风云四十年（上）

讨的课题。

长期关注香港经济发展的香港特别行政区策略发展委员会委员、光大集团有限公司高级研究员周八骏认为，香港经济的第三次转型尚处于破题阶段，经济的持续复苏为经济转型提供了良好契机。转型的内容包括两个方面，一是传统支柱产业的升级，二是培育、发展新的经济增长点。经济转型的方向和目标是发展知识经济，重点是发展高科技制造业。

推动传统产业的转型升级一直是特区政府着力推进的政策目标。香港贸易发展局副总裁黄锦辉介绍，回归以来，工贸行业一直是香港经济的稳定力量，工贸行业对香港GDP的直接贡献在25%左右，与工贸有关的就业人口占总就业人口的40%。尤其可喜的是，工贸行业在急速转型中出现四大趋势，一是工贸行业的规模和辐射范围不断扩大；二是向高增值领域转型。回归前，大部分香港厂商主要从事加工，从事设计生产的厂商大约只占五成，去年升到七成；港企投入研发的支出已占到营业额的2%至3%，比几年前高出一倍；香港出口产品中，已有三分之一属于高科技产品，50%为科技含量高的电子产品；三是国际及内销市场扩大，积极参与国内、国际两个市场的竞争；四是更加注重发展品牌。10年前大约只有二成厂商拥有自己的品牌，今天拥有自主品牌的厂商占到四成左右，港商的品牌意识在不断增强。

香港的航运业历史悠久，基础雄厚，但同样面临着产业升级的压力。国际港口服务业已经历了二代转型，正在向第三代转变。第一代港口服务业主要是货物中转和集散，第二代的功能是货物集散和加工增值。正在兴起的第三代港口服务业不仅从事货物集散，更重要的功能是以现代信息和通讯技术来实现高增值的资源综合配置，即现代智能化物流调度配给。特区政府经济发展及劳工局局长叶澍堃介绍说，香港拥有一流运输设施和交通网络，加上珠江三角洲的强大生产能力，已发展成为联结内地与世界市场的物流业枢纽。特区政府将进一步改善基础设施，发展多式联运，发展数码贸易运输网络系统,为物流业界提供中立而开放的资讯平台,加快货物与资讯的流通,综合提供多个环节的服务,以增强香港作为供应链基地的优势。

在传统产业加快转型升级的同时,培育新的经济增长点也成为特区政府关注的重大课题。旅游业、会展业、高科技制造业、文化创意产业等等,有的犹如小荷初露,有的已如大树撑天。虽然新兴产业的发展尚不平衡,但人们相信,随着香港经济转型力度的加大、步伐的加快,一批新兴产业必将在这片富有活力的土壤上脱颖而出、茁壮成长,与传统支柱产业一起,共同支撑起香港经济的美好明天。

(原载2007年6月28日《经济日报》)

背靠祖国　面向世界
——纪念香港回归10周年系列报道之三

如果要问什么是香港独特优势?这就是"背靠祖国,面向世界"。

如果要问什么是香港10年来最大的变化?这就是香港与内地的经济联系更加紧密。

(一)

在香港采访经济界人士,几乎每次谈话都要提到这样一个缩略词:CEPA。

CEPA的全称是内地与香港关于建立更紧密经贸关系的安排,这是2003年6月,内地与香港共同签署的一份文件。在香港经济最困难的日子里启动的CEPA,被香港人形象地称为中央送来的"大礼包"。

根据CEPA及其后陆续签署的3个补充协议,内地对原产于香港的进口货物全面实行零关税,开放了香港具有比较优势的法律、会计、视听、

笔底风云四十年（上）

建筑、分销、银行等27个服务贸易领域，实现了香港与内地间的人员、货物、资金、信息便利流动。CEPA的实施，大大拓展了香港与内地经贸合作的广度、深度，犹如一场"及时雨"，为陷入困境的香港经济注入了动力，给香港同胞带来了信心，推动了香港经济持续强劲复苏的进程。据测算，在CEPA实施的头3年，即为香港创造了29000个新职位，新增54亿元服务收益和55亿元资本投资额。

CEPA给香港金融业的发展带来新契机。

CEPA降低了香港银行进入内地市场的门槛，强化了香港在内地金融发展中的角色。到2006年底，香港已有5家银行获准在内地开设分行，还有多家香港银行获准在内地从事代理保险业务；共有39家香港银行提供人民币业务服务，香港人民币存款超过227亿元。

CEPA促使更多内地大型企业成功在港上市，促进香港股市加速"扩容"。特区政府行政会议成员、香港交易所前主席李业广介绍，CEPA签署不久，香港股市就摆脱疲弱态势，迅速突破万点。2004年以后，香港股市逐渐踏入"牛市"，中国人寿、交通银行、神华、建设银行、中国银行等巨型企业陆续来港上市，港股市值不断攀升。去年，中国工商银行在香港、上海同步上市，仅在香港就筹集了1249亿港元。全年首次公开招股集资额超过3300亿港元，全球排名第二。到去年底，香港股票市场已成功为367家内地企业进行上市集资，筹资额超过1.47万亿港元。

今年1月，中国人民银行行长周小川与香港金融管理局总裁任志刚在京就进一步扩大香港人民币业务签署了补充合作备忘录。金融界人士普遍认为，在CEPA框架下，进一步扩大香港经营人民币业务，允许内地银行在港发行人民币债券，具有里程碑式的意义。

在接受记者采访时，任志刚对在CEPA框架下进一步开展香港与内地金融业的合作乐而观之。他认为，处理好内地与香港两个金融体系的关系，建立"互补""互助""互动"的紧密合作关系，两个不同的金融体系都可以为国家的发展作出贡献。一方面，香港金融业要更多地"走进去"，为内地经济发展提供金融服务；另一方面，让内地的投资者"走出来"，更好地利用香港金融业这个国际化的平台。

旅游业亦是从CEPA中受惠显著的行业之一。

2003年7月，广东4城市率先开通赴港"个人游"。到今年，开通赴港"个人游"的内地城市已达49个，通过"个人游"赴港的游客人数超过1970万人次，占同期从内地到香港游客的40%，为香港旅游业和餐饮、娱乐等服务性行业带来了蓬勃商机。今年"五一"黄金周期间，有54万内地旅客访港，同比上升30%，其中"个人游"35.5万人，大幅增长55.8%。

在CEPA框架下，粤港、沪港、京港和"泛珠三角"区域合作机制的建立，有力推动了相关区域经济的快速发展。至2006年底，仅"泛珠三角"区域的合作项目已达12172个，总金额12534亿元。与此同时，深圳湾大桥、港珠澳大桥、广深港高速铁路、珠港国际机场、西部通道等大型基建项目已实现或正在实现跨境的合作。

（二）

改革开放伊始，内地经济与香港经济即开始了融合发展的过程。随着香港回归祖国，香港与内地的经济联系越来越紧密。

如今，内地是香港最大的贸易伙伴。2006年，香港出口内地的货物额占香港货物总出口额的47%，以内地为来源的进口额占香港货物进口总额的45.8%。香港是内地第四大贸易伙伴和第三大出口市场。

在内地加快改革发展的过程中，来自香港的资本、人才和管理经验作出了巨大贡献。截至今年3月，内地共吸收港资项目27.32万个，实际使用港资2847.13亿美元，分别占内地累计吸收境外投资项目数和总金额的45.3%和40.6%。

内地在香港也有巨大的投资，中资企业是维护香港繁荣稳定的一支重

笔底风云四十年（上）

要力量。至2005年底，国家累积批准在港设立中资企业2000多家。根据企业自报资料统计，中资企业在港员工总数超过4.6万人，其中雇用当地员工4.3万人。中资企业总资产超过2.6万亿港元，其业务几乎涉及香港经济的各个领域。2005年中资银行的存贷款分别占香港银行存贷款总额的20.7%和22.6%，中资企业在保险、航运、港口及出版等行业也占有一定的市场份额。

总部设在香港的招商局集团是中央直接管理的53家国有重要骨干企业之一，其旗下拥有招商银行、招商证券、招商基金、招商地产、招商轮船等著名品牌和多家上市公司。10年来，招商局集团发挥"立足香港，联通内地"的优势，在服务香港与内地经济发展中使企业得到长足发展。到2006年，集团总资产、营业收入、利润总额、公司市值等综合指标都比2003年翻了一番，实现了用3年时间"再造一个招商局"的目标。集团副总裁胡政认为，作为在香港历史最悠久的中资企业，招商局集团走过的独特发展道路，反映了中资企业在促进内地和香港经济融合中所具有的特殊作用。

（三）

香港始终是一个国际化的都市，建设面向世界的国际大都市也始终是特区政府孜孜以求的目标。随着国家经济的迅猛发展，中国在国际舞台上的地位不断提高，越来越多的人认识到，只有更紧密地背靠祖国，才能更好地面向世界。

美国《时代》周刊在评述香港回归10年的文章中写道："香港明白，在这样一个幸运时刻成为中国的一部分真的是太走运了！"

香港目前有30多家外国商会，拥有超过800家会员公司及近2000名会员的香港美国商会是其中最大一家。在过去的18年中，这家商会每年都要进行一项调查，以了解会员对香港整体营商环境的看法。在最新的一期调查中，高达98%的商会会员表示对香港整体营商环境感到满意；几乎全数受访者对未来3年的预测是"良好"或"满意";50%的受访者有计划在未来3年内扩充业务;在香港设有地区总部的75%的会员公司中,超过三分之一的公司正在计划明年度的扩充。香港美国商会会长梅三乐在评价这项调查时指出,10年来香港经济最显著的变化是增强了与内地的交流。香港与内地之间,货物、服务、资讯、资金及人才自由流动,香港与内地融合的经济令双方的得益超越了任何人的预期。由香港进入内地比较方便,令香港增强了作为地区中心的竞争力,而且内地越来越多的业务到香港来,尤其是金融服务和旅游业方面。"我们看到香港有着非常强劲的经济前景。香港的前途一片光明"。

去年春天,十届全国人大四次会议批准了国民经济和社会发展第十一个五年规划纲要,国家首次从国民经济和社会发展的长远角度,对香港在国家发展中的角色和功能进行了定位,将香港纳入国家整体发展规划。《纲要》明确提出支持香港发展金融、物流、旅游、资讯等服务业,保持香港国际金融、贸易、航运等中心的地位。中央政府的这一重大决策,受到广大香港同胞的欢迎。去年9月,香港特区政府专门召集《"十一五"与香港发展》经济高峰会,并成立了几个专题小组,研究商业及贸易;金融服务;航运、物流及基础建设;专业服务、信息、科技及旅游等议题。今年初,几个专题小组都已提交了他们的研究报告及行动纲领,就香港如何配合国家发展、提升竞争优势提出了50项策略建议及207项行动建议。

把香港纳入国家整体发展规划,为香港寻找持续发展的动力提供了基础。香港特区行政长官曾荫权说,经过近30年改革开放,中国和平发展的强大势头不可阻挡。我们要把握国家发展的脉搏,充分发挥"背靠祖国,面向世界"的优势,以开放和积极的态度,在经贸、教育、社会文化等不同领域,提升我们的国际视野和联系,令香港继续拥有国际大都会的特色。

(原载2007年6月29日《经济日报》)

笔底风云四十年（上）

作品点评

香港回归十周年系列报道引人注目

香港回归，举国欢庆。《经济日报》6月27、28、29日连续推出纪念香港回归十周年系列报道，以"伟大构想，成功实践""巩固优势，发展优势"和"背靠祖国，面向世界"三篇报道，把香港回归祖国十年来实行"一国两制"，"港人治港"，高度自治方略的成功实践和香港经济社会的繁荣情况，作了全方位、多侧面的反映，引起了读者的关注。

阅评员认为，庆祝香港回归十周年是一件具有全局意义的大事。尤其回归十年来，香港经济社会发展和"港人治港"的现实情况更令广大读者所关注。《经济日报》除了及时转载新华社的重要新闻外，还以自己的独特视角组织了相关报道，为读者深入了解香港提供了更加翔实的资料。

（摘自《用笔剔剥过的新闻》，中国建材工业出版社2011年11月出版，作者：寇成茂）

百城调研行西安篇

题记

为更好解决经济长期积累的结构性矛盾和经济增长方式粗放问题，党的十七大提出加快经济发展方式转变的战略任务。各地如何落实？转变进度怎样？推进效果如何？为回答这些问题，从2010年6月开始，经济日报和中国经济网共同组织了"转变发展方式百城调研行"大型采访活动，选取具有代表性的城市进行深入采访,梳理其发展路径,分析在转变发展方式中遇到的矛盾和问题,挖掘各地的经验、做法与思考。2010年11月27日至29日,《转变发展方式百城调研行西安篇》连续刊出,以报网互动的形式,多角度展现了千年古都在新形势下的新挑战、新定位、新探索。

"洼地"如何筑"高地"

西安,一座古老而年轻的城市。

说古老,因为这里曾经是古代都城,古城墙、兵马俑、大雁塔,无不铭刻着漫漫千年的辉煌与沧桑。

说年轻,因为这里每天朝气蓬勃,高新区、经开区、曲江新区,无不迸发着加快发展的激情与活力。

走街串巷,座谈采访,记者在西安调研,听到当地干部群众谈论最多的就是:如何抢抓国务院颁布《关中—天水经济区发展规划》和国家新一轮西部大开发战略机遇,以建设国际化大都市为目标,在推进经济发展方式转变的过程中打基础、谋突破。

"西安正站在一个新的历史节点上。西安人对西安要有一个全新的认识。"陕西省委常委、西安市委书记孙清云说,"当前,我们正在引导干部群众充分认识西安建设国际化大都市的重大意义,充分认识西安在国家战略布局中的新定位、新使命,充分认识西安面临的重大机遇,充分认识西安建设国际化大都市的综合优势和差距,增强信心,科学发展。"

找准古都新定位

改革开放使古都西安焕发了生机。经过多年建设,特别是西部大开发10年以来,西安无论是经济实力还是城市建设,都获得了大幅提升和长足

笔底风云四十年（上）

进展。

西安市统计局提供的数据显示，1999年西安市生产总值仅为577.29亿元，2009年实现2724.08亿元，10年翻了两番多，按可比价格计算，年均增长14.1%，高于全省同期年均增速1.2个百分点，步入了历史上发展最快的时期。

由于始终坚持项目带动战略，在拓展城市空间、完善城市功能方面加大投资力度，10年来西安累计完成社会固定资产投资9726.41亿元，是西部大开发以前50年总和的8.3倍，城市基础设施水平快速提升，城市面貌明显改观。

纵向看，西安的发展确实不慢，但是横向比较，西安广大干部群众并不满足。西安市统计局副局长张民伟说，在15个副省级城市中，西安的经济总量多年来一直排名居后。

有专家认为，加快发展，政策层面的支持很重要，创新创业精神培育和科技支撑很重要，但也需要认真解决好城市发展定位问题。

在改革开放30年之后，在西部大开发战略实施10年之后，如何重新认识西安在陕西、在西部乃至在国家发展战略中的历史方位？

2009年6月25日，国务院颁布《关中—天水经济区发展规划》，明确要求"着力打造西安国际化大都市，把西安建设成为国家重要的科技研发中心、区域性商贸物流会展中心、区域性金融中心、国际一流旅游目的地以及全国重要的高新技术产业和先进制造业基地"。今年6月29日，《中共中央、国务院关于深入实施西部大开发战略的若干意见》出台，多次直接提到西安，明确"支持西安统筹科技资源改革示范基地建设""支持西安建设区域性金融中心""支持西安与重庆、成都加强区域战略合作，支持西安打造内陆开放型经济战略高地""支持西安国际港务区建设"。

"区域性金融中心""国际化大都市""开放型经济战略高地"等新的目标定位，令西安广大干部群众既深感振奋，也倍感压力。"目前的西安只能算一座二线城市，定位于现代化国际大都市，这个目标是不是高了点？达到目标是不是有些困难？"

"有这样的忧虑似乎不无道理，但我们也要看到，西安有很多自己独特的优势。"陕西省社科院学术委员会副主任张宝通分析说。

首先，历史文化资源丰富。西安历史内涵、文物遗存、文化影响举世公认，发展文化、旅游产业潜力巨大。

其次，区位优势得天独厚。西安是全国干线公路网中最大的节点城市，连接东西南北的"大十字"网状铁路交通的重要枢纽。

最后，综合科教实力名列全国前茅。2009年，西安普通高等学校有48所，万人以上的民办高校5所，在校大学生人数逾80万人；现有各类科研院所94家，有国家和省部级重点实验室、工程技术中心186个，其中国家重点实验室21个，占全国的9.5%，国家工程技术研究中心13个，占全国的9.3%，直接从事科技活动的技术人员9.2万人。

"西安具备建设国际化大都市的基础和条件，对此我们充满信心。但我们也清醒地看到，西安与国际化大都市的标准还有很大的差距。"西安市市长陈宝根说。他认为，差距主要表现为一是经济实力不强，经济和产业的国际化程度低，在全国和世界范围影响力小；二是国际开放交流度低，进驻西安的世界大企业少，国际游客少，国际性的大活动少；三是城市基础设施国际化水平低，还不能完全提供符合国际标准的优质服务；四是城市规模偏小，综合承载力低；五是城市文明程度低，市民国际意识差。因此，把西安建设成为国际化大都市还有很长的路要走，必须付出更加艰苦的努力。

城市做大　产业做强

8月5日，《西咸新区总体规划（2010—2020）》总体框架出炉。据陕西省城乡规划设计研究院规划设计所所长赵海春介绍，西咸新区将建成西安国际化大都市的重要功能板块和城市新区，成为促进"西咸一体化"、引领大

笔底风云四十年（上）

都市发展的战略新高地、推动大都市快速发展的新引擎。

"建设国际化大都市，必须有充分的发展空间做支撑。"陈宝根说。目前西安辖9区4县，近年来通过新建开发区，组团式发展使主城区扩大了不少，但建成面积也仅300多平方公里，小于同属西部的重庆和成都。按照国家批准实施的《关中—天水经济区发展规划》，到2020年，西安都市区人口将发展到1000万人以上，主城区面积将达到800平方公里，推进"西咸一体化"势在必行。

事实上，为拓展城市发展空间，西安早就开始了探索。2002年，西安、咸阳两市签订《西咸经济一体化协议书》，随后《西咸实施经济一体化战略规划纲要》出台，提出了"规划同筹、交通同网、信息同享、市场同体、产业同布、科教同兴、旅游同线、环境同治"等目标。2006年9月，西安、咸阳两市电话并网，"西咸经济一体化"战略开始破题。

随着《关中—天水经济区发展规划》的实施，"西咸一体化"的进程必将提速。据介绍，西安将以"西咸共建新区"为突破口，以沣河综合治理和沣渭新区建设为支撑，重点建设咸阳空港产业园、五陵塬历史文化集聚区、现代产业集聚区等3大功能区，在推进"西咸一体化"进程中拉开城市骨架，优化城市布局，提高城市空间承载能力。

同时，围绕西安老城区打造环城墙经济圈，使之成为集商贸、旅游、服务、居住等功能为一体的综合区；以国际港务区、临潼旅游休闲度假区和渭北工业园区带动向东越过灞河，打造集生态、国际会展、现代物流、居住等功能为一体的城市新东区；以秦岭北麓综合保护开发和长安通信产业园带动向南发展，以生态旅游、文化、科教为导向，建设新南城。

在努力把城市做大的同时，西安还面临一个如何把产业做强的课题。一个无法回避的事实是，相对于其战略定位和发展目标，西安的经济总量偏小，实力不足，产业结构也不尽合理。西安市发改委综合处处长王雄飞认为，工业经济在全市经济总量中占的比重较小，已经成为全市经济发展的重要制约因素。

王雄飞对西安工业发展的现状作了具体分析：一是工业化进程不快。工业企业的装备能力、技术水平、生产规模和产品档次参差不齐，工业规模不大、效益不高、活力不够的问题比较突出；二是产业融合度较低。西安的产业虽然具有一定的基础和规模，但产业发展要素、产业关联度、产业体系缺乏整体联动性，有特色的产业集群尚未完全形成；三是虽然技术创新能力强，但对产业升级贡献不足。科教与经济"两张皮"现象依然存在，即科研成果转化成现实生产力的程度偏低；四是大企业、大品牌太少。2009年，西安拥有规模以上工业企业1058户，在15个副省级城市中排在末位，只及成都的三分之一。

如何破解工业"长不大"的难题？西安市工信委副主任安文中介绍，他们正在转变思路，以"调结构、上水平、稳增长、促融合"为主线，通过壮大优势产业、提升传统产业、培育新兴产业、增强企业自主创新能力、加快产业集聚、实施中小企业成长工程等途径，实现工业强市的战略目标。"到2015年，全市工业总产值力争达到7000亿元，工业增加值力争达到2000亿元，占全市GDP的比重达到38%以上，让工业经济真正成为支撑、带动全市经济发展的重要力量。"

"兴山建峰"向高端

"虽然西安面临着做大经济总量的任务，但我们不会把单纯追求高增长作为发展的唯一目标。"陈宝根表示，在城市做大、产业做强的过程中，必须实现结构更优，质量更好，走出一条科学发展、可持续发展之路。

从建设国际化大都市的目标出发，根据自身的比较优势，西安正在加快构建以高新技术产业为引领、先进制造业和现代服务业为重点、旅游和文化产业为支撑的5大主导产业体系。今年上半年，这5个主导产业完成投资963.92亿元，增长45%，全市经济结构进一步得到优化。

笔底风云四十年（上）

新兴产业是后金融危机时代最具爆发力的产业，是实现工业转型发展的关键所在。目前，西安市正在大力培育扶持电子信息、太阳能光伏和半导体照明、生物医药、新材料新能源等战略性新兴产业。"十二五"期间，将继续加大招商引资力度，重点抓好中兴通讯西安科技园三期工程、深圳华为全球交换技术中心建设，以及半导体设备制造等一批新兴产业重大投资项目的实施。到2015年，力争使西安市战略性新兴产业总产值达到2550亿元。

产业要做强，不能缺少龙头企业的带动作用。目前，西安还没有一家产值过千亿的企业，过百亿元的企业也仅有西飞、西电、陕重汽、比亚迪和法士特集团5家。"如果说优势主导产业是西安的'五座山'的话，那么西安则是典型的'有山无峰'。"安文中的一句话，形象地描述了西安工业龙头企业匮乏的现状，也道出了西安工业提升的具体路径，这就是："兴山建峰"。

在西安市经济技术开发区，党工委书记郭学民告诉记者，近年来经开区围绕主导产业，加大招商力度，先后引进了中航、中钢、中交、北车、西电、中石油、兵器工业集团、中国电子等15家中央企业，以及陕汽、陕煤、西北有色院等省、市大型国企投资的80余个项目，总投资超过400亿元。

在这些龙头企业带动下，西安产业聚集度得以明显提升。据介绍，中国北车集团山西永济新时速公司2000年后将发展重心由山西永济转入西安，陆续在经开区设立了轨道交通和风电设备制造领域的5家企业；以陕重汽为核心，经开区商用汽车产业先后吸引其投资控股或参股的康明斯发动机、汉德车桥、德仕零部件、中集专用车等10家骨干企业，形成较为完备的商用汽车产业链条；西北有色研究院将经开区作为科研成果转化基地，先后投资了西部金属、西部钛业、西部超导等11家新材料企业，成为经开区新材料产业的主导力量。

大企业"兴山建峰"，中小企业"依山添绿"，是西安"经济生态"的新追求。针对中小企业数量偏少，总量不大，非公经济发展缓慢的问题，西安市大力实施中小企业成长工程，引导中小企业走"新、优、特、精"的发展路子，全面推动非公有制经济快速发展。记者在西安高新技术开发区办事服务大厅看到，来这里登记注册的人络绎不绝。西安市委常委、高新区管委会主任岳华峰说，今年上半年每天都有10多家企业登记注册，最多的一天有31家。"照这样的速度，到2015年，全市非公有制经济增加值占全市GDP的比重可望超过60%。"

迈向高端天地宽。"与其他副省级城市相比，西安经济总量还处于后位，但近年有一个明显的变化，就是增速排位已由前些年的后5位上升到近两年的前5位。"陈宝根表示，随着西部大开发战略的深入推进，随着《关中—天水经济区发展规划》的逐步实施，"缩小与发达地区的差距，在同类城市中实现总量位次前移，实现跨越式发展，我们充满信心！"

（原载2010年11月27日《经济日报》，与杨忠阳、张毅合作）

"优势"如何成"胜势"

2009年，西安市实现高新技术产业产值1110亿元，同比增长20.7%；实现技术市场交易额35亿元，同比增长44%；获得专利授权4706件，同比增长43%。科技进步对经济增长的贡献率达到50%以上。

如此亮丽的数字，令人鼓舞。如果说城市经济体量不足是西安加速发展的短板，那么，创新活力与创业激情则是这座古都实现转型跨越的希望所在。而这种希望之光的源头，正是基于西安丰富密集的人才与科教资源所形成的以科技创新为特征的新型产业形态及其结构性后发优势。

笔底风云四十年（上）

打造科技资源转化的平台

无论是在全国比较还是在西部地区比较，西安都算得上当之无愧的科教名城。有一连串的数字为证：这里拥有各类科研机构365个，国家和省部级重点实验室、工程技术研究中心、行业测试中心和平台160多家，各类专业技术人员42万人，其中两院院士47人……

长期以来，拥有雄厚的科教实力一直是西安的一大亮点，而如何将这种科技资源优势转化为经济优势和产业强势，也一直是西安在加快发展中着力破解的难题。

在长期探索、实践的基础上，近年来，西安市委、市政府加大了科研体制改革的力度，加快了科技与经济融合发展的步伐。在充分调研的基础上，他们提出了以"两区两基地"为载体，以"创新、创业、产业化"为抓手，建立以企业为主体、市场为导向、产学研相结合的技术转移体系，促进科技成果就地转化的思路。

思路有了，重要的是行动。"最早成立的西安高新区，自然而然地成了全市科技成果转化的试验田。"西安市委常委、高新区管委会主任岳华峰说。

据岳华峰介绍，高新区作为试验田，没有成熟的路子可以借鉴，只能摸着石头过河，在探索中前行。发轫于20世纪90年代初期的西安高新区首先面临的是创业创新环境的构建。"我们要打造一个呵护科技人员创业创新的'生态园'，首先是让科技企业生存下来，然后努力做大做强。"岳华峰说。

在科技创新体系建设方面，西安高新区建成了20多个专业孵化器，建立了13家技术与产业联盟、77个工程技术中心，聚集了100多家大型研发机构和210家从高校、科研院所及军工企业转制分离的科技企业。

在市场支撑体系建设方面，西安引进了200多家产权交易、人才培训、信息咨询等中介机构和100多家外资服务机构；推出了"高新区中小企业金融超市"，开展了科技保险创新试点，近两年来共有32家企业在海内外上市；实施了"百名院士创新创业工程"和YBC青年科技人才创业计划。

在产业培育体系建设方面，西安建立了国家高新技术标准化示范区和软件、光电子、集成电路、通讯、生物医药等12个国家级产业化基地；设立了创新基金、风险投资担保基金和人才专项资金；实施了"515"龙头企业扶持、"瞪羚企业"培育等产业促进计划。近年来，高新区财政在扶持企业、支持项目等方面的资金投入超过了5.5亿元。

在政府服务体系建设方面，西安高新区坚持"管理就是服务"的理念，实行流程再造，推行服务承诺、超时默认等制度，实现了一厅式办公、一站式服务；出台了涵盖人才创业、成果转化、项目建设、企业成长等方面的26项优惠政策。

通过科技创新、市场支撑、产业培育和政府服务等4大体系的建设，西安高新区形成了以技术交易、孵化转化促进为主要手段，6种功能性服务平台融为一体的技术转移服务体系，营造了一个有利于科技人员创新创业、科技成果研发转化、科技企业孵化成长的体制机制环境，有效地促进了本地科技资源优势向产业优势和经济优势的转化。

激发创新创业的热情

以西安高新区为代表的"两区两基地"转化科技成果的探索，不仅仅为西安科技人员的创新创业搭建了平台和载体，更重要的是激发了西安人思想观念的重大变化。西安市市长陈宝根在接受记者采访时说，"开发区已经形成了自己独特的文化现象和发展理念。这种文化带给整个城市的，是人们价值取向的重大改变、生存方式的重新调整、生活节奏的大大加快等思想观念深层次的改变，进而影响到整个城市精神面貌的提升。"

过去，由于缺乏有效的利益驱动机制和创业环境，科技人员不愿创业；由于鼓励创业的机制不完善、创业风险大、科技贷款难，科技人员不敢创业；由于创业服务体系不健全、创业文化不足，加之企业管理知识欠缺，科

笔底风云四十年（上）

技人员不会创业。如今，随着政策措施的完善和创业平台的建立，以及一大批典型企业的示范效应，这种状况正在逐步改变。

从"不愿创业、不敢创业、不会创业"到"想创业、敢创业、会创业"，科技人员的创业激情被激发出来，一项项科技成果正从创业人员手中转化为产品、市场、收入……一个个创业故事在古老而又现代的西安城里流传。

不久前在创业板成功上市的达刚路机，是西安公路学院退休教授李太杰创办的，在高新区被誉为"银发创业"的典型。早在1988年，李太杰研制出了世界上第一台利用废气余热循环封闭式生产的沥青脱桶设备；1995年，他又研制出世界上第一台带有自动清渣功能的导热油沥青脱桶设备。"这么过硬的技术，如果没有高新区这样一个孵化器，为我们搭建如此好的平台和环境，就可能没有今天的达刚。"公司总经理孙建西说。截至目前，公司已经拥有13项中国专利、5项国家级新产品，其中进入国家火炬计划项目1项，获中国专利金奖1项、银奖2项；2009年实现营业收入1.33亿元，连续3年实现增长。

通过创新科技体制机制、营造创新创业环境，不仅激发了科技人员的创新创业热情，还吸引了一大批海外高层次人才归国创业。西安能讯微电子有限公司张乃千就是其中的一位。当记者问及为什么选择在西安创业时，他说，"科技优势和创业环境。"张乃千的解释是：西安的创业软硬环境已经与沿海差不多，在这种情况下，西安的科技优势就凸显出来，成为影响选择的主要因素。

从过去的"孔雀东南飞"到如今的"孔雀西北飞"，西安的人才高地效应逐渐凸显出来，2008年，高新区成为了国家"海外高层次人才创新创业基地"。目前，已有2600多名留学人员在高新区创新创业，留学人员企业达到580家，其中5人入选国家"千人计划"。

突破体制机制的障碍

在西部大开发战略实施10周年之际，西部地区的经济社会发展已站在新的历史起点上。作为西部大开发的桥头堡，西安肩负着新的使命。2009年6月，国务院批准《关中—天水经济区发展规划》，赋予了西安建设国际化大都市和统筹科技资源改革两大任务；今年6月，《中共中央、国务院关于深入实施西部大开发的若干意见》明确提出，支持西安统筹科技资源改革示范基地建设。

"国家明确西安作为统筹科技资源的示范基地，这既是对西安推进科技与经济结合、促进科技成果转化的一种肯定，也是对西安进一步提高科技贡献率、加快科技优势向经济优势转化的一种鞭策，更是对西安转变经济发展方式、以科技引领经济社会发展的一种期望。"西安市科技局局长徐可为说。

接受记者采访的专家学者普遍认为，推进体制机制改革，统筹科技资源，促进科技与经济融合发展，是西安建设创新型城市的必然选择，是加快经济发展方式转变的必由之路。专家指出，虽然近年来西安在转化科技资源上进行了不懈探索，积累了丰富经验，但由于历史的原因和体制的制约，科技资源部门分割、条块分割的状况尚未根本改变；产学研脱节的现象依然存在；科技设施共享开放不够；人才流动的渠道还不够畅通；在着眼于激活本地现有科技资源的同时，利用自身科技资源和产业基础，吸纳海内外资本、技术和人才不够等，这一系列难题尚有待破解。

为此，西安市专门成立了统筹科技资源改革领导小组，深入开展科技资源调研，形成了西安统筹科技资源改革研究报告，制定了《西安统筹科技资源改革示范基地建设工作方案》，初步明确了西安统筹科技资源改革的基本思路：以"两区两基地"作为统筹科技资源改革的试验区、先行区，以推动体制改革、机制创新为核心，促进科技人才的"解放"、科研机构能量的

笔底风云四十年（上）

"释放"、科技设施的"开放"，实现科技资源要素的有效流动和开放共享；同时明确产业定位、优化产业布局，着重发展5大主导产业和战略性新兴产业，按照"专业化聚集、集群化推进、园区化承载"的原则，统筹园区建设和产业资源配置，形成专业化园区和产业集群。

当前，西安科技资源正逐步实现部门统筹向全局统筹、分散统筹向集中统筹、初级统筹向高级统筹转变。西安的科技资源优势也正因统筹聚合而释放出越来越大的能量，成为西安建设创新型城市和国际化大都市的有力推手。

（原载2010年11月28日《经济日报》，与刘松柏、张毅合作）

"包袱"如何变"财富"

漫步古城西安，绿荫匝地，碧水绕城。无论是驻足在老城墙上俯瞰碑林古柏，还是闲坐钟鼓楼下品尝百吃不厌的美食，都会令人感到无比惬意。"瞧瞧这环境，看看这风光，品品这底蕴，真是宜居宜业的好地方！"在采访过程中，记者常常听到人们发出这样的感慨。

2009年，西安全市文化产业占GDP的比重达到5.5%，旅游业占GDP的比重达到8.3%，城镇居民人均可支配收入达到18963元，全年空气质量二级以上良好天数达到304天。

古老的西安、宜居的西安正向国际化大都市目标迈进。

文化传承孕育发展动力

作为"世界历史名城"，丰富的历史文化底蕴是西安最为宝贵的财富。据了解，西安的历史文化遗存丰富，尤其大遗址数量多、面积大，仅周秦汉唐四大遗址总面积就达108平方公里。但一块块"搬不走""动不得"的大遗址遍布老市区四周，也使西安在遗址保护和城市建设、产业发展之间面临矛盾。与此同时，由于文物保护经费缺口大，文化建设也面临着巨大的困难。

如何化解保护文化遗产与做大做强城市、加快经济发展的矛盾？经过不断探索，西安找到了一条文物保护、文化产业和城市发展共赢的新路，这就是受到国家文物保护部门肯定的"西安大遗址保护模式"。

创新探索是从大雁塔周边环境的改造开始的。如今，走进改造后的大雁塔景区，千年古塔高耸入云，宽阔的广场上繁花似锦、游人如织。"这里不仅修得非常漂亮，每天还有两次亚洲最大的音乐喷泉表演，而且免费！"西安市居民张先生告诉记者，几乎每晚他都会来到这里散步。

站在唐大明宫遗址含元殿雄伟的台基上，记者举目四望，真切感受到文物专家们"一无所有、气象万千"的评价。历经千年的遗址区内地面可见的遗存虽然寥寥无几，但广阔的形制、巨大的柱基、沧桑的步道无不映射着历史的辉煌。按照国家文保部门严格审定的保护规划，以新型、轻型材料勾勒出的大明宫正南门——丹凤门已经建成，7000多株新植的树木绿叶绽放。曾经被大量破败不堪的棚户区包围、侵蚀的大明宫遗址即将重新绽放民族历史文化之光。

大雁塔文化广场、大明宫遗址公园，连同大慈恩寺遗址公园、曲江池遗址公园、唐城墙遗址公园、秦陵遗址公园……把历史文化资源保护建设与城市功能建设有机融合，西安人终于走出了困扰城市多年的保护与开发两难的困境。

如今，这些文化新景区已经成为西安旅游业传统业态转型升级的新引擎，过去单一的西安"文物旅游"模式得到改观。数字显示，曲江景区游客量由2003年的360万人次增长至2009年的2400万人次，增幅超过600%。文化创新不仅集聚起了人气和商气，也兑现了城市的核心价值。2009年，曲江新区被住房和城乡建设部授予"中国人居环境范例奖"。

笔底风云四十年（上）

保护和传承传统文化，为西安文化创意产业的发展提供了契机。西安人文底蕴深厚，但由于受到西部内陆地区融资环境的制约，民营文化企业群体呈现"数量多、体量小、发育慢"的特点。为此，西安市积极发挥国家级曲江文化产业园区等新型产业园区内文化创意产业基地的集聚效应和专业化孵化器的培育功能，引入风险投资机制，促进中小文化创意企业低成本、低风险扩张。作为曲江会展业联盟紧密层会员的西安千秋会展公司负责人告诉记者，由于享受会展场地费减免等扶持政策，公司已经连续3年实现年均40%以上的业绩增长。

接受记者采访的一些专家认为，文化创新不仅解决了西安文物保护和城市发展的矛盾，还推动了文化产业的发展，使文化遗产不再是"累赘"，而是成为了文化产业发展的动力和资源。西安市副市长段先念表示，"与国内其他地方的文化旅游项目开发相比，西安的独特之处，在于其将文化遗产与公共文化事业，以及影视、演艺、会展等产业联动发展，实现了公共文化事业和文化产业的'双丰收'。"

生态建设奠定发展后劲

这几年，人们渐渐地发现，西安的天越来越蓝，水越来越清，城市越来越美了。

西安在历史上是一座"八水环绕"、环境优美的城市。然而随着城市规模的膨胀，生态环境曾经一度恶化。近年来，西安市委、市政府努力建设人民满意城市，把环境保护摆到更加突出的位置，加大环境治理和生态环境建设与保护力度，实施了"蓝天工程""大绿工程""清水工程"。

"2007年开始的重点流域、重污染河流的水污染治理和大气污染专项整治工作，是西安环境综合治理工作的重点。"西安市环保局环境监理处副处长蒋涛介绍说。

在"清水工程"中，西安市下大力气关停了一批污染严重的企业，并督促企业加大工业废水治理力度。如今,许多被污染的河流已经重现碧波。在位于西安市长安区高桥乡境内的新河边,记者用矿泉水瓶装了一瓶河水仔细察看,可以看到河水水质清澈,看不到明显的悬浮物,也闻不到刺激性气味。"3年前新河是一条臭水沟,这两年河水变清后,我们经常到河边来散步。"西安市长安区马王镇新庄村村民李清辉告诉记者。不仅仅是新河,皂河、太平河两条曾经污染最严重的河流,水质也明显改善。

在推进生态文明建设的过程中,西安市不仅加大环境治理力度,而且还在灞河区域成立了以生态重建带动城市振兴的浐灞生态区,探索通过"河流治理带动区域发展,新区开发支撑生态建设"实现西部城市生态重建的可持续发展新机制。

步入浐灞生态区,随处可见西北部城市少有的湿地景观,波光粼粼的灞河水随风荡漾,几只天鹅在水面上嬉戏,一时之间让人仿佛置身于江南水乡。"过去,浐灞区存在河流污染、垃圾围城、河道挖沙采沙现象普遍等三大生态灾害,目前,这些问题已经逐步得到解决,灞河水质达到三类水质标准,浐灞生态区已由生态重灾区变为生态补偿区。"西安市委常委、浐灞生态区党工委书记王军介绍说。

以生态文明为发展主题,西安浐灞生态区不仅成功吸引中国银行总行全球客服中心、中国保险监督管理委员会陕西监管局等8大金融服务机构的重点项目,以及其他全国性金融机构后台服务中心在这里快速聚集,同时赢得了"2011世界园艺博览会"的主办权。

"通过环境综合治理和生态重建,我们完善了西安的城市形态,极大地改善了生态环境,提升了城市的综合承载力,有效地改善了人居环境质量。此外,还极大地提升了整个城市形象,拓宽了城市发展空间,使之成为经济发展与城市人居环境双赢示范区,为城市经济实现包容性增长探索出新路径。"西安市委书记孙清云说。

笔底风云四十年（上）

民生工程营造和谐社区

每天清晨，一个个带着红黄相间的遮阳伞的早餐车都会准时出现在西安的大街小巷，这是西安独具特色的"放心早餐"。记者看到，"放心早餐"分为中点、西点、米粥、特色小吃、奶品、营养品等6类，花卷、烧麦、包子等一应俱全。

据了解，西安"放心早餐"工程经过3年多的建设，目前早餐网点已达600多个，日供应量15万份，带动近2000人就业。为满足西安40多万人口的用餐需求，西安市还将推出以早餐为主，新增午餐、晚餐两项食品的"放心三餐"，并计划在今年年底再增加600个网点，分阶段逐步达到3000个网点。此外，为保证群众享用放心的米、面、油产品和放心馒头等主食品，西安市"放心馒头"办公室、西安市粮食局刚刚推出第八批放心粮油产品、放心粮油店和708家群众厨房。

无论是"放心早餐"工程还是"放心粮油"产品，都是西安实施民生工程、方便群众生活的一个缩影。近年来，西安为给市民群众营造便利、舒适的生活环境，已连续5年每年安排100多亿元城建资金，加强城市的路、水、气、热、电等市政基础设施建设，先后完成了一环、二环"平改立"和三环路建设，整治翻修了800多条背街小巷，改造和新建公厕900多座，并且从去年开始实行公厕免费。他们还计划用5年时间对二环内棚户区全面进行改造，仅今年就投资20多亿元，启动了10个棚户区改造项目。

西安市还通过为城市困难居民送工作岗位、资助子女上学等实实在在的措施，确保困难群众共享改革开放和经济发展成果。去年城镇新增就业14.35万人，下岗失业人员实现再就业6.14万人，其中"40、50"人员再就业2.45万人。全市目前共有33.6万人享受城乡最低生活保障，其中城市已实现低保应保尽保目标，有7.09万户的15.6万居民享受最低生活保障。

民生问题是城市文明的基石。西安在提高城市文明程度的过程中最大程度地改善民生，不断解决人民群众最关心、最直接、最现实的利益问题，使群众得到最大实惠，巩固了文明建设的成果，丰富了文明建设的内涵。

以发展先进装备制造业为引领，以壮大新兴产业为基础，以科教优势为后盾，以文化旅游产业为支撑，西安瞄准西部地区发展的重要增长极的目标，正加快建设魅力之城、和谐之城。

（原载2010年11月29日《经济日报》，与吴佳佳、夏先清合作。"转变发展方式百城调研行"系列报道入选2010年度《经济日报》"十大新闻精品"）

第三辑 跟踪国企改革

在从计划经济向市场经济的转轨中,国有企业何去何从,是一个绕不开的难题,以至于在相当长的一个时期内,国企改革被称为经济体制改革的中心环节。因此,也一直是作者长期跟踪、关注的重点话题。本辑收录的,有对国有企业改革发展典型的探访,有对国有经济改革调整进程的观察,也有就相关问题进行的讨论与思考。

笔底风云四十年（上）

科学的决策是怎样产生的
——大连金州纺织厂用好决策权的调查

"运筹帷幄之中，决胜千里之外。"这句流传千古的名言，揭示了一个深刻的道理：科学的决策是赢得战争的决定性因素。

如果把当今企业竞争的复杂环境比作"战场"的话，那么，同样，赢得这场战争胜利的决定性因素，就将是企业领导者的决策。决策是否迅速、准确、科学，直接关系着企业的前途与命运。

在厂长负责制试点城市大连采访期间，我们得到这样一个信息：在决策领域进行一系列改革之后，金州纺织厂就企业重大问题作出的31项决策无一失误。短短一年半时间内，企业走出经济效益的低谷，在竞争中稳步发展。

科学的决策是怎样制定出来的呢？

多层次的决策体系

金州纺织厂在决策权的行使上发生的最明显变化，是建立和健全了一套科学的决策体制。他们称其为以厂长为首、责权统一、合理分工、上下衔接的多层次决策体系。这个决策体系由四个层次构成：

——最高决策层：即由厂级行政主要领导、总工程师、总会计师、党工团负责人和职工代表等15人组成的工厂管理委员会。工管会由厂长任主任，是协助厂长对企业经营中的重大问题进行决策的机构。

——日常决策层：以厂长办公会为主要形式，负责企业日常生产、经营和管理的决策。

——专业决策层：以副厂长、总工程师、总会计师等为首的质量、技术、财务等23条专业线的日常决策。

——执行决策层：以车间主任、科长为首的办公室，决定车间、科室职责范围内的问题，并行使厂部下放的十项决策权。

作为多层次决策体系的组成部分，金纺组建了灵敏的信息中心，以提供作为决策依据的各方面信息。厂长还建立了分别面向技术人员、青年职工等不同层次的四个意见听取会制度，作为收集信息的辅助手段。

多层次决策体系的确立，为企业迅速、及时地作出科学决策创造了条件。厂长周有林对此感触最深。他说："决策体制的完善就像是使企业有了'大脑'。它使厂长能够摆脱日常事务的羁绊，从而把主要精力放在研究和制订企业的大政方针等重大问题的决策上。"从今年年初开始，他参加了中国科技工业管理大连培训中心的学习，除重大决策需要他回厂研究拍板外，一般问题的决策无须过问。多层次的决策体系犹如一部构造合理的机器，有效地运转着。

先谋后断决策法

决策要有科学的体系，还要有与之相适应的合理程序。

金纺新的决策体系确立后最引人注目的决策之一是工厂"七五"发展规划的拟订。这项决定企业未来发展方向的重大决策是按这样的程序制定的：

去年11月初，厂长下达制定规划的指令；

工管会委员分工组织有关科室进行测算和调查研究；

笔底风云四十年（上）

厂长主持形成初步方案，党委讨论并提出建议，进一步测算和论证；

12月初，工管会讨论"七五"主要目标，协助厂长全面审定规划方案，然后提交职代会审议。

12月底，经过近两个月的多层次的集体论证，厂长最后拍板确定了以坚持两个文明一起抓的方针，通过产品、技术、人才开发，把金纺建成以生产化纤原料为主的多系列高精尖产品的出口专厂为总目标的金纺"七五"发展规划。今年5月上级组织管理专家对这项重大决策进行严格"诊断"，做出了"实事求是，目标明确，措施得当，责任清楚"的较高评价。

"七五"规划的产生过程，正是金纺决策程序化、标准化的范例。这种决策程序被他们命名为"先谋后断决策法"。它的标准程序是：厂长提出课题——有关部门提出预选方案——工管会委员进行可行性研究——厂长主持工管会讨论方案，修改、补充、完善——厂长决策——组织实施。

谋断分离，先谋后断，集思广益，博采众长，是这种决策的最大特点。现在，"先谋后断决策法"正走出金纺，在大连市建立工管会制度的企业中逐步推广。

进入最高决策层的新成员

随着工管会的产生，企业最高决策层在成员构成上的变化，主要表现在进入工管会的三分之一的职工代表。金纺工管会的五名职工代表是由厂职代会推选的，他们来自不同的岗位，分别代表着企业的生产、教育、生活和厂办集体企业等四个方面。

在工管会最初的几次会议上，职工代表往往一言不发，即使发言也只是说声"同意"了事。厂长周有林意识到，长此下去，职工代表就会成为摆设。在他的主持下，工管会就自身建设问题进行了讨论，一套完善工管会的办法逐步实施：

——明确委员的"调查研究、提出课题、协助决策"等六项职责，以改

变"开会是委员,会外各干各"的状况;

——建立委员会学习制度,赋予职工代表列席有关会议的权利,为职工代表创造参与决策的必要条件;

——建立厂长与委员之间的联系制。

通过这些措施,加强了职工代表的责任感和参与决策的积极性。在工厂方针目标的确立、奖金分配、工资调整等问题的决策上,职工代表都及时搜集反映了职工群众的思想信息,提出完善决策的办法,不少意见被厂长吸收到决策中。职工代表积极参与决策的讨论,也坚定了厂长在一些敏感问题上的决策信心。去年头两个月,企业限电减产,厂长提出"大干二季度,实现利润606万元"的想法,在工管会上,职工代表和党委、工会负责人分别从劳动竞赛、政治工作等各方面提出实施措施,使厂长的想法变成具体而系统的决策。这一决策实施,收到明显效果,超额完成了厂长提出的二季度利润指标。

厂长指令卡

决策一旦制定,关键在于实施。为了保证决策的正确执行,金纺狠抓指挥管理环节的配套改革,建立了"厂长指令卡""工作传递单"等制度,以确保企业行政指挥系统的畅通。在重大决策实施的关键环节上,厂长都以指令卡的形式直接向有关执行人下达任务,并将指令卡的执行情况与职务津贴挂钩。去年年初,厂长作出通过挖潜、改造在化纤车间增加一条生产线,消化减利因素的决策。由于涉及五个车间科室,能否及时投产没有保证。厂长用指令卡的形式,指定副总工程师牵头,限期4月1日开车。结果,在只增加六台自产设备的情况下,提前四天建成投产,保证了全年利润目标的完成。

经济效益是对企业决策是否科学的最好说明。1985年,金州纺织厂实现产值25000多万元,利税4200多万元,分别比上年增长5.39%和8.56%,

笔底风云四十年（上）

今年头五个月，实现利税又比去年同期增长10.6%，完成了经济效益转降为增的转折，荣获纺织部双文明建设先进企业和省创六好先进企业等称号。

（原载1986年6月16日《经济日报》，与庞廷福合作。《新华月报》1986年第7期转载。收入《怎样实行厂长负责制》，浙江人民出版社1987年4月出版）

工会改革面临重大突破

经过将近一年时间的讨论和酝酿，7月底，一份"工会改革设想"提交到中央高层次决策者们的会议桌上。

在中央高层次决策会议上把工会改革问题作为主要议题，这已不是今年的第一次。中国工会现在拥有近9000万会员，代表着1.2亿职工，被认为是各种群众组织中"最重要的社会政治团体"。工会的改革一直被看作是中国政治体制改革的重要组成部分。

尽管中国工会章程明确规定工会是工人阶级最广泛的群众组织，但人们一直怀疑工会是否具有那种"最广泛的"群众性。从20世纪50年代起，"工团主义""经济主义"的帽子曾使中国工会遭受了几次重大挫折，自此以后，"维护和代表职工群众利益"似乎成了工会工作的"禁区"。在高度集中的一元化领导体制下，党、政府和社会组织的职能不分，工会也就无法充分体现出群众组织的特点，发挥它应有的作用。全国总工会负责人对此也毫不讳言："工会实际上成了党委的一个工作部门或行政的一个附属机构，存在'官办'气息和行政化倾向，不同程度地、甚至是严重地脱离职工群众。"

因此，关于中国工会改革问题的讨论，实际上是从一个最基本的问题开始的，这就是：工会到底干什么？也就是工会的社会职能问题。现在，越来越多的人认识到，在社会主义条件下，维护职工群众的利益仍然是工会所以存在的基础。工会的社会职能应该是以经济建设为中心，在维护全国人民总体利益的同时，更好地表达和维护职工群众具体利益。工会的社会职能明确了，改革的目标也就清楚了。工会改革的设计者们将这个目标概括为：遵循党的纲领和路线，把工会建设成为独立自主、充分民主、职工信赖的工人阶级的群众组织，在国家和社会生活中发挥重要作用的社会政治团体。而要达到这一目标，就必须从两个方面着手，一是理顺外部关系，二是增强内部活力。

党与工会的关系是理顺外部关系中最敏感的问题，但这个问题实际上在党的十三大上已经得到解决。根据党的十三大精神，党对工会实行政治领导，支持工会依照法律和章程独立自主地履行自己的社会职能。在工会与政府的关系上，工会将通过积极的民主参与和社会监督，成为政府的亲密合作者和坚强的社会支柱。工会民主参与和社会监督的权利和义务，将通过立法形式逐步完善。

在理顺外部关系的同时，更重要的是工会自身的改革。全国总工会的改革设想提出了一系列改革措施。

——实行会员群众办工会，健全基层工会的民主制度和民主生活，工会的工作计划、重大活动、经费收支向全体会员公开，接受群众监督；

——在组织制度上，变上级领导下级为上级代表下级，工会是职工的代表，上级工会是下级工会的代表者和联合体。工会的组织制度逐步向联合制、代表制过渡；

——在活动方式上，工会的各种活动将主要在基层开展，一般不组织全国或全省性集中的活动。群众性的文化教育活动逐步放到文化宫、俱乐部等工会的阵地开展，依靠群众来搞；

——在干部制度上，改变事实上存在的委派制，各级工会领导人都要经

笔底风云四十年（上）

严格的民主程序选举产生。基层工会委员会逐步实行由全体会员直接选举产生。工会的干部人员管理将由党委主管、工会协管的体制逐步转变为工会按自己的章程和条例管理干部；

——在活动范围上，工会将不再局限于国营和集体企业，而更加积极主动地在乡镇企业、外商投资企业和私营企业以及教科文卫事业单位中发挥作用，按照职工群众自愿的原则，在这些新领域中发展工会组织。

这一系列改革措施有些已经在实施中。然而效果并不理想。问题的关键是人们还习惯于把工会当成党委的工作部门或行政的附属机构。工会的地位、职能、权利、义务，还需要通过立法形式予以保障。据悉，《工会法》的修订已被列入全国人大的五年立法规划中。人们期待着《工会法》早日诞生。

（原载1988年8月3日《经济日报》，与张援朝合作）

"吴老大"素描
——记风华电冰箱厂厂长吴民展

到风华厂采访之前，偶逛王府井，在东安市场人头攒动的家电部里，竟意外地发现了风华冰箱。淡绿色的箱体上醒目地镶嵌着四颗星，看那标价，离2000块还差两块，说不上贵。

不过要凭票。于是对这企业和它的厂长有了第一印象：现在这时候，产品要凭票，那厂长一定"牛气"多了。

拐了不少的弯，钻了不少的洞，翻了不少的山，奔波数日，好不容易找到风华冰箱的出生地,黔北崇山峻岭之中的牛心山。

看着贫瘠的土地上几片暗红色不甚挺拔的厂房,想起那东安市场里凭票供应的"俏货",于是有了感叹:这企业和它的厂长也真该"牛气""牛气"。

(一)

那厂长果然"牛气"。听人们对他的称呼:"吴老大"。

采访中第一次听到喊他"吴老大",是在他的顶头上司、航空航天部贵州航天管理局张局长那里。他还介绍了这称呼的来历:"文革"中吴民展与造反派辩论,人家辩他不过,只好以势压人,问他"你算老几",吴民展偏不示弱,一拍胸脯回答说:"我算老大"。于是"老大"之名传开。

不过这说法还算不上"信史"。厂子里开小车的老师傅告诉记者:还是在上海新江机器厂的时候,吴民展以普通技术员的身份对一项权威设计提出异议,被人家以"你算老几"讥之,吴民展愤而回答:"老大。"

吴民展自己又另有说法:厂子里习惯叫外号。接任厂长时,前任也姓吴,人称"吴大帅",因此对吴民展不好再以"大帅"称之,只好喊他"吴老大"以示区别。

尽管这称呼的来历说法不同,但有一点是共同的,"老大"之称是对吴民展不服软、不信邪的赞赏,倒不是他自己甘愿以"老大"自居。这几年,"老大"之名随着风华冰箱的崛起名闻遐迩,以至于部长、省长、市长来厂,都对吴民展以"老大"呼之。而"吴民展"这大名,似乎被人们遗忘了。

(二)

吴老大确有老大之风。

在管理局采访时,曾与吴民展共事十几年的张局长在历数吴老大一大堆优点之后,也介绍了一个不大不小的缺点,吴老大脾气大、火气足、爱骂人。

笔底风云四十年（上）

记者第一次和吴老大交谈，就领教了老大的脾气。那是随老大去遵义城开会的路上，也许是车子太颠，也许是记者提问不当，谈着谈着，老大就来"火"了："瞧，这几天都忙个什么，这里要开会，那里要检查，还有验收的、要票的、搞材料的、拉赞助的，搞得你晕头转向。明天又要来个'大检查'，查个鬼，这穷山沟有什么好查的，我们奖金一个季度才敢发几十块钱，说出去人家都不相信，那么多'倒爷'为什么不查去，企业好容易有点名堂，就非查得你上不了天、下不了地……"

越骂越没边。还是开车的老师傅给截住话头："骂什么？人家是大检查，哪儿都查，又不是专门查你来的。再说，你有什么怕查的？"老大于是默然。

熟悉老大的人说，这几年，老大骂人已是少多了。最厉害的是前几年，当吴老大为引进电冰箱生产线而奔波、为引进当年投产而"玩命"的时候。那时节，他几乎是住在生产线旁，一天一个调度会，手下大大小小的干部差不多让他骂个遍。一次，设备安装中的一道关键工序出了问题，老大立即布置一位车间主任去解决。不想，第二天的生产调度会上，问题又被提了出来，那位车间主任正想找条理由解释一番，吴民展火冒三丈，一声断喝："滚回去！把问题解决了再来。"骂得那位主任低头含泪而去。

"骂人自然不对"，一位厂级干部说起这些之后感叹："不过话说回来，还要看为什么骂，该不该骂。就说这条生产线吧，1985年1月签约，1986年初设备到货，7月28日投产，当年生产5万台，第二年就出了16万台，第三年超设计能力。这速度，这效率，老大不骂，出得来吗？和我们同期引进的生产线，不少现在还'趴窝'呢！"

记者想找那位被骂得直哭的车间主任采访，可惜他已退休回上海了。据说，他是怀着依依不舍之情离开风华厂的。在冰箱生产线投产之时，他作为"有功之臣"受到晋升一级工资的奖励。

在后来的采访中，记者偶尔提起那曾被吴民展痛骂一顿的检查组，老大笑了："这检查组还像回事儿，查得很认真。也没给我们添乱。临走还提了几条改进财务工作的意见。唉，那天骂错了。"一边说，一边还挺不好意思的。

有话直说，有错就改；该骂则骂，该奖就奖，这就是吴老大的风格。仔细想想，还真说不清这是优点呢？还是缺点？

（三）

吴老大常常骂人，别人也常常骂他。而骂他骂得最凶、最狠的时候，是在吴民展当上风华厂的"老大"之初。

用老大自己的话说，他是"一步一步慢慢爬上来的"。从大学生、技术员到副科长、科长、副总师、副厂长，一个台阶也没落下，终于成了风华厂第四任厂长。

其时已是20世纪80年代的第4个年头，风华厂和大多数三线军工企业一样，在国家逐年削减军品任务之后，很快就要面临"无米下锅"的窘境。吴老大走马上任，第一件事就是要"找米下锅"。在经过一番细致地调查和分析之后，老大果断提出，上电冰箱。

上电冰箱？这意味着要盖新厂房、要建新的生产线，要引进国外的技术，要新增大量的投入……而这些，远远超出了当时人们所能接受的"以民补军"的范围。于是，风华厂"开锅"了。

"败家子""假积极""瞎折腾"，此时的风华厂，骂吴老大似乎成了"时尚"。有的开会骂，有的会后骂，有的当面骂，有的打来匿名电话骂……

那情景让人难以想象。几位当年骂得也挺凶，如今都是车间、科室头头的青年人在座谈中向记者介绍了其中更深一层的原因："我们厂大多数骨干都是从上海来的，来到这穷山沟是因为搞军品。现在军品不搞搞民品，还待在山沟里干啥？说实话，当时厂里不少人希望厂子早点垮，垮了我们好回上海。你想，对老大的冰箱，能不群起攻之吗？"

笔底风云四十年（上）

风华厂的三个宿舍区，分别叫做"杨树浦""提篮桥""南京路"，职工思乡之情可见。住在"南京路"的吴民展何尝不想回到真正的南京路呢！但他清楚地知道：大三线这么多职工，不可能都回到大都市去；而在竞争激烈的民品市场上，没有过硬的拳头产品，穷山沟里也混不下去了！

吴老大拿出老大的气魄，顶住了压力。鼠年正月初二，他和21名技术人员一起，进驻了车间会议室，开始对样品进行分解测绘。正月过去了，全套图纸也出来了。7个月后，电冰箱世界增添了一个今后将愈来愈响亮的名字——"风华"。

一年后，这家全国第114家冰箱厂首家通过国家定点鉴定，被列为42家全国定点厂之一。吴民展那曾备受怀疑和指责的"高起点、高速度、大批量、搞联合"的民品开发方针，终于使风华厂赶上了国家定点的"末班车"。

如今，"风华，风华，风行中华"之声随着电波传遍千家万户。风华冰箱走进了全国27个省市区的30多万个家庭。记者到厂采访，已找不到当年引得骂声四起的简陋的150冰箱生产线，代之而起的是现代化的180冰箱生产线。就在离这条生产线不远的地方，一片高大的厂房已经建成，这项被称作"填平补齐"的扩建工程完成后，风华冰箱产量将翻上一番。

11月27日，记者在冰箱车间的板报上，记下了年初至当日的冰箱生产累计数：199347。这意味着吴民展年初提出的年产22万台、产值3个亿的目标实现有望。

（四）

吴民展是个不容易满足的老大。

搞了电冰箱他不满足，于是又上了停回转平台印刷机、液氮生物容器、吸尘器、三大加速器，还要上汽车发动机、空调器……

冰箱搞了150立升他不满足，于是就有了180、210、250、270立升；搞了单门，搞双门、三门；还要搞什么电子温控、半导体制冷、冷饮水外取……

产品得了一个"明星杯"他不满足,于是又得了"景泰蓝杯""山城杯""优胜杯""黄果树杯"等等,还想得更多更多的杯……

老大还不满足。在他的眼里,今日风华正茂,发展未有穷期。

[原载1988年12月30日《经济日报》。收入《全国优秀企业家(1988)》,经济日报出版社1989年2月出版]

负重而行
——记武汉重型机床厂厂长张连祥

对于机械行业的一些厂长经理来说,马年是在并不轻松的气氛中到来的,他们或者为去年的欠账忧虑,或者为来年的订户奔走,还有资金、能源、原材料……诸多的难题锁紧了企业家们的眉头。

张连祥却怡然自得。他是武汉重型机床厂的厂长。刚刚摆上他案头的,有1989年全面完成经营承包合同的报表;有1990年用户订单总金额已达7640多万元的统计,意味着占该厂全年生产计划的80%的产品已经找到了"婆家";一纸写着他名字的大红证书,表明他已跻身"中国机械工业优秀企业家"的行列;一份刚收到的"红头文件",告诉他工厂申报国家"一级企业"已"预评合格"……

捷报频传,春风得意。此刻的张连祥,可谓是个成功者。然而,只有他自己清楚,成功之路多么曲折、多么艰辛。7年的殚精竭虑,7年的负重而行啊!

笔底风云四十年（上）

受命之际

1983年4月，刚从清华大学企业管理研究班学习归来的副总工程师张连祥被任命为厂长。

当时的情形，用"受命于危难之际"来形容，并不夸张。人称"亚洲明珠"的武汉重型机床厂，此时正处于"无米下锅"的窘境。由于国民经济处于调整时期，基建规模大幅度压缩，制约了工作母机的需求，机床行业陷入"低谷"，而以重型、超重型机床为主业的武重厂更是迅速滑入"谷底"。1982年，在减提折旧257万元的情况下，武重厂的账面上才留下了4万元的利润。这对于一个万人大厂来说，实在是一个少得可怜的数字：人均年利润4元。

从1964年大学毕业，张连祥就来到了武重厂。20年来，武重厂锤炼了他，培养了他。他的事业已经和这颗"亚洲明珠"的兴衰荣辱紧紧凝结在一起。如今，"明珠"暗淡，前程莫测，走上厂长岗位的张连祥没有丝毫的欣喜，他掂得出肩头这副担子的分量：让老厂青春常驻，让"明珠"重放异彩！

带着一腔热血雄心，张连祥走马上任了。面前的工作却是剪不断、理还乱。"大跃进"中建成的简易宿舍楼，现在成了随时可能倒塌的危房。他上下游说，要来了专项改造资金。职工子女大批待业，成为后顾之忧。他左右奔走，妥善进行安置。铸造一线工人劳保待遇长期不落实，他几番督促、一抓到底……

"旧账"需要清偿，杂务必须应付，像许多大型企业的厂长一样，张连祥兼任着从"居委会主任"到"市长"多种角色的职能。然而，张连祥并不想就此成为一个碌碌于日常事务的厂长。长期的科研、管理实践使他迅速号准了企业命运的脉搏。产品是企业的龙头，武重的困境，实质上是武重的产品走入了绝境。他深信，振兴武重，关键在于抓住产品这个龙头，根据市场需求的巨大变化，迅速调整产品结构，打出新的拳头，夺回失去的市场。

张连祥和他的助手们迈开了双腿，跑部委，跑用户，跑兄弟厂家，越跑心里越踏实。机床工业是国民经济的装备部，调整的制约只能是暂时的。机床行业的潜在市场十分广阔，问题在于用户的需求上了一个层次，过去那种傻、笨、黑、粗的产品全然失去了竞争力，机床产品面临一个新的台阶，这就是向具有国际水平的数控机床发展。

循着这个思路，张连祥提出了"实现两个转变"的治厂方略：一是经营思想从产品经济的模式转变到有计划的商品经济上来；二是产品由普通型转变到精密、数控型上来。并由此制定了"以市场需求为导向，大中小产品一起上，高中档产品一起开发"的产品结构调整方针，要在高起点上以新取胜、以优取胜、以快取胜。

张连祥的大胆决策，使武重人振奋，也让一些人忧心。人们最大的忧虑是：从普通机床到数控机床的转变，不啻于一次机床制造技术的革命和飞跃。50年代装备起来的武重厂，能拿得下80年代的数控机床吗？

借力之道

张连祥理解人们的忧虑。他长期在工厂的技术岗位上工作，一直关注着国际机床工业的最新发展，对中国机床工业与世界水平的差距有深切的了解。他深知，要缩短这种差距，仅靠自我开发是远远不够的。"好风凭借力"，武重厂要腾飞，就要借改革开放之风，走出国门大胆引进国外先进技术。于是，他响亮地提出了一句口号——"借洋拐杖攀高峰"。

为了寻求引进技术和合作生产的国外伙伴，把80年代世界先进水平作为武重厂产品开发的起点，张连祥和厂科技人员一起，广泛收集国外重型机床发展信息，以技术跟踪档案的形式对重型机床的一些主要生产国和著名厂家的制造水平进行分析研究。经过一番比较分析之后，选中了产品结构近

笔底风云四十年（上）

似，在国际机床行业享有盛誉的西德席士公司。

1984年4月，正好是他就任厂长一年的时候，张连祥飞到了位于鲁尔工业区的杜塞尔多夫。他无暇游览莱茵河畔的春景，一头扎在谈判桌上。经过数周艰苦的谈判，终于与席士公司签署了为期10年的重型机床合作生产与技术协作总协议书，使武重厂成为这家世界著名公司的全面合作伙伴。

1987年4月24日，在耀眼的镁光灯下，在数百名国内外来宾面前，张连祥将武重与席士公司技术合作的第一个成果——我国第一台FB260数控落地铣镗床的开启钥匙，郑重地交到了用户代表的手中。

"借洋拐仗本身并不是目的，最终目的是甩掉拐杖，自己站立起来。"为了促进引进技术的消化吸收，培养自己开发新产品的技术力量，张连祥在全厂技术战线推行了新产品开发技术承包责任制，为此每年都拨出10多万元的专款。同时，对有突出贡献的工程技术人员实行晋级、重奖……在他的推动下，工厂的科研队伍先后攻克一个个关键技术，独立完成了一系列数控新产品的研制开发任务。

"洋拐杖"与"土专家"相得益彰，两条腿走路的方针保证了武重厂在高起点上进行产品开发。如今，武重产品品种已由原《产品设计大纲》中的5大类17个品种发展到10大类130多个品种，其中数控产品占80%以上。在已经收到的1990年的订货中，数控产品产值已达到70%。武重厂在同行业中率先进入了"数控时代"。

"重型"之争

作为亚洲规模最大的机床厂，武重一直被人们誉为机床行业的"国家队""排头兵"。武重的重型、超重型机床，填补了中国机床工业的一项项空白，留下了许多全国甚至亚洲第一的纪录。

"重型"，曾是武重的产品优势和特色。然而，当张连祥为武重的腾飞进行深谋远虑的筹划之时，要不要继续以"重型"为主业，成为他面临的最困难的抉择之一。

单件、小批、多品种、长周期，是重型机床的生产特点，这一方面意味着生产技术和管理的复杂程度高；另一方面对企业迅速提高经济效益有着极大的制约作用。特别是近几年来，原材料价格大幅度上涨，而重型机床的价格由于种种政策的原因受到抑制，生产重型机床只能微利保本，甚至亏损。这也正是武重厂在20世纪80年代初走入困境的主要原因之一。"重型"二字，在不少人眼里，早已成为武重厂腾飞的"包袱"，必欲"去之后快"。

张连祥当然希望企业经济效益迅速增长，在他与主管部门签订的承包合同中，实现利润是最主要的承包指标之一。但他想，作为社会主义企业的厂长，仅仅看到企业经济效益是远远不够的。他为人们反复算了一笔账：武重近年来生产的11台顶替进口的重型产品，售价仅3300多万元，如果用户进口同样设备的话，所需外汇折合人民币达1亿多元，这个巨大差额尽管不能作为武重厂的利润反映在账本上，但它反映出重型产品的社会效益，是武重人的奉献。面对"甩包袱"的呼声，张连祥回答说："重型机床是国家的急需，能源、交通、原材料重点产业、重点项目的建设，大批企业面临的技术改造任务，都需要精密重型关键设备，武重是'国家队''排头兵'，我们不干谁干？"

"要干，就要干出个'国家队''排头兵'的样子来"。根据高技术重型产品的生产特点，张连祥将系统工程的理论运用于管理实践中，倡导组建了"大（型）、关（键）、新（产品）指挥部"，以重点产品为龙头，实行目标导向、网络管理，全面协调、组织重点产品从科研设计到试制生产的全过程。为了简化决策程序，及时解决重型产品研制中的各种问题，他还倡导建立了领导班子的"站会"制度，每天上班的第一件事，就是会同工厂方方面面的干部，站上十几、二十分钟，听情况、下任务、拟措施、解难题，三言两语，即刻拍板。

张连祥的厂长日志，是由一个接一个的大、关、新产品攻关会战的日程

笔底风云四十年（上）

串联起来的。几年来，一台台凝集着现代科技、代表着中国机床工业最新发展的机电一体化重型、超重型机床在武重厂相继诞生：XK2150数控龙门镗铣床、TK6916数控落地铣镗床、W031数控深孔钻、W029强力旋压机……它们带着武重人的豪情，走进天南海北的高大厂房，走进航天、核电等国家重点工程的建设工地……

1989年10月，又一座"钢铁楼台"在武重厂矗立起来。这个高17米、自重620吨的庞然大物，是为建设国家重点工程广西红水河岩滩水电站提供的关键设备。这种特大超重型精密数控机床，当今世界上仅有两三个国家能够制造。在机床工业专家云集的预验收会上，这台16米数控单柱立车被誉为"共和国的当家设备"。

"金牌"之战

武重人有着值得骄傲的历史，也不乏令人难堪的记忆。在"超英赶美"的盲目"跃进"中，在"文革"时期出"政治产品"的风潮中，武重生产了一些有严重缺陷或隐患的重型机床。由于重型机床使用周期长，有的"问题机床"到现在仍在使用，给用户留下了"武重产品质量不好"的长期印象，使企业形象蒙上暗影。

张连祥也经历了一次难以忘记的难堪场面。那还是他刚当厂长不久，他和武汉地区的同行们在电讯大楼参加全国质量月电话会议。机械部一位副部长在会上拿武重作"典型"，严厉地批评武重的产品质量问题，责令限期改正，张连祥如坐针毡。

回到厂里，张连祥立即把全厂中层干部召集到生产指挥部门前草坪上，拉起电灯，开起了露天紧急会议。他宣布："产品是企业的形象，质量是产品的生命。武重'产品质量不好'的帽子，一定要在我这个厂长任期里摘掉。"作为质量整改的第一步措施，他果断决定对批量产品C5235立车进行全面解剖、诊断，由有关车间科室对发现的质量问题开展"认账、领账、还账"活动，保证不让一台不合格产品出厂。

紧接着，以张连祥为主任的厂全面质量管理委员会成立了，自上而下的质量管理网络形成了，一整套等于或高于国际标准的产品检验标准编制出来了，以提高产品一等品率为目标的"主要件一等品考核办法"开始实施了，全员质量意识和质量管理教育开展起来了，"以质量求生存、求发展、求信誉、求效益"的口号在武重叫响了……

随着强化全面质量管理的一系列措施的出台，武重产品质量上了一个台阶。但张连祥并不想就此停步，他瞄准了更高的目标。1987年初，武重自行研制的CK5240A 4米数控双柱立车投入批量生产，有关部门提出拿这个产品"创部优"的设想。张连祥大胆提出"要创就创国优，要夺就夺金牌"，果断作出"部优国优一起创，两步并作一步走"的决策。

重型机床创"国优"，这在机床行业还是没人敢想的事。有人提出，4米数控立车是自行开发的新产品，创优难度大，是不是换上与国外公司的合作产品。张连祥却说："拿难度大的产品创优，正是为了全面促进产品质量的提高。这场硬仗拿下来，不正体现了我们作为国家大型骨干企业应有的胆略和气魄，更可以显示我们开发具有国际水平产品的实力吗？"为了打好这场"金牌之战"，在他的筹划下，工厂成立了以党委书记柯云林为组长的创国优领导小组，组成了工人、科研人员、干部"三结合"的专门队伍，奋战130多天，攻下了精度储备量、电气贯标、噪声、整体外观、数控性能等道道难关，使产品顺利通过了中国机床产品监督检验中心的严格检测。

1988年12月，张连祥从北京捧回了4米数控双柱立车的国优金牌。这是武汉机械产品夺回的第一枚国优金牌，也是重型机床创国家优质产品的"零"的突破。

为了重新树立武重良好的企业形象，张连祥不放过一切有利的契机。1988年初，当他获悉首届中国机床工具博览会将在北京举行的信息，立即作出一个令人瞠目结舌的决定：改变以模型送展的习惯做法，将新开发的

笔底风云四十年（上）

"三小"系列产品中的两台新产品——XK2116数控龙门镗铣床和CH5116数控立式车削加工中心直接送展。对于常规展馆来说，这两台"小产品"也是难以容纳的庞然大物。没有展览场地，他们自己投资修建临时展厅。博览会开幕之日，武重厂两台产品备受青睐，尤其是那台数控龙门铣镗床，以其75吨重的身块雄居300多台参展产品之首，颇有鹤立鸡群之势。当用这台机床现场一次加工成型的博览会会徽图案展现在中外宾客眼前时，会场上响起一片掌声。博览会结束，武重厂的两台产品一举夺得"春燕"奖金、银牌。

远虑之计

斗换星移。如今，张连祥提出的"在全国东西南北中的广大用户中建立武重产品'永不闭幕的展览厅'"的宏大设想实现有望，"武重造"的名头愈来愈响亮。西德的合作伙伴通过对武重产品的"残酷的检测"，放心地将"武重造"列为免检产品，直接返销国际市场。在中法合作的一项工程中，法方主动提出要用"武重造"作为合作产品生产中的把关设备。"武重造"还频繁地出现在电视广告上，成为一些使用厂家显示自己实力的"明星"设备。进口设备众多的上海重型机器厂甚至例外地为一台"武重造"架起护栏，以此来展现该厂的装备实力……

张连祥的承包合同今年就要到期。但他并没有停止为武重厂的未来筹划。

他对机床工业的发展有一套独特的见解。他认为："国民经济生产的水平取决于各个基础工业机械设备的先进程度，而它又受控于工作母机制造业的装备水平，因此，机床制造业理应超前其他机械行业两个超前期的发展和改造。"从他这套颇受一些专家学者首肯的理论出发，他感到还有很多很多的工作要做。比如：

——武重厂拥有固定资产原值1.8亿元，如今净值不到30%，大规模的技术改造迫在眉睫；

——产品进入"数控时代"还不能止步,下一步目标已经明确——产品柔性化;

——引进"计算机机械制造系统"的谈判正在进行中,试验机即将到货,由此而产生的将是产品开发和经营管理上的根本性变革;

——申报国家"一级企业"虽然通过了预评,但"行百里者半九十"。迈进"一级企业"的行列还有待于管理水平的进一步提高,有待于最后的拼搏;

——寻求新的国外合作伙伴,探索新的国际合作领域,让"武重造"更多地走向世界……

在张连祥和他的同事们的议事日程上,还有许多许多的宏图大略。武重厂面临新的飞跃。

"明珠之光"将更加璀璨夺目。

(原载1990年3月3日《经济日报》,与林永辉合作)

嘉丰风格
——记国家一级企业、上海嘉丰棉纺织厂

什么叫"嘉丰风格"?简简单单的三句话加16个字。这三句话是:"办事情先学学党的政策;做工作先查查实际情况;作决定先听听群众意见。"16个字是:"虚心好学、严细成风、一丝不苟、精益求精。"

对于企业界人士来说,上海嘉丰棉纺织厂不是一个陌生的名字。早在20世纪60年代初,嘉丰厂就以全国第一家赢得出口产品免检证书而闻名全

笔底风云四十年（上）

国。嘉丰人创造的业绩受到了当年周恩来总理的关注和肯定，嘉丰厂成为周总理亲自表扬过的全国勤俭办企业的五面红旗之一，周总理一再赞扬："嘉丰风格应当提倡。"

20多年过去了，如今的嘉丰厂更是名闻遐迩，在纺织部双文明优秀企业的光荣榜上，在全国45家"国家一级企业"的名单中，在表彰全国"五一劳动奖状"获奖先进集体的《决定》里，我们都能找到上海嘉丰棉纺织厂的名字。

20多年过去了，嘉丰厂领导换了好几茬，职工换了一批批，然而，周总理亲自培育的"嘉丰风格"之花就像他老人家所祝愿的那样，开得更加鲜艳了。

用简单的3句话16个字概括起来的"嘉丰风格"，究竟有多大的内蕴？60年代的老传统在改革开放的今天是如何发扬光大的呢？正是带着这样的问题，记者来到上海西郊的江南小城——嘉定，开始了我们的采访。

"小事"是怎样闹大的

我们的采访是从嘉丰厂的会议室兼荣誉室开始的。那四周的金牌、金马、金杯令人眼花缭乱，而其中一块色泽略显黯淡的金牌特别引人注目。那上面除了用汉字书写的"优"和嘉丰厂名之外，全是密密麻麻的洋字码。

厂办主任黄肇昌介绍说，这是一块来自异国的金奖。今年2月8日，中国纺织品进出口总公司在嘉丰召开全国出口棉纱质量会议，呼吁解决棉纺行业产品质量下降问题的同时，美国最大的印染集团之一的克雷斯顿和F.N.T公司派专人来到上海，向嘉丰厂颁赠这块产品优质金奖奖牌。在授奖仪式上，克雷斯顿公司总裁桑尼·拉夫尔拉着厂长程介禄的手说："嘉丰厂的产品品质，是中国最好的，也是美国最好的。"

在"用户即上帝"的今天，美国老板对嘉丰产品的青睐无疑是嘉丰产品品质的最好说明。那以口含丰字图案的漂亮仙鹤为标识的"丰鹤"牌嘉丰布，在国际国内市场上一直享有良好的声誉。有人称它为"免检布"，因为它从1961年以来一直享受着出口免检的信任和荣誉；有人称它为"万能布"，因为它质地优良、稳定，漂白、印染，染浅色、染深色，无所不宜；有人称它为"0分布"，因为在按国家质量标准进行的疵点扣分等级检验中，它常常扣分为零。

嘉丰人是靠质量起家的。在产品质量上的高标准、严要求，一直是"嘉丰风格"的核心和精髓。"虚心好学"的宽广胸怀，"严细成风"的工作作风，"一丝不苟"的劳动态度，"精益求精"的进取精神，是嘉丰人永据质量之峰巅的保证。

在采访中，从工人到厂长，很少给我们提起嘉丰人创造的多少万米无疵布的辉煌纪录，却常常提起数十年中他们在质量问题上"走麦城"的少有的几次经历。无论是60年代的"9·13"事件，还是70年代外商错认嘉丰布的索赔虚惊，人们都记忆犹新。人们更多地提到的是五年前一起轰动一时的质量事故。

那是1985年6月的一天，在商检部门进行的例行抽查中，嘉丰厂的拳头产品47—4040府绸在抽查的40匹中有4匹降等，漏检率为10%，大大高于国家规定的3%的标准。消息传开，全厂震动。

第二天，全厂的头头脑脑都赶到了整理车间，对这批府绸坯布逐包开拆，进行全量复查。复查结果，实际漏检率只有千分之三，并且降等原因是一些段续性油径和包记，不影响用户的需要。事实足以推翻商检抽查结论，大事可以化小了。

然而，在质量问题上把大事化小，小事化了，不是嘉丰人的风格。老书记陈志云和新厂长程介禄一致认为，四匹疵布漏检表面上是一个新工人的操作水平问题，实质反映了领导的质量意识松懈的问题。"小事"应该"闹大"，要抓住这个强化质量意识，进行嘉丰风格再教育的极好契机。在全厂职工大会上，陈志云书记郑重宣布，从厂长、书记、总工到车间主任、值班

笔底风云四十年（上）

长，全部扣发一个季度的奖金。

嘉丰厂党政领导抓住这件"小事"不放，大做文章。全厂召开了各级干部参加的现场质量分析会，又在职工中举办"发扬嘉丰风格，高度重视质量"的实物展览会。厂长和中层干部逐级讲质量课，讲嘉丰一丝不苟、精益求精的优良传统。全厂上下层层发动，举一反三，仅在检验工序上就采取了23条整改措施。整理车间在技术部门的帮助下，改一次灯光验布为上下灯光两次验布的新方法，对所有出口棉布实行百分之百的检验，百分之百的复验，保证出厂产品百分之百的符合标准。在当年下半年行业连续6次质量抽查中，嘉丰产品漏验率次次放零。

随着嘉丰的产品更多地走向世界，嘉丰人的质量意识不仅在强化，而且在升华。用厂长程介禄的话说，嘉丰的质量意识经历了三个台阶，一是符合国家规定的符合性质量；二是满足用户需要的用户质量；第三个台阶，也是嘉丰正在努力登攀的台阶，是适应国际市场激烈竞争的竞争质量。符合标准不一定满足用户需要，满足用户需要也不意味着赢得了竞争。嘉丰的产品走向世界，决不是提供给外商摆地摊用的。

正是从竞争质量的高标准出发，嘉丰厂制订了一套远远高于国家标准的企业内控标准，形成全员全过程的质量整体优化管理体系。在生产的全过程中实行严格的工序质量控制，建立40多个半制品控制点，对其中关键的10个质量特性值定期测试，把事故隐患消灭在半制品中；为了攻克降低纱织疵不良品率的难点，他们还建立了每天的纱织疵现场分析制度，每个车间都设有专职的"质量大使"，每天到整理车间现场记录、分析坏布、追根溯源，及时堵住质量漏洞。

"千里巡回不松一步，万丈布面不漏一疵"，在今日的嘉丰厂，这口号已变成了4700名嘉丰人的自觉行动。嘉丰布的盛名历久不衰，在嘉丰出口产品的包装上，除了通常的"Made in China"，还必须例外地加上"上海·嘉丰"的字样。在广交会棉纺出口产品的统一挂牌价格旁边，通常还要例外地标明比统一价格高出一个档次的"嘉丰价",尽管如此,嘉丰产品仍是供不应求,十分抢手。

金牌与效益

过硬的质量给嘉丰人带来太多的荣誉,然而,在旧体制下相当长的一个时期里,却无法使嘉丰人走出经济效益的困境。纺织行业长期存在着纯棉效益与化纤效益、企业效益与社会效益、内销效益与外贸效益的三大矛盾,嘉丰作为纯棉产品出口企业,更是处于三大矛盾的重围之中。优质不优价,增产不增收,生产的产品难度越高,出口越多,企业就越穷。

程介禄忘不了那令人尴尬的1984年,嘉丰荣获全行业和全市第一个"国家质量管理奖",他从北京人民大会堂兴冲冲地捧回了十几斤重的大金牌,却没有给工厂增添几丝欣喜的气氛。当时,全厂职工年平均奖金只有188元,最后靠主管部门补助才发到220元,成了全行业倒数第二的特困户。金牌与效益形成了巨大的反差。

1985年初,在党委书记韩再良力荐之下,嘉丰厂加入了厂长负责制的试点行列。程介禄走到了企业管理的前台,在党政一班人的支持下,担起了带领嘉丰人走出"怪圈"的重任。

穷则思变。几乎是和20世纪50年代初的公私合营运动一起走进嘉丰厂的程介禄深知,嘉丰"金牌重、荣誉高、效益低"的困境是体制造成的,体制的问题需要从体制上动手术。嘉丰的出路在于改革。

程介禄在寻找机遇。而在改革之风劲吹的时代,对于所有有准备的人来说,机遇无所不在。从一位外贸驻厂员那里得到的一条信息,使程介禄为之一振:有关部门准备在上海搞出口代理制试点。

传统的纺织品出口采用的是收购制,企业管产不管销,风险不大,利益也不大。而出口代理制则把企业推到了国际竞争的第一线,直接和外商做生意,盈亏自负,外贸只收少量代理费。实行代理制,给企业带来了希望,也

笔底风云四十年（上）

带来更大的风险。正因为如此，上海市棉纺行业最初选定的三家代理制试点企业，都在一番精细的测算之后打了"退堂鼓"。

嘉丰厂要求进行代理制试点的报告，就是在这种情况下递交上去的。程介禄不是一个铤而走险的人，在他看来，嘉丰风格的"三句话"，更多的是对企业领导者的要求，从他走上领导岗位的那天起，他就决心把"三句话"作为自己决策的准则。他的实行代理制改革方案，正是在掌握了有关政策，摸准了嘉丰的实力，又经过了企业内部不同层次的测算、讨论之后提出来的。但是，尽管程介禄胸有成竹，主管公司却举棋不定。毕竟这是一件冒风险的事，他们不想拿嘉丰这样的老典型去"冒险"。

于是，程介禄开动了双腿，跑外贸、跑公司、跑纺织局，开始了坚韧不拔的"游说"工作。经过7个月的努力，他陈说过上百遍的理由终于赢得了人们的认同。1985年8月1日，嘉丰厂开始试行出口代理制。

程介禄该松口气了。但很快他又颦紧了双眉。由于代理制规定，当月销货，3个月后才付款，企业资金周转明显减慢。在实行代理制的最初4个月，只见产品去，不见货款回，4个月亏了60万元。一些对这场改革本来就有怀疑的人疑虑更深，怀疑加上误会，或许还有别的什么因素，一场意想不到的风风雨雨向程介禄袭来。有关主管部门甚至拟好了让程介禄停职的报告，只是在一位对程介禄有所了解的老上级"观察半年"的劝阻下，"缓期执行"。

其实，用不了半年，源源返回的货款就在嘉丰的效益报表上形成了一道直线上升的红线。1986年，嘉丰的效益之舟跃出低谷，利润一增再增，全年创利1409万元，比1985年增长了177%。实行代理制的改革在嘉丰站稳了脚跟。关于程介禄的风风雨雨也随之风消云散。

出口代理制为企业提供了千方百计多出口多创汇的原动力，嘉丰由此走上了一条质量效益型的外向型道路。为了在国际市场上以等量的配额为国家创造更多的外汇，程介禄把经营目标从追求最大的数量产出转移到追求最大的效益产出上来，不断调整产品结构，提高产品档次。他发起了一场被称为"天翻地覆"的大规模改造，以国际市场为导向，粗支改细支，普梳改精梳、狭幅改宽幅，6个月里拆除432台窄幅织机，改装312台宽幅织机，并且改造织机当月投产当月进行产质量考核，全部新织机一投产都实现了优质稳产，被誉为中国纺织史上的奇迹。产品结构的迅速调整，确保了嘉丰品种的优势，现在，嘉丰的平均支数由代理制前的28支上升到38支；国优部优产品产值率由22.81%提高到65%以上，单台布机的年创汇额由1万美元提高到2.4万美元，是上海纺织系统布机平均创汇水平的3倍。

嘉丰走出了"怪圈"。嘉丰的效益报表年复一年地让人们大吃一惊。1989年嘉丰创利2838万元，是1985年的5.5倍。创汇额也由当年的400万美元增长到2004万美元。只有6万纱锭的嘉丰，以中型厂的规模创造了大型厂的效益。

"皆乐点"

一位对嘉丰情况颇为了解的作家，曾将近年来嘉丰在重大问题决策上的特点归纳为：寻找皆乐点。"皆乐"，各方都乐于接受之意，正好是程厂长名字的谐音。

程介禄认为，理想的方案不一定是现实的方案。在当前的国情下，企业的决策只有在各方都能满意的情况下才能顺利实施。因此，无论是国家、集体、个人三者利益关系的处理，还是企业内部分配等敏感问题的决策，程介禄都致力于寻找"皆乐点"。

嘉丰这几年出口代理制进展顺利，一个重要原因就是理顺了三者利益关系，企业实力增长的同时，嘉丰给国家的贡献更大了。1988年，嘉丰在提高财政承包基数90万元的同时，出口产品结汇率从1美元兑现3.71元人民币调整到1美元兑现2.75元人民币，仅此一项，全年给国家分利1000万元。1989年，为响应上海市政府制止经济滑坡的号召，嘉丰又先后四次主动对

笔底风云四十年（上）

承包任务加码，使全年创汇目标从最初的1183万元，调整到最后的1800万元，并且超额完成目标，达到创纪录的2004万美元。进入1990年，由于全市同行业进口棉花用汇增加，嘉丰又主动提出，承担全市棉纺行业外汇上交任务的一半以上。

在处理好三者利益关系的同时，还有一个眼前利益与长远利益的关系问题。随着嘉丰效益的直线上升，企业的留利多了。面对不断膨胀的分配欲望的压力，程介禄反复宣传："嘉丰已经走到了国际竞争的第一线，有竞争就有风险，不能分光吃光，而要以丰补歉。"他的观点终于为大多数职工所接受，工厂从工资总额结余中留下了一笔数目可观的风险基金，并且逐年有所增加。当时还在上海工作的江泽民总书记听到嘉丰这种有远见的做法，大加赞赏。

"作决定，先听听群众的意见"，这是嘉丰的传统，是"嘉丰风格"的重要内容。程介禄认为，寻找"皆乐点"的过程，也是充分依靠群众，发扬民主，集思广益的过程。没有群众基础的决策，就不可能得到群众的欢迎和支持。因此，在嘉丰厂，无论是工厂方针目标、利润指标等重大问题，还是工资调整、奖金分配、住房分配等职工切身利益相关的问题，都要经过不同层次的反复协商讨论，让群众知道，充分听取群众意见。

住房问题是一根最敏感的神经。1987年初，嘉丰厂买了100多套住房，一下子递上了800多份住房申请。人们担心分房政策一年一个样，"过了这个村，没有那个店。"

程介禄和生活副厂长徐根明深入职工家庭走访，了解了群众的忧虑，在反复征求意见的基础上，提出了一个五年内全部解决住房问题的"一揽子计划"。这个方案经过职代会几上几下的讨论，终于通过了。经过重新全面登记调查，1900多名要房职工按照分房条件排好了名次。全部房源公开，设计、结构、地段公开，每个职工都有挑房的权利。

应该说，这是一个"皆大欢喜"的分房方案。但尽管如此，不少职工仍然担心，等到厂领导拿到房，这个方案还算数吗？于是，在厂第十五届职代会上，程厂长和徐副厂长郑重地和职代会签订了一份《约法三章》：

"一、1988年至1992年间，程介禄负责每年提取不少于300万元职工福利基金用于组织房源。

二、合理使用1500万元的房源基金，其标准是使1908户申请对象按照职代会通过的五年分房条例规划落实好合适的住房。

三、程介禄厂长、徐根明副厂长在五年分房总方案全部实施之前，自己决不搬房……如全部实现或提前实现，则在我厂房源中由程、徐厂长各任选一套搬入。"

于是，在嘉丰厂的分房排名表上，程介禄名列1907名，徐根明名列1908名。厂长垫了底，职工心中有了底。分房引起的颇为激烈的情绪波动平息了。

如今，程介禄、徐根明两家仍挤在各自的两间狭窄的房子里，等待着嘉丰厂最后的那两把新房钥匙。

嘉丰的过去令人骄傲；

嘉丰的今天让人振奋；

在改革开放的新时代，嘉丰人发扬了"嘉丰风格"的传统，丰富了"嘉丰风格"的内蕴，培养了一代"嘉丰风格"的传人，老树新花，日益风发。

嘉丰，拥有一个充满希望的明天！

（原载1990年7月12日《经济日报》，与陈水璘、陆继农合作）

笔底风云四十年（上）

"国字号"：何以再辉煌？
——国有企业老总心态录

不论人们对当前企业改革的现状是否满意，不论对今后企业改革的前景是否乐观，至少在舆论上，把1995年称为"企业改革年"是有道理的。春天的时候，八届全国人大代表和政协委员第三次在北京聚首，企业改革自然成为两会最热门的话题。

全国政协八届三次会议期间，记者走访了几位来自国有大中型企业的政协委员。不同的经历形成不同的心态，不同的处境生发出不同的感慨，不同的声音诉说着一个共同的期待：

还"国字号"一个辉煌。

张文达出语惊人：市场经济啥滋味

一向只知道"人求我"而不知道"我求人"是什么滋味的"钢老大"们，在过去一年市场风云变幻中经历了巨大的心理落差。两位来自钢铁企业的政协委员小组讨论发言时可谓异口同声："我们尝到了市场经济的滋味"。

市场经济啥滋味？本溪钢铁公司总经理张文达委员对记者讲起这么一件事：在资金最紧张的去年12月，本钢的存煤只够用三天了。煤炭企业见钱发货，1亿元的买煤钱就是没有着落。有人拿着8000万元的现金放在他的办公桌上，对他说：想要这钱吗？每吨钢材再降200元吧。

尽管"谈判"颇为艰苦，且有些屈辱，那8000万元的现金张文达还是要了。不说公司生产等米下锅，还有80万市民等着公司的余热取暖、等着公司的煤气做饭哩。张文达不仅收了这个8000万，还收了第二个、第三个8000万，通过降价促销筹集到4.5亿元资金，买了煤、交了税、发了工资，度过了最困难的时期。

听张文达讲这段经历，颇有点唱《国际歌》般的悲壮。张文达说：国有企业的出路"全靠我们自己"。"这一年受教育的结果，明白这样一个理儿：等、靠、要不行了。过去遇到这种情况，找银行，找省长，找部长，实在不行，还可以找总理。现在不同了，哪个银行能贷给你四亿五，哪个总理能批给你四亿五呢。这在计划经济的时候好使，打个报告就调煤，你说停产他害怕。搞市场经济，靠政府这个老板也没办法。"

去年，全国的钢铁企业日子都不好过。表面上看，进口钢材太多，基建规模受到控制，导致市场发生变化，是钢铁企业陷入困境的直接原因。但从根本上说，原因还在于企业应变能力不强。好日子过惯了，省心饭吃顺了，没想到"钢老大"还有犯难的时候。终于，"钢老大"也尝到了市场经济的滋味。

对于国有企业来说，迟早要尝到市场经济的滋味，迟早要走上"脱胎换骨"的改制之路。本钢已被列入建立现代企业制度的百家试点之一，试点方案正在制订之中。尽管企业转制不是一朝一夕就能完成的，但张文达对走出困境充满信心。

赵长白痛定思痛：首钢为什么"难受"

在人们的印象中，首钢的日子一直过得比较滋润。首钢总公司工厂管理委员会副主任赵长白谈起首钢的现状，却一口一个"难受"："这一年我们的日子真不好过，内外通紧。税要交、工资要发，不给钱就买不了煤，来不了电。一到开工资的日子就愁得不得了，难受。"

对业内人士来说，首钢陷入困境可能算不上什么新闻。据说，首钢去年几个亿的欠税今年初才补齐。然而，作为十几年来企业改革的典型，作为全国工业战线的一面旗帜，记者们为首钢写下了太多的颂歌，却对首钢过去的隐忧和今天的困窘视若无睹。正因为如此，人们难以理解首钢人为什么会

笔底风云四十年（上）

"难受"。

赵长白是这样看首钢问题的：一是对市场变化的思想准备不够，观念不适应。有依靠思想，没有死下一条心，眼睛向内，靠自己；第二条，战线过长。好事很多，都想一天办成、一年办成，这是不切合实际的。都想搞得好一点，上得快一点，项目多一点，有后劲，这个想法没错。但摊子一铺大了，难受。简单再生产都维持不住，还想搞项目，只能不死不活地拖着。应该痛下决心，该砍的砍，该停的停，缩小战线，建一个成一个；第三个问题，人员过多、队伍过大。有点钱都花在工资上。首钢集团26万人，前方偏紧，后方庞大，要动员后方上前方。原来认为，不怕人多，有门路还能没饭吃？似乎人越多企业越强，现在这个认识转变了。国有企业要有一支精干的队伍。

痛定思痛。赵长白感叹：李鹏总理在政府工作报告中说，真正建立市场经济体制要20年。我们尝到了市场经济的滋味，但这只是刚开头，还要不断地学习，认识市场经济的规律，使我们的主观认识符合客观规律。否则，你就要难受啊！

张巨声近忧远虑：辉煌的美菱裹足不前了吗

与几位钢铁企业老总的困窘形成对照的是，张巨声委员的日子好过得多。他是合肥美菱集团公司的总经理。美菱的业绩可谓辉煌。到去年底，在竞争激烈的冰箱市场上，美菱冰箱已连续11年实现零库存。产值平均年递增87.4%，效益平均年递增91.6%。

听张巨声谈美菱的过去，令人振奋。听他介绍今年的计划，却让人有些迷惑。去年美菱集团的产值已达18个亿。今年的目标是20亿元，增长速度不过百分之十几。美菱裹足不前了吗？

原来，今年是美菱集团的"治理整顿"年。美菱长成了"大树"，张巨声却有一种危机感。他感到，一些职工有大树下面好乘凉的思想，骄傲自满情绪在滋长,管理松弛了,创新意识淡化了。社会上一些不良风气也对企业职工产生不小的影响。从去年底开始,张巨声在美菱发起一场"整治厂风、净化环境、练好内功、以励再战"的活动,在全体职工中进行危机意识的再教育,摆问题,找差距,完善各项管理制度,营造一个健康向上的企业内部环境。总之,就是把企业发展的根基打得更牢、更实。

谈起一些优势企业如今陷入困境的现象,张巨声说:关键在于企业领导者要有一个清醒的头脑。越是发展快的时候,越要经常"回头看"。不能头脑发热,东抓一把,西抓一把,今天买地产,明天炒股票。企业的发展需要动力,动力来源于一个好的机制,来源于不断寻找与先进水平的差距,来源于竞争中的危机意识;企业发展还需要有制动力,也就是防止企业在快速爬坡过程中滑坡和迷失方向的制动力。在日益激烈的市场竞争中,最大的威胁和危险来自企业内部,来自企业整体素质和管理水平的制约。"不错,这几年美菱赚了一点钱。可如果我们脑子不清醒,飘一家伙,一搞就玩完。这样的教训还不够多吗?"

树大在根深,根深才叶茂。美菱人放慢了发展的步伐,不是裹足不前,而是以励再战。这是一个快速发展起来的国有企业走向更加成熟的标志。张巨声说,今年的低速度为的是今后的大发展。在内部"治理整顿"的同时,美菱看准了几个新产品,投入5个多亿上新项目,调整产品结构,培育企业发展的后劲。到今年底,可望形成50亿产值的规模。人们有理由相信,成熟的美菱会走得更快更稳,拥有一个更加辉煌的明天。

刘树林左右逢源:还是要两个轮子一起转

吉林化学工业公司的总经理刘树林委员与本钢的张文达同在一个小组,他理解张文达们的处境,因为他有过与"钢老大"类似的经历。他是在吉化三年徘徊的困境中走马上任的。当时,每逢一个分厂发工资,就要全集团动员想办法。一个投资10亿元的基建项目,就因为最后的2000万资金筹不

笔底风云四十年（上）

到，收不了尾，投不了产。

今天的吉化令人刮目相看。刘树林认为，是改革和管理这两个轮子一起转，使吉化走上快速稳定发展的坦途。吉化曾是全国国有企业严格管理的典型，有一个好的基础。但由于改革的滞后造成了三年徘徊的局面。这几年，吉化一手抓管理，一手抓改革。通过企业改革的不断深化，调动了企业和职工的积极性，解放了束缚企业发展的因素。1992年以来，吉化公司的销售收入、利税和职工收入持续以10%以上的速度递增。去年，销售收入、利税和职工收入都增长了20%以上。

回顾吉化走出困境的经历，刘树林说，加快企业改革要有一个好的管理基础，而加强管理又需要通过改革调动人的积极性。强调改革，不是不要管理；强调管理，又不可能替代改革。深化改革与加强管理，恰恰不是两回事，而是一个事物的不同方面。企业要发展，离开管理水平的提高，离开一个好的机制，都不现实。加强管理主要是企业内部的问题，在外部条件相同的情况下，谁管得好，谁发展快。从这个意义上说，当前强调企业要向内使劲，是有必要的。刘树林强调：在处理企业内外关系的问题上，要讲两句话。企业不要把眼光盯在外部环境上，而政府也不能仅仅把眼光盯在企业内部的问题上。搞活企业，需要政府和企业双方的艰苦努力。

"国字号"要驶入发展的快车道，需要深化改革塑造一个好机制，需要加强管理打下一个好基础，还需要审慎决策选择一条好的发展道路。三位一体，不可偏废。这是刘树林的结论，也是几位国有企业老总从各自经历中得出的共识。

（原载《中国名牌》杂志1995年第2期）

第三辑 跟踪国企改革

葛化是怎样起死回生的

题记

  20世纪90年代初,武汉市国有企业普遍债台高筑,经营困难,改革发展任务很重。武汉市委、市政府从实际出发,提出了以"五个一批"重组、改造、搞活国有企业的思路,使国有企业的改革有了实质性的突破。经济日报武汉记者站站长王明健长期关注武汉国企改革的进展,根据他的推荐,1994年4月,我和同事黄传芳来到武汉进行专题调研,采写了一组"来自基层的评论"《武汉探访录》,介绍了武汉国有企业改革的思路和经验,产生了较大的社会影响。1995年,时任总书记江泽民在上海、长春召开企业座谈会,就积极推进国有企业改革发表了重要讲话。我们再度与王明健站长合作,赴武汉进行专题调研,以通讯加"编辑点评"的形式采写了《葛化是怎样起死回生的》《这家工厂为啥有八千万存款》《"荷花"重放更鲜艳》《"永光"沉浮记》等报道,记录了几家国企的改革脱困历程。这组报道以《积极推进国有企业改革》为栏题在《经济日报》一版连续刊出,其中三篇刊发在一版头条。

作为全国重中之重的建设项目,武汉地区先后有两个"1.7工程"。一个是后来名闻遐迩的武钢"一米七工程";另一个是武汉葛店化工厂的"一亿七工程"。

  形成鲜明对照的是,当武钢"一米七工程"如期建成,成为武钢生产顶梁柱的时候,葛化"一亿七工程"却一再追加投资,几番试车不着,几至成为一堆用巨额投资堆砌而成的破铜烂铁。

  守着这么个"烂摊子",葛化人尝够了被人们"另眼相看"的滋味。承

笔底风云四十年（上）

担"一亿七工程"投资任务的某银行公开宣布断绝与葛化的业务联系；武汉市头头脑脑提起葛化，只有摇头的份；新上任的化工部长到武汉视察，临时改变日程，绕开了这家武汉最大的化工企业。

记者日前来到葛化采访，听到的、看到的却有些出人意料。曾经背负着沉重债务、徘徊于破产边缘的葛化重现生机，充满希望。

葛化是怎样起死回生的呢？

"烂摊子"变成了"摇钱树"

所谓"一亿七工程"，包括扩建4万吨烧碱生产能力、新建一条5万吨聚氯乙烯生产线及配套公用工程。预算总投资1.7亿元。1990年底工程完工，先后21次投料试车，没有一批产品合格，白白浪费了800多万元的燃料。

只有3000万元固定资产的葛化背上了2.4亿元的债务。不盘活聚氯乙烯项目这个"烂摊子"，葛化就没有出路。在设计、施工单位束手无策、被迫撤出的情况下，葛化自己挑起了整改的重担。1000多名精兵强将进入现场，查出700余项待整改项目，一个一个地攻关。一大批"问题设备"被更换，合成系统、软水系统更新改造……到1993年底，工艺流程初步打通，生产能力达到3万吨。

"烂摊子"拾掇得差不多了，市场又发生了变化。悬浮法聚氯乙烯（悬浮树脂）产品由畅转滞。葛化不得不再次向"一亿七工程"开刀。他们变引进设备为引进智力，在国外专家指导下，大胆对聚合釜等关键设备实行"掏心挖肝"的改造，同时引进了先进的聚散控制系统，成功实现从悬浮法聚氯乙烯向乳液法聚氯乙烯工艺的转换。1994年初，第一批高品质聚氯乙烯糊树脂走下生产线。如今，葛化已成为国内品种最齐全的聚氯乙烯生产基地。

打它几个"短、平、快"

葛化是用电大户，电价每涨一分，企业年增支三四百万元。葛化不能不做电的文章。但"祸不单行",与"一亿七工程"同时动工的连片供热发电工程也走了弯路。工程竣工后,连续试车68次失败,不得不花了一年半的时间整改。

热电工程终于投产。然而,建成两炉两机,却只能开动一炉一机,另外的一炉一机设计为备用。这不是白白闲置3000万元固定资产吗?为此,葛化人成功实现了两炉两机开车并网。开动两炉两机有大量的蒸气浪费。要把多余的蒸气利用起来,还必须再上一台发电机组,概算投资为2000多万元。

没有银行愿意给一家负债累累的企业贷款。葛化人只能走自己的路:向机制要资金。1993年7月,以热电厂为主体的祥龙电业股份有限公司成立,筹资2000多万元。今年5月热电二期工程并网发电。不仅保证了工期,投资比概算省下了近500万元。二炉三机全部开动后,葛化今年自发电量将比去年翻一番。

热电工程的改造使葛化人懂得:企业要发展不能没有投入,不能不搞技改。关键是要变"外延扩大再生产"为"内涵扩大再生产",快投入、早见效。去年葛化在技改上又打了"扩大卤水精制代盐"等三个"短、平、快"的歼灭战,当年即带来直接经济效益600万元。

裂变、聚变与衰变

在对技改项目整改挖潜的同时,按照"裂变、聚变、衰变"的模式,葛化开展了更为宏大的企业资产重组的"再造工程"。

裂变。就是将公司本部原来统收统付的国有资产进行以大划小,吸纳外资,组成若干个独立作战的市场竞争主体。按照独资、控股、参股、合资经营、租赁经营等不同模式,葛化先后与内资、港资、美资联手,成立长江外加剂厂、江申汽车饰件有限公司、祥龙化工公司等企业,形成以国有资产为主体、多种经济成分并存的企业群体。

聚变。就是以葛化为核心,不断吸收一些新的生产要素,进行重新组

笔底风云四十年（上）

合，发挥聚合效应。1991年以来，先后有武汉第一塑料厂、武汉炭黑厂等企业归并于葛化的"麾下"。

衰变。就是充分利用葛化人力、资产、土地资源，利用公司后勤、生活服务等设施，把福利型、服务性单位改造为经营型实体，开辟新的经济增长点。去年各种新办、转办实体为公司增收400多万元。

当年受命于危难之时的总经理江涤清如今可谓意气风发。他介绍：去年葛化实现了两个突破，即工业总产值首次突破3亿元；销售收入突破3.5亿元；他宣布，葛化今年"六个一"的经营目标实现有望。这就是产值净增一个亿、销售收入净增一个亿、烧碱产量净增一万吨、PVC产量净增一万吨、发电量净增一倍、利税净增一千万。

编辑点评

技改需要改革精神

企业界流行一句令人费解的话："不技改等死，搞技改找死"。葛化"一亿七工程"的最初结局就是这句话最好的注脚。

技术改造是企业调整结构、增加后劲的必要措施，企业的发展离不开不断地投入，离不开不断地改造。技术改造的过程，实际上也是企业堆积债务的过程。追加投入就是追加债务，有本领追加债务，就应该有本领用技改的结果来解脱它。作为一个合格的企业经营者，不仅要关注技术工艺本身的合理性，还要关注投入产出的合理性，关注资金分布的合理性。如果没有能力解脱因技术改造形成的债务，多么先进的技术和设备都于事无补，项目不宜上，企业要转向。

葛化之所以能够走出绝地，重现生机，关键就在于企业经营者在失败的教训中学会了以改革的精神搞技改。这不仅体现在葛化近几年屡见奇效的

"短、平、快"的技改上,还体现在企业资产重组的"再造工程"上。葛化的起死回生,正是企业从商品生产者向资本营运者转化的结果。

(原载1995年8月25日《经济日报》,与王明健合作)

这家工厂为啥有八千万存款
——武汉无线电厂厂长程贻幼访谈录

采访武汉无线电厂那天,正赶上厂休。汽车拐进厂门,见厂门口坐着个长者。正想上前打听厂长怎么找,那很像"干传达的"长者主动介绍:我就是程贻幼,这个厂的厂长。

于是在会议室坐定,听程贻幼"竹筒倒豆子"般的述说。

一

我们这里是个有争议的地方,行业评价:鹤立鸡群;政府评价:一分为二;企业评价:值得学习。过去地方报纸不大敢登我们这个厂。前一阵儿来了个记者,说是要给我正名,回去发了一篇稿,题目叫《不以时髦论英雄》。

无线电厂有过困难的日子。我们忘不了,有一回发不出工资交不了电费又贷不到款,北京一位李厂长借给我们10万元,救了一驾。厂子能有今天,主要得益于赵宝江市长给的两条政策:一是搞承包制,"滚雪球";二是允许不同模式。这个"尚方宝剑"顶大用了。武汉市刚开始搞兼并,给我们指定了两个厂,我们据此顶住了;后来又让搞扩散经营,又顶住了。我们立足未稳,风吹草动就会垮,哪有能力搞什么扩散?现在回头看,很多企业

笔底风云四十年（上）

搞扩散搞得害人害己。有家兄弟厂，搞了三四家扩散，结果把自己拖垮了。

这些年看得多了，我得出个结论：办企业就怕跟风跑，今天搞兼并，明天搞扩散，后天搞集团，来回折腾。市长叫你怎么搞你就怎么搞，那还要你这个厂长干什么？政府是搞宏观指导的，有时候对微观的情况不一定很了解，政府的指导落实到企业，最后要由厂长来作决策。

二

我总在想，国有企业是一条好船，这条船不是非翻不可。可为什么有些船就翻了呢？所以我说，企业就像一只筛子。政府只管放水养鱼，可有些筛子却是千疮百孔，结果水也流了，鱼也跑了。

厂长的责任其实很简单：开源节流。厂长有没有本事，既要看他能不能开掘效益之源，还要看他把筛子的网眼堵得严不严，能不能滴水不漏。我的工作就是想方设法堵漏。基建是漏洞最大的地方。我们上了这么多项目，没有超预算的。每上一个项目，要有四个方面预算才定方案：设计院概算；施工单位预算；厂基建科预算；这些还不够，一定要再找社会上的工程咨询机构单独编预算。这个钱不能省，花个几千上万元的咨询费，堵住的可能是几十、几百万元。

企业还是要有点约束机制。曾经想让我兼书记，我不干。办事情有个人商量有好处。我家离厂子近，常年骑自行车上下班，不为别的，就为下台之后没有失落感，厂里不允许有豪华车。这个账很容易算，随便一个"3.0"就得五六十万，这利息加上维护费用一年就得二三十万，够给每个职工一个月涨100元工资，真的把这钱发给职工，职工铆着劲儿地给你干。

三

业内人士评价我们是"鹤立鸡群"，是有比较的。长江音响能够在市场上站稳脚跟，得益于我们稳步走、不停步的发展策略。有人嫌我们产品档次低，问"能不能搞点高档音响"？国内原材料受制约，搞高档产品，明摆着是与师傅斗刀，长久不了。我们的市场目标是中小城镇、工薪收入，不能丢了自己的优势；又有人批评我们没搞合资，失掉了机遇。其实，我们一直在寻求合资，但合资要双方得利。三万、五万算"交学费"，几百万丢进去能叫"学费"吗？我坚持一条，办合资也要实事求是，不要跟风，不能着急。

四

1991年六七月间，一位国务院负责同志在武汉找10个厂座谈，我没有张口要钱，受到表扬。

我们凝集了一块相当大的经济实力，企业现有存款8000万，每个月利息就是100多万。但很多人不理解。不久前有人给我带话说：程贻幼交班就交个"保险箱"。我也捎过话去：交保险箱无罪，交一屁股债无功。又有人说，程贻幼是土财主，只知道存钱。我说：什么叫土财主？过去地主老财有钱埋在地里，那叫土财主。我们的钱没有闲着，我们不是不想发展，但首先要看准。从1988年到现在，我们每年技改投入不少于600万，自行开发了五条生产线，引进了一批先进设备和技术。我们还花了650多万元征、购三处共145亩土地，为企业发展开辟了广阔的空间。眼下无线电厂的日子过得去，再过几年，相信日子会过得更好。

编辑点评

实事求是办企业

程贻幼的"一席谈"值得一读。无论是办企业的还是管企业的，读过之后相信都会有所收获。

笔底风云四十年（上）

程贻幼的治厂之道归结为一条，就是"实事求是办企业"。尽管我们经常把"实事求是"几个字挂在口头上，但在实际工作中是否真的能够贯而彻之呢？国有企业改革可以总结出很多经验，归纳成若干模式，但具体到企业，经验和模式都不可能也不应该照抄照搬。要不要搞兼并，能不能办合资，发展的步子快一点还是慢一点，都需要根据企业的具体情况，按照实事求是的原则去决策。如同江泽民同志在上海、长春企业座谈会上讲话中指出的："国有企业的情况千差万别，要坚持从实际出发，不要搞一股风、一刀切、一个模式。"

（原载1995年9月8日《经济日报》，与王明健、黄传芳合作。《深圳特区报》9月18日转载）

"荷花"重放更鲜艳

荷花洗衣机曾经是武汉家电行业最值得骄傲的品牌。20世纪80年代初，荷花在同行业中还有过一阵"三强鼎立"的辉煌。但这辉煌并没有持续很久。企业从1989年开始亏损，由此一发不可收拾。到1993年底，累计亏损近6000万元，负债1.2亿元。

洗衣机厂厂长换了两任，没人愿干。二轻局找下属厂长开会动员：谁去荷花，奖励两级工资。没人报名。最后不得不搞"强迫命令"，把在洗衣机厂工作过的李俭明和祝焕谱调回来分任厂长、书记。

新班子1993年底进厂。差不多同时，另一个班子也悄悄进厂。这是为企业破产作准备的工作组。一彪人马辛苦工作三个月，准备好了全套申请破产的法律和行政文件，随时可以提交市政府拍板。

职工们不知道破产工作组的存在，但李俭明们知道。对于他们来说，工作性质很明确："死马当作活马医。"

但要想医活这匹"死马"，又谈何容易呢。

第一个困难是没资金。2000多人的厂子，每个月固定费用少说也得200万元。不尽快启动生产，企业越亏越多。而流动资金全部变成了卖不出去的洗衣机，在仓库堆着。启动资金从哪里来？

新班子大胆决策：卖模具。由于荷花全自动洗衣机开发失败，这套花60万美元引进的模具处理设备长期闲置。但这模具又一直被人们看作是洗衣机厂的后劲和希望所在。卖掉模具，就意味着承认失败，退出全自动的竞争。许多人想不通。

模具到底是"后劲"还是"包袱"？李俭明作了一番细致地分析：如果再上全自动，生产线的填平补齐至少要2000万元的投入，这是企业力所不及的。即便改造成功，产品落后一到两代，根本没有竞争力。放在那里是一堆废铁，还要承担贷款利息，使债务不断增加。变卖出去，盘活资金，不就有了启动生产的本钱吗？

这笔账算得大家服气。"死"设备换来460万元的"活"资金，解决了"无米下锅"的难题。

第二个困难是没市场。荷花走俏的时候，年产量37万台。由于全自动产品不过关，荷花品牌信誉受损。不仅全自动没人要，质量过得去的单双缸市场也大大萎缩。死守着荷花眼看难以支撑。

一个偶然的机会，使李俭明看到一线曙光。已成为洗衣机市场"霸主"的无锡小天鹅股份有限公司为使产品系列化，正在寻找生产单双缸产品的合作伙伴。春节过后，李厂长六下无锡，终于与小天鹅达成"定牌生产"的协议。到11月，由荷花生产的小天鹅5公斤洗霸洗衣机在南京等地试投放600台，一炮打响。市场调查表明，仅南京一地年销售量可达10万台，这相当

笔底风云四十年（上）

于荷花一年的销量。

"定牌生产"为荷花找到了一条生路。但人们从感情上难以接受，斥之为"卖厂求荣""败家子"。李俭明反复宣传，市场向优势企业集中是发展大势。我们先天不足，竞争乏力，只能向优势企业靠拢，借"牌"生财，借势求生。

荷花"以空间换时间"的经营策略受到有识之士的肯定。武汉市副市长张代重称之为"资本营运的成功之作"。

第三个困难是没基础。尽管荷花有心甘当小天鹅的"配角"，但小天鹅对荷花的管理水平并不放心，他们不断给荷花施压："什么问题都好商量，只有质量不能商量。等着跟我们结亲的企业多着呢。"

以实行"末日管理"著称的小天鹅当然不是浪得虚名，无论是管理水平还是质量意识，荷花人在合作中看到了差距。他们真正懂得：荷花为什么会在竞争中败北。

以小天鹅为榜样，荷花进行了脱胎换骨的整顿。33个科室被合并为8个事业部；中层干部从78人减到45人；237名管理干部精减到120人；在机构精简的同时，内部改革和机制转换的步子加快了。去年6月，新的"荷花电器工业公司"挂牌成立，标志着荷花将以全新的形象参与竞争。

"今天的质量就是明天的市场。"荷花人接过小天鹅的口号。为解决零配件的质量问题，成立了专门的准备车间；组建并强化了负责质量工作的品质部；质量管理工作纳入到严格的控制和考核之中。洗霸洗衣机整机出厂开箱合格率从试产时的65%，到年底上升为96%，如今接近100%的目标。

那套准备齐全的破产申请文件用不上了。去年荷花电器公司减亏1000多万元。今年一季度实现了扭亏为盈的目标，预计全年销售收入将达到1.2亿元。

第三辑　跟踪国企改革

编辑点评 ✏️

失败者的勇气

有竞争就会有失败。当我们为成功企业叫好的同时，不能不关注失败者的命运。如何为这些企业找出路，是当前搞活国有企业的重要课题之一。

"荷花"重新开放的意义不在于救活一个企业本身，而在于为竞争中的失败者指出了一条现实的路子。我们看惯了一些企业"一条道走到黑""死要面子活受罪"，陷于绝境而不能自拔的例子，由此更加钦佩李俭明和荷花人的勇气。他们既能正视现实，承认失败，并从失败中吸取教训，又能放下架子，抓住机遇，以退为进，甘当"配角"，为企业的生存和发展寻找新的支点。

相信有远见的失败者将从荷花的经历中得到启迪，从而更主动地顺应市场竞争的法则。

（原载1995年9月9日《经济日报》，与王明健合作）

"永光"沉浮记

作为"南洋兄弟"的继承者之一，武汉卷烟厂确实够老的了，明年将迎来她的"七十大寿"。

尽管曾经有过辉煌，到9年前康永胜当厂长那阵子，武汉卷烟厂却在下坡路上越走越远。

烟厂靠的是牌子。汉烟有过自己的名牌，低档如"游泳"、中档如"永

笔底风云四十年（上）

光"、高档如"红双喜"。尤其是"永光"，一块牌子红了15年，长期要凭票供应。过春节的时候，武汉市民每家才供应两包。

然而，似乎是一夜之间，"永光"被烟民们抛弃了。1985年春节前，五毛多一包的"永光"到处买不到；春节后，四毛一包的"永光"满大街卖不动。倒了"永光"的牌子如同倒了一棵"摇钱树"。影响所及，省委还为此派出过专门的工作组进行调查。

以康永胜为首的新班子是在"永光"倒牌之后走马上任的。总结"永光"倒牌的教训，第一条就是企业纪律松弛、管理滑波。上任之初，康永胜不得不抱着被子到厂里睡了3个月，从恢复秩序、治理"低（标准）、松（纪律）、乱（管理）"抓起。

1991年底，听说英美烟草公司要选一家国内企业帮助进行管理咨询，汉烟人主动把这个"让别人来找麻烦"的活儿揽过来。香港的管理专家到厂后，有人问：汉烟与英美公司管理上有多大差距？回答说：相差20年。又问：能打多少分？回答是：20分。

得了"20分"的汉烟人心里不太舒坦，又不能不承认差距。厂里下决心从基础工作抓起。在专家指导下，一抓建章建制；二抓职工培训；三抓质量保证体系。当专家们离开汉烟的时候，再次给烟厂的管理状况评分，这回打了个"60分"。虽然还不是一个值得炫耀的分数，但总算在及格线上。

总结"永光"倒牌的第二教训，就是片面追求产量，"萝卜快了不洗泥"。康永胜和新班子认识到，汉烟要重振雄风，就必须改变高产低效的现状，走质量效益型的路子，向结构调整要效益。

考核卷烟行业经济效益的一个重要指标是单箱利税水平。20世纪80年代，汉烟单箱利税没有突破过1000元。1992年初，康永胜提出当年单箱利税要达到1500元的先进水平，人们都难以相信。

为了扭转片面追求产量的倾向，康永胜下了几个"狠招"：一是以重新安置300名职工为代价，坚决砍掉低档产品"游泳"的生产车间，年减产1

万箱；二是限产"红金龙"，年产从1万箱降到了5000箱。通过对低效产品的停产、限产，强制性地调整产品结构，达到提高效益的目的。当年顺利实现单箱利税1500元的目标。

汉烟最高年产为1984年的60万箱。近10年来产量逐年递减，最低年产38万箱。在产量减少的同时，效益却逐年上升。到去年，单箱利税水平达到1700元，实现利税7个亿。

"永光"倒牌对汉烟人最直接的教益莫过于"名牌意识"的觉醒。

人们没有想到，一块牌子倒起来那么快，又倒得那么彻底，那么没有情面。更没想到的是，恢复一个品牌的声誉是那么艰难！几年间，给"永光"换过口味、接过滤嘴，烟民就是不认账。

尽管在"永光"倒牌、"游泳"停产之后，汉烟逐渐有了新的名牌，形成了新的品牌家族。但汉烟人不能忘情于"永光"。

经过上千次的配方、实验，经过一年多时间的开发研制，1994年初，新品质、新形象的"永光"定型并投入生产。新"永光"的生产恢复了专台、专机、专线的传统。头三批永光烟投料，每次康永胜都要亲自主持召开质量调度会，对各个环节进行检查监督。如今，这种专题质量调度会已成为制度。

精心策划的"'永光'重振雄风"的公关活动轰动武汉三镇，被评为去年武汉企业界十大新闻之一。"小批量、少投放、大店直销"的销售战略一举改变了永光烟"大路货"的旧观。新"永光"又成了抢手货。一年来新"永光"的市场价格上浮了50%多。

新"永光"是一种象征。这是一家老企业迎来第二次青春的象征。

笔底风云四十年（上）

> **编辑点评**
>
> ### 减产增效的奥妙
>
> "永光"东山再起的故事给人们以多方面的启示。但更令人寻味的是汉烟厂减产增效益的战略。分析汉烟厂这几年的变化，康永胜这一招尽管有风险，却是制胜的关键一招。强制性的结构调整，逼着企业上质量，降消耗，保名牌，上新品，提高整体素质和竞争能力。
>
> 我们经常说要调整结构，向结构调整要效益。但实际上，无论是产品结构的调整，还是产业结构的调整，始终是"雷声大、雨点小"，调不动。根本原因就在于，人们还不习惯于从企业的终极目的上看待企业，评价企业工作的好坏。产值和产量指标还在顽固地起作用。企业家们也还没有自觉地从资本保值增值的意义上认识和履行自己的职责，因而结构调整失去了动力。
>
> 从粗放经营向集约经营转化，是国有企业走出困境的必由之路。尽管结构调整是有代价的，但只要调整的方向对头，最终的收获将远远大于付出的代价和增加的投入，武汉卷烟厂的实践就有力地证明了这一点。
>
> （原载1995年10月8日《经济日报》，与王明健、黄传芳合作）

办法总比困难多
——黑龙江省森工等四大行业深化改革纪实

北疆是一块"宝地"。依托黑土地上丰富的土地、森林、矿产资源，黑龙江省在计划经济的时代形成了森工、农垦、煤炭、军工四大产业。然而，曾经被黑龙江人引为自豪的四大行业在市场经济条件下却步履维艰，有的行业甚至呈现全行业经济危机、资源危困的困难局面，资源的优势成了发展的包袱。如何使四大行业走出困境，一直是困扰黑龙江省各级政府的重大课题。

置之死地而后生。一场静悄悄的改革在黑土地上拉开了帷幕。记者日前在黑龙江采访时高兴地看到，一年多来，森工等四大行业从各自实际出发，开始突破旧体制的束缚，靠深化改革寻找走出困境的路子，初见成效。

——以分户经营为标志的森工系统改革进展顺利。全省森工林区已有60个林场、所开展林地分户经营试点，经营工资田（林）、劳保田（林）、就业田（林）、养老田（林）128.4万亩，涌现出2095个家庭苗圃，9457户个体造林户，去年营造个体林10.8万亩。

——农垦系统改革全面启动，垦区形势向好的方向转化。垦区已兴办各类家庭农场19.9万个，承包耕地136.9万公顷，占耕地总面积的76%，容纳劳动力33.2万人，占垦区农业劳力总数的88.5%。家庭农场的兴起，改变了国家出钱，农工种地，农场负盈不负亏的局面。去年垦区农业生产费、生活费自理金额达25亿元，占垦区农业当年投入的85%。

——煤炭行业开始出现转机。去年前10个月，全行业原煤产量比上年同期增加60万吨，减亏1.7亿元；非煤产业迅速发展，到年末产值可达40亿元。煤炭企业转变观念，解放思想，大力推行委托经营、租赁经营等新的经营方式，开辟经济发展的"第二战场"。沉闷多年的煤城开始活跃起来了。

——军工行业加大军转民力度，"第二战场"生机勃勃。去年1至9月，全行业实现民品产值22.3亿元，占总产值的87.4%，比上年同期上升了14.3个百分点。其中航天航空企业实现利润1.2亿元，基本走出了困境。

黑龙江省森工等四大行业的改革，是从解放思想、转变观念开始的。省委、省政府负责同志反复强调，四大行业要改变目前的困难局面，出路只能

笔底风云四十年（上）

是深化改革。针对干部群众中的思想疑虑和一些部门单位的"条条框框"，省委书记岳岐峰指出，看一看林业、农垦、煤炭、军工四个行业的现状，不改革、不彻底改革，不从根本上改革，注定不行。讲这个规定那个规定，讲出一千条规定，军工、煤炭行业不搞军转民、不发展非煤产业，不开辟经济发展的"第二战场"，军品就保不了，煤炭就增产不了，社会就稳定不了；讲这个根据那个根据，讲出一万条根据，农垦、森工旧的体制不改革，不搞家庭农场、林场，不从计划经济阵地彻底撤出来，农垦经济就会萎缩，森工"两危"就会加剧，职工群众就没饭吃。改革遇到阻力并不奇怪。能不能正确认识阻力，敢不敢排除阻力，是对领导干部思想政治素质的一次检验。必须从对党和人民事业负责的高度认识这场改革，克服来自旧的观念、体制和条条块块上的阻力，坚定不移地推进改革，抓出实效。

条条统得过死，自身捆得过死，职能部门管得过死，是森工等四大行业带有共性的突出问题。黑龙江省委、省政府认为，四大行业的改革涉及许多深层次问题，要有所突破，就必须抓住政企分开，放活企业这个根本性问题，力求整体推进，不搞零敲碎打。

一年多来，省委、省政府多次听取行业主管部门的汇报，研究、部署推进四大行业改革的措施和办法。四大行业改革基本理清了思路，明确了方向。森工行业在体制上强化两头，弱化中间，核心是放开搞活林场。同时实行森林划块经营，大力发展家庭林场；农垦行业致力于从行政管理体制向企业管理体制转化，向集团公司发展。同时大力发展家庭农场，发展外向型农垦经济；煤炭、军工企业重点是转换机制，有的搞"委托经营"，有的搞"分散突围"。同时大力发展军转民和非煤产业。一些企业还依托土地资源优势，鼓励引导富余人员向农业分流，搞"工务农、工务牧"。

办法总比困难多。一批勇于开拓、不等不靠、善抓机遇的典型企业从特困行业中涌现出来，为特困企业的干部职工增强了信心，展示了希望。

方正林业局三道通经营所从1984年开始搞分户经营，开了全省试办家庭林场的先河。11年来共造林8.9万亩，保存率达99.8%，位居全省前列，为国家节省造林费用129.35万元。

兴凯湖农场打破就粮食抓粮食、就农场抓农场的旧格局，发挥优势，外引内联，三年迈出三大步，如今成为由30多个企业群体组成的企业集团，经济效益跃居全省农垦系统榜首。

鸡西矿务局加快机制转换步伐，加大产业结构调整力度，提出并实施了"三五"战略（原煤产业5万人、非煤产业5万人、非国有经济5万人），局机关由500人减少到200人，4000多职工实行了"工务农、工务牧"。企业人员减少了，效益改善了。

……

黑龙江省森工等四大行业的改革有了良好的开端。尽管工作刚刚开始，认识有待于提高，改革有待于深化，发展有待于加快，但人们有理由相信，既然帷幕已经拉开，好戏就在后头。

（原载1996年1月15日《经济日报》，与罗开富、王大为合作）

坚定信心话改革

李鹏总理的《政府工作报告》中，用了6页半的篇幅专门谈国有企业的改革问题，称之为"今年经济体制改革的重点，也是政府工作的突出任务"。

"6页半"牵动众人心。无论是人大代表的分组审议，还是政协委员的小组讨论，说得最多、议得最透的就是这"6页半"。

越议，路数越清。越议，信心越足。

笔底风云四十年(上)

(一)

国有企业有困难,这不算什么新闻。李鹏总理在报告中就坦诚地指出:"目前部分国有企业确实面临着不同程度的困难和问题",并具体分析了造成这种困境的三条主要原因。代表和委员认为,报告的分析是切合实际的,病因是找准了。

问题在于,国有企业的困难如何克服?国有企业的状况是一天天好起来,还是一天天糟下去?

对当前形势的分析,有一种习惯的"两分法"。政协特邀组张文驹委员介绍,用"两分法"看形势,有三种结论:一种结论是宏观形势很好,而微观形势不好;一种意见是宏观形势好,微观也不错;还有一种意见则比较少见:认为微观形势好而宏观形势并不好。

张文驹委员认为,两分法在理论上最多也只能有四种结论,而我们现在竟然已有了三种,这说明什么?这只能说明把宏观与微观相分割的判断标准本身就不科学。

微观是宏观的表征,宏观是微观的总和。支撑国民经济持续快速增长局面的,是越来越有活力、越来越具实力的各类企业。与其他经济成分比较起来,国有企业的困难显得多一些,包袱重一些,但这并不足以让我们得出"宏观好而微观糟"这种十分矛盾的结论。经济组委员在讨论中指出,从动态的趋势看,国有企业总体经营状况在逐步好转,而不是越来越糟。去年一季度全国国有企业是亏损的;二季度扭亏为盈,挣了60个亿;三季度赢利70个亿;四季度则达到304亿元。尽管解决国有企业当前的困难并不容易,但要看到的是,导致国有企业困境的因素不会再增加了,形势只能向好的方向发展。

（二）

祸乃福之所倚。如果把当前国有企业的困境看作"祸"的话，转换机制之福、改革体制之福、调整结构之福即在其中。用来自本溪钢铁公司的张文达委员的话说，叫作"困难也是机遇"。

从改革的角度看国企状况，人们有更充分的理由乐观一些。

一是持续快速的发展为进一步改革打下了基础。代表和委员们从各个地区和各自企业的发展实践中认识到，随着十几年来改革开放的深入，国有经济不断壮大，总体实力进一步增强。近几年宏观调控取得良好效果，国民经济持续快速发展，为加快和深化改革提供了比较好的宏观环境。

二是宏观经济体制的改革为国企改革创造了条件。吴敬琏委员说，从1994年开始实施的财税、外汇等宏观体制改革正在显现成效。去年是财政收入占国民收入的比重止跌回升的一年。尽管回升的幅度不大，但证明新体制是成功的。只要体制不出现逆转，它的效果就会一天天显现出来。

三是经过十几年的探索，国企改革形成了一套有效的"软件"，目标明确了，思路清楚了。周叔莲委员认为，如果说党的十四届三中全会前，国企改革的目标还不那么清晰的话，今天完全可以说，国企改革基本找到一条切合实际的路子。江泽民同志近两年关于国企改革的几次重要讲话，已经勾画出了国企改革的目标和政策框架。比如，"从整体上搞活国有经济"的思路、"三改一加强"的思路、"抓大放小"的思路、"配套改革"的思路等，构成了国企改革的"软件"体系。

四是市场机制的逐步形成并发挥作用，使国有企业有了加快实现两个转变的内在动力。来自首钢集团的赵长白委员说，国有企业在改革中走向成熟。无论是对市场规律的认识，还是对宏观调控、对结构调整的认识，都在进一步深化。两个转变过去是政府要企业转，现在是市场逼着企业转，越来越多的经营者认识到，不转不行了。谁转得早，转得快，谁就会在市场上拥

笔底风云四十年（上）

有一席之地。否则，只有淘汰。

（三）

箭在弦上，不得不发。这是代表、委员们共同感受到的国企改革紧迫之势。人们期待着国企改革这根"离弦之箭"飞得更快、更稳，一击中的。

围绕着《政府工作报告》中提出的6条措施，代表和委员们进行着热烈的讨论。人人"开方"，个个"下药"。尽管"药方"不一定都能"对症"，但人们的心是诚的，血是热的。

王珏委员说，江泽民同志每次讲国企改革，首先强调的都是解放思想、实事求是。今年我们党要开十五大，这是进一步解放思想、推进改革的契机。国企改革的最大制约因素，还是观念问题。计划经济的观念影响太深，总有一些人在问姓"社"姓"资"、姓"公"姓"私"的问题，不打破这种观念，改革就难以推进。

严瑞藩委员说，政企分开喊了多年，见效不太大。说明我们的决心不够大，改革力度不够。政企分不开，企业难搞活。认识到了这一点，就没有理由再拖下去，必须下大力气解决政企分开的问题。

张巨声委员说，国企改革发展到现在，不仅仅是企业自身的事。我们的各级经济管理部门是按照计划经济的需要设计出来的，其行为方式往往带着那个时代的特征。行政体制的改革必须与企业改革同步。这是最大的外部环境问题。

陈永年委员说，总理报告突出了解决企业过度负债问题，是一个有意义的突破。国企还有人的"包袱"，办社会的"包袱"，也都需要尽快提到议事日程上来。当然，丢掉这些"包袱"不是一朝一夕的事，但要有个规划和思路，尽快着手，逐步解决。

王荣生委员说，去年讲了分类指导的问题。现在看，这个问题还要讲。国有企业规模不同，行业不同，改革的政策也不能"一刀切"，还是要实事求是，区别情况，分类实施。

崔晋宏委员说，改革的办法提了很多，关键是要到位。不能停留在会议上、口头上。

（四）

国有企业的改革可谓"四点交汇"：它是改革的难点，工作的重点，舆论的热点，还是充满希望的亮点。

在人大上海代表团全体会议上，江泽民同志在听取了代表们关于国企改革的热烈讨论后指出，党中央、国务院已经确定了国有企业的改革方向和基本方针，只要坚持邓小平同志建设有中国特色社会主义理论和党的基本路线，以"三个有利于"为标准，坚持解放思想，实事求是，从实际出发，勇于实践，大胆探索，扎实工作，就一定能够搞好国有企业的改革和发展。

江泽民同志的一席话，代表了人大代表和政协委员的共同心声。

（原载1997年3月9日《经济日报》）

正是东风吹来时
——党的十五大企业界代表访谈录

国有企业的改革和发展是经济工作中历久不衰的热门话题。在党的十五大报告中，江泽民同志进一步明确了国有企业改革的目标和任务，提出"力争到本世纪末大多数国有大中型骨干企业初步建立现代企业制度，经营状况明显改善，开创国有企业改革和发展的新局面"的要求，引起代表们的热烈

笔底风云四十年（上）

讨论。记者就此走访了几位来自企业界的代表。

李留恩：治厂要有志气

在《辉煌的五年》成就展河南馆中，安阳彩色显像管玻壳有限公司二期工程的模型十分引人注目。这个项目之所以受到人们的关注，是因为这个高新技术项目是由安玻人实行自我技术总承包，依靠自己的力量建成的。与同类引进项目相比较，安玻少花了13亿元，工期缩短了1年零5个月。

安玻公司董事长兼总经理李留恩说："十五大报告提出了一个值得重视的概念：'国有经济的控制力和竞争力'。控制力和竞争力从何而来？一要搞规模经营，二要上高新技术，敢于占领竞争的制高点。安玻从1991年投产，6年迈出6大步，到去年底销售收入达到51亿元，创利税11亿元，实现了较快发展，靠的就是这两条。"

姜开文：发展要抓机遇

莱芜钢铁总厂党委书记姜开文认为，尽管当前一些国有企业有困难，改革的进程不如人意，但要看到，过去五年的实践证明，公有制是可以与市场经济相结合的。十五大的召开，解放了人们的思想，国有企业的改革和发展的步子完全可以迈得更大一些。我们要看到，当前正是国有企业改革发展的好时机，从我们的实际情况看，我们总结了三个方面的机遇：一是结构调整，重组兼并，壮大自己的最好机遇。因为现在政策优惠、条件成熟、阻力最小，代价最少。二是主辅分离、减员增效的最好时机。抓住调整时期减员增效是世界性的规律。三是股份制改造、转换机制的最好时机。

姜开文说，只要我们按照十五大报告的要求，抓住机遇不放，就一定能够尽快走出困境，开拓更大发展的空间。

刘锦信：改革要有信心

刘锦信代表是中原石油勘探局局长、党委书记。几年来，中原油田的改革可谓是"全方位、大力度、快节奏"，一年一个主题。从人事制度、组织结构，到内部市场、专业化重组，再到产权制度，逐步深化。通过改革调动了职工积极性，初步理顺了管理体制，稳定了原油产量，今年可以实现扭亏的目标。刘锦信认为，中原油田实践证明，国有企业困难是暂时的，有困难不可怕，就怕丧失信心，失去通过改革克服困难的勇气。

听了江泽民同志的报告，刘锦信觉得心里更有底了。他说，按照十五大报告提出的思路走下去，国有企业大有希望。

（原载1997年9月19日《经济日报》）

第四个"M"最重要
——徐志毅一席谈

对全国政协委员、上海市经委主任徐志毅的采访是"见缝插针"进行的，他的回答也是言简意赅。

问： 国企改革是大家关心的话题，您有何高见？

答： 国有大中型企业三年基本走出困境，是关系到国民经济发展全局的大问题。当前国企面临的矛盾和问题主要是三个方面：一是计划经济时期延续和沉淀下来的矛盾，二是在转轨过程中暴露出来的新的矛盾和问题，三是企业内部长期存在的矛盾和问题。这一系列的矛盾和问题可以归

笔底风云四十年（上）

纳为五个"M"。

第一个"M"是钱（MONEY）。国企债务、历史包袱沉重，造成负债过多，资金短缺；

第二个"M"是人（MEN，当然也包括WOMEN）。冗员过多，人才奇缺；

第三个"M"是市场（MARKET）。从卖方市场到买方市场，企业难以适应；

第四个"M"是经营者（MANAGER）。由于旧体制的影响，国企经营者队伍无论是从质量还是数量上看，都与改革的要求不相适应；

第五个"M"是机制（MECHANISM）。激励与约束不对等；责权与风险不挂钩。

在五个"M"中，最关键的是第四个。

问：为什么说第四个"M"最重要？

答：从上海工业企业正反两方面实践看，同样处在激烈的市场竞争条件下，为什么"二毛""三枪""家化"等企业不但没有失去市场，反而赢得市场？关键在于有一批优秀企业家去争、去抢、去拓展；同样是名牌老厂，面临同样的危机，"正广和"能起死回生，雄风重现，而有的企业却一蹶不振，销声匿迹，关键在于"正广和"有个吕永杰，能够凝聚人心，共同奋斗，使濒临破产的老企业走出低谷。这样的例子很多，说明一个优秀的企业家对于企业成败是极其重要的。

问：既然如此重要，如何着手解决？

答：第四个"M"与第五个"M"紧密相关。经营者的问题不完全是自身的问题，关键在于条件、土壤、气氛，能不能让他充分发挥才华，这就要解决机制问题。有的经营者在国企是条"虫"，而跳槽到了三资企业、民营企业就变成一条"龙"，这就是机制的作用。

生产力的关键是什么？是劳动者；生产关系的关键是什么？所有制的结

构；生产力和生产关系的结合点在哪里？就是机制；机制的关键是什么？就是经营者的机制。

所以我认为，要实现企业的优胜劣汰，经营者首先要优胜劣汰；要实现职工能进能出，经营者首先要能上能下；要实现国有资产的优化重组，经营者首先要优化重组；要实现社会化大工业管理，经营者首先要在社会上优化配置；要实现生产要素的跨部门、跨行业、跨所有制流动，经营者首先要进行"三跨"流动。总之，要下大力气建立经营者的激励和约束机制，让大批优秀经营人才脱颖而出。

问：怎样才能真正建立起经营者的激励和约束机制？

答：我的看法是，坚持三条原则，把握四个环节。

三条原则：其一是必须彻底打破经营者的行业、部门、地区界限，尽快使经营者队伍市场化、职业化；其二是让党管干部的原则体现于经营者的市场准入和有效监督上；其三是经营者必须承担经营风险，实行优胜劣汰。

四个环节：一是把好基本素质关，一个合格的经营者应有一定的政治素质，能掌舵、会用人、善管理、严律己；二是把好选聘录用关，在经营者充分市场化的前提下，根据不同的企业规模和企业组织形式采用市场招、董事会聘、职工选、党组织任命等"四管齐下"的办法选拔；三是把好业绩评价关，按不同行业、岗位和责任，考核其经营有效资产的最大产出、资产运营的综合能力和管理水平；四是把好激励约束关，做到经营业绩与管理规模相结合、担任岗位与职权相结合、个人收入与经营业绩相结合、职业信誉与其经营水平相结合。

问：建立这样一套机制非一日之功，眼下可以做点什么？

答：我认为目前至少有五个方面可以进行尝试。一是"债"，即经营者个人财产抵押，使经营者处在"负债经营"的压力之下；二是"薪"，实行以市场价位定基薪，按经营实绩定加薪的奖励机制；三是"股"，即让经营者在企业中持股，让一部分加薪转为持股或配以干股；四是"险"，即增加

笔底风云四十年（上）

经营者个人的养老、医疗、人身、财产等各种保险，使经营行为长期化；五是"誉"，即经营者职业信誉。经营成功的，让优质资产向其集中，赋予充分的经营权力，经营失败则就地免职，不得重新为"官"。

（原载1998年3月14日《经济日报》）

当买方市场这条巨龙初露头角之际，我们该翻窗而走呢，还是亲切拥抱呢……

买方市场三方谈

经历了千百次的呼唤，经历了数十年的追求，我们终于拥有了您：买方市场。

拥有您的感觉真好。您让我们忘掉了各种票证的用途，您让我们抹去了排队抢购的记忆，您让我们初尝当一名"上帝"的滋味，您甚至改写了西方最权威的教科书：社会主义不等于短缺经济……

您的悄然而至，为春天的盛会增添了新的话题。记者与一些专家学者、政府官员和企业家谈起对您的印象，才发现您给人们带来的不仅仅是喜悦。

专家怎么说

董辅礽（中国社科院经济所名誉所长、研究员）：出现买方市场或卖方市场都不能笼统说是好事或坏事，因为二者只是市场经济中描述市场状态的概念，在市场经济条件下要求的是供求平衡。买方市场、卖方市场的概念是从"短缺经济学"照搬来的，这种表述并不准确，可以用商品供应充足来代替买方市场的说法。

吴敬琏（国务院发展研究中心研究员）：现在有人说买方市场状态不正常。买方市场是我们梦寐以求的。市场经济的常态就是买方市场，计划经济的常态是卖方市场，这在经济学上是有定论的。只要搞市场经济，买方市场就是正常的结果。我担心的是现在的买方市场不巩固。因为靠体制形成的买方市场还不是百分之百，在一定程度上是靠宏观政策。计划经济下也可以出现短期的买方市场，1988年到1990年，就出现过短暂的买方市场，与那次相比，这次的买方市场比较巩固，但仍不完全。国有企业改革尚没有取得真正的突破，这样的买方市场是有缺陷的。因此我们希望把它巩固起来，而不是要赶快把它变成卖方市场。如果觉得卖方市场很好，我们当初干脆就别改革了，大家都挺舒服的，生产什么都有人买。

张塞（中国国情研究会会长）：从卖方市场到买方市场无疑是一个大的进步。买方市场能够促使企业不断降低成本，改进管理，自觉追求技术创新，从而促进全社会范围的竞争。买方市场又有着一定的盲目性和破坏性。过度竞争会带来社会资源的浪费。我们要权衡这种浪费与竞争给人民带来的实惠哪一个更大，还要比较卖方市场造成的浪费与买方市场造成的浪费哪一个更严重。买方市场与卖方市场是由社会供求关系决定的。宏观经济的最佳状态是供求基本平衡。从统计的经验数据看，所谓基本平衡指正负5%以内。供大于求超过5%就可能引发过度的价格大战，求大于供超过5%就又回到了短缺经济。计划经济的重点是抓供给，市场经济的重点应该是抓需求。当前的重点也应在需求上做文章，通过需求刺激市场，通过市场拉动经济。

官员怎么看

李文治（甘肃省经贸委主任）：说实话，买方市场没有给我这个经贸委主任带来多少欢乐，而是更多的忧虑。国有企业本来就很困难，买方市场出现后加剧了企业的困难，尤其是像我们那里的大量基础性、原料型企业困难

笔底风云四十年（上）

更严重。一方面是生产能力过剩，另一方面还要受进口冲击。兰炼的管理水平很高，去年赚了1.2亿，今年头两个月亏了7000万，这责任不在企业。所以我认为适应短缺一点还是好，不要为买方市场的到来沾沾自喜，这是以大量的重复建设、大量的资源浪费为代价的。买方市场我不喜欢，但我知道，不管喜欢不喜欢，她既然来了，而且可能不走了，我们还得想办法把日子过下去。活下去就要下大力气调整，有多大困难也得调。同时国家要搞点总量平衡，要想办法坚决制止重复建设。

徐志毅（上海市经委主任）：市场问题既有宏观的，也有微观的。从宏观来说，供大于求，总量过多，因此要研究如何进行调控，怎样实现供求平衡，研究如何按国际惯例实行适度保护。也不能简单理解总量过多，不是所有的产品都过多，不然怎么还要大量进口呢？从纺织看，就是高技术的、高附加值的产品少，面料还不行，所以还要进口。从微观来看，主要是结构的矛盾，不能说市场就是疲软的。疲在哪里？软在何方？疲在品种，软在质量，亏在成本，损在管理。市场是客观存在的，人民的需求和国家的发展是客观存在的，不能把企业搞不好的原因都推到市场疲软上。对于经营者来说，要研究钱从哪里来、人往哪里去，人才从哪里来、资金投到哪里去，项目从哪里来、产品销到哪里去，活力从哪里来、精力投到哪里去。

企业怎么办

宋春迎（中国神马集团公司董事长、总经理）：买方市场的形成既是改革和发展的必然结果，其中也有一些不正常因素。一是国外产品对国内市场的冲击，特别是大量的走私行为存在；二是低水平的重复建设问题；三是诸侯经济造成的市场分割，这些因素加剧了企业在买方市场条件下的不利处境。企业不能对买方市场望而生畏，要积极参与竞争，在竞争中发展自己。政府也要处理好管企业与管市场的关系，一方面要鼓励优胜劣汰，另一方面也不能听任企业自生自灭，因为浪费的是国家的资金，是人民的纳税钱。解决重复建设问题，既要靠政府加强调控，还要发挥行业管理的作用。

崔晋宏（山西华杰集团公司董事长、总经理）：过去一讲困难就是市场疲软，现在一讲困难就是买方市场，这只能说明经济环境变了而一些经营者的思想观念还没变，还不适应市场经济的发展。当前一要看到买方市场的必然性；二要看到买方市场的长期性。不要心存幻想，指望哪一天重新回到短缺经济的时代，因为消费者不答应，政府也不会答应；三要看到买方市场的相对性。这不仅因为当前的买方市场并不完全，市场还有很多空档；还因为人民改善生活的需求与欲望是没有止境的，一种需求被满足之后，又会出现新的欲望，带动新的需求。买方市场既然是个好东西，我们就不能一味地埋怨她、憎恨她，而应该主动去适应她，研究市场，开拓市场，创造市场。

记者附记：整理完三方人士对买方市场的评说，突然想到还缺少很重要的一方面意见，这就是消费者的看法。对买方市场情有独钟、喜爱有加的无疑是人民大众，是当今世界最庞大也最有潜力的一个消费群体。围绕买方市场的种种争论似乎在说明，我们对买方市场既缺乏理论上的准备，也缺乏政策上的准备。而对买方市场又想又怕、又爱又恨的复杂心态，不由让人联想起那位"好龙"的"叶公"，当买方市场这条巨龙初露头角之际，我们该翻窗而走呢，还是亲切拥抱呢，这真是一个值得深入思考的问题。

（原载1998年4月3日《经济日报》）

笔底风云四十年（上）

关于稽察特派员的对话
——访全国政协委员、国务院稽察特派员陆江

陆江委员去年因事请假，未能参加政协大会。今年一上会却成了"新闻人物"。因为他的身份已经有了变化，由国内贸易部副部长变成了国务院稽察特派员，并且是"黄埔一期生"。

朱镕基总理在参加政协经济组讨论的时候，介绍了实行稽察特派员制度的初步成果，其中当然也有陆江委员的功劳。在《政府工作报告》中，朱总理强调"今年要继续做好向重点国有企业派出稽察特派员的工作"，其中也有陆江委员的责任。稽察特派员是如何工作的？他们如何评价国有企业的现状与前景？请听陆江委员回答。

记者： 作为国务院首批任命的稽察特派员之一，上任已经半年多了吧，感觉如何？

陆江： 我们从去年4月就开始培训，7月正式下去。我负责东北地区四个大型国有企业的稽察工作，现在正在准备提交稽察报告。稽察特派员是一个新事物，一开始我们认识也不那么清楚，还以为是件挺轻松的工作。后来朱总理先后与我们座谈了三次，总理把实行稽察特派员制度的意义归纳为三个"重大"：是对国有企业监管方式的重大改革；是实现政企分开的重大举措；是国企干部管理制度的重大转变。提得够高的吧。了解了这项工作的意义和要求，我们感到责任很大，压力也很大，心里没底，只好边干边摸索。

记者： 过去我们也经常对企业搞审计、检查，稽察特派员与这些例行的检查有什么不同？

陆江： 当然有很大的不同。我们只对国务院负责，向国务院汇报。我们的稽察是事后稽察，不干预、不参与企业经营管理活动，不当钦差大臣。这

是与其他监管机构最主要的不同。我们的职责就是通过查账发现问题。为了做到这一点，还有一套严格的纪律规定。如不吃请，不得谋取私利，不得泄露企业的商业秘密等。

记者：真的能做到"不吃请"吗？

陆江：一开始听说我们"不吃请"，企业也有些紧张，感觉对不上话了。我们反复解释，不吃你的饭，这是纪律，不要有其他的想法。为了保证不吃请，我们的生活是由地方而不是企业安排的，吃饭统一由稽察特派员总署派人来结账。做到不吃请这一条，对企业就有很大的影响，感到是动真的了，比你说多少话都管用。

记者：据说现在企业都有几本账，稽察特派员并不都是财务专家，如何保证能查出真实情况呢？

陆江：我这个特派员当然不是单枪匹马去的，还有一个工作班子，其中两人是搞审计的，一个是搞财政的。我们的工作方式是从查账入手，要求企业把三年的会计报表按照现代企业制度的要求填报，我们据此进行稽察。还要找不同层次的职工谈话，了解情况。发现重大问题，再请专门的审计或会计事务所进行调查。现在看，这套办法是比较深入和全面的，基本可以摸清企业的真实状况。

记者：有位被稽察企业的领导人说，稽察特派员查完了，怎么不给我们反馈情况，这不等于打小报告吗？

陆江：我们打的不是小报告，而是大报告。我们的报告要对企业主要负责人包括党委书记、董事长或总经理、总经济师提出任免和奖罚的建议。我负责稽察的一家企业，书记是副部级干部，总经理是中央委员，要我们提这样的建议，可以想象压力有多大。我们遵循三条：认真负责；实事求是；科学准确。我们的报告要经过反复研究，是慎重、负责的。并且在干部问题上，我们只提出建议，报告形成后还要征求有关部门的意见，干部任免还有很多的程序。

笔底风云四十年（上）

记者： 如果稽察过程中发现重大问题，怎么办？

陆江： 随时以专题报告的形式，直接向国务院汇报。

记者： 从初步稽察的情况看，国有大中型企业存在哪些问题？

陆江： 前面说过，对被稽察企业的情况，我们无权公开披露。这里只能谈几点对面上企业的印象。一是虚盈实亏的问题相当严重。二是国有企业固然有一些人搞贪污受贿，但由于决策失误造成的损失要大得多。这里有体制的问题；有企业经营者的素质问题；也有企业决策不科学不民主的问题；还有观念的问题。三是改了公司没转制。口头上都讲现代企业制度，但干起来还是老办法，班子照旧，决策依然是一人说了算，没有按照现代企业制度去规范运作。企业内部分配搞的是"新水平的大锅饭"，就是钱多了一点而已。

记者： 有一种舆论，认为"稽察特派员查一个，垮一个"，对企业查得太严，管得太紧。您怎么看？

陆江： 我不能同意这种说法。问题是客观存在的，稽察不过是把问题显化了而已。"不查不知道，查了吓一跳"，个别企业的问题确实相当严重，不是什么管理不善，而是严重的违法乱纪。现在看，对国有企业的监管完全依赖内部监管不行，有的企业领导人身兼数职，内部监督形同虚设，必须有切实有效的外部监管。其实这也是国际上通行的方式，法国就对国有企业派出国家监督官。

稽察对企业是一种约束，也是一种促进。

记者： 对进一步搞好国有企业有何高见？

陆江： 总理报告中已经总结和提出了一系列政策措施，现在关键是抓落实。我觉得国企好比一台汽车，要有个好司机，这就是企业的领导班子；要有强劲的动力系统，这就是企业的经营机制；要有四个轮子，这就是管理、技术、产品、市场营销等要素；还要有好的道路，就是外部环境。而其中的关键还是机制与人的问题。企业没有好的经营者不行，只有好人没有好的机制也不行，好人也是可以变坏的。

记者： 稽察特派员制度是完善国企经营管理机制的一种手段，与此相应的，还应有一些什么措施？

陆江： 既然有了外部监管的约束机制，与此相适应的，还要有激励机制。企业经营者承担的责任与风险很大，但没有相应的回报。大型联合企业的老总一个月拿两三千块钱，这与他们的贡献不相称。很多同志都是靠党性、靠觉悟在工作。在约束机制逐步完善的同时，不能回避完善激励机制的问题。有些地方也对有贡献的经营者搞重奖，但毕竟不是制度性的，随意性很大，名不正，言不顺。

国企改革到了攻坚的阶段，只能前进，不能后退。只要坚定地按照中央的方针政策干下去，大多数国有大中型企业三年走出困境是完全可能的。气可鼓，不可泄。我们一定要有必胜的信心。

（原载1999年3月13日《经济日报》）

红塔集团探访录

题记

云南玉溪红塔集团作为国有企业中名列前茅的利税大户和明星企业，创造过辉煌，也经历过曲折。进入新世纪，面对新挑战，红塔集团现状如何、前景怎样，是人们关注的话题。2001年冬天，我和年轻记者万建民受命奔赴玉溪，与云南记者站站长周斌一起，对红塔集团进行了深入采访。以往关于红塔集团的报道很多，对于红塔曾经发生的故事，人们并不陌生。如何通过新的视角，重新审视红塔集团的成长历程，探寻其改革发展的经验教训，是我们一直在思考的课题。在深入采访的基础上，经过反复讨论，最后形成了一组比较生动、形象的标题："跳出来的红塔""长出来的红塔""闯出来的红塔""拼出来的红塔"，从四个方面反映红塔集团的发展实践和改革探索。在系列报道结束之际，刊发了题为《天外还有天》的评论员文章，梳理了红塔经验的有益启示，提出要正确处理政府与企业的关系，理解红塔，扶持红塔，让红塔轻装上阵。

跳出来的红塔
——玉溪红塔集团探访录之一

红塔的多元化听起来多少有点像一个"无心插柳柳成荫"的故事。

从单一的烟草产业扩展到配套产业，这看似被迫的轻轻一跳，没想到竟"跳"出了一个庞大的红塔"非烟帝国"。到2001年7月，在红塔实业有限公司更名为红塔投资有限责任公司之际，红塔集团的非烟产业投资总额已达140多亿元，投资企业72家，其中全额投资13家，控股30家，参股29家。

不得已而为之

多元化在企业界一直都存在争议，在多元化的道路上"走麦城"的前车之鉴更是屡见不鲜。对于红塔集团来说，无论投资什么，利税水平都无法跟卷烟相比，为什么还要走多元化这条冒险的道路呢？

红塔的多元化是以做强主业为基础的。玉溪红塔集团董事长兼总裁字国瑞对记者说，在做强主业的同时实施多元化战略，可谓"不得已而为之"。

首先是国内烟草市场的壁垒让红塔在扩大市场份额上很难有大的作为。目前红塔在国内市场上占有的份额在7%左右，"红塔山"品牌的市场集中度只有2%，而"万宝路"的市场集中度高达61%，所以理论上红塔应该存在扩大市场的可能。但是烟草专卖和地方保护下坚固的市场壁垒让红塔在这方面的努力四处碰壁。做大、做强品牌的选择受到很大的阻力。

其次是加入WTO后的市场变化情况，将会使烟草行业受到较大的冲击。加入WTO后，关税减让和许可证管制等非关税壁垒将逐步放松乃至取消，外国的品牌必然要大量进入中国市场。红塔虽然是世界第五，但国际差距也是显著的——居世界首位的菲利浦莫利斯公司年产销量为1900多万箱，这一数据是红塔的10倍。同时，红塔的市场基本上集中在国内，在国际市场上的竞争才刚刚起步，这与主要依托国际市场的世界巨头也是不可同日而语的。

与此同时，红塔经过前期的发展，已经积累了相当的资金，为这些资金寻找到合适的出路，企业才能进一步做大。红塔需要开拓更加广阔的发展空间。玉溪红塔集团副总裁、红塔投资有限责任公司总经理朱晓阳说，红塔多元化经营的实质已经由原来的为了打破辅料供给瓶颈转向把积累起来的利润投资非烟产业，来降低单一主业的风险。当初无意识的一"跳"已经成为和集团发展战略相融合的举措。

98名员工和5.56亿利润

从2000年玉溪红塔集团内部发布的年报来看，当年红塔投资有限责任公司投资企业的全部利润为16.4亿元，公司本部利润达到5.56亿元。这一利润水平在云南省可排进创利大户的前三名。然而更让人吃惊的是，管理红塔投资有限责任公司的所有红塔员工加起来仅98人。

红塔投资有限责任公司副总经理刘会疆引用这组对比鲜明的数据来向记者证明，"红塔投资是完全按照现代企业制度运行的"。的确，横跨轻化工、电力、建材、服务、金融、制药等多个行业，投资72家企业的公司，仅仅由98名员工负责管理，没有建立科学、高效的现代企业制度是完全行不通的。轻化工行业最先纳入红塔的多元化战略，到现在已成为红塔多元化投

笔底风云四十年(上)

资中最成熟、赢利能力最强的行业之一。轻化工业共6家企业,2000年利润4.3亿元,其中最主要的两家控股公司珠海红塔仁恒纸业公司和红塔蓝鹰纸业公司的利润分别超过了2亿元和1亿元。今年7月和10月,又有与德商、港商等合资的香精香料厂和防伪材料生产企业先后投产。

红塔介入金融证券的时间比较晚,但投资迅速得到了回报。在这一领域,红塔投资公司的主要投入是:全资拥有北京红塔兴业投资公司、持有国信证券20%的股份、持有云南首家风险投资公司红塔创新风险投资公司51%的股份;在华夏银行持有3.5亿股、交通银行3.4亿股、光大银行2.4亿股、广东发展银行1.2亿股;在太平洋保险公司持有1.9亿股、持有华泰财产保险公司5000万股。2000年,国信证券和红塔兴业都为红塔带来了8500万元的利润,而红塔创新投资公司更是在经营不足半年的情况下带来了1449万元的回报。

红塔多元化不得不说的一块是它在能源交通方面的大量投入。红塔集团全面参与了澜沧江流域水电开发工程,前后分别投资于漫湾、大朝山、小湾、糯扎渡前期等4个大型水电站,阳宗海等1个中型火电站和6个小型水电站,总装机容量1286万千瓦,红塔集团股份折合装机容量280万千瓦,相当于一个葛洲坝水电站,现已投资20多亿元,还将投资50亿元。在交通方面,昆玉高速公路红塔控股82%,出资也达20亿元。刘会疆认为,这些长线投资,虽然回报周期比较长,现在多数还不赢利,但回报率相对比较稳定,是风险比较小的投资项目。

此外,红塔投资还涉及到机电建材、酒店服务业、生物制药、IT等多个领域。旗下的滇西水泥厂第三条生产线于2001年10月26日投产,生产规模百万吨,成为云南省销售量最大的水泥厂。红塔还拥有云南白药21%的股份。朱晓阳副总裁向记者介绍说,红塔多元化投资的领域和比例还在调整之中,长线的基础建设投资,会保持在占总投资30%的水平上;对金融证券等风险大、收益快的短线投资也要保持30%的比例,而对于一些效益不好或者不适合红塔的产业则要逐步地减少投资比例乃至完全退出。

三次更名的背后

2001年7月，红塔实业有限公司更名为红塔投资有限责任公司，而红塔实业有限公司的前身是红塔（集团）总公司。朱晓阳说："三次更名，不仅仅是名字上的改变，它意味着以后投资公司的方向更加明确，摸着石头过河的日子结束了。"

7月28日，上海瑞吉红塔大酒店竣工开业。这家红塔投资的全资子公司采用了不同以往的管理模式：聘请美国喜达屋酒店及度假村集团进行经营管理，并冠名旗下最顶级的酒店品牌瑞吉。这说明红塔投资在多元化战略上逐渐走向了成熟。刘会疆介绍说，今后投资自己比较熟悉的行业会自己管理或者自己请人管理，而相对比较陌生的行业会请该行业的专家进行管理。

红塔在多元化的进程中经历了三个阶段。第一阶段是红塔（集团）总公司时期，多元化的目的主要是为了解决烟草辅料和配套产品的供给，由红塔投资兴建企业，同时回报种烟区。第二阶段是红塔实业有限公司时期。这时红塔的多元化投资已经在有意识地寻找烟草外的产业支柱，为红塔多年积累起来的资金寻找出路。第三阶段是红塔投资有限责任公司时期。此时红塔的多元化已经不再是简单地为闲置资金找出口了，而是"更多地依靠资本市场的力量加快红塔的发展"。

世博股份的成功运作，无疑是红塔多元化经营走向成熟的一个最好的注脚。如果世博园上市成功，红塔投资不仅成功地盘活了自己高达7亿元的资金投入，而且能够以此融得大量资金，进一步整合云南的旅游资源。

在多元化的过程中，红塔曾经交了不少学费，从中他们明白了"并不是任何事情红塔都能做好"的道理。相信随着投资理念的不断理性化和投资结构的不断合理化，红塔投资有限责任公司会筑就一个更为强大的红塔"非烟帝国"。

笔底风云四十年（上）

12月26日，在奔腾的澜沧江上，红塔人将收获又一个成功的喜悦。由红塔集团参股30%的大朝山水电站第一台机组将正式投入运行。大朝山电站装机容量13.5万千瓦，红塔集团投融资近30亿元，是我国第一家由国有工业企业参与投资的大型水电站。它的投入运行，不仅标志着西部大开发中云南西电东送翻开了崭新的一页，同时也预示着植根于红土地的红塔集团，正在把握西部大开发的历史机遇，迈开了再创辉煌的新步伐。

（原载2001年12月26日《经济日报》，与周斌、万建民合作）

长出来的红塔
——玉溪红塔集团探访录之二

在美丽富饶的玉溪，不仅生长着闻名中外的优质云烟，也长出了一棵中国烟草业的参天大树——玉溪红塔集团。

人们把红塔集团的成长说成是一种"红塔现象"，即一个地处西部边疆民族地区的小厂，依靠当地对优势资源的成功开发，实现企业的跨越式飞速发展，从而带动一方经济的发展模式。有人用四句话归纳了"红塔现象"的巨大效应：

创造了一个奇迹：在西部地区崛起了一个飞速发展的大企业。

闯出了一条路子：欠发达地区，靠一个支柱产业迅速发展。

活跃了一方经济：上缴税利最高曾占全省的56%。

体现了一种精神：后进地区干部群众自强不息、敢闯敢干的精神。

如何把资源优势变为经济优势，研究红塔的转化模式，无疑具有一定的借鉴意义。

成功的转换

位于滇中腹地的玉溪坝子海拔1600米，土地肥沃，光照充足，昼夜温差较大，是烟叶最理想的生长地。这里还是著名的滇中粮仓，农耕水平历来较高。

然而，得天独厚的自然优势，在长时间里并没有转化为经济优势。1957年，红塔集团的前身玉溪复烤厂建厂之初，干的活就是把玉溪地区生产的烟叶烤好打包，送往上海、青岛、天津等工业发达城市生产卷烟。直到70年代末，玉溪的厂穷，政府穷，老百姓更穷。

在从资源优势向经济优势转化的过程中，红塔集团的成功，就在于他们创立了公司加农户的经营体制，成功地解决了龙头企业与千家万户之间的经济联系。他们把农村作为企业的第一车间，把农民作为企业的编外职工对待。通过对农业生产的投入和扶持，由农民提供优质的原料，企业用优质原料加工出名牌产品，并取得高额的效益和报酬，返回去再扶持农业的发展。运用这种独特的模式，红塔集团在生产的上游，形成了以玉溪市60万亩优质烤烟基地为核心的原料基地，企业常年储存着价值70亿元以上的优质原料，可以满足市场的不同需求。

在稳定上游、建立巩固的原料生产基地的同时，红塔集团致力于提高资源转化能力，使企业的生产规模和技术装备水平始终走在前列。从1981年引进美国莫林司公司的第一台机器开始，红塔进行了三次大规模的技术改造，进行了高水平的技术引进和消化吸收。1996年完成的关索坝工程，投资45亿元。近两年来，集团又投资3.5亿元，建成了一座国内一流的技术中心，在市场上形成了一批具有强大市场竞争能力的名牌产品。

由于较好地兼顾了国家、企业和农民的利益，红塔集团变资源优势为经济优势的意义得到了放大。1979年，红塔集团的前身玉溪卷烟厂固定资产不到1000万元，现在集团的固定资产总量420多亿元；税收从当时的9600万

笔底风云四十年（上）

元发展到去年的160亿元。"八五"期间红塔集团实现税利512亿元，"九五"创造税利924亿元。大批农户在烤烟种植中获得良好收益。红塔集团还成为了地方财政的重要支柱。

艰难的转轨

在新的世纪，红塔集团面临着更大的挑战。从一个主要适应计划体制和国内市场的传统企业向适应市场体制、面对国际竞争的现代企业转变，这无疑是一个更为艰难的跨越。

红塔人对面临的挑战有着清醒的认识。红塔集团董事长兼总裁字国瑞认为，尽管红塔有几百亿的资产，每年有以百亿计的税利，但依然面对着严峻的挑战。挑战第一是来自反吸烟的呼声日益高涨，第二是国内烟草市场包括正常和非正常竞争压力的挑战，第三是西部开发的紧迫感和云南经济相对落后的压力，第四是来自"洋烟"的挑战。

"入世"是企业不可回避的现实。字国瑞说，我们的对手力量十分强大，但不意味着我们没有机会。80年代末90年代初，我们已经和"狼"较量过了。最初，外商为了占领中国市场，不惜血本，低价倾销，就在那样的情况下，"红塔山"仍然牢固占领了市场。

把红塔集团放到剧烈变化着的市场条件下分析，它有着三重属性。作为企业，它首先要遵循企业自身的发展规律；作为一个烟草专卖体制下的企业，它又要受到计划体制的制约；作为一个为财政作出特殊贡献的利税大户，它还必然受到地方政府的"特殊关照"。

烟草行业是一个计划和市场结合的行业，烟草的种植、收购、生产销售在专卖下进行，消费者的选择却是一个完全的市场行为。市场这只"看不见的手"，近年来在烟草市场上制造了两个大的背景，一是到1995年左右，中国烟草制品供求关系发生大的变化，总体上供过于求；另一方面各地强化了对地产烟的保护。由此形成了两个趋势，一是消费多样化。不同地区和层次的消费者有不同的需求;二是利益分散化,由于各地都在力图通过烟草的高税利积累资金,市场资源被人为分割。尽管红塔年产量达到200万箱,但在全国市场覆盖率只有6.7%。市场覆盖率上不去,一是封锁;二是计划指标,超过计划的部分要靠购买调剂指标;三是兼并成本太高。

作为当地为数不多的高税利企业,红塔集团的发展与地方政府的大力扶持分不开,同时也间接承担了一些政府的投资职能,还在一定程度上影响着地方的经济指标。在地方经济中举足轻重的地位,决定了红塔在企业自身一些重大问题的决策上,并不完全是企业能够说了算的。在市场竞争日益激烈的形势下,如何按照现代企业制度完善企业的决策经营机制,保证政府的意图同企业的发展目标相一致,寻求两者利益的最佳结合点,也是一道尚待进一步探索和解决的难题。

(原载2001年12月27日《经济日报》,与周斌合作)

闯出来的红塔
——玉溪红塔集团探访录之三

目睹红塔今日的辉煌,为许许多多在西部地区创业的人们增添了自信。而探究红塔成长的奥秘,无疑将给西部的创业者们以更多的启示。玉溪红塔集团的一部发展史,就是转变观念、勇于创新的历史。有专家评论,如果要用一个字来总结红塔的奥秘的话,那就是一个"闯"字。

"三大步"这样走过

鸟枪换炮,今非昔比。但在集团创业之初,技术不如人,设备不如人,政府重视程度也不如人。

红塔的故事可以说是这样开始的。1981年春天,云南省轻工厅引进一

笔底风云四十年（上）

台英国莫林斯公司生产的MK9-5型卷接机，首先想到的是更有希望成为"中国第一"的昆明厂。这种机器性能是好，但价钱太贵，比国产要高出60倍！由此，昆明厂一时没拿定主意。而当时的玉溪厂，使用的是30年代上海造的老机器，全厂固定资产原值仅1187万元。听到这个消息，玉烟人眼睛一亮，当即找到轻工厅，请求把"别人不要"的机器给自己。接着是旷日持久的跑立项，跑计划，跑贷款，跑外汇，最后跑烂一辆白色丰田，终于拿到了MK9-5。

其后接连几着好棋，使红塔技术装备迅速在同行业中领先，并逐步与国际接轨。企业的历史翻开了加速发展的一页。

回首集团20多年的发展历程，红塔集团董事长兼总裁字国瑞认为，红塔集团有今天的成就，得益于红塔人对机遇的敏感和把握，率先走出了三大步：

第一步是创立公司加农户的经营体制。在技术设备更新之后，红塔面临的是原料不足的问题，于是提出了搞基地的设想。经过一番软磨硬缠，得到了"可以先搞一点"的批示。于是投资从50万元到6亿元，面积从2000亩到120万亩，农村成为红塔的"第一车间"，农民成为企业的"编外职工"。今天，公司加农户的模式不但被继承了下来，而且被赋予了市场经济的概念；

第二步是创立"三合一"的管理体制，即实现人财物、产供销、内外贸的高度统一。尽管今天看来，这种体制有其弊病，但在当时历史条件下，通过这种形式把过去被人为割裂的内在经济关系重新结合起来，不失为重大的体制变革；

第三步是从工厂制到公司制的改革。这是红塔集团从传统工业企业向建立现代企业制度迈出的一大步。在这一改革中，把产品品牌转化为企业品牌，企业实现了较大规模的多元化经营，品牌价值不断提高，多元化投资达到142亿元。

互动的前提是主动

政策也是机遇。国务院刚刚出台扩大企业自主权的8条规定之际,红塔人就读懂并抓住了一条:增产可以自销,由此为积累资金、扩大规模提供了可能。后来转换企业经营机制条例颁布,红塔人从中看到了更大发展的契机:企业拥有产品销售权和产品定价权。两权落实,企业自然是获益匪浅。

改革开放是一个渐进的过程。政府与企业关系的调整、外部环境的改善需要政府与企业的互动,而互动的前提是主动。红塔人在实践中认识到,政策是等不来的。企业只有主动要求改革,争取上级政府的支持和帮助,才能一步一步地突破旧体制的束缚,排除阻碍生产力发展的生产关系障碍,更快地营造一个有利于发展的外部环境。

还是在20世纪80年代初期,国家对各个厂实行丝束和盘纸的配给制度。由于辅料受制,产品供不应求。他们主动争取到省政府的认同,在不违反当时政策的情况下,自主地解决了辅料供给不足的困难,使产量大幅提高。1988年云南澜沧、耿马大地震,万众揪心,"要资金还是要政策?"中央十分关怀受灾群众。"要政策!"红塔人站出来,支持当地政府不要中央一分钱,自力更生救灾,争取到了名优产品翻番工程。

90年代初,国家主管部门开始严格实行限产压库政策。产品仍然供不应求的玉溪厂积极争取条件,在厂际开展生产指标的调剂。此举一出,可谓"一石三鸟",使市场供给矛盾得到缓和。

哲人说:世上本没有路,走的人多了,便成了路。红塔人走过的路,正是一条别人没有走过的路。

视今天为落后

随着电视广告的反复播放,人们提起红塔集团,首先想到的是"天外有天,红塔集团"的广告词。

笔底风云四十年（上）

字国瑞这样诠释这句广告词的内涵：红塔集团创造了辉煌的过去，现在虽然是同行业亚洲第一、世界前列，但是我们要有永不满足的精神，山外有山，楼外有楼，红塔人永不满足，保持这样的精神状态，才能自强不息，再造辉煌。

因为深知"天外有天"的道理，所以红塔人的理念是：永远视今天为落后。

红塔集团的内部管理改革在不断深化。从去年底开始，红塔投资1亿多元，建设现代化的信息平台，引进国际顶尖企业普通采用的ERP（企业流程再造）系统。这个系统通过计算机网络把企业的物流、资金流、信息流纳入一个信息平台统一管理，不但改善了以前人工管理的重复操作、时间滞后、反馈不灵敏等状况，而且将迫使企业所有的管理行为都"在阳光下进行"，实现对企业业务流程的优化重组。字国瑞说："为了应用这套系统，必然要对企业内部结构进行调整，对机构设置和职能在相当程度上进行新的定位。通过这个全面的系统工作，可以从根本上或者很大程度上解决我们管理上的问题，使红塔的管理真正上一个台阶。"

为保证这套系统尽快投入运作，集团副董事长李振国出任项目经理。各部门抽调精兵强将，全力配合。到今年11月，系统投入试运行。

红塔加快了向现代企业制度的转变。以前是一个"小社会"，也像一个"大家庭"。办学校、办医院、办食堂；职工劳动所得以各种实物形式发到手里，企业能包的都包，能发的就发。在当地政府的支持配合下，红塔开始了以"卸包袱"为目的的服务社会化改革。中小学已经剥离出去；绿化、卫生对外承包；食堂合并招聘管理。

10月31日，云南省代省长徐荣凯来到红塔集团调研。在肯定红塔集团发展成就的同时，他指出：红塔经过高速发展之后，随着国内外市场环境的变化，到现在已进入到一个新的调整期，这是世界上任何大企业都必然要经过的一个阶段。多年来的发展证明，红塔有这样一个特点，就是能解决自身遇到的困难，然后继续前进。目前红塔要做的首先是要正视存在的问题；第二是要有信心和决心，力争一年小变化，三年大变样，使红塔的销售水平、税利水平达到或超过历史最高水平，让品牌形象在消费者心目中更加牢固。

三年再创辉煌，这是鼓励，也是鞭策。人们有理由相信，"永远视今天为落后"的红塔人一定能够实现这个目标。

（原载2001年12月28日《经济日报》，与周斌合作）

拼出来的红塔
——玉溪红塔集团探访录之四

有人说红塔的主业属于垄断行业，市场不是企业发展的决定性因素。然而，玉溪红塔集团的壮大恰恰是因为他们在别人还没有意识到市场作用的时候利用了市场，在大家都开始利用市场的时候强化了市场的意识。正是凭着在市场中永不松懈的打拼，正是凭着在市场中抢到的先机，他们将一个小厂发展成了今天的企业集团。

1998年，红塔集团年税利首次跨过200亿元大关。然而，市场就像是春季的天，说变脸就变脸。到1999年3月底，销量下降，市场形势相当严峻。

怎么办？从市场失去的还得从市场找回来。红塔人打响了一场新战役。

科技创新争市场

红塔快速发展的一个重要原因是它的"地缘优势"和品牌。市场在不知不觉中发生了变化，使他们逐渐失去了部分市场。是保持品牌特色牺牲市场，还是适应市场？红塔内部发生了很大的争议。在争论的过程中，越来越多的人认识到，名牌的生命力在于能够随着市场的需要不断地创新，市场的口味变了，产品也要相应地作出改进。共识在争论中逐步形成：适应市场！

笔底风云四十年（上）

以适应市场为目的的"科技创新工程"在红塔顺利启动：

——经国家经贸委批准，红塔成立国家级技术中心。

——投资3.2亿元，兴建科技楼，2000年11月全部启用。引进国际领先水平的色谱仪、质谱仪，可对原料、辅料、配料从种植到生产的全过程进行精细的定量分析。

——开展配方研究，进行"降焦提质"攻关。1999年，红塔提前3年实现了国家经贸委、国家烟草总局提出的降焦要求。加上在销售上的努力，到1999年底，红塔的市场稳住了，2000年元月，市场逐步回升。

红塔还着力提升产品的内在品质。2001年，红塔原料基地已有1万余亩的病虫害防治采用了生物农药，预计明年将推广到12万亩以上。2001年，红塔出台了19项科技措施，每一项措施都直接和职工的经济效益挂钩。一套完整的制度规范了生产的每一个环节，为质量提供了最大的保障。

制度创新拼市场

1998年红塔集团销售部门搞市场的仅仅只有20人。字国瑞把红塔当时的企业结构形象地比喻成"橄榄"，销售、研发两头小，中间生产大。

正当的市场竞争与不正当的地区封锁使习惯了等客上门的红塔人再也坐不住了。字国瑞提出，红塔的组织结构要从"橄榄"型向"哑铃"型过渡，在研发能力有了显著提高的同时，必须立即组建一支销售大军，编织全国性的销售网络，以打破封锁，适应竞争。

于是，集团几位领导分别带队分6个市场调研组分赴全国20余个省、市、区进行调研，掌握第一手市场信息，为建立全国销售网络提供了翔实的参考资料。

于是，一场"公开选拔销售人员"的活动在集团轰轰烈烈地进行。经过笔试、面试、考察、培训，一支由35岁以下，大专以上文化水平，三年以上工作经验，销售知识、工艺知识全面的职工组成的320人的销售队伍很快建立起来，分赴全国各地。

与此同时，为了进一步渗透市场，销售公司开始探索与销区的经销商共同出资建立联营公司，与销区建立长期而稳固的战略伙伴关系，以突破地方封锁。目前已经在广东、深圳、重庆等11个省、市、区建立联营公司。据初步统计，这些联营公司完成了2000年销售量的一半左右。

产品创新拓市场

从去年开始，熟悉"红塔山"的消费者发现，"红塔山"系列产品陆续走进市场。产品的包装更加靓丽悦人。

在海外市场，红塔集团也在2000年正式推出了第一包国际流行口味的英式卷烟——MARBLE。随后，美式混合型卷烟PLAZA、新兴等品牌卷烟也相继进入国际市场。同年7月，第一家海外销售公司红塔瑞士有限公司成立。红塔开始把拓展市场的步伐迈向了全球，目前已开发适合国际市场口味的品牌6个：PLAZA、MARBLE、ESTON（BLUE）、ESTON（RED）、BRASS、STRAND，并全部在海外市场注册，主要销售到非洲、东欧、亚洲等地。

在字国瑞眼里，国内市场的竞争固然重要，但更让他担心的是虎视眈眈的国外竞争者。20世纪90年代，经过大规模的合并后，行业内形成美国的菲利浦莫利斯公司、英国的英美公司和日本的日本公司"三足鼎立"的局面，三大巨头的年产销量已占到世界总量的41%左右。形成鲜明对比的是，国内的同业在这一时期才进入了"春秋战国"时期。到2000年底，国内共有大大小小的厂家180多家，2000多个牌号。"入世之后，外烟势必凭他们的实力，凭他们的知名度，凭他们百余年积累的丰富的营销经验，将真正成为红塔的强劲对手。目前我们眼光盯住的是这些对我们可能构成威胁的真正对手。"字国瑞这样解释红塔的海外战略。

由于行业管理的特殊体制，使得中国烟草的外贸依存度一直偏低。长期单一依靠国内市场发展的风险在入世后表现得越来越明显，企业要想生存发

笔底风云四十年（上）

展，必须主动出击国际市场。红塔人意识到了这一点，他们在巩固国内市场的同时，着眼于积极参与国际竞争。

"我们的目标是进入世界500强。"面对挑战，红塔人显得信心十足。

（原载2001年12月29日《经济日报》，与万建民、周斌合作）

改革要有新突破

改革是发展的动力。进一步深化改革，是党的十六大上的热门话题。

总结13年来的基本经验，其中重要的一条就是：坚持改革开放，不断完善社会主义市场经济体制。代表们认为，以确立社会主义市场经济体制的改革目标为标志，党的十四大以来，我国的改革开放和现代化建设进入了新的阶段。在社会主义条件下发展市场经济，是前无古人的伟大创举，是中国共产党人对马克思主义发展作出的历史性贡献，体现了我们党坚持理论创新、与时俱进的巨大勇气。代表们高兴地看到，当新世纪到来的时候，我国经济体制和经济运行机制发生了深刻变化，市场在资源配置中明显地发挥基础性作用，以公有制为主体、多种所有制经济共同发展的格局基本形成，宏观调控体系初步确立，社会保障体系初步形成，我国社会主义市场经济体制初步建立。

社会主义市场经济体制的大厦奠定了基石，构建了框架。然而，大厦尚未完工，体制有待完善。江泽民同志在十六大报告中指出：全面建设小康社会，最根本的是坚持以经济建设为中心，不断解放和发展社会生产力。报告进一步明确了完善社会主义市场经济体制的目标，对新世纪头20年深化经济体制改革的任务作出了全面部署。十六大代表、黑龙江省委书记徐有芳说，报告着眼于建立社会主义市场经济体制的要求，把经济、政治、文化、国防建设和党的建设，与各方面的改革一并进行部署，这是个非常鲜明的特点。以改革为动力，统筹部署和全面推进各项工作，符合"两个文明"建设进入新时期的新要求，体现了以江泽民同志为核心的党中央统揽全局、驾驭全局的执政和领导能力。

改革要有新突破。在新世纪新阶段，改革向何处突破？

陈清洁代表是中国振华电子集团有限公司董事局主席、总裁。振华公司是江泽民同志当年抓电子工业改革的产物，江泽民同志十分关心振华公司的改革和发展，先后两次到振华公司考察指导工作。陈清洁代表感慨地说，如果没有当年江泽民同志改革、重组电子工业的决策，我们振华集团所属20多家企业可能大多在竞争中被淘汰了，不可能有今天这样欣欣向荣的局面。江泽民同志在十六大报告中提出了进一步深化国有企业改革的任务，特别是明确提出要建立权利、义务和责任相统一，管资产和管人、管事相结合的国有资产管理体制，这是经济体制改革的一个重大突破，是国有企业改革向纵深发展的动员令。

把深化国有资产管理体制作为下一步改革的突破口，具有重要的意义。十六大代表、甘肃金川集团有限公司董事长、总经理李永军说，听报告的时候，在国有资产管理体制改革的这部分，我不断地画着粗红线。因为这是经济体制改革面临的一个关键问题，经过20多年的探索、发展，我们应该在这个问题上有所创新、有所突破。这方面的体制理顺了，必将进一步促进企业转换经营机制，推进现代企业制度的建立和完善。我们要抓住这个契机，以更昂扬的斗志，更踏实的工作，深化改革，加快发展，尽快在竞争中壮大自己。

在国有资产管理体制改革上，武汉市先行一步，他们的经验被称为"武汉模式"。十六大代表、武汉市市长李宪生说，报告中把国有资产管理体制

笔底风云四十年（上）

改革称为"深化经济体制改革的重大任务"，既然是重大任务，就不是过去理解的那样是一项具体工作。武汉市国有资产监管营运体制改革，经过十多年的不断探索和实践，实现了由行政性、计划化管理向产权性、市场化管理，由实物性、静态化管理向价值性、动态化管理两个转变，国有经济在经济增长和结构调整中发挥着越来越重要的导向、调节和催化作用。到去年，全市国有资产总量已经达到595.41亿元，其中经营性资产为393.95亿元，非经营性资产为201.16亿元，国有资产总量比1995年净增181.08亿元，增幅达到43.7%。十六大后，我们将按照十六大报告指出的方向，在总结经验的基础上进一步创新体制，探索国有资产的有效运作机制。

深化国有资产管理体制的改革，是与坚持和完善基本经济制度相联系的。十六大代表、长春欧亚集团股份有限公司董事长、党委书记曹和平说，江泽民同志在报告中提出"根据解放和发展生产力的要求，坚持和完善公有制为主体、多种所有制经济共同发展的基本经济制度""必须毫不动摇地鼓励、支持和引导非公有制经济发展"。这一点对我触动很大，像是吃了一颗定心丸。改革的实践证明，各种所有制经济完全可以在市场竞争中发挥各自优势，相互促进，共同发展。国有企业在改革中要探索国有经济的多种有效实现形式，积极推行股份制，发展混合所有制经济。这对于国有商业企业来说，尤为重要和紧迫。国有商业企业有良好的商誉资源，有良性的资产，相信通过深化国有资产管理体制改革，能够适应市场和驾驭市场。我们企业正在进行混合所有制改革的探索，同时初步建立起店铺、卖场、超市等多种经营业态，物流配送初战告捷，去年实现销售收入17亿元，今年有望实现较大幅度的增长。

改革未有穷期。代表们认为，从实际出发，整体推进，重点突破，循序渐进，注重创新，坚定不移地推进各方面的改革，是我们实现新世纪新目标的重要保证。

（原载2002年11月14日《经济日报》）

装备制造新跨越

2007年12月26日，首届中国工业大奖在北京人民大会堂颁奖，这项大奖授予的对象是为促进国家产业发展和增强综合国力作出重大贡献的企业。沈阳机床集团作为唯一的地方国企登上了这个中国工业领域的最高领奖台。沈阳机床集团董事长陈惠仁在获奖感言中说："这不仅仅是对沈阳机床的嘉奖，更是对重铸辉煌的辽宁装备制造业的褒奖。"

一批产业排头兵重新崛起，一批新型产业基地不断涌现，这是辽宁老工业基地步入全面振兴新阶段的具体体现。

改革，老工业基地的"精彩转身"

辽宁老工业基地的"年轻"时代也曾经历过辉煌。但在向市场经济过渡期间，一大批国有企业曾步履艰难，辽宁经济的增速在很长一段时间一直低于全国平均水平，经济位次逐年后移。身处体制性矛盾和结构性矛盾重围中的老工业基地，一面着手解决国企冗员、债务等历史包袱，一面厚积蓄势，酝酿重振雄风的转折。

2003年10月，国家作出实施东北地区等老工业基地振兴战略的重大决策，辽宁老工业基地乘势而上，把国家的政策支持变成促进发展的具体行动，把深化改革作为体制机制创新的突破口，启动了国有企业深化改革、加快重组的"破冰"之旅。

2005年10月，辽宁省委、省政府召开全省深化企业改革工作会议，提出要以股份制改造为重点，尽快使国企改革在重点领域和关键环节取得突破。以此为标志，辽宁拉开了新一轮国企改革的序幕。3年前还负债30多亿元的亏损大户——新抚钢，2005年改制后实现了跨越式发展，一举成为抚

笔底风云四十年（上）

顺市利税第一大户。改制后新抚钢大动作不断，与建龙集团联合重组，并参股重组通钢集团，逐步实现了从量变到质变的重大转折。

两年多的时间过去了，辽宁国有企业改革取得重大突破，90%的地方国有大型工业企业完成股份制改造，国有中小企业产权制度改革全部完成。辽宁新一轮国企改革、重组有几个鲜明的特点：

其一，引进战略投资伙伴，一大批央企入主辽宁国企。华锦集团与中国兵工集团重组，中石油、中石化参股沈阳鼓风机集团，沈阳冶金机械与中国有色集团重组，等等。据辽宁国资委统计，在已改制的36户国有大企业中有一半是与央企联合重组。地方国企引入资本金80多亿元，"借大船顺势出海"，拓展了未来发展的空间。

其二，大步"走出去"，实现跨国并购重组。沈阳机床并购德国希斯公司，将研发中心和营销平台直接摆到了欧洲机床制造业前沿；北方重工以绝对控股的方式，并购了世界隧道掘进机巨头法国NFM公司，不仅拥有了隧道掘进机的顶尖技术，而且成为国内盾构机规格品种最全的生产企业。在国际资本运营舞台上，开始出现越来越多的辽宁国有企业的身影。

其三，民营企业异军突起。民营企业新疆特变电工接手沈阳变压器厂之后，输入高效率的管理模式，建立了现代企业制度，当年就使沈变走出了亏损谷底。如今特变电工沈变集团已成为国际同业中的"明星"企业。

"经过这几年的改革、重组，辽宁国有企业甩掉了包袱，走出了困境，挺起了脊梁，国有企业控制力和影响力明显增强，显现出强大活力。"辽宁省有关方面负责人介绍说。据统计，辽宁已改制的大型国有企业中，地方国有股比重由61%降到46%。521户改制企业销售收入平均提高37%，职工收入提高49%。2007年，辽宁规模以上工业企业实现利润762亿元，增长62%，其中，国有及国有控股工业企业利润增长45.5%。

改革、重组，使辽宁国企步入了又好又快发展轨道。

创新，推动"中国制造"走向"中国创造"

不久前，寄托着国人对国产客机翱翔蓝天的翘首期盼，首架具有自主知识产权的ARJ21飞机"翔凤"成功下线，在国内外引起巨大反响。一航集团沈飞公司是"翔凤"的研制单位之一，承担了"翔凤"30%的工作量。沈飞民用飞机公司总经理庞真说，"承担'翔凤'研制任务是航空制造业自主创新的一次重大实践。沈飞在研制过程中攻克了多项技术难关，填补了国内空白。"以创新为利刃，沈飞不断拓宽民机国际市场。2007年实现民机零部件出口5000万美元。最近，沈飞又开始承接我国目前最大的民机关键部件转包项目。

国产数控机床与国产数控系统能否实现最佳匹配？这个困扰机床企业多年的"身心游离"的难题在辽宁得到破解。在辽宁省和沈阳市的大力推动下，沈阳机床集团与中科院沈阳计算所、沈阳高精数控公司开展联合攻关，成功实施"国产数控机床应用国产数控系统示范工程"。

辽宁省是全国首个实施以企业为主体建设技术创新体系的试点省份。全省科技专项资金的70%投在企业，确保科技计划在立项时就符合市场需求。目前，辽宁省90%以上的大中型工业企业与省内外150余家重点科研机构和大专院校建立了技术合作关系，共建省级以上各类企业研发中心310个，产学研技术联盟410家。大连重工·起重集团董事长宋甲晶说："以企业为主体推动自主创新，有利于促进社会科技资源合理集聚和有效利用。我们通过联合创新，同国内外专家一起围绕曲轴研制的7大技术课题展开攻关，成功实现了大型船用曲轴的国产化，将有效缓解长期制约我国造船业快速发展的瓶颈问题。"

在基础设备、运输设备和专用成套设备等许多重大技术装备领域，辽宁一批支柱企业坚持不懈地自主创新，实现了以"中国制造装备中国"的夙愿：本溪钢铁集团成为全国第二家可以批量生产汽车面板的企业；华晨集团

笔底风云四十年（上）

的中华尊驰1.8T发动机技术处于世界领先水平；沈变集团承担了世界上首条商业运行的特高压直流输电设备……在辽宁，越来越多的重大装备"横空出世"，并打上了"自主知识产权"的印记。

辽宁把自主创新作为转变经济发展方式的根本途径。通过信息化带动工业化，力求走出一条科技含量高、经济效益好、资源消耗低、环境污染少、人力资源优势得到充分发挥的路子。以民营为主的高科技企业已经成为促进辽宁产业升级的新生力量。沈阳远大集团依托拥有的自有技术，在抚钢的二次烟除尘系统工程中实现国内首例脱硫工程，除尘指标超过欧洲标准5倍。

"辽宁企业正表现出前所未有的活力。"在辽宁投资的比利时贝卡尔特集团副总裁赫尔曼感叹道。

调整，国家新型产业基地雏形初现

把辽宁建设成为国家新型产业基地，是实现老工业基地全面振兴的重要标志。在2006年10月召开的全省第十届党代会上，辽宁省委把建设国家新型产业基地列为全面振兴的重点任务，提出要全面推进产业结构优化升级，加快构筑新型产业体系，立足辽宁的产业优势，重点发展现代装备制造业和新型原材料工业。同时，有重点地发展高技术产业，加快发展轻型工业，鼓励发展现代服务业。努力把辽宁建成技术先进、结构合理、功能完善、机制灵活、特色鲜明、竞争力强的新型产业基地。

"从传统老工业基地迈向国家新型产业基地，必须着力推进产业布局调整和产品结构调整。两年来，这两个方面的调整都有了长足进展。"辽宁省发改委副主任刘焕鑫介绍说。从产品结构看，初级产品、粗加工少了，高附加值、高加工度的精品多了；从产业结构看，装备制造业发展势头强劲，已经成为全省第一支柱产业。装备制造业的加快发展，带动了原材料工业优化升级和高新技术产业、现代服务业发展壮大。辽宁经济结构更趋合理。

装备制造企业聚集的沈阳市铁西区，过去一直是老工业基地调整改造的难点所在，如今却成为老工业基地振兴战略的亮点。2007年6月，国家发改委、国务院振兴东北办授予铁西区"老工业基地调整改造暨装备制造业发展示范区"称号。

铁西区区长李松林介绍说："铁西的经验就是从调整产业布局入手，调整与改革、重组相结合，推动老工业基地的振兴。由企业单体改造转变为区域整体重构、从封闭式的改造转变为开放式的改造、从单纯的外部资金输血转变为激发内生活力。"思路一变天地宽。几年间，190多户大中型企业从铁西老城区陆续撤出，由东向西搬迁到沈西工业走廊重新落户。这是辽宁工业史上最大规模的一次"企业搬迁"。在搬迁过程中，同时推进改组、改制、改造，加速国有资本与国际资本、民营资本和社会其他资本的有机融合。如今，按照社会化、专业化的分工要求，一个个重量级的装备制造企业次第列阵，构成了一条绵延几十公里的沈西工业长廊，形成了上下游协作有序的装备制造产业集群，彻底改变了企业几十年来"大而全、小而全"生产方式，产业集中度得以提高，产业配套能力和综合竞争力增强。

在全力推进沈西工业走廊建设的同时，辽宁发挥广阔的海岸线资源，在大连打造"两区一带"临港临海先进装备制造业聚集区。一是依托大窑湾港口和保税功能，建设以汽车整体配套为重点的装备制造业聚集区；二是依托大连湾北岸深水海岸，建设以大型装备及部件为重点的装备制造业聚集区；三是依托渤海深水岸线，建设以造船业为重点的船舶和海洋工程及配套产业带。现代装备制造业在这里迅速集聚。大众一汽30万台发动机、塞迈拖拉机等重大项目纷纷落户投产，汽车、机床、重工装备等产业已显现出集群效应。"两区一带"与沈西工业走廊相互呼应，成为辽宁装备制造业的两个增长极。

以现代装备制造业为代表的辽宁工业正在步入又好又快的发展轨道，国家新型产业基地的雏形初现。一大批骨干企业在改革、重组中脱胎换骨，经营状态不断改善，经济指标不断攀升，盈利水平大幅提高，实现了规模与效

笔底风云四十年（上）

益的同步增长。2007年，辽宁装备制造业产值是2003年的2.8倍，占全省工业比重近30%。尤为引人瞩目的是，鞍钢集团和本钢集团实现跨地区重组后，将有望进入世界钢铁业前10名和全球500强。

（本文系《辽宁努力走向全面振兴》系列报道的第二篇，原载2008年2月26日《经济日报》，与孙潜彤、陈建辉合作）

永不言败
——全国优秀企业家师春生小传

一个时代有一个时代的英雄。在中国经济持续高速发展的时代里，一批锐意改革创新的企业家，成为这个时代当之无愧的英雄。

从陕北山沟沟里走出来的师春生，就是这个英雄群体中的一员。正是他，临危受命，勇挑重担，筚路蓝缕，开拓创新，使曾经处于破产边缘的天津药业集团有限公司（现为天津金耀集团）逐步走出困境，一跃成为天津市国有企业乃至全国国有医药企业的"排头兵"，并建成了我国最大的皮质激素类药物科研、生产和出口基地，为民族医药工业的振兴作出了贡献。

2006年4月，67岁的师春生从企业领导岗位退了下来。回首过去，他无愧于心，因为他留下了一家生机勃勃的企业，一支特别能战斗的职工队伍，还有值得后来者珍视的经营理念和创业精神。

突出重围

在天津药业近70年的历史上，1992年是必须载入史册的。这一年是天津药业公司有史以来的"谷底",企业利润仅280万元。

作为总经理,师春生看在眼里,急在心头。

天津药业是一家国有企业,其前身是天津制药厂,始建于1939年,主要生产两大类产品:皮质激素类药物和氨基酸类药物。从1966年开始,很长一段时间,被业内称为"激素之王"的地塞米松系列一直是天津药业的看家产品。在此之前,因生产工艺复杂,技术含量高,地塞米松市场一直被法国罗素、美国普强等几家国际公司垄断,我国的这种药完全依赖进口。直到1966年,天津药业与北京医药工业研究院共同开发成功地塞米松,并由天津药业和上海第十二制药厂生产,当年我国便停止了对该产品的进口。在当时计划经济条件下,拥有了这种替代进口的拳头产品,天津药业自然过上了好日子。

好日子一直延续到20世纪80年代初。其时,国门洞开,阔别中国市场十多年的几家外国大公司卷土重来,其中法国罗素公司实力最为雄厚,其产品号称"世界王牌"。面对国际跨国公司输入的质量好、价格低的产品,天津药业除了降价别无选择。屋漏偏遭连夜雨,当时国内市场原材料价格暴涨,银行贷款利息走高,导致产品成本大幅提高。1982年的天津药业可谓是腹背受敌,生产地塞米松已无利可图,被迫停产。

主导产品退出市场后的天津药业逐渐衰落,步履维艰。1987年3月,师春生临危受命,从医药公司下派担任天津制药厂(天津药业前身)厂长。

师春生到任后的第一件事是恢复主导产品——地塞米松的生产,希望借此来阻止天津药业惯性下滑的颓势,但是事与愿违。两年前,天津药业曾花了45万美元从意大利引进一项生产工艺,但未能投产。师春生带领技术人员在消化吸收引进技术的基础上,投资388万元人民币新建了一条生产线,恢复了地塞米松的生产。1992年,天津药业重整旗鼓,携地塞米松杀回市场,与跨国公司展开第二轮较量。孰料,法国罗素等公司施展价格战,当年天津药业生产100公斤地塞米松就亏损100多万元,不得不再次怆

笔底风云四十年（上）

然退出市场。

一败，再败。严酷的现实让2000多名天津药业员工感到了深刻的危机。在外人看来，此时的天津药业已元气大伤，翻身几无可能。天津药业何去何从？那些日子，这个问题把师春生折磨得寝食难安。

师春生明白，在这生死存亡的紧要关头，天津药业只有两种选择：要么投身竞争求发展，要么服输。师春生毫不犹豫地选择了前者，那是因为——他从不轻言放弃。

这个陕北农民儿子的血液里流淌着"不服输"的基因——想别人不敢想的事，做别人做不成的事。师春生1939年12月29日出生于陕北清涧。这里梁峁蜿蜒起伏，沟壑纵横交错。贫瘠的土地不能给师春生带来富裕的生活，却教会了他不为环境和条件屈服的韧性。尽管直到读初中，他还没见过火车，没坐过汽车，没看见过电灯，但是，当他从报纸上知道中国有两所最好的大学：清华大学和北京大学时，内心就萌发了一个强烈愿望：一定要上这两所大学中的一所。1961年，他如愿以偿，以优异成绩考上了北京大学生物系遗传学专业，成了清涧县有史以来第一个进京读书的大学生。更重要的是，靠老区人民助学金完成中学学业，靠国家助学金完成大学学业的师春生，对党和祖国充满了感激，他唯一的选择就是不辱使命。

经过一番思想交锋，师春生和天津药业班子成员统一思想，树立了国有企业一定能搞好的信念，做出4项决策：一是制订了"高科技加规模经济"的发展战略；二是界定技术开发和市场开发是企业的一线，企业资源必须向一线倾斜；三是颁布了《对有突出贡献科技人员特殊奖励规定》；四是确立了"创新、完美"的企业精神。

经过1年刻苦攻关，科技人员成功地开发了生物脱氢合成含氟皮质激素及其化学合成新工艺路线，使地塞米松的生产成本降低了30%，各项技术指标大幅度提高，除外观色泽和溶解速率较法国罗素的产品稍逊一筹外，其他各项指标均可与其媲美。

屡败屡战，永不言败。1993年，天津药业第三次进入地塞米松市场。

商战的主要形式仍然是价格战。当罗素等跨国公司按照前两轮交锋的惯常做法，一次次挑起新一轮"价格战"时，师春生兵来将挡，沉着应对，有了自主开发的新技术为后盾，天津药业的地塞米松每次都以比罗素公司产品每公斤低500元的价格出现在市场。与时同时，天津药业迅速扩大生产规模，通过技术改造将地塞米松生产规模从800公斤逐步扩大到2吨、5吨、10吨。当商战进入到白热化阶段的时候，美、意等国的产品相继退出中国市场，到1997年，天津药业的地塞米松占领了70%的国内市场。

一路高歌猛进，天津药业不给对手喘息的机会。1997年，天津药业的技术队伍再次对生产工艺进行了重大调整并取得了突破，不仅使地塞米松的技术和质量都达到世界领先水平，而且成本又降低了40%，此时天津药业的产品价格已低于罗素公司产品的外贸进口成本。罗素公司开始沉不住气了，先后4次主动提出休战，要与天津药业统一价格，划分市场。天津药业的回答是："宁可让利，决不失地"。

与国际跨国公司的激烈商战终于进入了"尾声"。为了填补进口产品退出形成的市场真空，天津药业争分夺秒地进行扩产改造工程，加速发展规模经济，仅用5个月时间就使地塞米松生产能力由10吨扩大到25吨。1998年，罗素公司的地塞米松悄然退出中国市场，天津药业的产品占领了国内90%的市场，而且乘胜追击，占领了除中国以外50%以上的亚洲市场。这一年天津药业创造了有史以来的最高利润：3000万元。

1998年11月初，法国对华电台广播称，中国天津药业公司的地塞米松质量好，市场占有率高，他们承认中国产品在质量与价格上均占优势。罗素公司竞争失败、退出中国市场的消息，受到新华社等多家国内新闻媒体的广泛关注。天津市教委将"地塞米松之战"编入初中思想政治教科书，对青少年进行生动的爱国主义教育。

笔底风云四十年（上）

长袖善舞

把世界强敌挤出了国内市场，此时的师春生仍然不敢有丝毫懈怠。与跨国公司鏖战10年，市场的无情让他刻骨铭心。在他看来，与实力强劲的竞争对手相比，天津药业显得过于弱小了，远没有强大到足以抵御市场的急风暴雨，必须加快发展的步子，尽快壮大自己。

如何才能在最短的时间内提升企业的规模与实力呢？

显然，按照传统的路径很难实现加速发展的目标。师春生给大家算了一笔账：1998年年底天津药业的净资产是1.79亿元，这意味着解放以后经营了近50年才积累了不到2个亿的资产。假如同样要花50年时间资产才能翻一番的话，天津药业还能在市场上存在吗？这笔账算下来，让大家的头脑清醒了许多，决策层很快形成共识：发展是硬道理，加快发展才能长久生存。

在师春生的主导下，天津药业的三大发展战略逐渐明晰起来：一是做大主业，固本强身；二是跨业经营，规避风险；三是涉足资本市场，打通融资渠道。

"主业不肥根不稳。有了强大的主业，企业自身的修复能力与再生能力才能有保障，企业才能获得长远发展，这一点，在东南亚金融危机中得到了充分的印证，也是被国内外许多企业的经验教训证实了的。"师春生说。如何协调发展主业和多元化经营的关系？师春生提出了一个"七三定律"，即要把70%的投资用于发展主业，使主业在全部产业结构中至少占有70%的份额，这样的结构和比例将构筑抗衡市场风险的一个合理的产业布局。

"主业突出是企业安身立命之本，是企业长足发展之源。国企改革要突出主业，加快企业内部结构调整，只有不断提高主营业务的竞争力，才能在市场竞争中始终处于有利地位。"在这一经营理念的指导下，天津药业做足主业文章，产能、产量、利润、销售额连年持续增长。如今的天津药业已发展成为我国乃至亚洲最大的皮质激素原料药生产企业，多个品种技术水平和市场占有率全球领先，如地塞米松系列中的三个品种占全球市场份额的50%以上。在主业中，氨基酸类药品是一个新的增长点，其原料药品种在国内市场最全，有十七八个品种，年生产能力1000吨，而大输液也从年产600万支扩大到3000万支。

"如果主业一成不变，企业也不能发展壮大。企业应该在发展中随时定位自己新的主业，同时不断探索多元化经营，寻找新的增长点。"师春生认为，单一利润源不可能支撑企业做百年老店，企业在经营主业的同时应关注区域经济发展，发现商机，开展跨业经营。国际跨国公司的发展经验证明，随着企业规模的扩大，其主业不可能只有一个，多主业具有明显的规避风险的优势。比如，日本的三菱就有三大主业：IT、钢铁和汽车。

在多元化经营的尝试中，天津药业参与的行业除了与医药相关的保健品以外，着力最多的是金融业和大型商业。目前天津药业参股渤海证券、渤海银行、北国投等区域性金融机构的资金达到3亿多元，并投资1.1亿元组建了担保公司。在IT业，天津药业投资最大的项目是中环半导体。天津药业还投资了天津的商业房地产项目，在2002年兴建的滨江金耀广场中占有51%的股份。当外界对此项巨额投资众说纷纭的时候，师春生说："人们有一种误解，以为我们要改行干商业了。其实不是我们要改行，而是看到了商机，就是预测到天津经济发展带来的土地升值潜力。我们买地的价格是330万/亩，几年就升到了每亩700万—1000万，仅地价就上涨2个亿。"

敏锐的商业眼光，科学的分析论证，审慎的操作手法，保障了跨业经营的健康发展。在天津药业，多元化经营并没有像人们所担心的那样成为"陷阱"，反而带来了巨额的、持续的回报，为企业实力的迅速壮大提供了有力支撑。

"如果按照传统的做法，企业通过贷款扩大再生产，不仅投资大，周期长，而且还要背上沉重的利息包袱，现在制造业的利润并不高，一年算账下来，企业只剩下给银行打工的份。"基于这种考虑，师春生拓宽思路，涉足

笔底风云四十年（上）

资本市场，从"贷款造锅"，变成了"借锅煮饭"。

1999年，天津药业的优良资产重组成立天药股份，于2001年6月18日上市，募集资金5亿元。初涉资本运作旗开得胜，从此一发不可收矣，连续进行了一系列重组、兼并和收购。2000年，天津药业收购河南两个药厂，2001年收购江苏一个药厂、湖北一个药厂。如此这般，天津药业无需大兴土木，便增加了60亿支针剂、30亿片剂的生产能力，使产品结构悄然发生了改变，同时把地塞米松磷酸钠50%的销量轻而易举收入囊中。

目前，天津药业已从单一企业发展成为直接间接控股29家公司，参股16家公司的大型企业集团，总资产从1998年的5个亿发展到2005年的83个亿，净资产40个亿，净资产利润率接近10%。

锐意创新

天津药业与法国罗素、美国普强等世界强手的三次商战，表面上成败是由价格决定的，但追根溯源，在价格竞争的背后，技术创新主导着企业的市场沉浮。

围绕着地塞米松这个核心产品，天津药业在历史上有过两次工艺上的重大创新，由此给企业带来重大转机——

第一次是在1992年，天津药业把地塞米松生产中国际上通用的"化学脱氢"改为"生物脱氢"，不但提高了质量，而且成本降低了30%，使天津药业在法国罗素等世界强手的价格战面前站稳了脚跟。

另一次是在1997年，天津药业年轻的总工程师卢彦昌和其他科研人员在"生物脱氢"基础上，采用新的化学试剂及原料，对工艺线路进行重大调整，使反应线路减少了三四步，反应周期由30天减少为19天，产品质量达到世界一流，生产成本下降40%。这一获得了国家科技进步二等奖的重大技术创新使天津药业的地塞米松价格始终低于罗素公司，掌握了价格战的主动权。

几年的价格战,天津药业的地塞米松虽然从每公斤3万多元下降到了1.7万元,但仍有30%的毛利率,其中产品的技术创新起了决定作用。"竞争虽然表现为价格战,但要使自己的产品在质量和价格两方面都取得优势,非有工艺技术上的重大突破不可。我国高科技企业要在与跨国公司的竞争中赢得优势,必须培育自己的技术创新能力,形成具有自主知识产权和国际先进水平的核心技术。"这是地塞米松大战带给师春生的最大收获。

师春生清楚,技术创新是资金密集型的投资活动,离开资金投入就谈不上技术创新。因此,多年来,天津药业不管企业经营顺利与否,对技术创新的投入从不吝惜,尤其是2000年以来每年的研发投入始终保持在销售收入的5%至6%以上。"高科技"在师春生眼里非常具体:生产的所有产品,在中国只要还有一家生产,质量和消耗指标就要领先于它;主导产品地塞米松要超越世界王牌罗素公司的产品;开发的新品附加值要高,同时必须具备一定的生产规模。天津药业的投资原则由此确立,那就是没有领先的新技术、新工艺,不投资。有一个品种在实验室研究了10年,曾经有两次试验新工艺,但都因不成功被叫停。师春生这样解释"不成功"——不是做不出东西来,而是质量和成本不如国内的兄弟单位。

"一个中心、一支队伍、一张网络",这"三个一"就是师春生倾力为天津药业打造的技术创新体系。

"一个中心"即药物研究院。天津药业投资6000万元建立药物研究院,为其装备了国际一流的研究设备,包括化学合成、生物合成、制剂研究的装备等。这个研究院拥有20多位博士生和硕士生,70%以上员工拥有本科以上学历。研究院主要从事药物研究和新工艺设计,为天津药业的长远发展提供技术支撑。2003年"非典"暴发时,由于具有人才和技术装备的优势,该院在很短的时间里就开发出抗"非典"药物甲泼尼龙,结束了我国几十年进口甲泼尼龙原料药的历史。

"一支队伍"即人才队伍。经过10多年的积累,天津药业已建立起一支

笔底风云四十年（上）

高素质的技术开发队伍，专职科研人员达120多人，科研开发能力达到国家级水平。1997年设立了博士后科研工作站，有博士生12人，博士生导师1人，这支科研队伍先后为企业开发了14项科研成果，120多项新工艺。

"一张网络"的意思是，每实施一个新产品或一项新工艺，都要成立有技术、管理、生产和采购人员参加的网络组织。而师春生就是这张网络的"牵头人"。他带领各部门负责人参与到每一个新项目的研发中，群策群力，强力推进，攻克一个又一个研发难关。科研产品的产业化不可能在实验室一步到位，常常需要一线生产人员参与进行二次开发。天津药业总裁卢彦昌对此深有感触，他说，"1993年我们开发'含氟皮质激素类药物的生物脱氢及其化学合成工艺'，1997年又开发了'地塞米松系列产品新工艺'，两项新工艺大大降低了生产成本，直接导致罗素公司退出中国市场。这两项成果都是与一线生产人员的直接参与分不开的。"

在天津药业，这张技术创新的"网络"没有疆界。20世纪90年代后期，天津药业的地塞米松虽然将跨国公司的产品挤出了中国市场，但由于晶体形态不够完美，影响其药效，仍然只能算作国际二线产品。为了解决地塞米松因晶形不够完美而影响出口的问题，2000年天津药业主动寻求与天津大学结晶中心合作，由中国工程院院士王静康领衔，开发成功新型工艺——溶析结晶技术与设备，使天津药业的地塞米松晶形超过了法国罗素的产品，成为国际一线产品。

技术投入要获得高回报，创新体系要高效运转，一套好的激励机制是保证。1992年6月天津药业颁布了《对有突出贡献的科技人员实行特殊奖励的规定》，其主要内容是：凡研究、开发的新产品、新工艺能为公司年创效益50万元以上的，都可得到奖励；奖金的70%必须奖给主创人员，管理者等无关人士一分不给。师春生强调"奖励思维创造，不奖励简单劳动"。也就是说，如果一名科研人员对改进工艺有一套想法，即使不做试验，成果的70%归他。1993年，发明"生物脱氢"新工艺的3名主创人员每人获得

12万—16万元的奖金；1997年，2名主创地塞米松新工艺的技术人员各获桑塔纳2000型轿车一辆。近年来，公司先后拿出400余万元，重奖有功科技人员。

近两年，天津药业的创新奖励机制有了新的发展。从2006年开始，公司提出：要用两三年的时间打造一批百万富翁，让一批科技专家下班后能开着自己的轿车回到自己的别墅。

1993年以来，天津药业共有140项新工艺和20种新产品投入生产，其中"生物脱氢"和"地塞米松系列产品"新工艺，分别获得国家科技进步二等奖。这些新产品、新工艺创造的产值和销售利润，每年都占公司总产值和总利润的70%以上。

如履薄冰

"宏观决策和技术创新要以管理为支撑，不能让管理把技术优势抵消掉。如果技术优势是100%，而管理不好就可能变为80%，甚至更低。"在国有企业打拼了几十年，师春生对企业管理的重要性有着深刻的理解。

贾彦平是天津药业的党委宣传部部长，同时还是信息管理室主任、天津药业销售公司党委书记。在天津药业，像贾彦平这样一人身兼多职的情况在过去很少有，而如今却不是个别现象，这种变化缘于天津药业始于20世纪90年代的管理变革。

天津药业的管理变革是从抓基础管理开始的，即开展人事制度、劳动制度、内部分配制度改革，这"三项制度"改革可以用三句话来概括：管理者能上能下，职工收入能高能低，在职职工能进能退。

搞好人事制度改革的前提是科学定岗定员。劳资部门把每个岗位每个人每天的有效工作时间都记录下来，经过科学测算之后，定岗定员。根据需要，可能两个岗设一个人，或三个岗设两个人。一个部门只设一个负责人。一些部门被合并，如制造部即由原来的生产处、设备处、动力处等4个处合

笔底风云四十年（上）

并而成。

分配则实行岗位技能工资制，由4部分组成：岗位工资、技能工资、补贴和工龄工资，岗位工资和技能工资所占份额最大，并且拉开档次。岗位工资主要体现技术难度、劳动强度和危险性。技能工资则是专为解决"干好干坏都一样，干多干少一个样"问题而设计的。

设定岗位以及工资后，天津药业在公司内部实行公开招聘、竞争上岗。原来30个人的收入可能给了十几个人。每年年底，公司都要对员工进行评议，实行末位淘汰制。末位淘汰掉的员工就得接受培训，工资要下来很大一块。

"三项制度"改革使天津药业的管理人员由1988年的200多人减少到现在的100多人，而同期的销售收入却增加了40倍。

对于经历从计划经济向市场经济转型的国有企业管理者来说，在企业管理方面面临的最大挑战莫过于财务管理。在计划经济条件下，财务管理实际只有一个会计功能，最多增加一点结算功能。而在市场经济中，财务管理却成了企业的重中之重。不仅要记账，还要理财，还要创效益。

天津药业的财务管理改革最重要的就是整合了一个核算网，实现了目标成本管理。他们花3年的时间对每一个岗位进行了成本核算，建立全公司的核算网，同时制订了以成本为核心的分配制度。每个岗位，制造成本占到基本工资的70%，还有30%是费用，想多拿钱就得让成本下来。

"让每一块钱都处于管理状态"，这是师春生着力倡导的财务管理理念。天津药业有一个规定，一个员工如果借款出差两个月内不报销将受到处罚。规定出台后大家很不理解，不就是晚了一点吗？师春生给员工们算了一笔账："你出差借了3万块钱，出差花了1.5万，剩下1.5万。如果你把钱在手里压半年，按银行贷款基础年息是5.85，1万块钱一年的利息是585块，585除365，一天是1块多，这1块多在你口袋里就白白流失了。"

如今，天津药业已是包括全球第一、第二大制药公司——美国辉瑞公司、葛兰素·史克公司在内的8家跨国制药公司的供应商。业内人士都知道，要成为这些跨国公司的供应商，必须通过他们严格的现场考核，包括仓储、生产、质控等各个环节。通过这一场场的"考试"、跨过这一道道"门槛"，正是对天津药业工艺技术和管理水平的充分肯定。

曾经有人问："天津药业的地塞米松已经占领了国内90%的市场，为什么不把剩下的10%市场也拿过来？"

师春生回答："不能拿。留个对手对天津药业有好处。这个10%可以时时提醒我们，不能刀枪入库。"

这就是一个企业家的胸怀，既气吞山河，志存高远；又心存忧患，如履薄冰。

［节选自张彦宁主编《中国企业家列传（第一卷）》，企业管理出版社2008年4月出版，与陈建辉合作］

化危为机谋发展

9年前，中国重汽还是一家负债上百亿元、濒临倒闭的老国企。9年来，改革重组后的中国重汽坚持科学发展，坚持自主创新，逐渐驶入了发展的快车道，成长为国内重卡行业的领军者。

然而，骤然而至的国际金融危机使市场环境陡然生变。从去年下半年开始，国际、国内重卡市场大幅下滑。高速成长中的中国重汽能够经受住这样一场危机的冲击吗？

带着这样的疑问，记者来到总部设在山东济南的中国重型汽车集团有限

笔底风云四十年（上）

公司采访，所见所闻令人欣慰。据介绍，虽然市场持续下滑，但中国重汽的产销量逆势增长。2008年，中国重汽年产销重型汽车11.2万辆，销售收入530亿元；今年截至11月底，累计生产销售重型汽车11.6万辆，同比增长11%。

从今年前11个月的业绩看，中国重汽不仅继续保持着国内重卡行业的领先地位，而且进入全球重卡行业产销量的前三位。

坚持创新铸就强健体魄

"市场的急剧波动，对于一些企业来说是危机，对于另一些企业来说就是机遇。在国际重卡市场上，重卡巨头们深受国际金融危机的影响，销量大幅下降，而我们稳住了阵脚，实现了平稳增长。虽然增长速度没有前几年那么快，但我们的市场占有率提高了。"中国重型汽车集团有限公司董事长、党委书记马纯济说。

化危为机是需要有一点底气的。是什么支撑着中国重汽在危机中砥砺前行？马纯济认为，当年支撑中国重汽走出困境、快速发展的是自主创新；今天，中国重汽能够化危为机稳步发展，靠的还是自主创新。

改革重组之初，中国重汽就提出了以"机制创新、管理创新、技术创新、企业文化创新"为核心的四大创新战略，坚持产品和技术创新，提升核心竞争力；坚持管理创新，实现效益最大化；坚持机制和文化创新，激发全体员工的创造热情。创新使中国重汽生产经营形势一年好于一年，最终实现了9年增长20倍以上的发展；创新使中国重汽的综合竞争力和可持续发展能力不断增强，成长为具有自主研发能力、拥有多项自主知识产权的国际化企业。

当企业逐渐摆脱困境、业绩高速增长时，重汽人的头脑是清醒的，他们看到了与国际跨国公司的差距，看到了市场变幻莫测的风险。"不论什么时候，企业都要居安思危，要有一种应变能力。不能光看到市场好，更要看到市场不好的时候怎么办。"马纯济说。

正是依照这样的思路，中国重汽始终坚持稳健、理性的经营思路，把精力集中在主业经营上，集中在自主创新上，集中在企业素质的全面提升上。同时，高度重视风险防范能力建设，按照现代企业制度和公司法人治理结构要求，建立科学的决策机制，细化决策程序，加强企业内控制度建设，推行企业总法律顾问制度，建立了全面风险管理责任制，有效防范和规避了企业经营风险。

在国际金融危机中，中国重汽依然保持着充足的现金流，成为业内最具资金优势的企业之一。

危中寻机实现逆势增长

世界经济发展的历程表明，谁在危机中善于抓住机遇，谁将会率先复苏并占据新一轮发展的制高点。面对国际金融危机带来的种种不利影响，中国重汽顶住压力，沉着应对，不断在危机中寻找机遇、创造机遇、抓住机遇。

"危机是对企业的市场适应能力的检验。无论在什么情况下，我们都坚持面向市场，贴近市场，不断开发新的产品，不断提高服务用户的能力。这是我们能够在危机中发展壮大的重要原因。"马纯济说。

去年四川汶川特大地震后，为了满足灾后重建的需要，中国重汽迅速组织对水泥搅拌车、水泥泵车、散装水泥车等工程建设车辆的研发和生产，推出了一批适应用户要求的新产品。今年上半年，中国重汽在四川省销售了4000多辆车，相当于2006年的10倍。

当国际金融危机爆发后，由于国家大规模加大基础设施建设的投入，工程建设车辆市场顿时兴旺起来，得益于抗震救灾过程中的技术和产品储备，中国重汽的工程建设车辆迅速推向市场，赢得了先机。

"由于对市场需求把握准确、准备及时充分，我们较快地适应了市场。最好的时候，1个月卖了1.8万辆车。"马纯济说。

虽然危机使市场形势逆转，但潜在需求并未消失。重汽人没有坐等市场

笔底风云四十年（上）

形势的好转，而是不断寻找潜在需求，千方百计地开拓市场、创造市场。

中国重汽开发了适应城市建设需要的消防车、洒水车、垃圾车等产品，先后与全国14个城市政府签订协议，获得了政府采购车辆的优先权。抓住济南市筹备第11届全运会的契机，今年年初，中国重汽与济南市建委达成合作协议。根据协议，济南市城建系统向重汽采购首批374辆城市用车，包括洒水车、渣土车、自卸车、垃圾车等车型；中国重汽则对济南市城市建设项目提供金融支持。

中国重汽采取灵活营销手段，着力挖掘大型企业的潜在市场。去年年底，中国重汽与济南钢铁集团、山东山水水泥集团等多家企业签订了合作协议。今年6月25日，中国重汽与中石化在北京签署协议，双方在重型车辆采购与车用石化产品的供应上，互为首选供应商。

受国际金融危机的影响，许多潜在用户出现资金困难，买车付款成了问题。如何既把车卖出去，又有效防范经营风险？中国重汽充分利用自己的资金优势，加强与金融机构的合作，综合运用金融工具，联合商业银行、保险公司推出汽车消费信贷业务，为经销单位提供金融支持，最大限度降低合作单位和终端客户的成本压力。

"通过银企合作开展消费信贷业务，有效地支持了各地经销商的业务拓展和产品销售。银行、保险公司的共同参与，使经销商和用户规避了经营风险。"中国重型汽车集团有限公司销售部经理李朋星说。他介绍，仅设在阜阳的一家销售服务中心，今年上半年就卖了500多辆牵引车，销量是去年全年的两倍。

化危为机着眼长远发展

对于重汽人来说，所谓"化危为机"有两层意思，一方面是要应对眼前的市场变化，另一方面则是要谋划企业的长远发展。"过去几年我们一直处于高速发展之中，突如其来的国际金融危机使我们经受了考验，其实也给企业带来了喘息的机会。在努力实现平稳增长的同时，我们可以抓住时机加快内部改革和调整，提升管理水平，调整产品结构，为下一轮发展积聚新的优势，打下坚实基础。"中国重型汽车集团有限公司总经理蔡东对记者解释说。

管理创新一直是中国重汽发展的强劲动力。去年以来，中国重汽以"精益管理创一流"为目标，进一步开展管理创新，完善内部机制，健全管理制度，全面提升管理水平。为提高员工业务素质，制定了三级培训方案和培训大纲，先后开办技术及营销培训班23期，同时启动了以培养高技能人才为目标的培训项目。各个下属公司和车间广泛推广精益生产方式，改善现场管理，提高产品质量。卡车公司激发员工参与车间管理的积极性，1—6月，员工共提出改善建议6334项，整改落实5889项。

立足长远发展，中国重汽利用生产增速放缓的时机，大举启动技术改造，去年以来投入技改资金近30亿元，先后对整车、发动机、车桥、铸锻件等制造部门进行了全面改造。桥箱公司在搬迁改造中完善工艺流程，优化生产布局，50条生产线中已有30多条完成搬迁，不但迅速恢复了生产，而且生产工艺和质量水平有了明显提升。

着眼于提高核心竞争力，中国重汽抓住时机整合优势资源，延伸产业链条，努力把核心零部件总成制造技术掌握在自己手中。通过资金、技术和品牌投入等方式，相继控股了中国重汽柳州运力专用汽车有限公司、中国重汽华威专用汽车有限公司。去年11月18日，中国重汽与山西大同齿轮集团签署战略重组暨股权划转协议，一举解决了中国重汽变速箱供求瓶颈问题。今年9月，中国重汽又斥资12亿元对大齿公司进行整体搬迁改造，首期建设明年完成后，可望形成年产变速箱11万台的能力；到2012年，预计实现年生产变速箱22万台。

目前，中国重汽已成为国内唯一一家拥有驾驶室、发动机、变速器、车桥等关键零部件总成全套配套体系的重卡企业。

危机如同大浪淘沙，它淘汰了一批企业，又让一批企业如同沙砾中的金

笔底风云四十年（上）

子一般闪现光彩。面对国际金融危机的冲击，中国重汽经受住了考验，凸显了雄厚的实力和充沛的底气，彰显出光明的发展前景。从这里，人们也看到了中国机械制造业的希望所在。

（本文系《自主创新看重汽》系列报道之一，原载2009年12月6日《经济日报》，与管斌、王玲合作）

迈向高端天地宽

在今年6月举行的第10届中国国际机床工具展览会上，秦川机床工具集团旗下的陕西秦川机械发展股份有限公司再次与国内自主品牌领军企业比亚迪汽车有限公司签下大单，至此，比亚迪汽车已累计采购秦川发展近2亿元数控机床产品。

"具有自主知识产权的数控高效多头蜗杆砂轮磨齿机大批量进入轿车加工行业，标志着我们秦川机床的产品和服务已经得到新的产业领域的认可。"秦川机床工具集团董事长龙兴元自豪地说。

面对国际金融危机的冲击，秦川机床工具集团紧紧把握世界机床产业市场需求新趋势，发挥精密加工、精密装配、精密检测的"三精"优势，实施高端市场、高端技术与管理、高市场占有率的"三高"战略，完善产业链条，打造产业集群，加快从单纯的生产制造业向现代制造服务业转型。2009年，在金切机床行业下滑超过10%之际，逆势上扬，增速超过10%，实现销售收入47.58亿元，再次创出了历史新高。

从一个规模不大的"老三线"企业，一跃迈进今天国内机床行业前三强，秦川机床工具集团是如何实现转型升级的呢？

加快进入高端市场

走进秦川机床工具集团机加厂恒温数控车间，记者不仅被眼前忙碌的生产场景所吸引，更因一台台新机器的诞生而激动。"低端混战、高端失守"，这是多年前龙兴元用来形容我国机床工业现状的经典描述。如今，尽管这样的局面并未完全打破。但秦川集团主动跳出低价值产品生产为主的业内怪圈，开始了向高端产品和高端市场的迈进。

在一台YK7236A/B数控蜗杆砂轮磨齿机旁，秦川集团总裁胡弘介绍说，这就是该集团在YK7232数控蜗杆砂轮磨齿机的基础上开发的新一代数控蜗杆砂轮磨齿机，高效、多头两个概念是其主要特色，曾获国产数控机床最高奖——春燕奖。"它的诞生不仅彻底扭转了我国高档数控齿轮磨床受制于国外技术封锁和价格垄断的被动局面，而且为我国航空航天、汽车、军工、船舶、机床等行业提供了大批精密高效装备，把我国机械制造业向高端推进了一大步。"

围绕"精密、复合、高效、特种、大型"的发展方向，近年来，秦川集团充分发挥精密加工、精密装配、精密检测的"三精"优势，大力实施高端市场、高端技术与管理、高市场占有率的"三高"战略，其主打产品实现了从机械化到全数控化、由中小规格到大规格的成功转变。

秦川集团常务副总裁刘庆云告诉记者，仅以2009年为例，秦川集团新产品开发、科研课题、工艺攻关共立项98项，承担国家数控机床重大科技专项项目9个，承担国家"863"计划项目4个，制定行业和企业标准3项，其中"适用于大批量精密齿轮磨削的数控蜗杆砂轮磨齿机技术和产品"还获得了国家科技进步二等奖。

在秦川集团采访，记者常听人提到"吨售价"的新概念。龙兴元解释说，我国机床产品出口多以普通机床和经济型数控机床为主，包括大量台

笔底风云四十年（上）

钻、锯床、砂轮机、抛光机等低值机，平均"吨售价"仅约5000元，甚至更低，无异于卖铁，而经济型数控机床的"吨售价"为三四万元，但是秦川集团的数控机床的"吨售价"却从未低于30万元。

紧跟国家产业政策调整趋势，通过核心技术突破和资源集成，秦川集团还承担了"大型、精密、数控圆柱齿轮磨齿机项目""大型、精密、数控圆锥齿轮磨齿机项目""高效高性能精密复杂数控切削刀具项目""高速、重载、精密滚珠丝杠及直线导轨项目""五轴联动叶片数控磨床项目"等10个重大专项研究。目前"高速、精密、大型数控圆柱齿轮磨齿机"项目已制造出样机。

"随着这些项目的完成和批量投产，不仅能使集团公司销售规模得以快速增加，而且能使集团公司迅速站在世界机床工具制造技术前沿，真正成为能够体现国家意志的行业排头兵企业。"龙兴元对此充满信心。

不断完善产业链条

2009年12月10日，秦川集团出资1.408亿元，以51%的股权比例控股宝鸡机床。此举不仅使集团公司丰富了产业种类，经济规模稳居全国机床工具行业第三位，而且整合形成了在精密复杂机床领域、高档功能部件领域、复杂刀具领域的产业优势，进一步加强了秦川集团在中国装备制造行业的影响力。

今天世界机床产业的市场需求趋势和技术发展方向正在发生重大变化，愈来愈强调整体解决方案，即：单机让位于系统，强调主机性能让位于强调服务及成套解决方案。"秦川集团要想掌握竞争主动权，就必须完善产业链条，从'以点制胜'上升到'以线制胜'，甚至'以群制胜'。"龙兴元说。

事实上，早在2001年，秦川集团在对国际、国内机床市场做出分析判断之后，就确定了企业发展"有限多元，联强攻强"的新思路。按照这个思路，秦川集团抓住国内机床行业增长的有利时机，充分利用国内外技术资源，创新发展模式，加快了并购重组步伐。2002年6月，秦川机床与陕西机床厂合资组建陕西秦川格兰德机床有限公司；2006年，秦川机床与汉江工具、汉江机床三家各具优势的企业实现强强联合，组建秦川集团。整合后的秦川集团既有齿轮加工装备产业链的水平延伸，又有精密磨床相关主业的平行整合，实现了各小行业排头兵企业的优势互补，形成"中国精密数控机床制造研发基地"，行业地位明显提高。

如果说国内整合是秦川集团完善产业链，提升技术水平，形成竞争优势的重要途径，那么国际并购则让秦川集团迅速跃上了世界机床行业前沿。2003年11月，秦川集团与UAI（联合美国工业公司）达成合作协议，秦川集团以控股形式收购UAI公司。据介绍，UAI公司位于北美底特律，其子公司ABM（美国拉削机床刀具公司）至今已有80多年的历史，是目前世界上独具特色的拉削系统生产企业，其拉削工艺、拉刀、拉刀磨、拉床等"四拉合一"技术在世界机床行业居于前列。

龙兴元告诉记者，通过跨国并购，秦川集团真正拥有了从图纸到工件的全套工艺设备解决方案的提供能力，构架起其独有的"兼容并蓄差异化的机床产业技术"新优势，不仅提升了公司产业结构和技术水平的层次，而且可以利用海外企业在国际市场上的研发、制造、销售渠道、采购路径，进而使企业跻身全球精密机床产业链的中高端。

在拥有ABM公司后，秦川集团利用这一海外平台实施"走出去"战略，将秦川自己的产品成功打入北美市场。2006年9月，公司的齿轮磨床首次成系列亮相美国芝加哥机床博览会，实现了首台YK7236磨齿机的销售，这是中国制造的高端机床首次进入美国。次年秦川集团又有6台齿轮磨床进入美洲市场，并有1台进入了欧洲市场。同时，秦川集团投资组建了秦川美国工业公司（QCA），带动了集团其他相关产品的出口，成为秦川国际化的一个重要支点。除北美外，秦川集团还先后在韩国、印度、欧洲建立了销售代理网络，不断将公司机床、汽车零部件等产品成批量地推向世界高端市场。

笔底风云四十年（上）

"秦川集团正在构建齿坯加工机床、制齿机床、制齿刀具、精密齿轮磨床、齿轮测量机等包括热处理方案在内的全规格全系列齿轮加工工艺装备产业链，力争把自己打造成能为用户提供从图纸到工艺的全套解决方案的全球一流供应商。"龙兴元说。

破解做大和做专的矛盾

目前在国内磨齿机市场上，秦川集团的占有率已高达75%，竞争对手主要来自海外。这是秦川集团"专"的效果。与此同时，经过一系列整合和快速发展，除了机床工具产业外，如今的秦川集团还形成了功能部件、服务贸易、环保新材料等以精密机械制造为核心的、各自相对独立又相互关联的四大产业集群。

既要做大，又要做专，这是秦机人的选择。"秦川集团的战略是一种T形战略，所有小行业要做深、做透、做精、做专，然后通过上面的一横——我们的产业链来做量，市场一旦达到一定程度，我们自然就会成为业界的技术领先者，继而成为市场的领导者。"龙兴元解释说。

然而，要实现这样的发展战略，秦川集团并非"驾轻就熟"。为了使秦川集团强强联合产生的协同效应得到进一步显现，迫切需要企业加快战略转型，从以研发、生产为主向以研发、营销服务为主转变。

战略转型需要机制创新。秦川集团董事长助理张毅介绍，秦川集团目前正在积极进行内部资源整合，重构和重组公司业务，实现集团扩张、快速发展及产品结构、产业结构的调整，建立更加完善的法人治理结构，建立更加注重资产收益的经营机制，建立更加注重实效的激励机制。同时，借鉴集团公司此前研发与规划技改协同、审计协同和销售与市场开发协同的有效经验，进一步推动制造与采购供应协同、财务协同、人力资源协同等"六大协同"工作。

战略转型离不开相应的组织保证。为此，秦川集团强化了公司的产品研发职能。在加快公司产品研发速度与研发技术积累之间寻找合适的平衡点，重点建设产品开发技术体系、制造工艺技术体系、技术标准和技术情报体系、技术质量管理体系和科研管理体系五大体系。同时，强化了公司相应部门的营销服务职能。继成立华东服务中心之后，计划在东北和西南成立服务中心，以贴近用户，快速响应客户需求；此外，还要通过销售计划部和各子公司、精密数控机床工程研究公司、数控精密机床服务公司、进出口公司联合开展服务业务。比如，依托数控精密机床服务公司，拓展机床再制造、专用机床、工装夹具、机床后期服务等产业，大力推广"秦川服务"品牌，通过服务创造价值。

（本文系《转变发展方式调研行·转型升级看秦机》系列报道之一，原载2010年12月1日《经济日报》，与杨忠阳合作）

第四辑

发现民营经济

从个体户、私营企业,到非公经济、民营经济,改革使中国经济的微观基础发生了深刻变化,诞生了一支生机勃勃的新锐力量。作者以新闻工作者的敏锐,始终关注着改革开放中出现的新生事物,满腔热情地为民营企业的萌芽、发育、成长鼓与呼,用鲜活的文字留下了一份民营经济发展壮大的历史印迹。

笔底风云四十年（上）

一条充满光明的路
——访第五次全国妇代会代表刘倩

"噼啪，噼啪"，一长挂鞭炮在初春的寒风中欢快地炸响，闻声而出的街坊们围着一间充溢着喜气的小屋。小屋里宾客满座，他们来庆贺个体小店——北京丰台镇刘记梅竹时装店的开业，也是来祝贺小店主人的新婚之喜。

双喜临门。门楣上墨迹未干的"梅竹时装"四个大字下面，贴的是新郎的正楷手书：

  与国分忧 个体开业
   为民做衣 自食其力

这是1982年2月24日。新娘，也是小店的女主人，叫刘倩。四年前，她高中毕业。为了早日有个工作，分担母亲肩上生活的重负，刘倩没少往办事处、居委会跑。每次都是扫兴而归。国家暂时还有困难，待业青年那么多，找个正式工作难啊！

1981年9月的一天，报纸上的一则消息引起了刘倩的注意。文章介绍的是北京市宣武区陈兴华开办个体服装店的事迹。她一边读报，一边琢磨：丰台镇整个桥南地区没有一家服装加工店，人们常说："做衣难。"开个个体店，这倒是个好办法。她赶忙提笔给陈兴华大姐写信，希望到她那儿学习，决心走自谋职业、自食其力的道路。

认准了这条路，刘倩就坚定地走下去。学习归来，她立即着手筹备开店。没有房子，就自己动手捡砖头。她和男朋友司马冀苦战半个月，刨土堆，扒垃圾，捡出了一堆堆残砖断瓦，为街坊砌起了小厨房和廊房，换来临街的耳房作为小店的铺面。没有资金，刘倩想，为了筹办我们的婚事，两家都存了一些钱，如果把这笔钱用在小店里，问题不就解决了？她和司马冀一合计：干脆，我们把婚礼和开业典礼一起举行吧，不收礼，不请客，就让这即将开业的小店作为我们结婚的彩礼！

这一切，都是瞒着两家的老人进行的。未来的婆婆听到他们要用结婚的钱买设备，很不愿意。她就这么一个宝贝儿子。无论如何，婚礼也要排场一些，少说也得订下20桌，花个千儿八百的。老人早就攒下钱迎接这大喜的一天。为了做通老人的思想工作，两个年轻人反反复复地给老人讲党和政府对个体经济的支持，讲桥南地区人们"做衣难"的状况。最后，老人同意了他们的主意，把筹办婚礼的钱拿出一部分，作为服装店的投资。

爆竹声中，婚礼举行了，小店也开张了。刘倩认为：只有高超的技术、热情的服务态度和优良的经营作风，才能赢得顾客的信任。为了提高自己的服装加工技术，满足不同顾客的需要，在开业之初，她就拜一位在服装厂工作的同学为师，每天晚上到同学家学习西装裁剪技术。她广泛搜集服装加工资料，只要见到这方面的书籍，她总要千方百计地买下来。今年5月，她报名参加了西城区职业学校，学习服装设计。为了听一次课，她必须绕过半个北京城，从丰台赶到新街口，往返路上就要花费三个多小时。

顾客是最公正的裁判。技术提高了，顾客相继而来。刘倩告诫自己："从事个体经营，一要利于国家，二要利于群众。绝不能单纯从'钱'上着眼，忘了群众的利益。"她针对服装行业低档活无人愿收的情况，改变收活标准，无论低档高档一律收活，同样保证质量。今年年初的一天，几个外地顾客匆匆走进店来。原来，他们是到伊拉克执行援外任务的。第二天就要乘

笔底风云四十年（上）

飞机离开北京，为了做几个箱套，在市里跑了半天，也无人愿收。听了说明，刘倩立即停下手里的工作，收下他们的活。第二天，顾客拿到刘倩连夜赶制的箱套，连声道谢。

如今，梅竹时装店开业整整一年半了。小店的生意越来越红火，小店和它的主人在丰台镇也颇有名气了。1982年，小店被评为市先进个体户。刘倩先后被评为市"三八"红旗手、先进个体劳动者。最近在那面积不到九平方米的小店里，记者见到了刘倩。她表示："政府的扶持、顾客的信任和人民给我的荣誉，使我深信：我这条路是走对了。这是一条充满光明的路。我要继续走下去。"

（原载1983年9月5日《经济日报》）

虽然是涓涓细流
——记几位个体户和私营企业的人大代表

长长的石阶。伟岸的廊柱。庄严的国徽。

胡大鹏若有所思地走下车门；

白士明神采飞扬地踏上石阶；

李育煌步履匆匆地穿过廊柱……

在如潮的人流中，他们没有什么特别之处，似乎也难找到什么共同的地方。但他们却有着一个共同的称呼——个体户。

正是作为全国2158.3万个体工商业者中仅有的几位人民代表，他们才格外引人注目。

第四辑　发现民营经济

大鹏曾恨天低

在人大代表报到的第二天，记者就找到了胡大鹏。但对他来说，这已是报到后接待的第4位记者了。

记者追逐的是新闻，胡大鹏本身就是新闻。这位从20世纪60年代干起的老"个体"，正是几十年来私营经济坎坷不平的发展道路的见证人。

在"敲锣打鼓埋葬资本主义"的50年代，胡大鹏也曾为自己工作在国营大厂而骄傲过。想不到的是，1962年的一场大病，使他不得不病退回家。而家境的贫困又使他不得不操起"个体"营生。从此，就像"亏了理"似的，习惯于人前低头了。

"利用、限制、改造"，对以这六个字为核心的60年代的个体政策，胡大鹏记忆犹新。14级全额累进计税办法，使个体劳动者的最高税率高达86.8%。个体户的劳动所得，被严格限制在维持简单生活的水平上。

紧接着十年动乱，使个体户靠劳动维持生活的愿望都难以实现了。个体经济被当和"产生资本主义的温床"，个体户成了专政的对象。一浪高过一浪的政治运动使本就为数不多的个体从业者越来越少，甚至在一些地方绝迹。到1978年，十年"割尾巴"的结果，全国城镇个体户仅"割"剩下14万人。在偌大的北京城，个体从业者只有259户。

大鹏恨天低，展翅待何时！胡大鹏属于那二百五十九分之一。在"割尾巴"叫得最响的时代，他那藏在深巷里的无线电修理铺连招牌都不敢挂，仅仅靠一些熟识的老主顾的照顾来养家糊口。

有了寒冬的经历，更珍惜春天的温暖。党的十一届三中全会以后，胡大鹏把铺子从小巷搬上大街，竖起了"光伟无线电修理部"的大字招牌。他技术精湛，服务优良，成了北京市合法经营个体户的典型。从区人大代表到市人大代表，再到全国人大代表，人们用选票表示了对他的信任和褒奖。

胡大鹏走过的路，是中国个体经济发展的缩影。如今，更多的大鹏在春

笔底风云四十年（上）

光沐浴中飞翔起来了。作为社会主义商品经济的密不可分的组成部分，发展个体经济已远远不是"拾遗补缺""解决就业困难"的临时措施了。最新的统计表明，1987年，全国城乡个体工商户多达1372.5万户，拥有资金236亿元，全年营业额1038.4亿元，其中商品零售额744.2亿元，占社会商品零售总额的12.78%……

惊人的数字显示着惊人的变化，而更大的变化还在后头。

风流还看今朝

一支有着2000多万人的特殊队伍，当然应该在全国人民代表大会中占有自己的席位。

中国新型私营经济的代表登上最高级政治舞台，是从1983年的六届人大开始的。白士明，哈尔滨秀荣照相馆经理，是出席上届人大的两名个体户代表之一。

上届人大最令白士明难忘的场面，是六届一次会议闭幕当天的记者招待会。个体户在人代会亮相，国内外轰动一时。他被邀请和黄植诚、张权等一起，同30多个国家的记者见面。

一个半小时的刨根问底，犹如一场包罗万象的综合测试。一位美国记者问："你相信你们的政策稳定吗？"

白士明说："开弓没有回头箭。我认为政策是稳定的。党的工作重点已经转移到经济建设上来。根据我国的国情，经济发展水平还不高，要发展，就要国家、集体、个人一起上……我当选为人大代表，不足以证明我们的政策是稳定的吗？"

白士明侃侃而谈，有问必答。招待会结束，翻译对他感叹道："想不到你还真有点水平，口若悬河啊！"

是的，想不到的事多着哩：今天的个体户，该让人们刮目相看了。当1300多人拥进病房探望辛福强的时候，当陈银凤背着一次成像相机奔走在老山前线的时候,当姜维的光彩实业公司开业的时候,当"杨百万"的蚊帐占领上百一店的时候,当硕士涂胜华办起信息咨询事务所的时候,当韩文光签署与美国公司的合资协议的时候……个体户不再是"坑、蒙、拐、骗"的同义语,他们也不再"穷得只剩下钱了"!

在白士明的记忆中,还有一条不可磨灭的伤痕。那是他上小学的时候,全校要选出两名同学为到哈尔滨访问的外国元首献花,白士明被挑中了。第二天,当他穿戴整齐来到学校,老师却告诉他:"你不能去了,政审没通过。谁叫你父亲是个个体户、小业主呢?"白士明哭着跑回家,撕打着父亲:"你为什么偏偏要干个体呀!"

干个体凭什么低人一等呢!当白士明长大了,子承父业的时候,他发誓要干出个样子来看看。果然是"开弓没有回头箭":

1980年,他被破例增补为市青联委员。此事通过内参传到北京,总书记批示大加赞赏;

1983年3月10日,他在全国319.8万名个体劳动者中第一个被批准入党。全国230多家报刊转发了消息;

1986年12月,在中国个体劳动者协会的成立大会上,他被推选为副主席。

一位知名作家给以白士明为主人公的报告文学标出了这样的题目——"中国的新议员"。这位"新议员"实实在在地履行着参政议事的职责。在六届人大期间,他和其他代表一起,参与提出了15项议案,还提交了各种建议、批评、意见达140多条。每次会议,他都要为保护个体户的合法权益、为增加个体户在人大代表的比例而大声疾呼。

和六届人大相比,七届人大的个体户和私营企业的代表略有增加。白士明并不满足。他认为确有进展,但进展太慢。他分析说:个体工商业者占社会劳动者总数已超过3.6%,相当于全民和集体职工人数总和的14.4%,而个体和私营企业代表占全国人大代表总额不过是千分之二、三,这是不成比例的呀!

笔底风云四十年（上）

海阔正待鱼跃

采访过白士明的那位美国记者在他的报道中给白士明加上了一个吓人的头衔——中国的红色资本家。

其实白士明还算不上资本家。如果把私营经济划为个体经济和私营企业（包括合作和股份企业）两个台阶的话，白士明、胡大鹏们还停留在第一个台阶上。而在全国特别是沿海活跃地区，已经完成两个台阶间的飞跃的，大有人在。据统计，以雇工8人以上为标准，目前全国已有私营企业225万户，私营企业雇工总数达360万人，户均16人。

来自与大亚湾核电站毗邻的大亚湾五金厂的"老细"（广东话：老板）李育煌，大约是225万户中的唯一的人大代表。他自称："愿在私营企业的发展中，做一只带头羊。"

李育煌确有"头羊"的气魄。1984年，当人们还在为个体户该不该发展议论纷纷的时候，他就开始独资筹建五金厂了。经过两个多月的市场调查，他选准了国营和集体大厂都不愿干的小生意——自攻螺钉为主导产品。投资6万元添置设备，雇用了10来名工人。1985年元旦，五金厂打出了招牌，当年完成产值22万元，上交税费1.7万元。

1986年，当人们又在为雇工多少才算"剥削"而争论不休的时候，李育煌又一次像"头羊"一样冲出了人为的藩篱。他五闯深圳，以锲而不舍的精神赢得了中国航空技术进出口公司深圳工贸中心的技术支持，在此基础上，投资43万元进行全面的扩建改造，新增60多名生产工人。到1987年，新的生产能力基本形成，年产值达到160万元。

小小螺钉销遍全国，又走向世界。来京开会之前，李育煌又拿到了一份为期10年的包销合同。这不仅使他在私营经济的竞争中捷足先登，也意味着他在发展外向型经济的竞争中先行了一步。因为，从1988年起，这个厂的产品将全部外销。

李育煌的成功，在于他抓住了机会。但是，主观的迟钝和客观的制约使得更多的个体业主在机会面前错过。一份研究报告表明，1978年到1986年的9年间，个体经营者用于扩大再生产的投资仅占同期净收入之和的26.4%，而同期经营收入的81.4%，即总额高达1429.5亿元的巨额资金，全部被转化为个体消费基金，被吃净、花光、沉淀了。这难道不值得我们深思吗？

私营企业是个体经济发展的必然结果。任何人为的桎梏都只能束缚生产力的发展。在党的十三大之后，我们终于看到了私营经济发展振兴的微光——

在沈阳，首批23户私营企业被确认合法地位，领取了营业执照；

在福州，30名私营企业家们组织了自己的协会——福州市私营企业家协会；

在北京，私营企业家在"经济改革人才奖"中榜上有名，涂胜华、高振武、温邦彦作为私营企业家的代表荣获银杯奖……

在人民大会堂前滔滔的人流中，胡士鹏们不过是涓涓细流；

在社会主义商品经济的大海洋中，初具规模的个体户和渐露头角的私营企业也不过是细流涓涓；

然而，涓涓细流正在汇成小河，与大江比肩而行，唱着欢歌奔向远方！

（原载1988年3月28日《经济日报》）

民营经济冲击波

公元1993年3月14日，中国人民政治协商会议第八届全国委员会第一次

笔底风云四十年（上）

会议隆重开幕。近2000名委员走进人民大会堂，其中，有20余名民营经济的代表。

2000比20，百分之一，一个极容易被人忽略的比率。然而，就是这不起眼的百分之一，在共和国最高级政治舞台上，掀起了一股不大不小的冲击波。

一

当王祥林打点行装，从数千里外的广西博白来京城赴会的时候，他想不到自己会成为记者们争相追逐的新闻人物。在政协委员的名单上，有那么多名流、明星、部长、主任、专家、教授，轮得着他出风头吗？！

他想错了。从住进西郊宾馆的第一天起，他就不得不把主要的时间和精力花在接待采访上。写稿的、录音的、拍照的、摄像的，一番"车轮大战"下来，比他办企业还累。

当然"受宠"的不只王祥林一人。几乎没有哪位民营企业界的委员不受到记者的"围攻"，也几乎没有哪家大报没派记者去寻访委员中的"大亨"。在民营企业界委员比较集中的友谊宾馆，驻会的工作人员叫苦不迭，那夜半的电话声、鲁莽的闯入者大都为"百分之一"而来。

如果要评选此次政协会议的热门新闻，自然漏不了关于这"百分之一"的沸沸扬扬的"集群"报道。

二

其实，民营企业界登上政治大舞台，并非自今日始。在七届全国人大代表中，就有几位个体户和私营企业的代表。但不同的是，人大代表由选举产生，而政协委员由协商决定，更多地被人们看作是荣誉和地位的体现。八届政协中有了民营经济的代表，人们看重的是其中蕴含的政治上的象征意义。

十几年来民营经济的迅猛发展，是中国改革开放取得巨大成就的重要标志之一。数十万私营企业主、数千万民营经济的从业人员，构成了一支庞大的队伍，如果仅仅对民营经济作"补充观"，似乎已经远远不够了。民营经济的代表大举"进军"两会，是政府对民营经济为社会作出巨大贡献的肯定，是民营经济社会形象日益好转的一种体现。

"我们不再是'杂牌军'了。"成都希望集团公司总裁刘永好委员在发言中感叹。

三

与以前那些偶尔在政治舞台上亮相的个体户不同，这是一群实实在在的"大款"。曾被人称为"养鸡大王"的韩伟，如今是大连韩伟企业集团的董事长，拥有固定资产9000万元；东方企业集团董事长兼总经理张宏伟，仅在去年第三届哈尔滨边境经济贸易洽谈会上签约就达7.5亿美元，独占洽谈会成交额的十分之一；被称为"焦炭大王"的山西农民李安民，拥有设在美国、香港、澳门、珠海等地的10个子公司，雇员2000多人。拥有千万资产的广东金象电焊机厂厂长谢仲余，在这群大款中毫不起眼，但他颇为自得地说，他厂子的每一块砖都是自己挣下的。

大多数民营经济界的委员如同谢仲余一样，是正当名分的"私字头"。他们不讳言企业的性质，也不害怕巨额资产的曝光。当然这并没有炫耀的意思。

"爱国、敬业、守法，有一定的经济实力，热心于社会公益事业"，这是全国政协会前散发的一份材料中对民营经济界委员的评价。据统计，他们的平均年龄为45岁，其中大专以上文化程度的占40%。

四

作为民营经济界的代表，老板们当然要为民营经济的发展大声疾呼：要公平税负，要创造宽松的环境，要有外贸自主权，要有资金融通的便利，要

笔底风云四十年（上）

全社会的重视与关注……能在政协会议的讲坛上听到来自民营企业的呼声，这无疑是一种进步。

但他们关注的并不仅仅是这些。

石山麟委员在经济界联组会上发言，提出"富国先富企业还是先'富建筑'"的问题。他对当前城镇建设中一味讲排场、比阔气的做法不以为然，他认为："把有限的资金变成砖头瓦片，无助于增强经济发展的后劲。"

山西华杰集团董事长兼总经理崔晋宏委员，从自己办企业的实践谈到国有企业经营机制的转换问题，他认为，核心问题是产权关系的调整，要提高劳动者对企业资产的关切度。他说：如果我们不下决心理顺产权关系，国有大中型企业还可能徘徊十年。

谢仲余委员关注的是反对腐败。他说：李鹏总理讲到反腐败，掌声那么热烈，这是很说明问题的。腐败问题不解决，民营企业搞不好，国有经济同样搞不好。反腐败要有明确的政策界限，要有一支严正无私的执法队伍。

王祥林委员在会上几次发言都谈的是农业和农村的问题。他尖锐抨击了农资供应中的"假冒伪劣"、坑农害农现象，他呼吁企业家要有社会责任感。

民营企业家们关心的不仅仅是"发财"和"赚钱"。他们在经济上先富起来的同时，政治上日渐成熟。他们以办企业的认真劲儿参政议政，努力争取无愧于他们的"新头衔"。

五

对于大多数政协委员来说，与手捧"大哥大"的私营企业主一起议政，是一种全新的体验。但出乎记者意料的是，几位接受采访的委员对"大款们"的"风头劲足"并无异议。

中国广联实业有限公司总经理严瑞藩委员说，虽然我们搞的是全民企业，但搞企业有着同样的苦衷。作为一个方面的代表，政协应该有私营企业的委员。"百分之一"的比例也不算太高，在企业界委员中，国有企业的代表还是多数。

合肥美菱股份有限公司董事长兼总经理张巨声说：要搞市场经济，必然有一个多种经济成分共同发展的问题。非公有制经济代表人士参与国家大事，是建设社会主义市场经济的需要。

经济学家、中共中央党校教授王珏委员说：民营经济的发展显示了很强的活力，这是社会主义初级阶段中不可缺少的因素。他认为，民营企业家进入政协是思想更加解放的结果，是一种进步。

全国政协八届一次会议即将闭幕。"百分之一"的震荡还未消散。

当下一届、再下一届政协大会开幕的时候，相信还会有更多的民营经济的代表走进人民大会堂。那时，他们还会带来今天这样的震荡和冲击吗？

不会的。肯定不会的。

（原载1993年3月25日《经济日报》）

福日的探索

从福建日立公司采访归来，有些振奋，有些感触，却久久提不起笔，为福日写点什么。

其实，福日值得一写的东西多了。比如，从1981年成立至今，福日电视机产量增长近20倍，产值增长18倍，创汇增长6倍，十多年来上缴国家各种税费累计达10亿元，这贡献不值得一写吗？十几年来公司获得各种各类全国性先进称号200多项，锦旗如云，声名响亮，这荣耀不值得一写吗？还有，福日每年都有20余种新品问世，从6英寸、9英寸到21英寸、25英寸、

笔底风云四十年（上）

29英寸、42英寸等多种规格，从单制式到全制式、画中画、立体声、卫星电视接收、图文电视接收等多种功能，如此美妙、先进的产品和技术难道不值得一写吗？

是的，这些都值得大书特写，然而我认为，更值得一写的是福日的精神，是福日人的风骨。

"地下党"走上了地面

没有一帆风顺的远航。福日今日的辉煌，同样是从曲折中走过来的。80年代中期福日最困难的时候，亏损额曾达到3700多万元。为解决福日的问题，省里四大班子曾连着开了四次联席会。

1987年初，福日换上了新的领导班子。新班子上任的第一件事，就是把编制还属工会的党委从"地下状态"中请出来，公开挂牌，并配备了专职干部。合作伙伴日方派来的管理人员对此很难理解：企业正处于困境，又多个机构、多些"闲人"干吗！

实践作了最好的回答。党委走出"地下"之后，理直气壮地加强对企业的思想政治领导，同时积极参与企业重大决策的研究讨论，提出了"稳定生产，降低成本，加速出口"的走出困境的12字经营方针。党委还发挥思想政治工作的优势，发动党员带领全公司职工，提合理化建议，开展技术革新等活动。党组织恢复了活力，职工队伍稳定了，企业的凝聚力显著增强了，企业生产经营状况明显好转。一年时间过去，企业不仅消化了数千万的亏损，还实现利润120万元。

在福日，职工中要求入党的越来越多。全公司党员数从原来的58名增加到现在的250多名。党组织不仅赢得职工的信任，也得到日方管理人员的尊重。日方副总经理曾感叹："还是共产党的干部有能耐。"

"日立模式"还是"中国特色"

一位从东京来的日本教授参观了福日，高度评价说："福日是在日本海外最成功的日立模式。"不想，福日总经理兼党委书记唐文合却回答："不对。我们是学习了横滨工厂的管理经验，结合了我们的特点，有了新的创造。我们搞的是有中国特色的社会主义的管理模式。"

确实，党组织的战斗力、凝聚力，企业的民主管理体系，职工的主人翁责任感，所有这些，都不是"日立模式"所能包容的。

建设一支高素质的职工队伍，是福日始终不懈的追求。在从严管理的同时，他们特别注意抓好对职工的思想教育和宣传鼓动工作。"我就是公司""我的事业在福日""务本务实，治本求实"……一个阶段有一个阶段的主题。生动活泼的教育形式，深入细致的思想工作，使职工们乐于接受"大道理"，并体现在工作中。

福日还在全国三资企业中首家成立了职代会，并且每年要开四次。从公司的职代会到班组民主管理小组，形成了完整的民主管理网络，还有系统的组织制度的保证。

一支高素质、特别能战斗的职工队伍，是企业最可宝贵的财富。有一次，为了适应生产需要，公司要求高频头车间在原有生产线上把日产量从800只提高到1500只，日方副总经理认为这是不可能的，因为生产线的设计能力才500只。于是要和唐文合总经理"打赌"。结果，车间职工以主人翁姿态动脑筋、想办法、搞技术革新，仅用一个月就把产量稳定在日产1500只。那位日方副总只好掏钱"请客"。

从"师徒"到"伙伴"

福日引进的是日立的技术。当年，福日不过是日立的"小学生"。十几年来，"小学生"逐渐长大，当年的"师生"关系逐渐变成了平等合作的"伙伴"关系。

福日的零配件已实现国际市场上的自由采购；福日的国产化率达到70%；福日开拓了自己的海外市场；福日正在与国内科技机构合作，开发自己的新技术产品；福日已经申报了四项专利……

良好的合作是建立在相互尊重基础上的。在唐文合接手福日公司的时候，就懂得这一点。当时，日立盛情邀请他去访问，且一连请了四次，都被他回绝了，他的理由是：要干出点名堂再去。一年多以后，他应邀成行，首访日立，受到夹道欢迎的礼遇。去年9月，唐文合再访日立，提出了16个扩大合作项目，他回国不久，日立的总工就飞赴福州，来一个一个地落实合作项目。

日立人评价：福日是日立在海外合作的10个电视机厂中投资最省、规模最大、质量最好的一个。

福日有曲折的过去。福日有辉煌的今天。福日有更加美好的未来。

（原载1993年7月22日《经济日报》）

王祥林与喷施宝神话

有人说今日中国有"两宝"风行：人喝的健力宝，苗饮的喷施宝。

一

庄稼一枝花，全靠肥当家。

中国是世界上施肥历史最悠久的国家之一。然而，中国传统农业中的

"肥"仅仅等于"粪"。中国农民学会使用化肥，就比国外晚了150年。从根部施肥到叶面施肥，从施用单纯的氮、磷、钾肥到施用多种微量元素组合的多功能营养肥，这无疑是中国农业耕作方式的又一场更为艰难的"革命"。

喷施宝就是推动这场革命的龙头和旗帜。它的学名叫"多功能营养型叶面肥"。短短的几年间，这棕黑色的液体从偏僻的山乡流入江南阡陌、塞北大漠，渗入高原红壤、天山雪野。如今，全国30个省、市、区的95%的县市都用上了喷施宝；全国14亿亩耕地中，喷施宝已覆盖了2亿亩次。

这就是喷施宝的神话。

二

创造喷施宝神话的是广西博白县沙河镇的一位农民。他叫王祥林。

王祥林第一次听到"叶面施肥"的概念，并不比别的农民早多少。那是1985年的一天。正当他所在的队办企业陷入困境之时，他从一个技术交流会上得到一条信息，顿有"绝处逢生"之感。他用200元买了1000支广西化工研究所研制的"叶面宝"，回到家里，一边试用，一边推销。推销的结果令人气馁，而试验的效果却让他大为惊叹。这是一个"养在深闺人未识"的"金娃娃"呀！

王祥林当机立断，不惜以最高的利息四处借钱，几经周折，终于以8.2万元换回了一纸"叶面宝技术转让合同书"。就在原来那家社队企业的旧址上，挂出了"沙河叶面宝厂"的新招牌。

叶面宝开创了王祥林的事业。但他没有满足。他要有自己的产品。1987年冬，他又一次携巨款北上，从一位高级工程师手中换回第二张"科技成果转让合同书"。回到沙河后经过反复试验，反复研究，不断改进配方，使这一科技成果终于变成了一种农作物增产高效的新产品，这就是后来风靡全国并走向世界的喷施宝。

笔底风云四十年（上）

三

叶肥厂一经投产，王祥林便走向了外面的世界。一张中华人民共和国的地图，成了他远行的指南。

他不善言谈，自然算不上一个好的推销员。但他是农民，深谙中国农民"眼见为实"的实在劲儿。于是，他背上产品，"先送后卖"。在喷施宝投产的一年内，他就投入了300万元的巨资，在全国组织了数千个试用点进行喷洒试验，为农民种"样板田"。在新疆，有关部门用王祥林赠送的9500元试验费对葡萄、蕃茄、哈密瓜等进行喷洒试验，增产效果显著，销售量很快达到3000多万瓶，成为喷施宝的最大用户。

在为推广叶肥奔走的辛劳日子里，王祥林终于明白，仅靠他和他的百余名推销干将试图说服中国的8亿农民，那是不可能的。现代市场竞争需要运用现代化的武器和手段。

王祥林学会了与广告商打交道，学会了与记者交朋友，学会了与各色人等拉关系。喷施宝的广告开始出现在田头农舍，出现在电波荧屏，出现在火柴、手提袋、太阳帽、文件包等各色物品上。1987年，王祥林花了10万元广告费。1990年，这项投入增加到200万元。而到1992年，则是900万元。

四

王祥林一步步走向"中华肥王"的"宝座"。

1990年2月，阵容强大的专家队伍通过了对喷施宝的严格检验，国家农业部为喷施宝颁发了科技成果鉴定证书，与此同时，国家科委将喷施宝列入"国家科技成果重点推广计划"，专门发文推广。

任何民族优秀的发明创造从来就具有着世界性的意义。喷施宝在为中国农民所喜爱的同时，也在走向世界。1991年2月25日，日本国农业水产大臣近藤元次在中国喷施宝日本肥料登录证上签署了自己的名字，这是中国大陆在有"化肥王国"之称的日本取得的第一张叶肥登录证。23天之后,专营喷施宝的机构——日本国喷施宝株式会社成立。一年后,喷施宝又通过美国环保、海关等部门的苛刻检测,批准在美登记注册。

人们接受了喷施宝,也记住了王祥林。王祥林的出名,不仅仅因为他的喷施宝,还因为他是拥有900名雇员、3000万元资产的私营企业主。他是中国为数不多的农民"大亨"之一。

在邓小平南方讲话之后的第一个春天里,王家院落内的两棵铁树如通人意,粲然花开。嘉木奇花预报春消息。"中华肥王"喜事连连。近两年来,他先后荣获"五一"劳动奖章,荣获"全国优秀经营管理者""中国优秀民办科技实业家"等称号;今年3月,他当选八届全国政协委员,走上了共和国参政议政的殿堂。

有人问"肥王":"你的财产足够你的子孙吃五代了,还忙什么?"王祥林回答说:"如果是为了钱,我早就可以不干了。我是个农民,干的是为中国农民分忧,也是为中国农民争气的事业。我的目标,是要在叶肥领域再领先10年。"

(原载1993年12月9日《经济日报》)

一个延续360年的故事

在武汉最繁华的闹市区六渡桥一带,有一条只有三米来宽的大夹街。大夹街深处,有一截布满青苔的古院墙。这古墙三米来高,一尺多厚,20多米长,一排排砌码整齐的小青砖犹如树木的年轮,记载着街市的变迁与兴

笔底风云四十年（上）

衰。那古院墙是一家中药店的遗物。同那古院墙连着的门楼上，曾有三个金色的大字：叶开泰。

一

叶开泰的故事，是从360年前开始的。那还是明末崇祯年间。以行医卖药为生的叶氏父子来到汉口，看中了这个日益兴隆的集镇，于是择地而居，开了间叶开泰药室。

叶氏传人几世勤勉，叶开泰声名日著。清乾隆年间，药室变成药店。前店后厂，前店卖药行医，后厂制药修盒。以良医荐名药，以后厂供前店。叶开泰自制的"八宝光明散""虎骨追风酒""参桂鹿茸丸""十全大补丸"等中成药，畅销于鄂、湘、赣、陕、豫、皖诸省，并远销港、澳及东南亚等地。到光绪年间，叶开泰年营业额高达30万串钱左右。20世纪20年代，积存利润达白银105万两。叶开泰与北京同仁堂、杭州胡庆余堂、广州陈李济齐名，成为全国四大药店之一。

二

鼎盛之后，由于军阀混战，外侮侵凌，叶开泰随着多难的祖国一起走向衰落。新中国成立后，人们则难寻叶开泰的踪影。

其实，"叶开泰"并未消亡。新中国赋予人民健康事业以更崇高的地位，传统的中医中药作为民族的宝贵遗产受到尊重和保护。1953年6月1日，"武汉市健民制药厂"的大字招牌换下了"叶开泰"药店的金色匾额，由叶开泰联合几家中小药店组成的专业化中药生产厂诞生了。

1974年春，健民制药厂走出狭小的大夹街，结束了"三区九处十八门，拐弯抹角游断魂"的小作坊历史，在汉阳郊外建成了一片初具规模的现代化厂房。到80年代初，健民制药厂已成为有800名职工、4万平方米厂区，年产值2000万元、利润300万元的中型企业。

历史翻过了新的一页。叶开泰新生了。

三

80年代中期，健民制药厂产品大量积压，出口创汇下降，1985年健民厂出现了历史上第一次亏损。

怎么办？调整后的新班子认定，答案只有一个：抓产品。

在初步对产品结构进行适应性调整以稳定局面的同时，由厂领导、技术人员与销售人员三结合组成的班子穿行于省内外医药市场、大小医院，走访专家与患者，调查发现：我国小儿佝偻病发病率高达40.1%，而医疗部门长期使用的钙片、鱼肝油等西药，或者毒副作用大，或者疗效不佳，广大患儿家长和医生亟盼新的有效药物问世。于是，他们集中厂内科研人员，与武汉市儿童医院等单位协作攻关，研制出防治小儿佝偻病的新药——龙牡壮骨冲剂。厂领导决定集中力量上"龙牡"，从资金、人力、设备各个方面实行倾斜政策，不到一年的时间，就使"龙牡"产品达到千万盒以上，健民走出了亏损的困境。

"修盒虽无人见，存心自有天知"，这是叶开泰世代相传的训诫。健民人继承了叶开泰注重医德、讲求质量的优良传统。在"龙牡"日益俏销、市场不断扩大的同时，健民厂不断优化其内在质量。他们先后投资数百万元，对"龙牡"进行二期、三期科研，改革投料方式，改善生产工艺，改进产品规格和包装，确保产品质量的稳定，使"龙牡"质量更可靠、服用更方便。

几年来，"龙牡"荣获国家级产品评比中的14项大奖，被列为全国中成药七大畅销产品之一和"七五"期间全国中药行业疗效最好、效益最好的四大科研新产品之一。在1991年秋的樟树药交会上当场成交2200万元，为历次订货会上单一中药产品成交额之最。

1988年初，国家正式确定在健民厂建设"全国中药小儿用药生产中心"，总投资3000多万元。在叶开泰小儿传统药品的基础上，健民几年来

笔底风云四十年（上）

陆续研制开发小儿用药10多种，小儿用药产品产值占总产值的三分之二以上，6个品种常年出口，远销日本、东南亚及港澳地区。

四

健民厂的腾飞，是改革开放的必然产物。

如今，走进汉阳鹦鹉大道384号的健民厂区，看着高耸的厂房，满院的绿树，不由让人联想起大夹街上的残垣断壁，生发出一番感叹。

在三栋现代化的生产车间里，已看不到昔日用于手工劳作的石磨、碾槽、大缸、坛罐，代之的是自动提取生产线、自动包装线，提高了产量，确保了质量；

在宽敞的科研大楼里，高效液相色谱仪、双波长薄层色谱扫描仪、紫外分光光亮度计等一系列先进仪器为新产品的开发提供了科学的手段；

在产品陈列室，健民口服液、小儿止咳水、牡荆油胶丸、健民咽喉片等健民人开发的新产品与参桂鹿茸丸等叶开泰祖传名牌中药交相辉映，令人目不暇接……

今天的健民厂，固定资产达1300万元人民币，产值2亿元，利税近2000万元，产品品种达190多个，经济效益居全国同行业前列。有着360年历史的老企业焕发出勃勃生机，洋溢着青春的气息。

1988年5月25日，在庆祝"叶开泰—健民"355周年之际，就在"武汉市健民制药厂"的招牌旁边，又挂出了一个新招牌："武汉市叶开泰制药厂"。

五年过去了。出人意料的是，当年叶开泰的盛名并未能在今天重现。五年间，更多的中国人知道了健民，又有更多的中国人淡忘了叶开泰。

毕竟，叶开泰属于过去，健民才属于今天和未来！

（原载《中华企业》杂志1994年第3期）

没有终点的旅程
——全国光彩事业赴贵州考察团随行记

今年4月下旬，出席全国工商联七届二次常委会的十位民营企业家提出一份动员民营经济界参与扶贫攻坚的倡议，由此拉开一个宏大事业的帷幕，这个事业就叫"光彩事业"。

所谓"光彩事业"，就是按照自觉自愿、互惠互利、因地制宜的原则，以民营经济界人士为参与主体，以到贫困地区进行开发性投资为主要形式的扶贫活动。李瑞环同志指出：光彩事业是"引导非公有制经济健康发展的具有战略意义的活动"。

作为推动光彩事业的一个尝试，10月中下旬，中央统战部和全国工商联组织一批民营企业家赴贵州贫困地区考察。本报记者应邀随行采访，写下了这组"随行记"。

1. 成行在"国际消除贫困日"

17日，晴。北京飞贵阳。听省情介绍。考察团预备会。

也许是巧合吧，坐在飞机上看当天的人民日报，上面有一个整版讲的是扶贫的事，且有不少是外国人的文章。细一看，才知道今天也是个节日：国际消除贫困日。

"消除贫困"看来是个世界性的话题。国际消除贫困日就是根据联合会大会的决议，从去年开始设立的。对于尚有8000万人口没有解决温饱的中国来说，消除贫困的难度更大、任务更艰巨。报纸上就有国务委员、国务院扶贫开发领导小组组长陈俊生的文章：《向绝对贫困宣战》。陈俊生认为，当前"更值得注意的是，贫困地区与沿海发达地区甚至与全国平均发展水平

笔底风云四十年（上）

的差距还在持续扩大。因此，与前一段扶贫工作比较，解决这些地区群众的温饱问题难度更大。从这个意义上说，扶贫开发已经进入了最后的攻坚阶段。"他在介绍扶贫的基本措施中专门讲了一条：在实行从救济式扶贫向开发式扶贫转变的基础上，变封闭式开发为开放式开发。

夜幕中飞抵贵阳，接站处认识了一位同行者——天津市西青中药材加工厂厂长孙岱年。不苟言笑的孙总出身于中医世家，于医道颇有造诣，是此行企业家中年龄最长的一位。

没想到报到的当天就安排了活动，我们已是迟到者了。放下行李直奔会议室，省委常委、副省长胡贤生正在介绍情况。这位苗族副省长把贵州省情概括为"四多"：少数民族多、山地多、资源多、军工企业多；"三缺"：缺粮、缺地、缺钱；"一低"：文化素质低；"一慢"：经济发展慢；"一大"：贫困面大。按照国务院重新明确的农民人均纯收入的温饱标准统计，全省尚有48个贫困县、1000万人没有解决温饱，占农村总人口的34%。换句话说，贵州农村三分之一的人口还没有解决温饱，国家八七扶贫攻坚计划的八分之一的任务在贵州。

关于扶贫，贵州人有个新鲜说法：发扬"三动"精神，也就是要"动感情、动脑筋、动真格"。考察团团长、全国工商联常务副主席张绪武第一天就"动了感情"。在考察团预备会上，他对从各地赶来的十几位民营企业家说：我参加过各种各样的代表团、考察团，从来没有像这次一样激动。参加光彩事业的考察是第一次，和这么多年轻的企业家们一起考察也是第一次。我在25岁到40多岁那段时光，当了7年右派，8年的"五类分子"。在座的都是新一代优秀民营企业家，生逢其时，正是大显身手的时候。大家都是推动光彩事业的开拓者，期望不小，责任不轻啊！

2."桂花要等贵人来"

19日，阴。上午听毕节地区项目介绍。下午看三家企业。

昨天一早离开贵阳，跑了一天的山路，直奔位于川、滇、黔三省交界处的毕节地区。

毕节是此行考察的重点，地市县都作了充分的准备。上午的资源与项目汇报会成了各个县市的"招商擂台赛"。记下一长串待开发、待改造、待扶持的项目，装了满脑子的煤炭、矿石、烟草、蚕桑等等，一上午的会开得头昏脑涨。

中午还不得闲。原来，有几位"眼疾手快"的老总已经找到"兴奋点"，要利用午休时间分头作进一步的考察。我跟上了王命兴这一路。王命兴是福建港兴实业有限公司的董事长兼总经理，名片上的头衔有一长串，如全国政协委员、全国工商联常委，还有这会长、那主席之类。

王命兴看中的是毕节市皮鞋厂。这是一个有200多名职工、1952年建厂的国营企业。建筑面积有7000多平方米。规模不算小。因停产已久，给人满目凄凉的感觉。临街的铺面里摆满了积压的皮鞋，看那式样就知道销路好不了。库房里还有一堆堆的存货，看来也只能作废品处理。1989年竣工的主厂房有近2000平米，里面趴着一条从美国引进的生产线。厂部会议室里内满是尘土。王命兴看得很细，还让人把一些关键设备拍了下来，准备带回去供董事会决策时参考。

看过之后进行初步洽谈。据厂长介绍，这个厂也曾有过辉煌的时候。80年代初，该厂生产的"天河"牌皮鞋在省内小有名气。但最近几年，由于技改投入大，管理又跟不上，工厂的日子越过越难，职工相继改换门庭。从年初开始，工厂完全停产了。为了找条出路，租、卖、合作经营都可以考虑。这位17岁进轻工系统，两度在皮鞋厂工作，厂子停产之后就没有领过工资的厂长最后说："我们这儿有句话：'桂花要等贵人来，贵人来了花才开'。希望我们的合作能够开花结果。"

洽谈的双方都有诚意。王命兴想"买断"，投资改造；皮鞋厂愿卖，条件可以优惠；这桩买卖看来有戏。

笔底风云四十年（上）

3."贵州"两个字值多少钱？

19日晚。毕节市洪山宾馆，企业家对口洽谈。

就在王命兴考察皮鞋厂的时候，张江平、卢新菊夫妇去看了毕节市酒厂。兴冲冲地去，兴冲冲地回。看样子有些收获。于是相约，晚上听听他们的情况。

张江平是河北亨豪企业集团有限公司的总裁、全国工商联常委、省政协委员。他与光彩事业有些渊源，是今年4月倡议发起光彩事业的10位民营企业家之一。夫人卢新菊是公司的副总裁，掌管财务大权。夫妻俩平日里形影相随，一唱一和，但谁"唱"谁"和"却不好分清。这次夫妇联袂而行，有意为贫困地区干几件实事。

晚8点半走进张江平的房间，一直等到12点，却没有找到与张江平夫妇说话的机会——来访的人太多了。满屋子都是等着向他介绍各种投资项目、各类合作意向的人们。这一批走，另一批来，还有一拨在等。记者旁听下来，一晚上洽谈的项目就有十来个：

大方县乡镇企业局发展蚕桑基地项目；

金沙县沅村乡酒厂开发"咖啡饮料酒"项目；

大方县商业局"刺梨汁深加工"项目；

毕节市酒厂联销合作项目；

金沙县建设万亩猕猴桃基地项目；

威宁县政府药材种植和加工项目；

金沙县物资总公司"水解羽毛粉开发高蛋白饲料"项目；

毕节地区轻纺局建议就轻纺企业改造进行合作；

……

其实，不仅张江平夫妇应接不暇，考察团的每个企业家都在经历"车轮大战"。毕节地区的每一个县都有人专程赶来，介绍各自的优势和前景，探讨各种合作的可能性。他们中不少人谈完项目之后,还要连夜赶几百里的山路回去,为进一步洽谈准备更详细的材料。急于摆脱贫穷的人们不愿放弃这次送上门的招商机会。对他们来说,这样的机会实在太少了。

贫困地区人们加快发展的热望令人感动。张江平夫妇耐心地接待每一位来访者,即便有些项目没有合作的可能,也热情地为来访者出主意、当参谋。在接受地区电视台记者采访时,张江平说:感兴趣的项目很多,但个人的胃口毕竟有限。我们能够合作的一定认真地办。回去以后还要向同行们通报,争取组织更多的民营企业家到这里投资、合作。

张江平特别有兴趣的项目是与酒厂的合作。他对电视台记者说:"贵州是名酒之乡。在造酒这个行当,'贵州'两个字值多少钱?至少两千万!"尽管与酒厂的谈判有些周折,合作的方式还在探讨,但他对合作的前景很有信心。

离开张江平的时候,记者手上多了一份协议书。内容包括:亨豪集团为威宁药材进入北方市场提供窗口;合作开发半夏苗提取液;合作开发羊毛制品等。协议由张江平与威宁县县长助理尹兴国签署。

这是考察团收获的第一份正式协议。

4."乌蒙之花"何日怒放

20日,阴。晨离毕节,午至大方,夜宿织金。

看过电视《奢香夫人》,却不知道这位神奇的"夫人"历史上确有其人,且主要活动在我们就要到的大方县。这位打通龙场九驿,为民族团结国家统一作出过卓越贡献的杰出的彝族女政治家,受到后人的景仰和怀念。县城附近有奢香墓,属国家级重点文物保护单位。陵园内还有新建的奢香博物馆,其建筑集中了彝族建筑艺术的精华,令人叹为观止。

大方人自豪地把大方称为"乌蒙之花"。大方县城颇有些来历,三国时是蜀汉所封罗甸国都城,清朝时为大定府的所在,现在是省级历史文化名

笔底风云四十年（上）

城。大方物产丰富，硫铁矿储量居全省之首；烤烟年产量在2万吨以上，属全国优质烟生产基地县之一；生漆产量为贵州之冠，大方漆器作为传统工艺品与茅台酒、玉屏箫并称"贵州三宝"而名闻中外。大方的旅游资源也十分丰富。境内有国家级森林自然保护区"百里杜鹃园"，是全国少见的保护完好、规模巨大、品种繁多的杜鹃林带，一年一度的"杜鹃花节"和富有民族风情的彝族火把节、苗族跳花节一起，成为贵州西北部独具特色和吸引力的旅游项目。

贫困地区有贫困地区的优势，认识了这种优势，发挥出这种优势，贫困地区发展的前景未可限量。杨兴举县长介绍了大方县委、县政府提出的"一二三四"的经济发展思路，即：强化农业这一基础；巩固烤烟和矿产开发两个支柱；加速工业、乡镇企业和第三产业三个发展；加快电力、交通、通信、城乡集贸市场四项建设。他说，虽然大方还是国家级贫困县，86万人口中还有32万人生活在贫困线以下，但这是一块美丽、神奇、富饶而充满希望的宝地，"乌蒙之花"怒放的日子不会太远。

考察团在大方停留时间不长，却也有几项实质性的收获。山西环海实业有限公司董事长、有"锅炉大王"之称的梁文海与县经委主任陈祖文就合作开发玻缕石系列产品达成意向性协议；全国人大代表、贵州神奇制药有限公司的张芝庭董事长对一种被称作"神仙壶"的漆器发生了兴趣，准备大批量订购，用在药品的包装上；卢新菊则继续昨天晚上的洽谈，最后与县商业局局长陈春芳就刺梨汁的深加工项目签署了合作意向书。

在大方吃的午饭特别香：酸菜汤泡"二米饭"，还有彝族特有的咂酒。上车的时候，王命兴红光满面地走来，已有些醉了。

5. 贫困金三角

21日，晴。上午听织金情况介绍，下午看茶场、煤矿等。

人们可能不知道织金县，但不应该不知道织金洞。织金洞奇丽的岩溶景观是无法形容、无可比拟的。钻过织金洞的人都会欣然接受"织金归来不看洞"的说法。

对于旅游者来说，孕育织金洞这类奇观的喀斯特地貌是典型的奇山秀水；而对于生活在这片土地上的人们来说，喀斯特地形又是"穷山恶水"的代名词。织金民谣："抬头望见坡，出门就爬坡，早晨背箩滚下坡，捡得回来太阳落了坡。"石头缝里种庄稼，结果是："春种几大坡，秋收不满箩。"

人称乌蒙山区是"富饶的贫困"。富饶的是资源，是未来；贫困的是经济，是现状。织金县的一份调查材料，使我们对高山偏远地区人民的衣食住行状况有所了解。

衣：30%的农民只有一套补丁连补丁的衣服，90%的人家没有一床像样的被子。卡地村有19家农户捡废旧地膜编成被子盖；

食：每年近百万公斤的救济粮，仍不能完全解决一些少数民族聚居村寨的缺粮问题。更严重的问题是缺水。全县还有26万多人、13万多头大牲畜饮水困难；

住：据对9个乡镇、25个村、868户人家的调查，住土墙房的589户，住杈杈房的169户，人畜共屋滚草窝、宿圈楼的140户；

行：在最贫困的"两坡"地区，多数村寨仅有羊肠小路通行，运输全靠人背马驮。鸡场乡杨兴才一家年产洋芋1万多公斤，因交通不便，父子三人背上洋芋逢集就赶，最后还烂掉了2000多公斤。

织金并不是毕节地区最贫困的地方。县委书记姜主华介绍，党的十一届三中全会以来，织金的贫困面在逐年下降，贫困人口从1985年的61万人减少到现在的25万人。尽管如此，贫困人口仍占全县总人口的32%以上。

织金地处乌江上游支流六冲河与三岔河交汇处的三角地带，有"贵州西部金三角"之称。县里精心安排的几个参观点，都有助于我们领会"金三角"的意义。一处是小煤矿，大块大块的无烟煤堆积在巷道口，在阳光照射下如金子般闪光。据说这里的无烟煤发热量在7000大卡左右，可采储量达

笔底风云四十年（上）

107亿吨；一处是出产优质茶叶的地乌洞茶场；还有一处是少普乡竹荪开发实验场。织金竹荪是竹荪家族中唯一清香型、无异味的品种，享有"真菌皇后"的美称。实验场6名职工，投资2.8万元，预计收竹荪5000斤，年收入15万元。参观的人们开玩笑说：这哪儿是种竹荪，简直就是种金子嘛。

资源的丰饶与经济的贫困形成如此强烈的反差。"贫困金三角"，多么不协调的词语组合！考察团的人们也在思考，为金三角不再贫困，我们可以做点什么？"中华薄荷王"、安徽太岛集团年轻的老总张彦特意带走一把地乌洞山顶上的黑土，准备回去化验一下，看是否适合大面积种植薄荷……

6."如果你要嫁人……"

21日晚。织金县委办公室，与地委交换意见。

明天就要离开毕节地区了，分别的时候总有些依依难舍。

地委的刘也强书记、杨智光副书记几天来与考察团的同志一路同行，接自黔西，送到织金，和大家相处很熟。在晚上交换意见的时候，刘书记的一席谈话令大家十分感动。

刘书记说："现在大家都愿意到沿海跑，往发达地区走，你们能到这么偏远的地方来看一看、走一走，即使不投资、不合作，也难能可贵。光彩事业的开展，不仅对贫困地区的经济发展是一个极大的推动，对贫困地区的人们也将是一个鼓舞。我们有个建议，能不能把这次告别作为我们交往的起点，常来常往。我们就是想搭上你们的发展快车，把我们拉到全国市场上去，拉到国际市场上去。"

考察团秘书长、中央统战部经济局副局长王永乐说："毕节是国家批准的开发扶贫生态建设试验区。现在，也是光彩事业的扶贫试验区。"

刘也强诚恳地说："光彩事业是充满感情的事业，又不是一个简单的动感情的事。各个县都迫不及待地和大家谈项目，谈成以后能不能顺利合作，还有待今后的检验。我们表个态，只要是我们职权范围之内的事，一定特事特办，说话算数，保证让大家取得合法的、合理的利润。"

"毕节很穷，但我们知道，要想真正脱贫致富，不能靠别人施舍一条鱼、十条鱼，吃饱了这顿没了下顿，我们需要有人教我们织网、教我们捕鱼，我们学会了捕鱼的本领，就不仅能够吃鱼，还能卖鱼。如果不按照经济规律办事，勉强合作到一起，也不会走远。如果动了感情，又有效率，一颗健康的种子发了芽开了花结了果，那榜样的力量是无穷的。贫困地区需要的就是这种光彩的榜样。"

"如果大家有投资、合作意向，可以投在这儿，也可以投到那儿，而我们的条件又具备，就希望像新疆的同志唱的那样：'如果你要嫁人，不要嫁给别人，一定要你嫁给我'……"

7. 普定帮你们发财

22日，晴。中午抵普定，听县情介绍、洽谈。下午至安顺市。晚上参加安顺地区开发汇报会。

从织金到普定，一个上午的行程，却已从乌蒙山脉走上了苗岭山脉，从长江水系走到了珠江水系。普定县就处在两大水系的分水岭地带。

普定属安顺地区，只有36万人口，人口密度却居全省之冠。让普定人自豪的是，从古人类学的角度说，"普定人"与"北京人"齐名。离县城3公里有个叫穿洞的地方，是旧石器时代人类文化遗址，被列入国家级文物保护单位。那里出土的古人类头骨化石被命名为"普定穿洞人"。

今天的普定还戴着"贫困县"的帽子，但她的发展速度让人刮目相看。据介绍，普定变化最快的是小平同志南巡谈话发表后的这两年。县里曾组织6套人马赴沿海地区学习考察，在解放思想的大讨论中找到了一条切合实际的富县富民路子，这就是把地方经济发展的立足点放在乡镇企业和私营经济上。他们总结，以发展乡镇企业和私营经济为突破口，有三个好处：一是可以充分利用民间资金，减少政府的直接投入，政府可以把有限的资金用来改

笔底风云四十年（上）

善水、电、路等硬环境；二是可以减少政府对企业的干预，政府主要做好服务的工作，企业自负盈亏，自我发展；三是民营企业产权明晰，经营灵活，上得快，收益快，发展快。民营经济发展起来了，政府多得税收，工人多得工资，于富县富民都有利。1991年到去年，全县乡镇企业上交的税收连年翻番，发展速度居全省第一。

"你们帮普定发展，普定帮你们发财"。普定对外招商引资的重点也是民营企业，他们大胆对外宣称：普定的软环境是全省最好的。县乡镇企业局局长罗庆华介绍，从1992年到今年，全县引进资金1.3亿元，其中来自沿海地区的就有5000多万元。有十多个外地民营企业先后到普定投资、联营，如福建人投资的闽江砖厂，广东人投资的普茂煤矿等。由福建长乐县一位民营企业家投资建设的后寨轧钢厂，年产钢材6000吨，去年8月投产，到今年已收回全部固定资产投资。

听了普定的介绍，上海市民间商会副会长、淮海机电科技有限公司总经理范建中感慨地说：贫困地区与发达地区最大的差距是什么？是观念的差距、思路的差距。一旦眼界打开了，观念更新了，脑子活络了，发展的差距就不再是不可逾越的鸿沟。普定的发展思路和实践，将给所有那些急于走出贫困的人们以有益的启示。

送别考察团的时候，傅京县长说："欢迎大家到本世纪末再来普定。那时，相信就不是普定县，而是普定市了；不是贫困县，而是全省名列前茅的先进县了。"县长自信而大胆的预言，逗得大家笑了。

8. 执着的修文

23日，晴。考察安顺经济开发区等。宿清镇市红枫湖。

在安顺地区只有两天的活动时间，开发区的发展前景、蜡染厂的精湛工艺、黄果树的壮丽风光给大家留下深刻印象。

但大家印象最深刻的，却是没有列入考察日程、且大家都还没有去过的地方——修文。

修文人的执着我从下飞机的时候就领教了。到机场接站的就有修文的同志，随后刚到贵阳的宾馆坐定，房间还没有安排哩，就收到了厚厚一叠修文招商项目的可行性分析报告。

一路上翻看这些材料，对修文有了些了解。知道修文与贵阳毗邻；知道修文的猫跳河上建有四级梯级电站；知道修文的铝土矿储量达1亿吨；还知道修文有个有名的名胜叫阳明洞，那是明代大哲学家王阳明的贬居之地，也曾是蒋介石囚困张学良将军的地方。

修文距安顺市143公里。住在安顺的宾馆却感到修文人无处不在。那天听完地区情况介绍已是晚上9点，为找人采访，我挨个房间走了一遭，发现都有人等着谈项目，一问，还都是从修文来的。回到自己的房间，又有人找记者"对口洽谈"，原来是修文县委常委、宣传部长卢永康来看望"同行"。

从省里到修文挂职的县委副书记牛熹介绍，修文人为这次考察足足准备两个月了。为争取把修文列入考察路线，县里派人与省有关部门交涉了好几次，未能如愿。于是决定："不挤线路挤项目"。考察团一到安顺，修文由县委书记罗筑云、县长涂新善带队，开来浩大的招商、公关"大军"，9名县委常委就来了5位。罗书记说："我们把这次光彩事业考察看作是个难得的机遇。谈得成项目更好，谈不成还可以交朋友。"

修文的"主动出击"，还引出一段"抢王力"的插曲。30岁的王力是全国工商联常委、海南海王集团董事长，也是参加考察的最年轻的企业家。修文的同志听说王力要晚到几天，主动提出由他们帮助接站并送到考察团活动的地方。等王力一行下了飞机，接站的牛副书记却带着他直奔修文，在修文考察了一天。这边织金县也派出专车，准备请对开发旅游业有兴趣的王力看织金洞哩。最后是省工商联的同志打长途电话交涉，要修文放人，才算让王力赶到普定"归了队"。

明天，考察团返回贵阳。第一个来贵州报到的王命兴又第一个与大家告

笔底风云四十年（上）

别。但他说，他会很快回来的。

后记

9天的考察中，民营企业家们走过了3地（市）、8县市，行程1500公里。有形的成果是丰硕的：初步谈成43个项目，其中签订合同1项，协议7项，意向性35项。

在省委、省政府召开的汇报会上，"中华薄荷王"张彦用"三个没想到"概括了企业家们思想上的收获：第一，没想到还有这么贫困的地方，我们的一双皮鞋就超过了许多人一年的收入；第二，没想到贫困地区有如此丰富的资源，干部群众脱贫致富的心情如此强烈；第三，没想到光彩事业如此受重视、受欢迎，被人们寄予那么多的期望。

从光彩事业的角度说，这是一次"播种"之行，又是收获之行，还是一次没有终点的旅程……

（原载1994年11月21日《经济日报》）

挥洒人生天地间
——南京天地集团董事局主席、总裁杨休访谈录

杨休，1961年6月生。1979年考入南京大学历史系。1983年毕业后留校任教。1990年以16.7万元的资本"下海"。1993年组建由他个人控股的天地集团。现集团下属各类企业60余家，净资产4亿余元。兼任南京市政协常委、南京大学教授。

走出大学的"象牙之塔"是需要勇气的。你为什么下海？本钱从哪里来？你怎么就能肯定自己是块干经营的"料"呢？

我在南大教文化史，是选修课。日子过得清闲，就生出些想法。先到一个杂志社兼了个副社长，那杂志原是赔钱的，我们干了一年，编排印一条龙抓起来，扭亏为盈。由此我觉得自己可能是干经营的料。于是就下了海。

知识分子下海大都有自己的目的。如果单纯为了赚钱，我也不会下海。1990年的时候我有十几万的存款。我的书画在南京小有名气，常有人找我题写个招牌什么的，一个字能卖300多元。本来可以平平静静过一辈子，即使赚不到大钱，也穷不到哪儿去。但我想自己还能干成一点事业。我有两个理想，或者说两个梦想吧，是我下海的最主要的动力。

一是想建一所大学。为什么？我对现在的大学教育有些想法。大学生应该学会的是方法、技能，而现在大学里最不重视的就是这些，大学生学会一堆不知是有用还是无用的知识，到了社会还得从头学起。所以我曾在《人民日报》上放胆地说，天地集团不要一个大学毕业生。我希望创造一种模式，培养出来的大学生是有用、能用的人才。

二是想设一个中国式的诺贝尔奖。我们上大学那阵子，正是《哥德巴赫猜想》之类的报告文学走红的时候，年轻人都想当科学家。我学过理科，也有过拿诺贝尔奖的梦想。后来学了历史，觉得中国人想拿诺奖还不现实。为什么我们自己不能创设一个世界级的奖呢？这个想法挥之不去，名字都想好了："中国天地发展奖"，奖金不低于诺奖的一个单项。要实现这个梦想，我就要赚更多更多的钱。

民营企业搞高科技似乎是一种时髦。为什么选择高科技作为发展方向？而作为高科技企业为什么又没有自己的研究开发部门？

下海之前我作过一番研究，发现无论是在欧美或是在日本、韩国，70年代以后迅速成长崛起的企业，都是高新科技企业。我的结论是：依靠高科技是企业迅速发展的最便捷的道路。

笔底风云四十年（上）

但我们也走过弯路。一开始自己开发电脑软件，投入不少，收获不大。最后搞出了个"桌面印刷系统"，比起后来的方正、华光就失去了竞争力。于是我们开始反省。高科技企业的特点是"三高"：高投入、高风险、高产出。首先要有高投入，然后要有规避高风险的机制，最后才能收获高产出。而民营企业普遍本钱少，大都是白手起家，搞高科技可谓先天不足。投入从哪里来？我提了一个口号："要搞高科技，先搞低科技。"也就是通过发展科技含量不高的第三产业积累资金。其实，如果总结一下民营科技企业的发展路子，都有这么一个"先搞低科技"的原始积累过程。

一个企业的成功和一个政权的成功有相似之处，古语说："治大国若烹小鲜"，这话倒过来也是有道理的：烹小鲜若治大国。共产党从哪儿起家？根据地。办大企业也要有自己的根据地，就是要有自己的产业基础。我们从第三产业开始，搞贸易、搞房地产，赚了一些钱。有了实力为基础，就可以不断拓展企业的发展方向，高科技项目也红红火火地干起来了。1991年我们制订第一个五年计划，计划到1996年资产规模3个亿，每年利润不低于3000万，设立30家企业。这个计划到今年上半年就提前实现了，净资产已搞到4个多亿，到年底将近5个亿，利润可达7000万。

民营科技企业有一个误区，就是什么都想自己开发。企业搞开发又谈何容易？我有过教训。所以你说开发了猪饲料我相信，开发出什么新型芯片我就不相信。大学和科研院所也有个误区，就是什么都想自己搞产业化。学校没有资金，没有经营人才，不搞教学搞工厂，从买地皮盖厂房开始，等把技术变成商品，再新的成果也成了江苏人所说的"望鸡蛋"。科研单位还有个毛病，往往把最好的成果抓住不放，卖出去的都是二三流的项目，结果二三流成果创造的效益往往比一流成果快得多、大得多。哈佛大学有校办工厂吗？没有。为什么不把最好的成果卖给企业呢？这个社会本来是有分工的。市场经济更讲分工。什么就想自己干，肥水不流外人田，结果只能是事倍而功半。

我们原来有5个研究所，后来全撤了，一个不留。但我们和国家级的12个大学、大所建立了稳定的联系。我们的做法叫"双向提前介入"。我们提前介入科研过程，了解科研项目的商品化前景；科学家们提前介入市场，了解市场对技术的要求。像我们与北京人工晶体研究所联合组建的天地金刚石技术有限公司，已成为全国唯一的金刚石膜产业基地。这项90年代刚刚成熟的技术被称为人类"第二次材料革命"。这个公司还没有开始作广告，订单已如雪片般飞来。明年仅这个产品的利润就有上亿元。

我们有很多这样的例子。这个办法一年要省多少钱？如果企业包办搞科研，引进一个国家级人才，一年最少花100万，几个人一个课题组，光养人的成本就不得了。拿出几百万投到研究所里去，效果就大不一样。

办企业的人爱说"累"。但感觉你活得很潇洒。是谁在经营天地集团？人才从哪里来？你用人的依据是什么？

我说来一个国家级人才一年要花100万，当然不是信口胡说，我们为吸引人才是舍得下本钱的，给他100万，他创造的价值可能是1000万。搞企业一定要明白这个道理。

关于人才，我总是宣传两个观点：

一、人才始终是企业的核心资本。这叫做"人才资本论"。企业要发展，首先不是要钱、要技术、要市场，而是要有人才。没有人才的企业随时可能趴下。揭竿而起的黄巢能打下一座座县城，但他派不出县官，打一座丢一座，最后还是流寇。现在很多民营企业搞家族化管理，不可能长久。

二、人才规模决定企业的发展规模。这叫做"人才规模论"。不仅如此，人才的结构也决定了企业的发展方向。企业家运作资本之前首先要运作人才。我下属有66家子公司，都是先有总经理，再建分公司。如果找错了人，任命的是66个笨蛋，明年的天地集团肯定颗粒无收。如果66个人都是杨休，我们就有66条龙，明天的天地集团就会大不一样。

现在企业普遍感觉缺乏人才。我以为，缺的不是帅才，也不是干才，而

笔底风云四十年（上）

是缺将才。一个战役的胜利，要有战略家，要有战斗员，还要有一批能够担负起战役指挥的战术家，这就是将才。现在的情况是两头大，中间小，有一个断层。天地集团能够快速发展，就因为我们有一个合理的人才结构，有一批得力的将才。我们有10个总裁级的干部，其中6个有副教授以上的职称。有了这样一批将才，我就可以潇洒起来了。别看摊子铺那么大，我就管10个人。每天没多少事情。我还承担着南京大学的科研任务，每天都要抽出时间搞科研，写书。一年出一本书。我每年还有大半年的时间在外面跑。

企业不是政府。民营企业家更没有什么权力，企业家的权威来自于非权力的影响力。我家三代贫农，穷亲戚不少，但天地集团没有我家一个亲戚。在用人上，我讲五字诀："德、才、学、识、绩。"前面四个字是借用刘知己的，我加上一个"绩"字，因为我认为业绩是检验人才的最终标准，德才兼备也好、学识过人也好，还要看你干成了点什么。换句话说，要找"能抓住老鼠的好猫"。

现在民营企业热衷于上规模、上档次。你对天地集团的发展满意吗？下一步发展方向是什么？

政治有国界。企业经营没有国界。今天的市场也是没有国界的。企业在国内市场上称雄算不上好汉，有本事就应该到世界市场上比试比试。有些企业名头很响亮，什么"国际集团"、什么"跨国经营"，实际上还是在家门口称雄。报纸上刊登了那么多的"500佳""500强"，把500家加在一块，也顶不上人家一个通用公司。如此规模当然谈不上什么国际竞争。

民营企业总是要长大的，总有走上国际市场的那一天。我认为，民营企业要走上规模经营、跨国经营的道路，仅靠自己力量是不够的，要实现四个方面的联合：

第一，民营企业之间通过各种形式走上联合之路，组成集团军；

第二，民营企业和科研院所联合，组成方面军；

第三，民营企业和国有大中型企业联合，组成正规军，进入国民经济主战场；

第四，民营企业和金融资本、国际资本联合，组成王牌军。

这是民营企业的必由之路，也是天地集团的必由之路。如此发展10年，相信中国的民营企业中就会出现一批真正具有国际竞争实力的跨国公司。

我们这一代年轻人是使命感特强的一代人。我们赶上的这个时代恰恰需要一大批具有使命感的创业者。创业者是不会满足的。今年我们制订了第二个五年计划。我们的"二五"计划正好与国家的"九五"计划同步。我们的目标是到本世纪末产值超过50亿；利润达到20亿；拥有50家上规模的企业；资产总额达到20亿元。

人要有境界，企业也要有境界。我们追求的境界是什么？归纳起来16个字：不求闻达，但求发展；不比大小，只论奉献。

（原载1995年12月8日《经济日报》）

民营企业如何跨世纪
——全国政协委员陆航程、冼笃信、王命兴访谈录

当"九五"计划的第一个春天到来的时候，当共和国跨世纪的发展宏图摆到人大、政协委员面前的时候，民营企业家们在想什么？摆在他们面前的是曲径还是坦途，是挑战还是机遇？他们期待的是怎样的一个新世纪呢？

在不久前召开的政协八届四次会议上，记者采访了几位来自民营企业界的政协委员，与他们一起探讨了民营经济如何跨世纪的话题。

笔底风云四十年（上）

陆航程——
实现跨世纪目标离不开民营经济

●陆航程系内蒙古新优佳企业联合总公司董事长、总裁，兼任内蒙古民间商会副会长，中国市场经济研究会常务理事。

□不管人们对民营经济面临的舆论与政策环境是否满意，但这种环境看来将持续很长的阶段。客观地说，能够维系这种环境也是不容易的。你认为民营经济发展前景如何？

■对于企业家来说，更为看重的可能是经济环境。当前的经济环境比较严峻，不仅国有企业的日子不好过，民营企业的日子也不好过。但要看到，困难是暂时的，经济环境也在变化之中。"九五"计划和2010年远景目标纲要的制定，为中国经济发展规划了鼓舞人心的轨迹，企业作为经济活动的主体，不论其所有制如何，在这个大背景下都有自己的位置，都能找到生存与发展的空间。从改革的目标看，我们要到本世纪末初步建立起社会主义市场经济体制，这就意味着市场更加开放，竞争更加公平，游戏规则更加健全，这不正是民营企业家们所企望的吗？没有理由对前途失去信心。

□从发展这个硬道理出发，从实现跨世纪的目标出发，我们有充分的理由进一步改善民营经济的生存环境，让民营经济发展的步子更大一些，速度更快一些。由于传统观念的惯性影响，人们把民营经济的问题看得多一些、重一些，这是可以理解的。但如果因此对多种经济成分并存的方针产生怀疑甚至动摇，那就错了。对民营经济的现状要有正确的估价。民营经济今天没有危及公有制的主体地位，今后也不可能成为国民经济的主导力量。我们不可高估民营经济的现实规模，当然也不可低估民营经济发展的巨大潜力。

■认识要有一个过程，而实践总是走在理论的前头。有些理论上说不清的问题，还是应该到实践中去寻找答案。其实，在具体的经济活动中，已经没有多少人在意企业贴的是什么"标签"。随着国有企业改革的推进和现代企业制度的建立，人们更加看重的是企业的组织形式，而不是企业资产的所有性质。并且许多规范的公司制企业，其资产来源可能是多元的，你中有我，我中有你，一句话也说不清。淡化企业性质对经营活动的影响，是一个趋势。

□国有企业的改革进程，也是与民营经济的发展过程相联系的。民营企业发展形成的市场环境和竞争氛围，既给国有企业带来压力，也是国有企业改革的动力；民营企业以劳动密集型为主，是吸纳国有企业富余人员的主要渠道；大量服务性民营企业的涌现，也使国有企业解脱"办社会"的包袱有了可能。不要以为民营企业与国有企业的关系就是争资源、抢市场，两者还是相互依存，共荣共进的。国有大中型企业要生产质量过硬的产品，少投入，多产出，离不开一大批高素质的小企业协作、配套。

■在市场问题上，现在人们有种错觉，以为民营占了一块市场，国有就必然少一块市场，非此即彼，你死我活。而没有看到市场有一个发育和发展的过程，民营企业在占领市场同时，也在创造和开拓市场。民营经济发展了，就业增加了，一部分人收入提高了，消费需求也随之提高，市场容量大大拓展了。一方面不断创造需求，一方面不断满足需求，这就是经济不断发展的动力。单一的所有制形式是无法满足人们多样化的需求的，随着中国人逐渐走近小康，经济高速增长的结果是需求的急剧膨胀，更加多样化、多层次的需求更不可能由国有经济来包办。

□国有企业改革深化、活力增强，对于民营企业也是一种压力，是一种挑战。

■对于民营企业来说，不能仅仅把国有企业的改革看作是挑战，也应该看作是一种发展的机遇。国有企业产权结构的调整是一种机遇，国有企业产业结构的调整也是一种机遇，国有企业经营领域的调整还是一种机遇。利用国有经济的改革和调整，有条件有准备的民营企业完全可以加快与国有经济联合的步伐，进入更广阔的发展空间。

笔底风云四十年（上）

冼笃信——
靠"二次创业"开拓一片新天地

●冼笃信系海南腾龙企业集团公司董事长，兼任海南省总商会副会长、省企业家协会副会长。最新的社会兼职为"海南省农业国际经济合作促进会会长"。

□民营经济曾被称为"政策经济"，它的发展无疑是与政策环境密切相关的，但其发展本身又有自己的规律。当国家在筹划跨世纪大计的时候，许多企业也在规划自身跨世纪的发展思路。你是怎样筹划腾龙集团的未来的？

■许多民营企业都在讲"二次创业"，我没讲这个口号，但实际上也在这么做。民营企业要有新的发展，必须有一个大的跨越。跨越的主要内容包括企业组织制度的创新，企业经营领域的调整，企业经营方式的转变等。民营企业普遍起点低，劳动密集型的多，技术含量低，经营粗放，这种状况不可能长久维持下去。企业家要有自我超越的意识，不怕起点不高，就怕目标不高、目光不远。

□民营企业的"二次创业"，实质上是适应经济增长方式转变的自觉行动。但现在人们谈得比较多的是企业制度的创新，对于产品结构、产业结构的调整还没有引起足够的重视。

■世纪之交的机遇何在？最大的机遇就在于不断涌现的新的产业机会。科学技术飞速发展，新技术、新材料、新产品不断成熟，高新科技产业在发育成长，这是经济发展的活力之源。今后15年，我们有可能经历从工业社会到信息社会，再到生物工程社会的跨越，与此相联系的是信息产业、生物工程产业的崛起，它们将成为国民经济的新的支柱产业。在这些新的领域中，民营企业是可以有所作为的，因为我们站在同一条起跑线上，甚至可能更敏感一些。当然，机遇总是钟情于有准备的人。要抓住新的产业机会，就必须密切关注、跟踪新技术的发展，作知识、技术和人才的储备。

□在产业结构调整上的一个新动向是，一些民营企业大举向农业进军，掀起一股农业产业化的热潮。

■一手抓高新技术产业，一手抓现代农业，是腾龙集团今后发展的两大战略重点，并且农业摆在第一位。海南发展现代农业得天独厚。我们从去年开始进行投资农业的探索，租了一万多亩土地，从国外引进瓜菜、可可、椰子等品种，准备搞从种植到加工的一条龙。今年初步选准了一些项目，计划投入2000万元，组建腾龙科技农业开发有限公司，扩大农业产业化的试验。为引进国外资金，配合海南大农业的开发，我们和有关部门一起组织了"海南省农业国际经济合作促进会"，开完会回去就该挂牌了。

□农业基础薄弱的问题总是两会上的热门话题。今年关于农业的话题依然热烈。许多代表委员对民营企业向农业进军给予了较高的评价。从浅里说，这是全社会更加重视农业的一种体现；从深处看，农业产业化的问题也许就应该从这里破题，中国农业的现代化闪现出一丝希望之光。

■建设高产、优质、高效的现代农业，不是喊喊口号就能办到的，要有新技术、高投入，还要有一大批高素质的人才。按照传统的路子，农村一缺技术，二少人才，三缺资金，怎么去建设现代农业？企业参与农业开发，可以解决技术、资金、人才的问题，农业才能真正走上产业化的路子，实现"两高一优"。民营企业投资农业，农民愿意，国家支持，企业也有钱可赚，是利国利民利己的好事，我相信是大有可为的。广阔的农村是一片值得开垦的新天地。

王命兴——
在光彩事业中发展和壮大自己

●王命兴系福建港兴实业有限公司董事长、贵州毕节光彩事业兴业发展总公司董事长、福建省工商联副主任委员，他最看重的社会兼职是"中国光彩事业促进会常委"。

笔底风云四十年（上）

□钱多了是会让人眼红的。所以社会上对钱多的人普遍缺乏好感。钱多了之后又有一个如何花的问题。一些私营企业主腰包鼓胀之后钱花的不是地方，因而引起了人们更多的非议，你如何看待这种现象和舆论？

■不能把钱多看成是一种坏事。既然提倡一部分人先富起来，既然我们的社会不可能绝对地"均贫富"，我们就应该接受和习惯"大款"的出现与存在。需要看到的是，一些人有钱之后胡花乱花，一个重要原因在于我们的社会还没有形成鼓励人们不断积累和投资的机制，有的人心有余悸，不敢把企业、事业搞大。资本没有追求利润的动力，赚了钱没有不断投入的渠道，就只好胡花乱花。

□这是一个"有中国特色"的奇特现象，一方面是国家建设需要钱，且是非常地需要；一方面是大量的钱找不到出路，不仅是"款"们如此，老百姓的钱除了送进银行，也没有多少别的出路。积累的目的无非是两个，或者投资，或者消费，既然投资的渠道不甚畅通，就只好一个劲儿地消费。于是攀比之风、奢靡之风大盛，与我们这个奔小康的社会发展阶段很不相称。

■所以我赞成"引导民营经济健康发展"的说法，"健康"和"发展"，两个词都要讲。民营经济存在一些问题，有一些不健康的东西，应该加强管理和引导，引导的目的是更好地发展。去掉不健康的东西，是有利于民营经济更好地发展的。关键是如何引导。处处红灯是一种引导，搞产业政策是一种引导，倡导光彩事业也是一种引导。

□作为光彩事业最初倡议者之一，你怎样看待光彩事业的意义？

■光彩事业最初是从扶贫的角度提出来的。体现的是先富帮后富的思想，为先富帮后富提供了一种可操作的形式。但现在看，光彩事业的意义远不止这些，要实现跨世纪的发展蓝图，难题之一是缩小沿海地区与中西部地区的差距问题。促进中西部地区的经济发展，一方面要靠政府、靠政策，另一方面还要动员全社会的力量，调动民间人士和民间资金。光彩事业开展几年来，响应的人越来越多，到贫困地区考察、投资的人越来越多，一些扶贫开发项目已经启动并见到了效果。随着光彩事业社会影响的日益扩大，人们对非公有制人士的看法也有所转变。人们从中看到，民营企业家是有爱心，有社会责任感的。

□对于贫困地区和中西部地区来说，光彩事业无疑是一件好事。从民营经济自身的发展看，光彩事业将产生什么影响？是一种负担吗？

■把光彩事业看成民营经济发展的包袱，是一种误解。光彩事业以开发性扶贫为主要形式，原则是"自觉自愿""互惠互利"。民营企业参与光彩事业，不仅仅是付出者，而且是得利者。到贫困地区投资办厂，给贫困地区带去资金、技术、人才和管理经验，目的是增强贫困地区的"造血"机制。而贫困地区特有的资源和劳动力优势，加上扶贫优惠政策，也使民营企业有钱可赚，得大于失。因此对民营企业来说，光彩事业也是发展的机遇。抓住机遇，选准项目，因地制宜，用好政策，民营企业完全可以在光彩事业中发展和壮大自己。这已为不少企业的成功实践所证明。

国运兴则企业兴。无论是国有企业，还是非公有制企业，在共和国走向21世纪的征途上，都面临着那么多的机遇，拥有着那么广阔的天地。新世纪的太阳将更加明亮。让我们一起期待着。

（原载1996年3月30日《经济日报》）

让思想再次解放　让双脚站稳大地
——党的十五大侧记

改革开放以来，每一次党代会的召开，都是一次推动思想解放和改革深

笔底风云四十年（上）

化的契机。因此，人民有理由对党的十五大寄予厚望。

人民的期待没有落空。十五大召开之际，无论是2000多名与会的党代表，还是收听、收看江泽民同志报告的各地干部群众，拥有着一个共同的感受：一个思想解放和深化改革的新潮正在到来。

一、解放思想、实事求是是邓小平理论的精髓。解放思想是人类深化对客观世界认识的过程，只要实践在发展，认识也不会停顿

中国改革开放的20年，是对社会主义认识不断深化的20年；是理论与实践不断磨合、相互对接的20年；是坚持解放思想、实事求是思想路线的20年；是邓小平理论发育成熟的20年。

回首20年来改革开放的历程，我们清晰地看到一条思想不断解放的轨迹。

1978年，全国曾出现了一次著名的关于真理标准问题的讨论，以党的十一届三中全会为标志，冲破了"两个凡是"的禁锢，党的工作重点从"以阶级斗争为纲"转到"以经济建设为中心"上来，中国迈入了改革开放的新的历史时期。

回想告别"极左"路线的第一次激烈碰撞，安徽代表、省委书记卢荣景深有感触地说，安徽凤阳是农村联产承包责任制的发源地。当年，就在安徽人民惴惴不安、大包干在全国推行受到重重阻力的时候，邓小平对此给予了高度评价和支持。是邓小平和他所倡导的解放思想、实事求是的思想路线，为农村改革乃至整个经济体制改革开辟了道路。

随着改革的向前推进，一些地方又出现了关于姓"社"、姓"资"的争论。以邓小平发表南方谈话和党的十四大为标志，明确确立了社会主义市场经济的体制目标，作出了抓住机遇，加快发展等重大决策，推动改革开放和现代化建设上了一个新台阶。

广东代表、省委副书记张帼英记忆犹新：当时，我们正在基层进行社会主义教育，但抽象地争论姓"社"姓"资"把大家弄糊涂了。就在这个时候，邓小平南方谈话发表了，其中"发展是硬道理""三个有利于"等论断一下子解开了人们心头的疑虑，顿时感到豁然开朗。

解放思想不是一蹴而就的事，只要实践在发展，人们对客观规律的探寻就不会止步。在改革开放进入攻坚阶段的今天，在我们越来越接近新体制目标的今天，在邓小平逝世后各种社会思潮又趋活跃的今天，中国共产党人又一次面临着解放思想的历史任务。

"举什么旗""走什么路"的问题，实质上就是要不要坚持解放思想、实事求是思想路线的问题。

5月29日在中央党校的重要讲话中，江泽民同志旗帜鲜明地回答了这个问题；在十五大报告中，江泽民同志集中全党同志的意志，代表全国人民的意愿，进一步明确回答、全面论述了这个关系党和国家前途和命运的重大问题。

十五大报告是在新的历史条件下进一步解放思想、实事求是的宣言书。陕西代表、省委书记李建国说，解放思想、实事求是，是贯穿于十五大报告的一根红线。坚持邓小平理论，就要求我们增强和提高解放思想、实事求是的自觉性、坚定性。能不能坚持解放思想、实事求是的思想路线，关系到改革开放的成败，关系到现代化建设事业的兴衰。贯彻十五大精神，必然极大地推动全国人民的思想解放。思想充满活力，改革和建设才有动力。

二、姓"社"姓"资"的争论渐息，随之是姓"公"姓"私"的纠葛渐起。今天强调解放思想，不仅仅是一句口号，而有着具体、生动、深刻、丰富的内涵，有着鲜明的现实针对性

什么是社会主义、如何建设社会主义，这可能是人类思想史上最尖端的课题，邓小平理论和中国改革开放的宏大试验，是解决这个课题的最生动最有力的答案。广东代表、省委书记谢非说，在我国长期处于社会主义初级阶段这一最大国情的形势下，只有把马克思主义同当代中国实践和时代特征结

笔底风云四十年（上）

合起来的邓小平理论、而没有别的理论能够解决社会主义的前途和命运问题。这是最大的实事求是，也是最大的思想解放。

邓小平理论又是发展的理论，是开放的体系。邓小平理论使人们走出了传统、僵化的社会主义模式，摆脱了抽象的、标签式的姓"社"姓"资"的争论。但旧思维的惯性力量是强大的，姓"公"姓"私"之争作为姓"社"姓"资"之争的延续，成为新形势下困扰人们思想的主要障碍。

股份制与股份合作制之所以成为一时舆论的焦点，并不在于这两种企业制度是否能够促进生产力的发展，而在于有些人为它们贴上了标签："私有化"。

十五大的历史贡献当然不只是为两种具体的企业制度平了反，摘了帽。从"三个有利于"的标准出发，从对社会主义初级阶段的深刻认识出发，十五大报告历史性地解决了初级阶段的所有制结构问题和公有制多样化的实现形式问题，从而为打破抽象地争论姓"公"、姓"私"提供了强大的思想理论武器。

湖北代表、省委书记贾志杰将十五大报告思想理论的新突破归纳为以下五个方面：

其一，在坚持公有制主体地位的同时，进一步突破了"一大二公""纯而又纯"的误区，确立了非公有制经济的合法地位，实现了由"对立论""补充论"向"共同发展论"的转变；

其二，在对公有制内涵的认识上，突破了传统的以单纯量的比重来衡量的误区，确立了质、量统一的定性观，对公有制"主体地位"、国有经济"主导作用"作了更为科学的界定，有助于人们确立"不求其纯，但求其佳"的观念；

其三，在国有经济的布局上，突破了"全面出击、包打天下"的误区，作出了从战略上调整国有经济布局的重大决策，有利于确保重点，增强其控制力、竞争力；

其四，在所有权与使用权的关系上，突破了把所有制实现形式视作社会制度属性的误区；

其五，在推进国有企业改革与发展上，突破了"资本"即姓"资"、"流动"即"流失"的误区，确立了以资本为纽带，组建"四跨"集团的重大决策，将在更广阔的空间、更高的层次上提高规模生产力和国际竞争力。

随着学习、讨论的深入，相信我们还将发现报告中更多的有突破意义的论述；而只有随着时间的推移，我们才能更深刻地领会这一系列理论突破的实践意义。

"包袱没了""胆子大了""过去不敢想的敢想了，过去不敢干的敢干了"，许多代表都有一身轻松、跃跃欲试的感觉。中国改革开放将从时间到空间同步迈进新世纪，这是显而易见的事。

三、解放思想、实事求是，归结到一点，就是一切从实际出发，一切按客观规律办事

党的十五大报告指出："实事求是是马克思主义的精髓，是毛泽东思想的精髓，也是邓小平理论的精髓。"

有人说，中国没有经济学，只有"政治经济学"。即使是以经济建设为中心，有些人也习惯于用搞政治的办法搞经济工作。搞经济工作当然要有政治热情，但同时还要讲经济规律，讲科学态度。

我们要调整、完善所有制结构，但决不是要把国有企业当作"包袱"扔掉；并且所有制结构的调整是一个长期的过程，不能企望立竿见影，操之过急；

我们鼓励发展非公有制经济，但不能再走"减税让利"的老路，政府的责任是创造公平的环境，鼓励公平竞争；

我们说搞股份制不是"私有化"，不是一哄而起，不是说"一股就灵"。改制的目的是转机。当前需要认真总结前几年股份制试点的经验教训；

笔底风云四十年（上）

我们肯定股份合作制是有益的探索，决不是提倡"一刀切"，搞自上而下的"股份合作化"。小企业改制有多种形式，并非"非股不可"，特别要尊重职工群众的意愿。

对基层干部职工来说，解放思想，重在转变观念，更新思维方式。山东代表、烟台市委书记王树建认为，从基层的情况看，当前转变观念的任务很重。一是传统的思维方式有很大的惯性，一些干部还习惯于按计划经济的思路想问题，搞死的办法多，搞活的办法少。企业的经营者在困难面前习惯于找政府、找市长；企业职工缺乏竞争意识，还指望政府和企业包下来。二是思想观念封闭，条条框框多，视野不开阔，比如在利用外资的问题上，不敢拿好企业来合资，指望外商帮我们"扶贫"，结果该利用的资金不能利用。三是安于现状，不思进取，自我陶醉。满足于比上不足，比下有余，小富即安，缺乏大发展、快发展的雄心壮志。

山西代表、省委书记胡富国说，山西省这五年改革和发展取得了长足的进步，得益于邓小平理论的指导、中央的正确决策，得益于解放思想、实事求是的思想路线。用我们的话说，叫做"举小平的旗，听中央的话，走自己的路"。改革也好，发展也好，在中央的大政方针确定以后，自己的路还要自己走，自己的事还要自己办。

河南代表、安阳彩色显像管玻壳有限公司董事长兼总经理李留恩说，我们能够实现大的发展，就在于我们坚持解放思想与实事求是相统一。怎样实现这种统一？我们的做法叫"三不唯"：学外不唯外，读书不唯书，尊上不唯上，没有这三条，就没有"安玻"的今天。

当思想冲破牢笼之际，我们应当提醒自己：让双脚站稳大地。

（原载1997年9月17日《经济日报》。收入《解冻年代——中国三次思想解放备忘录》，经济日报出版社1997年10月出版）

扩张的策略

在风起云涌的企业兼并扩张大潮中,海尔是一道独特的风景。

海尔的兼并扩张不是摸着石头过河,而有一套自己首创的理论,有一套行之有效的做法。正是这套独特的理论和方法,保证了海尔15项兼并扩张案例个个成功,其中有的案例堪称经典之作。

羡慕海尔兼并扩张的结果,就应该研究海尔兼并扩张的过程,学一点海尔扩张的策略。

"吃休克鱼"理论

人们习惯上将企业间的兼并比作"鱼吃鱼",或者是大鱼吃小鱼,或者是小鱼吃大鱼。

从国际上看,企业间的兼并重组可以分成三个阶段:

先是"大鱼吃小鱼",这时技术含量尚未成为竞争的决定因素,企业的资本存量、经营规模决定着竞争的成败,兼并重组的主要形式是大企业兼并小企业;

再是"快鱼吃慢鱼",此时技术含量的作用已经超过资本的作用而成为决定性的因素,谁占领了技术制高点,谁就在竞争中赢得了主动。兼并重组的趋势是资本向技术靠拢,新技术企业兼并传统产业;

然后是"鲨鱼吃鲨鱼",这时的"吃",已经没有一方击败另一方的意义,而是我们常说的所谓"强强联合"。这是资本高度集中、技术飞速发展,世界经济日趋一体化的今天,企业兼并重组的最高形式。波音和麦道的合作就是"鲨鱼吃鲨鱼"的典型案例。

海尔吃的是什么鱼呢?海尔人认为,他们吃的不是小鱼,也不是慢鱼,

笔底风云四十年（上）

更不是鲨鱼，而是"休克鱼"。海尔集团总裁张瑞敏说："我们的国情决定了中国的企业搞兼并重组不可能照搬国外的模式。由于体制的原因，小鱼不觉其小，慢鱼不觉其慢，各有所倚，自得其乐，缺乏兼并重组积极性、主动性。所以大鱼不可能吃小鱼，也不可能吃慢鱼，更不能吃掉鲨鱼。活鱼不会让你吃，吃死鱼你会闹肚子，因此只有吃休克鱼。"

什么叫"休克鱼"？张瑞敏的解释是：鱼的肌体没有腐烂，比喻企业的硬件很好，而鱼处于休克状态，比喻企业的思想、观念有问题，导致企业停滞不前。这种企业一旦注入新的管理思想，有一套行之有效的管理办法，很快就能够被激活起来。

"吃休克鱼"的理论为海尔选择兼并对象提供了现实依据。海尔看重的不是兼并对象现有的资产，而是潜在的市场、潜在的活力、潜在的效益。如同在资本市场上买期权而不是买股票。海尔15件兼并案中有14件是按照"吃休克鱼"的模式进行的。14家被兼并企业的亏损总额达到5.5亿元，而最终盘活的资产为14.2亿元，成功地实现了1+14＞15的低成本扩张的目标。

鱼的四种吃法

鱼性不同，吃法有异。海尔兼并重组的十几家对象企业分属不同的所有制，不同的地区，不同的行业，根据各自不同的情况，海尔探索了不同的兼并重组形式。该红烧的红烧，该侉炖的侉炖。

归纳海尔的做法，主要有四种形式：

一是整体兼并。也就是依托政府的行政划拨实现企业的合并。比如对红星电器公司的兼并。红星电器曾是我国三大洗衣机生产企业之一，年产洗衣机70多万台，拥有3500多名员工，但由于经营不善，企业亏损1亿多元。1995年7月，青岛市政府决定将红星电器公司及所属五个厂家整体划归海尔。兼并三个月后扭亏，半年后盈利151万元。

二是投资控股。整体兼并更多地出现在同一地区、同一行业企业间的兼并中，而跨地区、跨行业的兼并则主要依靠投资控股的形式。前者是行政行为，后者则是经济行为。1995年12月海尔收购武汉冷柜厂60%股权，迈出了跨地区经营的第一步。今年3月，海尔再度挥师南下，出资60%与广东爱德集团公司合资组建顺德海尔电器有限公司，并创下了"一个月投产，第二个月形成批量，第三个月挂牌"的"海尔速度"。

三是品牌运作。品牌是一种标识，代表的是以企业文化为内涵的无形资产。在通过运作资本实现兼并扩张的同时，海尔开始以无形资产调控、盘活有形资产的尝试。山东莱阳家电总厂生产的"双晶"牌电熨斗曾名列行业三大名牌之一。今年1月，海尔与莱阳家电总厂以"定牌生产"的方式合作推出了海尔"小松鼠"系列电熨斗。8月，又进一步组建了莱阳海尔电器股份有限公司，海尔首次以无形资产折股投入合资企业，开辟了低成本扩张的新途径。

四是虚拟经营。所谓"虚拟经营"，既是品牌运作的一种高级形式，又是海尔"先开市场、后建工厂"经营理念的具体体现。这种重组方式已经超越了"吃休克鱼"的模式，而是通过强强联合，优势互补，新造一条活鱼。与杭州西湖电子集团的合作就是海尔虚拟经营的成功尝试。从这个意义上说，海尔"探路者彩电"不仅是市场的探路者，也是扩张重组新形式的探路者。

四种兼并重组形式，实质上反映了海尔扩张之路走过的三个阶段。整体兼并带有明显的计划经济特色，属于产品运营阶段；投资控股是市场经济条件下的规范行为，属于资本运营阶段；而品牌运作和虚拟经营则进入了资本运营的高级形态，属于品牌运营阶段。

克隆海尔鱼

"总体一定要大于局部之和"，这是海尔兼并扩张的一条基本原则。它体现了海尔扩张的宗旨：求强，而不仅仅是为了做大。

笔底风云四十年（上）

当海尔成为中国家电当之无愧的"第一品牌"之后，海尔要想"做大"是很容易的。今年上半年，海尔平均每两天就接到一个企业要求加盟的信息，涉及重工、轻工、电子、生物、服务等各个行业。仅就彩电而言，用集团常务副总裁杨绵绵的话说："一个通知下去，马上就可以拉进来年产300万台的能力。"

因为是求强，所以海尔必须兼并一个成功一个；因为是买期权而不是买股票，所以海尔必须最大限度地优化资源配置，挖掘企业重组后的潜能。

海尔兼并重组的过程，实质上是海尔自我复制的过程。用时髦的话说，就是"克隆海尔鱼"。

许多人都问张瑞敏同样一个问题：为什么海尔搞兼并个个成功？张瑞敏总爱拿麦当劳作比：麦当劳在世界到处设店，不管你的饮食习惯怎样，生活习俗如何，都能够征服你。为什么？因为它有一个非常重要的原则，就是利用不可改变的模块——经营模式，或者叫经营理念。兼并能不能成功，就看你自己有没有一个过得硬的经营模式。如果你自己的经营模式不成功或者不成熟，那么兼并别的企业只会是一种灾难。

一般接收兼并企业，第一个派去的总是财务部门，海尔第一个派去的却是企业文化中心。由企业文化中心的人去讲海尔精神、海尔理念。当年海尔兼并红星电器公司时是如此，没有一分钱的投入，靠海尔精神、海尔理念激活了一个企业；今天这家被兼并的企业用同样的办法成功实现了与爱德洗衣机的合作、重组，在被称为"中国家电之乡"的顺德复制了一个新的海尔。

海尔兼并案例中，有些是派了人，给了钱；有些是只派人，不给钱。杨绵绵比较了这两种方式的效果后认为，只派人不给钱的方式证明是最为成功的。只要派去的人真正领悟了海尔精神的精髓，具备了海尔的基因，然后把海尔基因移植到新的企业，兼并就有把握成功，什么困难都可以克服。带着钱去当然也可以移植海尔基因，但往往走弯路，因为基因中少了关键的一环：依靠自己，艰苦奋斗。

专家认为，当代企业竞争的最高形式是企业文化的竞争。海尔人认为，海尔的扩张实质上是海尔精神、海尔文化的扩张。

至于什么是海尔精神、海尔文化，尽管已经有了很多的记者写过报道，有很多的专家作过研讨，但许多到海尔参观、考察的人仍然感到，海尔文化摸不透，学不了。或许，海尔文化本来就学不到，而悟得到。因为那是一种哲学、一种品味、一种境界。

海尔要想在不久的将来昂首步入世界500强，成为在国际市场上扬帆出海的"联合舰队"，需要克隆更多的"海尔鱼"；中国经济要培育一大批具有国际竞争力的跨国集团，需要克隆更多的海尔。

（本文系《海尔扩张之路》系列报道的第二篇，原载1997年11月26日《经济日报》，与胡考绪合作）

郑家纯的"冷热观"

听全国政协委员郑家纯介绍香港新世界发展有限公司在内地的投资经历，发现有一个特点：趋冷避热。

房地产经营是新世界公司的强项，新世界进入内地，自然也是从房地产入手，不过郑先生选择的是房地产中的冷门：民用住宅。1992年初，郑先生就组织人手调查内地"居屋"市场，提出要立足于改善老百姓的住房条件发展住宅业。在广州芳村，新世界搞起了在内地的第一个"居屋"项目，工程名字就叫"居者有其屋"。

1993年前后，广州及东南沿海的房地产被炒热，此时的新世界却悄然

笔底风云四十年（上）

撤出广州，移师北上到了武汉。当时的中部地区离"崛起"尚远，投资环境也不尽理想，新世界却一下子拉开十几个项目，其中的长江二桥、武汉机场等大型工程，今天已成为武汉新形象的标志。

新世界的大手笔使"九省通衢"成为外商注目的热点。这时的新世界又移师进了北京，而此时的北京正处于引资的低潮，新世界却签下了崇文门外大街拓宽改造等工程的合同。

你热我冷，你冷我热。当深圳、珠海、海南等地区热气冲天的时候，新世界没有投下一分钱。热浪消退之际，新世界人蹑踪而至。在深圳搞了国际会议中心，在海南上了新埠岛安居工程，最近又在筹划江门到珠海的高速公路。

新世界为什么"趋冷避热"呢？郑家纯委员回答说："我们投资的概念，与别人不同，我们有我们的投资理念和方式。冷和热都是相对的，冷中有热，热中有冷。一些地区成为热点，进来的投资者多起来，各种成本就会提高，投资机会也相应减少了。而绝对的冷是不存在的，因为只要有经济活动，只要有市场运转，就会有投资和发展的机会。"

人说郑家纯有其父之风：勤勉，务实，心地好。他的"冷热观"不仅是经营的策略，还是新世界人报效祖国善良愿望的体现。

新世界不仅在内地建设了许多有形的大桥，同时还在建设一座更有价值的无形之桥。几年来，新世界公司先后发起建立了中国投资基金、安居基金、实业投资基金，累计为内地安居工程、基础设施建设、国有企业改造吸纳筹集了32亿美元的海外资金。

今天，在海外舆论对中国经济前景议论纷纷的时候，郑家纯说他并不担心。"中国经济这五年走了一条正确的道路，通胀率很低，外汇储备充足，有一个好的基础。东亚金融风波对外商投资会有些影响，但风波总会过去，外资会回来的。速度的快慢不是大问题，关键看方向对不对。我认为中央的方向是对的，改革是有决心的，所以我对今年的前景，对跨世纪的前景充满信心。"

（原载1998年3月14日《经济日报》）

激活民营企业的投资热情
——访经济学家钟朋荣

随着买方市场的出现，经济活动中出现了一个新的现象，即企业的投资热情普遍下降，尤其是民营企业，投资热情下降的现象更为明显。为什么会出现这种现象？如何激活民营企业的投资热情？带着这个问题，记者走访了经济学家钟朋荣。

记者：你既是一位经济学家，对宏观经济作了大量的研究，时有高论；你也是一位咨询工作者，在全国各地跑得比较多，为一些民营企业做过发展战略的咨询，你认为当前民营企业投资热情下降的原因有哪些？

钟朋荣：民营企业投资热情下降，既有宏观经济背景的原因，也有社会环境的原因。

自1993年下半年以来，我国宏观经济政策的侧重点在于稳定物价。而稳定物价的主要手段就是压缩投资、紧缩银根。先看投资情况，1995年与上年比，全社会固定资产投资增长17%，当年固定资产投资价格指数上升5%，扣除涨价因素，投资的实际增长率为12.5%；1996年，全社会固定资产投资比上年增长14.8%，扣除涨价因素，实际增长10.8%。投资的减少，直接影响到投资品的需求，间接影响到消费品的需求，最终影响到社会总需求。现在，我国不是少数产品供大于求，而是绝大多数产品市场疲软，就连

笔底风云四十年（上）

在我国长期处于瓶颈状态的铁路运输、电力、煤炭等短线资源，同样销售困难。这就说明，市场疲软既有结构问题，也有总量问题，是综合症。由于买方市场的出现，许多产品本来不是长线也变成了长线，也销不出去。既然什么产品都大量过剩，投资往哪里投呢？上什么项目呢？所以，许多民营企业家拿着巨额资金，就是找不到项目，只好把钱拿去炒股票。

记者： 影响民营企业投资热情下降的因素，除了宏观经济背景外，你还提到社会环境。你所指的社会环境包括哪些？

钟朋荣： 我所说的社会环境，主要是指由于政府机构膨胀太快，卡人的人太多，民营企业要办个事情太难。例如，一个只有60万人的县级市，1994年公安干警只有200多人，现在有800多，短短的四年增加了三倍。同是这个市，工商系统的人员增加也很快。据工商局长讲，把现有队伍砍掉三分之二都不影响工作。政府职能部门的人员迅速膨胀，既增加了企业的负担，也为企业特别是民营企业带来不少麻烦。许多人无事生非，自己不创造财富，还在那里影响别人创造财富。既然办事情那么困难，既然那么多人在刁难自己，自己又何苦再投资呢，何苦要找那么多麻烦呢？还不如把这些钱用于消费，享受一下人生！

记者： 民营企业在发展到一定规模之后，就会面临一个哲学的问题：为什么要赚钱？有的人不投资，是不是因为他们感到个人财富在超过实际生活需要之后最终还是社会的，因而失去了进一步投资和扩张的动力。

钟朋荣： 从实际情况看，私有财产根据其最终用途可以分为两种：私有私用和私有公用。许多人办企业，在初期是为了养家糊口。随着企业的发展，养家糊口的问题早已解决，这时，企业的扩张和财富的积累，已经不是为了自己消费，而为了追求一种事业。或者是追求一种荣誉感，或者是追求自我价值的实现，或者是因为竞争的外在压力，他必须拼命地把企业做大。企业规模越大，工作越繁忙，反而没有多少时间去消费和享受。这时就形成了一种机制，即拼命积累财富而又很少消耗财富的机制。这些财富在法律上、在名义上归自己所有，但实际上为社会所用。包括：由社会大众来使用和支配，为社会提供就业机会，为国家提供税收，等等。财富的所有者可能永远也不会消费这些财富。我把这种现象称为"私有公用制"。这里的"制"不是一种制度，而是一种机制。

一旦投资办实业，财富与人的关系就发生了相反的变化：这时，不是财富为人服务，而是人为财富服务。企业办得越大，需要服务的范围就越广，财富的主人就越辛苦。如果外部环境不好，刁难的人比较多，那就更辛苦了。有的民营企业家确实也看透了这一点。这可能也是一部分民营企业家投资热情下降的原因。

记者：追逐利润是资本的天性，也应该是企业家的天性。投资热情衰减，或许还有另外的原因：无利可图。

钟朋荣：税费太重，的确是影响一部分民营企业家投资热情的重要因素。不少企业，当然也包括国有企业和乡镇企业，都有反映，如果老老实实把各种税费都交了，几乎无利可图。有个地级市的劳动部门下了个政策：民营企业每安排一个待业者，每月要向劳动部门交200元钱。劳动部门作为政府分管就业的部门，民营企业帮助安置就业，是为自己排忧解难，理应给予奖励和补贴。但他们不但不补贴，还要收费，真是岂有此理。

支持民营企业投资热情的，既不是产值，也不是利税，而是税费之后的净利润。净利润率是民营企业投资扩张的原动力。净利润率的高低直接决定着民营企业家投资热情的大小。而净利润率又与税费率紧密相关。在利税总额相同的情况下，税费率越高，净利润率就越低，民营企业的投资热情也就越小。

记者：政府正着力于扩大需求，启动市场，鼓励投资。民营企业本身是投资主体，也可以成为市场的启动者。因此，这里就有一个民营企业启动市场和被市场启动的关系问题。

钟朋荣：到目前为止，民营企业的投资在我国投资总额中所占的比重

笔底风云四十年（上）

还很小。1996年，全社会固定资产投资总额为22974亿元，其中国有经济投资12056.2亿元，集体经济2660.6亿元，个体经济3211.2亿元，联营经济126.87亿元，其他经济172.02亿元。后面这三项共为3510.09亿元。这大体上相当于我们所说的民营经济的投资规模。这一规模在全社会固定资产投资总额中占15%。所以，对于民营企业来说，主要不是启动市场，而是被市场启动。只有国家采取措施扩大社会总需求，特别是扩大重大项目的投资需求，整个市场才能启动，许多产品就会由积压变为畅销，生产这些产品的企业就会由亏损变为盈利，这样才能调动民营企业的投资积极性。

记者： 为了既能促进民营企业投资，又避免民营企业因规模小、资金比较分散而盲目上项目，在民营企业投资方向上也有一个合理引导的问题。

钟朋荣： 现在，许多民营企业家拿着钱不知道该上什么项目，对民营企业的投资引导非常必要。但这种引导决不是让政府部门盖几百个公章，层层审批，而是要根据我国经济发展的需要，选择若干重要产业。对于这些产业的投资给予相应的政策支持，使民营企业明显地感到在这些领域投资可以赚钱，他们就会自动地将资金投向这些行业。

比如，我国12亿人的吃饭问题是头等大事，因此，农业一直是国家重点支持的产业。而制约农业的主要因素是耕地面积。而我国西部地区地广人稀。以陕西榆林地区为例，人均30多亩地，大量的沙漠化。许多沙漠地都是可以改造的，有的可以改造成水稻田，有的可以改造成草场。如果国家出台这样的政策和法律：这些地方的荒地可以无偿开垦，谁开垦谁具有所有权或永久的使用权；所有权或永久使用权可以转让，可以出租。同时，国家对这种垦荒工程给予低息贷款或无息贷款支持，给予长期免税的支持。这样，许多民营企业就会带着资金和劳力到西部开荒去。这样不仅为民营企业开辟了很好的投资领域，也能为我国开辟大量的耕地，并带来生态、人口等多方面的社会效益。

记者： 现在企业都在上规模上档次，民营企业投资也开始转向技术含量高的项目，技术含量高的项目所需资金也比较大。目前，民营企业投资主要靠自我积累，投资稍大一点的项目就很难胜任，看来，必要的金融支持也是推动民营企业投资的重要因素。

钟朋荣：对民营企业的金融支持，首先表现在银行贷款方面。十五大已经提出多种所有制形式共同发展，但在我国银行信贷工作中，我认为事实上仍然在坚持所有制标准，而不是效益标准。许多民营企业经济效益非常好，但获得贷款仍然比较困难；而一些国有企业效益并不好，而且已经背上了沉重的贷款包袱，银行照贷不误。如果银行贷款仍然按所有制排队，十五大提出的各种所有制共同发展的思路就很难有效地贯彻，民营企业也很难迅速发展。

与银行贷款一样，在股票发行和公司上市方面，同样存在着所有制标准向效益标准转化的问题。如果坚持唯效益论而不是唯成分论，让那些效益比较好的民营企业优先上市，将会极大地鼓舞民营企业的投资士气，同时也有利于改善我国上市公司的质量和股票的质量。

记者：改革开放以来，国有企业在许多行业的垄断地位被逐渐打破，民营企业在这些行业也纷纷进入，与国有企业展开竞争。但是，到现在仍然有一些行业将民营企业排斥在外或者对民营企业的进入限制过多。这就人为地缩小了民营企业的投资领域，不利于扩大民营企业的投资。你认为当前亟须向民营企业开放的领域有哪些？

钟朋荣：首先是外贸。当前我国大多数工业品在国内市场过剩，如果积极做推销工作，这些产品会在国际市场上开辟较为广阔的销路。但这项工作是一项极为艰苦细致的工作，需要有较强的主动性。目前，我国从事对外出口工作的主要是国有外贸公司。这些公司由于机制不活、动力不强，许多本来可以开辟的市场没有主动去开辟，不仅不利于扩大出口，也使许多外贸企业陷入困境。当务之急是向民营企业下放外贸经营权。

对外劳务输出也应对民营企业放开。目前，国际劳务市场的需求量约

笔底风云四十年（上）

3000万人。我国劳动力约占全球20%，而我国劳务输出约占世界劳务市场0.5%，主要问题是极少数政府直属的公司垄断劳务输出。这些机构经营机制不灵活，加上缺乏应有的经营动力，到国际上开拓劳务市场远远不够。而当今国际劳务市场的实际情况是，民间、个体的劳务输出灵活分散，在市场准入方面受到的限制较少。

除此之外，金融领域也应逐渐对民营企业开放。到目前为止，我国真正的民营银行只有民生银行一家，这与民营经济在整个国民经济的比重是不相称的。

在某些商业领域，国有企业仍然处于垄断地位，认为国有商业天生就应当是主渠道。在这方面我们应改变一个观念，即主渠道不是封的，而是在市场竞争中自然形成的。同时我们还应该改变一个观念，即认为民营企业天生就是与假冒伪劣联系在一起，而国有企业天生就是与优质和自律联系在一起。关键是要加强市场管理，而不是加强某种所有制，打击另一种所有制。

记者： 你曾有一个很好的比喻：为民营企业营造"塑料大棚"。你认为造"塑料大棚"对民营企业的投资会有帮助吗？

钟朋荣： "塑料大棚"是我对开发区的形象说法。某些地方整个社会的大环境对于企业的成长不是很有利，如企业税负较重，政府的办事效率较低，基础设施的条件较差，等等。要把整个社会环境一下子改变过来比较困难。但可以在多少平方公里以内搞个开发区，营造一个小环境，在这个小环境内，企业的税费负担比较轻，政府的办事效率比较高，基础设施条件比较好，等等。这就像在大环境的气温比较低、不利于蔬菜生长的情况下，在几亩地以内，通过营造塑料大棚，把小环境的气温提高，使蔬菜能够生长。以前，我们这种"塑料大棚"主要是为外资修的。近年来，广州、福建等地专门为民营企业营造了这种"塑料大棚"，这无疑有利于调动民营企业的投资积极性。

（原载1998年5月10日《经济日报》）

珍惜阳春　创造金秋
——政协委员、北京中西公司董事长周晋峰一席谈

听说要采访"'修宪'与非公有制经济"的题目，忙得不可开交的周晋峰委员爽快地答应了，又爽快地应约而来，来了就直奔主题——

"修宪"是一件大事。这次人大修宪直接涉及给非公有制经济重新定位的问题，我们当然更关心了。20年来，在邓小平倡导下，中国人民以创造性的实践开辟了一条建设有中国特色社会主义的道路。所有制从单一走向多元，非公有制经济从无到有，从小到大，对非公有制经济的认识，也从"补充"到"有益补充"，再到"重要组成部分"。实践是第一性的，认识随着实践的发展而深化。所以，这次"修宪"是对20年来实践的高度总结，是实践的结晶。

十五大开完之后，人们对所有制问题的旧观念就变了吗？没有那么简单。需要做的事还很多。过去非公经济定位是"补充"，许多法律法规是按照"补充"的定位来看非公经济的，侧重于限制、监管的东西就多一些。《宪法》修改以后，与之相配套的各项法律、法规、政策都有一个修改完善的过程。有关部门要学习、理解"修宪"的意义，把《宪法》精神具体化、制度化。比如这次会议收到了大量的关于发展非公有制的政策建议，可我们一开始就找不到接收这些提案的部门。联系了一些部门，都感到与我无关。我们的行政管理体系经过机构改革，有了些变化，但一些经济管理部门还是以管理国有经济为主的，新的职能并没有完全到位。

去年非公经济这一块新增就业1000万人，其中就有相当一部分是国有企业的下岗职工。就业以及当前一些紧迫的经济问题，其实都与非公经济的发展相联系。加大投资，财政拿了1000亿元，银行配套了1000亿元，再这

笔底风云四十年（上）

么拿下去，财政和银行承受得了吗？进一步拉动经济还要靠激活民间投资，让民营企业具有进一步扩张发展的热情和愿望。从长远来看，在国家投入、民间投入与外资投入这三大投资主体中，国家的投资只能是一种示范、一种导向，大量的投入应该是来自民间的、社会的。再如启动消费市场，也有赖于民营经济加快发展。

今年一些私营企业获得了自营进出口权，这是一个好开头。是不是所有部门都有了变化？还不是。比如互联网接入服务，有关部门就有明文规定，不许非公有制作互联网接入服务。而实际上大部分接入服务商都是民营企业，不过搞了个"假集体"而已。在信息时代，最先进的生产力也需要多种所有制形式与之相适应。新技术导致大量的个性化的劳动和个性化的服务，以满足个性化的需求。信息产业更依赖于个人的智慧。对信息产业的投资按照过去的办法是不行的，技术日新月异，几乎每天都在发生倍速变化，等你论证、审批完了，项目也就落后了，产品该淘汰了。把非公经济挡在互联网等新技术产业之外，也就意味着我们要把这些领域拱手让人。

我们的一些政府部门，对国有经济比较熟悉，调查得多，研究得也多，这是可以理解的。问题是不能把非公经济当"异类"。还得进一步深化改革，政府能不批、不管的就交给市场去管。现在我们管企业的成本太高了。发展非公经济面临的各种各样的问题，归根到底，还是观念的问题，认识的问题。当前，对于政府部门来说，一是要学习领会十五大精神，二是要清理过时的政策法规，解除不适当的"禁区"，三要分出一些精力来，切实研究如何促进非公经济的发展。

可以说，以"修宪"为标志，非公经济踏上了新起点。这是一个好的开始，是春天，但还没有到夏天，更没有到收获的季节。从非公经济自身来说，在深受鼓舞的同时，还应该回头看看，我们是不是已经真正成为"重要组成部分"呢？依我看，现在许多方面还称不上，比如对国家的贡献。但我相信，有一个明朗的春天，就会有一个火红的夏天，就会有一个丰硕的秋天。

开往大会堂的车要走了,周晋峰委员收住话头,握手道别。回头想想,一个小时采访中,周委员唱了出"独角戏",没让记者插上几句话。

(原载1999年3月10日《经济日报》)

光彩事业西北行

题记

1999年秋天,全国工商联组织"光彩事业西北行"记者采访团,赴宁夏、甘肃采访。在宁夏,第一次走进以"苦甲天下"而闻名的西海固地区,当地恶劣的自然环境,群众顽强的求生意志,令人震撼。一路上,几位民营企业家讲述的故事吸引了我,他们在艰苦的环境中创业,筚路蓝缕,卓然有成,且富而不骄,扶贫助弱,成为当地脱贫致富的带头人。我记下了他们的故事,以《西行听语——"光彩事业西北行"宁夏采访记》为题,在《经济日报》"民营经济"版以整版形式刊出。

忘不了那数钱的感觉

黄的土,绿的叶,红的果。站在李九亮开垦的枸杞园里,看着眼前的一片绿色,很难想象这里十几年前还是一片荒漠。一边品味新鲜枸杞子的清香,一边听李九亮述说他创业的历程,津津有味。

记者是随全国工商联组织的"光彩事业西北行"记者团来到宁夏的。李九亮是我们结识的第一位宁夏民营企业家。他是银川市西夏园艺场场长、自

笔底风云四十年（上）

治区光促会执行会长。"下海"前系自治区农业科学院园艺研究所副所长。经过十几年创业，如今园艺场拥有四个农业分场，及宁夏枸杞原汁加工厂、枸杞干果加工厂、瑞宝食品有限公司等企业，总资产5500万元。

我搞了一辈子农业，不会说个话。我老家在贺兰县金桂乡，弟兄姐妹9个，非常贫困，记得小时候常挨饿，冬天没鞋穿，就捡知青扔掉的旧棉鞋，用绳子捆在脚上。后来上学学的是园林，在自治区枸杞研究所等单位工作过，搞了十几年的科研，又搞了7年的行政工作。

"下海"是为了重新寻找一种环境。我的经历使我有一种感情的基础，对农业有感情。园艺场注册的时候，我拿到的是宁工商农字001号。我不相信搞农业赚不了钱。我的经营方向一是开发国有荒地；二是对枸杞的综合开发利用，因为原来搞过这个课题。

11年前，这里是一片荒漠，没有树，没有草。根据当时的政策，开发荒地一亩政府补贴100元。我包下了1万亩地，使用权40年。到今天，已开发土地面积7700亩，种植5300亩，其中3500亩枸杞。明年枸杞可以搞到5000亩。发展速度这么快，自己也没想到。

我是1988年2月正式办辞职手续的，当时心里直打鼓。两口子工作几十年，只攒下3000元钱，以后的日子就靠自己了。一开始搞苗木推广，3月份销了6万棵苗子，销售额7万元，毛利二万八，前后只用了28天。记得有天部队农场送来3万元苗木款，都是小票子，装了一提包，数啊数啊，数得手指头都数不动了，真的一辈子都没见过这么多钱。当天晚上我睡不着，想来想去，不是我变得能干了，而是体制和环境变了。我在单位最多管过400多人，怎么干经费也不够用，而换了一个环境，换了一种体制，动一动脑筋，钱数都数不完。这件事给我触动很大，我感到我的选择是对的，搞私营农场有着广阔的发展空间。

从苗木推广到荒地开发，从100亩到300亩，再到今天这个规模，去年园艺场销售收入400万元，交税20多万元，盈利100多万元。从我个人的经历中，我深感发展非公有制经济是社会主义初级阶段必不可少、非走不可的一步。对于不发达地区来说，国有经济的基础本来就不雄厚，发展非公有制经济意义更为重大，在局部地区，非公经济可以起到支撑的作用，不仅仅是组成部分。

我是个老党员，受党的教育多年，富了之后不能不想到回报社会，回报党的政策。有人说是想宣传自己，搞点虚名。我总感觉到，社会主义就应该像邓小平设计的那样，最终实现共同富裕。离开这个东西，就不叫社会主义了。这几年我担任了不少社会兼职，经常出去参观、考察。原来我也以为，贫困地区穷是因为那里的人惰性太强。但跑了一些地方，我感到有些贫困有人为的因素，而大多数贫困现象是客观条件造成的。有的地方生活标准之低，城里人都不可想象。有的窑洞前面住着人，后面住着牲口。看了这些，心里非常不是味道。这些人也是非常勤劳朴实的人，这种自然条件造成的贫困，我们完全有责任去帮助他们发展，帮助他们取得一个人起码的生存条件。我们没有权利指责他们。我们这些先富起来的人，不能忘记共同富裕的最终目标。光彩事业有一个前提，感情要到位，没有感情的到位，不是形式主义就是被动。这几年我们为光彩事业做了一些工作，重点吸收贫困地区的劳务，最多时有600多人。先后为扶贫投入了几十万元。

我也很想多做一点事，但说到底，实力还不是很大。坐井观天。一参加全国性的会议，腰也直不起来，头也抬不起来，人家几年时间产业遍布全国，甚至走向世界。我们还要搞得再大些，再快些啊。

男人有钱该变坏吗

记者此行带的是一本20世纪90年代初出版的地图册。在宁夏那一页，地图的正中间是一大片空白。没想到我们到宁夏的第二天就走进这片空白之中。原来这片空白上正在描绘一幅宏伟的图画，随着宁夏扶贫扬黄工程的启动，这块荒原上将开垦130万亩土地，搬迁安置移民47.8万人。

笔底风云四十年（上）

我们去的地方叫红寺堡光彩新村。在新村漂亮的小学校里，光彩新村的捐建者、"全国十大杰出青年"刘金虎向我们讲述了他的故事。

我是这方水土养大的。我出生在同心县，属于西海固地区，就是所谓"贫甲天下"的地方。小时候没看到过汽车，到现在还有一些村没通上电。要过饭，挨过饿，知道那滋味不好受。所以后来我们兄弟几个都很争气，都读到了大学毕业，我还拿到了经济学硕士学位。

20世纪80年代中期，我辞职下海，兄弟几个从做建筑工程开始，创办了金龙集团，十几年来不断发展，无论在资产规模，还是纳税额度，都是宁夏最大的民营企业。当年的几个讨饭娃，如今有条件回报社会，回报养育过我们的宁夏人民。

有人说：男人有钱就变坏。我受过传统文化的熏陶，受过马克思主义的教育，有自己的价值观。我不想变坏。那么，有钱之后，应该干点什么呢？"三十而立"，事业立起来了，人的精神不能倒下。我反复思考，觉得应该选择这样一种活法：以国家、民族和社会发展为己任，老老实实做人，轰轰烈烈做事，以在社会的建树、对人民的贡献来丰富自己的人生。

事业发展起来后，我们全家都离开了西海固，到银川、北京等地发展产业。我们在香港也有自己的产业。但我们不能忘记在贫困线奋斗的西海固父老乡亲。因为父母很早就教育我们要"知恩图报"，贫穷而尚义的西海固养活了我，欠发达而宽厚的宁夏培养了我，我必须为西海固与宁夏的发展尽一份力量。多年来，我把成百上千的西海固青年带到银川，带到北京，投入金龙集团的事业，并为他们建了300多套住房，从根本上解决了这些人的脱贫致富和子女上学等问题。无论是在银川还是在北京，我们的职工队伍都被人们戏称为"西海固兵团"。

近几年，下岗职工问题突出起来，地方政府的压力很大。我感到民营企业有责任帮一把。我联系了宁夏近百家净资产在百万元以上的民营企业，成立了"救助下岗职工再就业协会"，我是会长。协会做的第一件事就是广泛吸收国有企业下岗职工到民营企业工作。短短几个月，就联合安置了1000多名下岗职工。我们金龙集团投资近200万元，在石嘴山市改建了一个再就业综合批发市场，安置206名下岗职工。金龙集团还为协会无偿提供3200平方米的金龙饭店作为培训中心，每月培训200多名下岗职工。今年4月，我又出资100万元，与政府资金配套，建立了"下岗职工再就业贷款担保中心"，专项用于扶持下岗职工创业，已经办理了几十笔担保业务。

说实话，我接触光彩事业的时间不长，但一接触就有认同感。建设光彩新村的主意，就是年初开完光彩事业表彰会后，从北京回宁夏的飞机上想到的。光彩新村是在建移民村中规格最高的，100套住房，每户建筑面积97平方米，还有一座培训中心。6月份开工，8月15日竣工，18日，100户移民就从西吉县白崖乡半子沟村搬过来了。那天军区调了40辆军车帮助移民搬家，浩浩荡荡，警车开道，看了那场面，谁不感动？这不仅是移民工程，还是社会工程，是政治工程。

我想，假如有几百个这样的光彩新村，西海固面貌就大不一样了。

在光彩新村参观的时候，村民们兴奋地告诉记者，黄河水已经引到这里，今年全部土地都可以实现冬灌。明天，新村就要分地了，每户8.5亩。从明年开始用三年的时间，新村将实现"五个一"的脱贫致富目标：人均一亩立体农业；人均种好一亩枸杞子；户均一亩庭院经济；人均实现千斤粮；户均实现万元户。

十天中我流了三次泪

西吉县颇有名气，可惜这名出在"穷"字上。西吉的西，就是西海固那个西。县领导介绍县情时说了四句话：人口是大县，地域是小县，经济是穷县，攻坚是难县。

这会儿来西吉采访正是时候。没想到以穷出名的西吉发展变化这么快；没想到西吉农民人均收入今年可望过千元，将实现整体脱贫；更没想到在西

笔底风云四十年（上）

吉这里还有沿海民营企业来投资办厂。来自福建的郭文雨，如果不是唯一到这里投资的沿海民营企业家，也会是其中最成功的一个。他是福建香江集团的总裁，在这里是香吉集团董事长。

大家都问，我为什么来这里投资？

我知道这个地方，是1996年2月，我随福建省组织的对口扶贫考察团来宁夏考察。我第一次知道解放这么多年了，中国还有这么穷的地方；第一次知道穷还能穷到这个地步。这一行的所见所闻，确实超出了我的想象。十天中，我流了三次眼泪。

当时西吉只有一个土豆淀粉厂，年处理能力是5000吨。卖土豆的老百姓排了一公里多的长队。有人告诉我，他等了四天四夜，一车土豆还没有进厂大门。老百姓种土豆不易，卖起来更难。卖完了也剩不下几个钱。说着说着哭了。我的眼泪也下来了。

第二次是到一户农民家里。两个孩子两间房，做饭、吃饭、睡觉一个屋。床上垫的是高粱秆，麦秆装在编织袋里当被盖。

第三次是看一个小学，房子破烂得不可想象。墙上掏了个洞，上面贴块塑料布当窗户。没有凳子，孩子站在那儿念书。校长室里，连个办公桌都没有。

考察结束，我们十几个人把身上所有的钱都留下了。大家也有了共识，东西合作，对口支援，很有必要，甚至可以说非搞不可。小平同志讲先富带后富，这才是社会主义。我们福建地处沿海，开放比较早，发展快一些，现在生活很优越了，经济有实力了，有责任和义务帮助落后地区。

1997年的元旦，我是在这里度过的。原来我们准备在莆田办一个淀粉厂，土地也批下来了，设备也订了。考虑再三，最后决定把工厂搬到这儿来办。别看这里穷，但也有优势。特殊的地理位置和日照长的气候条件，使这里适宜种土豆，但原来的加工能力小，老百姓种土豆还是"丰年为菜，灾年为粮"，丰收的年份大量的土豆只有烂掉，变不出钱来。3月18日工厂动工，赶在香港回归之前建成投产，我们在这里创造了深圳速度。先搞了一个

2万吨的厂,接着又上了两个1.5万吨的。到去年底,累计投资2.86亿元,形成了年产6万吨精淀粉、3万吨变性淀粉的能力,今年产值将达到3.5亿元,年消化土豆40万吨。

土豆变成了金豆。这两年土豆价格上升了二到三倍。全县40万农业人口人均每年从土豆种植中就可创收300元以上。土豆种植加工成了西吉名副其实的龙头产业。与此同时,流通、运输、食品、建材等产业也带动起来了。仅拉土豆的农用三轮车去年一年就销了6000多辆。

要说体会的话,我想有三条:第一,东西合作政策英明,光彩事业大有可为;第二,扶贫不应该仅仅是政府的行为,而应该是全社会的行为,民营企业尤其应该积极参与;第三,扶贫不能单靠给钱给物,最好的方式是用项目来带动,开发当地资源,形成支柱产业。就是要解决输血还是造血的问题。否则,今年脱了贫,明后年还会返贫。

淀粉是香江集团的原料,以前要从国外进口。郭老板在西吉的投资,不仅拿到了优质低价的原料,也拿到了利润。他说他们准备在宁夏再搞两个厂,因为他们对前景充满信心。

(原载1999年11月17日《经济日报》)

趋利避害　扬长避短
——民营企业家谈"入世"

随着中美关于加入世界贸易组织问题的双边谈判落下帷幕,已经议论了13年之久的老话题再次成为中国企业界关注的热点:如何看待"入世"?如

笔底风云四十年（上）

何应对"入世"？记者日前采访了几位民营企业家，请他们权衡利弊，畅言感怀。

盼望如虎添翼

南存辉（浙江正泰集团公司董事长）：中美双边协议的签订大大加快了中国"入世"的进程，我觉得应该用积极的态度来面对这一历史性的变化。加入世贸从短期讲当然会给国内企业带来一些冲击，但是从长远看，第一，加入世贸有利于公平竞争。这个公平竞争不但是指国内的竞争环境会大大改善，而且我们可以走出国门到国际经济的舞台上去和人家竞争了。第二，有利于加快发展。国际间经济技术交流与合作会大大拓展，有利于我们引进资金和更先进的技术。第三，有利于企业国际化发展。加入世贸后我们与国际间的接触更多，眼界打开了，经验丰富了，有利于培植和形成一个国际化经营的中国企业群体。

尹明善（重庆力帆轰达实业集团总裁）：中国"入世"，无疑是利大于弊。但是，这个"利"的分布，在时间上、行业上是分布不均的。初期可能利小，长远一定利大。汽车行业利少，纺织行业利大。汽车行业中，汽车业利少，摩托车利大。企业家必须对时间、行业作具体分析，抓住机遇，作好准备，"内抗强敌，外拓疆土"，在更大市场上获取更大利润。

胡家兴（湖北佳星集团董事长）：加入世贸对国内企业尤其是民营企业来说，是一次重大的发展机遇。因为我们是在市场机制中成长起来的，在国内市场的竞争中已取得了一些经验，下一步我们面临国际市场，空间更大，能最大限度地发挥自己的优势。当然，不管国内还是国际市场，竞争都会越来越激烈，企业必须沉着应对。

学会与狼共舞

刘永好（四川新希望集团董事长）："入世"以后，中国将面对的是一个按照市场经济规则发展的已经比较完善的国际大市场，参与到这样的市场竞争当中去，我们国内的企业，不管是什么所有制形式，都应当尽快与国际规则接轨，这样既有利于参与国际间的竞争，也有利于推动国内竞争的环境和秩序日趋市场化。中国是个发展中国家，中国农产品市场开放有一个过程，在这个期间，中国企业可以抓住机会调整企业结构，加快发展自己有竞争力、高附加值、高科技含量的农产品。还可以通过采用国外原料，降低养殖成本。新希望从三年前就开始在国外投资建厂，在越南的两个厂明年将开工投产。这些都是新希望在国际化竞争中的资本。

周晋峰（中西公司董事长）：越规范的市场经济对民营企业越有好处，但是民营企业也必须学会"与狼共舞"，特别是在知识经济时代的大背景下。在信息时代，最先进的生产力也需要多种所有制与其相适应，新技术导致大量个性化的劳动和个性化的服务，以满足个性化的要求，这个时代的特点非常适合民营经济发挥作用。反观国外，科学技术日新月异，每天发生的变化是以倍速计，我们必须做得更好，才能在国际市场上占领一席之地。

郭广昌［上海复星高科技（集团）有限公司董事长］：面对"入世"，我们的对策应当是"扬长避短，发挥优势"。因为民营企业大部分是中小型企业，在规模和实力上很难与国际上的大公司相抗衡。以通信制造业来说，国外大企业的年销售额是几百亿美元，而我们还没超过100亿元人民币。但是我们可以发挥优势，做到局部领先。国外也有众多竞争力极强的中小企业，在某些优势领域常常超越大企业。我觉得我们没有必要在规模和实力的对比上感到悲观，提高竞争力才是我们的最终目的。

还须如履薄冰

南存辉：如何面对国际竞争，我们研究得不够，因此面对新的机遇和新的挑战，还得"战战兢兢，如履薄冰"。民营企业要做好"四化"的文章：

笔底风云四十年（上）

股份社会化、产业科技化、市场全球化、品牌国际化。1.尽快建立科技开发基金；2.运用现代化的管理方法和管理手段；3.尽快建立全球化的营销网络；4.发挥民营企业的优势，改变家族式经营模式；5.努力加强学习，掌握新的技术、新的知识，提高自己企业的队伍素质。

汪远思（河南思达科技集团董事长）："入世"以后，我们要面对更多、更强的竞争对手，在这个环境下开拓自己的市场，就必须保持自己的优势，培养自己的优势。总的看起来，中国企业一是要认真地研究竞争环境，以前我们对对手的研究是十分不够的；二是要认真地研究产业结构、产品结构、经营方式，看看自己究竟有哪些优势，建立一个互补型的产品结构，不要硬碰硬，要发挥我们的长项，从更远的时间和更大的空间考虑企业的发展方向，构思企业的发展战略。

郭广昌：我们现在最需要培养一个创业型团队。应该看到，"入世"以后，我们的视野宽了，市场大了，机会多了，但机遇还需要人去抓住。这就需要培养一个极富有创业精神的团队，用创业精神面对市场经济、面对国际大市场，这个观念所产生的力量不亚于技术的进步。但现在国内很多企业明显的是创业精神不够，"等靠要"已经习惯了，面对新形势难免要吃些苦头。所以，我们还要以"创业"为口号，在"入世"开辟的新天地里开创一番崭新的事业。

（原载1999年12月15日《经济日报》，与黄丽陆、齐东向合作）

随总统来访的温州人
——访奥地利中华工商业联合会主席金剑平

在中奥建交30周年、中奥正式建立经贸关系35周年之际，应江泽民主席邀请来华访问的奥地利总统克莱斯蒂尔带来了一个庞大的企业家代表团。奥地利中华工商业联合会主席、新世界（集团）公司总裁金剑平是代表团中唯一的一家华裔企业的代表，因而尤为引人注目。

"随总统出访是一件荣幸的事，其实也是一件辛苦的事。日程实在是太满了。"金先生用一口"温州普通话"对记者说。他高兴地介绍，5月16日下午，中奥两国企业家在北京签署了28个合作协议，其中金先生的新世界（集团）签署了两项合作协议，协议投资额1.45亿元人民币。签字仪式之后，他和出席仪式的中奥企业家们一起受到江泽民主席的接见。

作为新一代旅欧移民，金先生是20世纪80年代到奥地利定居、入籍的。他饱尝了白手起家的艰辛，也品味了事业成功的喜悦。从华人经营的传统领域餐饮业开始，他创办了在当地享有盛誉的金碧园酒家和乐园酒家；继而向国际贸易领域发展，先后组建了奥地利百合进出口贸易公司、中欧贸易公司、香港加通贸易公司等企业，触角越伸越远，事业越做越大。

事业初具规模，金先生的目光就投向了故乡。这既有追寻商机的考虑，更有亲情的牵挂。1993年6月，温州市政府在澳门举行招商会，专程赶来的金先生签下了他的第一个对华投资项目。自此以后，一发而不可收。他在温州注册的新世界房地产开发有限公司先后开发了"新世界广场""新世界庄园""新世界大厦"等项目，投资两亿多元。此外，在长兴、湖州等地都有他的房地产、旅游开发项目。

金先生把他在中国的投资看作是一种示范。他希望能够带动更多的欧洲

笔底风云四十年（上）

中小企业进入中国市场。他说，进入新世纪，中国即将加入世贸组织，第十个五年计划开始执行，西部大开发战略已经实施。这些将为包括奥地利企业家在内的外国企业开展对华合作提供更广泛的机遇。现在欧洲中小企业对中国很有兴趣，但由于体制与文化的差异，常常是不得其门而入。在这方面，一方面需要中国有关部门加强与国外中小企业的沟通，改进国外招商等工作；另一方面，海外华人企业家可以也应该发挥独特的作用。金先生这次签署的项目之一是在湖州建造一座"维也纳乐园"，这个项目的定位就是力图办成欧洲投资商们的会所，成为来华投资的中小企业家的交流与休憩的乐园。

（原载2001年5月21日《经济日报》）

"五个满意"是如何实现的
——访北京物美商业集团董事长张文中

摆在记者面前的是一份长长的清单：从1997年至今，一家企业先后与20余家国有企业合作，安置原国有职工5000多人，盘活了170多个国有商业网点。这家企业就是北京市再就业明星企业北京物美商业集团。

在参与国有企业改造的过程中，物美发展了自己，壮大了自己。这家成立于1994年的连锁超市公司，如今拥有各类大卖场、综合超市和便利店250余家，去年实现销售收入25亿元，今年销售收入有望突破50亿元。在今年8月北京市"企业管理现代化创新成果"评选中，物美集团的"盘活国有资源，做大做强连锁商业的模式"获得一等奖。"物美模式"的奥秘何在？记者就此采访了物美集团董事长张文中博士。

记者：物美在不太长的时间里发展到今天这样的规模，速度惊人。物美是如何实现高速发展的？

张文中：物美的超常规发展，得益于与国有企业的合作。我们从1994年底创立第一家综合超市以来，就把连锁发展与盘活国有存量资产、参与国有企业改革有机结合，从承租国有工业企业的旧厂房，安置下岗职工，到托管国有商业企业，盘活国有存量资产，再到投资改制、整体重组，一步一步地获得了稳定、快速的发展。几年来，物美从单店、多店托管发展到与国有连锁系统的整建制合作，平稳地改造国有企业店铺100多家，使其销售额增长50%～300%，实现了物美高速发展和社会效益并举的局面。

记者：国有企业改制有两个难题，一是国有资产的保值增值，二是职工的安置问题。你们是如何破解难题的？

张文中：在实践中，我们探索了一套"人员就地安置，资产保值增值"的做法。在不改变国有资产所有权的前提下，原国有企业的国有资产委托物美经营管理，物美向原国有企业支付补偿金后，对店铺投入设备和资金进行改造，新公司投资形成的固定资产的所有权归为国有，由此确保国有资产的保值和增值。1997年10月，我们受北京石景山区天翔贸易总公司委托，对原古城菜市场实行托管，投入资金将原有不到2000平方米的菜市场改扩建成两层4500平方米的现代超市，同时接收原单位160多名员工。开始的时候，职工抵触情绪很大。大家到处告状，甚至有几十个人爬上商场的房顶，打出了"坚决不去物美"的条幅。在石景山区委、区政府的支持下，我们把职工从房顶上请下来，真诚地与大家对话，消除顾虑，达成共识。改制以后，古城店每日销售额从托管前的一万多元，提高到十几万元。企业的经济效益和职工收入都得到了很大的提高。这一年里，我们以这种方式，先后托管了通州西门商场、金鼎大厦，接收了其全部职工；之后又分别与丰台区博兰特食品工贸集团、崇文副食品菜蔬总公司整建制合作，将其下属连锁系统

笔底风云四十年（上）

内的店铺全部纳入物美连锁体系。

记者： 作为一家股份制企业，由物美来接收、安置原国有企业的职工，转制是如何实现的？

张文中： "身份"问题确实是安置工作的难点。国企职工来到物美，必须重新签约，这既是安置，也是"转制"，与国企彻底脱钩，改变"国企身份"。观念的冲突是难免的，需要做大量的细致的思想工作。1999年，物美同北京市丰台区博兰特集团合作改造其所属的连锁店铺30余家，接收在职职工900余人。经过仔细论证，双方决定这900多人在新公司成立之际，就脱离老国有企业机制同新公司签订劳动合同。对此职工反应比较强烈。丰台区委、区政府全力支持新公司工作，并派主管副区长亲自做职工的工作。结果三天之内，全部900多人同新公司签了约。

为确保改制的平稳过渡，物美不但接收了在岗的国企职工，也接收了原企业的再就业服务中心，将在中心内待业的下岗职工一并接收下来，统一管理。这几年物美先后安置原国有企业职工5000余名。其中90%以上原国企职工已经同物美直接签订了劳动合同，实现了身份上的根本转变。

记者： 国企职工进入新的管理体制，有一个学习、适应的过程。如何尽快实现这种融合？

张文中： 以现代市场经济理念、技能培训国企职工，是妥善安置职工的关键。国有企业职工素质是好的。但由于制度的原因，也确有一部分人观念较为陈旧，竞争意识、危机意识不足。针对这种情况，我们投入了大量的精力、人力和财力，对接收的职工进行培训，转变观念，提高技能。我们先后开办50多期培训班，通过严格的培训和实际锻炼，被接收的原国企职工在观念上有了根本性的转变，工作责任心加强了，专业技能提高了，同时待遇也比以前有了较大的改善。

随着物美的快速发展和企业效益的不断提高，随着自身专业技能的不断提高，被接收的原国企干部和职工对物美有了信心，对自己的将来也有了信心,他们焕发了工作热情,以崭新的面貌投入工作。许多人已成长为物美的业务和管理骨干。目前物美中层管理干部中有90%以上来自原国有企业。因此,物美与国有企业的合作做到了当地政府满意,被托管的企业主管单位满意,被托管的企业干部满意,被托管的企业职工满意,同时物美不断发展壮大的"五个满意"的局面。

(原载2002年9月20日《经济日报》)

旺盛的生命力从何而来
——新疆特变电工改革创新纪实

抖落一路的风尘,走进新疆特变电工股份有限公司的厂区,人们的眼睛为之一亮。没想到西部边陲、大漠深处,还有这样的企业。

这是一家什么样的企业呢?

这是一家从资不抵债的街道小厂发展而来,仅用了14年时间资产总额从15万元增加到30亿元,综合经济效益名列国内同行业榜首的企业。

这是一家产品在国内市场上独占鳌头,进而远销到16个国家和地区,年出口创汇2000多万美元的企业。

这是一家拥有一支一流科研开发队伍,拥有新疆第一家企业设立的博士后工作站,拥有"国家级重点高新技术企业""全国专利试点示范企业"等种种标识,技术水平高的企业。

特别的企业,特别的变化。变化从何而来?董事长兼总经理张新感慨:创新铸就"特变"的辉煌,创新赋予"特变"旺盛的生命力。

笔底风云四十年（上）

特变电工的前身是昌吉市电力变压器厂。14年前，在企业濒临破产之际，26岁的张新临危受命。他刚刚上任就机敏地捕捉到起死回生的亮点：特种变压器生产工艺复杂，绝大多数靠单台生产，许多变压器厂不愿涉足。于是迅速集中力量开发特种变压器，并改名为特种变压器厂。当年实现产值122万元，利润达17.8万元。

特变创新的序幕由此拉开。1993年，张新抓住机遇对企业进行了股份制改造。1997年，新疆特变电工股份有限公司在上海证券交易所挂牌上市，成为"中国变压器第一股"。他们用募集的1.48亿元资金引进了具有世界先进水平的自动化生产线和试验检测设备，使变压器产品等级从11万KV上升到22万KV，生产能力增长2.5倍。从1999年起，他们与西安交通大学合作，投入1000多万元引进ERP管理系统，实现了与国际企业管理模式的接轨。

过去，特变的企业精神是"三特"：特别能吃苦、特别能奉献、特别能战斗。如今，"三特"变成了"四特"，增加了一条：特别能学习。

偏居一隅的特变要想在竞争激烈的市场上求生存求发展，就要有超越对手的真功夫。这就是通过不断的技术创新，保持产品的先进性，走在市场的前面。

近年来，特变技术水平一年上一个台阶。1998年，筹资1.76亿元实施高压交联线缆技改项目，改写了新疆不能生产高压电线电缆的历史。1999年，成功开发110KV级10型系列变压器，填补国内空白。2000年，投资近亿元完善国家重点变压器技改工程扩产改造，生产能力增1倍多。同时投资1.7亿元进行国家西部重点工程线缆技术改造。2001年，特变与世界最大的变压器制造厂乌克兰扎布罗热变压器股份有限公司合作，探索"借助外脑"的技术创新开发模式。全年新产品产值达3.94亿元，新产品利润约占利润总额的36%，科技进步贡献率达到47%。

张新认为，人才是企业的"第一资源"。为了开发好"第一资源"，特变先后与区内10多所高校建立企校合作关系,在特变建立了国家重点大学学生社会实践活动基地,初步建成适应战略发展需求的"人才库"。

随着企业实力的增强,张新适时提出了"一个立足、两个面向"的发展思路,就是在立足为新疆发展服务的基础上,面向国内国际两个市场,实施"走出去"战略。

"走出去"向何处去?张新认为,企业要加快发展,就要到资源中心去,到市场中心去,到人才中心去。1998年,特变挥师东进,重组四川德阳电缆厂,建成西南地区最大的电线电缆生产企业;第二年,北上天津,重组天津变压器厂干变分厂,成立特变电工天津变压器有限公司;第三年,又南下湖南,收购衡阳现代电气设备集团有限公司,半年时间就实现销售收入2亿多元,成为湖南省国企改革和变压器行业重组的亮点。特变利润连年保持了50%左右的增长势头。

特变着力创新质量体系平台,在全国同行业中率先通过ISO9001、ISO9002、英国皇家UKAS、国际IEC电工采标认证等一系列国际认证,取得了进军国际市场的通行证。

特变走出国门的步伐越来越迅捷。去年以来,特变进军南美、稳定中亚、立足非洲、开发中东的国际营销战略开始全面实施。先后在阿联酋等国家设立营销办事处,建立起稳定的外贸合作关系。在南非、叙利亚、澳大利亚等9个国家顺利通过投标资格预审。开拓卡塔尔、智利等16个国家和地区的新型市场。去年出口1.6亿元,同比增长8倍,成为我国重要的机电产品出口基地。

(原载2002年10月6日《经济日报》,与姜帆合作)

笔底风云四十年（上）

战略转型赢得发展先机

记者日前来到浙江吉利控股集团采访，看到的情况令人振奋：今年1—9月，吉利汽车销售逆势而上，整车销售同比增长19.9%，销售收入同比增长24.81%，利润同比增长80%以上，稳居国内轿车企业排名前十。

更出人意料的是，在众多企业纷纷筹划"过冬"之际，吉利控股集团董事长李书福却提出了一套"冬泳论"：凭借实力和胆识去"冬泳"，从中找到大商机、形成大优势。

"冬泳"凭借什么？凭借的是强健的体魄。吉利的底气源于这两年全力实施的战略转型。

从"价格取胜"转向"技术领先"

2007年5月，吉利宣布全面进入战略转型期。战略转型的核心就是从"价格取胜"战略转向"技术领先"战略，实现从"成本领先"向"品牌创新"转变，从"低价取胜"向"技术领先、品质领先、客户满意、全面领先"转变，从"以效益为中心"向"以客户为中心"转变，从"企业利益高于一切"向"追求整体利益最大化"转变。

新的战略构想十分清晰。不仅要成本领先，还要在技术、人才、质量、服务上全面领先；不光要生产经济型车，还要有中高档车；不仅有轿车，还要有SUV、MPV……不变的是，用来切割"市场蛋糕"的利刃，依然是自主创新。吉利为此规划了"总体跟随，局部超越，重点突破，全面领先"的发展路径。

吉利控股集团总裁杨健向记者展示了战略转型的时间表：第一阶段从2007年6月到2009年，转型初见成效，成为有知名度的品牌；第二阶段到

2012年，转型基本完成，成为有影响力的品牌；第三阶段到2015年，脱胎换骨，成为有竞争力的品牌。

"造老百姓买得起的好车"，曾经是吉利最具吸引力的口号。如今，从战略转型的目标出发，吉利提出了新愿景："造最安全、最环保、最节能的好车，让吉利汽车走遍全世界。"吉利汽车追求的卖点将不再是低价，而是高附加值。

但是，放弃了"低价"这个"金字招牌"，用户能买账吗？吉利最终决定转型，依据的是李书福的一个判断："总是造两三万元的车是没有前途的。"李书福当时认为，5年之内汽车产业总体格局会发生大变革，如果5年时间吉利不能成为比较强的企业，就会被淘汰。

这一判断在吉利管理层中很快达成了共识。"单纯依靠价格竞争、打价格战没有出路。价格降到2万多元了，没法再降了；同时市场也会发生变化，人的需求在往高处走，不创造技术上的优势，企业肯定无法做大做强。"副总裁张爱群说。

2007年5月18日，标志着吉利启动战略转型的第一款中级商务轿车远景在全球同步上市，这款搭载吉利自主研发的CVVT发动机的轿车，经欧洲同行测试后被认为可以直接进入欧洲市场；今年7月，按照"最安全、最环保、最节能"理念设计的首批远景CNG双燃料车在乌鲁木齐上市，仅两天就被抢购一空，当地经销商不得不追加订单；8月，配备吉利享有自主知识产权的BMBS（爆胎监测与安全制动系统）技术的远景车上市，市场反应良好。

远景的成功证明了战略转型的可行性。"蓦然回首，突然发现吉利没有4万元以下的车了！"负责销售的副总裁刘金良感叹，"去年上半年，远景、金刚、自由舰等'新三样'销售比例为71.2%，而今年同期已升至93%，表明吉利已从低端经济型轿车向中高端轿车进发。"

笔底风云四十年（上）

三链协同，流程再造

两年前，本报曾以《自主创新·脱胎换骨看吉利》为题对吉利坚持自主创新的做法进行了连续报道。两年后的今天，吉利人告诉记者，这种脱胎换骨式的改造与创新，在吉利一直就没有停顿。

在李书福看来，吉利战略转型的最终目的，是形成直接与国际跨国公司竞争的能力。实现这样的战略转型，就必须苦练内功，强筋壮骨，不断提高企业的核心竞争力。

一场被称为"三链协同"的流程再造正在吉利全面推进。所谓"三链协同"，就是以提高企业竞争力为目标，整合资源，流程再造，着力打造营销链、研发链、供应链3条核心价值链。

首先是研发链的打造。2006年，李书福邀请海归专家赵福全担任集团副总裁，承担整合技术体系的重任。赵福全将分散在各个基地的技术力量统一起来，集中到吉利汽车研究院，由此，吉利的创新能力呈几何级数增长。原来的研究院1年只做两款车，而今57个项目同时进行，光整车就有18款。

然后是供应链的整合。吉利原来的采购体系，分散到每一个子公司。研究了丰田以后，吉利发现丰田100多款车，仅有4家门把手供应商，这种做法节省成本、缩短研发周期，优势十分明显。为此，吉利一方面变分散采购为集团统一采购，提高了供货网的集中度，另一方面强调产品的通用化、标准化，提升供应商的共享度，与供应商结成自主品牌的战略联盟，分享设计、创新成果。

同时进行的还有营销链的整合。刘金良介绍，2006年以来，销售系统的最大变化就是实施"分产品销售"。根据吉利过去的经验，一个地方只有1个经销商不够，2个以上又产生竞争，导致盈利能力下降，售后服务投入不足。为此，吉利正积极进行品牌规划，计划未来3年内，在市场上形成3个不同定位的子品牌，各自发展销售和服务网络，一个地方3家店，实现多品牌营销。不久前上市的吉利熊猫就是"全球鹰"品牌下的第一款车，打造了时尚个性的品牌形象。

先进的ERP系统使三链协同作战成为现实。副总裁张爱群介绍说，吉利集团在流程再造的基础上全面实施信息化，基于ERP系统在采购、生产和销售环节已经实现了"三网对接"，客户通过ERP系统下订单，采购、生产、研发都协同起来，实现产销研一体化。

"三链协同体系的建立，使得集团上下'以客户为中心，以订单为主线'意识更强了，这是实现战略转型的重要保障。"张爱群说。

为未来发展积蓄力量

"冬泳"该怎么个游法？李书福认为，产品线该收缩的就收缩，目光可以专注于技术的提升，服务的改善，零部件的整改，人才的培养等，为下一个"春天"积蓄力量。

长期在商海中打拼的李书福，对经济形势的变化十分敏感。去年底，吉利就开始主动收缩战线，将近10亿元的存量资产变现，为应对"冬天"的到来赢得了主动。

如今，吉利正从容不迫地进行着一系列"冬泳"：

——11月6日，吉利远景制造基地落户湘潭，吉利借此进一步明晰了产品布局；

——全新技术打造出的金鹰、熊猫、中国龙等新产品开始陆续上市，数十款在案新车型的研发正紧锣密鼓地进行，吉利意在借不断投放市场的新产品，提升品牌形象；

——从五金机械、电子电器到橡胶塑料、纺织品，在众多出口型零部件企业面临困难之际，吉利积极筹划着与他们的合作，将自己的零部件体系完善起来……

"其实这正是战略转型的最好时期。抓住了面前的机遇，适应了这种变化，企业就能取得成功。"李书福说。

（本文系《转型升级看吉利》系列报道之一，原载2008年12月3日《经济日报》，与黄平、郑杨合作）

共谋双赢之局
——透析吉利竞购沃尔沃

自去年底被福特公司"挂牌"出售以来，百年汽车品牌、安全技术世界排名第一的沃尔沃何去何从受到了业界人士的广泛关注。10月28日，美国福特汽车公司宣布，已经选定以中国的吉利汽车为首的收购团队为沃尔沃的优先竞购方。浙江吉利控股集团随即发表声明，对福特这一决定表示欢迎。

在经历近一年的传闻与猜测之后，沃尔沃终于有了一个明确的去向。虽然最终协议还没有签署，但收购谈判正在积极进行。

长期以来，对于吉利收购沃尔沃，有人称之为"蛇吞象"，怀疑吉利是否具备国际并购的实力。即使是在福特正式宣布吉利为优先竞购方，确认进入并购谈判之后，仍有人表示怀疑。

其实，在熟悉双方情况的人士看来，吉利收购沃尔沃可谓水到渠成，将是一个合乎商业逻辑、有利于双方发展的双赢之局。

国际金融危机的发生与蔓延，正在改变世界汽车工业的格局。从福特方面来说，在国际金融危机的影响下，美国汽车业一片萧条，为了融通资金维持运营，福特不得不把旗下的企业出售、关闭一部分，以削减支出渡过难关。2008年度福特已经关闭了2家工厂，两年内还将关闭另外4家工厂。在经营战略上，福特实施了向核心业务回归的"福特复兴计划"，相继卖掉了旗下的阿斯顿·马丁、捷豹和路虎，并大幅减持日本马自达公司的股份。在这种情势下，作为"一个福特（One Ford）"战略的重要组成部分，出售沃尔沃的决心不会动摇。

从吉利方面来看，作为中国汽车工业自主品牌的代表之一，吉利汽车经过十几年的打基础、练内功，逐步掌握轿车核心零部件和整车研发的先进技术，逐渐形成自主创新能力，发展成为能够全面研发经济型、中、高端轿车及发动机、自动变速箱等重要零部件的大型汽车企业。特别是从2007年5月开始推进的战略转型，表明了吉利人并不甘心于"低质低价"的产品形象，而是志存高远，致力于打造技术领先、品质优秀、服务周到的全新品牌形象。如果能够并购在国际上处于技术领先地位的沃尔沃，对于转型期的吉利来说，无疑是锦上添花、如虎添翼。

吉利人认为，自主创新并不是闭门造车。与世界同行广泛交流先进技术，是自主创新的有效途径之一。在2007年至2008年间，吉利就与福特方面多次接触。在吉利内部人士看来，这一跨国重组不过是"水到渠成"。

由于中国企业跨国并购的成功案例不多，因而有人对吉利收购沃尔沃的前途表示疑问，认为，一家连福特也没有搞好的汽车公司，吉利有什么办法将它引向坦途？吉利有没有人才、经验和能力管理这样一家高度国际化的汽车公司？并购后沃尔沃的品质还有保证吗？技术还能进步吗？等等。对此，李书福说："如果双方达成最终协议，吉利将维护和加强沃尔沃的世界级品牌的传统地位，并继续发扬此顶级品牌在安全性和环境技术方面的全球声誉。如果交易达成，沃尔沃在中国市场的实力将得到加强，并在高速发展的市场上创造新的增长机会和实现各项业务之间的协同效应。"

吉利国际化战略实施数年，已经在国际化经营上积累了经验。2006年10月，吉利汽车与英国锰铜公司正式签署合资生产英国TX4出租车等品牌汽车的协议，吉利汽车控股有限公司持有22.83%的股份成为锰铜的第一大股

笔底风云四十年（上）

东。去年北京奥运会期间，由吉利与锰铜合资生产的上海英伦出租车驶入北京，成为北京奥运会指定用车。锰铜公司与吉利合作后，该公司在伦敦证交所上市的股票价格一路猛涨，被评为当年主板市场"增长最快"的股票。这一成功的合作已被写进中欧国际学院及英国牛津大学的教学案例。

今年3月，吉利再施重手，成功收购世界第二大专业自动变速器公司澳大利亚DSI公司。这是一家集研发、制造、销售为一体的自动变速器专业公司，具有年产18万台的生产能力，其产品为福特、克莱斯勒及韩国双龙等公司配套。吉利在得知DSI破产消息后迅速提出收购计划，从15个候选买家中成功胜出，仅用两个多月时间就完成了从谈判到签约的复杂过程。通过这项收购，吉利在原有小扭矩自动变速器的自主知识产权的基础上，进一步丰富了产品线，将形成大小扭矩、前后驱动全谱系、高端化的自动变速器系列，强化了吉利自动变速器的研发与生产能力。

据了解，在吉利海外公司，外籍员工都对能成为中国吉利的一员而感到骄傲。吉利跨国并购的实践为中国企业"走出去"提供了有益的经验。

机遇总是留给有准备的人。可以说，为了今天这样难得的机遇，吉利已经准备了十几年。人们有理由相信，假如吉利赢得了这次跨国并购的机会，必将进一步拓展发展的空间，而沃尔沃——这颗世界汽车工业的"明珠"，必将在中华大地上再放异彩。

（原载2009年11月11日《经济日报》）

再造1000天

今年的4月26日,是海尔三年多前提出"再造1000天"计划的截止日。

在这1000天时间里,海尔在干什么?海尔集团首席执行官张瑞敏如此总结:"近几年来,海尔在媒体上出现的比较少,主要在内部做了一件事:流程再造。归结起来就是两个转型:一是商业模式的转型,就是从原来传统商业模式转型到人单合一双赢模式;二是企业型态的转型,就是从单纯的制造业向服务业转型,从卖产品向卖服务转型。"

1000天时间节点的到来,并不意味着海尔转型升级之路的结束,但初步的效果已经显现。2009年,在国际金融危机冲击的大背景下,海尔销售收入增长了4.5%,同时利润却增长了55%,利润增幅是收入增幅的10倍以上。这意味着海尔以最小投入获得了最大收益。

"这正是我们多年来致力于商业模式创新的结果。"张瑞敏说,"海尔正在尝试,创造出一种成熟的商业模式,让创新的基因融入到每一个员工身上,给员工创造一个平台,每个人都在为客户创造价值的同时实现自身的价值。"

走在市场变化的前面

近两年,发生在海尔的一些现象令很多人"看不懂"。

2008年家电下乡试点时,海尔仿佛早有准备,迅速设计出了防鼠冰箱、能够"喂奶牛"的热水器等契合不同地区农民需求的产品,抢占了市场先机。2009年,海尔一家的销量份额占到了整个家电下乡市场的32%。

2008年8月底,海尔突然宣布取消全国各地的仓库,实施"零库存下的即需即供"。"当时客户纷纷打电话问我,没有仓库怎么行?"海尔集团高级

笔底风云四十年（上）

副总裁、首席市场官周云杰回忆。然而国庆节后，当国际金融危机对家电行业的影响骤然显现，大多数企业为大量沉滞的库存所累时，海尔却因没有库存避免了巨额损失。人们发现，海尔又一次抢先市场一步。

这不是未卜先知。不管是对农村市场的提前"摸底"还是在危机来临前取消仓库，都只是海尔商业模式转型道路上的一个个阶梯。只不过，它们"碰巧"推动海尔一次次地走在市场变化的前头。

其实，海尔对商业模式的创新，并不是从1000天前开始的。早在1998年，海尔就在中国企业中率先推进"流程再造"，提出推倒企业内外的"墙"，与用户零距离；经过10年的摸索，2007年，海尔终于定义了属于自己的商业模式——人单合一双赢模式，并提出"再造1000天"的转型计划。

何谓"人单合一双赢模式"？海尔人认为，"人"是员工，"单"是订单，订单的本质是为用户创造价值的体现。实现"人单合一"，就要求每个人都有自己明确的市场目标。并且这个目标不是由上级指定，而是员工自己在市场上寻找和创造的。只有为客户创造了价值，才能体现自身的价值，从而实现"双赢"。

是什么推动着海尔锲而不舍地进行商业模式的创新？张瑞敏说，一方面是互联网时代带来的压力和挑战。互联网带来营销的碎片化、需求的个性化，因此员工和用户必须是一对一的，或者说每个用户的需求有一个对应的员工。

另一方面就是中国企业的现状。"中国企业一直在向发达国家的先进企业学习，但尚未形成自己成熟的商业模式。2008年我和GE公司前CEO韦尔奇交流，谈到如何避免中国企业常见的'一管就死、一放就乱'的局面，他说GE就是靠严密的财务制度。中国企业往往流程太差。我觉得企业成功的必要条件就是有一个非常好的流程，对海尔来说就是人单合一。"

在转型过程中，海尔有条不紊地推动着几个"零"的实现——零应收、零库存、零签字、零冗员。

"这几个零是商业模式转型的不同阶段的标志。"海尔集团高级副总裁梁海山解释,"零应收在前10年的流程再造中已经实现了,它使海尔的流动资金周转时间达到行业最好水平;零库存的推进拉近了与用户的距离,使库存周转天数由过去的40多天变为现在的5天;零签字通过全面预算体系来推进,过去我每天要签一堆文件,现在有时一天都不用签一个;最后如果'人单合一'真正实现了,自然就没有冗员了。"

张瑞敏希望,转型最终将把企业变成一种"自组织",能够自动地感应到外部变化,自动地应对外部挑战。"彩电的价格战去年非常厉害,但海尔彩电没有参与价格战,增长特别大,原因是作为'自组织'的经营体,能够更加敏锐地感受市场的变化,并据此迅速调整经营策略,走到市场前面,成为市场的引领者。"

没有人把新酒装在旧皮袋里

"西方有一句谚语:没有人把新酒装在旧皮袋里。"明确了实现人单合一双赢模式的目标后,张瑞敏意识到,"如果说'新酒'就是我们要打造的新模式,那么旧的组织结构就是'旧皮袋',必须尽快颠覆它。"

海尔为新模式量身定制了"新皮袋"——"倒金字塔"组织结构。

一般企业的组织结构是金字塔形的:企业领导在最上层,然后是各级部门,最后才是员工。"倒金字塔"结构则相反:一线员工在最上面直接面对顾客,管理者则从金字塔的顶端颠覆到了底部,从发号施令者变为资源提供者。也就是说,不再是管理者指挥员工,而是管理者与员工一起听顾客的指挥。

在海尔"倒金字塔"的最上层,是一个个"自主经营体"。自主经营体由面对市场的员工与研发、企划、物流等涉及全流程的各职能部门人员共同组成,作为一个整体共同满足市场需求。

海尔冰箱农村市场自主经营体就是一个成功的"样板"。经营体长叫

笔底风云四十年（上）

郝美霞，是"倒金字塔"的塔尖，她和企划、销售等部门分派来的13个人共同构成总部级的经营体；上面则是庞大的负责二级、三级、四级市场业务的经营体。团队战斗力极强。在"家电下乡"中，一线员工捕捉到了一个市场需求：政策有限价，而农民需要一些高端冰箱。矛盾如何解决？团队在集团内调动一切需要的资源，在极短时间内打造出低价位、高性能冰箱——三门变温冰箱，备受欢迎。去年，海尔冰箱在整个农村市场实现了50%的高增长。

作为人单合一的载体，海尔要求每个"自主经营体"必须具备三个要素：端到端、同一目标、倒逼机制。

所谓端到端，就是从用户不满意到用户满意的全流程闭环；所谓同一目标，就是全流程各节点的人员都要按同一目标参与经营；所谓倒逼机制，就是以用户要求为目标，倒逼内部所有流程。以郝美霞团队为例，2010年新一轮家电下乡的招标切换之前几个月，团队就定下了要在第一时间让老百姓看到新产品的目标。从去年的15款到今年的50款，如何设计、生产这么多新产品？如何做好市场互动切换？所有人都以这一目标行动起来。同时，团队将销售指标从去年的650万台提高到今年的1000万台，倒逼集团提供资源扩大产能。今年2月，国家招标方案一公布，农村用户就可以买到海尔的新冰箱，而此时不少厂家还未推出样品。

今年初，郝美霞获得了海尔集团"珍珠项链奖"。为什么叫"珍珠项链奖"？原来，海尔人把一个个自主经营体比喻为珍珠。2010年，海尔的主题是"做透样板、复制样板"。"做透样板"相当于打造一颗晶莹剔透的珍珠，"复制样板"就是要把珍珠串成项链，最终形成具有竞争力的"海尔模式"。

每个人都是自己的CEO

具体到每个员工，人单合一双赢模式带来的改变是：从原来的接受指令者变成了主动的创造市场价值者。如张瑞敏所倡导，"在海尔，我希望每个人都是自己的CEO。"

如何保证让普通员工成为"自己的CEO"？海尔为每个员工设计了三张表：损益表、日清表、人单酬表。

王德勤是海尔冰箱青岛工贸的一名产品代表，近些天他很紧张。因为他负责经营青岛所辖的即墨市、莱西市两个区域，3月份在总数上虽然完成了预算目标的110%，但只能拿到30%的有效收入。

为什么？因为海尔员工的损益表与一般企业的损益表不同。传统财务报表的损益表，是收入减成本、减费用，等于利润；而海尔的损益表中，"收入"项相同，"益"（收益）则是指通过做自主经营体、为用户创造价值而获得的收入，而前面两者的差就是"损"（损失）。就是说，只要不是通过做自主经营体而获得的收入都不能算数，因为这些数不一定为用户创造了价值。

王德勤之所以拿不到110%的收入，因为他每周的订单很不均衡，4家主要客户只有1家做到了每周都提货，是有效的"收益"，而其他3家没有做到，被视为不可持续的收入，也就是"损失"。

损益表中的"损"为王德勤指出了当前工作的差距，为了消弭差距，就有了第二张表：日清表。海尔通过创新平台、创新流程、创新机制，帮助员工形成每天的预算，进行"日清"。如王德勤就针对3家未做到每周提货的客户，制定了每天的沟通计划，与客户一起分析差距、做预算，发现差距出在乡镇网络上，他马上与客户跑到即墨乡镇开拓新的网点。

要把每个人为用户创造价值的积极性调动起来，还需要第三张表：人单酬表。每个人根据自己创造的订单的价值，获得自己的薪酬。有趣的是，不仅是王德勤这样的销售人员，企划、研发、物流等各职能部门员工，作为自主经营体中的一员也都有各自的"人单酬账户"。

有了这个账户，很多事情完全可以让员工自主。比如费用问题，一般企业都是按照职务决定享受的待遇，海尔则是根据销售来决定开销。对自主经

笔底风云四十年（上）

营体的要求是：缴足公司利润，挣够市场费用，超额利润分成。"这样，员工不会成天来审批应该坐什么样的飞机、住什么样的宾馆，自己都会算。"

三张表体现了从"资本管理"到"人本管理"的思路。张瑞敏认为，"传统的财务报表是以资本为中心，追求股东利益至上；海尔的三张表是以员工为中心，追求员工利益至上，即以人单合一的机制激发员工的创新力，达到用户、企业、员工的双赢，并实现员工的高效率、高增值、高薪酬。"

"互联网已经从Web1.0发展到了Web2.0，我们最终的目标，就是从企业管理的1.0时代向2.0时代进军，从以企业为中心提供产品，变成以用户为中心提供服务。这是海尔的追求，也是我们面临的最大挑战。"张瑞敏说。

（本文系《加快经济发展方式转变·转型升级看海尔》系列报道之一，原题为《领先一步路径新》。原载2010年6月17日《经济日报》，与郑杨合作）

"宁波帮"的传承与创新

以"宁波帮"商海弄潮为题材的电视剧《向东是大海》在中央电视台首播后，目前正在宁波等地方电视台热播，围绕"宁波帮精神"的热议也由此展开。

早在20世纪80年代，邓小平同志就总结了宁波的两大优势，一是"宁波港"，二是"宁波帮"，提出要动员全世界"宁波帮"建设宁波。改革开放30多年来，宁波以港兴市，依帮兴商，一大批草根企业迅速发育成长，成为传承"宁波帮"精神的"新甬商"。

统计表明，目前宁波的民营经济贡献了全市70%左右的GDP、76%左右的税收，提供了87%左右的社会就业。浙江省委常委、宁波市委书记王辉忠说，"改革开放30多年来，宁波的民营经济从萌芽起步，到发展壮大，再到快速提升，已经成为推动经济发展的最大引擎，成为扩大就业和增加居民收入的最大来源。把雄厚的民间资本激活起来，把广大民营企业的积极性发挥出来，宁波未来发展的活力与潜力不可估量，一定能够赶超先进、走在前列。"

务实强基

宁波市镇海区思源路255号，宁波帮博物馆，一张张照片、一件件实物述说着宁波籍企业家"实业强国"的传奇。

"宁波帮"是中国近代史上最成功、也是最具有代表性的商帮。中国的第一家日用化工厂、第一家机器染织企业、第一家灯泡制作厂、第一家民营仪表专业厂……都是宁波籍企业家的首创。一大批出海闯天下的宁波人，成为中国近代民族工业的先驱。浩瀚的宇宙中，有4颗行星以"宁波帮"的代表人物命名，他们是：王宽诚、李达三、邵逸夫、曹光彪。

坚守实业，固本强基，这种追求一脉相承，成为新一代甬商的精神特质。宁波市委副书记、市长刘奇说："当前，宁波市民营经济发展正处于转型升级的重要阶段，国际金融危机的深刻教训告诉我们，只有脚踏实地发展实体经济，才是持续发展的长久之道。"

宁波方太厨具有限公司董事长茅理翔是改革开放后崛起的宁波企业家的代表，他把自己的创业分为三个阶段，"45岁第一次创业，56岁第二次创业，66岁第三次创业"。从一个仅有6台冲床的小厂起家，到2011年，公司年销售额达27.5亿元，共拥有400多项专利，方太已成为中国高端厨电市场的第一品牌。但72岁的茅理翔在创业路上从未止步，"我的血液中流淌着两个字——创业。我不会享乐，创业就是幸福，创业就是快乐。"在茅理翔眼中，甬商最突出的精神就是艰苦奋斗、顽强拼搏、坚韧不拔，"抱住实业不

笔底风云四十年（上）

动摇"。同时，甬商作风踏实，求专而不求多，求强而不求大，求稳而不求快。正因如此，在国际金融危机袭来时，受冲击比较小。

"宁波帮"以实业起步，以务实见长，但他们并不排斥新的业态，而且善于把金融资本转化为产业资本。这种特点也在新甬商身上得到体现。

太平鸟集团有限公司就是这样一家充满活力的企业。从6台缝纫机、借来的2万元起步，通过持续不断地深耕服装市场，太平鸟集团迅速发展起来，从2009年开始，连续3年保持了40%左右的高增长，2011年集团销售收入达到68亿元。董事长张江平介绍，"在1998年的金融危机中，死了不少民营企业，我也差点灭掉了。从那时起，我开始探索经营模式的转变，下决心不再做产供销一条龙的生意，把生产环节外包，着力做研发和渠道、品牌。2001年，我们推出时尚女装，提出'快时尚'的经营模式，每年能推出8000个款式，其中快单产品从设计到上架只需要20多天。"

在紧紧抓住"微笑曲线"两端的同时，太平鸟集团在电子商务领域大力开拓。"去年11月11日，24小时内我们销售了5168万元，这是什么概念？一家3000平方米的实体店，一年租金在1000万元左右，一年的销售额也就是4000万元左右。电子商务的发展让人吃惊。"张江平说，"只要我们专心致志做下去，相信我们能够成为新的时尚产业的领军企业。"

坚守实业需要定力。张江平坦承，"房地产对我的诱惑非常大，但我咬着牙顶下来了。10多年里，我一直默默无闻地做一件事，这个过程是很寂寞的，但我认为一个企业家看准了就要默然前行。如今，我对服装产业越来越有信心了！"

创新求变

面对千变万化的市场，面对不同需求的客户，不断创新、以变应变是甬商勇立潮头的制胜之道。

石头纸、甘蔗纸、芦苇纸、棉花纸……走进广博集团文具产品展示中心，不同材质、各种款式的图书、相册、笔记本等，让人眼花缭乱。在传统的文具中注入科技含量和文化创意之后，身价倍增。

与产品创新同步进行的，还有管理创新和营销模式的创新，创新成为广博集团不断做大做强的原动力。

广博集团董事长王利平对创业初期的艰难记忆犹新。1992年他接手的电子门窗厂只有27个工人，5个月没发工资。苦苦挣扎2年后，他们尝试做外贸生意。"1994年，我们第一次去参加广交会，没有摊位，就守候在大企业的摊位旁边，守株待兔般等着外国客商的问询。时不时还要藏起来，防止被保安赶出去。这样打了几天的游击，终于等到了第一个客户。"经过几次谈判，王利平接到了价值54万英镑的订单。没有设备、没有人才、没有厂房，他们就租设备、借人、借厂房，顺利地掘到了第一桶金。从此一步一个脚印，发展成为今天的广博集团。

做出口的文具订单，开始一个产品的毛利率在40%左右，随着中小企业的恶性竞争，一年后利润就几乎为零，"必须创新，只有创新才能有定价权，只有创新才能提升产品附加值。"目前，广博集团不仅继续在文具产业耕耘，还投资了纳米新材料产业。

3月30日，由贝发集团股份有限公司为主要发起单位的中国文具创意设计中心和中国文具商品交易中心在宁波和丰创意广场落成。贝发集团董事长邱智铭告诉记者，这两个中心的建成，是集团实施"1+4"战略规划的重要内容，所谓"1"，指的是搭建中国文具供应链运营服务商平台，所谓"4"，指的是中国文具的制造中心、交易中心、创意设计中心、物流分销中心。

从2000年起，贝发集团平均每3天就有一个新的专利诞生，至今拥有有效专利1500多项。邱智铭掏出一支水晶触控笔，"这支笔运用了纳米技术，书写的文字持久，可以写百年档案；另一端的球型柔软笔头，可以用于手机和电脑的触摸屏。这样的一支笔，能卖到30美元，一支笔的盈利相当于一台冰箱的价值。"

笔底风云四十年（上）

"宁波企业的创新是有轨迹、有方向的，有的是在产品价值上做垂直提升，有的是在产业链上下游拓展，但都围绕主业进行。"邱智铭说，在坚持产品创新的同时，经营模式的创新给企业发展带来了"加速度"。

2009年起，贝发从单一文具制造商向文具供应链运营服务商转型，从第二产业向2.5产业转型，力图打造中国文具供应链运营服务平台。"有了这个平台，就可以让成百上千个亚洲的文具、文体、文化品牌企业的生产商集中在一起，通过线上线下、场内场外、现货期货的交易，形成一个扁平化互动平台，形成集聚效应，提升产品价值，带动更多小微企业参与国际竞争。"做单一的文具制造商时，贝发一年最多能拿到沃尔玛1000万美元的订单，转型为文具综合服务商后，这一数字已跃升到4000万美元。

诚信重义

昔日中国十大商帮，曾各领风骚，但"宁波帮"一直挺立潮头，至今没有被淘汰，诚信是最大的秘诀之一。这些镌刻着"宁波帮"文化烙印的人们，既有海的气魄和胸襟，又有山的稳健和操守。

这是一则宁波人耳熟能详的故事："世界船王"包玉刚的太祖父做小生意时入住客栈，第二天出门后发现拿错了包袱，里面有几千两银票和黄金，他先是在路上等人来追，后来又送回到客栈，没有收对方一文钱的谢仪。后人把这段故事刻在祖宅的木板上，以此作为"诚信传家"的家训。

在当年包家开设盐铺的老房子里，如今进驻的是亚太地区最大的镍分销商——宁波神化化学品经营有限责任公司。镍金属在现代工业特别是军工领域得到广泛应用，我国每年镍消费量在65万吨，而自产只有8万吨。在大宗商品中，镍金属的对外依存度比石油和铁矿石还高。该公司总裁袁维芳告诉记者，"宁波帮最大的特点是具有海洋文化的精神，敢于冒险，而且能很好地控制风险。我们从经营危险化学品起步，进而转向有色金属行业，2004年成为中国电镀用镍市场最大的原材料供应商。目前，我们的现货占国内市场的40%，在国际市场上也有了一定的话语权。"

大宗商品蕴含着巨大的风险。"在2008年的国际金融危机中，镍金属价格从前一年的每吨5.4万美元暴跌到2008年12月的每吨8900美元。当时，全世界的镍采购商都取消了合同，只有我们按原来的定价履约，付出了数亿元的代价。"袁维芳说，"因为诚信守约，在国际金融危机后，所有的供应商都与我们签订了3至5年期的长期供货合同，这在业内是很少见的。一家外资银行给我20亿美元的授信，利率很低，我去银行签个字，贷款就来了。"抓住国际金融危机带来的机遇，神化公司一举成为国际大宗市场上的"巨鳄"。

"宁波帮，帮宁波"。宁波企业家有着浓厚的爱国爱乡传统，他们重视企业社会责任，热心公益事业，在汶川特大地震、玉树地震等自然灾害袭来的时候慷慨解囊。从1984年到2010年，海外"宁波帮"给家乡的捐资已超过14亿元，加上在全国其他省、市捐资兴办的各类公益事业，海外"宁波帮"捐资总金额达到82亿元。

为了在新时期更好地发挥"宁波帮"这个优势，近年来，宁波市委、市政府高度重视企业家精神的培养，着力实施企业家能力素质提升工程。宁波市委组织部常务副部长陈安平告诉记者，通过抓基地建设提升培训层次、抓项目规划契合发展需求、抓科学培训强化素质提升、抓资源整合优化政府服务、抓科技对接深化转型升级、抓责任担当凝聚和谐建设合力，市委、市政府全力做好新一代企业家的培育和服务工作，收到了实效。截至目前，共举办研修班36期，培训企业高级经营管理人才3400余人次，为宁波转型升级和科学发展提供了人才支持。

4月14日，首届世界宁波帮大会将在宁波举行。宁波市委副秘书长马卫光介绍说，"老一代'宁波帮'走出去闯天下，在海内外形成了较大影响，而且甬商没有断层，一直在传承发展。本次大会的主题是创业闯世界、合力兴家乡。希望通过大会，动员海内外的'宁波帮'回乡创业，同时，继续用'宁波帮'精神激励全市上下创业创新创一流，把宁波建设成为发展质量

笔底风云四十年（上）

好、民生服务好、城乡环境好、社会和谐好的中国特色社会主义示范区。"

在宁波三江口附近，矗立着一组"三江送别"的雕像：第一代出去闯世界的宁波人背着行囊，从这里起航，开创了一个个"工商王国"，传扬着一曲曲创业壮歌；

潮起甬江，奔腾东去。三江口还将见证：新一代甬商背负着"宁波帮"的精神财富，以更开阔的视野、更先进的理念再出发，掀起创业创新的大潮，书写科学发展的新辉煌！

（原载2012年4月13日《经济日报》，与王晋、郁进东合作）

四十年波澜壮阔
四十载笔走风雷

笔底风云四十年

张曙红新闻报道作品集（下）

张曙红 著

经济日报出版社

目录
CONTENTS

第五辑　聚焦自主创新 / 001

中关村新传 / 002

创新型城市调研行·深圳篇 / 020

 产出丰厚的"创新热土" / 020

 着力优化创新支撑体系 / 027

 "招研引智"抢占产业高端 / 033

 培育创新文化 营造创新环境 / 039

创新型城市调研行·成都篇 / 047

 着力完善区域创新体系 / 047

 瞄准高端建设"产业成都" / 052

 为城乡统筹插上科技"翅膀" / 056

柳暗花明看奇瑞 / 060

 杀出重围 / 061

志存高远 / 067

人才是宝 / 071

哀兵争胜 / 075

动力澎湃 / 079

奇瑞启示录 / 084

异军突起看华为 / 090

领先一步看海尔 / 095

脱胎换骨看吉利 / 101

脱颖而出看正泰 / 108

后来居上看美的 / 114

以新制胜看太钢 / 120

第六辑　探访东北振兴 / 135

打一场新的"辽沈战役" / 136

大连能再造一个"浦东"吗？ / 139

发现"大森" / 142

看鞍山如何"进退" / 144

鞍钢的"十二字真言" / 146

让抚顺不再"沉沦" / 148

抖擞精神看沈阳 / 151

"一花独放"能长春吗？ / 153

江城今日再攻坚 / 156

吉化的"第四次创业" / 159

从"存续"到"持续" / 161

先改革，再改造 / 164

要让冰城热起来 / 166

触摸哈电的春天 / 169

大庆：站在历史临界点上 / 172

"本色"的回归 / 175

鹤城期盼春风来 / 178

第七辑　旁观两会议政 / 183

韩德培畅说"一国两制" / 184

理论工作要跟上改革和建设的步伐 / 186

在民主的气氛中协商 / 188

人民热望安定团结 / 190

怎样看待中共中央的人选建议 / 193

投票前的话题 / 195

第三十一位监票人 / 197

煤、电、水…… / 198

听董辅礽解读"变形"现象 / 200

不能是旧体制的复归 / 202

为何统计与感觉不一样？ / 204

山西的骄傲与忧虑 / 207

不寻常的例会 / 208

群贤毕至迎春来 / 212

第二十八组的提案 / 215

夏利·美菱·易拉罐…… / 217

渐入佳境 / 220

倾听"老大"的呼声 / 221

春天的话题总是新鲜的 / 224

发展看"九" 稳定看"十" / 227

从禁鞭炮说到反腐败 / 231

"大有大的难处 大有大的希望" / 233

春天的印象 / 236

踏上那长长的石阶 / 240

去年：为何突破"九"和"十" / 243

今年："八九不离十" / 247

警惕浮夸风又起 / 251

民主监督为何"相距甚远" / 254

听吴敬琏教授"咬文嚼字" / 257

社会科学不该被冷落 / 262

大中型企业学得了宝钢吗 / 267

今日尤须辩证观 / 270

大的善抓　小的敢放 / 274

期盼改革上新阶 / 276

新时期人民政协事业的奠基人 / 278

委员争说邓主席 / 281

搞活国企看"三招" / 284

无奈的夏利与尴尬的美菱 / 288

形势既然好　问题为何多 / 291

丁凤英的新角色 / 293

听万鄂湘老师"说文解字" / 294

阳光灿烂的日子 / 297

四个教授一台戏 / 298

好文章为什么走了样 / 302

关于讲真话的汇报 / 305

好梦能圆 / 308

让长江告诉黄河 / 309

大堤稳住了　还要防管涌 / 312

第三只眼睛看世界 / 315

教授跑题记 / 317

来之不易的重要转机 / 319

巩固转机　不失良机 / 323

让鼠标点击黄土地 / 328

新世纪的治国方略 / 329

吴敬琏：抑制"坏的市场经济" / 333

唱多中国 / 337

"路见不平一声吼" / 342

蔡庆华"舌战群儒" / 343

联组会上显精神 / 345

听林毅夫细辨"两只手" / 347

听马季说相声 / 350

第八辑　走进新闻现场 / 357

身做基石奠高原 / 358

永不消逝的浪花 / 362

零点出动 / 366

"妈妈等待着你的喜报" / 368

十五的月亮分外明 / 370

路徽在闪光 / 372

劳模喜登天安门 / 373

远洋海员进京来 / 375

汛前淮河见闻 / 377

    淮河，我们为你担忧 / 378

    危险，伸入河心的庞然大物 / 379

    淮河，在狭窄的河床里蠕动着 / 381

    如此"奉命清障" / 382

    "老大难"难在何处 / 383

    顾全大局　搞活小局 / 385

红旗轿车的风波 / 387

听企业工会干部说心里话 / 389

"订货会就该这么开！" / 391

智慧之光 / 393

为"岩滩一号"送行 / 398

百万爱心在行动 / 400

李默然"做媒" / 405

郭凤莲"卖酒" / 407

想不到、做得到的故事　/ 409

铁流滚滚向未来 / 412

看花车 / 418

听曹景行"现场开讲" / 419

走进神奇的迪士尼世界 / 421

吉木乃的希望之窗 / 423
探访红其拉甫边检站 / 426
荒漠如何变绿洲 / 429
今日老山更好看 / 434

后记 / 438

第五辑 聚焦自主创新

创新是企业活力的源泉。在企业不断提升竞争层次，从跟跑、到并跑、再到领跑的过程中，自主创新的意义进一步彰显，创新驱动发展上升为国家战略。在主持《经济日报》科教文报道期间，作者参与组织和推动了关于自主创新的一系列报道，既有对创新型城市的深度调研，也有对创新示范企业的经验总结。《经济日报》倡导自主创新的报道影响深远，成为一段时间内报纸的鲜明特色和响亮品牌。

笔底风云四十年（下）

中关村新传

题记

  根据报社编委会的安排，2021年春夏之交，我带着由编辑部和北京记者站联合组成的调研组，进驻了北京市海淀区的山后地区。令我们这些生活在北京的人们没有想到的是，在大西山脚下的这片土地上，已经发生了由乡到城的深刻变化，正在铺展一幅令人鼓舞的建设蓝图。于是，我们把采访重点放在山后地区的开发建设上，力图向读者展现中关村科学城重心北移的发展新趋势。7月12日，《经济日报》以一版头条转九版整版的形式刊出《中关村新传——北京国际科技创新中心核心区建设发展纪实》调研报道，7月13日刊发评论员文章《在实现高水平科技自立自强中发挥强硬作用》，同时以《打造创新驱动发展新引擎》为题报道了北京各界人士和广大读者对报道的热烈反响，7月14日以《持续强化科技创新核心地位》为题刊发了对北京市副市长靳伟的专访。7月22日，《经济日报》编委会决定给予海淀调研采访组集体嘉奖。

  沿着北京地铁16号线一路向北，经过百望山、西北旺，16号线在永丰站拐了个弯，顺着北清路向西延伸。每天清晨，如潮的人流随着16号线向北涌动,如甘泉般融入沿线"饥渴"的土地。

南以百望山为界,西与门头沟为邻,北接昌平,东临未来科学城,大西山脚下的这片土地,就是海淀人俗称的"山后"地区。记者日前来到"山后"地区采访,惊奇地发现,就在这片大多数北京人并不熟悉的土地上,正在演绎一场以科技创新为主题的发展大戏。

曾经阡陌纵横,如今车水马龙;曾经小桥流水,如今楼宇林立;曾经男耕女织,如今精英荟萃;曾经是人闲地旷的郊野农村,如今变身为产城融合的中关村科学城北区。

以中关村为起点,一路向北,但见处处人气勃发,景象日新月异,彰显出以创新驱动发展的蓬勃生机与巨大潜力。

三区叠加

位于北京西北部的海淀区是我国科技创新发展的一面旗帜,诞生过我国第一家民营高科技企业、第一个国家级高新技术产业开发区、第一个国家自主创新示范区。

党的十八大以来,创新驱动发展成为国家战略。从聚集资源求增长到疏解功能谋发展,海淀区又成为转型发展的先锋。2020年,海淀地区GDP突破8500亿元,在北京市各辖区中,经济总量和对全市经济增长贡献率连续5年保持"双第一"。

中关村是海淀创新发展的龙头和标杆。这里浓缩了我国科技产业化发展的历史:从改革春风催生的"中关村电子一条街",到科创企业扎堆的"中关村科技园",再到覆盖海淀区全域的"中关村科学城",中关村长大了、变靓了,并且超越了地理名称的限制,成为海淀区乃至北京科技产业的代名词。

从二十世纪八九十年代联想、方正、同方的诞生,到进入新世纪后百度、小米、美团、字节跳动、快手的崛起,一个又一个创新企业从这里走向

笔底风云四十年（下）

全国、走向世界。截至5月，海淀区上市公司总数达到243家，区域上市公司总数连续多年位居全国地级市（区）之首。

今天的中关村，是海淀的中关村，北京的中关村，中国的中关村，更日益成为世界的中关村。

2013年9月，中共中央政治局集体学习的"课堂"搬到了中关村。在这次以创新驱动发展战略为主题的集体学习中，习近平总书记发表重要讲话，对中关村寄予殷切期望："面向未来，中关村要加大实施创新驱动发展战略力度，加快向具有全球影响力的科技创新中心进军，为在全国实施创新驱动发展战略更好发挥示范引领作用。"

"示范引领"，意味着更高的定位，更高的追求。

中关村的发展进入了新时代，但"成长的烦恼"也随之而来。大量孵化出的创业团队亟待开疆拓土，却很难在中关村大街附近找到合适的办公场所和产业配套空间。政府部门也有困惑，海淀区坐拥中国科学院、清华大学、北京大学这些中国最顶级的科教资源，原始创新成色却嫌不足，亟须提升创新能级。"中关村发展成绩卓著，盛名在外。但我们也看到，海淀的科技创新层次和能级还不高，国际化水平相对较低；全球顶尖的创新领军人才占比偏低，引领性原创成果和国际标准较少；关键共性技术、前沿引领技术、颠覆性技术创新还不够强，与中央对我们的期待还有差距。"海淀区委书记于军分析说。

四十而不惑。2018年，海淀区委、区政府回顾总结中关村改革开放40年来的发展经验，深入学习领会习近平总书记重要指示精神，以新发展理念对标对表，找准定位、规划未来，确立了"两新两高"发展战略，即"挖掘文化与科技融合发展新动力、构建新型城市形态，推动高质量发展、打造高品质城市"。

实施"两新两高"战略，既需要内涵提升、产业转型，还需要空间拓展、环境再造。显而易见的是，经过40年的发展，发达的南区已缺乏扩展空间，难以承载新时代高质量发展的重任。于是，曾是海淀发展"洼地"的北区进入决策者的视野，站上了发展舞台的中心。作为海淀区建设北京国际科技创新中心核心区的战略腹地和发展纵深，中关村科学城北区将承载起北京高端科技创新功能、承接高精尖产业落地、构筑北京西北部创新发展新高地。

中关村科学城北区面积235平方公里、占海淀区总面积的54%，其中21.59平方公里已被纳入中国（北京）自由贸易试验区科技创新片区。海淀区是国家服务业扩大开放综合示范区，也是中关村国家自主创新示范区核心区。"三区叠加"的政策优势，赋予北区前所未有的发展机遇。

"早在2010年，北京市就批复了中关村科学城北区的街区控规，北区开发建设全面启动。后来我们又根据新版总规、分区规划对北区规划进行了优化调整，形成了目前以北清路为科创发展轴，自东而西分别是中关村软件园、永丰基地和翠湖科技园，三大组团打造高精尖产业创新集群的发展格局。"海淀区北部地区开发建设委员会办公室主任高志庆对北区的规划建设历史如数家珍。

2020年5月，海淀区政府发布《中关村科学城北区发展行动计划》，明确了北区建设的时间表和路线图，中关村科学城建设重心的北移正式"官宣"。同时发布的还有《关于中关村科学城新时期再创业再出发提升创新能级的若干措施》，一系列政策举措密集出台。

2020年9月，一场名为"科技向北"的嘉年华活动在中关村软件园隆重揭幕，引爆各界人士参与热情。虽然还在疫情期间，仍吸引了6000多人现场参与，线上参与人数超过240万人次。"海淀在北京的北部，我们在海淀的北部，'科技向北'是发展大势！"中关村软件园总经理助理邓延嵘认为，中关村科学城经过多年的发展，科技企业不断发展壮大，在拓展新业务时选择向空间更大的北部地区发展，符合科技企业的发展规律。

"科技向北"，不仅是政府的规划，也是众多科创企业不约而同的选择。

笔底风云四十年（下）

以百度为例，这家2000年创建的公司，最初在和中关村隔四环相望的北大资源楼里起步，后来搬到北边的中关村软件园，修建了公司总部百度大厦。现在，百度在人工智能专利申请量和授权量方面已经连续三年位居中国第一。"从创立第一天起，我们就是以人工智能AI技术为核心的科技公司，搜索引擎就是广义的AI。"百度公众沟通部总监郭锋介绍，公司一直坚持高比例研发投入，2020年，百度核心研发费用占收入比例达到21.4%。

记者在贝伦产业园采访时，正赶上百放英库医药科技（北京）有限公司实验大楼启用仪式在这里举行。百放英库创始人兼CEO单倍博士告诉记者，百放英库是一个面向全球的原创新药研发平台，类似的企业在北京还是首家。公司选在北区落地，有多方面考虑。做原创药，需要科技成果的源头供给，需要大量生物医药人才，海淀区大学和科研院所多，可以满足技术需求和人才需求。而北区的产业园空间大，可以满足企业的发展需求。"实验大楼约4000平方米，设有生物实验室、化学实验室等实验与办公空间，可为企业未来发展预留空间。"

"北进！北进！"在"三区叠加"政策牵引下，科技创新企业正呈现向北区集聚之势。统计数据显示，2020年，中关村科学城北区企业总收入达6239亿元，同比增长约15%，新设企业超过6200家，高新技术企业3169家，独角兽企业8家，瞪羚企业665家。

厚植沃土

对于海淀来说，加快建设北京国际科技创新中心核心区，关键问题是如何吸引和聚集创新要素，让各类创新主体进得来、留得下、活得好。

"当新注册企业已经提速到一天办结、获取营业执照的时候，把这个时间再往下压缩，比如说压成两小时，意义已经不大。这个时候，更能吸引企业的，是看你能给它提供什么样的成长环境和发展前景。"于军说。

进入新时代，城市对企业的吸引力，主要体现在高能级的创新要素供给上。于军认为，对海淀区而言，就是要优化创新环境，厚植创新沃土，构建区域创新雨林生态系统，以高质量科技要素供给汇聚高质量发展的强大动力。

新型政企关系，是构建创新雨林生态的基础环节。

5月18日，第二届中关村科学城北区"创新合伙人"大会举行，海淀区几大班子领导悉数到场，传递出对壮大"创新合伙人"队伍的殷切期望。

"在海淀区，谁都可以当创新合伙人。我们以'创新合伙人'制度来重构政府、企业与个人在创新过程中的新型伙伴关系，让科技创新主体成为中关村科学城的主人。"中关村科学城党工委委员、管委会专职副主任舒毕磊解释说，"创新合伙人"制度最重要的精神内核是"平等"，意味着无论大企业、小企业，还是国有机构，或者个人，大家都是平等地位，目标一致、利益共享。

北京荣耀终端有限公司将在北区建设研发总部及管理总部，布局高端手机研发等业务板块；腾讯科技（北京）有限公司将建设区块链总部和区块链商用算力平台；北京快手科技有限公司将投资数字经济创新产业园；浪潮集团将建设云计算装备研发中心；中国人民银行清算总中心将建设国家支付系统创新实验室……在这一届创新合伙人大会上，16个重点项目签约落地，海淀"创新合伙人"队伍再次扩容。

随着科技体制机制改革不断突破，中关村科学城北区的创新环境不断优化。聚集和培育创业人才的"海英计划"（升级版）、建立知识产权协同保护体系、建设离岸创新中心等23项任务已落地实施，数字贸易港、跨境数据流动试点等多项重点制度创新取得突破，外汇政策、外债便利化试点等方面逐渐形成可复制可推广的经验案例，人才"E+工作站"为创新主体提供强有力的人才支持……

新型科技园区，是营造创新雨林生态的重要载体。

"在我看来，实创公司承担着连接政府政策与驻区单位需求'最后一公

笔底风云四十年（下）

里'的使命，园区要当好入驻企业的'创新同行者'。"北京实创科技园开发建设股份有限公司董事长陈晓智表示，公司主业是为科技企业提供服务，但新时代的服务模式已经不能局限于仅为驻区单位提供选址、建设、配套等基本保障，更要主动作为，探索构建产业协同创新新格局，为培育创新雨林生态出力。

实创公司先后发起了两轮"创业合伙人招募计划"，围绕龙头企业需求构建创新链产业链。其中包括专门为龙芯中科的产业生态需求制定招募计划，在报名的180多家企业中评选出13家，作为龙芯中科的产业生态企业入驻园区。"我们要致力于推进大中小企业的融通发展。"陈晓智说。

在北区，中关村壹号、集成电路设计园IC PARK等一批特色产业集聚区正在蓬勃发展。

IC PARK的目标瞄准芯片企业。虽然当前芯片遭遇"卡脖子"问题，但并未阻挡国产芯片研发热潮。园区执行总经理许正文显得信心十足，"各地竞相投资芯片产业，虽然面临一些短板，但产业生态大方向是对的。北京的最大优势是人才、技术、项目、资本密集，尤其是重点高校在微电子领域输出大量成果与人才，是原创技术策源地和人才高地，我们要用好这些优势。"

许正文介绍，2018年11月开园至今，已进驻100余家企业，其中有80余家是芯片企业，包括兆易创新、地平线等一批龙头企业。去年园区总产值310亿元，纯芯片研发产值近280亿元。

IC PARK的产业链条非常完善：发起设立芯创基金，组建中关村芯学院，与清华大学天津电子信息研究院、天津市滨海新区微电子研究院合作建立2个国内创新中心，设立4个海外创新中心，打造贯通线上线下的中小企业服务系统，整合有芯片应用需求的大国企进入产业链平台……对芯片企业来说，无论是资金、人才、技术、服务还是应用场景，都可以通过园区的协调服务配齐创新要素。

新型研发机构，为创新雨林生态提供源源不断的创新供给。

我国的科技成果转化往往面临这样的现实问题：大学出基础科研成果，但不具备生产条件，也不了解市场需求，推不动成果转化；企业有生产条件也了解市场需求，但缺乏研发能力，或者没有冒险做研发的动力。

如何打通这个瓶颈？在翠湖科技园，记者发现，北京石墨烯研究院的做法颇具借鉴意义。

北京石墨烯研究院是一家新型研发机构，2016年10月注册成立，2018年10月揭牌运行。研究院科技发展部部长李萌介绍，他们采取双轮驱动模式，一方面对接国家需求，专注解决"卡脖子"核心技术问题，面向未来10年到20年石墨烯产业核心技术进行长期布局；另一方面对接市场需求，采取"研发代工"模式，组建专业团队，为企业提供1对1定制化研发服务，推动科技成果的快速转化，通过与企业的全过程利益捆绑，实现从基础研究到产业化落地的无缝衔接。

在新型体制下，这家年轻的研发机构已取得一批产业化成果：超洁净石墨烯薄膜、石墨烯基LED发光器件等科技成果国际领跑；A3尺寸石墨烯CVD生长装备等一系列石墨烯原材料规模化制备装备完成自主设计开发；专利申请数量累计已超过200项，在国际高水平杂志发表论文超过100篇；"研发代工"合作全面推进，石墨烯航空轮胎等产品研发取得重要进展……

在北区，新型政企关系、新型科技园区、新型研发机构，这些"新"质要素不断生长，推动了更深的改革、更广的开放，并因此形成欣欣向荣的创新雨林生态系统。

磨砺成色

坐拥33所高校、99个科研院所、106个国家级重点实验室、600多名院士……海淀区科研资源的密度堪称全国之最。正是从这样的资源优势出发，北京市对海淀区的期望非同一般：立足科技创新出发地、原始创新策源地、自主创新主阵地的定位，始终走在国际科技创新中心建设的最前头、走在中

笔底风云四十年（下）

关村先行先试的最前头、走在全市高质量发展的最前头。

用市委书记蔡奇的话说，海淀作为经济强区、科教强区、人才强区，是北京发展的硬核力量。如何发挥示范引领作用？就是要做别人想做做不了的、想学也学不来的、从"0"到"1"的事。

重托在肩，岂容懈怠！在建设北京国际科技创新中心核心区的过程中，海淀区致力于激发各类创新主体活力，坚持自主创新，鼓励原始创新，不断磨砺、提升创新成色，努力为实现高水平的科技自立自强创造"海淀经验"、作出"海淀贡献"。

"作为集成电路行业里的'创新合伙人'，我们是在2014年搬到北区的。"龙芯中科技术股份有限公司董事长胡伟武介绍，2001年他在中科院计算所组建了龙芯课题组，2010年带领团队开始龙芯市场化运作。经过20年的积累，龙芯CPU的研发和应用取得很大进展，初步形成包括几千家企业的自主信息产业生态。

"党的十九届五中全会明确提出，把科技自立自强作为国家发展的战略支撑。这充分表明以习近平同志为核心的党中央对创新驱动发展战略的高度重视。我很高兴，因为龙芯中科一直走的就是科技自立自强这条路。"胡伟武回忆，龙芯中科也曾面临是坚持"自主研发"还是走"引进技术"路线的选择。不少国际CPU巨头都曾抛来"橄榄枝"，表示可以通过技术授权或成立合资公司"帮助"提升龙芯CPU性能，却被龙芯拒绝。"他们讲的合作其实就4个字，'缴枪不杀'。你用他的技术，就摧毁了自己的研发能力。"

CPU指中央处理器，是计算机系统的运算和控制核心。在胡伟武的团队艰难推进CPU芯片自主研发工作时，国外品牌的CPU芯片好用不贵，花钱就能买到。但从2018年起，中兴、华为遭遇芯片断供危机，以芯片为代表的"卡脖子"核心技术攻关受到空前关注，坚持自主创新的龙芯中科终于迎来了高速发展机遇期。

"我们从2018年开始实现现金流的净增加，2020年我们获得10.8亿元收入,净利润超过2亿元。"胡伟武说,20年来,团队一直坚持"为人民做龙芯"的立场,在有关部门支持下获得了在国内市场试错和完善的机会,让龙芯CPU实现了技术上的快速迭代,业绩蒸蒸日上。"十三五"期间龙芯实现了CPU单核通用处理性能提升十倍、销售收入提升十倍的"双十倍"跨越。"龙芯的发展充分体现了我国在市场经济条件下新型举国体制的优势。"

龙芯中科的坚守是海淀区坚持自主创新、磨砺创新成色的一个缩影,代表着一条以企业为创新主体、从国家急迫需要和长远需求出发的关键核心技术攻关之路。

高端科研仪器严重依赖进口,一直是我国科研创新的突出短板。但在北区,却有一家2016年才成立的公司,把自主创新的高端科研仪器卖给了世界著名科研机构。

这个仪器叫"佩戴式微型化双光子显微镜",一只仅2.2克的显微镜,可以戴在小动物头上,在它们觅食、哺乳、嬉戏、睡眠等自由行为活动时,实时观测其大脑的神经突触、神经元、神经网络等动态变化情况。这种"看得见"大脑思维的光学成像仪器,不仅为中国脑科学基础研究打造了一个核心创新工具,还可用于自闭症、癫痫等神经系统疾病的医学研究。

"这项创新技术源自北京大学程和平院士团队。"生产该仪器的北京超维景生物科技有限公司研发经理吴润龙告诉记者,该项目属于2014年的国家重大仪器专项,2016年成立公司,开启产业化之路,2018年产品开始进入市场,2019年就把产品卖到了德国马普研究所,打开了国际市场的大门。

双光子荧光显微镜项目,只是北京协同创新研究院孵化成功的项目之一。这家研究院成立于2014年8月,由市科委和海淀区联合支持,由北大、清华、北航、北理工等13家大学发起成立。

"我们是一家新型研发机构。"副院长罗琳告诉记者,研究院以重大基础研究成果产业化、发展原始创新为核心使命。"我们与世界一流大学合作,通过专业团队的前期调研和论证分析,发现有市场价值的基础研究成

笔底风云四十年（下）

果，帮助寻找最有希望的市场应用方向，把基础科研成果尽快转化为原创技术产品。"

目前研究院已建成5个专业研究所和6个产业协同创新中心，累计立项171项，转化125项，其中"微型化双光子荧光显微镜""有感知能力的柔性电子皮肤""金属透明电极"等11个项目均为世界首创。

扶持组建北京协同创新研究院，是海淀区坚持自主创新、磨砺创新成色的一种尝试，重点在瞄准未来科技和产业发展制高点，建立起各创新主体相互协同的创新联合体。

北京航空航天大学应用化学系教授刘宇宙曾发表过一篇新型铂催化剂论文，与市场上的常规催化剂相比，这种新型催化剂能将活性提高三个数量级以上。几家化工公司看到论文后找来，希望实验室提供公斤级的样本，并进行成果转化合作。

但是实验室发论文只需要制备以克为单位的材料，放大到公斤级甚至更大规模时能否保持同样性能？是否具备大批量生产的可行性？这些问题在大学的实验室无法解决。刘宇宙把需求告诉了北航概念验证中心负责人汤鹏翔。由概念验证中心出面，在校外找到了合适的中试场地，还提供了项目资金和相关科技服务。现在，刘宇宙团队已经制备出几十公斤样品，第一批样品已经交付合作企业，拟进行更大规模的工业化测试。

"大多数高校的科研成果，都死在没钱没条件做中试这个阶段。"汤鹏翔介绍，"从无到有"的基础研究有国家财政科技经费支持，"从少到多"的产业化阶段有企业投钱，而从实验室成果到中试产品的技术"从生到熟"阶段，就成了两头都不靠的科技成果转化"死亡谷"。

2018年10月，海淀区提出实施"中关村科学城概念验证支持计划"，聚焦科技成果转化的早期阶段。2019年10月，第一个概念验证中心"中关村科学城-北京航空航天大学概念验证中心"挂牌成立，2020年又新增清华大学、中科院北京分院2个概念验证中心。

"概念验证,加大了对创新链产业链中市场失灵的中试熟化环节的支持。成立至今,我们已经支持了10个项目。"汤鹏翔介绍,按规划,海淀区将为北航的概念验证中心提供每年500万元的资金支持。

概念验证中心建设是海淀区坚持自主创新、磨砺创新成色的一种创新机制,为的是让更多研发成果从"书架"走上"货架",跨越科技成果转化的"死亡谷",补全从基础研究、应用研究到产业化应用的完整创新链条。

立足国家战略需求和首都发展大局,海淀始终把服务好国家重大科技战略、支撑首都高质量发展作为不可推卸的责任。区委、区政府周密筹划,各职能部门密切协同,积极参与京津冀国家技术创新中心建设;扶持智源研究院、量子研究院、启元实验室等新型研发机构发展;加快建设超大规模人工智能模型训练平台、区块链算力实验平台等重大科技平台设施……

随着一系列重大科技建设项目和研发平台落地,海淀作为北京国际科技创新中心核心区的雏形初显,"科技创新出发地、原始创新策源地、自主创新主阵地"的底气更足,创新成色和发展能级显著提升。

擦亮底色

海淀拥有以"三山五园"为代表的皇家园林群,又是西山永定河文化带和大运河文化带的重要节点,传统文化与现代文明在这里交相辉映。优良的生态环境、厚重的文化底蕴、鲜明的科创基因,共同构成了中关村科学城北区靓丽、多彩的底色。

2014年2月,习近平总书记在北京考察工作时提出:"深入实施人文北京、科技北京、绿色北京战略,努力把北京建设成为国际一流的和谐宜居之都。"遵循总书记指示精神,海淀区在推进中关村科学城北区建设中,坚持以人为中心的发展理念,坚持生态优先的发展战略,推动城乡融合、产城融合,加快由"园"向"城"的转变提升,努力打造服务科技创新和高质量发展的新型城市形态。

笔底风云四十年（下）

在北区布局的各类园区中，中关村创客小镇是个特别的存在：既是孵化器，有1.89万平方米众创空间；又是保障房，有2772套精装创客公寓。在这里，刚起步、底子薄的初创团队不用再为居住、通勤分神费力，可以心无旁骛干事业。

成立于2017年的北京金羽新能科技有限公司，是入驻创客小镇的一家高成长性科技企业，专注于新型电池的研发、生产、销售和技术服务。"电池研发非常枯燥，要处理大量数据，加班加点是家常便饭。对研发团队来说，最重要的是时间。"金羽新能合伙人兼CMO刘威表示，公司的研发人员都住在创客小镇的创客单身公寓里面，步行上班五分钟可达。

低廉的租金之外，还有从政务咨询、营销推广到知识产权运营、创客健康等一系列创业服务支持。"作为孵化器企业，我们不仅要让入驻企业活得好，更要让他们飞得高。"中关村创客小镇总经理张攀说。截至目前，创客小镇一期累计服务创业企业超过1000家，在孵企业654家，聚集59家孵化平台、高校、协会联盟，服务创新人才超过6000人。

创客小镇所在的温泉镇太舟坞村，也借力创客小镇的开发建设，实现了与区域创新经济的融合发展。

2020年11月份，海淀区最后一批近3万名农民办理了农转非手续。主要集中在百望山以北的中关村科学城北区三镇。

当"农民"变"居民"，怎样保证农村集体经济稳健发展，长久造福于民？海淀的做法是：土地变资产、农民变股东，进行农村集体产权制度改革。"过去，农村集体资产归农民'共同所有'，产权制度改革后，农民变成居民，但仍是集体经济组织的股东，集体经济实行'按份所有'。"温泉镇党委书记刘件说。

当年轻的创业者们为梦想拼搏时，作为"地主"的太舟坞人也完成了从"农民"到"市民"的切换。按政策，村民可以按照宅基地面积大小抵换新建住宅，回迁到与创客小镇一街之隔的温泉水岸家园。在享受股东红利的同时，太舟坞人还把空闲的房屋交给物业公司，作为公租房统一管理，按照每月每平方米50元的标准供周边产业园区中的企业员工使用。既增厚了居民腰包，又便利了园区职工。

实现从"园"到"城"的转变，关键是解决好"住"的问题。为对接高端创新人才和不同人群的居住需求，形成"职住平衡"的空间布局，北区在规划建设中千方百计增加居住用地，优先落实人才住房建设用地指标，鼓励在集体建设用地上建设租赁住房。未来几年将释放130公顷居住用地，新增建设规模约250万平米。同时，探索美丽乡村与科学城建设深度融合路径，对24个保留村启动"一村一策"规划编制，在乡村改造中拓展多元化文旅服务功能，勾画"园区创新创业、乡村创意休闲"的美丽乡村新图景。

为提升城市功能，打造宜居宜业环境，近年来，北区市政基础设施建设按下了"快进键"。今年共安排各类建设项目163项，计划投资582亿元。翠湖南路、翠湖东路、上庄东路等三条主干路年内将建成通车，西北旺南路、邓庄南路西延等工程正在加快推进，温泉地表水厂、稻香湖再生水厂（二期）等建设项目相继启动。

一批公共服务设施接连落地。年内将建成18个教育配套设施，引入中关村三小、十一学校等优质教育资源，推进北部医疗中心等4个医疗设施、中粮大悦城等3个商业综合体建设，服务保障好故宫北院区项目建设。同时启动翠湖国际商务区规划编制，提高公共空间品质和国际交往氛围。

在清华附中稻香湖校区，记者见到了外籍校长何道明。这位来自美国的教育工作者已经在北京生活了25年，见证了北区生活环境的变化和公共服务的改善。他深有感触地说，"刚来的时候，这里什么都没有，没人会想到这里会有从幼儿园起步的国际化教育，也没人想到这里的变化这么快、这么大！"

正在进行土建施工的北部医疗中心位于亮甲店3号地块，包括北医三院北部院区和未来的海淀妇幼保健院总部。"作为北部地区重点民生工程和民

笔底风云四十年（下）

心工程，项目占地面积7.5万平方米，建筑面积约18万平方米，计划于2024年竣工。建成后将为周边居民提供800张床位的医疗保健服务。"北京城建集团土木工程部北部医疗项目负责人介绍说。

位于海淀区北部"生态科技绿心"核心地带的翠湖国家城市湿地公园，早年是隶属于翠湖种业公司的一片水塘。2003年实施一期建设，2005年获批成为北京市唯一的国家级城市湿地公园，后经二期建设和多年精心封育管理，2013年9月对公众预约开放。

走进翠湖公园，掠水捕食的野鸭、相伴而行的天鹅、悠闲漫步的鸿雁，还有一群群隐匿于水岛绿树中的苍鹭，一帧帧画面充满着生机。截至2021年5月，翠湖湿地内共观测到高等植物454种、野生鸟类247种。"这两年，我们曾经在公园里观测到青头潜鸭、白枕鹤等珍稀鸟类。"海淀区湿地和野生动植物保护管理中心湿地管理科负责人王博宇告诉记者，随着翠湖湿地公园水域面积不断扩大，植被越来越丰富，使海淀北部成为重要候鸟迁徙中转站，越来越多的候鸟在此过境停留。

"我们要建设森林里的'中关村'，公园里的'科学城'。"海淀区园林绿化局副局长田文革介绍，新一轮"水清岸绿"行动已经启动，北区将重点建设一轴四核多河渠的循环水网和生态湿地，营造一碧万顷的水生态。今年将对接分区规划，高起点编制完成园林绿化发展规划。未来通过巩固西山本底、修复自然生境、构建大尺度公园群落等一系列举措，努力实现"山水连城、翠海芳淀"的美丽愿景。

水清岸绿、草长莺飞，开窗见绿、出门入园，人与自然和谐相处的优良生态，无疑将吸引来更多的创新人才，激发出更多的创新灵感。

未来之城

科技向北，照见未来。

未来的中关村科学城，将是一座怎样的城市呢？

——这是一座车路协同的智慧之城。

漫步中关村环保科技示范园，市民随时可能与时尚的无人驾驶汽车来一场邂逅。海淀区首个常态化运营的5G无人驾驶小巴正式落地于此，开启了城市智慧交通的微循环。这款名叫"轻舟智航龙舟ONE"的无人驾驶小巴，除了具备行人车辆避让、自动变道、自动转向、红绿灯识别等基本功能，还能应对人车混杂的路口、后车加塞等复杂交通场景。

有了聪明的车，还要有智慧的路。在中关村自动驾驶创新示范区，建设运营公司翠湖网联联合千方科技等创新企业共同打造智能云控平台，通过浮动车辆数据的定位回传，可以清晰看到每辆车的车牌号、车速和行驶轨迹等信息，智慧路网通过边缘计算、云计算等技术，能够让红绿灯与监控摄像头实时"对话"，从而让信号灯根据路面车流量决定放行时间。

开上街头的不仅有无人驾驶出租车，还有上门送药的无人配送车、自动清洁的智能环卫清扫车等。翠湖网联公司总经理祝的春告诉记者，目前已在中关村自动驾驶示范区落地的应用场景包括百度、小马智行的自动驾驶乘用车，奥迪中国的网联车，白犀牛的无人物流配送车，仙途智能、智行者的无人驾驶清扫车等。截至2021年4月30日，各类型自动驾驶车辆已在智能网联示范区域内测试340多天，共计完成测试25300余小时、3100余车次，累计参与测试人员4100余人次。

——这是一座人机对接的智能之城。

摘口罩刷脸，感觉有点不安全；外卖已在楼下，会议还没开完；被挤在电梯角落里，按不到楼层键……在人工智能技术飞速发展的今天，这些问题都将不再成为问题！在中关村壹号智慧园区，你能看到未来生活的"剧透"。

甫一进门，在半人多高、有着小平板"脑袋"的设备前驻足不到一秒，测温结果就显示完毕。各楼宇闸机设备带有测温模块的人脸识别系统，不仅能够精准测温、非接触测温，甚至可以实现戴口罩人脸识别测温。不仅如此，支持语音控制的电梯，能够自动点亮楼层；无人自动售货机、送货机器

笔底风云四十年（下）

人，可在工作繁忙时替人取快递、拿外卖、代跑腿……

当机器越来越"知心"，"人手不够机器来凑"的场景将会越来越频繁出现。驻园企业爱笔智能公司自研的一款全景地图机器人，集成激光雷达、工业相机、计算平台以及全景相机，可以快速完成大型线下空间三维重建扫描，搭建全场景、全流程、全量的数字化平台及VR、AR等多种实景服务。这意味着，从停车场、办公楼到购物中心，消费者只要通过智能屏、手机、VR或AR等线下触点，就能借助智慧导航迅速定位，诸如商场太大找不到心仪店铺、停车场绕圈儿找不到停车位等问题也都迎刃而解。

在拉卡拉支付股份有限公司，记者还体验了数字人民币的神奇：通过专门的App，"个人钱包"里的数字货币可以通过扫码、碰一碰等方式进行消费，不必绑定银行账户，操作方式十分简单。从"扫一扫"到"碰一碰"，可以想象，未来的支付体验将更流畅、更安全。

——这是一座万物互联的数字之城。

一块高5.8米、长19.2米的巨幅屏幕，可随时调取全区道路、建筑、城市部件、重点区域等的实时画面，一旦数据异常，即刻预警，通过数据分析、态势研判，给出处置建议。

这是海淀"城市大脑"智能运营指挥中心的日常一幕。小到一包垃圾分类、一个电话诉求，大到一场灾害防御、一轮疫情防控，作为海淀城市治理指挥调度的全视角驾驶舱和智慧中枢，这里聚合城市大脑各个场景的能力与资源，涵盖生态环境、城市交通、城市管理、公共安全、智慧能源等五大领域，拓展了垃圾分类、接诉即办、无障碍服务、智慧服务等应用场景。

伴随着人工智能、物联网等技术发展，日益强大的算力帮助"城市大脑"学会思考，完善治理，对影响城市运营和市民生活的各类事件可以"未卜先知"，实现未诉先办。

从曾经的"发展洼地"变身科技创新的"钻石地段"，高新技术的加持让中关村科学城北区建设一日千里，展现出高质量发展的光明前景。

征程再启，辉煌可期。行而不辍，未来已来！

［调研组成员：张曙红、杨学聪、佘惠敏、陆敏、韩秉志，原载2021年7月12日《经济日报》。收入郑庆东主编《践行习近平经济思想调研文集（2021）》，经济日报出版社2022年2月出版］

作品点评

今年下半年的第一套深度调研报道，今天隆重推出。

张曙红同志牵头完成的这次践行习近平经济思想调研行《中关村新传》，围绕北京国际科创中心核心区建设发展进行蹲点式调研，全面深入地报道了中关村之变。

细读这篇万字雄文，作者用无可辩驳的事实和有说服力的案例告诉我们，今日中关村已成为北京和中国的中关村，更日益成为世界的中关村，演绎出中关村正在向具有全球影响力的科创中心进军的交响乐章，反映出中关村人贯彻落实习近平总书记重要指示精神作出的不懈努力和创新创造。全文视野宏阔，主题鲜明，层次清晰，逻辑严密，是一个分量重、质量高、有思想的优秀报道，为我们下半年的深度调研拉开了帷幕，做出了样子。

［摘自郑庆东著《总编辑评报（上）》，经济日报出版社2022年4月出版。作者系经济日报社长兼总编辑］

笔底风云四十年（下）

创新型城市调研行·深圳篇

题记

深圳是最早开展国家创新型城市建设试点的城市。在国家创新型城市排行榜中，深圳多年名列前茅，且评分遥遥领先。2011年4月，根据中央领导同志指示精神，经济日报社决定对深圳创新型城市建设经验进行典型报道，徐如俊社长要求我带队做好这套报道。在深圳记者站的支持配合下，我们对深圳科技创新情况进行了全方位深入采访，努力发掘深圳在创新发展上独占鳌头的"奥秘"。时任深圳市委副书记、市长许勤专门挤出时间，接受了采访组采访。2011年5月3日，《经济日报》推出《创新型城市调研行·深圳篇》首篇报道，配发评论员文章《"四个百分之九十"说明了什么》，其后每天一篇（组），至5月7日系列报道结束。5月13日刊发了"专家学者热议深圳自主创新经验"的后续报道。这组报道在读者中产生了较大影响，在互联网上被广泛转载。中央领导同志对系列报道给予了肯定，认为报道全面、细致，希望经济日报继续努力，满腔热情地支持自主创新。

产出丰厚的"创新热土"
——创新型城市调研行·深圳篇①

国家知识产权局日前公布的2010年发明专利授权量排行榜，让深圳再次成为人们关注的焦点：在副省级城市排名中，深圳以9615件的绝对优势位居第一；在获得发明专利授权的十强企业中，深圳占了一半，并包揽前三。

如此佳绩，令人惊叹。深圳，这座被誉为"开放之城""改革之城"的城市，在推进自主创新、加快转变经济发展方式的进程中，继续引领潮流，探索前行，正在成为名副其实的"创新之城"。

激发市场主体的创新活力

30多年前，这里还没有一家科技企业。如今，一批拥有自主知识产权和核心技术、具有世界影响力的"创新巨人"在这里拔地而起，华为、中兴、比亚迪、腾讯……他们的技术为人们的生活带来便利，他们的产品走向了世界。

华为、中兴等一批新兴跨国企业的崛起，鼓舞和带动了3万多家创新型中小企业如雨后春笋般萌发生长。他们共同组成的"雁形梯队"成为自主创新的主力军，使深圳的高新技术产业呈现出欣欣向荣的发展势头。自主创新成就了深圳高速发展的奇迹。

近年来，随着深圳自主创新的经验广为传播，有一组数据为人们所熟知：在深圳，90%以上的研发机构设立在企业，90%以上的研发人员集中在企业，90%以上的研发资金来源于企业，90%以上的职务发明专利出自于企业。专家认为，"四个90%"的格局表明，以企业为主体、以市场为导向、产学研相结合的技术创新体系在深圳已经基本形成。

在深圳，为什么企业能够成为当之无愧的创新主体？

"企业在成为创新主体之前，首先要成为市场主体。如果你不是市场主体，没有竞争意识，就一定不会有创新动力。完成技术创新活动，离不开两个'力'：一是动力，这个动力就是市场竞争的需要；二是能力，就是企业在资金、技术、人才上的持续积累，以及政府为企业创新活动提供的服务和支持。推进自主创新，需要一大批既有动力又有能力的企业，而深圳恰恰涌现了这样一批既有动力又有能力的企业，因此形成了浓厚的创新创业氛

笔底风云四十年（下）

围。"曾任国家发改委高技术产业司司长、长期从事高技术产业政策和规划工作、现任深圳市市长的许勤对此作了这样一番解读。

深圳经济特区是中国改革开放的"试验田"，这使深圳企业从一诞生就置身于市场化的竞争环境之中，企业家普遍有着强烈的创新创业意识。坚持以市场为导向进行技术创新，已经内化为深圳企业的一种本能。

作为我国数字视讯行业的龙头企业，近年来，深圳市同洲电子股份有限公司每年的研发投入都在8%以上，累计申请专利1400多件，其中发明专利有700余件。回首企业走过的历程，董事长兼总裁袁明总结说："市场竞争中没有永远领先的企业，只有坚持不懈地创新，才能抓住机遇、持续发展。所以我们提出，要坚持自主创新100年不动摇。"同洲电子创业之初，主要研发和生产LED显示屏。掘到"第一桶金"后，袁明意识到，LED显示屏市场很快就会饱和，为了生存，公司必须寻找新的业务增长点。1996年，欧美发达国家的数字电视市场才刚刚启动，袁明就认准数字电视必将取代模拟电视的趋势，投入大量人力物力进行数字电视机顶盒、数字卫星接收机等产品的研发。1999年，国家启动"村村通"工程，需要大量数字卫星接收机，同洲电子再次抓住机遇，收获了65%以上的市场份额。近年来，同洲数字机顶盒、卫星接收机等产品已进入欧洲、北美等市场。

如今，有志于在数字视讯领域"再造一个华为"的同洲电子，又把创新的触角瞄准了三网融合带来的巨大商机。他们研发的整体解决方案，可以融合广播、IP、移动和通信等多种业务网络，实现以视频为中心的高清电视、宽带接入和通信等三网融合的"一站式"服务，并可为多运营商协作运营和跨区域服务提供业务分发及运营支撑平台。

在深圳，自主创新不只是高新技术企业的"专利"。深圳市华源轩家具股份有限公司以丰富的创新产品满足不同层次消费者的需求，不断拓展市场空间，董事长黄溪元坚信"企业迅速发展的核心动力在于创新"。益海嘉里集团投入3000万元用于研发，取得了在食品行业非常少见的发明专利——

金龙鱼第二代调和油，这一项专利产品创造了138亿元的销售额，投入产出比之高令人惊叹。技术创新使传统行业焕发出新的生机。

深圳形成以企业为主体的创新体系，除了得益于市场"无形之手"的助推外，政府"有形之手"的扶持也是不可或缺的因素。深圳市多年来不断改善政策环境，坚持将创新资源向企业集聚。"十一五"期间，深圳市财政科技投入从每年36.1亿元增加到70.2亿元。即使在受国际金融危机影响、财政收入增幅下降的情况下，政府对科技的投入依然保持了40%的年增长率。深圳还重点开展了以企业为主体的产学研结合，打造服务企业创新活动的技术平台和支撑体系；支持企业承担国家科技重大专项，提升企业参与国家重大科技活动的能力和地位。

有人说，企业是最具创新冲动的经济社会细胞。在深圳，正是企业主体、市场主导、政府主动的创新模式激发出了一个个"细胞"的创新活力，最终形成"千军万马齐创新"的可喜局面。

提升企业核心竞争力

当许多企业的知识产权意识还处于萌芽阶段时，深圳已经有一批创新型企业成功实施知识产权战略，大幅提升了企业的核心竞争力。腾讯就是其中的佼佼者。

腾讯公司专利总监王活涛告诉记者，专利界有一个"专利挖掘"的说法，指在产品开发完成后，专利部门的人员再去挖掘可以申请专利的内容。目前我国很多企业走的就是这条路，但这种做法比较被动。腾讯的策略是在一项产品的研发之初，专利部门就介入，与研发人员一起规划设计。"一方面是把专利申请的环节纳入到产品研发的流程中去，充分实现创新成果的专利化；另一方面是不断把对行业领先技术的专利信息分析推送到研发团队去，拓展他们的视野，激发下一步的创新。"这种策略使腾讯在知识产权竞争中具备了先发优势，不仅建立起稳固的专利壁垒，还提升了产品的竞争力

笔底风云四十年（下）

和企业的市场地位。

据统计，截至2010年底，腾讯已申请专利3358件，除3项外观专利、7项实用新型专利外，其余都是发明专利，所占比例在99%以上。2010年，腾讯获得"中国专利金奖"的殊荣，这是我国互联网行业获得的第一项国家专利金奖。

专利在比亚迪公司创立之初就得到高度重视。2000年，比亚迪启动以知识产权为先导的科技创新工程，以产品及关键技术为核心，逐步确立"持续积累、合理布局、有效防御、灵活运用"的专利战略，即通过持续的投入，逐步完成知识产权的积累；针对企业重点项目实施合理的重点布局；一方面通过累积的专利互换营造双赢的商业环境，另一方面通过在研发环节导入专利调查以规避或降低专利风险，同时通过一定的专利输出以获取收入。

为了有效实施知识产权战略，将专利管理与保护贯穿到企业研发生产经营活动的全过程中，比亚迪专设了70多人的知识产权部，并在研发技术团队配备了80多名专利管理人员。"专利人员几乎每天都泡在技术部门，产品研发的每一步都有我们跟进。"公司知识产权部高级经理赵杰说。

知识产权战略的全面实施，推动着深圳一大批创新型企业迅速将技术创新成果转化为自主知识产权，汇聚成提升企业核心竞争力的不竭源泉。2006年以来，深圳市国内专利申请量连续快速突破2万、3万和4万件大关。2010年专利申请49430件，其中含金量最高的发明专利申请23956件，占总量的48.46%。每万人发明专利申请连续7年蝉联全国第一。5年来，深圳的专利授权量保持高速的增长态势，年均增速为32.05%，其中发明专利授权量年均增速更达到66.17%。发明专利授权量连续7年居全国副省级城市首位。知识产权专家普遍认为，深圳企业在运用知识产权提升企业核心竞争力方面已成为全国的一面旗帜。

驰名商标培养和品牌战略实施在深圳也取得显著效果。截至2010年底，深圳企业累计拥有中国驰名商标61件。华为程控交换机、中兴通讯程控交换机和中集集装箱等3件产品被评为"中国世界名牌产品",在全国大中城市中排名第一。深圳的"中国名牌产品"数量5年累计达到80个,在大中城市中排名第二。自主创新推动深圳进入"名牌之都"的行列。

着眼未来的全球布局

身处"开放之城"的深圳,如同站在国际竞争的前沿阵地。经济全球化趋势使企业即使不"走出去",在家门口也时刻面临国际产业巨头的挑战。要在竞争中求生存、求发展,企业就必须把眼光投向世界,投向未来。

PCT(《专利合作条约》)国际专利申请是衡量一个企业国际创新竞争力的权威指标。今年一季度,中兴通讯股份有限公司的PCT专利申请量名列全球第一。世界知识产权组织公布的数据显示,中兴的国际专利申请从2009年的517件猛增至2010年的1863件,增幅达260%。近5年来,中兴PCT年度申请量排名连续大幅跨越,自2006年首度进入全球100强后,迅速从52位、38位、23位,一路飙升至2010年的全球第二。

"知识产权既是攻击之'矛',又是防护之'盾'。面对国际知识产权竞争,我们的立场是鲜明的:一是持续创造和积累自主知识产权,二是充分尊重他人的知识产权,三是坚决维护自己应有的权利。"中兴公司知识产权总监王海波在接受采访时如此表示。

但实现这样的目标并非易事。王海波告诉记者,各国的知识产权制度千差万别,这是"走出去"遇到的首要难题。为此,中兴专门组建了100多人的团队,并在主要目标市场建立知识产权律师队伍,启动了对几十个国家知识产权制度的全面调研,经过六七年的努力,基本掌握了不同国家的专利、商标、版权等法律制度,司法判例以及知识产权中介服务状况。中兴还在调研成果的基础上,完成了深圳市政府委托的研究课题《各国知识产权法律制度分析》,为更多的企业"走出去"提供借鉴。

随着PCT排名的快速跃升,中兴的全球竞争力也大大提高。2008年中

笔底风云四十年（下）

兴海外收入首次占到总收入的60%，欧美地区收入占整体营业收入的比重提升至21%，首次成为中兴海外收入比重最大的区域。中兴5年的复合增值率达到37%，增速位居全球第一。为了确保产品的持续竞争力，中兴的专利布局还着眼未来，目前在4G技术上部署的专利已占到同期公司专利申请量的一半以上。

华为是最早进入PCT专利申请排名前50名的中国企业。在进军国际市场的过程中，华为始终以开放的心态处理知识产权事务，注重遵守国际规则。一方面，华为积极参与国际标准的制定，推动自有技术方案纳入标准，积累基本专利；另一方面，积极利用"交叉许可"，降低专利许可费用，促进先进专利技术的广泛应用。多年来，华为与全球电信领域同行厂商积极开展知识产权许可谈判，与诺基亚、爱立信、北电、西门子、高通等公司签署了一系列知识产权交叉许可协议。

华为技术有限公司常务副总裁徐直军认为，当今世界，由于国际标准的普遍采用，工业标准领域的任何一家企业都不可能只使用自己的技术进行产品开发。华为每年花费数千万美元在全球申请专利，通过与国际跨国公司广泛地交叉许可，每年节省了数亿美元的专利许可费。"按照国际通行的规则，尊重他人的知识产权，通过交叉许可获得国际范围内知识产权的合法使用，是中国企业走向世界的必由之路。"徐直军说。

为帮助企业有效运用知识产权战略开拓海外市场，近年来，深圳连续出台了《企业知识产权海外维权指引》《深圳中小企业发展初期知识产权指引》《深圳中小企业成长期知识产权指引》等一系列指导性文件。其中《企业知识产权海外维权指引》被国家知识产权局在全国范围转发。深圳还先后与美、日、法、德等国家和地区以及世界知识产权组织开展了密切的合作交流。据统计，深圳企业的PCT申请量连续7年居全国首位，年均增长率超过60%，2010年达到5584件，比2004年331件增长约16倍。PCT申请量保持高速增长是深圳企业不断开拓海外市场、抢占全球市场先机的最直接体现。

从30年前的边陲小镇发展到如今的现代化大都市，从资源极其匮乏的"科技沙漠"发展成为以"四个90%"为特征的"创新热土"，自主创新为深圳经济特区发展提供了不竭动力。面对"十二五"发展新目标，广东省委常委、深圳市委书记王荣充满激情地说，在新的发展时期，深圳要当好推动科学发展、促进社会和谐的排头兵，依靠科技创新推动发展方式转变是根本，也是最可持续的动力。必须坚定不移地把提高自主创新能力作为转变经济发展方式的核心环节和主要驱动力量，推动全社会创新精神的再激发，推动自主创新能力的再提升，推动区域创新体系的再完善，推动创新型人才的再集聚，推动自主创新环境的再优化。继续发扬"敢闯敢试"的特区精神，再造一个激情燃烧、干事创业的火红年代。

（原载2011年5月3日《经济日报》，与杨阳腾、赖薇合作）

着力优化创新支撑体系
——创新型城市调研行·深圳篇②

这是一座充满新奇与创意的城市。如果了解了深圳"敢为人先"的城市特质，就不会为其连年高居发明专利排行榜榜首而感到惊奇。

制度创新实现"四位一体"

2009年进行的深圳市新一轮政府机构改革，新设立的市场监督管理局承担了原市工商局、质量技术监督局、知识产权局的职能；新设立的科技工贸和信息化委员会承担了原贸易工业局、科技和信息局、高新办、保税区管理局、信息办等部门的职能。深圳市政府工作部门由原来的46个减少到31个。

主管知识产权工作的部门被整合了，并不意味着知识产权工作受到削

笔底风云四十年（下）

弱。2010年4月，知识产权管理体制改革被列为深圳市2009年十大知识产权事件的榜首，有关专家在点评中认为："机构改革后，将有利于推进专利、商标、版权、标准和商业秘密的高层次融合，有利于实现专利技术与标准的捆绑，从而增强我国技术在未来国际产业标准中的发言权。同时，机构改革极大地方便了企业知识产权保护和服务，提高了政府办事效率，实现了向公共服务型政府职能的转变。"

回顾机构改革一年多来的管理实践，深圳市市场监督管理局分管知识产权工作的副局长邝兵对记者说，"机构改革不是简单的叠加而是有机的整合，经过一年多的磨合和实践，深圳市已经形成了专利、商标、版权、商业秘密'四位一体'的知识产权管理体制，有利于统筹利用行政资源促进知识产权的创造、运用和保护。过去需要在几个部门之间协调的事情，现在通过内部沟通都可能解决，提高了行政效率。"

整合的不仅是行政资源，还有技术资源。过去分属不同部门管理的计量、检测、检验机构都拥有庞大的技术队伍，但分工过细，各自为战。如今，方方面面的技术资源融合为一个整体，技术服务的触角得以延伸，极大地提升了服务的深度与有效性，成为推动企业自主创新的重要支撑力量。

邝兵介绍，作为进一步整合技术资源的物化标志，由深圳市政府投资兴建的面积达3万多平方米的创新大厦将在两年内落成。届时，知识产权服务中心、标准化孵化工程中心将联袂进驻，可以为企业提供技术、专利、标准、商标的"一站式"服务。

专利与标准化融合推进

从专利的竞争到标准主导权的争夺，是国际竞争发展的必然趋势。在深圳，一大批快速成长的高科技企业在经历国际市场竞争的历练之后，较早地认识到这一点，走出了一条技术专利化、专利标准化、标准国际化之路。仅在深圳市国家高新技术标准化示范区，试点三年来，园区企业共参与制修订国际、国家及行业标准1037项,其中国际标准246项,国家标准344项,行业标准447项,产生了一批自主创新的技术标准成果。

作为发明专利大户的中兴通讯,在参与标准制定方面也已成为行业"领跑者"之一。目前,中兴广泛参与了ITU、3GPP、3GPP2等50多个国际标准化组织,累计提交国际标准文稿1000余篇,6名专家在国际标准组织中担任领导职务,取得了11个国际标准编辑者席位和起草权。在最有竞争力成为4G标准的TDD-LTE领域中,中兴的专利数量占到7%,与欧美电信巨头不分伯仲。公司知识产权总监王海波说,"经过多年积累,如今专利申请、授权数字已经不是我们关注的重点。我们关心的是专利在全球的布局,关注的是未来技术发展趋势,而承载未来技术的重要载体之一就是标准。"

顺应企业参与国际竞争的需要,近年来,深圳大力推进标准化战略的实施。2007年,正式发布《深圳市标准化战略实施纲要(2006—2010)》;2009年,又相继出台了《标准化战略资金管理办法》和《标准创新奖管理办法》,当年对243个标准化项目资助奖励总额达2906万元。2007年至2009年,深圳市财政总计投入9000万元用于支持企业参与国际国内标准化活动。同时加大对国际国内标委会秘书处的引进力度,已有2个国际工作组和19个全国标准化专业技术委员会、分技术委员会及工作组落户深圳。

深圳知识产权管理体制的改革,为推进知识产权与标准化的深度融合创造了契机。2010年11月,知识产权、标准化两个领域的发展规划被整合成《深圳市知识产权与标准化战略纲要(2011—2015年)》,并向社会公布。《纲要》明确提出了5年内"把深圳建设成为创新能力突出、运用保护有力、体制机制完善、专业人才集聚、辐射效应明显的知识产权和标准化强市,成为全国知识产权与标准化结合的示范城市"的目标。

产业联盟是推进专利和标准化工作的有效形式。过去由于体制的原因,行业内既有专利联盟,又有标准联盟,两者并存且缺乏沟通。如今,两个联盟同属一个部门主管,在政府部门推动下,钟表、珠宝等多个行业的专利、

笔底风云四十年（下）

标准联盟建立了融合协调机制，整体推进企业的专利和标准化工作。

作为半导体照明（LED）产业聚集地，深圳市有LED产业上中下游企业1100多家，2009年产值达245亿元。LED产业作为深圳市重点发展的新兴产业，迫切需要加强对企业专利和标准化工作的指导和服务。在深圳市市场监督管理局的推动下，原LED产业标准联盟和专利联盟整合成了新的LED产业专利和标准联盟，40多家骨干企业成为联盟成员，以此为平台，专利和标准工作融合推进，行业创新能力得以大幅提高。

根据《深圳市知识产权与标准化战略纲要（2011—2015年）》，到2015年，深圳市主导或参与研制国际标准、国家标准、行业标准将累计达2000件以上；落户深圳的国际国内标准化技术委员会秘书处将达到50家；全市建立研发与标准化同步机制的示范企业将达到200家。

探索产学研结合新途径

记者在深圳采访期间，恰逢深圳云计算国际联合实验室隆重揭牌。这个实验室是深圳云计算产业协会联合英特尔、IBM、金蝶等国内外相关企业创建的专业性技术与应用研发实验室。

对于深圳300余家云计算相关应用企业来说，一件更值得期待的事是，国家超级计算深圳中心将在今年内建成。这个深圳建市以来最大的国家重大科技基础设施项目，总投资约12亿元，建成后将形成相当于20万台笔记本电脑的计算能力，其运算速度排名亚洲第一、全球第三，可望成为深圳创新型城市建设的"超级助推器"。

深圳市科技工贸和信息化委员会科技创新支撑处副处长张宏告诉记者，超算中心这样的国家重大科技项目落户深圳，有着标志性的意义。"在以企业为主体、以市场为导向、产学研相结合的创新体系中，企业主体、市场主导是深圳创新的优势所在，而学与研的基础相对薄弱，源头创新资源稍显匮乏，因此深圳迫切需要建立、完善研发平台体系，使创新能力可持续发展。"

据了解，截至目前，深圳市已布局建设了51个公共技术服务平台、94家重点实验室、5家国家工程实验室、105个工程技术研发中心、30多家科技企业孵化器。扶持建立了100个企业技术中心，其中11个是国家级企业技术中心。截至2009年底，政府为企业技术中心建设累计提供了2.78亿元的资助。百家企业技术中心共申请专利16600件，占全市全年专利申请量的35%，其中75%为发明专利申请。同时建成了一批科技信息、技术检测、产品设计等公共技术平台，帮助、支持企业技改和研发活动，降低了企业的创新成本。

在扶持企业成为创新主体的同时，近年来，深圳大力推动产学研结合，探索促进科技成果转移转化的新模式、新路子。组建产学研战略联盟就是其中卓有成效的做法。2007年，深圳市政府开始围绕产业特色和需求，引导骨干企业与优势科研院校组建产学研战略联盟，到2009年底，先后组建了下一代通信、数字电视、先进电池与材料等5家战略联盟，汇集91家企业、高校和45所科研院所，开展产学研合作项目5648项，实现成果转化近3000项，实现产值8255亿元，引领了重点产业的技术创新。

虚拟大学园的创建，是深圳探索产学研结合新途径的又一个成功实践。深圳虚拟大学园于1999年创办，名为"虚拟"，实则"虚""实"结合。它通过网络和各大学连接，突破地域限制，有效利用了国内外53所知名院校的优势资源，在技术创新、人才培训、成果转让、风险投资等方面产生了"聚合效应"。目前，已孵化出532家企业，促成了1036项校企合作项目。虚拟大学园也被认定为名副其实的国家大学科技园。

作为自主创新支撑服务体系的重要组成部分，深圳市积极推进技术交易体系建设。完善技术合同认定登记系统，提高合同认定效率。建立统一互联的股权登记托管中心，创新交易和运作机制。与广东省共同推动中国（华南）产权交易中心技术交易功能的推广和应用，据初步统计，该中心各类股权交易额累计达到1800亿元。整合资源成立深圳联合产权交易所，成立科

笔底风云四十年（下）

技型企业非公开股权柜台交易市场，推动产权交易市场繁荣发展。深圳市科工经信委科技成果推广处副处长于英普介绍，为进一步突破技术产权评估、交易、转移过程中的体制机制障碍，目前深圳正在研究、制定《深圳经济特区技术转移促进条例》，鼓励开办民间技术转移服务机构，支持建立科技成果转化基地和各类技术转移联盟，构建技术转移公共服务平台。

采访感言

提高效率　加强服务

在深圳，自主创新被提升到城市发展的主导战略，创新成为与改革、开放并重的关键词，显见深圳市委、市政府对此是高度重视的。发挥特区先行先试的优势，通过机构改革理顺管理体制，创新运行机制，也正是这种高度重视的具体体现。

顺应经济社会的发展，不断推进行政管理体制改革，是完善社会主义市场经济体制的必然要求。在知识产权领域，现在各地习惯上还分属三四个部门主管的专利、商标、版权、商业秘密等工作，在深圳已经归并到新设立的市场监督管理局，实现了"四位一体"的管理模式。虽然改革的时间还不长，但初步的实践已经证明，这种体制的创新有利于厘清职责，理顺机制，加强协调，减少内耗，推进知识产权工作的整体融合。

为大力推进自主创新，在机构和人员方面做"减法"的同时，深圳又在投入和服务上做了"加法"。两年来，市财政科研投入年年增长，金融部门对技术创新的支持力度大大增强，各类创新支撑服务平台建设不断提速；同时政府部门转变作风，提高效率，以"处方式"服务为各类企业的技术创新活动排忧解难，进一步激发了企业作为创新主体的活力。

一方面通过"减法"创新体制，一方面通过"加法"加强服务，使深圳在科技创新、知识产权等工作上年年有进步，年年有提升。体制机制创新成为推进自主创新的强大动力。在2010年全国发明专利授权量排行榜上，深圳继续在副省级城市中名列榜首，就是一种有力的证明。

（原载2011年5月4日《经济日报》，与梁晓亮、杨阳腾合作。"采访感言"执笔：张曙红）

"招研引智"抢占产业高端
——创新型城市调研行·深圳篇③

3月12日，深圳市在京举办了一场颇具规模的科技经贸人才交流大会，邀请国内外高校、科研机构及各路英才携手合作。活动取得了丰硕的成果，深圳市与中国科学院等11所院校签署了市校合作协议，与北京大学等高校的研究机构签署了20项落户深圳协议，并促成深圳企业与各大院校签署了数量可观的科技经贸合作项目。

广种梧桐树，引得美凤来。回顾深圳经济特区建立30年来的发展历程，正是人才、知识、技术、资本这些创新要素的汇集，造就了这座城市今天的辉煌。翻开深圳市"十二五"发展蓝图，在更广范围、更大空间内促进高端创新要素的再集聚，将为深圳市新一轮的创新发展谋取先机。

广聚优质创新资源

深圳华大基因研究院农业与生物能源事业部张耕耘博士说，"许多人不理解华大，因为过去从来没有人用工业化的方式搞过科研。"顺应生物经济时代的来临，华大创造了一种全新的科研模式——高通量的序列产出加上数据处理，使单个的研究工作变成了规模化的"科研工厂"，其出成果的速度之快，是传统科研模式完全无法想象的。仅4个多月时间里，华大基因研究

笔底风云四十年（下）

团队就将国产杂交小米的基因组全部测出，使小米新种的培育时间缩短为一年，而使用传统田间育种，培育一个新品种需要5年至8年的时间。

深圳华大基因研究院成立时间不长，它是在2007年由北京华大基因研究中心的主要科研力量南下深圳组建的。经过跨学科、跨产业、跨地域、跨国界的快速扩展，如今，该院已发展成为世界上最大规模的基因组学研究中心，在医学健康产业、现代农业、科技服务产业等诸多领域发挥支撑引领作用。

"选择深圳，因为这里有当地政府的大力扶持，又有体制机制的保障。"张耕耘说。他所负责的农业领域的研发工作拥有农业部和深圳市的两个重点实验室，获得了数百万元的科研经费资助。

近年来，越来越多的高端科研院校作出了与华大基因同样的选择。深圳市主动与国家创新体系衔接，加强与著名大学和一流科研机构的战略合作，不但引进了包括华大基因、光启高等理工研究院为代表的一批新型民营研究院，而且创建了中国科学院深圳先进技术研究院、深圳清华大学研究院等一批新型国立科研机构。

深圳大规模开展"招研引智"，既是立足现实的选择，又是着眼长远的考虑。"深圳走出了一条以企业为主体、市场为导向、产学研相结合的创新之路，成绩斐然，但也存在着源头创新能力不足的问题。"深圳市发改委副主任吴优坦言，"深圳历史上科技资源贫瘠，缺乏好的大学和高层次的研究机构。前些年我们的优势在于企业对市场把握的灵敏度，创新的主要模式是在引进消化吸收别人的先进技术基础上的再创新。而今，面对新的竞争形势，下大力气集聚创新资源，克服基础研究缺失、原始创新能力滞后、核心关键技术供给不足的困扰，成为深圳进一步完善区域创新体系，再创发展新优势的必然选择。"

着眼于增强源头创新能力，深圳市广开渠道，打造各类高水平的创新平台和载体。一方面，继续布局高水平的大学和科研机构，南方科技大学、深圳先进技术研究院等院校建设不断提速；另一方面，一批重大基础科技设施开始落户深圳；同时，深圳还引进了数字音频编解码、电子信息产品协同互联、电子信息产品标准化等5个国家工程实验室，大大提高了相关核心技术的研究水平。

兴建载体的同时，深圳鼓励广大高校、科研机构和企业承担国家重大科技项目。2009年，深圳市牵头入围承担国家科技重大专项47项课题，涉及核心电子器件、极大规模集成电路、新一代宽带无线通信、重大新药创制等四大领域。今年，深圳市将制定《国家科技重大专项配套资金管理办法》，力争到2015年在深圳实施国家科技重大专项的数量达到200项。

再引"孔雀东南飞"

在各类创新资源中，高层次创新人才是最稀缺的资源。"人才是创新的第一资源。在高层次人才的去留问题上，薪酬早已不是唯一的关键因素，创新、创业、生活的环境很大程度影响着人力资源配置的走向。"吴优说。正是看清了这一点，深圳市近年来加快创新载体的建设和服务平台的完善，为不同类型的人才提供施展才华的舞台，着力营造宜居宜业的环境，打造创新型人才"宜聚"城市，增强了对高层次人才的吸引力。

刘若鹏，美国杜克大学毕业的博士生，回到深圳创建了深圳光启高等理工研究院。他所带领的超材料技术创新团队，是广东省首批引进的12支海内外创新团队中唯一从海外回粤落户的自创团队，在超材料这一前沿领域取得了国际领先的成就。

"我们需要选择一个成功案例多发地带，深圳从百分比或分布图上看就是这样的地方，这里的创业土壤有利于我们团队成长。到今年年底，还将有300个科学家和工程师从40个国家和地区过来，加盟光启。"刘若鹏说。

4年前，刚创办的中国科学院深圳先进技术研究院只有5名工作人员，租用临时办公地点。为了聚集人才共同创业，他们创造了"以用为本"的人

笔底风云四十年（下）

才新机制，制定了全球招聘战略，院长樊建平奔波于美国、欧洲等地，到多所著名院校演讲，推介深圳这块创新创业的沃土。如今，深圳先进院迅速壮大为一个有1154人组成的高素质研发团队，储备了数十位国家"千人计划"、中科院"百人计划"、深圳市"双百计划"的人才。

按照人才在不同载体创新创业的不同需求，深圳市实行了差异化、人性化、个性化的人才政策，初步建立了可持续的人才培养、引进和使用机制，打造了从在校大学生到高端人才的一整条创新人才链。

为吸引高层次专业人才，深圳市出台了专门的高层次人才队伍建设"1+6"政策体系，优化高层次专业人才吸引、培养、使用、激励、服务的各类政策，以国家级领军人才为龙头、地方级领军人才为骨干、后备级人才为基础，分步骤、有重点地建设高层次专业人才梯队。同时，建立了一整套对高技能人才的培养、评价、使用和激励机制。目前，深圳市已认定高技能人才培训基地87家。到2009年底，深圳市技能人才发展到206万人，其中高技能人才达到35万人。

面向未来，深圳的目标是成为全球创新型人才聚集地。4月12日，深圳推出旨在以更大力度吸引海外高层次人才的"孔雀计划"，正式颁布《深圳市委市政府关于实施引进海外高层次人才"孔雀计划"的意见》及5个配套文件。根据该计划，深圳将以每年3亿元至5亿元的投入，在未来5年内引进50个以上海外高层次人才团队、1000名以上海外高层次人才，吸引带动1万名以上海外人才来深圳工作。

新政策的出台，显示了深圳市委、市政府广纳一流人才的决心和魄力。在深圳市人才工作会议上，广东省委常委、深圳市委书记王荣指出，在新的发展时期，深圳建设人才强市的任务紧迫，要再造人才新优势、再引"孔雀东南飞"，使深圳继续保持强大的人才吸引力、竞争力，真正从一座移民大市变成人才强市，推动深圳进入创新驱动的发展轨道。

三大新兴产业迅速崛起

驱车进入深圳高新区，整洁的环境，林立的高楼，密布的企业总部和研发中心吸引着人们的目光，初步显现出世界一流高科技园区的风貌。

这里是知识产权的"高产田"。截至2009年底，高新区国内发明专利申请量8083件，发明专利授权量2020件，分别占全市的38.49%和24.84%，专利申请量居各个国家级高新区前列。

深圳市已经形成了从移动通信到光纤光端、网络设备的通信产业群，从配件、部件到整机的计算机产业群，从IC设计、嵌入式软件到服务外包的软件产业群，从诊断试剂、基因药物到医疗器械的医药产业群等。

高新区是深圳以技术创新驱动高新技术产业发展的一个缩影。"通过广聚优质创新资源，一流科研院所、高端企业、高层次创新人才等创新要素在深圳快速集聚，为高新技术产业发展提供了强劲的技术支撑，科技创新的优势被迅速转化为产业发展的优势。"深圳市科技工贸和信息化委员会高新技术产业化处副处长杨俊丰说。

创新资源的高效配置，带来了高新技术产业的迅猛发展。2010年，深圳市高新技术产品产值突破1万亿元，占规模以上工业总产值比重达到55.9%，实现增加值占全市生产总值的三分之一，高新技术产业作为第一支柱产业的作用日益显现。

为了使创新链条进一步向高端延伸，近年来，深圳着力提升产业核心技术创新能力，并以此为依托，重点布局生物、互联网、新能源三大产业，以期带动整个战略性新兴产业发展。

深圳是国家第一批布局的3个国家生物产业基地之一，2009年生物产业规模超过430亿元。

深圳是国内城市信息化程度最高的地区，是全国首批三网融合试点城市之一，2009年互联网产业规模占全国的12%。2009年底，深圳市出台互联

笔底风云四十年（下）

网产业振兴规划，以互联网应用服务为重点，建设国家互联网产业基地。

深圳还是国家建筑节能示范城市、节能和新能源企业示范推广城市，新能源产业规模、太阳能薄膜电池生产规模均居全国前列。下一步，深圳将大力推动新能源领域核心技术创新，突破新能源应用瓶颈，进一步壮大产业规模，成为国家重要的新能源产业基地。

"我们面临着发展三大战略性新兴产业的最佳时机。"在深圳市三大新兴产业振兴发展规划出台之际，市长许勤用两个"尤为迫切"来表达自己的心情："作为一个外向依存度很高的城市，深圳需要更具先进性、更有竞争力的产业来支撑可持续发展，增强发展后劲尤为迫切；深圳要在新一轮竞争当中和未来发展当中抢占产业发展的战略制高点，时间尤为迫切。"

目前，深圳市生物、互联网、新能源三大新兴产业已呈崛起之势。根据三大新兴产业振兴发展规划，深圳的目标是到2015年使三大产业规模达到6500亿元。

采访感言

寻梦者"宜聚"的家园

在深圳市一些科研机构采访，记者惊讶于高层次科研人才的年轻与活力。那一张张青春的面孔与他们正在推进的事业、已经取得的成就相比较，其间的反差是那么令人难以置信。

深圳光启高等理工研究院院长刘若鹏，年仅27岁，在新兴的超材料领域已经掌握了多数核心专利。他的梦想是，在这个事关物联网、电子信息、卫星通信等重要产业未来的前沿领域，把核心技术真正把握在中国人自己手中。

刘若鹏团队的核心成员平均年龄仅33岁；在拥有着高智能机器人等前沿技术的中科院深圳先进技术研究院，科研人员平均年龄是32岁；而走进引领世界生物经济未来的华大基因研究院，看到的都是二三十岁的年轻人。

一个个朝气蓬勃的年轻人就像刘若鹏一样,怀揣着美丽的梦想,从世界各地聚拢到深圳。深圳何以成为一座寻梦者的城市?这些年轻人的回答是,在这里,他们能够看到成功的无限可能。

这里不论身份,都能获取丰富的创新资源。正因为这样,倡导"民办民用"的光启研究院,才能在创办不到一年的时间内,获得政府和业界超过1.2亿元的资助。

这里不仅支持技术创新,还能提供无限广阔的创业天地。在中科院深圳先进技术研究院,科研人员带着自己的成果创业,不仅能得到"扶上马、送一程"的成果转化一条龙服务,还能在两年之内保留编制。没有了后顾之忧,可以尽情地去播撒未来高科技企业的种子。

所见所闻让记者感到,正是因为有了创新创业的优良环境,深圳才成为一座高层次人才的"宜聚"之城,成为寻梦者向往的美好家园。

(原载2011年5月5日《经济日报》,与郑杨、杨阳腾合作。"采访感言"执笔:郑杨)

培育创新文化 营造创新环境
——创新型城市调研行·深圳篇④

"为什么选择来深圳创新创业?"面对记者这样的提问,无论是从国外著名学府学成归来的博士,还是来自国内科研院所的专家,甚至是刚刚走出大学校园的大学生,他们的回答都是:"看中了这里的好环境。"

经过30多年的建设和发展,深圳已由当年黄沙漫天的"大工地"变成了山海相依的国际化花园城市。

城市长大了,环境变美了,生活便利了。但吸引创业者向深圳聚集的,不仅仅是这里优美的自然环境,人们更为看重的,是这里有利于市场竞争的

笔底风云四十年（下）

体制机制，有利于自主创新的政策环境，有利于创新创业的文化氛围。今天的深圳，不仅是"宜居"之城，更是"宜业"之城。

构建促进创新的政策体系

在庆祝深圳经济特区建立30周年之际，人们回顾特区走过的道路，总结特区发展的基本经验之一，就是始终坚持了科学技术是第一生产力的理念，始终把自主创新作为城市发展的主导战略，推进创新型城市建设。历届深圳市委、市政府高度重视推进自主创新，保持了自主创新战略的一致性和连续性，并与时俱进地提升战略高度、丰富战略内涵。

早在20世纪90年代中期，深圳进行了以产业结构转型升级为中心的"二次创业"，明确把产业发展的战略重点从"三来一补"的加工业转向扶持高新技术产业，提出把高新技术产业打造成为深圳的第一支柱产业，以此形成深圳产业结构上的战略突破。

进入21世纪，因资源环境等瓶颈约束的压力，深圳开始了从"速度深圳"向"效益深圳"转变的第三次产业战略调整。2006年初，深圳市委、市政府发布《关于实施自主创新战略建设国家创新型城市的决定》，正式提出建设国家创新型城市的目标，把自主创新战略从科技发展战略、产业发展战略层面提升为城市发展的主导战略。

2008年6月，国家发改委批复同意深圳创建国家创新型城市的总体设想，以此为契机，深圳市委、市政府进行了全面动员，系统谋划。当年9月，深圳召开全市自主创新大会，提出把"创新牌"提升到与"改革牌""开放牌"并重的高度，并出台了《关于加快建设国家创新型城市的若干意见》，同时推出的还有《深圳国家创新型城市总体规划（2008－2015）》《关于加强自主创新促进高新技术产业发展的若干政策措施》《关于加强高层次专业人才队伍建设的意见》及"1+6"配套文件等一系列重要政策文件，构建、完善了促进自主创新、建设创新型城市的政策体系。

第五辑 聚焦自主创新

"《总体规划》对建设创新型城市作出了全面部署，从吸引创新人才到建设创新载体，从发展创新产业到营造创新文化等都作出了安排。它是国内第一部关于建设创新型城市的系统性规划，是全市实施自主创新战略的行动纲领。"深圳市发改委副主任吴优认为，"这一系列政策文件，立意高、理念新、办法实，同时注重与国家、省、市相关政策的衔接，既有继承性又有开放性，为深圳提升创新能力提供了较为完善的政策扶持体系，优化了自主创新的政策环境。"

在这一系列政策文件中，含金量最高的是被人们称之为"33条"的《关于加强自主创新促进高新技术产业发展的若干政策措施》。相对于被称为"22条"的原有规定，新的"33条"大大强化了财政资金对科技研发投入的力度，各类专项资金累计新增了近50亿元的科技投入。比如，为增强创新基础能力建设，对在深圳建设的各种国家级实验室、工程中心予以最高1500万元配套支持，对落户深圳的"973""863"等国家级科技计划项目予以最高800万元配套支持。

在完善创新政策体系的过程中，深圳市还注重以法律手段来推进、激励和保护自主创新。2008年，深圳市人大常委会颁布了《深圳经济特区科技创新促进条例》。这个《条例》同《深圳经济特区企业技术秘密保护条例》《深圳市技术入股管理办法》《深圳经济特区创业投资条例》和《深圳经济特区加强知识产权保护工作若干规定》等地方法规规章一起，为深圳推进自主创新提供了良好的法律环境。

在今年年初颁布的深圳市"十二五"规划纲要中，明确提出了率先建成国家创新型城市的目标。今年2月28日，深圳召开全市自主创新大会，总结"十一五"时期成就，部署"十二五"时期的目标、任务，进行自主创新再动员。广东省委常委、深圳市委书记王荣在会上强调，各级政府要加快推动自主创新环境的再优化，主动当好自主创新的战略规划者、推动者、服务者和"场地维护者"，进一步强化自主创新的法治环境，进一步形成富有

笔底风云四十年（下）

吸引力的人居环境，进一步优化服务环境，为企业和人才的创新活动提供针对性的贴心服务。

营造支持创新的金融环境

在吸引创新者、创业者向深圳聚集的诸多因素中，优越的金融环境是不可忽视的重要因素。

作为具有全国影响力的金融中心，深圳已经形成以多层次资本市场为核心的金融市场体系，建立了完备的现代金融产业链条。2010年，深圳金融业总资产超过4万亿元，全年实现增加值1279.27亿元，同比增长10.6%；在深金融机构总部、一级分支机构总数达到230家，其中总部机构78家。现代金融服务业对经济科技发展的支撑作用日益显现。

"推动科技与金融的有机结合，是深圳市推动自主创新的重要举措。经过多年来的实践和探索，深圳初步构建了财政投入为导向，资金市场、资本市场融资为主的投融资体系。发达的金融服务为自主创新提供了资金保障。深圳注册有1500多家风投机构、500多家担保公司、180多家保险中介，深圳基金业控制的资金份额约占全国的三分之一。技术要素同风险投资、创业投资的结合，是深圳创新型企业不断涌现的重要条件。"深圳市金融发展服务办公室副主任肖志家告诉记者，"去年深圳市高新技术产业产值突破1万亿元，拥有自主知识产权的产品占60%以上。这些成就的取得，金融和科技的结合功不可没。"

深圳市浩能科技有限公司是一家以技术创新起家的民营科技企业，在锂电自动化装备生产的关键技术方面拥有14项国家专利，其中6项是发明专利。公司自主研发的核心产品涂布机和分条机在市场上供不应求，迫切需要贷款扩大产能，但由于没有足值的抵押物不符合信用贷款条件，他们的贷款迟迟不能到位。"针对这种情况，我们专门为其量身设计了一款新的金融产品：应付账款融资。通过对企业贸易流程的把控来控制风险，降低或减免企业融资需要的抵押物。"中国建设银行深圳市分行公司银行部风险主管丘乐介绍说,"最后浩能科技的授信方案成功通过了审批,获得了800万元的融资额度,满足了发展需要。"

像浩能科技这样的中小型科技企业在深圳有3万多家。为破解中小企业普遍存在的融资难问题,2009年6月,深圳市制定了《小企业金融服务体系建设工作方案》,从监管体系创新、政策扶持、环境体系建设、业务体系创新指导、鼓励发展多种形式专业小企业金融服务机构等方面,解决中小企业融资难问题。当年,深圳市的小额贷款公司试点工作启动。截至2010年底,共有31家小额贷款机构经批准正式开业经营。初步统计,这些小额贷款公司已累计发放贷款超过25万笔,解决了148亿元融资需求。

深圳的500多家担保公司在中小企业融资中也发挥了重要作用。这些公司累计为1万多家企业提供担保,仅2010年就新增担保额456亿元。2009年深圳市出资10亿元组建了再担保中心,建立起再担保体系,到去年底已经为560家中小企业的40亿元贷款提供再担保服务。

在金融监管部门支持下,深圳市专门设立"金融创新奖",鼓励和引导金融机构发挥金融创新功能,为解决中小企业融资难建立新机制、开发新产品。中国建设银行深圳市分行公司银行部副总经理尹小雄介绍,他们以模式创新为先导,以产品创新为突破,相继推出了应付账款融资、保付仓、厂商银、联贷联保、会员制担保公司、互保金等创新产品,受到客户的欢迎,走出了一条服务中小企业发展的新路子。

2009年深圳银行业为中小企业提供的融资超过银行贷款的50%,2010年全市小企业人民币贷款余额1309亿元,增速达到36.1%。

依托多层次资本市场的发展,深圳市努力为高科技企业拓展直接融资渠道。2010年,深圳中小企业板规模增长迅速,全年中小板IPO共计204家,融资2027亿元。全市共有117家创业板公司上市,IPO融资963亿元。截至2010年末,全市创业板上市公司共153家,累计成交1.57万亿元。而代办股

笔底风云四十年（下）

份转让试点于2006年1月开始，5年多来共有74家企业挂牌，其中久其软件成功转板中小板，北陆药业成功转板创业板。

股权投资基金由于其投资偏好于以高科技产业为主的新兴产业，因此成为科技与金融相结合的一种重要方式。去年7月，深圳出台了《关于促进股权投资基金业发展的若干规定》，12月再次发出通知规范了相关政策，对吸引股权投资基金投资创新型企业起到良好推动作用。到去年底，共有68家股权投资基金落户深圳，注册资本和募集资金总额达184亿元。

培育鼓励创新的文化氛围

今年2月22日，深圳海关与深圳市政府就华星光电项目签署合作备忘录，承诺给予该项目多项个性化服务。华星光电项目是目前国内规模最大、技术水平最高的薄膜晶体管液晶显示器件生产项目，其技术主要依靠自主创新，建成后带动辐射作用强，对促进深圳产业结构的转型升级有着重要意义。

为协助华星光电项目解决有关难题，深圳海关关长李书玉亲自带队前往光明新区调研，在现场进行"一站式"办公并成立了由分管关领导负责的协调领导小组。深圳市副市长袁宝成表示，深圳海关将承诺的服务以备忘录形式固定下来，无异于给企业吃下了"定心丸"，这种个性化的跟踪服务也是创新精神的一种体现。

行行业业支持创新，方方面面服务创新，这种独特的社会文化氛围构成了深圳推动自主创新的强大合力。

深圳的创新文化植根于移民城市的特质。"深圳是全国最大的移民城市，市民来自四面八方。他们带着梦想，带着创新创业的冲动来到这里。他们深知，只有创新创业才能够生存。一批率先崛起的创新型企业又为传播这种创新文化起到了示范带动作用。"深圳市市长许勤说。

创新文化的形成发展，离不开政府的引导与培育。近年来，深圳大力提倡创新教育，全市中小学校将科学和创新教育作为教育均衡发展的基本要求，培养学生独立思考的思辨和创新精神，鼓励青少年参与科技发明竞赛；各级科协等社会组织积极举办科普展览、讲座，建设科普画廊、科普基地，开展多种形式的设计创意大赛，广泛传播科学精神和创新意识；以"读书月""创意十二月""市民文化大讲堂""自主创新大讲堂"等系列品牌活动为载体，加强对广大市民的引导，深化建设创新型城市的文化条件和环境。

一系列鼓励创新的政策文件相继出台，为培育创新精神、弘扬创新文化、激发创新潜力发挥了积极作用。早在2006年，深圳就率先出台了《深圳经济特区改革创新促进条例》。这个条例至今仍为人称道的一点就是"宽容失败"。条例明确规定，改革创新未达到预期效果，只要程序符合规定，个人和所在单位没有牟取私利，可予免责。此外，深圳还出台相关文件，对创业失败的人才给予基本生活保障。

创新要靠知识产权制度来保护。为提高全民的知识产权意识，近年来，深圳利用多种渠道、多种方式进行知识产权知识的宣传与培训，强化各界利用与保护知识产权的意识，已连续5年发布《深圳市知识产权发展状况》白皮书，连续3年进行深圳市知识产权十大案件和十大事件的评选。有关部门创办的"知识产权半月谈""知识产权名人讲堂"和"知识产权鹏城论坛"等活动，共举办了200多场高水平、高规格的论坛与研讨会。"前不久，我们在全社会范围内进行了抽样调查，市民的知识产权意识明显增强，对知识产权工作的认知度也有了明显提高。"深圳市市场监督管理局副局长邝兵说。

创新的要素在这里汇聚，创新的热流在这里涌动。如今的深圳，已初步形成了政府有明确的"创新导向"、企业有内在的"创新动力"、市民有强烈的"创新激情"、社会有宽容的"创新氛围"的良好局面。以"敢于冒险，崇尚创新，追求成功，宽容失败"为主要特征的创新文化，已经内化为这座年轻都市的灵魂，成为特区人民最可宝贵的精神财富。

笔底风云四十年（下）

采访感言

愿做 能做 敢做

记者在采访中了解到，深圳最早崛起的一批创新型企业，如华为、中兴、比亚迪等，在他们的起步阶段都是由中国建设银行深圳市分行提供融资支持的。为什么建行深圳市分行有如此远见？分行公司银行部副总经理尹小雄说，"金融机构如何更好地为创新型企业和中小企业提供服务，关键要解决好三个问题：一是愿不愿做，二是能不能做，三是敢不敢做。愿做，是社会责任的体现；能做，是要具备金融创新的能力；敢做，则是在实现内部风险控制的前提下，允许犯错误。"一席话令记者印象深刻。

仔细想来，"愿不愿做，能不能做，敢不敢做"，不仅是金融机构需要解决的问题，也是一切创新活动都需要面对的课题。而深圳之所以在自主创新道路上越走越好，成就卓著，就因为他们在这三个问题上都有了令人满意的答卷。

"愿不愿做"事关自主创新的动力。经过30多年的发展，深圳经济建设取得了巨大的成就，也遭遇了发展瓶颈，面临着土地、资源、环境、人口难以为继的制约。要突破瓶颈，打破制约，跟上国际经济科技发展的趋势，就必须依靠自主创新，推动经济发展从要素驱动向创新驱动的转变。在"十二五"开局之年，深圳大张旗鼓地进行自主创新的再发动、再部署，密集出台新的激励政策，体现了加快推进自主创新的紧迫心情。

"能不能做"事关自主创新的能力。经过多年的推动和积累，如今的深圳不仅有华为、中兴、比亚迪这样的创新龙头企业，还有数万家活力迸发的中小型高科技企业，以企业为主体、以市场为导向、产学研相结合的创新体系逐步完善。同时，为解决源头创新问题，深圳建设了一批重大科技基础设施，引进了一批新型研究机构，吸引了一大批自主创新的高端人才。

"敢不敢做"事关自主创新的勇气。创新必然有风险，一些人不敢创新,原因就是害怕失败。而在深圳人看来,创新的过程中没有失败者,积极的创新行为应当得到鲜花和掌声。经过多年的引导和培育,深圳形成了"敢于冒险,崇尚创新,追求成功,宽容失败"的创新文化。正是这种独特的文化氛围,使深圳人创新的后顾之忧越来越少,创新的勇气日益勃发。

（原载2011年5月6日《经济日报》,与任意、杨阳腾合作。"采访感言"执笔:任意。该系列报道入选2011年度《经济日报》"十大新闻精品"）

创新型城市调研行·成都篇

着力完善区域创新体系
——创新型城市调研行·成都篇①

成都,不仅是西部地区经济发展的重镇,也是西部地区科技教育的中心。2010年,成都市被科技部批准成为首批国家创新型城市试点,被国家发展改革委批准开展推进国家创新型城市试点工作。同时被两部委批准为开展国家创新型城市建设的城市,在西部地区独此一家。

求新谋变,创新发展,在建设国家创新型城市的过程中,成都着力构建独具特色的区域创新体系,为城市经济和社会发展提供了强劲动力。

让创新资源向企业聚集

构建区域创新体系的关键何在？当记者向成都市委副书记、市长葛红林提出这一问题时,他的回答是:"企业是关键、是抓手、是中心。我们构建

笔底风云四十年（下）

技术创新体系、完善创新服务体系、构建人才高地，全都是围绕企业的需求来做。政府搭台，企业唱戏，将最优资源导向企业，将一流人才引向企业，只有企业通过科技创新发展壮大了，创新资源才能真正转化为产业和城市的竞争优势。"

今年7月，一款名为"神鸟"的新型高效太阳能电池在成都诞生。它将太阳能电池的光电转换效率提高至18%，高出常规电池一个百分点。这1%的"一小步"，使成都新能源产业迈出了"一大步"，"成都造"太阳能电池技术由此跻身国际一流行列。

"转化率提高1%，意味着纯利润可能增长6%。""神鸟"的研发者天威新能源控股有限公司首席技术官张凤鸣解释说。天威是我国第一家进入新能源领域的国有企业，也是目前国内唯一实现从多晶硅料到光伏应用产品全产业链生产的企业。该公司不仅与中科院、清华大学等建立了合作关系，组建了南京大学天威新能源研究院，还将与澳大利亚新南威尔士大学、荷兰国家能源研究中心等共同开展关键技术的联合攻关。由于技术领先，公司成立仅4年，出口业绩就跃居四川省制造类企业第一。

对于成都康弘药业集团股份有限公司而言，企业技术中心更是一个集聚高端人才的舞台。这家土生土长的成都企业已引来海归高端研发人才13名、博士16名，国外专家8名，建立起200多人的专业研发团队。中心主任董庆自豪地介绍，康弘的研发成果在国际眼科领域权威杂志《眼科学》上发表，引起国际同行的极大兴趣。

扶持企业建立技术中心，是成都市发挥财政资金"四两拨千斤"的作用，将创新资源向企业集聚的一个途径。成都对获得国家工程（技术）研究中心、重点实验室、工程实验室、企业技术中心的企业，一次性给予100万元资金支持。统计显示，今年1至7月，成都工业领域共有120个项目获得政府资金支持3830万元，预计将带动189.7亿元的社会总投资，实现销售收入91.5亿元，利润16.7亿元。

为了服务企业的创新活动，成都较早地开展了统筹科技资源的尝试。从2006年起，成都市尝试整合不同行业、部门、单位的科技资源，搭建起大型科学仪器设备、科技信息情报、知识产权综合服务、科技成果转化、战略决策咨询服务、科技金融综合服务等6个功能服务平台，以及电子信息、生物医药等6个产业服务平台，多方面满足企业科技创新活动的需要。

作为全国第一个知识产权工作示范城市、首批国家商标战略实施示范城市和全国版权示范城市，成都按照市场化运作的方式，建立了知识产权综合信息共享服务平台、成都品牌数据管理测评系统、版权信息共享数据平台；成立了成都联合产权交易所、成都文化产权交易所及网上技术市场、成都市出版物电子商务交易平台。还在21个产业集中发展区、部分乡镇（街道）设立了知识产权特派员工作室等基层工作站，聘请资质较好的专业代理机构当特派员。政府只授牌不出资，盘活了中介机构，使企业"零距离"享受到专业服务。

2010年，成都市专利申请量达31261件、授权量达25981件，均居中西部第一位、副省级城市第二位。

金融服务的"梯形融资模式"

今年6月，成都晶元新材料技术有限公司拿到了第一笔订单，科技成果产业化迈出关键一步。晶元是一家生产锂电池正极材料的企业，自主研发的新产品用镍锰代替部分钴合成正极材料，是一项重大的技术突破。在产业化初期，由于市场风险难以预计，社会资金不敢投，政府及时伸出援手。2010年10月，市生产力促进中心与青岛厚土创业投资公司各向晶元投资500万元，后来又分别追加投资至1000万元，财政补贴210万元。目前晶元已建成500吨/年的三元正极材料生产线。"我们有信心3年内达到6000万吨的产能，跻身中国正极材料领域的前三名。"董事长卢云说。

长期以来，"初创期"融资难一直困扰着中小型科技企业。"我们曾调查

笔底风云四十年（下）

过，全市仅有10%的金融机构和5%的风投机构愿意关注'初创期'的企业，因此造成'最需要钱的时候最缺钱'的艰难局面。"成都市科技局副局长丁小斌说。

市场调节失灵时，需要政府的及时介入。2008年以来，成都市积极探索科技金融服务平台建设路径，构建了包括银行、科技担保、创业投资和科技保险的"一平台四体系"自主创新金融支撑体系，用政府有限的扶持资金撬动大量金融资本。成都市生产力促进中心向银行缴纳保证金，银行以保证金为基数，放大3倍后确定贷款额度。企业再把自身的知识产权质押给生产力中心做反担保。目前，生产力促进中心已获得银行授信额度22亿多元，通过知识产权质押，为科技型中小企业提供融资担保6385万元，全市科技保险额度达283亿多元。

今年，成都市又推出两项"新政"，一是创业投资补偿办法。政府拿出2亿元，补偿投资中早期创新型企业的创投机构，补偿最高限额300万元。二是出台种子资金管理办法。政府设立3亿元的种子资金，以会同其他创投机构直接投资、融资担保和融资补贴等方式，降低创投公司的投资风险。

近年来，成都不断完善科技金融服务体系，力图使创新型企业享受"从摇篮到成年"全过程的金融服务。这种做法被成都市高新区发展策划局局长汤继强归纳为"梯形融资模式"。他说，"'梯形融资模式'在成都落地生根，将有助于我们自己的高科技企业茁壮成长。今日一粒一粒地播种，他年必有满仓满仓的收获。"

构建"人才高地"

"我第一次来成都是作为国家'千人计划'引进候选人才来这里考察。来了就不想走了。"毕业于美国麻省理工的全球第一个磁共振物理学博士邹学明对记者说，"成都的高科技机电产业供应链相当完整。本地高校学生的专业素质比较强，政府部门对新兴产业很了解，与他们沟通起来没有障碍。

还有这里的气候、环境和发展潜力……"

2005年，海外归来的邹学明来成都创立了奥泰医疗系统公司。该公司成功研制出我国第一台具有自主知识产权的1.5T超导磁共振医学成像设备，2011年预计产值达2.4亿元。

被成都的优良环境所吸引的，还有孵化器里的"草根创业者"。"现在来这里发展的外地人越来越多，甚至出现了企业跟着人才来的现象。"成都天府软件园有限公司总经理杜婷婷说，"今年5月，TCL通讯在天府软件园设立研发中心。以往TCL是把成都人招去深圳，现在改从全国招人来这里了。"

"今年6月，我们新出台《成都市引进高层次创新创业人才实施办法》，设立高层次创新创业人才专项资金，2011年市级财政预算1.2亿元，以后按财政收入增长幅度，逐年增加投入额度。"成都市委组织部人才处处长郭小平说，"这样的资助标准已处于全国先进水平，表明市委、市政府招才引智、求才若渴的决心不变，力度更大。"

在描绘"十二五"发展宏图之际，成都提出"新三最"的发展目标。成都市委负责同志解释说："所谓'新三最'，就是要成为中西部创业环境最优、人居环境最佳、综合竞争力最强的城市。努力构建人才高地，将为实现这一目标提供最为重要的智力支撑。我们将进一步落实人才优先发展理念，优化创新人才发展规划。不断完善人才政策激励体系，充分发挥政策引导作用。不断完善人才创新创业扶持体系和人才服务保障工作体系，为创新创业提供充足的保障。精心营造尊重人才的社会文化氛围，使科技人才大量涌现，创新火花竞相迸发，创新思想不断涌流。"

（原载2011年10月23日《经济日报》，与钟华林、赖薇合作）

笔底风云四十年（下）

瞄准高端建设"产业成都"
——创新型城市调研行·成都篇②

"成都，一个来了就不想走的地方。"在此落户的世界500强企业达200多家。成都像一块散发着无穷魅力的磁石，吸引着全球创新创业人士的关注。

魅力源自实力，实力源自创新。今年8月，四川省启动天府新区建设，再造一个"产业成都"。天府新区的产业规划将按照"产城一体化"模式进行规划设计，将产业发展和城市生活功能充分融合。作为天府新区的龙头和核心，成都以科技创新为依托，正积极推动经济发展方式转变，直奔高端产业和产业高端，在全球产业大转移和经济格局大调整的背景下，努力构建起支撑创新型城市建设和世界生态田园城市建设的现代产业体系。

"软实力"变"硬支撑"

作为我国高等院校、科研机构最密集的城市之一，成都的科技"软实力"深厚，创新资源丰富。中国社会科学院发布的《2011年中国城市竞争力蓝皮书：中国城市竞争力报告》显示，成都的科技竞争力在全国294个地级以上城市中排第6位，位居西部地区首位。

"我们有高等院校42所，国有独立科研机构109家（不包括军工），专业技术人员81.17万人，两院院士35人，国家重点实验室、国家工程实验室、国家工程（技术）研究中心、国家企业技术中心等国家级创新平台33个……"成都市委副书记、市长葛红林对成都的创新资源如数家珍，"这些都为成都产业发展提供了高端科研能力和研究人才。"

科技实力如何转化为发展动力，"软实力"如何变"硬支撑"？这是成都在思考和着力解决的课题。实现这一目标，必须大力推进产学研结合，使科研优势转化为产业优势。

"公司在1995年成立之初，主要依托位于成都的电子科技大学的一项技术成果IC卡公用电话付费系统。"成都国腾实业集团有限公司副总经理李梅告诉记者，经过10多年的发展，国腾已涉足到IC设计、卫星通讯平台及终端、税控系统、二代身份证验证系统、大型集成系统软件等众多领域，借助成都雄厚的科技资源，国腾实现了快速发展。

"发挥利用科技优势，必须要有自己的根基，要有自己的企业。"葛红林说。为了能够培养出更多的"本土企业"，成都改革原有科技计划体系，确立科技支撑与引领产业发展等三大主题，突出支持重大产业化科技项目，初步形成产业规划指导与企业需求相结合的科技计划管理体系。

在创新产学研结合机制方面，成都从企业共性技术需求出发，完善利益共享、风险共担产学研合作机制；在重点产业领域引导建设了新能源汽车、物联网等17个产业技术创新联盟；支持产业技术联盟开展活动或申报、承担科技计划项目，全市产学研合作项目占科技项目实施总量70%。

"去年我们还启动了市级科研成果产业化专项，重点支持引进、合作开发和委托开发科研成果实现产业化，对17个项目给予了711万元的资金补助。"成都经济和信息化委员会主任何礼告诉记者。

产学研紧密结合，激发出自主创新的巨大能量。到去年底，成都已经拥有国家创新型企业7家、四川省创新型企业322家、国家高新技术企业1018家；拥有技术先进型服务企业53家，居全国城市前列；培育国家级知识产权试点示范单位15家、省级109家。

直奔"微笑曲线"两端

"本土企业"的成长，如源头活水为成都发展注入了不竭动力。与此同时，从长远和全局着眼，成都市加大招商引资力度，直奔"微笑曲线"两端（根据"微笑曲线"理论，其向上的两端分别为研发和营销），着力吸引高端项目、优势企业向成都聚集。

笔底风云四十年（下）

7月26日，在成都天威产业园，天威新能源控股有限公司二期项目全面竣工投产仪式隆重举行。这标志着该公司的硅片及电池产能规模已各实现500MW。"虽然成立才4个年头，但我们已经在国外市场形成知名度和影响力，让成都乃至我国的新能源产业在世界舞台上占有一席之地。"天威公司总经理高正飞说。

以天威集团为代表的新能源产业高歌猛进，正是成都发展高端产业的一个缩影。

"充足的人才供应，广阔的市场空间，低廉的综合成本，优质的政府服务，是知名厂商选择成都的重要原因。"成都高新区发展策划局局长汤继强表示。

在成都发展高端产业的历程中，英特尔和富士康的引进是两个标志性事件。

2003年8月27日，英特尔公司的芯片封装项目正式落户成都。作为全球最大的芯片生产商，英特尔的到来吸引了近百家国内外上下游企业到来，总投资超过30亿美元。由此，成都一举站上了电子信息产业的高端。

2010年10月，在成都高新区富士康厂房内，第一台苹果Ipad组装完毕。Ipad是电子信息产业的终端产品，这标志着成都电子信息产业链的全面完善，使其成为了我国电子信息产业发展的"第四极"。

紧随富士康的步伐，戴尔、德州仪器、联想……众多世界级电子信息企业纷至沓来，形成年产值几千亿元的电子信息产品产业链。一条从软件外包、研发设计，到终端制造、总部销售的完整产业链，在成都实现闭合。

7月18日，成都市对外宣布，将用5年时间，建成全球最大的云服务和终端产品制造基地，布局了云服务、基础软硬件设备生产和云终端产品制造三大产业集群，将其"十二五"的目标产值锁定3000亿元。

在直奔"微笑曲线"两端的思路下，成都的新能源、新材料、生物医药、节能环保等战略性新兴产业和电子信息、航空航天等高新技术产业呈现出迅速聚集、迅猛发展之势。

推动传统产业转型升级

在新兴产业加速聚集的同时，成都还需要破解一道难题：传统产业如何转型升级？

青白江区是个老工业区，拥有冶金、建材、化工、机械等产业集群。"这些行业基本上都是高污染、高耗能的。虽然付出了惨重的环境资源代价，但企业的发展仍很艰难。"青白江区经信局局长沈民告诉记者，针对这种情况，"十一五"时期，青白江区共实施传统行业技术改造项目397个，投资285亿元，占到固定资产投资的六成以上。

改造项目的效果立竿见影。现在的青白江天蓝了，水清了，空气也新鲜了。"生态立区的目标正在实现。更为重要的是改造升级提升了核心竞争力，企业的发展前景普遍看好。"沈民说。

玉龙化工是1958年在青白江区建成的小化肥厂，在成本不断攀升，行业产能过剩的背景下一直步履维艰。"低技术含量、低附加值，高污染、高耗能的模式根本无法维持下去。不改造，不调整，不升级，必然是死路一条。"该公司总经理袁开全说。

"去年前8个月，我们共亏损1300多万元，年底时却实现盈利1300多万元。今年以来，我们实现了1790万元的盈利。"袁开全说，"这得益于我们同清华大学合作，新上了先进的三聚氰胺生产线。去年8月，生产线一次性试车成功，立即产生了效益。这为我们进一步延伸产业链条打好了基础。"

严峻的发展形势，逼迫着传统产业必须改造升级，而日益壮大的高端产业，也为传统产业拓展了新的发展空间。

"我们开发区重点发展新能源产业以后，园区内原本生产普通玻璃和铝材的企业，都加大了技术升级的步伐，开始为新能源产业进行配套，附加值明显提升。"成都双流县西航港经济开发区副主任蒲贵森告诉记者，这种情

笔底风云四十年（下）

况并不是西航港独有的，而是成都传统产业的普遍情形。

发展形势的倒逼和高端产业的带动，成为"撬动"传统产业改造升级的两个有力"杠杆"。放眼成都，汽车、石化、冶金建材等制造业和食品、制鞋、家具等特色产业向产业高端升级的步伐在加快。"下一步，我们还将强化技术支撑，促进传统产业提档升级，通过集成应用信息技术提升传统产业的信息化水平。"葛红林表示。

在自主创新的驱动下，构建现代产业体系的"产业成都"梦想，正在一步步成为现实，为建设创新型城市、实现世界生态田园城市的发展目标奠定了坚实的基础。

（原载2011年10月24日《经济日报》，与任意、钟华林合作）

为城乡统筹插上科技"翅膀"
——创新型城市调研行·成都篇③

按照国务院部署，成都市承担着统筹城乡综合配套改革试点的重任。实践中，成都市坚持"三个集中"、"六个一体化"、农村"四大基础工程"发展战略，全面推进城乡一体化，促进新型工业化、新型城镇化和农业现代化"三化联动"发展。科技作为第一生产力，为成都市统筹城乡发展提供了强大的动力和支撑。

实现城乡统筹发展，让城乡同进步共繁荣，解决农业、农村发展不快不强问题是关键。这也是成都建设创新型城市必须破解的难题。

打造"零距离"科技服务

在成都市双流县永安镇红提园片区的公路沿线，葡萄园宛如一片绿海，无数串紫红、圆润的葡萄点缀其间，许多成都市民开车来这里采摘。

别看只是普通的红提,从育苗、栽培到田间管理都有不少学问。"永安种植红提葡萄已有10年,科技对葡萄产业发展的贡献非常大。我们与成都市农林科学院、四川农业大学、四川农科院的许多专家长期结对合作。在专家指导下,采用避雨设施栽培等技术,让不适宜在南方种植的红提在成都生根发芽、开花结果。"永安镇科技办主任付加林介绍说。

永安镇的葡萄产业依靠科技不断发展,是成都市推动科技资源向农村扩散、向农业聚集、向农民倾斜的一个缩影。成都市科技局副局长李志毅说,近年来,成都市面向城乡科技发展的薄弱环节,建立起专家网络、成果网络、需求网络、培训网络和呼叫网络五大系统为主要内容的农业科技综合服务平台,通过农业专家大院、技术创新联盟、工程技术中心、科技信息服务站(点)等服务模式,构建了覆盖全市农业的新型农村科技服务体系,为加快现代农业发展提供了重要支撑。

围绕农业特色优势产业,成都市建立了红提、生猪、水蜜桃、猕猴桃等33个农业专家大院,搭建农业科技项目、技术、人才的集聚平台,常年聘请驻院和院外专家,进行新成果、新技术推广及试验示范。依托大学和科研院所,全市组建了19个科技特派员团队,共有科技特派员624人。他们通过承包、技术入股和创办实体等方式,与农民结成利益伙伴,因地制宜地选用先进适用技术,促进科技成果与农业生产一线对接。

成都市还面向基层农业专合组织、村(社)和农户,建立农村科技信息服务站(点),依托农技110、西部农业在线、三农热线综合信息服务系统等平台,加强农业实用技术的推广和应用。"为给农民提供农技推广、动植物疫病防控、农产品质量监管等全方位服务,成都市还规划建设146个乡镇农业综合服务站。目前已建成77个,今年底将全面建成并投入使用。"成都市农业委员会副主任吴远根说。

通过农业科技服务体系建设,成都已形成农业服务人员直接到户、良种良法直接到田、先进技术直接到人的有效机制,推动了生态有机农业、设施

笔底风云四十年（下）

农业、高端农业的发展，农业现代化水平不断提高，农民收入明显增加。2010年，成都市实现农业增加值285亿元，比上年增长4.1%；农民人均收入8205元，比上年增长15.1%。

支撑农业产业发展

在统筹城乡改革实践中，成都市以科技为支撑，围绕农业优势产业，着力发展农产品深加工工业，促进农产品就地转化，增加农业附加值和可持续发展能力。

成都市科技局农村科技处处长夏北川说："为发挥科技创新对农业产业发展的支撑作用，成都市实施农产品精深加工及综合利用等重大科技专项，对制约农产品深加工和副产物综合利用领域的关键难点，开展技术研发和集成示范，扶持、引导一批农业龙头企业研发出一系列区域特色名优农产品，形成具有市场竞争力的农产品品牌。"

"郫县豆瓣"就是成都打造的一个响当当的农产品品牌。位于成都市西部的郫县规划建设了3.7平方公里的川菜产业化园区，集中发展调味品、川菜原辅料和农产品深加工产业集群。为提升郫县川菜产业的市场竞争力、产业配套能力和技术创新能力，去年1月科技部门联合县域重点食品加工企业、知名高校和科研院所，共同组建了郫县川菜产业技术创新联盟，加强科技成果推广应用，实现研究成果及设备仪器的区域共享。"联盟成立以来，从郫县豆瓣的微生物菌系、生产工艺改造、食品安全保障、保质期延长、产品标准、产业规划等方面进行系统研究，大大提升了郫县豆瓣生产的自动化程度。在联盟带动下，一些企业的自主创新能力不断增强，每年能开发新技术、新品种2至3个。"郫县科技局局长李泽说。

农产品加工业的发展带动郫县安德镇及周边地区形成了食用菌、韭黄等规模化、标准化种植基地4万余亩，农户年增收0.8亿元。

除组建农业产业技术创新联盟，加快特色优势产业集群发展，成都市还依托农业龙头企业建立了19个工程技术中心，进行关键共性技术研发，促进企业技术创新。

在专业生产乳酸菌制剂的四川高福记生物科技有限公司，就有一个成都市科技局批准成立的成都益生菌泡菜产业化工程技术中心。通过与中国食品发酵研究院、四川西华大学等开展技术合作，成立不到两年来，四川高福记生物科技有限公司已有"乳酸菌制剂发酵泡菜关键技术集成与产业化示范"等4项技术成果通过四川省科技厅组织的专家鉴定，"一种制作泡菜的发酵剂及其制备方法"获得国家发明专利，还有9项发明专利正在受理之中。"我们的专利技术和科研成果，给相关行业带来了革命性的变化，能够产生巨大的经济效益。"高福记公司技术总监曾泽生说。

用科技成果改善民生

为推动城乡一体化发展，成都市广泛应用科技成果改善民生，因地制宜实施民生科技示范工程，梯度引导农民向城镇转移，加快转变生产生活方式。

通过实施民生科技专项，成都市研发和推广了废弃物综合利用技术、可再生能源开发技术和涉及城乡居民生产生活环境改善的新技术，促进了农业生产的循环发展和农村生态环境建设；加强城乡社区常见多发慢性病防治技术开发，在12个社区医院设立试点示范；加强建筑节能技术开发，为城乡建筑综合能耗降低提供了技术支撑。

值得一提的是，从2009年开始，成都市以物联网理论为基础、运用射频识别技术，建立生猪产品质量安全可追溯体系。在成都市高新区和平农贸市场，只要顾客选好一块猪肉，称量结束后，摊主便会递来一张打印有猪肉溯源码的小票，编辑手机短信发送这一溯源码，两秒钟后，短信回复便显示出这块猪肉的产地、检验检疫、屠宰地等信息。目前，该体系已应用于成都市的240多个农贸市场。

"发挥在西南地区射频识别产品设计和生产的龙头作用，我们研发出具有自主知识产权的射频识别计价秤。零售商销售时,先通过刷卡区读取白条猪肉上的束标信息,然后将重量信息、价格信息完成绑定后打印票据给消费者。消费者通过手机短信、电话、上网等方式就能轻松查询猪肉的各种信息。"成都九洲电子信息系统有限责任公司营销公司副总经理税荣介绍说。

科技聚焦民生,在抗震救灾和灾后重建中发挥了重要作用。"5·12"汶川特大地震发生后,成都市大力推广抗震救灾实用技术,做好灾后重建的科技示范和服务工作。组织建筑专家赴灾区乡镇开展农村低成本抗震建筑设计技术指导活动,在重灾区实施集中安置点生活污水及生活垃圾处理技术集成示范,还在都江堰高原村、彭州新黄村开展灾后新农村建设科技试点示范,加强农业新品种、新技术的引进与推广应用,促进农业增产增效。

成都市农林科学院副院长张汝全认为,科技创新是成都市推动农业发展方式转变、提升农业现代化水平、增加农业综合生产能力的关键因素和重要抓手,为成都市缩小城乡差距、统筹城乡发展提供了有力支撑。

(原载2011年10月26日《经济日报》,与王玲、钟华林合作)

柳暗花明看奇瑞

题记

2005年初,根据中央领导同志指示精神,《经济日报》加大了自主创新的宣传力度,组织了一系列报道和讨论。同时,准备推出一批在自主创新方面率先发力、成效显著的示范企业,奇瑞汽车公司成为首选。根据编委会指示,我带领由政科文部和专刊部汽车周刊编辑室有关同志组成的联合采访组，来到安徽芜湖，对奇瑞公司进行了深入采访。6月2日，《经济日报》开始推出《自主创新·柳暗花明看奇瑞》系列报道，连续刊发了《杀出重围》《志存高远》《人才是宝》《哀兵争胜》《动力澎湃》五篇通讯，全方位总结了奇瑞自主创新的做法和经验。6月8日，刊发评论《奇瑞启示录》，阐述了奇瑞自主创新道路的精髓和意义。在后续报道中，围绕汽车产业如何推进自主创新的话题，分别采访了科技部负责人、金融企业负责人、专家学者、汽车企业代表、消费者代表等各方人士。6月16日，本报与科技部、安徽省政府在芜湖联合召开"我国汽车产业自主创新战略研讨会"，科技部部长徐冠华、安徽省省长王金山等出席并致辞，与会专家对以奇瑞为代表的我国汽车产业自主创新道路进行了深入研讨。

以《自主创新·柳暗花明看奇瑞》为开端，《经济日报》随后陆续推出了一批《自主创新看企业》调研报道，介绍了华为、海尔、吉利、春兰、沈机、正泰、重汽、美的等企业的典型经验，在推动自主创新的舆论引导中形成了鲜明的报道优势和特色。

杀出重围
——自主创新·柳暗花明看奇瑞①

芜湖，一个地处安徽省南部的内陆城市。在人们的印象中，这里除了毗邻长江的地利而成为历史上的"四大米市"之外，并没有太大的名气。无论看地区生产总值，还是区位优势，芜湖在东中部城市群中都不算抢眼。

但在这个不那么抢眼的城市里，却诞生了一家业内十分抢眼的企业：奇瑞。初夏时节，本报记者来到公司调研采访，亲身感受了这个经历八年的艰辛与磨难，仍然志向远大、朝气蓬勃的企业，眼界为之大开，精神为之振奋。

笔底风云四十年（下）

谋于陋室，成于荒滩

10年前，当奇瑞公司以颇具神秘色彩的"951工程"为代号悄悄开始运作时，汽车项目还处于严格的控制和审批之中。当时国内汽车业的格局已经被确定为"三大三小"，且各有分工，无论是政府、业界还是市场，似乎都没有欢迎后来者加入的意思。

而芜湖人的"造车梦"却源远流长。早在1958年，在北京举行的国庆成就展上，新中国向世人展示了3辆国产车，其中就有一辆是由芜湖制造的江南牌。

20世纪90年代，在加快发展的热潮中，芜湖人又一次做起了"造车梦"，汽车及其零部件工业被列入地方经济的三大支柱之一。此时的芜湖，所谓的汽车工业不过是几家民营企业在小作坊里敲敲打打。既没有现代汽车业的基础，也没有真正懂行的人才，巨额的资金投入更是难题。据说，当时省有关部门就要不要上奇瑞项目展开过激烈的争论，争论的结果是：内行的都反对，支持上的都是些汽车工业的"外行"。

也许是"无知者无畏"。芜湖人执着地要把梦想变成现实。1997年初，挂着一块名不副实的"安徽汽车零部件工业公司"招牌，奇瑞发动机厂动工。总经理尹同耀清楚地记得，那时他来到芜湖郊区的荒滩野地，兴奋地指点这里要建发动机厂，那里是研发中心、总装厂，让闻者感觉恍若梦中。

谋于陋室，成于荒滩。奇瑞的建设，前后历经了芜湖市四任领导班子。四任班子传承着一个共识：砸锅卖铁也要上奇瑞。

从发动机项目破土动工，到第一台奇瑞轿车下线，再到形成6万辆整车、30万台发动机生产能力，奇瑞仅仅用了两年多的时间。

历经磨难，杀出重围

奇瑞的诞生多少有些偶然。

第五辑 聚焦自主创新

走上开发自主品牌的道路，同样也有些偶然。急于把汽车项目做大的省市政府当初不是没有寻找合资合作的打算，但"一穷二白"的奇瑞难入跨国公司的"法眼"，而与国内大集团的合作又中途搁浅，"骑虎难下"的奇瑞人被"逼上梁山"，只能选择自主开发。

尽管奇瑞人知道，"选择了汽车就是选择了苦难与艰辛"，但自主开发的艰难还是超出了他们的想象。

短短的8年时间里，为了生存的权利，奇瑞数度更名换姓，其间的曲折，人们早已耳熟能详。同时，资金、技术、品牌、人才、市场，奇瑞人艰难地迈过了一道道坎儿。

当奇瑞在市场上立定根基，渐露头角之际，更大的风雨在迎候着他们。奇瑞人告诉记者：刚刚过去的2004年，是奇瑞度过的最困难的一年。

先是年初的时候，一场"红顶商人"风波被舆论热炒。作为全市重点建设项目、市属大型骨干国有企业，奇瑞的董事长原由市委书记兼任，这本是一种利大于弊、"合理不合规"的制度安排，但机缘巧合，并不那么典型的奇瑞被抓了"典型"，受到了质疑；

紧接着，在全国"两会"召开前夕，由奇瑞东方之子充任会务用车的决定被突然变更，已经盛装待命的600辆奇瑞轿车只能"望京兴叹"；

随后，突然冒出一场跨国公司诉奇瑞QQ侵权案，且在案件未经审理之际，就被某些媒体炒得沸沸扬扬，余波迄今未止；

山雨欲来风满楼。接踵而来的负面消息，加之轿车市场的疲软，不能不对奇瑞汽车的销售产生影响。

危机的出现，意味着转机的可能。

在总结去年工作的干部大会上，奇瑞的"掌舵人"这样概括奇瑞的处境：我们正处在"最困难、最关键、也是机会最好的时期"。他进一步分析，困难并不可怕，打压并不可怕。没有什么敌人能打垮我们，一个企业只有自己能打垮自己。我们已经具备了战胜困难的最基本条件，我们有自身的优势，

笔底风云四十年（下）

面临着更大的机遇。

置之死地而后生。经历几番风雨的洗礼，进入2005年的奇瑞可谓峰回路转，柳暗花明。

3月28日，奇瑞汽车发动机二厂首台高性能发动机点火成功。一个从3缸到V型8缸、从汽油到柴油，排量从0.8升到4.0升，全部满足欧IV标准的3个系列、共18款发动机研发蓝图，展现在国人面前；

4月上海车展，奇瑞展示自主开发的5款全新车型，有跑车、商用车、微型车等，令人眼前一亮，耳目一新；

1月至5月，奇瑞市场销售大有起色，销售近7万辆，累计销售已超过33万辆。

不是神话，胜似神话

想当初，当奇瑞宣布要靠自主开发造轿车时，业内人士都认为这是一个"神话"。

之所以奇瑞的追求在旁人看来是如此的不可思议，原因在于中国的汽车界在跨国巨头们有意无意地引导下，早就有了自己的"神话"。这种"神话"认为，现阶段的中国人自己是造不出轿车的。理由有二：一是规模门槛。一个轿车项目，如果规模达不到15万辆甚至30万辆，就没有经济可行性；二是开发门槛。自主开发至少需要达到200万辆的规模才有可能，还要10亿元的固定资产投资，10亿元的运营费用，8000到1万人的开发队伍，大约30个实验室等。如此高的门槛当然是可望而不可及。于是，国内的几大汽车集团只好相继收藏起自主开发的宏图，心安理得地为跨国公司打工造车。

偶然地走上自主开发的道路之后，奇瑞人在实践中坚定了创自主品牌、走自主开发之路的信心。分析国际汽车工业的发展史，本田、丰田、现代等名声赫赫的全球汽车巨头，都是从自主造车起步。没有哪家企业一开始就拥有200万辆的规模。外国人能，中国人为什么不能？奇瑞人为什么不能？

8年过去了，奇瑞从无到有，走过了国内汽车企业几十年的路程：造出了具有自主知识产权的中国品牌车，形成五大系列，30多款产品。奇瑞从跨国公司的重重包围中突围，迅速从小到大，1999年12月，公司成立两年半，第一辆轿车奇瑞风云成功下线；2001年，奇瑞轿车正式上市，当年便以单一款式在市场销售2.8万辆；2002年，奇瑞轿车产销量突破5万辆，在国内汽车市场占有率达到4.4%，成功跻身国内轿车行业"八强"；2003年，第10万辆奇瑞轿车下线；2004年8月，第20万辆奇瑞轿车下线……今天的奇瑞，已具备年产35万辆轿车和40万台发动机的能力，名列中国轿车市场自主品牌第一位，出口轿车第一位。一家权威的德国调查公司分析认为：奇瑞有望成为中国最具发展潜力的汽车企业。

奇瑞是一个神话的缔造者，同时又是另一个"神话"的终结者。

虽然上市仅4年的奇瑞轿车，无论款式还是品质都有不尽如人意的地方，但拿第一辆奇瑞风云轿车与今天的奇瑞东方之子、风云、旗云、QQ等轿车相比，其质量已不可同日而语。奇瑞轿车不仅在国内市场上赢得消费者的信心，同时以较高的性价比受到国际市场的追捧，出口轿车已占中国轿车出口总量的80%。目前，公司向伊朗、埃及、叙利亚、马来西亚等24个国家和地区出口整车和组装、半组装"奇瑞"品牌轿车，甚至开始技术转让，输出工厂。中国驻叙利亚大使高兴地告诉奇瑞公司的市场调查人员："看到大马士革满大街跑着奇瑞车，作为中国人很自豪。"

奇瑞是一面旗帜。它代表了中国汽车人数十载的追求，它昭示着中国自主品牌发展的方向，它彰显了我国企业提高自主创新能力的信心。

奇瑞的红旗能打多久？没有人可以未卜先知。对于一家只有8年创业史的企业来说，还远不到盖棺论定的时候。但仅仅是这8年的一小步，就足以使人振奋，令人欣慰，促人深思。

奇瑞的一小步，迈出了中国汽车工业的一大步。

笔底风云四十年（下）

> **编辑点评**

为什么选择奇瑞

詹国枢

从今天起，本报推出系列报道《自主创新·柳暗花明看奇瑞》。

汽车企业那么多，为何单单选奇瑞？

选择奇瑞，原因有二。

其一，奇瑞是中国汽车业自主创新搞得最好、自主品牌生产最多的企业。短短8年时间，它已经成功开发了5大系列、30多款自主品牌汽车；已经累计销售32万辆汽车且具备年产35万辆汽车和40万台发动机的能力；已经出口轿车到伊朗、埃及等24个国家和地区，占中国轿车出口总量的80%。别的不表，以上三组数字，足以说明问题。

其二，媒体应该为自主创新搞得好的企业大声鼓与呼。为什么要鼓励自主创新、扶持自主品牌？大道理不用多讲，举一个现实例子，你看咱们国家这些年生产了那么多汽车，什么奥迪、宝马、帕萨特，什么本田、别克、蒙迪欧，生产再多，质量再好，名声再大，说到底，有哪一辆哪一款不是人家别国的产品？算起来，有哪一辆哪一款能算我们中国自己的知识产权？

提倡自主创新，不等于不要对外开放；支持自主品牌，不等于就要排斥进口产品——大概不会有人对此持有异议。既如此，在平等竞争的大环境下，对大力坚持自主创新且取得良好成效的本国企业给予一些舆论上的推介和道义上的支持，想来也是本国媒体义不容辞的责任吧。

奇瑞已登上舞台，让我们为它喝彩。

（原载2005年6月2日《经济日报》，与陈建辉、姜范合作）

志存高远
——自主创新·柳暗花明看奇瑞②

造一辆汽车并不难,难的是大批量地造好车。

当年,芜湖市的领导们正是看到小作坊里也能敲打出一辆辆小轿车,而且获利不菲,才更加坚定了上奇瑞项目的决心。

如今,当年的那些小作坊早已经关停并转。当年的市领导却随着奇瑞项目的进展,熏陶成了现代汽车业的行家,在接受记者采访的时候,对世界汽车业的新进展、新动向如数家珍,了如指掌。

奇瑞之所以能够从小到大,由弱渐强,成长为中国汽车业最具影响的自主品牌,就在于她没有重复作坊式的落后的生产与开发模式,而是选择了一条与市场接轨、与世界接轨的自主研发道路。

善于学习才有"溢出效应"

在经过上百年发展而成熟起来的现代汽车业面前,中国人无疑是"小学生"。是学生就要承认差距,善于学习。

毋庸讳言,奇瑞造车是从模仿开始的。在奇瑞的早期产品上,不难发现清晰的借鉴痕迹。但运用反求工程借鉴市场上的成熟技术,进而实现产品的创新,是世界汽车工业中常见的开发模式,并非奇瑞的独创,也不是中国人的发明,日本与韩国汽车业也正是通过这种开发模式起步的。

需要学习的不仅仅是具体的技术和产品,更重要的是企业的组织形式、产品开发模式、生产的控制体系等,是一个庞大的系统工程。虽然奇瑞是国有企业,但给记者留下的印象却是:比许多合资企业更像合资企业。

奇瑞总经理尹同耀曾经是一汽大众总装车间主任,第一辆奥迪就是由他组织生产出来的。他认为,奇瑞的成功是善于学习、博采众长的结果。从这个意义上说,没有20多年来对外开放和大规模引进带来的技术、经验、人

笔底风云四十年（下）

才的积累，也就没有今天的奇瑞。

对一位普通工人的采访使记者对奇瑞人善于学习的精神有了更具体的理解。一直在轿车厂焊装车间工作的蔡交华说："我们的焊装线是从国外引进的，一开始工人都是凭经验、感觉干活，没有建立起工艺技术规范和质量控制标准。后来我们到一些企业参观，学习引进了国际通行的车身焊接质量评价标准（NQST），又从国外进口了先进的专用检测设备。经过4个多月的反复试验，总结出针对不同焊接材料的工艺技术规范，建立了完备的焊接参数监控体系。现在，车身焊接的NQST值已从过去的0.8降为0.1，超过了某些合资企业的水平。"

在评价引进外资给本地产业带来的影响时，专家们喜欢用一个词："溢出效应"。令人奇怪的是，在那些合资企业中看不到多少"溢出效应"，相反，这种"效应"在奇瑞等自主品牌企业中得以集中体现。为什么合资企业陷入"引进，落后，再引进，再落后"的怪圈，而通过引进外资积累的技术和经验却在奇瑞得到消化、吸收？原因也许是：没有主动学习的愿望，没有善于学习的精神，种种"效应"绝不可能自动"溢出"和扩散开来。

自主开发不是"闭门造车"

通过自主开发，掌握自主知识产权，支撑起富有竞争力的自主品牌，是奇瑞人的不懈追求。

自主开发的关键是自己作主、以我为主。但自主开发并不等于"自己开发"，而是在以我为主的前提下，充分利用国内、国际两种资源，开发出具有自主知识产权的产品。奇瑞汽车工程研究院的许敏院长告诉记者，在自主开发的问题上，要走出一个误区，以为自主开发就是什么都要由自己来干。在今天的世界上，没有一家汽车公司的产品开发全都是靠自己完成的。

发动机是汽车的心脏。在奇瑞发动机二厂，记者看到从3缸到V型8缸、从汽油到柴油、排量从0.8升到4.0升，全部满足欧Ⅳ排放标准的3个家族、18款发动机样机。厂长冯武堂介绍："这是公司与全球最负盛名的发动机设计企业奥地利AVL公司联合开发的，其中有4款基本由AVL公司完成，其余14款全部由我们自主开发。在这一系列新的发动机中，我们采用了世界领先的技术。"

搞联合开发，奇瑞的目标不仅是要得到新产品，更是为了掌握高性能发动机的设计方法和试验流程，掌控全部知识产权，形成自己的技术能力。"刚开始的时候，虽然叫联合开发，但他们把我们的技术人员关在一个房间里，他们的工程师在另一个房间搞设计，根本没有让我们参与的意思。但我们坚决反对，反复坚持，最后终于参与了整个开发的全过程。"在联合开发的过程中，奇瑞的技术人员迅速掌握了从概念设计、详细设计、计算机辅助设计、试制、开发试验、整车试验等一整套开发流程、开发体系和方法论。同时，奇瑞还拥有了一批具备国际先进水平的试验设备，包括17台AVL发动机试验台架和1台动力总成试验台架，在此基础上逐渐形成自己的开发数据库。

"以我为主营造平台，面向世界整合资源"，奇瑞摸索出了一套有效的自主开发模式。他们不仅"走出去"，和AVL公司这样的企业搞联合开发；还"请进来"，请设计公司到奇瑞工作，由对方负责项目管理，带领年轻人共同完成设计；他们还创造了"两头在外、中间在内"的开发形式，即请设计公司完成概念设计，由奇瑞公司完成工程设计，最后再请设计公司审查把关，以充分利用国内外资源，实现以我为主的创新设计。

实现高起点的"中国创造"

奇瑞人志存高远。"我们自主开发瞄准世界最先进水平"，总经理尹同耀说。为此，奇瑞公司每年都要从世界上选10个最好的发动机、10个最好的变速箱、10个最好的车型回来，把它们掰开来、撕碎了进行研究，分析

笔底风云四十年（下）

人家走到了什么程度，用了一些什么样的先进技术，从中找到自己的差距和不足。

奇瑞每年用于产品研发的投入，都保持在销售收入的10%以上。投资4亿元人民币建设的奇瑞汽车工程研究院是国内装备最先进的汽车研发机构之一，拥有发动机台架试验室、整车转毂环境试验室、排放分析室、整车道路试验室、总成零部件试验室、非金属件试验室、计量中心、气道试验室、电子试验室，完全具备整车造型、车身、底盘、发动机、变速箱、整车电子电器的开发设计能力，并初步形成有自己特色的具有国际水平的技术开发平台。目前，奇瑞累计批准授权专利120余项，还有100余项专利申报待批。由奇瑞承担的国家"863"重点项目混合动力轿车的研制，已取得阶段性成果。

2004年2月，公司新成立了规划设计院，以新的制造手段和新工艺、新流程、物流、动能供应、数字模拟工厂为研究方向，着力提高公司的制造技术实力，缩短新产品投产的周期。最近，经国家科技部批复同意，国家节能环保汽车技术工程研究中心"花"落奇瑞，挂牌在即。

在奇瑞的规划中，自主开发分为两个阶段：第一阶段是基本具备一定的自主开发和系统集成能力，年产销达到10万辆，这个阶段的目标已经实现；第二阶段是要具备较强的整车和关键零部件的开发能力，年产销达到100万辆。这个目标有望在2010年实现。

奇瑞在车用技术开发上的巨大成就，加快了中国家用轿车新技术运用的进程，推动了国内家用轿车向更安全、更舒适、更节能环保的方向发展。2001年，当ABS、EBD甚至助力转向还是20万元以上高级轿车的装备时，奇瑞已将这些配置运用于10万元以下车型的标准配置，带动了这些高配置在国内家用轿车的广泛采用。奇瑞QQ定位于"年轻人的第一辆车"，不仅价位低，而且加装双安全气囊、ABS和I—SAY数码视听系统等，赋予了微型轿车安全、舒适、时尚的全新概念，被视为微型轿车领域革新性变化。自主研发的奇瑞车省去了引进费、专利费等，成本大大降低。因此，奇瑞每一款新车的推出，都激起车市一片"跳水之声"。

奇瑞的出现和成长颠覆了中国车市的价格格局，给消费者带来了实实在在的实惠。正如一位网友在评价奇瑞时所说的："你可以不买奇瑞，但你不能不知道，正因为有了奇瑞，你才可以不必用17万元的价格去买台老桑塔纳。"这就是自主开发企业送给中国消费者最大的善意和最好的礼物。

（原载2005年6月3日《经济日报》，与陈建辉、王玲合作）

人才是宝
——自主创新·柳暗花明看奇瑞③

21世纪最贵的是什么？人才！

奇瑞这几年积累的最值得夸耀的资本是什么？人才！

奇瑞下一步发展最紧迫的问题是什么？

还是人才！

在采访奇瑞高层管理者的时候，人才是经常触及的话题。记者惊异于他们对于国内外顶级汽车技术人才的熟悉和了解，惊异于他们求贤若渴的急迫、唯才是用的气概，更惊异于他们在短短数年间迅速集合起来的一支豪华研发团队。

毫不夸张地说，这是一支"梦之队"，是代表着中国轿车研发水平的人才"梦之队"。

令人惊异的"花名册"

张屏是奇瑞公司分管人事的副总，奇瑞高级管理和技术人员的"花名册"就装在她的脑中。她一口气给记者开出了一长串名字：

笔底风云四十年（下）

许敏，上海交通大学毕业，1984年去美国，供职美国第二大汽车零件制造企业伟世通公司，是公司发动机研究专家团队里的重量级人物，2003年从海外归来，加盟奇瑞，现为奇瑞公司副总经理兼汽车工程研究院院长；

张林，上海交通大学机械制造、工业外贸双学位，美国密歇根大学博士，曾供职美国戴姆勒—克莱斯勒公司，2004年1月回国加盟奇瑞，现为奇瑞公司国际公司总经理；

袁涛，北京航空学院发动机专业毕业，1989年留学法国，获法国国家研究中心汽车发动机博士学位，2004年5月加盟奇瑞，现为奇瑞公司采购部部长；

辛军，浙江大学工程热物理系毕业，1990年留学美国，美国伊利诺伊大学博士，美国威斯康星大学发动机研究中心博士后，曾供职美国底特律柴油机公司和本田美洲研究中心，2004年7月加盟奇瑞，现为奇瑞公司汽车工程研究院副院长；

秦力洪，北京大学国际关系学院硕士，美国哈佛大学硕士，曾供职德国罗兰贝格管理咨询公司，2005年2月加盟奇瑞，现为奇瑞公司销售公司副总经理；

冯建权，新中国汽车发动机设计第一人，曾主持解放牌141型车6102汽油发动机研发并获成功，现为奇瑞公司副总工程师；

寺田真二，日本人，汽车制造管理专家，曾供职三菱汽车厂30年，任发动机厂副厂长。2003年11月出任奇瑞总装二厂厂长……

对张屏来说，这样的名单还可以开出很长。她脑中还有另一本"花名册"，那是奇瑞长期关注或正在联络的高级人才。

谁也不会想到，在芜湖，在奇瑞，集聚了这样一批高素质的前沿研发骨干和管理人才。翻翻这本"花名册"，就足以令业内人士对年轻的奇瑞刮目相看，就足以领悟这是一家有着什么样追求的企业。

用精彩的事业吸引人

这样一支"梦之队"是怎样形成的呢？

在奇瑞建厂之初，凭着"初生牛犊不怕虎"的勇气，奇瑞打出了自主开发"造中国车"的大旗。正是这面大旗，成为奇瑞对中国汽车人最具吸引力的东西。随着国内大汽车集团在合资过程中纷纷停止了自主研发项目，一批深感"无用武之地"的技术研发人员相继被奇瑞罗至帐下。现任奇瑞公司控股企业佳景科技有限公司总经理的沈浩杰，当时是国内一家大汽车集团轿车研发平台的负责人。在原企业自主研发平台即将解体之际，沈浩杰来到了奇瑞。与他一起过来的，几乎就是一个完整的轿车车身研发团队。为什么选择奇瑞？"因为奇瑞是一个想干事、能干事的企业。奇瑞给我们提供了舞台，可以让我们实现未曾实现的梦想。"沈浩杰的回答代表了许许多多走进奇瑞的人们的共同心声。

思贤心切的奇瑞领导人，一个个如同"猎头"公司的老板，四处搜寻着新的目标。

随着事业的发展，他们的目光不仅盯在国内人才市场上，更指向了海外的广阔空间。他们广泛宣传奇瑞，以蓬勃发展的中国汽车事业，以研发自主汽车品牌的报国之心，感动学有所成的海外华人，动员他们加入奇瑞的队伍。

现任奇瑞公司汽车工程研究院院长许敏是这样被"忽悠"来的。已在美国生活多年的许敏，原本没有回国工作的打算。"我是回家乡来度假的，想利用这个机会把我学到的一些东西，对奇瑞的员工做个介绍，尽我的绵薄之力。"但当他走进奇瑞，公司事业的飞速发展和振奋人心的发展方向都让他惊奇，"我从来没有看到发展这么快的汽车企业，还有对中国自己的汽车事业充满信心的领导层，我被这样的事业和这群人所吸引。"于是，许敏很快就辞去了在底特律的工作，来到奇瑞挑起了工程研究院的"大梁"。

笔底风云四十年（下）

年轻精干的秦力洪刚刚加盟奇瑞。他的故事与许敏又有不同。作为德国罗兰贝格管理咨询公司的管理专家，奇瑞曾经是他的研究对象。为了给自己找到充分发挥才干的事业平台，秦力洪对国内汽车企业做了专门的比较分析。"奇瑞是一个有活力的年轻企业，在它的成长发展中，会有许多问题要解决，正是这些问题吸引了我。另外，奇瑞已经吸引了一批各方面的顶尖人才，能和他们一起实现'造中国人自己的汽车'的理想，也让我十分振奋。"在来奇瑞实地考察的当天，秦力洪就缠着公司负责人签下了合同。

人以类聚，伙以道同。精彩的事业把一群有志气的人们聚拢起来了。目前，奇瑞拥有各类专业技术人员近3000人，其中硕士以上学历的142人，外籍及海归人员近40人，来自国内大型汽车企业的老专家和技术骨干有150多人。

建设"学习型"团队

汽车的制造与研发是一个系统工程，既要有领衔研发的技术精英，还要有一支高素质的员工队伍。在奇瑞公司现有的近8000名员工中，超过50%的人具有大专以上学历，平均年龄24岁。

为了提高员工的专业水平和技能，奇瑞不惜重金聘请咨询公司和业内专家来公司讲学、授课，同时通过各种途径，把大批人才送到国外培训。公司在对外的所有技术合作和技术合同中，都有一条规定，就是要求对方为奇瑞培训和培养人才。目前，公司送到国外培训的已达1000余人次，其中派到奥地利AVL发动机设计公司进行学习的就有100余人，培训时间最长的为2年，最短的也有半年多。

现任奇瑞发动机一厂车间主管的吴俊宁，毕业于芜湖联大，1998年10月以技工身份到奇瑞上班。在公司"一帮一"技术培训中，他师从曾受到党和国家领导人接见的中国第一代高级技工苏庆生，刻苦钻研加上名师指点，小伙子进步很快，带领他的团队一鼓作气设计并制造出7个发动机台架，不仅节省资金100多万元，还为SQR372型车扩大产能赢得了时间。去年3月他被派往奥地利AVL设计公司参与发动机的研发，成为专家级人才。

"用真挚的情感留住人，用精彩的事业吸引人，用艰巨的工作锻炼人，用有效的学习培养人，用合理的制度激励人。"这是奇瑞的人才理念。从这种理念出发，奇瑞一手抓高级专家的引进，一手抓自有人才的培养，努力在自主开发的实践中打造一支"学习型"团队。公司建立了1万多平方米的研发实验基地，设立了博士后科研工作站；还与重点院校进行广泛交流，校企联办，共同培养人才。他们在合肥工业大学设立了奇瑞研修班，经过三年的培养，已有19名车辆工程在职研究生顺利结业。

奇瑞的事业在发展，队伍在壮大。

越来越多的人从四面八方来到芜湖，走进奇瑞，共同以艰巨的工作支撑起光荣而精彩的事业。

（原载2005年6月4日《经济日报》，与王玲合作）

哀兵争胜
——自主创新·柳暗花明看奇瑞④

采访尹同耀的时候，他比预定的时间迟到了15分钟。

"我们刚签订了向古巴出口1000辆车的协议。"他说得很随意。与今年出口5万辆的目标相比，这1000辆车的出口对于奇瑞来说似乎算不上惊喜。

说来令人难以置信，从上市的第一年开始，奇瑞汽车就实现了出口，创下了中国轿车企业出口的最快纪录。此后几年，奇瑞一直占据中国轿车出口量的80%以上。

在成熟的国际市场上，奇瑞作为一个弱小的后来者，可以说是一支"哀兵"。"哀兵"是如何争胜的呢？

笔底风云四十年（下）

"守株待兔"

有趣的是，奇瑞的第一次出口竟然源于一个"守株待兔"的故事。

故事发生在2001年10月，当时奇瑞风云刚刚上市不到9个月。一名叙利亚商人在北京偶然看到了奇瑞"风云"，认定这款车会有市场，于是从北京追到芜湖，其时尹同耀正在上海开会，这个执着的商人又从芜湖赶到上海，终于找到了尹同耀，双方签订了向叙利亚出口10辆风云轿车的协议。后来，这个商人成了奇瑞在中东最大的销售商，与奇瑞的合作一直持续到今天。在今年4月的上海车展上，奇瑞还将"最佳经销商奖"颁给了这家经销商。

"我们当时刚上市，国内市场还供不过来呢，哪里想得到出口？"尹同耀并不讳言出口之初的被动和无意识。比出口10辆车更大的收获是，外商的"跟踪追击"给奇瑞打开了一扇通往世界的门，既让奇瑞看到了自己的价值，也为自主品牌产品寻找了更为广阔的生存空间。

从那一年起，奇瑞的出口量呈几何级数的增长。2003年出口1200台，占中国轿车出口的85%。2004年出口更是突破了1万辆。也是2004年，奇瑞国际销售公司成立，奇瑞的出口战略日渐清晰。由于整车出口必须缴纳较高的关税，还需要承担较高的运输成本，因此奇瑞更多地选择了CKD组装的方式出口。如今，奇瑞已经向世界近30个国家和地区出口汽车。

奇瑞国际销售公司总经理张林为奇瑞的出口划分了三个阶段：以2004年国际销售公司成立为分水岭，此前是等客上门的被动阶段；现在则进入了主动出击的探索阶段，这一阶段主要以开拓东南亚、中东市场为主，这些市场运输成本较低，产品结构与国内相似，准入要求相对低，市场开发的难度相对较小，可以为企业积累较为丰富的海外运作经验；第三个阶段将是2008年以后的事了，可称为"全球运作型"，这一阶段奇瑞希望将自己的产品打入欧美等发达国家的汽车市场。

"韩国现代汽车公司1968年成立，1976年出口第一辆车，现在他们出口的比例达到了三分之二，跟现代相比，我们有国际经验可以借鉴，可以将实现出口的时间缩短，国内的大市场又可以支撑我们提高规模，我们的机会更大。"有了现代汽车公司的快速发展为榜样，张林显得信心十足。"几年后奇瑞在国际市场的销量可能会超过国内销售，奇瑞也可能成为出口主导型的企业。"对于奇瑞未来的海外战略，张林以及奇瑞的领导层表现出相当的乐观。

鸡蛋也要碰石头

在奇瑞崭露头角的2001年、2002年，恰逢中国汽车市场井喷前的加速阶段，业内人士戏称"只要装上四个轮子就不愁卖"，有国内市场这块大蛋糕可吃，奇瑞为何要急于走向世界呢？

"国内市场与国际市场并不矛盾，所有的公司都在寻找增长点。汽车是规模效应明显的行业，所有的企业都希望做大规模。"从张林的解释看，奇瑞已经摆好了"通吃"的架势。

出口，对于年轻的中国轿车行业来说，还是个相当陌生的领域。当初进行合资的初衷之一是替代进口，而跨国公司在中国汽车业巨额投资的目的，也是满足本地市场的需要，所以有近20年历史的合资企业只有零星的象征性出口。奇瑞将跨国公司在中国的策略逆转过来，的确给了中国汽车业的自主开发极大的信心。在对中国自主开发汽车企业进行了深入地调研之后，北京大学路风教授认为："为什么建厂没几年的奇瑞比那些长期受国家保护的骨干企业更加敢于利用国际资源、出口更多的整车甚至出口汽车整装厂和CKD散件？就是因为奇瑞是自主开发。这是区别两种命运的唯一变量。"

出口并非易事。虽然奇瑞的主要出口市场一般经济水平不高，并且当地也没有汽车工业，但奇瑞的竞争对手并不弱，都是国际知名的跨国公司，在外界看来，奇瑞在海外市场的开拓无异于"鸡蛋碰石头"。但是初出茅庐的奇瑞并不畏惧，奇瑞的杀手锏是产品的性价比。在奇瑞看来，跨国公司由于

笔底风云四十年（下）

成本较高，在中低档次的产品中，已经无法达到奇瑞产品的性价比，奇瑞的信心就在于向全世界提供性价比最高的产品。

奇瑞需要面对的，还有以物美价廉的纺织品为代表的"中国制造"的低档形象。正因为如此，奇瑞要以优秀的产品和品质来改变中国制造的低档次、低价位的形象。"中国品牌，国际品质"，这就是奇瑞的追求。"在车展上，几个华人看到奇瑞的汽车，激动地流下了眼泪，因为大家都希望看到中国人自己制造的汽车，希望提升中国制造的形象。"由于出口汽车这样技术含量高、对品质要求苛刻的产品，奇瑞自觉不自觉地承担着代表中国制造新形象的任务。

而对于奇瑞来说，有利的一点是，这些国家的消费者对于汽车品牌并没有中国消费者那么挑剔，在他们眼里，奇瑞与许多跨国公司的品牌没有什么区别，选择适合自己的就够了，这给了奇瑞一个平等竞争的机会。正因为如此，出口埃及的"东方之子"成为当地高档车的象征，而考察自己的海外市场时，奇瑞的领导人被奉若上宾，"那种感觉好极了"。

瞄准制高点

2005年奇瑞最为轰动的新闻莫过于向美国市场的"进军计划"。奇瑞将与美国梦幻公司合作，从2007年开始向美国市场批量出口轿车。这个消息令整个国际汽车业震惊。

开拓欧美市场，奇瑞算是第一个吃螃蟹的。北美与欧洲占有世界汽车市场50%的份额，这两个市场消费能力最强，对产品要求也最高，对制造商的要求也是最高的。因此，在这两个市场取得成功，就意味着占领了汽车技术的制高点，自然也就在全球汽车市场站稳了脚跟。正因为如此，这两个市场的竞争格外激烈。如果奇瑞能够成功地打进美国市场，不仅是对奇瑞品质的绝佳肯定，更是中国制造形象提升的绝佳体现。

奇瑞深知开拓美国市场的难度，也知道与拥有百年历史的跨国公司相比奇瑞还很弱小，因此奇瑞进行了细致而艰苦的准备工作。

从产品上看，奇瑞的轿车必须达到欧美国家的排放和安全标准要求，这不仅要求奇瑞对现有的产品进行升级和改造，还要求奇瑞在推出新产品的同时，必须考虑国际市场的需求。比如，欧洲和美国的排放标准已经达到了欧洲4号，而奇瑞自主开发的发动机都可以达到这个排放标准。再比如，针对一些英联邦国家的右舵驾驶习惯，奇瑞正在进行某些车型的右舵改造。针对欧洲柴油车比例较高的特点，奇瑞准备了三款高排放标准的柴油发动机。在质量方面，奇瑞与国际汽车界最著名的咨询公司美国J.D.POWER合作建立了质量体系，也聘请外部专家进行现场指导，并逐步提升供应商品质以及提高采购水平。

为积累海外营销的经验，奇瑞正在积极研究国外的文化、法律、道路条件等，选择合作伙伴，培养人才、锻炼团队。

面对国际、国内两个市场，奇瑞人可谓雄心勃勃。在满怀激情与憧憬的同时，他们也不乏清醒与冷静。

正如奇瑞一位高层管理者指出的，相对于跨国公司来说，奇瑞的品牌还很弱。一个品牌的培育、提升有一个过程，不可能期望一个只有几岁的企业摇身一变就确立国际性大品牌的地位，世界上还没有这样的先例。要将现在的弱势品牌建设成强势品牌，还需要奇瑞人付出更加艰苦和长期的努力。

（原载2005年6月6日《经济日报》，与姜范合作）

动力澎湃
——自主创新·柳暗花明看奇瑞⑤

改革开放初期，安徽芜湖出了一个被誉为"中国第一商贩"的"傻子"年广久，其"傻子瓜子"闻名遐迩。

笔底风云四十年（下）

在世纪之交，这里又冒出了一群自称要"造中国车"的"疯子"——奇瑞人。

业内人说，奇瑞人的确是一群为理想而战的疯子。这理想，就是"造中国人买得起的好车"。

激情从何而来

三年多前，记者曾听一位科技评审专家讲过一个故事，至今难以忘怀。那是2001年11月，国家电动汽车重大专项在京进行竞标评审，奇瑞公司参与纯电动汽车项目的竞标。当奇瑞产品开发部主任鲁付俊介绍到奇瑞公司历经的艰辛时，眼眶里竟滚出了泪水，一时，在场专家为之感动。近日记者见到身高1米82、体格魁梧的奇瑞公司总经理助理鲁付俊时，实在无法将他与那个当众落泪的场景联系起来。鲁付俊承认："那是我有生以来的第一次。我是最早参与奇瑞创业的，我们一路走来，真的不容易，如果仅仅是为了赚钱，是坚持不到今天的。支撑我们创业的信念，就是想'造中国人买得起的好车'。"

奇瑞公司由CAC三个变形字母组成的企业标志，本来是奇瑞汽车有限公司的英文缩写，但经奇瑞人一解读，就变成了一个人在振臂高呼："造中国人买得起的好车！"说实话，这一理想并不是奇瑞公司在8年前成立时提出的，而是当他们造出了第一辆车，知道自己能行之后，一种强烈的责任感和使命感使他们为此而激情燃烧。

共同的追求使得偏居安徽芜湖的奇瑞公司颇具磁力，先后吸引了40多位外籍和海归人士加盟。这些世界一流的汽车专家，无怨无悔地放弃了国外优越的工作和生活条件，来奇瑞效力。在奇瑞的技术团队中，有来自国内三大汽车集团和合资汽车企业的技术人员，有20多位清华学子，有上千名大学生、硕士、博士。有的人放弃上百万的年薪来了，有的人百万年薪也挖不走。来自德国西门子公司的奇瑞副总经理阚雷说："一个企业没有追求，就没有未来，所有的承诺也可能没法兑现。"

一位清华硕士至今仍然清楚地记得，2002年奇瑞老总在清华作招聘演讲时激情澎湃地发问："2009年国庆60周年时，国家领导人坐什么车检阅部队？"同学们齐声回答："奇瑞！"

回京前，记者向送行的司机小李道一声辛苦，没想到引出了一段令人难忘的对话："这几天陪我们采访，没有上班下班，你辛苦了。""没什么，我们经常这样。""收入高吗？""不太高。在芜湖属中上水平。""那为什么选择奇瑞？""喜欢车。""如果有一位老板有好车，工资还高，你去吗？""不去。""为什么？""因为我们要'造中国人买得起的好车'！"

看来，"造中国人买得起的好车"的信念，确实得到了奇瑞人的认同，难怪记者所碰到的奇瑞人说起这句话时，都是神采飞扬，充满自豪。

"秘密武器"

若论资金、技术、规模、人才，奇瑞在国内汽车企业中未必最好，与世界汽车巨头相比更是小弟弟。但是奇瑞却能为人所不能：开发一款新车，国际惯例是四五年时间，他们却在5年多的时间内推出了五款轿车，今年底还将推出三款新车；从产品上市到销量达5万辆，国内合资企业最长的花了11年，他们最短，只花了5年的时间。业内人不理解：奇瑞是怎么干的？

奇瑞的"秘密武器"就是由共同理想而形成的企业文化。为了"造中国人买得起的好车"，别人不敢想的，奇瑞人敢想；别人不敢做的，奇瑞人敢做。为此，奇瑞人拼命付出，加倍努力。

有人说中国汽车业不具备规模基础和开发能力，不能自主造车。奇瑞人用自己的行动证明，中国人不但能自主造车，而且还能造汽车的心脏发动机，能造汽车的核心零部件变速箱。为了丰富车型，2003年他们同时推出QQ和东方之子两款新车型，在开发期间，研发人员没有节假日，没有双休日，每天从早上8点上班一直工作到晚上11点半，三餐饭全部送到工作台

笔底风云四十年（下）

上，每周只有周日下午4点到6点是自由活动时间，就这样坚持了7个月，直到两款新车成功面世。

有人说随着入世中国汽车业的高利润状态会很快结束，自主造车来不及了。奇瑞人偏不信邪，他们都熟悉一个口号："大干50天"！这是全厂总动员的号角。为了抢第一辆车下线，他们先把时间定在1999年12月18日，然后反推每道工序的时间：车身压制的时间、底盘制造的时间、模具制造时间、车型设计时间等，全体员工不计报酬加班加点，用了几个"大干50天"，第一款车终于如期下线。

奇瑞的员工还记得董事长尹同耀鼻梁上贴着胶布的形象，那是他因连续工作，白天走路打瞌睡撞在钢架上的"收获"。为奇瑞设计了QQ、东方之子和旗云车的沈浩杰说，他原来不信奇瑞人都是工作狂的说法，但到奇瑞以后不信不行。有一次奇瑞向宝钢购买汽车冲压用的薄板，价格怎么也谈不下来，"后来尹总急了，他就让我陪他去宝钢，那时他高烧差不多40度，在车上打着吊瓶，宝钢的总经理谢企华看他这样，连说：'好，好，你这样都跑来了，让价！'"

永恒的动力

几年的实践，"造中国人买得起的好车"已成为奇瑞企业文化的精髓。奇瑞企业文化内容是：真挚诚信，激情永驻；用户第一，品质至上；永远创业，追求卓越；马上行动，日清日高；以人为本，鼓励竞争；组织优化，团队互动；超越梦想，挑战极限。这一企业文化已物化为一系列的企业管理准则，成为企业发展的永恒动力。

奇瑞采取引进和培养双管齐下的人才机制，在这里进门靠相马，进门以后靠赛马。公司为每一位员工提供了3条职业发展路径：一条是管理序列，即班组长一直向上延伸至副总经理；另一条是专业技术序列，即助理工程师一直向上延伸至首席工程师；第三条是技术工人系列，由技工一直延伸至高级技师。首席工程师享受与副总经理同等待遇。这种评价方法调动了员工的积极性，进厂仅4年的工人，通过自己努力晋升为技术员；新来的管理者成了创业者的领导；20多岁的年轻人做上了北京区的主任，奇瑞的用人机制为人尽其才提供了制度保证。

品质至上，在奇瑞也不是一句空话。

2001年2月，奇瑞公司顺利通过ISO9001国际质量体系认证，别人用五六年达到的目标，他们两年就达到了。2002年10月，奇瑞公司又在国内同行业率先通过了德国莱茵公司ISO/TSI6949质量管理体系认证，这是体现汽车行业特殊要求的质量认证，其中有一项非常重要的"工序能力指数"（CPK），国内同行要达到1.23指数已非常不易，但奇瑞的CPK指数却大于1.33。质量上的常抓不懈，使奇瑞轿车在国家技术监督局的突击检查中，全部质量指标符合国家标准，绝大部分指标优于国家标准。

在企业管理上，除了引进先进的管理理念，实现信息化管理以外，奇瑞尤其注意克服国有大企业的弊病。为防止"个人占小便宜，企业吃大亏"的现象发生，奇瑞的采购实行"阳光工程"，公开招标，并规定中层以上干部的亲属公司不准与公司发生业务关系，还在订货合同中附一份"阳光协议"，要求供货方不得以任何方式进行贿赂，否则将终止合同。奇瑞严格实行家属回避制度，因此，奇瑞有好几位老总的夫人待业在家，其中，也有董事长尹同耀的夫人。

毋庸讳言，对奇瑞这个刚刚8岁又处在高速发展期的企业来说，企业文化还有待成熟，管理需要进一步规范，组织结构亟须完善，为此，奇瑞人需要动更多的脑筋，花更多的时间，做更多的事情。只有这样，奇瑞人才能实现其理想，为中国汽车人圆梦。

（原载2005年6月7日《经济日报》，与陈建辉合作）

笔底风云四十年（下）

奇瑞启示录
——写在系列报道结束之际

本报关于奇瑞自主创新的系列报道，在业内人士和广大读者中引起了广泛反响。

"一石激起千重浪"，以此来说明奇瑞之于中国汽车工业的意义恰如其分。虽然在今天中国的汽车市场上，奇瑞汽车所占的市场份额并不算起眼。

为什么这块不起眼的"石头"却激起如此巨大的浪花？引起如此多的议论？这是值得人们认真探讨和思考的问题。

（一）

奇瑞是什么？奇瑞首先是中国汽车界的一个异类。

曾几何时，要不要走自主开发之路，在我国汽车界还是一个大有争议的话题。而实际上，长期以来，业内的主导舆论对这个问题的回答基本上是否定的。否定的理由大致有三，一是认为现代汽车产业很先进，而我们的基础很落后，不具备自主开发的能力；二是认为在经济全球化的背景下，资金、技术、人才、品牌在世界范围内流动，不分我你，我们只要参与国际分工即可，不需要搞自己的品牌，发展自主的技术；三是认为我国汽车企业只有通过合资之路，尽快把自己做大、做强，在更大的规模上、更高的起点上，才有可能搞自主开发，打出自己的品牌。用一位大集团老总的话说，就是"自主开发要耐得住20年的寂寞"。

概而言之，现阶段中国人要想自主造车，一是"不能也"；二是"不必也"；三是"不为也"。

20多年过去了，我国汽车工业的自主开发能力确实越来越"寂寞"了。但人们的忍耐力却差不多到了极限，越来越多的有识之士为中国汽车工业的现状忧心和焦虑。我们已经成了全球第三大汽车制造国，但在全球前100名汽车品牌中找不到中国人的贡献；在我们的国土上已经能够制造出从宝马到凯迪拉克等等名车靓骑，但在一些合资工厂里，中方连改变其中一个螺丝帽的权利也不具备；我们有"三大集团，四大基地，八大金刚，十三太保"等等数百家汽车制造企业，但几乎每一家都不得不找上一家或几家跨国公司作"靠山"，用"洋品牌"打天下。

极而言之，仅就乘用车而言，我们有制造车间，但没有汽车工厂；我们可以造车，但只能造别人的车。

正是在这样的情况下，奇瑞、华晨以及长安、哈飞、吉利等汽车企业依靠自主开发打出自主品牌，先后走进了国人的视野，令人眼前一亮。

（二）

异类的出现令人有些尴尬。尴尬之余，就有人解释说，奇瑞等自主品牌企业的出现是中国汽车工业发展的第10个馒头，他们的成功是由于有引进合资的前9个馒头垫底。不能因为第10个馒头吃饱了，就否定前9个馒头的作用。

如果是从宏观上说，自主品牌汽车企业的出现，是20多年改革开放的必然结果（第10个馒头），这个比喻还是有点道理的。奇瑞引进了大批国内大汽车集团多年培养出来的人才，吸收了合资企业的管理和研发经验，利用了引进外资过程中形成的国产化零部件配套体系，等等，都说明自主开发不可能是白手起家从零起步，而必须充分利用20多年来汽车工业改革、开放、发展过程中积累起来的积极成果。这也说明，改革开放之初，汽车工业选择以引进合资为主的改造与发展道路并没有错。

然而，任何比喻都是蹩脚的。在关于中国汽车工业要不要搞自主开发的问题上，"馒头论"的比喻尤其蹩脚，几至于成了无稽之谈。一个不可回避的问题是，谁在吃前9个馒头，又是谁在吃第10个馒头？显而易见，是两个不同的主体在吃着不同的馒头。以"三大集团"为代表的传统汽车企业走上

笔底风云四十年（下）

了合资道路，这本来无可非议。问题是，他们在政策的保护下，在封闭的市场中，用引进技术加上"洋名牌"赚钱赚得太容易了，日子过得太舒坦了，以至于丢掉了通过引进合资进而吸收、消化先进技术，实现自主创新的初衷。如果不是加入世贸之后汽车市场开放的大限将至，如果不是产业政策调整后一批新生力量的异军突起，真不知道中国的消费者要把那些嚼过无数遍的旧馒头再啃多久。君不见，本就是落后技术的"桑塔纳"们竟在中国市场上行销了20多年，即使到今天不是也没有完全退出历史舞台吗？

今天我们提出汽车工业要走自主开发的道路，鼓励汽车企业打造自主品牌，并不意味着对大规模引进合资道路的否定。事实上，政府当年鼓励汽车工业搞引进、搞合资，也是以最终实现自主开发、自主创新为目标的，不因为如此，也不会搞出一个50%的合资控股底线。然而，令人遗憾的是，我们高估了中国企业依托资本控制实现技术转移的决心和热情，又低估了跨国公司依托技术和品牌进而钳制资本的能力，结果，我们播下了"龙种"，但收获的却不是我们期待中的"东方巨龙"。

有意栽花花不发，无心插柳柳成荫。当奇瑞为代表的自主品牌汽车企业在夹缝中顽强地撑起一片新绿，我们能不为之感奋，能不为之鼓舞吗？

（三）

奇瑞不是今天才诞生的。但直到今天，我们才更真切地掂量出奇瑞和它所代表的一批自主品牌企业的分量。因为只是到了最近，中国的汽车界才算有了必须走自主开发道路的共识。

一位汽车界的前辈语重心长地提醒：没有自己的品牌，造多少车都是别人的辉煌。该是我们清醒的时候了。

一位汽车界的后来人激愤地呼吁："挪威的森林"不属于中国。要让中国的土地上长出中国的树。

一位资深记者转述韩国现代汽车高层领导人的经验之谈：汽车企业的生

存之道"第一是自主开发,第二是自主开发,第三还是自主开发。一家汽车企业最重要的不是做生意,而是建立自己的研发能力。"

一位经济学家向中国汽车界发出这样的警示:市场开放和引进外资,不能演化为这样的场景——在开放的舞台上,自己的演员都被赶下台,让别人演戏当主角,成为"一出没有中国演员的中国剧"。

奇瑞走上自主开发的道路或许有些偶然,但在中国出现类似奇瑞这样的自主品牌企业则是一种必然。作为世界汽车制造大国的中国,不可能没有依靠自主开发,掌握自主知识产权,打造具有竞争力的自主品牌汽车企业。一些国外的研究机构也认为,作为世界上增长最迅猛的经济体,中国有生长出国际汽车巨头的肥沃土壤。一是有成长最快的国内市场,二是低廉的人力成本,三是中国人聪明、勤劳。有了这三条,在中国的土地上一定会出现这样的企业。

因此,以奇瑞为代表的自主品牌企业应运而生,不能不被人们寄予厚望。虽然他们还那么弱小那么年轻,但他们的出现,已经改变了中国汽车工业的格局和面貌,重新唤起了中国汽车人自主造车的凤志与雄心。

因为有了奇瑞们,中国的消费者可以以更好的性价比选择自己的"坐骑";

因为有了奇瑞们,我国的驻外大使们可以自豪地宣布中国人不仅仅会制造衬衣、皮鞋和袜子;

因为有了奇瑞们,人大代表和政协委员们关于国务活动用国产品牌车的提案有了兑现的希望;

因为有了奇瑞们,我们才有了打破"内行人"的"神话",鞭策和激励更多的大企业大集团走上自主开发道路、承担起自主创新主力军使命的理由;

因为有了奇瑞们,中国汽车工业避免拉美式陷阱、走日韩自主发展模式的理想终于有了现实的可能性。

笔底风云四十年（下）

其实，还要看到的是，正因为有了奇瑞们，那些在合资企业中曾被外方讥为"贡献为零"的中方代表们也增加了几分话事的分量——假如他们想说话的话。

（四）

奇瑞给我们带来的启示，不仅在于它选择了自主开发的方向，还在于它实现自主开发的路径。

有人调侃：奇瑞门前是非多。确实，作为发展迅猛的自主品牌汽车企业，树大招风，名大遭忌，一段时间以来，奇瑞官司缠身，麻烦不少。关于奇瑞的种种非议，既有对奇瑞自主开发模式的误解，又有怀疑中国人能否自主造车的菲薄，同时不可避免的，还有来自于竞争对手的无端指责。正所谓"人在江湖漂，焉能不挨刀"。

但实践是检验是非的最好标准。从系列报道中可以看到，无论是从发展速度还是市场份额，从产品开发还是人才建设，从国内市场还是国际市场上看，奇瑞成为我国自主品牌轿车生产企业中的领军者，当之无愧。

奇瑞的成功，源自他们对现代汽车制造业先进理念的深刻理解，源自对自主开发内涵的准确把握。与一些民营企业靠"钣金工"开发产品的做法不同，奇瑞一开始就选择了一条高起点、国际化的产品开发和制造模式。在坚持以我为主，自己做主的前提下，他们提出"自主开发不等于自己研发，中国创造不等于闭门造车"的理念，通过技术引进、技术合作，广泛利用国际国内两种资源，兼收并蓄，为我所用。引进、模仿、消化、创新，他们一步步走近世界汽车制造业的前沿领地，具备了自主造车的技术能力和制造实力。

先进的开发理念，科学的研发模式，高素质的人才队伍，有效的管理机制，加上"造中国人自己的好车"的一腔热血，所有这一切，构成了奇瑞屡屡打破"神话"、创造奇迹的奥秘，这也是奇瑞核心竞争力之所在。

（五）

奇瑞是一面旗帜。奇瑞这面红旗还能打多长？人们在议论、在关注。

在记者看来，在经过8年的成长之后，今天的奇瑞仍然称不上是一家成熟的企业。仓促上马的"先天不足"，快速发展中的"后天失调"，还有竞争对手的"围追堵截"，使奇瑞积累了许多困难和矛盾，面临着巨大的挑战与风险。

当越来越多的人把振兴自主品牌汽车工业的希望寄予奇瑞的时候，奇瑞人是清醒的。奇瑞的领导者说，我们站在风口浪尖上，给我们的时间不多了。实际上是中国汽车工业给奇瑞的时间已经不多了，的确是到了生死存亡的时候。

前路迢迢，生死未卜。当奇瑞背负着如此沉重的民族感情和政治使命，奋勇突围、艰难跋涉之际，我们——政府、社会、媒体，还有消费者，已经并且还将为他们做些什么呢？

在记者采访奇瑞老总尹同耀的时候，还有一个小小的插曲。一位远在北京的女同行，听说记者正在与尹总对话，立即打通记者的手机，一定要对尹总说一句话。她对尹总说的是：坚持。

是的，坚持。唯有坚持，才能胜利；唯有坚持，才有未来。

（原载2005年6月8日《经济日报》，入选2005年度《经济日报》"十大新闻精品"。《自主创新·柳暗花明看奇瑞》系列报道获2005年度全国科技好新闻）

作品点评

奇瑞为什么让国人感动

近些天，连续阅读了《经济日报》关于奇瑞的系列报道，深受感动。我在想，是什么东西贯穿在奇瑞发展的各个方面，奇瑞最值得我们学习的是什么呢？我认为是勇气。

勇气使奇瑞在荒滩上崛起，开发出一个又一个产品，吸引来一批又一批的有志之士，并使其志存高远，动力澎湃，带着哀兵必胜的信念和杀出重围的决心走向世界。

勇气来自哪里？最初来自穷则思变，来自无依无靠，可能还有点来自报道所调侃的"无知无畏"；然后来自在市场竞争压力下求胜的意志，来自不愿意放弃造中国车理想的坚定信念，勇气使奇瑞成为自主创新的一面旗帜。

奇瑞让国人感动，不是因为它已经达到的技术水平有多高，而是因为它在那样的困境中也具有一往无前的精神。奇瑞人所承受过的以及正在承受的压力非外人所能充分感受，但因为勇于在实践中学习，所以不断进步，令人感到充满希望。

（摘自2005年6月11日《经济日报》，作者：路风，北京大学企业与政府研究所所长）

异军突起看华为

题记

资源是会枯竭的，唯有文化才会生生不息。

采访华为，记者有这样一种感受——面对市场的时候，华为是外向的，犹如一名所向披靡的壮士；而面对媒体的时候，华为是内敛的，犹如一个羞羞答答的姑娘。这确实给采访增添了难度。

第五辑 聚焦自主创新

比如说，你总也搞不清，坐在你对面的这个总裁那个经理，到底是哪一层级的总裁和经理，在华为复杂的组织结构中处于什么样的位置。

比如说，你总也弄不懂，采访对象如数家珍般介绍的一个个"解决方案"，到底都为客户解决了一些什么问题。

比如说，你总也记不住，那一串串英文缩略词组所代表的真实意义。甚至作为华为四大部门之一的"战略与Marketing"部，其中的"Marketing"如何译成能涵盖其在华为全部作用的中文，华为人自己都说不透。

民营企业出身的华为习惯于把自己封闭于公众舆论之外，这使其在外人眼中多了几分神秘感。然而一旦深入华为内部，你就会发现，华为的成功没有秘密。

失败的企业各有各的理由，而成功的企业都是相似的。支撑华为在自主创新道路上高速发展的，是它独具魅力的客户文化和持之以恒的管理变革。

不变的路标：客户需求导向

做一个华为的客户是相当令人惬意的事情，因为华为的企业文化就是千方百计满足客户需求的文化。华为人自称，他们的使命就是：聚焦客户关注的挑战和压力，提供有竞争力的通信解决方案和服务，持续为客户创造最大价值。"为客户服务是华为存在的唯一理由；客户的需求是华为发展的原动力。"

"天底下唯一向华为给钱的，只有客户。从根本上看，企业要活下去就得有利润，而利润只能从客户那里来。华为本身就是靠满足客户需求、提供客户所需的产品和服务并获得合理的回报来支撑的。"这放之天下皆准的常识对华为而言，正是经过"活下去"的市场磨砺总结出的生存准则。这种生存准则，在华为已具体化地落实于以客户需求为导向的组织、流程、制度及企业文化建设、人力资源和干部管理。

在组织建设上，为使董事会及经营管理团队（EMT）能带领全公司实

笔底风云四十年（下）

现"为客户提供服务"的目标，专门设有战略与客户常务委员会，通过务虚拨正公司的工作方向，再由行政部门去决策。在公司的组织结构中，建立了富有特色的"战略与Marketing（市场营销）"体系，专注于客户需求的理解、分析，并基于客户需求确定产品投资计划和开发计划，以确保客户需求来驱动华为公司战略的实施。在各产品线、各地区部建立市场组织，贴近客户，倾听客户需求，确保客户需求能快速地反馈到公司并放入产品的开发路标中。同时明确，贴近客户的组织是公司的"领导阶层"，是推动公司流程优化与组织改进的原动力。

为了贴近客户，提供优质服务，华为的设备用到哪里，就把服务机构建到哪里。现在30多个省区市和300多个地级市、全球90多个国家和地区都建有华为的服务机构。这样做的好处是，华为可以及时了解客户需求，快速做出反应，同时也可以听到客户对设备运用和改进等各个方面的具体意见，并且及时反馈。

华为基于客户需求导向的产品投资决策和产品开发决策更值得称道。华为的投资决策，是建立在对多渠道收集的大量客户需求进行去粗取精、去伪存真、由此及彼、由表及里的分析理解基础上的，并以此来确定是否投资及投资的节奏。已立项的产品在开发过程的各个阶段，都要基于客户需求来决定是否继续开发或停止或加快或放缓。

基于客户需求导向的人力资源及干部管理，是华为实现目标的保障。客户满意度是从总裁到各级干部的重要考核指标，客户需求导向和为客户服务蕴含在干部、员工招聘、选拔、培训教育和考核评价的整个过程，以此来强化对服务贡献的关注，并固化到干部、员工选拔培养的素质模型，固化到招聘面试的模板中。据说名牌大学前几名的学生很难符合华为的要求，因为华为不招以自我为中心的学生，因为他们很难做到以客户为中心。华为的负责人说，"现在很多人强调技能，其实比技能更重要的是意志力，比意志力更重要的是品德，比品德更重要的是胸怀，胸怀有多大，天就有多大。要让客户找到自己需求得到重视的感觉。"

客户需求导向、以客户为中心的意识，犹如血液一般在华为人的心里流淌，成为华为人的共同"基因"。

韧性的变革："削足适履"

客户需求是变化的，满足客户需求的组织与手段也需要与时俱进。质量好、服务好、运作成本低、优先满足客户需求，被华为人称作改变竞争格局的"四大法宝"。而实现这四个目标，就必须进行持续的管理变革，其目的就是实现高效的流程化运作，确保端到端的优质交付。华为的决策层强调，只有持续管理变革，才能真正构筑端到端的流程，才能真正职业化、国际化，才能达到业界最佳运作水平，才能实现低成本运作。

随着国际化进程的推进，一场深刻的内部变革在华为全面展开。从1998年起，华为系统地引入世界级管理咨询公司的管理经验，在集成产品开发（IPD）、集成供应链（ICS）、人力资源管理、财务管理、质量控制等诸多方面，华为与IBM、Hay Group、PwC、FhG等公司展开了深入合作，全面构筑客户需求驱动的流程和管理体系。

这是一次脱胎换骨式的改造。被聘为管理顾问的一家跨国公司对华为当时的管理现状进行了全面诊断和描述：缺乏准确、前瞻的客户需求关注，反复做无用功，浪费资源，造成高成本；没有跨部门的结构化流程，各部门都有自己的流程，但部门流程之间是靠人工衔接，运作过程割裂；组织上存在本位主义，各自为政，造成内耗；专业技能不足，作业不规范，依赖"英雄"，而"英雄"的成功难以复制；项目计划无效，项目实施混乱，无变更控制，版本泛滥。针对存在的问题，华为引入业界先进的管理理论和方法，从业务流程、组织、品质控制、人力资源、财务、客户满意六个方面设计改革方案，从组织结构到业务流程、从资源配套到文化建设，进行了系统的改造。

笔底风云四十年（下）

对于国际化的管理规范，人们有一个适应的过程。为了防止变革过程中走形变样，华为鲜明地提出要"削足适履"，即不要让先进的国际规范适应华为特色，而要让华为特色遵循先进的国际规范。

在推进管理变革的过程中，华为每小时付给国外专家的费用是300美元到680美元，70位专家就住在华为楼上办公7年。几年下来，华为在管理变革方面累计软硬件投入在10亿元以上。

与管理变革相配套的是，华为从自行开发小型管理信息系统起步，经过数年的探索和努力，构建了一套具有国际先进水平的全球企业IT系统，在ERP（企业资源计划）、PDM（产品数据管理）、华为全球企业网络、电子商务平台等方面，实现了数据集中、信息共享，统一平台运作。全公司90%以上的行政和业务都可以在这个信息化系统完成，不受地理位置和业务流程环节的限制。

如今，华为分布在全球各地的14000名研发人员，可进行7×24小时全球同步研发和知识共享；在全球办公或出差的员工，任何时间、任何地点都可使用网上报销系统，在7天内完成费用结算和个人资金周转；公司财务管理实现了制度、流程、编码和表格的"四统一"，通过在ERP中的财务系统建立了全球财务共享中心，具备在4天内完成财务信息收敛和结账的能力；华为的客户、合作伙伴和员工，能够24小时自由安排网上学习和培训考试，采用网上招聘和网上考评；通过连接每一个办公区域的"一卡通"系统，人力资源部可每天对3万人实现精确到分钟的考核管理；ERP系统，实现端到端集成的供应链，供应链管理人员一天就可执行两次供需与生产计划运算，以"天"为周期来灵活快速地响应市场变化，客户还可以网上查询和跟踪订单执行状态；全球的电视电话会议系统，每年节省差旅费3000万元，并大大增强了时效性；在客户现场的服务工程师，可以随时网上调阅客户工程档案和相关的知识经验案例，网上发起并从公司总部或各地区部获得及时的技术与服务协调，孤身在外的工程师不再感到孤立无助。

不久前,华为正式成为世界著名运营商英国电信的合作伙伴。这不仅意味着未来将有巨大的商业机会,更是国际一流运营商对华为整体管理水平的认可。英国电信对于供应商的选择在业内素以苛刻著称,尤其对于此次被称为"业界最具前瞻性的下一代网络解决方案"之一的"21世纪网络"。据悉,英国电信未来5年将为此投资100亿英镑,而"八家企业短名单"的产生就耗时两年。这两年中,英国电信与全球300多家设备供应商进行了严格的认证和谈判。其对于华为的考察和认证,不仅包括产品与解决方案的先进性与路标发展,还包括企业发展战略、管理体系、质量体系、项目管理能力、环境保护、企业社会责任和人的尊严等12个大项、100多个子项。

经过持续的管理变革,今天的华为管理体制及制度初步实现了与国际接轨,不仅承受了公司业务持续高速增长的考验,而且赢得了海内外客户及全球合作伙伴普遍认可,有效支撑了华为的全球化战略。

(本文系《自主创新·异军突起看华为》系列报道的第四篇,原题为《生生不息的原动力》。原载2005年8月19日《经济日报》,与刘晓峰、杨阳腾合作)

领先一步看海尔

海尔集团党委书记、首席执行官张瑞敏说,中央关于制定"十一五"规划的《建议》是一个好文件,其中令人印象最深刻的是突出强调了自主创新,明确要求把自主创新作为制定"十一五"规划的着力点,这必将对中国经济的未来发展产生深远影响。《建议》要求在"十一五"期间"形成一批

笔底风云四十年（下）

拥有自主知识产权和知名品牌、国际竞争力较强的优势企业"。这也正是海尔多年来的实践，是海尔始终不变的追求。

从张瑞敏的话中，人们可以领悟到张瑞敏和海尔人的几分欣喜、几许自信。

确实，海尔人有理由感到欣喜和自信。植根于民族沃土的海尔，20多年来坚持以自主品牌打天下，以自主知识产权闯世界，如今已经成长为国际知名品牌、初具国际竞争力的优势企业。海尔走过的道路，为中央《建议》中关于自主创新的重要论述提供了最为生动的注解和最为有力的证明。

追梦的人们

海尔的"品牌梦"是如何开始的呢？那是一个被记者们讲述过无数遍的老故事了：1985年的一个夜晚。到德国引进冰箱技术的张瑞敏被邀请参加了当地的一个节日。仰望着庆祝节日的烟花，德国人不经意地对张瑞敏说："在德国市场上，最畅销的中国货是烟花、爆竹。"张瑞敏顿时心里有一种在流血的感觉。从那一刻起，在张瑞敏的内心深处升腾起一个梦想，他和海尔人要学习和打造的，不再是单纯的制冷技术、冰箱产品，而是一个民族的自主品牌，一个支撑中国家电工业走向世界的品牌。

20年过去了。当年萌动于张瑞敏内心深处的梦想，逐渐凝聚成全体海尔人为之奋斗的目标；当年出于朴素民族感情的热血冲动，已经演变为顺乎经济发展潮流的理性抉择。海尔集团总裁杨绵绵总结说："这些年来，海尔的发展速度很快，总是有很多人问：海尔是怎样走到这一步的？其实，就是因为一直以来，海尔有一个创世界名牌的梦想，还有一批勇于实践，用行动来实现梦想的人！"

对于中国要不要发展自主品牌的争论，在海尔看来是完全没有必要的。海尔用自己的发展历程给出了自己的答案：中国需要世界级自主品牌；中国人完全有能力创造出世界级自主品牌。

张瑞敏对记者说：中国不能没有自主的世界级品牌。从产业链的层次看，没有自主品牌，就很容易陷入到为别人打工，处在产业链低端的状态；从经济发展的规律看，当人均GDP达到一定规模的时候，如果没有与之匹配的世界名牌，经济就不可能持续发展。在国内外市场一体化和国内外竞争对手一体化的赛场上，只有世界品牌才有世界级比赛的参赛资格。中国企业要么成为世界级品牌，要么沦为世界级品牌的打工仔。

中国企业不可能都做成世界品牌，这是现实，因为大多数企业靠的还是劳动成本低廉的优势。但张瑞敏认为，"尽管如此，无论对哪一类企业，有一点是共同的，那就是中国企业必须有创世界名牌的精神！"

正是依靠这种精神，海尔的追求才如此坚定不移！

正是依靠这种精神，海尔人确信"只要找对了路，就不怕路远"；

正是依靠这种精神，海尔人才能保持"永远战战兢兢，永远如履薄冰"；

正是依靠这种精神，一个当年濒临破产困境的集体小厂才能成长为今天为世界级对手瞩目的跨国企业！

今年4月8日，由世界品牌实验室编制的2005年"世界品牌500强"排行榜揭晓，海尔再次入围百强，荣居第89位。

8月30日英国《金融时报》公布了一项调查结果，在由该报和麦肯锡管理咨询公司联合进行的"中国十大世界级品牌"调查中，海尔在包括质量、信任度、创新、管理等所有项目上的得票率都排在首位。

随后，国家质检部门公布"中国世界名牌产品"评选结果，海尔在全部三个入选产品中独占两席。

韧性的坚持

今天，当海尔继续坚定地向世界级品牌的目标奋然前行之际，当年那些缀有"利勃海尔"标识的"同门兄弟"早已不知所终；而曾经是强劲竞争对手的一些国内同行有的也举步艰难，至今没有培育出自己的品牌。

笔底风云四十年（下）

圆梦的追求、韧性的坚持、科学的决断，使海尔最终扛起了"中国制造"自主品牌的大旗，避免了一些同类企业黯然出局的命运！

假如在当年引进的大潮中，海尔的前身青岛电冰箱总厂未能抓住机遇，挤进引进项目的"末班车"，也就不可能有后来海尔品牌的辉煌历史；

假如在"随便拼凑一台冰箱都能卖出去"的短缺年代，海尔也像有些企业那样目光短浅，海尔品牌的历史也许只能写到20世纪90年代初；

假如在"家电卖出白菜价"的过度竞争中，海尔也步其他一些企业后尘，靠降价拼市场，大打价格战，也许海尔品牌的历史只能写到20世纪90年代末期；

假如在国内外市场和国内外竞争对手"两个一体化"的竞争环境面前，海尔放弃自己的追求，以给"洋品牌"打工为荣，海尔品牌的历史也许随时都会终结。

回顾海尔走向世界级自主品牌的历程，大体经历了三个阶段。经历每一个阶段，都是攀登一个新的台阶，都是实现一次艰难的跳跃。

一是名牌战略阶段。这期间，面对纷至沓来的种种诱惑，海尔以创国产名牌为目标，坚守自己的底线：不具备扩产的质量保证体系，宁愿限产也要保质量。在产品极为紧俏的那些日子，海尔只做到了10万台的规模，而那些做到上百万台产能的企业，由于质保体系跟不上，最终都成了昙花一现的"流星"企业。海尔人用了长达7年的时间，心无旁骛地做好冰箱这一个产品，获得中国第一枚质量金牌，做成了国内首屈一指的冰箱名牌。

二是多元化战略阶段。海尔筹建了当时国内规模最大的家电工业园，明确了做"中国第一家电名牌"的目标。此时期，海尔开始涉足冰柜、洗衣机、空调器等家电产品，并向彩电等"黑色家电"、电脑等"米色家电"领域进军。为取得进军新产品领域的"入场券"，海尔运用"吃休克鱼"的独特理念，先后并购了18家企业，最终形成了96大门类、1.5万余种产品的产品体系。尤为可贵的是，海尔的星级服务理念不断升级、逐步完善："先设计后安装""五个一服务""星级服务一条龙""一站式通检服务""海尔全程管家365""神秘顾客"……海尔人用真诚的心，换来用户的忠诚，海尔由此成长为中国家电第一名牌。

三是国际化战略阶段。以海尔美国工业园的破土动工为起点，海尔开始了进军国际市场、创世界名牌的探索和实践。与之相适应，海尔的管理机制发生了重大变革，通过流程再造，建立了"市场链""人单合一"等管理模式，以快速地创新出有市场需求的产品，满足用户需求。

事非经过不知难。海尔走向世界级品牌的过程，充满曲折和艰辛。没有韧性的坚持，就没有今天的成就。张瑞敏这样感慨："做世界品牌的确太难了！要常年累月地耐得住各种寂寞、诱惑，要顽强、勇敢、理性、机智、不失果断，海尔的每一步战略选择都如履薄冰，有点像走钢丝，还有时候，感觉就像电影镜头中的那样，人刚跑过去，炮弹就在身后炸了。"

今天的海尔，正在国际化的道路上艰难爬坡。这是一道实实在在的"坎"：如何把国内名牌转化为国际名牌，真正具备进入主流市场，"与高手过招"的国际竞争力。

"你弱小的时候，别人还没有注意到你，你可以潜行，但一旦你浮出水面，竞争对手注意到你并开始在意你了，他们的阻击也就开始猛烈了。"张瑞敏清醒地说。"走出去"只是开始，关键是能否走进去，走上去。海尔的国际化"三步走才走了一步半"。

不变的灵魂

"企业发展的灵魂是企业文化，而企业文化最核心的内容是价值观，海尔的核心价值观是什么？只有两个字：创新。"张瑞敏这样定义海尔的企业文化。

为什么要把"创新"定位为海尔的核心价值观？张瑞敏认为，这是由海尔创世界级品牌这个核心目标决定的。要创世界级品牌，就必须以满足用户

笔底风云四十年（下）

需求来赢得用户的心，而市场和用户的需求每时每刻都在变化，变才是常态。要满足用户需求，唯有不断创新。

只有创新的价值观成为企业成长的基因，融入每个员工的血液，企业才真正拥有他人不可复制的核心竞争力。海尔的创新价值观，经过播种、共享、基因三个阶段广泛传播，深入人心。所谓播种，就是将领导者个人正确的价值观自上而下地移植到员工当中；播种后，由共识到共享，在领导和下属之间建立起一种以共享价值观为基础的新型关系，形成"上下同欲者胜"的氛围；在此基础上，通过多种形式的潜移默化和机制的力量，使创新价值观成为企业成长的基因。

伴随着管理流程的再造，市场链、SBU、"人单合一"管理模式的推行，更从机制上保证了创新价值观的落实。人人都是市场，每个人都面对市场，市场的压力转化为员工持续创新的动力，创新的价值观成为每一位员工成长的基因，也成为融合不同文化的价值标尺。

创新是不断挑战新高度的过程。在海尔，员工们天天都要回答三个问题：

"我们的目标是什么？"——要成为世界白色家电第一、创出中国人的世界品牌！

"我们最大的竞争对手是谁？"——就是我们自己！

"我们经营的对象是谁？"——我们的员工和用户！

去年创业20年之际，海尔实现全球营业额1009亿元。当年，在"中国最有价值品牌"测评中，海尔蝉联第一，品牌价值为616亿元；在《亚洲周刊》"亚洲企业1000强"排行榜中，海尔居125位；在美国《福布斯》杂志中文版发布的"中国最具前景品牌榜"中，海尔位居首位；在美国《财富》杂志评选的"亚洲最具影响力的25位商界领袖"排名中，张瑞敏荣列第6。

每个人心目中的海尔未必相同，但海尔带给人们的欣喜和振奋是共同的。

电影导演吴天明说，第一次走进海尔，尽管是走马看花，但耳濡目染，突然感到一股强大的冲击波向我们袭来。像荒漠跋涉者看见了绿洲，一片希望之光在我们眼前闪烁。

评论家胡咏说，我们不奢望人人都成为张瑞敏那样，但我们至少应该理解，张瑞敏选择的人生是残酷的，这样的人生不是风花雪月。如果中国能够涌现出越来越多的张瑞敏式的企业家，中国在世界经济中的影响会空前提高。

而海尔外籍员工、海尔美国公司总裁迈克说，海尔始终在快速地成长，是家电行业中最令人激动、最具创新能力的公司！20年来海尔取得了令世人震惊的成就，但海尔有更高更远大的目标，现在的成就只是海尔不懈追求征程上一个新的起点，在我心中我感觉真正的挑战甚至还没有开始！

今天的海尔，正在从1000亿起步，向新的高度迈进。

（本文系《自主创新·领先一步看海尔》系列报道之一，原题为《海尔的证明》。原载2005年10月25日《经济日报》，与胡考绪、刘成合作）

脱胎换骨看吉利

《经济日报》编者按

仅用了短短9年的时间，吉利汽车控股集团从无到有，从小到大，从弱到强，逐渐成长为中国汽车业最具影响的自主品牌之一。吉利在自主创新的道路上快速发展，作为一种现象，受到人们的广泛关注。从今天开始，本报推出"自主创新·脱胎换骨看吉利"系列报道，希望读者从吉利的创新实践中得到更多的启示。

笔底风云四十年（下）

在中国汽车界，李书福是一个引人瞩目的人物，吉利是一个"特立独行"的企业。

李书福之引人瞩目，有言为证：

比如他说：轿车是什么？不就是四个轮子，两张沙发，加上一个铁壳吗！

比如他说：吉利要做中国的"丰田"！

吉利之"特立独行"，曾引来一些议论，不是没有原因的。吉利原来是干啥的？不是造摩托车的吗？"两个轮子"与"四个轮子"比起来，差得远呢；李书福是干啥的？不是刚"洗脚上田"的农民吗？造汽车可是个技术与资金密集型的行当，不是小本经营的企业搞得起的。

无论是行业内外，记者听到比较多的都是一些关于李书福和吉利的这样或那样的评价。比如吉利汽车是"用榔头敲出来"的呀，等等。

日前，记者有机会到吉利进行了几天实地探访，深有感触的是：被人们看"轻"了的吉利早已今非昔比，可谓"脱胎换骨"了。

逼出来的自主创新之路

今年是吉利进入汽车行业的第9个年头。到今年4月底，吉利已经累计生产汽车近50万辆。

有趣的是，与另一家自主品牌汽车企业奇瑞当年一样，吉利造车的计划当年也是严格保密的。据参与早期研发的老职工回忆，当时研制第一辆样车的车间，门窗时刻都是紧闭着的。1997年，李书福以扩大摩托车产能的名义征下临海市城东的800亩荒地，还被人们怀疑是"炒地皮"。人们没想到的是，第二年的8月，从这片新建的厂区里开出了第一辆吉利汽车。

造"四个轮子"的汽车与造"两个轮子"的摩托毕竟不可同日而语。作为一家民营企业，吉利造车的困难不言而喻：缺少人才，缺少资金，缺少技术，缺少设备，没有"准生证"……可以说，除了造汽车的一腔热情，几乎什么也没有！更令吉利人难堪的是，李书福要"造老百姓买得起的好车"的意愿，曾受到一些人的嘲笑。

李书福早年投身商海，做过装修材料，后来做摩托车，干一行成一行，1996年吉利摩托车产销量已达20万辆。这位既充满自信又有着丰富市场打拼经验的硬汉子，没想到走上造车这条路，却是如此的坎坷。他后来回忆说，我们企业造轿车，媒体不信，银行不信，行业不认可，就连汽车零部件公司都不愿意卖给我们零部件。有一次，他到一家零配件厂洽谈合作事宜，接待他的一位负责人听说他们只有5亿资本，又是民营企业，还想造汽车，扭头就走。

"不低头，不认输，擦干泪，坚持住，该受的苦我来受，该走的路我清楚，"出自李书福手笔的这段歌词，正是吉利艰辛成长历程的写照。吉利的发展除了依靠自己的力量别无他途：缺少技术，自己摸索加上四处求教；资金不足，发扬"花小钱办大事、不花钱也办事"的艰苦奋斗作风；没有人才，自办汽车院校培育自有人才；没有"准生证"，千方百计借壳造车；有人断言吉利造车"无异于自杀"，李书福愤然回以"那就给我们一次自杀的机会吧"……

吉利走自力更生之路，最终铸就了吉利自主创新的企业灵魂。多年以后，回首吉利走过的道路，李书福慨言：自主创新是被逼出来的！

"造老百姓买得起的好车"

吉利是在人们怀疑和审视的目光中长大的。用李书福的话说："吉利刚刚进入汽车领域时，有人担心吉利造不出汽车；等到我们造出了汽车，又有人担心，吉利拿不到生产许可证；等我们拿到了生产许可证，担心又变成了吉利汽车质量不好；等吉利汽车的质量被消费者接受后，又担心吉利造车不赚钱；等吉利实现了赢利，又开始担心吉利生存不了几年……总而言之，就是不相信中国人能把汽车干好。"

笔底风云四十年（下）

外界的怀疑与非议，成为鞭策李书福和吉利人不断完善自己、提高自己的最大动力。吉利人并不"无知"，但他们确实"无畏"。他们坚信，中国人一定能够造出"老百姓买得起的好车"。

随着对汽车制造工艺的了解，对世界汽车工业布局的熟悉，李书福深知要把汽车做好，没有捷径可走。必须像种树一样，慢慢浇水、施肥，种出一棵棵大树，长成一片片森林。"人家说搞房地产、搞股票赚大钱，我不眼红。我们就是要脚踏实地，内功有了，我们才有汽车工业。"

最初的吉利轿车，以"低档低价"走进市场。这种定位使吉利迅速找到了细分市场的缝隙，赢得了发展空间，但也造成了不小的负面效果：在人们心目中留下了技术水平、工艺水平、产品质量不高的印象。这与吉利人的长远追求相去甚远。经过资金与技术的不断积累，近年来他们大举投入进行技术改造，广纳人才组织研发，加强管理苦练内功，为打造全新的吉利付出了艰苦的努力。

"以前你们在市场上看到的吉利轿车代表不了吉利今天的水平，因为吉利已经实现了脱胎换骨式的改造。"在接受记者采访时，吉利控股集团常务副总裁杨健自信地说。这位吉利的"元老"把吉利的发展道路概括为三个阶段：

第一个阶段，是低价取胜的阶段。在这个阶段，吉利迅速形成了经济型轿车的批量生产能力，使当时由合资企业控制的坚冰一块的价格体系得到了瓦解。

第二个阶段，是质量取胜的阶段。在不断提高工艺、技术和管理水平的同时，2004年初吉利借全新产品自由舰投产之际，投入5亿元，对原有生产线进行大规模技术改造，在关键工序使用了大批国际先进设备，包括高精冲压设备、全自动底盘传输线等，辅之以SAP软件为基础的ERP系统，大大提高了生产自动化程度，提升和保证了产品品质。

第三个阶段，是全面创新的阶段。从2005年开始，结合企业发展"十一五"规划的制订，吉利提出了全面创新、与国际先进水平接轨的目标，规范了产品开发模式，明确了企业发展方向，从产品创新、技术创新、管理创新、流程再造等方面着手，打造一个全新的现代化企业。

短短几年，一批批国内外汽车工业的顶尖人才在吉利汇聚；一条条高速运转的生产线在吉利投产；一个个自主研发的发动机、变速箱、轿车、跑车、赛车等新品在吉利下线……吉利的技术和实力迅速壮大，产品和企业面貌迅速改变。

"士别三日，当刮目相看。"一位多年联系汽车工业的"老记"再次采访吉利后，撰文惊叹："真是'不看不知道，一看吓一跳'——以前几乎全是手工作业的焊装线上，先进的机器人承担了最关键的车身焊接工序；一次冲压成型的吉利自由舰侧围和车门，工艺精度堪与德国车媲美……"

不久前，省政府有关部门的一个调研组看了吉利的生产现场，有同志感慨："听说吉利希望省里给予支持，我们就以为吉利活不下去了，调研完了给点钱就行。看了之后我们有些震惊，吉利这几年变化太大了！根本不是什么活不活得下去的问题，而是如何活得更好、发展更快的问题。"

"世界很大，吉利很小"

当中国绝大多数轿车都装载着来自外国的发动机时，吉利斥巨资建设汽车研究院，自主开发出国内领先的VVT发动机；

当许多汽车技术权威断言，中国人没有能力开发并生产轿车自动变速器时，吉利的生产线上生产出了完全自主知识产权、百分之百国内配套的轿车自动变速器并已远销海外；

当不少人对外国跑车气派的造型和风驰电掣的感觉一往情深的时候，吉利推出国内第一款跑车"美人豹"，让爱车族真真切切地过了一把瘾；

当人们对风靡世界的F1赛事已经习惯于只能充当"看客"的时候，吉利人宣布，从2006年开始，中国有了自己的方程式赛事……

李书福的"造车梦"曾被业内人士看作"笑谈"。最积极的评价也不过

笔底风云四十年（下）

是把吉利看作搅动中国汽车工业的一条"鲶鱼"。不经意间，这条"鲶鱼"长大了。这个曾经只有"修理厂"水平的企业，正成为中国汽车工业中一支不可小视的力量，成为汽车市场上谁也无法漠视的对手。

如今的吉利，拥有初具规模的吉利汽车研究院，拥有宁波、临海、路桥、上海四个整车、三个发动机、一个变速器及转向器生产基地，具备年产20万辆整车、20万台发动机、20万套变速器的生产能力。吉利汽车被评为中国汽车工业50年来发展速度最快、成长性最好的企业之一，跻身中国汽车行业十强之列……

2005年10月，科技部主持召开"吉利现象研讨会"，与会专家们用这样的语言评价吉利：一个拥有13亿人口的发展中大国，要想真正自立于世界民族之林，就不能没有像吉利一样的有灵魂、硬脊梁的企业！

"到2015年，我们要把三分之二的吉利轿车卖到世界上去。"这是李书福勾画的吉利发展蓝图。自2003年8月第一辆吉利汽车走出国门之后，到2005年吉利已经出口到28个国家，出口量累计突破万辆。在当年的法兰克福车展上，吉利成为唯一受到邀请的中国汽车企业。100多个国家的500多个经销商前来展台与吉利洽谈业务。

今年1月9日，吉利应邀参加第48届北美国际汽车展，没有花一分钱的场租费，吉利驾着自主研发的"自由舰"轿车出现在国际竞技台上，并获得车展组委会颁发的特别奖——"银钻奖"。

从国际车展归来，李书福对记者说："世界很大，吉利很小。"

是的，相对于中国汽车工业肩负的期望与使命来说，吉利目前很小；

相对于国际跨国公司百年发展形成的强大实力来说，吉利目前很小；

相对于吉利人"让中国汽车跑遍全世界"的宏愿来说，吉利目前很小；

然而，正是现今"小小的吉利"，已经给中国的汽车工业和消费者带来了惊奇；人们有理由期待，今天尚很幼小的吉利一定能够强大起来，在不久的将来给我们带来更多的惊奇。

（本文系《自主创新·脱胎换骨看吉利》系列报道之一，原题为《从"草根"长成大树》，与黄平合作。原载2006年6月2日《经济日报》，《中国乡镇企业》杂志2007年第7期转载）

作品点评

"深入"与"深度"

6月2日至7日，本报连续刊出了"自主创新·脱胎换骨看吉利"系列报道，介绍吉利控股集团坚持走自主创新之路的做法和经验。这是一年多来，继奇瑞、华为、海尔、春兰之后，本报推出的又一个自主创新企业的重大典型。作为本报自主创新系列报道的一部分，"脱胎换骨看吉利"在报道策划、典型选取、报道定位、稿件采写方面，均有不少可称道之处。

去年6月2日，本报"自主创新·柳暗花明看奇瑞"系列报道隆重推出，包括前期深度报道，中期领导访谈，后期读者反响，连续刊发了14期，持续近一个月时间。"自主创新·脱胎换骨看吉利"有没有如法炮制呢？没有。这次吉利报道，又有创新之处。它从经营理念、研发模式、管理创新、市场战略等方面入手，刊发了6篇文章和一个专题版，只持续了6天时间。这恰恰是"自主创新·脱胎换骨看吉利"系列报道的可贵之处，这么做好处有二：一，不炒剩饭，另辟蹊径，浓缩精华，节省版面；二，时间、版面相对集中，便于读者阅读，能"一次性"地将报道做透。

读者从吉利报道中，能够看到、感受到记者采访的"深入"和对问题把握的"深度"。真实、鲜活、厚实而有深度的报道，源于记者采访的深入。正是记者的勤奋敬业，确保了报道思路、编辑意图的实现。总之，"自主创新·脱胎换骨看吉利"是一次成功的报道。

（摘自经济日报内刊。作者：庹震，时任经济日报社总编辑）

笔底风云四十年（下）

脱颖而出看正泰

回望刚刚过去的2007年，一家来自中国温州的民营企业在电气产业的竞技台上新招频出、好戏连台，令人目不暇接：

12月3日，在西班牙宣布建立欧洲最大的太阳能生产基地；

11月6日，自主研发的500kV电力变压器亮相2007中国国际工业博览会，这一高10.5米、重253吨的庞然大物，表明企业已从传统的低压电器领域进入高压输配电行业，并掌握了关键制造技术；

10月30日，在上海投资兴建的输配电工业园二期工程主体建筑全部完成，至此，这一投资35亿元，占地1300多亩，2003年开始兴建的工业园已初具规模，年底将实现产值26亿元；

10月26日，在杭州投资10亿元的太阳能产业基地项目二期工程奠基，加上5月份已顺利投产的一期工程，预计三年后其太阳能电池产能将达300兆瓦，年产值约120亿元；

……

这是哪家企业？这就是从上千家浙江温州低压电器企业中脱颖而出，规模已做到亚洲第一、居于世界前列的正泰集团。这个23年前以5万元起家的民营企业，依靠自主创新，如今已成长为一个总资产60亿元、销售总额近200亿元的大型现代化企业集团，产品远销70多个国家和地区。

品牌的力量

正泰集团的发展史，既是一家民营企业的创业史，更是一个中国自主品牌的成长史。

2007年5月25日，正泰集团第二届国际营销大会上，希腊分销商塞米动情地回忆起15年前的一件往事。

那一次，塞米收到的正泰产品竟是坐着飞机来的！他纳闷，空运比海运贵得多，这批货正泰必亏无疑，这是为什么？原来这批出口产品即将出厂时，质检员在复检时发现有一台产品与整批产品在外观色泽上有明显差异，正泰集团董事长南存辉知道这一情况后，立即责令全部开箱重检。但如此一来这批产品将无法按期送到用户手中。为了保证交货日期，南存辉当机立断：将产品由海运改为空运。就这样，这批产品多花了80万元运费按期抵达希腊。塞米被深深感动，从此与正泰展开了长达15年的合作，使正泰成为希腊国家电力公司的供应商。15年来，遇到过许多困难，但他都没有动摇过，因为他深信"正泰是最好的"。

"正泰的品牌和信誉不只值这80万。我们损失了80万，但我们保住了正泰的品牌和信誉。有了正泰的品牌和信誉，我们能赚回10个80万，100个80万，1000个80万！"这是南存辉当时对自己决策的解释。

"修鞋匠"出身的南存辉，深知信誉乃做人立业之本。创业之初经历的一场风波，更使他感受到品牌和信誉的重要性。那是20世纪80年代末，由于假冒伪劣产品问题，各地纷纷抵制温州低压电器产品，"温州电器推销员免进"的牌子被高高挂起，国家六部委直接派出工作组进驻温州乐清，专查假冒伪劣，上千家低压电器厂一夜之间几乎要销声匿迹。而正泰集团的前身——求精开关厂却因为重视产品质量，坚持打自己的品牌，在乐清县率先获得生产许可证，成为幸存者之一，并被乐清市、柳市镇两级政府视为重点扶持对象。

不久后，正泰再次感受到品牌的力量。它运用自己的品牌实现了企业的第一次扩张。从1990年开始，乐清的一些电器企业因为没有生产许可证而无法生产，面临破产，它们纷纷汇聚在正泰品牌的旗下，4年间有40多家企业加入正泰集团，正泰的净资产从不足400万元上升至5000万元。

1993年，在正泰大厦的落成典礼上，正泰集团提出"重塑温州电器新

笔底风云四十年（下）

形象"，表明了正泰员工的雄心壮志。当时正是温州低压电器因为假冒伪劣多次被整顿，整个行业形象急需重塑的关键时刻，正泰的这一举动被40多家新闻媒体报道，一时声名鹊起。社会各界的肯定让正泰员工明白，赚钱并不是办企业的唯一目的，民营企业同样应该有着更高、更远的追求。

在"捍卫温州制造"的过程中，正泰的产业越做越大，正泰员工的眼界越来越宽广。正泰的企业理念不断完善，最终被南存辉总结为一句响亮的口号："争创世界名牌，实现产业报国"。

不懈的追求

被赋予更加丰富内涵的正泰品牌，成为正泰员工驰骋国内外市场的强大动力。经过23年的不懈追求，如今的正泰商标已成为"中国驰名商标"，正泰牌低压开关柜等四大系列产品被评定为"中国名牌产品"，高低压电器产品被评为"中国出口名牌产品"。

质量创牌、科技立牌、文化塑牌，这是正泰打造品牌的"三大法宝"。

"宁可少做亿元产值，不让一件不合格品出厂"。正是这种质量意识，使正泰从有着"中国低压电器之都"的柳市镇众多同类企业中脱颖而出。从1995年开始，每年的5月是正泰的"质量月"。从2002年开始，正泰实行质量一票否决制。正泰逐步建立完善了一套行之有效的质量保证体系，有数百人的质量检测队伍，有总裁质量巡视制度，还有"董事长专线"；陆续通过了ISO9001质量体系认证、ISO14001环境体系认证、OHSAS18001职业健康管理体系认证和国际CB安全认证、美国UL认证、德国VFE认证等，领取了低压电器行业首张国家强制性认证（CCC）证书。2004年，正泰成为全国低压电器行业第一家荣获全国质量领域最高奖"全国质量管理奖"的民营企业，这是对其质量管理水平最权威的认可。

"真正核心的技术是买不来的，必须依靠自己创新。"正泰员工深刻地认识到，只有掌握了核心技术，创世界品牌才有可能。为此，正泰每年拿出销售额的3%—5%用于科技开发。斥巨资引进世界一流的科研开发设备，建起了国际一流的理化测试中心、计量中心、低压电器检测中心和高低压电气科研开发基地；精心构建了三级研发机构——在上海建立了国家级的技术开发中心、在各专业公司设立研发公司、在所有持股企业成立研发部，并在北京、美国硅谷和德国设立研发站点，与部分国内著名高校和相关科研院所开展合作，形成开放式的信息网络和技术开发体系。

与此同时，正泰从全国各地引进中、高级人才1000多名，每两年举行一次科技大会，对有贡献的部门和个人予以重奖，还将一批贡献突出者吸纳为股东，激发大家的工作积极性和创造性。通过坚持不懈的自主创新，正泰先后开发了包括高低压电器、成套设备、光纤配线设备、智能型仪表等在内的40多个系列100多个基型的具有自主知识产权的N系列新产品，其中通过省级鉴定的新产品241项，国家和省级重点新产品200多项，国际先进水平30项。

正泰员工清醒地看到，企业发展的活力，企业内外部的和谐，离不开企业文化建设。正泰的企业文化是什么？这就是"争创世界名牌，实现产业报国"的正泰使命；"诚信守法，注重绩效，不断变革"的正泰价值观；"和谐、谦学、务实、创新"的正泰精神；"为顾客创造价值，为员工谋求发展，为社会承担责任"的正泰经营理念；"打造世界一流电气制造企业"的正泰目标。从这种理念和追求出发，他们坚持"烧好自己的那壶水"，相信"做专才能做精，做精才能做好，做好才能做强，做强才能做大，做大才能做久"，视"顾客是上帝，员工也是上帝"，强调要用"事业留人、感情留人、待遇留人、制度留人"。

坚守的勇气

"创牌难，守牌更难！"南存辉感叹。面对诸多诱惑，坚守不仅需要定力，更需要勇气。

笔底风云四十年（下）

坚守并不意味着故步自封，而是要发展。如何加快发展？正泰也曾走过弯路。20世纪90年代中期，企业界涌起了一股经营多元化的浪潮，许多企业纷纷涉足新的行业，正泰也受到影响。他们想当然地认为，既然正泰这块牌子可以用来整合温州40多家电器企业，就一定能兼并其他行业企业。两年间，正泰先后进入过服饰、物流、饮用水、IT软件等多个行业，打的都是正泰这块牌子，但是在这些行业正泰品牌却不太灵验。市场的无情告诉正泰员工，在企业没有足够的实力和人才来应对经营多元化挑战之前，坚持"烧好自己的那壶水"才是最佳选择。

南存辉从挫折中确立了专业化经营策略：用加法把产业做大，就是把电气产业里的相关产品放进来，不断扩大规模；用减法把企业做强，就是要减掉和主业不相关的多元化经营业务，把精力集中到主业上来。此后，即使是面对利润丰厚的房地产热潮，正泰集团也不为所动，专心致志地"烧好自己的那壶水"。在确立了在低压电器产业的优势地位之后，扬长避短延长产业链，进军高附加值的中高压电器、输配电设备、仪器仪表、建筑电器、汽车电器、工业自动化、光伏电池及组件系统等领域。

迅速成长起来的正泰集团逐渐进入竞争对手的视野。"如果不能打败它，就收购它吧。"这句话已经成为一些跨国公司的竞争策略。跨国公司总想将残酷的市场竞争消解在无声的收购兼并之中，对整个行业形成垄断，最终掌控市场。正泰自然也受到跨国巨头的"青睐"。

从1992年起，不断有跨国巨头向正泰提出合作意向。2003年，南存辉和一家跨国公司谈合作。谈着谈着，对方提出收购正泰。当时正泰的资产是20多亿元，对方愿意以5倍总价100多亿元来收购。"我算了一下，这些钱可能我几辈子都赚不来，当时确实有点犹豫。"短暂的犹豫之后，南存辉很快意识到，他是来谈合作的，而不是来卖正泰的。企业都没有了，产业报国从何谈起，正泰决不能卖！当对方出价升至资产的7倍甚至10倍的时候，南存辉仍然不为所动。

正泰电气股份有限公司技术中心副总经理李水清告诉记者,有人曾问他,"正泰的坚守意义何在?"他没有正面回答,只陈述了一个事实。有一种22kV断路器市场过去一直为外国产品所垄断,因为所有国产产品都有一个重要参数不达标。2006年正泰开发成功这种22kV断路器,所有技术参数都达标了,产品一投放国内市场后,售价为每台70万—80万元的外国产品立即大幅降价,最多降价50%。"我们的坚守是值得的。"李水清说。

今天的正泰仍然在坚守。从地地道道的"草根企业"到搏击国际市场的"世界品牌",正泰还有很长的路要走。站在新的历史起点上,在党的十七大精神鼓舞下,南存辉说,正泰将努力实现4个跨越:一是坚持自主创新,推进由粗放型经营向集约型经营的跨越;二是不断优化产业结构,推进传统产业向节能环保型产业跨越;三是积极转变运营模式,推进产品经营向资本经营跨越;四是积极实施"走出去"战略,推进由"中国制造"向"世界品牌"跨越。

"中国企业用了大约25年的时间,使全世界接受了'中国制造',下一步就是要使各国消费者接受来自中国的世界品牌,并且愿意为之付出溢价。这个过程可能需要很多年,我们应该对此抱有信心,决不要轻言放弃。"展望"中国制造"的未来,44岁的南存辉豪情满怀,信心十足。

(本文系《自主创新·脱颖而出看正泰》系列报道之一,原题为《从"温州制造"走向"世界品牌"》。原载2008年1月3日《经济日报》,与陈建辉、张玫合作)

笔底风云四十年（下）

后来居上看美的

今年4月20日，是美的集团发展史上一个值得纪念的日子。这一天，美的—东芝开利变频技术联合研发中心在广东顺德美的集团总部揭牌。这意味着具有全球领先地位的变频技术研发中心成功转移到中国，美的将与东芝开利公司共享变频核心技术，并通过联合研发，向全球输出最新变频技术成果。

统计显示，全球80%—90%的空调已经实现中国制造。此次美的不但掌握了关键核心技术，成为中国首家拥有全套空调变频核心技术的企业，更具备了向发达国家输出尖端技术的能力。

从昔日一家街道小厂发展到如今年销售收入过千亿元的大型企业集团，美的靠的是什么？

"多年来，我们坚持不断引进、消化、吸收、再创新的科技创新战略。自主创新是美的推动全球化、提升核心竞争力的关键。"美的集团董事长何享健说。

掌握核心技术

今年3月16日，美的第1000万台变频空调在武汉下线。美的当天宣布，计划在3年后全面停止国内定速空调生产，未来3年至5年，将围绕节能、环保的变频技术进行全方位的战略布局。

从定速到变频是空调产业的一次重要技术升级。美的是国内率先宣布淘汰定速空调时间表的空调企业之一。"我们的底气和自信，源于在引进、消化、吸收先进技术的过程中牢牢掌握了高效变频压缩机等5大变频核心技术。"美的制冷家电集团家用空调事业本部总裁吴文新说。

第五辑 聚焦自主创新

事实上,想要理解美的集团"不断引进、消化、吸收、再创新"的科技创新战略之内涵,其变频空调的发展历程就是最好的参照。

20世纪90年代末,美的开始涉足变频空调领域。为了能够高起点地进入这一新的领域,美的放眼全球,为自己选择了最好的"老师"。

当时,日本东芝公司在变频技术方面的积累最为深厚,早在1981年,东芝就生产出了世界第一台家用变频空调。1999年,美的开始了与东芝开利公司的技术合作,当年即以3000万元引进其变频一拖多技术,着手变频多联机的研发和生产。2004年,双方再次携手,在顺德建设了年产300万台变频空调压缩机基地,美的由此掌握了变频空调压缩机技术,并开始构建完整的产业链。2008年,美的又从东芝开利引进世界领先的新一代R410A环保冷媒高能效直流变频技术,完成了变频技术领域的全面升级。

一次次技术引进合作过程中,美的如饥似渴地消化着来自东芝开利的技术,并在此基础上自主研发出符合市场需求的新产品,逐渐占据了变频空调行业制高点。

"十一五"时期,美的集团优异的市场表现令业内惊叹:在白色家电几乎所有领域,美的都能有所斩获,产品线覆盖了从大型家电到日用小家电的数十种品类;属于行业后来者的美的冰箱、洗衣机已经进入行业前两位;小家电产业集群综合规模进入全球前三位,电饭煲、电磁炉、饮水机等品类保持行业第一。

梳理美的诸多拳头产业的发展历程,无不与变频空调有着类似的轨迹,即一旦国际上出现先进的技术潮流,就毫不犹豫地跟进,通过合资合作、收购兼并等各种手段,迅速引入先进技术,并通过消化吸收再创新掌握关键技术,进而转化为自身的发展能力和竞争优势。

1992年,美的与日本芝浦电机合作,引进塑封电机生产技术,填补了国内塑封电机技术空白;

1999年,美的与意大利梅洛尼合作,引进先进的洗碗机技术,奠定了

笔底风云四十年（下）

国内行业龙头地位；

2001年，美的通过收购日本三洋磁控管，全面掌控微波炉核心的磁控管技术；

2004年，美的集团旗下的小天鹅与GE公司合作，共同研发出大容量变频滚筒洗衣机……

从引进技术、合作研发再到自主研发，美的的目标始终明确——掌握核心技术。"率先掌握产品的核心技术，尤其是产业链核心的技术，是美的旗下各个品类能够在激烈的市场竞争中始终保持优势地位的关键所在。"美的电器董事长兼总裁方洪波表示。

勇于自主创新

"引进、消化、吸收、再创新的过程，始终伴随着美的的成长。在这个过程中，美的锻炼了队伍，培养了人才，积累了技术，逐步建立和完善了自己的技术创新体系，为自主创新奠定了基础。"美的集团科技管理部总监邓奕威说。

随着生产规模的扩大和行业地位的提升，美的成长为国际市场上任何对手都不敢轻视的家电"巨头"，其技术跟随战略逐渐显现出明显的局限性。"时至今日，引进技术的道路已经走到尽头，我们正在研发的很多产品，从浴室空调到中央空调都是市场上全新的，不走自主创新的道路不行了。"美的制冷研究院首席工程师游斌博士说。

从以引进跟随为主到以自主创新为重，一个重要的转折点出现在2005年。在当年美的集团科技大会上，美的发布了《关于强化科技创新提升核心竞争能力的决定》。该文件勾画了美的科技创新体系的完整轮廓——包括前瞻技术研发和应用技术研发两个层次，以及产品开发、测试评价和制造应用3个方面。

对于引领未来发展的前瞻性、基础性技术研究，美的不吝投入，建立起一批高端研发中心。目前，投资4亿元在顺德建设的制冷技术研究院已经开始运作，汇聚了近200位来自世界各地的制冷专家。今年3月29日，投入逾2亿元在上海筹建的机电技术研发中心正式揭牌，该中心引进了一批全球顶级的机电专家，以期在未来巩固美的电机的技术优势。

对于当前到未来3年至5年的应用技术研发，美的各个产品事业部都建立起了各自的研究机构，针对市场需求研发先进应用技术，如电磁加热技术、洗涤技术等。美的大大小小数十个品类的产品，每种产品都拥有自己的专业实验室和检测中心。

以引进、消化、吸收为基础，美的自主创新体系是开放式的。为广泛吸纳海内外尖端科技力量，美的一方面与国内大学和科研院所密切合作，共建了一批联合实验室，如与电子科技大学建立微波炉电子实验室，与中科院深圳先进技术研究院建立联合研发中心等；另一方面，致力于与国际顶尖公司的技术合作，建立了美的—艾默生数码涡旋运用技术联合实验室、美的—三洋变频控制模块联合研发中心、美的—NEC电子联合研发实验室等。

经过多年的沉淀与积累，美的已经具备了某些领域核心技术和关键技术的研发能力，许多技术达到或接近国际先进水平。比如，作为一项共性、基础技术，空调的"风道"设计对改进空调性能有着关键作用。过去，美的空调的"风道"只能模仿引进机型，极大地制约了新产品的开发。而由游斌博士主持完成的"风道"研究，不仅使美的能够自主设计所有空调机型的"风道"，而且将噪声降低了3分贝以上、能耗降低了20%—30%。美的空调的市场份额随之大增，游斌也因此获得集团100万元科技大奖。

"十一五"时期，美的研发投入超过100亿元，达到销售收入的3%。对利润并不丰厚的白色家电产业来说，这样大的投入是否值得？对此，邓奕威算了一笔账，"2010年集团销售收入突破1100亿元，其中770多亿元来自新产品的贡献；在去年集团所得利润中，新产品贡献率达65%以上。这证

笔底风云四十年（下）

明，科技研发是最好的、也是最必要的投入。"

实现新的飞跃

过去5年是美的自主创新能力的飞跃阶段，这一点，从其专利结构的变化中可以看出端倪。

"2005年底的时候，美的集团的专利申请量为2500多件，其中95%以上是外观专利，实用新型专利仅占一小部分，含金量最高的发明专利更是少得可怜。而到2010年底，美的专利申请总量达7400多件，发明专利和实用新型专利已占一半左右。"邓奕威说。

创新能力实现飞跃的另一个证明是，近年来美的在家电行业标准的制修订中，正逐渐由参与者变为制定者。"十一五"时期，美的共制修订国家标准/行业标准152项，成为空调健康标准、微波炉蒸标准、小家电能效标准等一系列国家标准/行业标准的发起者或主导起草者。

专利和标准正是美的巩固和提升创新能力、推动创新成果产业化的两大"利器"。"当前，家电行业正在经历从'中国制造'到'中国创造'的转型，转型成功的关键是看企业能否拥有自主知识产权，自主知识产权能否转化为产品，转化为企业标准、国家标准甚至是国际标准。"美的集团科技管理部创新协同经理马德新说。

基于这样的认识，美的近年来致力于探索"技术专利化，专利标准化"之路，在集团推进"三同步"——科研与标准研制同步、科研成果推广与标准发布同步、产业化与标准实施同步。

美的集团科技管理部知识产权经理张心聪告诉记者，2007年，美的开始实施专利标准化战略。一方面，集团完善组织保障，要求每个事业部都要设立专利专员、标准化专员，目前，专员总数已从5年前的50人扩大为500余人；另一方面，美的制定了一系列激励措施，重奖专利和标准化方面的突出贡献者。比如集团每申请一项实用新型专利和发明专利，都视情况给予申请人1000元至2万元的奖励；每年评选的"发明之星"，可获得高达30万元的奖金。由此，整个集团营造出了重视专利和标准的浓厚氛围。

如何使专利和标准实现价值最大化？美的认为，与其埋头独自耕耘，不如运用专利和标准整合行业资源，将产业"蛋糕"做大，实现与竞争对手、供应商的共赢。

顺德电压力锅专利联盟的建立就是一次成功尝试。2006年，正值电压力锅市场打响价格战、产品品质参差不齐之际，美的牵头联合其他3家顺德企业成立了电压力锅产业的专利联盟，约定在联盟内共享"专利池"，进行专利集体授权、集体维权，并共同制定了顺德电压力锅联盟标准，按照统一标准组织生产。几年下来，联盟成员已经扩展为10多家企业，"专利池"中也拥有了100多项专利。

这一在国内家电行业开先河之举，为美的、为整个顺德电压力锅行业带来的收益大大超出了预期。由于技术门槛提升，产品品质得到保障，国内电压力锅市场规模迅速扩大，目前年销量达到4000万台，其中美的产销量占40%以上，联盟成员所占份额超过80%。与此同时，电压力锅的利润率也大幅提升，远远超过白色家电的平均利润率。现在，联盟企业正在参与一系列国家标准的制定，以进一步夺取行业制高点。

通过把专利成果转化为标准，美的发明专利的产品转化率达95%以上，大大增强了产品创新能力，实现了行业内的多项"第一"：国内第一台"蒸煮"功能微波炉、第一台厨房专用空调、第一台无网底部加热豆浆机，等等。

今年，美的标准化工作又迈出新的一步。4月12日，广东省家用电器标准化技术委员会在美的集团总部成立，由邓奕威担任委员会秘书长。今后，美的将肩负起牵头起草地方家电标准的责任，联合广东省的产、学、研力量，全力推进全省家电行业的标准化，推动广东家电业实现从技术到产业的全面升级，更好地参与国际竞争。

笔底风云四十年（下）

（本文系《自主创新·后来居上看美的》系列报道之一，原题为《实现从技术到产业的全面升级》，原载2011年7月6日《经济日报》，与郑杨合作）

以新制胜看太钢

经济日报调研组

钢铁大国有刚需。

作为世界钢铁的生产消费中心，我国年产粗钢逾10亿吨，能满足绝大部分国内需求，但目前仍有70多种关键高端钢铁材料是"短板"，每年进口约220万吨，约占进口总量的20%，以特钢为主。

随着供给侧结构性改革的深入推进，"手撕钢""笔尖钢"等一批"中国造"填补国内空白，成为市场新宠，钢铁工业高科技成色愈加鲜明，颠覆了人们对于钢铁行业"傻大黑粗"的固有认知，也让有着80多年发展历史的太钢集团走到聚光灯下，迎来了高光时刻。

2017年以来，习近平总书记先后两次到太钢集团考察。2017年6月22日，习近平总书记考察山西钢科碳材料有限公司时指出，"新材料产业是战略性、基础性产业，也是高技术竞争的关键领域，我们要奋起直追、迎头赶上。"2020年5月12日，习近平总书记在考察太钢不锈钢精密带钢有限公司时强调，产品和技术是企业安身立命之本。希望企业在科技创新上再接再厉、勇攀高峰，在支撑先进制造业发展方面迈出新的更大步伐。

总书记期望殷殷，新征程挑战重重。站在新的发展起点上，高端制造能力如何提升、科技创新体系如何构建、高端人才队伍如何聚集、绿色发展要求怎样落实？日前，本报调研组深入中国宝武太钢集团调研采访，与太钢干部职工一起探寻这些问题的答案。

"钢中精品"如何炼成

春寒料峭，太钢精密带钢生产线火力全开。伴随着机器轰鸣声，3吨重的不锈钢板经过退火软化和多道轧制，厚度由0.8毫米降至0.02毫米，变身薄如蝉翼的"手撕钢"，成为高端和前沿制造领域不可或缺的基础材料。

"今年以来，企业订单量同比翻番，春节期间我们也是满负荷生产，产品仍供不应求。"太钢不锈钢精密带钢有限公司党委书记、总经理王天翔满怀信心地表示，今年生产经营有望再上新台阶。

2021年是钢铁业"牛年"。中国宝武太钢集团经营绩效指标创出新高，营业收入1414亿元，利润总额152亿元，净资产收益率同比增长近4倍。吨钢利润比黑色金属冶炼及压延加工业整体水平高出近3倍。

钢铁业具有较强的周期性，钢企业绩常常大起大落，而太钢集团长期经营稳健，吨钢利润在行业一直名列前茅。2016—2020年，太钢集团营业收入保持在800亿元左右，利润年均复合增长率达32%。

非同一般的业绩表现，得益于持续深耕不锈钢领域、咬定青山不放松的经营策略和战略定力。

不锈钢有着"钢中精品"之称，工艺路线长、技术含量高、生产难度大，是特钢中需求量最大的品种。新中国成立之初，太钢被国家确定为特殊钢生产基地，生产出中国第一炉不锈钢。20世纪90年代，面对进口不锈钢主导市场的局面，太钢提出要占领不锈钢产业制高点，建设具有国际水平的以不锈钢为主的特殊钢企业。本世纪以来，太钢进一步战略聚焦，在普钢和特钢之间选择特钢，在特钢中重点发展不锈钢。近10年来，太钢保持年产1000万吨粗钢规模基本不变，其中不锈钢产能达450万吨。

"坚持打造国家不可或缺、无可替代的精品，不断扩大高科技含量、高

笔底风云四十年（下）

附加值、高效益产品占比，铸就了企业独特竞争优势。"中国宝武太钢集团党委书记魏成文介绍，如今的太钢有18种特殊钢产品为国内首创，26种市场占有率第一，40多种成功替代进口，高端产品创效占85%以上。

太钢的制胜攻略，透着对自身发展条件的深入洞悉和对行业发展态势的深刻把握。这家地处省会城市太原的内陆钢厂，环境容量有限，规模发展受限，加之远离华东、华南等主要消费市场，物流成本明显高于沿海钢厂。在钢铁业价格竞争激烈的态势下，太钢唯有与对手错位竞争，做到先人一步、技高一筹，方能以新制胜，永立潮头。

党的十八大以来，我国经济转向高质量发展，原材料工业危与机并存。太钢集团以"支撑先进制造，创造美好生活"为使命，以结构调整为抓手，面向国家发展急需、消费升级需求、未来发展需要，不断拓展新的应用领域，创造和引领新的需求。

一是心怀"国之大者"，做强高等级不锈钢。以支撑国家重大战略、重大工程和先进制造业发展为重点，太钢全力攻克"卡脖子"难题，发展战略类、使命类产品，助力打造"大国重器"。

福建霞浦60万千瓦示范快堆核电项目，是国家重大核能科技专项。由于第四代核电主设备要在最高650℃的环境连续工作40年而不更换，加上安全性要求，对不锈钢材料的抗辐射、耐高温、高强度、抗疲劳和稳定性等综合性能要求极高。面对技术上的挑战，国外不锈钢企业望而却步，国内同行也深感力不从心。2018年底，在设备厂家举行的招标交货进度协调会上，几家企业都表示，不放宽标准就做不了，也保不了进度。

"当时我们经过自主试验，率先做出完全满足各项性能指标的钢板，希望订单越多越好。"太钢集团核电事业部经理李志斌说。此后太钢小批量产品检测顺利过关，给项目设备制造方吃下了"定心丸"，一年内3次追加订单。太钢提前完成供货任务，满足了重点项目急需。

神舟飞船、港珠澳大桥、华龙一号、超超临界火电机组……这些国家重大工程的背后，均有太钢产品作为支撑。

二是引领消费升级，推广优质不锈钢。到2019年时，我国不锈钢人均消费量仅约17公斤，与一些发达国家相比差距明显。以经济社会全面绿色转型发展为导向，太钢强化特色不锈钢精品研发，为社会提供更长寿命、更低成本、更优性能的不锈钢材料，让越来越多的绿色产品成为传统用材替代者，满足人民日益增长的美好生活需要。

太钢人研发"笔尖钢"的故事，经过媒体的广泛传播，已为人们耳熟能详。作为制笔大国，我国每年要生产400多亿支圆珠笔，而作为原材料的笔尖钢却长期依赖进口，受制于人。经过太钢人艰苦攻关，笔尖钢实现自主生产，进口产品价格"腰斩"，国内制笔厂不仅节省了采购成本，交货期也更有保障。"我们1吨钢能加工近500万颗笔尖，产品合格率达到99.99%，并且采用的是环保配方。"太钢不锈线材厂生产技术室主任叶文学说，2021年，太钢笔尖钢产销量已占国内市场近四成份额。

小小笔尖钢，只是太钢不锈钢产品广泛用于民生领域的一个缩影。不锈钢水管大规模进入北京城市副中心、雄安新区等城市供水系统，超纯铁素体材料为青岛胶东国际机场航站楼屋面披上"不锈铠甲"，抗菌不锈钢用于高端餐厨具，不锈钢电梯板扮靓百姓生活……

三是抢占时代先机，打造新材料高地。当前，新一轮科技革命和产业变革突飞猛进。不锈钢行业已走过百年历程，新材料发展方兴未艾。为决胜未来，太钢勇当弄潮儿，大力发展高端碳纤维，实施钢铁主业与新兴产业"双轮驱动"。

北京冬奥会训练场，国产碳纤维雪车惊艳亮相。其速度能达到每小时160公里，满足了低风阻、高可靠、可操控等一系列要求。而构成雪车主体结构与壳体材料的碳纤维，就来自太钢旗下的山西钢科碳材料有限公司（简称山西钢科）。

碳纤维号称"黑色黄金"，是一种含碳量在90%以上的强度高、重量

笔底风云四十年（下）

轻、耐腐蚀、热膨胀系数极小的新型纤维材料，广泛应用于航空航天、交通运输等领域。"一束幅宽4毫米的碳纤维产品里包含1.2万根碳纤维，单丝直径仅5微米，它的强度是普通钢材的10倍，重量仅是钢材的四分之一。"山西钢科技术研发部部长李登华说。

碳纤维是关系国民经济的重要战略物资，属于技术密集型的关键材料。长期以来，碳纤维的技术和产品主要掌握在少数发达国家手中。历时9年，山西钢科实现碳纤维技术和品种从无到有、从有向全的发展。目前，已形成高强标模型、高强中模型和高强高模型3大系列13个牌号高性能碳纤维产品的长期稳定供货能力。

"总书记的重要指示，激励我们加快建设国内领先、国际一流的碳纤维生产基地。"山西钢科党委书记、总经理常春报说，去年建成的三期项目可年产1800吨高端碳纤维，目前已具备批量供货能力。到"十四五"末，山西钢科将实现年产6000吨高端碳纤维，远期达到万吨产能。

时移世易，当今世界不锈钢产业发展格局甫变、重心转移。中国钢铁要实现由大到强转变，必须建设世界一流不锈钢企业。

正是适应这种需要，2020年底，"南宝北太"走到了一起，太钢集团成为中国宝武旗下不锈钢专业化平台公司，托管宝钢德盛、宁波宝新，突破地域、能力局限，锻长板，补短板，开启了建设全球最具竞争力不锈钢全产业链高科技企业的新征程。

创新体系怎样构建

"手撕钢""笔尖钢""抗菌钢"……太钢生产的不锈钢产品上天入地下海，大则镕铸"国之重器"，小则服务百姓生活。在一个个创新产品的背后，是企业多年形成的创新文化，以及贯穿于企业生产经营全过程的创新链条。

太钢的创新体系是如何构建的？

处于太钢创新链龙头地位的，是国家级太钢集团技术中心以及先进不锈钢材料国家重点实验室。

正午时分，走进太钢技术中心的试验大楼，一台台先进实验设备令人目不暇接。研究员廉晓洁告诉记者，去年太钢投资2900万元，完成了电子显微镜室等科研仪器的升级改造。"这台设备可以一层层扫描钢材，分析组织结构，看看能否达到最佳性能，相当于'为钢材做CT'。今年上半年我们还有3台新设备将陆续到位。既有更新，也有升级。"

强化技术中心的创新主体作用，是太钢创新体系建设的关键一招。以产品结构调整为导向，太钢对全集团技术质量系统进行重组，使集团内部主要技术资源得到优化配置，改善了科研管理，强化了创新能力。技术中心组织开发了三代核电用钢、化学品船用双相不锈钢等18个国内市场独有产品，形成核电、海洋、铁路等领域用高性能及高功能型产品集群。10多年来，太钢技术中心在国家级企业技术中心排名中一直名列前茅，2021年以94.2的高分再列钢铁行业第一名。

以太钢技术中心为依托，我国不锈钢材料领域唯一的国家重点实验室落户太钢，于2010年12月由科技部批准建设，2013年5月通过科技部验收。实验室瞄准国际不锈钢领域发展方向和技术前沿，围绕国家重大需求和产业发展方向，重点在资源节约型不锈钢、特殊领域用高性能和高功能型不锈钢材料、不锈钢关键制造及应用共性技术3个研究方向推进科技创新。

"通过国家重点实验室这个科研平台，可以集聚各方力量共同攻关。"实验室负责综合管理工作的苗华军告诉记者，"比如高强高耐蚀不锈钢及应用项目，被列入国家'十三五'重点研发计划，由太钢、科研院所、用户、同行企业共建团队，有15家单位参与，2016年项目签约，去年通过科技部项目验收。在基础研究领域，很多人都是默默钻研，有的人可能一辈子都没有一次发光的机会，一旦发光，就意味着对'卡脖子'技术的突破！"

与一些建在科研院所的国家重点实验室不同，这里的运营主体是企业，

笔底风云四十年（下）

研发成果能够快速推广。10年来，实验室承担了17项国家级科研项目；获省、部级以上科技奖励33项，其中"先进铁素体不锈钢关键制造技术与系列品种开发"等5项科技成果获国家科技进步奖；授权发明专利106件；主持、参与起草了3项国际标准及10项国家标准。

处于太钢创新链龙身位置的，是被称为"SBU"的创新组织。

从字面意思看，"SBU"意为战略经营单位。在太钢，SBU指的是融合市场、研发、生产、销售等单元于一体的重点品种开发团队，是太钢实施重点产品研发的主要平台。

"昨晚，双相不锈钢家族又有了新成员！"见到记者，"全国五一劳动奖章"获得者、太钢技术中心首席研究员李国平兴奋地说。"双相不锈钢是特色品种，它耐磨性强、硬度高，用于天然气管线、桥梁等。2000年前，我们只能生产一两个品种。随着技术研发能力的不断提升，太钢的双相不锈钢品种越来越齐全、应用领域越来越多样化，市场规模也越来越大。"

李国平是双相不锈钢项目SBU负责人。在他看来，"SBU就是一种快速响应市场的组织，各相关部门的骨干人员联合攻关，SBU里有营销部门、制造部门、研发部门、各分厂技术员，研产销一体。这是一种机制创新，克服了大型企业业务条块分割的弊端。"

作为SBU负责人，李国平既要搞研发，也要关注市场、调度资源、推进排产。"只要与双相不锈钢有关的事，来了就得管。"

有人管和没人管，效果大不相同。跨部门的联合攻关小组，串起了研产销，形成了完整的内部创新链。10年来，太钢先后组建了30多个SBU团队，形成推动太钢重点产品开发的主导力量。

在太钢创新链的末梢，是一大批活跃在生产经营一线的技能人才。

以不锈冷轧厂连轧作业区班长牛国栋的名字命名的牛国栋技能大师工作室，就是太钢生产一线创新活动的突出代表。这个工作室成立于2011年，先后培养出高级轧钢工92名、技师16名、高级技师6名，10多年来累计推出创新成果86项，发布了多项先进操作法，啃下了不少生产中的"硬骨头"。

目前，牛国栋工作室有15名成员。"这是我徒弟，这是我徒弟的徒弟，都是研究生毕业。"指着楼道展板上的一张张照片，今年47岁的牛国栋颇有几分自豪。工作室有固定的活动场所，书架上摆满技术资料，厚厚的笔记本记录着大家的创新"思想火花"。"这里是我们交流的地方，每周都要开一次例会，基本都在下班后，立足现场，问题导向，从生产中发现的问题出发，大家集思广益解决问题，形成一个个小发明、小创造、小革新、小设计、小建议。"

"'五小'不小，小中见大"。在设备改造与工艺改进方面，身处生产一线的工人们更有发言权。牛国栋说："同样的机器，操作手法不一样，效果差别很大。我在带徒弟时，关键工艺盯着不放，就像照相机式地观察他的手法，提出改进意见。"针对操作中遇到的抽带甚至断带问题、成材率下降问题、乳化液精准控制问题等，工作室正在整理改进连轧工艺的"六步法"，全面推广后预计每年可创造效益1430余万元。

一块"好钢"带出了更多"好钢"。目前，太钢职工创新工作室有30多个，实现了主线单位全覆盖，形成了一支由领军人才、技术骨干、操作能手共同组成的职工创新团队。

近10年来，太钢科技研发费用占销售额的比例始终保持在3%以上；同时，每年在预算中安排8000万元，用于奖励有突出贡献的优秀创新人才和创新团队，其中一部分用于SBU组织绩效兑现，根据其创新效益确定奖励额度，上不封顶。

"满眼生机转化钧，天工人巧日争新"。从国家重点实验室到SBU创新团队，再到遍及生产现场的"五小"创新活动，太钢秉持"闻新则喜、闻新则动、以新制胜"的创新理念，培育"鼓励创新、宽容失败、反对守成"的创新文化，构建起一流的创新生态，闯出了一条以创新驱动引领高质量

笔底风云四十年（下）

发展的新路子。

人才短板能否补齐

人才是创新的第一资源。而对于地处内陆城市的太钢来说，实施创新驱动发展战略，人才是一大短板。

如何补上这块短板？在日趋激烈的人才争夺战中，太钢痛下狠手，祭出了自己的"高招儿"。太钢人力资源部培训开发室高级经理毛晓潭介绍，"为了吸引和留住人才，太钢设立了引才专项基金，实施'两提两补一策'政策。即提高引进大学生见习期待遇最高至1.3万元，提高一次性安置费标准最高至30万元；对引进人才分别给予'地域补贴''成长补贴'；对高精尖人才，按照'一人一策'的原则确定薪酬待遇水平，吸引集聚高端优质人才。"

长相俊秀、一口川音的廖席，是四川广安人，2012年来到太钢不锈钢精密带钢有限公司工作。那时的他没有料到，这个选择成为他人生"开挂"的起点。

"当时面临几个选择，最终选择了太钢，一是因为这里有发展空间，二是感觉待遇也不错，而更重要的，是为他们求才若渴的热情所感动。"廖席回忆说，刚从浙江嘉兴来到太原，生活上很不适应，还面临着夫妻两地分居问题。公司领导亲自出面，帮他解决了爱人随迁和工作安置问题，让他真切感受到太钢爱才引才留才聚才的诚挚用心。

解除了后顾之忧，廖席全身心投入到不锈钢新产品的研发中。2018年初，厚度仅0.02毫米的"手撕钢"在太钢问世，廖席正是这个项目的技术负责人。一系列荣誉随之纷至沓来，他成为闪光灯下的"钢铁明星"，2020年荣获"全国青年岗位能手"称号。

"百炼钢变成了'绕指柔'，很不简单"，习近平总书记对"手撕钢"研发成果的肯定令廖席和他带领的团队倍感亲切、深受鼓舞，增添了再接再厉、勇攀高峰的动力和信心。2021年5月12日，在总书记考察太钢不锈钢精密带钢公司一周年之际，历经一年攻关的0.07毫米超平不锈钢精密带材和无纹理表面不锈精密带钢两项新产品全球首发，进入量产阶段。

栽好梧桐树，引来凤凰栖。2021年以来，太钢集团引进本科及以上高素质人才439名，其中硕士研究生以上76名。社会招聘成熟型人才239人。

越来越多的青年才俊加入到太钢这个大家庭，既有优厚待遇的吸引，更有干事创业的召唤。在"鼓励创新、宽容失败、反对守成"的氛围中，一大批年轻人找到了自己的用武之地。

为了最大限度支持和帮助人才创新发展，太钢破除人才流动和管理的体制机制障碍，建立了更为灵活的人才发展战略。为畅通技术人才职业发展通道，太钢出台了《首席师队伍建设管理办法》等制度。首席师制按照"技能操作、专业技术、专业管理"3个序列、7个层次设置职业发展通道，有效破除了"官本位"对人才成长的干扰，让人才既有"面子"、又有"里子"，能够沉下心来做课题、搞创新。在待遇方面，首席师比照本单位C层级薪酬标准，高级首席师比照本单位D级薪酬标准，太钢科学家薪酬不低于集团高管。目前，太钢已签约聘任中国宝武科学家2名、太钢科学家2名、高级首席师10名、首席师112名。

李登华是中科院山西煤炭化学研究所毕业的博士，抱着"把论文写在祖国大地上"的信念，2021年4月离开科研单位加盟山西钢科。"这里的平台很广阔，年轻人也可以当课题负责人。刚来这里两个月，我就被提升为技术研发部部长，享受C层级薪酬标准，公司给了我充分的信任和施展的空间。做着自己喜欢和擅长的研发工作，少了焦虑感，心里觉得很充实。"李登华说。

"激励员工自发地投身创新，必须建立科学合理的考核激励机制，让员工从创新中获益，从获益中看到创新的希望，长久保持创新的积极性，进而升华为产业报国的内生动力。"王天翔说，"我们公司有200多名员工，其中

笔底风云四十年（下）

'80后''90后'占七成多。原有的考核机制是收入与产量挂钩，万一创新失败，员工的收入就会打折扣。后来推出激励创新的考核机制。2020年，员工收入比6年前增长了近1倍。"

鼓励科技人员"揭榜挂帅"，是太钢激发人才活力的又一举措。2021年以来，太钢集团参与省市科技项目揭榜7项，内部组织科技项目揭榜30余项。在2021年度太原市首批科技计划"揭榜挂帅"8个项目中，太钢就拿下了4项。

引得来、留得住、用得好，曾经制约太钢创新发展的人才困局得以有效破解。如今的太钢，既拥有以王一德院士为代表的老一辈科研"大咖"，又有以全国劳动模范、铁路用钢首席研究员王玉玲，"中国青年科技奖"获得者、不锈钢行业领军人才李国平为代表的中青年科研骨干，还有以"中国青年五四奖章"获得者轧钢工牛国栋、荣获中华技能大奖的炼钢工吕涛为代表的一大批高技能人才，一支能打硬仗、勇攀高峰的梯级创新型人才队伍正在茁壮成长。

"双碳"挑战何以应对

十里钢厂，与城共生。

改革开放以来，随着城市的快速发展，原位于太原北郊的太钢主厂区逐步为城区所包围，成为典型的"城市钢厂"，一直以来承受着巨大的环保压力。

在与城市共同发展的过程中，太钢人对绿色发展的理念有着更为深刻的领悟。20世纪80年代初，被誉为"当代愚公"的太钢退休职工李双良主动请战，不要国家一分钱投资，带领渣场职工搬走了沉睡半个多世纪的大渣山，在昔日的渣料场上种树栽花，建成了供人们休憩娱乐的公园，同时创造经济价值3.3亿元，为太钢探索出了一条"以渣养渣、以渣治渣、综合治理、变废为宝"的治渣新路。由此，李双良精神成为太钢人宝贵的精神财富，绿色发展的"种子"也深深种在了太钢人的基因里。

"历史经验和现实要求充分证明，太钢的根本出路在于，以新发展理念为指导，坚定不移走绿色低碳发展之路。"中国宝武太钢集团原党委书记、董事长高祥明告诉记者，强烈的低碳环保意识促使太钢在环保技术上舍得投入，狠下功夫，创造过很多行业第一。"环保搞好了，不只是收获社会效益，还会产生经济效益，甚至会成为新的经济增长点。这也是绿色发展理念的应有之义。"

被大部分钢铁企业视为治理难题的"三废"：废气、废水、固废，在太钢人这里变成了"三宝"。

"拿固废来说，炼钢后产生的钢渣经过筛选，选出有回收利用价值的金属渣返生产，再把尾渣加工成有经济价值的产品，用于建材等行业。"太钢加工厂综合管理室副主任宋阳生告诉记者，通过生产线分选后的渣钢、钢粒，每年能为钢厂节约采购资金约3.38亿元。而处理完的钢渣通过综合利用，还能再降低成本1874万元。

废气主要是指在烧结等生产过程中产生的二氧化硫和氮氧化物，直接排放到大气中会产生污染。太钢炼铁厂副厂长李强指着眼前巨大的钢铁管道告诉记者，"为彻底根治这一环保难题，太钢加大投入，成立专门的工作组，不断对烧结烟气净化装置进行升级改造。"2019年，太钢投资4亿多元，在原有活性炭脱硫脱硝工艺基础上，扩建50%吸附单元，实施了全球首创的"活性炭+SCR脱硝"工艺，脱硫效率由原来的94%提高到97%，脱硝效率由33%提高到80%，污染物减排量达到了50%以上。

目前，太钢烧结工序各项污染物排放浓度均优于超低排放指标要求，且生产过程不产生任何废弃物。"我们对排放出的二氧化硫进行收集处理后转化为硫酸，实现变废为宝，循环利用。"李强说。

在太钢水处理系统的出水口，建有一座生态鱼监测池。记者看到，一尾尾锦鲤正在池中欢快游弋。"这是我们太钢的水质'监督员'。水质能不能

笔底风云四十年（下）

符合生态用水要求，不仅要满足各项指标，最终还要这些鱼儿'说了算'。"太钢集团能源环保部首席管理师段新虎介绍说。为解决炼钢过程中产生的工业废水问题，太钢投巨资建设了高标准的污水处理系统，实现了生态水循环利用。目前，太钢"出品"的再生水水质稳定达到高标准，不仅能保证生产线上的不同品质用水，还成为城市景观用水的有益补充。

"看不见烟尘、听不见噪音、闻不到异味"，如今的太钢，成了周边居民的"好邻居"。经过多年持续努力，太钢实现全流程超低排放常态化运行，2020年入列全国首批全流程超低排放A级钢铁企业。这座被城市包围的大型钢铁企业，不仅没有对城市生态环境造成污染破坏，反而为城市增绿添彩，实现了与城市的和谐共融共生。

"从2012年起，我们着力开发'城市生态产品'，利用生产余热为社会提供清洁能源，为太原市北城的30多万住户、2150万平方米住宅提供集中供热，替代燃煤取暖，提升了城市的空气质量。"太钢集团能源环保部副部长张立军介绍，太钢全年大气污染物（颗粒物+二氧化硫+氮氧化物）排放量较超低排放改造前下降了70%，2021年排放强度又比2020年下降5.9%。在污染物排放量大幅下降的同时，吨钢综合能耗、吨钢新水消耗也持续降低，主厂区绿化覆盖率近40%，形成"厂在林中、路在绿中、人在景中"的绿色景观。

在绿色发展的道路上，太钢成为钢铁行业的领先者。而面向未来，面临的挑战依然不可小觑。

作为能源消耗高密集型行业，钢铁行业是制造业31个门类中碳排放量最大的行业，占碳排放总量的15%左右。随着国家"碳达峰、碳中和"战略的全面推进，钢铁行业碳减排的压力与日俱增。今年2月，工业和信息化部等三部委联合印发《关于促进钢铁工业高质量发展的指导意见》，明确要求到2025年，80%以上钢铁产能完成超低排放改造，吨钢综合能耗降低2%以上，水资源消耗强度降低10%以上，确保2030年前实现碳达峰。山西省在超低排放的基础上进一步提出了超超低排放的更高目标。

对于太钢来说,"双碳"时代的来临,是挑战,也是机遇。

一方面,钢铁行业污染物超低排放技术基本成熟,实现更高水平的超低排放已无重大技术障碍。太钢将按照山西省委、省政府和中国宝武的安排部署,完整准确全面贯彻新发展理念,借助中国宝武低碳冶金系列工艺技术,进一步加大环保技术开发与资金投入力度,在向超超低排放目标迈进的同时,协同推进实现深度减污降碳。

另一方面,在不锈钢制造领域,太钢正在大力研发氢冶金关键技术,谋划在山西朔州建设碳减排工程,充分利用当地丰富的光伏资源发电,用绿电制氢,用绿氢还原铬矿,打造集"绿电+绿氢+氢冶金+低碳冶炼+二氧化碳捕集利用"为一体的近零碳排放铬合金生产示范线,引领全球不锈钢业绿色低碳发展。

为如期实现"双碳"目标,太钢集团成立了"碳中和办公室",研究编制了2023年碳达峰行动方案,快速启动了不锈钢系统碳减排路径研究,谋划到2035年碳减排30%以及"零碳工厂"建设等低碳先行先试工作,力争2050年实现碳中和。太钢集团调研信息高级经理李志强告诉记者,太钢已初步建立了碳中和管理体系,完成了碳排放数据摸底测算与主要产品碳足迹核算等工作,为下一步绘制不锈钢低碳冶金路线图提供了基础数据保障和支撑。

在全国碳排放权交易市场,2021年12月,太钢率先完成了自备电厂碳排放配额履约清缴工作,成为第一个履约周期内第一批履约且履约后有盈余的钢铁企业。今年2月,太钢矿业成为亚洲首家发布矿产品碳足迹数据和国内首家发布绿色低碳技术路线图的矿山企业,入选冶金矿山行业"工业互联网赋能绿色低碳发展优秀案例"。

行走在太钢厂区,远望高炉耸立,管道纵横,近看林茂花繁,绿草如茵。作为大型工业遗存,建造于1934年的"西北炼钢厂二号高炉"如今迁

笔底风云四十年(下)

建于太钢博物园,成为供人们旅游参观的景点。并汾旧地,满目春晖。

以新制胜写传奇,百炼成钢启新程。这里发生的故事浓缩了中国钢铁工业筚路蓝缕、成长壮大的历史;而正在这里铺展的蓝图,昭示着中国钢铁工业高质量发展的璀璨未来,令人感奋。

(调研组成员:张曙红、王晋、李红光、周雷、梁婧、杜秀萍,原题为《太钢制胜》,原载2022年5月13日《经济日报》,《太原日报》等5月14日转载。收入郑庆东主编《践行习近平经济思想调研文集(2022)》,人民出版社2023年2月出版)

第六辑 探访东北振兴

在这个热流涌动的夏日里，我们自南往北，由东向西，与三省九市老工业基地的干部群众一起，感受《打一场新的"辽沈战役"》的豪情，抒发《再造一个"浦东"》的壮志，《看鞍山如何"进退"》，听《鞍钢的12字真言》，祈愿抚顺《不再"沉沦"》，欣慰沈阳《抖擞精神》，探析《"一花独放"能长春吗?》的疑虑，共商《江城今日再攻坚》的大计。《站在历史临界点上》，倾听《吉化"第四次创业"》的故事，品味《从"存续"到"持续"》的变迁，《发现大森》令人惊奇，《"本色"的回归》促人深思，所有这一切都告诉我们：只有按照《先改革再改造》的新思路，才能《让冰城热起来》，也才能让《哈电的春天》永驻。

——摘自本辑文章《鹤城期盼春风来》

笔底风云四十年（下）

打一场新的"辽沈战役"

题记

  振兴东北老工业基地是党的十六大提出的战略任务，也是新世纪初经济界的热门话题。为了解东北老工业基地的发展现状，总结老工业基地调整改造的经验教训，探讨新形势下的振兴之路，2003年6月，报社特派评论部主任张曙红与大连记者站站长李天斌组成专题调研采访小组，赴东北地区进行调研采访。我们以大连为起点，先后采访了鞍山、沈阳、抚顺、长春、吉林、哈尔滨、大庆、齐齐哈尔等三省九市，辽宁省委书记闻世震等三省负责同志接受了我们的采访，本报驻地记者分别参与了相关省市的调研采访。7月30日起，《经济日报》连续推出《振兴老工业基地——东北行》系列报道，至8月26日，共刊出17篇，随后又编发了两组反响报道。系列报道刊出后，在广大读者中引起热烈反响，为党中央、国务院东北振兴战略的出台提供了决策参考和舆论支持。在第14届中国新闻奖评选中，这组报道荣获二等奖。

  一股热流在东北大地上涌动。这是发展的热流，这是改革的春潮，这是重塑辉煌的企盼，这是再创奇迹的宣言。

第六辑 探访东北振兴

从秀丽的海滨城市大连到内陆腹地的齐齐哈尔，从工业重镇沈阳到汽车之城长春，从老迈的煤都抚顺到年轻的油城大庆，记者一路走来，且行且访，边听边议，深为东北人民渴盼加快发展的热情所感染，为老工业基地调整改造的前景而鼓舞。

振兴东北老工业基地是一个老话题了。说实话，在编辑部接受采访任务的时候，记者对这一话题的现实意义还有些语焉不详。正是在一路的采访与交流中，我们更深切地领悟了这一课题的深刻意义。

老话题的重新提起，是从党的十六大开始的。在十六大报告中，江泽民同志明确指出，支持东北地区等老工业基地加快调整和改造，支持以资源开采为主的城市和地区发展接续产业。

今年春天，在十届人大一次会议的政府工作报告中，再一次强调要"采取有力措施，支持东北地区等老工业基地加快调整和改造，支持以资源开采为主的城市和地区发展接续产业"。

5月底6月初，在全国抗击非典的斗争取得阶段性成果、疫情有所缓解之际，国务院总理温家宝即率领国家经济主管部门的一批新任"掌门人"飞赴辽宁，就老工业基地的调整改造进行专题调研。温总理对辽宁的同志说，新一届国务院领导班子成立之后，就把东北地区老工业基地的调整改造作为一项重要任务列入今年的工作日程，由于遇到了防治非典遭遇战，所以东北调研推迟了两个半月。但是，这期间我们的工作并没有停止。

经过几天的调研考察，6月2日晚，在辽宁省委的汇报会上，温总理深刻地阐述了振兴东北老工业基地的重大意义。他指出，加快东北地区等老工业基地调整和改造，是我们党在我国进入现代化建设新的发展阶段作出的重大战略决策和战略部署。实施这一战略，具有多方面重大的经济意义和政治意义。我们要在积极实施西部大开发战略的同时，把振兴东北地区等老工业基地放在更加突出的位置，东西互动，促进地区协调发展。

总理的一席话，高屋建瓴，令人振奋。辽宁省委书记闻世震在接受记者

笔底风云四十年（下）

采访时说，党中央、国务院关于振兴东北老工业基地的重大决策，充分体现了对老工业基地干部群众的关心和支持，体现了新一届中央领导集体驾驭全局、调控经济的能力，必将有力地激发全省人民的积极性、主动性和创造性，为振兴辽宁老工业基地增添强大动力。

辽宁是老工业基地的缩影。"一五"时期，国家对辽宁工业建设投资46.4%亿元，占同期全国工业投资总额的18.5%。在156项重点工程中，辽宁就有24项。与之相配套，国家还在辽宁安排了省市重点工业项目730个。几十年来，辽宁老工业基地为我国的经济发展和工业化进程作出了历史性的贡献，铸造了共和国的辉煌。在困难时期，老工业基地的干部群众节衣缩食，自我牺牲，努力发展生产，支援国家建设。从1953年到1994年，全省累计上缴中央财政3234亿元，占同期地区财政收入的71.5%。改革开放以后，老工业基地退出计划经济较晚，又是开放最晚的地区，因而错失了加快发展的机遇。闻世震颇动感情地说，"如果让老工业基地就此衰落下去，就无从体现社会主义制度的优越性，也愧对一方百姓。振兴老工业基地，是建立完善社会主义市场经济体制的客观需要，是实现新世纪发展目标的客观要求。不仅是一个重大的经济问题，而且是一个重大的政治问题，是贯彻落实'三个代表'重要思想最现实也是最紧迫的任务。"

这些年，面对暂时的困境，辽宁的同志一直在讲三句话：困难很大，潜力很大，希望也很大。回顾辽宁老工业基地调整改造的过程，闻世震介绍说，经过"九五"以来的探索与实践，我们在老工业基地的调整改造上有了良好的开端。一是深化了对省情的认识，问题看得比较清楚，思路也比较明确。二是初步完成了国有经济布局的战略性调整，所有制结构调整有新进展。三是形成了辽宁工业发展的新格局。这就是巩固发展石化、钢铁、装备制造业三个支柱产业，培育强化电子信息和汽车两个优势产业，优化调整轻工、纺织、制药、建材等四个传统产业，基本形成"三二四"的产业格局。四是构筑和完善了社会主义市场经济体制。重点是对国有企业进行改制重组，同时利用国家在辽宁试点的契机，建立和逐步完善了社会保障体系。

振兴东北老工业基地是一个长期的历史任务。闻世震认为，从辽宁的情况看，"九五"写了上篇，主题是改革与脱困；"十五"写的是中篇，主题是调整与改造；"十一五"还要写下篇，主题是提高与振兴。只要我们按照中央部署，在积极争取国家政策支持的同时，抓住机遇，练好内功，就完全可能用三个五年计划的时间，基本完成辽宁老工业基地调整改造的历史任务，实现老工业基地重振雄风的夙愿。

号角已经吹响。蓝图已经制定。一场新的"辽沈大战"的帷幕正在徐徐拉开。

这是新世纪初年，共和国向全面小康社会迈进征途中的关键一役。

（原载2003年7月30日《经济日报》，与李天斌合作）

大连能再造一个"浦东"吗？

大连是记者此行的第一站，正赶上市长夏德仁率有关部门领导，围绕如何做大做强装备制造、石化和电子信息三大支柱产业对重点企业进行调研。记者随行采访，所见所闻，很受启发。

提起大连，许多人的印象是这里城市建设搞得好，环境优美，花园城市。其实，大连的魅力远不止如此。

建市只有百年的大连，因港而兴，是东北最大的老工业基地之一。记者随夏市长一行跑了一天，走马观花地看了9家企业。其中既有大连造船

笔底风云四十年（下）

厂、大连机车车辆工厂这样的百年老厂，又有大连冰山集团、大连机床集团这样的壮年名企，还有大森数控、创新零部件公司这样的业界新锐。这些企业大多经过了改制重组，或者异地迁建，或者引资改造，装备技术水平较高，产品有市场，日子普遍比较好过。第二天上午，在市长主持的装备制造行业重点企业座谈会上，企业老总们发言时没有叫苦的，喊难的，相反，一个个情绪高涨，雄心勃勃，争相汇报在全球化竞争背景下实现更大发展的规划与设想。

从统计数字上看，经过持续的调整与改造，大连工业正在步入良性发展的轨道。在东北地区的主要城市中，大连规模以上工业的销售收入是最高的。去年实现工业总产值1245亿元，同比增长15%。全市国有大中型企业的户数约占全省的1/5，工业总产值和工业增加值占1/4，出口交货值占3/5，均居全省前列。在大型船舶、内燃机车、工业制冷、组合机床等行业中，大连有17家企业在全国同行业中排名第一。工业经济的强势发展，对拉动整个城市经济的作用不言而喻。近10年来，大连地区生产总值每年保持两位数增长。

大连企业的日子比较好过，有国家政策扶持的因素，有企业练好内功的原因，还有一个要素十分关键，就是抓住了沿海开放城市的对外开放机遇，借"他山之石"，引进资金、技术和管理，改造了老企业，也改变了以重化工为主的产业布局。作为全国第一批沿海开放城市，大连已经初步形成了与国际经济对接的外向型经济格局。全市有开发区、保税区、高新园区、旅游度假区4个功能齐全的国家级开发区，对外来投资者形成了较强的吸引力。目前全市有外商投资企业8632家，实际使用外资131亿美元；世界500强企业在此投资的有58家，兴办项目98个；有1826家境外企业设有办事处，成为中国外商投资企业及境外公司和金融机构设立常设机构比较集中的5个城市之一。

在新一轮的老工业基地调整改造中，大连如何动作？这是当前全市上上下下共同思考的课题。大连人认为，中央关于振兴东北老工业基地的战略部署，对于大连来说，无疑是千载难逢的历史机遇。

大连的发展得益于开放。大连的振兴要进一步做足开放的文章。市长夏德仁在接受记者采访时回顾说，改革开放以来，我国有两个区域的大开放为世人瞩目，一个是20世纪80年代的珠江三角洲，一个是20世纪90年代的长江三角洲。这种区域性的开放和逐渐北移的趋势，是与该区域的区位特征、历史特征和投资成本等因素联系在一起的，其中，国家政策的导向作用至为关键。东北老工业基地是我国传统的制造业基地，已经具备了吸引外资流向的充实基础，如今有了国家的政策导向，有望成为下一个大开放热点区域。用新思路振兴老工业基地，就要充分利用两个市场、两种资源，进一步扩大东北地区对外开放程度。作为东北腹地的对外开放窗口，东北的机遇也就是大连的机遇。大连要抓住机遇，以大开放促进大发展，为振兴东北老工业基地发挥窗口辐射作用。

站在南山之巅，俯瞰港区里林立的吊塔和海面上如云的舟楫，不能不为大连独特的区位优势而感叹。这里是环渤海经济圈和东北经济带的交汇处，又是东北亚国际经济圈的中心点，背靠东北地区和内蒙东部广阔的腹地，面向胶东半岛及渤海圈沿岸地区经济快速增长的城市群，隔海与日本、韩国等国家和地区相毗邻。不冻良港加上便捷的航空与陆路交通，使大连在我国北方及东北亚地区的经济交流中，起到了枢纽作用。目前东北地区80%的外贸货物是通过大连口岸进出口的。随着振兴东北老工业基地战略的实施，大连作为东北地区金融、航运、贸易、物流中心的独特地位必将逐步显现。采访中，一些有识之士建议，在东北老工业基地调整改造的战略布局中，一定要充分重视发挥大连在进一步对外开放中的龙头地位和作用。具体地说，就是要赋予大连类似浦东那样的开放政策，在大连再造一个"浦东"。

作为我国对外开放的阶段性标志，有"80年代看深圳，90年代看浦东"之说。在21世纪的头一个10年，得天独厚的大连，应运而生的大连，会成

笔底风云四十年（下）

为又一个吸引全球资本注意力、带动中国经济再上台阶的新热点吗？

（原载2003年7月31日《经济日报》，与李天斌合作）

发现"大森"

在大连采访的第一天，记者随夏德仁市长到企业调研，看过的几家企业可谓各擅胜场，都有高招。而发现"大森"，则是此行的最大收获。

当调研的车队驶至西岗区沿海路一栋不起眼的楼房时，随行的局长、主任和记者们很是诧异：这是到了哪家企业呀？大森？没听说过。

走进大森数控技术有限公司的生产车间，听了企业负责人的介绍，人们更加惊诧。就是这家名不见经传的小厂，去年销售2045套机床数控系统，实现销售收入1.1亿元，上缴税收900多万元。今年1至6月，已经卖出1240套数控系统，实现销售收入8000多万元。在国内机床数控市场上，年轻的大森公司与日本法拉克、德国西门子分庭抗礼，取得了"三分天下有其一"的显赫战绩。

令人惊异的不仅是大森的业绩，还在于大森的经营方式。到去年底，这家销售过亿元、纳税近千万的企业，总共只有19名员工。企业没有一个专职的营销员。总经理杨玉洪介绍，每年年初的时候，他到用户中间走一圈，一年的订单就全都有了。

大森走入人们的视野，颇有些戏剧性。今年6月底，国家科技部一位副部长来大连考察，考察内容之一是要看看大森公司。无论是市里的领导，还是负责接待的市科技局，都是第一次听说有这样一家企业，几经周折，才在高新区找到大森。

科技部又是怎么发现大森的呢？原来，机床数控系统的开发是国家重点科技攻关项目，从"八五"到"九五"，国家为此投入了巨大财力，但效果并不理想。不事声张的大森通过引进消化国外先进技术，成功开发了大森数控产品。由于质量好、价格低，业内知名度越来越大，市场占有率逐步提高，打破了国外产品在这一领域的垄断局面。"大森现象"引起了国家科技主管部门的关注。去年6月，科技部派专家对大森公司进行了专门考察。随后，由大森公司等承担的"中高档数控系统开发和可靠性技术研究"等4项研究开发任务，作为子课题被正式纳入国家863计划的有关项目。去年底，第一笔国家扶持资金到位。

搞技术出身的杨玉洪是个实在人。他的原则是"做十分，说八分"。他提出的经营方针是：产品开发国际化，器件采购全球化，生产社会化，经营规模化。在产品开发上，大森搞数控产品不过数年，产品已经开发到了第九代。每年北京召开国际机床展会期间，他们都要在人民大会堂召开产品推介会。他们招待客户，却从没想到请领导、请记者。这种低调还带来过意想不到的麻烦：3年前，区统计部门突然发现，这家当年产值已超过4000万元的规模企业，竟然长期遗漏在统计口径之外。大森因为违犯《统计法》而被处以罚款。

植根于传统产业的沃土，依靠高新技术的滋养，大森已经从一株无名的小草成长为一棵惹人眼目的大树。这家1995年以50万元注册的公司，如今净资产超过3000万元。在巩固中档数控产品市场的同时，杨玉洪的目光已经瞄准了高档数控产品，力求尽快形成高中档并举的产品格局，打响中国数控系统的自有品牌。公司即将移师高新园区，建设一个国内一流、规模最大的数控技术开发基地和数控系统生产基地。

以高新技术改造传统产业，是东北老工业基地调整改造的一条重要途径。大森的迅速成长，体现了民营高新技术企业的生机与活力，也展示了与

笔底风云四十年（下）

传统产业相结合的高新技术产业发展的巨大潜力。

（原载2003年8月2日《经济日报》，与李天斌合作）

看鞍山如何"进退"

鞍山是记者此行的第二站。下了火车，踏上鞍山的土地，坎坷的站台、陈旧的站房，不由令人生发出一种沧桑之感。

辽宁人把沈阳、大连、鞍山称为拉动经济的"三驾马车"。鞍山人自称：我们是匹"瘦马"。看来，此言并非自谦。

鞍山是一座因钢而兴的城市。鞍钢的兴衰对地方经济有着决定性的影响。前些年鞍钢在亏损线上挣扎，鞍山市的日子也不好过。经济位次下滑，国企经营困难，职工纷纷下岗。困而思变。鞍山人痛苦地意识到，经济结构不调整，尤其是所有制结构不调整，鞍山没有出路。于是在结构调整上进行了一番探索，搞出了个"两啤一化"模式。

"一化"指的是鞍山市化工二厂，简称"化二"。这家厂利用鞍钢的副产品重油生产炭黑，曾经是市里的利税大户，年实现利税5000万元。10多年前，世界橡胶业排名第四的台湾中国橡胶有限公司看中了化二，双方从1992年开始合资谈判，结果一谈就谈了9年。其间厂长换了四任，企业从利税大户变成了困难企业，潜亏4000余万元。各地债主纷纷找上门来，银行账户被冻结，企业不得不停产。到2001年，在经过历时13个月共计18轮的谈判之后，化二终于"出嫁"。中橡公司接手化二之后，立即推出了一个鼓舞人心的投资计划：五年内投入5000万美元，将产量由1.5万吨提高到10万吨，规模为国内之最。今年产量已经实现翻番。五年内，鞍山财政将因此增收2个亿。

一家困难企业变成了一个稳定增长的税源。围绕"卖不卖化二"的种种争论烟消云散。"有所为有所不为""不求所有，但求所在"的理念为越来越多的干部群众所接受。鞍山市委、市政府因势利导，提出"一开三促"的发展战略，抓开放，促改革、促调整、促发展。通过引进资金、技术、人才、管理，对国有企业进行脱胎换骨式的改造，实现国有资本从一般竞争性领域的有序退出。

在化二改制的同时，两家市属啤酒厂也先后攀高结贵，另择高枝。作为计划经济"小而全"的历史产物，鞍山历史上曾有5家啤酒厂。这些厂资本有限，规模不大。有的早早被市场淘汰，有的勉强维持。按照"有所不为"的思路，市里痛下决心，对剩下的两家啤酒厂进行改制。一家卖给了华润集团，一家"嫁"给了青岛啤酒。改制后，产量分别由7万吨、4万吨，提高到18万吨、8万吨。其中的华润啤酒现在一年交税5000多万元。

"两啤一化"的改制实践，使鞍山人豁然开朗。观念一变，黄金万两。调整、改造老工业基地，用老办法事倍功半，用新思路立见成效。几年来，鞍山市按照"政府推动，企业行为，市场化运作"的方式，加大了招商引资和国企改制的力度。全市国企完成改制176户，扣除中央和省直企业改制面达到70%，盘活资产60亿元，对55户企业实施了破产，国有资产布局得到优化，经济运行速度和质量有了好转。

鞍山是一个以重工业为主的城市，国有资本的比重一直很高。去年，全市民营经济对地区生产总值的贡献率提高到48%，国有资本的比重有所下降。但鞍山人清醒地认识到，调整并未完成，布局尚待优化。民营经济的块头尚小，还有着较大的发展潜力。市长张杰辉对记者说，鞍山要实现打造现代工业强市的目标，建设世界钢铁基地、全国纺织基地和全省食品基地，就必须进一步加大国企改革力度，加速国企改制转属。加快民营经济发展，是

笔底风云四十年（下）

壮大鞍山地方工业实力、实现老工业基地振兴的战略举措。只有加速国企改制和转属，才能为民营经济的迅速发展提供有效空间。

张杰辉介绍，今年，鞍山市工业口内列入省考核的54户国企将全部实施改制。口外近200户国企，将在明年完成改制转属。具体的措施，一是推广"两靠一化"模式，实现国有资本的有序退出；二是产权多元，组建股份制公司；三是对资不抵债的劣势企业依法破产，淘汰出局。借振兴老工业基地的政策东风，鞍山已经搞了三年的国有资本从一般竞争性领域退出的工作，现在看完全可以加快速度，提前实现。

（原载2003年8月3日《经济日报》，与李天斌合作）

鞍钢的"十二字真言"

闻鞍钢之名久矣，闻鞍钢之难亦久矣。鞍钢之难，一难在"大"，二难在"老"。因为"大"，所以冗员充斥，包袱沉重。"九五"初期，鞍钢有近20万全民职工，加上集体和退休职工，号称"50万钢铁大军"；因为"老"，所以设备陈旧，技术落后。作为共和国钢铁工业的"长子"，鞍钢曾为国家贡献了数以百亿计的利税，为冶金工业输送了数以十万计的人才。但在从计划经济向市场经济的转轨过程中，老迈的鞍钢步履蹒跚，困难重重。

"又大又老"的鞍钢如今怎样了？走进鞍钢，记者欣喜地发现，今天的鞍钢犹如浴火后的凤凰，获得了重生。去年，鞍钢钢铁产量双超1000万吨，成为继宝钢之后我国第二个年产钢超千万吨的钢铁企业。全年实现销售收入245.56亿元，纳税31.84亿元，实现利润12.15亿元。今年1—5月，实现销售收入123.42亿元、纳税16.74亿元，同比分别增加32.14亿元、2.84亿元。

鞍钢的日子好过了。其中当然有钢材价格回升的因素。但鞍钢经营形势好转，起决定作用的是市场因素吗？对于记者的提问，几位熟悉鞍钢情况的省市领导都做出了否定的回答。一位跟踪报道鞍钢的同行认为，市场因素加速了鞍钢经营形势的好转，但不是决定因素。换句话说，即使钢材价格回落到一两年前的水平，鞍钢也不会再度陷入困境。

变化是怎样发生的呢？鞍钢集团公司党委书记、总经理刘玠归纳说，一靠改革，二靠改造。在改革上，鞍钢按照中央的要求和部署，精干主体，分离辅助，减员增效。如今，全员在岗职工只有12万人，其中钢铁主业从10万人精简到3万人。在改造上，鞍钢坚持用高新技术改造传统产业，走出了一条适合鞍钢厂情的技改新路子。

一个"老"字，是东北老工业基地的共同特征。因为"老"，所以要加大技术改造力度。但由于体制与机制的制约，国有企业的技术改造又绝非一用就灵、立竿见影的灵丹妙药。鞍钢的技改何以有起死回生的妙用？刘玠介绍说，鞍钢的"真经"只有12个字：高起点、少投入、快产出、高效益。

所谓高起点，就是以赶超国际先进水平为目的，坚持在关键环节和重点部位采用当代高、精、尖技术；少投入，就是优化设计，压缩投资；快产出，就是要强化管理，科学组织，精心施工；高效益，就是要确保在改造过程中少停产甚至不停产。

效益原则是"12字真经"的灵魂。用刘玠的话说，就是"不养不下蛋的鸡"。在鞍钢，向集团公司要钱上项目并不难，难在如何确保产出。鞍钢规定，大项目必须5年内收回投资，小项目必须当年收回投资。要了项目而完不成回报，责任人就地免职。有了这一条，技改的决策风险得到有效控制。

按照12字方针，"九五"期间，鞍钢历史性地实现了全冷料、全转炉炼

笔底风云四十年（下）

钢和全连铸。不仅引进技术建成了具有世界先进水平的1780热轧线，还依靠自己的力量，开发建成我国第一条拥有自主知识产权、具有国际先进水平的1700短流程薄板坯连铸连轧生产线。"九五"技改累计投入137亿元，与国家批复的规划相比，节约资金76亿元。根据中国工业经济协会的测算，投资回收期平均为3.7年。

过去鞍钢产品给人留下的是"傻大黑粗"的印象。而今，高起点的技改使鞍钢产品结构上了一个大台阶。最能体现钢铁企业产品档次的板管比已经提高到76.36%。鞍钢成功试制出轿车面板用钢，成为我国第二家具备轿车面板批量生产能力的企业。同时，适应铁路提速的高速重轨，满足家电生产需要的彩色涂层钢板等新产品，相继在鞍钢下线，为鞍钢参与国内外市场高附加值产品的竞争奠定了基础。

加大企业技术改造的力度，是振兴东北老工业基地的重要环节。鞍钢的"12字方针"，为我们提供了有益的启示。

（原载2003年8月5日《经济日报》，与李天斌、李巍合作）

让抚顺不再"沉沦"

抚顺旧称"煤都"。这座城市因煤而兴，又因煤而衰。

抚顺采煤历史已逾百年，煤炭产业养活了40多万人，矿区人口占全市城市人口的30%。但随着煤炭资源的日趋枯竭，原煤年产量由原来的1400万吨锐减到现在的600万吨，4座大型煤矿已关闭两座，煤炭可采储量仅为1亿吨左右。煤炭产量的大幅调降，致使工人大量下岗，相关产业逐渐萎缩。

煤炭产业要转型、下岗工人待安置，抚顺的难题不少。更令城市管理者头疼的是，由于历史上煤炭开采与城市建设不协调，长期以来城下挖煤，造成城市大面积地面沉陷。通俗地说，就是挖煤把城市挖塌了。

走进采煤沉陷区，记者的心情不由得沉重起来。原本平坦的柏油路现在高一块低一块，凹凸不平，车行其上，犹如舟行浪谷，颠簸不止。一栋栋职工宿舍人去楼空，院内杂草丛生，满目荒凉。一座座厂房墙体开裂，梁柱错位，有的早已停产关闭，有的正在搬迁之中。市计委主任阎茂隆介绍，全市采沉区面积为18.41平方公里，占城市建成区总面积的15%。存在严重事故隐患的采沉区内，居民涉险居住、企业濒危作业、公用设施带病运行。目前，沉陷区内尚有居民19736户、62751人，还有211个企事业单位及大量公用设施。其中，9600多户居民急需搬迁安置，4000多户住宅需要加固。

近年来，采煤沉陷区的治理受到了党和国家的高度重视。据了解，1998年以来，国家已累计投入4亿元对采沉区进行综合治理，4000余户居民先后得到搬迁安置。今年6月1日，正在辽宁考察的温家宝总理专程来到抚顺，深入采沉区内的工厂、民居了解情况。温总理对随行的同志说：煤炭工人对我们国家的建设做出过巨大贡献，在他们遇到困难的时候，我们不能忘记他们。他当即拍板：在一到两个月时间内完成采煤沉陷区治理方案的论证和审批；方案经国务院批准后，辽宁省要立即组织实施，制定具体细则，责任到人，限期完成；要坚持安全、效益、公正、透明的原则；中央和省都要增加投入。总理的指示具体而又严厉，被媒体称之为"四道军令"。

两个月过去了，总理的"四道军令"落实得怎么样了？市长王大平高兴地告诉记者，"昨天我们刚刚开过规划方案的论证会。这个方案已通过了中咨公司的评估，待国务院批复后即可实施。计划由国家和省市共同投资7.6亿元，用两年时间，新建总面积为60万平方米的3个居民小区，建成后可基本解决待搬迁居民的安置问题。我们正在为方案的实施做前期准备工作，争取在明年7月1日之前，让采沉区居民搬进新居。"

笔底风云四十年（下）

王大平是两年多前接任抚顺市长的。刚来的时候，市长成了"救火队长"，封桥堵路是家常便饭。用他的话说："愁得没有缝"。作为老工业基地，企业老、设备老、产品老的"三老"问题在抚顺比较突出。去年，全市152户国有及国有控股企业有47户停产，地方国有及国有控股企业亏损面达62.25%。人员负担重、债务负担重和企业办集体负担重的"三重"问题也相当严峻。到去年底，企业在岗职工23.3万人，离退休22.5万人，人员之比为1.04∶1。19.5万名集体职工中离岗的有14.3万人，仅矿业集团的集体企业离岗职工就有5万人。在这个国有经济比重偏高的城市里，国企情况如此，作为市长的日子当然不好过。

让抚顺不再"沉沦"，这是王大平和抚顺人的共同愿望。党中央、国务院振兴东北地区等老工业基地的重大决策，国家加快采煤沉陷区治理的具体部署，给抚顺人民带来了新的希望。王大平向记者介绍，眼下他心里牵挂着三件大事。一是抚顺要从"沉陷"走向"崛起"，必须做强做大石化等支柱产业，大力发展页岩油、煤层气等接续产业。要借国家加快老工业基地调整改造的机遇，抓紧项目的专项调研和规划编制。二是在尽快完成采沉区治理的同时，争取用4年的时间，解决矿区上百万平方米棚户区的改造，改善3万多户矿工的居住条件。三是抓生态恢复。抚顺的森林覆盖率全省第一，但市区的降尘量也是全省第一。在望花区西露天矿，煤炭开采形成的废丢物堆成了一片100多米高、面积达14平方公里的"人造戈壁"，成为全市最大的污染源。经过试验，准备从种草开始，逐步活化土质，实现绿色覆盖，在"人造戈壁"上再造一个新城区。在搬迁之后的采沉区地面上，也在规划建设8平方公里的"城市森林"。

今天的抚顺还处在困境之中。但王大平们相信，明天的抚顺一定会是一个碧水蓝天、民富市强的"绿都"。

（原载2003年8月6日《经济日报》，与李天斌、李巍合作）

第六辑 探访东北振兴

抖擞精神看沈阳

赴东北采访之前，一位熟悉东北工业情况的学者就提醒记者：老工业基地的振兴不是一个单纯的经济问题。有的老工业基地搞不好，除了经济原因，还有社会的、政治的原因，尤其是腐败问题。腐败是发展的大敌。腐败不除，人心不振，何谈振兴？

虽然震惊一时的"慕马案"结案有两年了。但在沈阳采访的两天里，"慕马案"的种种故事还是人们茶余饭后的话题。其中一个故事是：一位中央媒体负责同志到沈阳调研，慕绥新没时间接受采访，却有兴致邀请这位负责人到某酒店的豪华包房"洗肠子"。这位负责人婉言谢绝之后感叹，这哪里是共产党干部的作风！当即提醒驻站记者：以后对沈阳的报道要慎重。

今天，不会再有人欣赏慕绥新当年一呼百应的"风度"、马向东一掷千金的"豪气"了。令人痛惜的是，政治腐败给沈阳人民和沈阳经济造成的巨大伤害，由于一批经济主管部门的干部因"慕马案"而倒台，记者想找几位对沈阳经济的过去与现在均有深切了解的干部，竟然颇费周折。后续影响由此可见一斑。

经济要振兴，首先人心要振奋。对于在"慕马案"之后接掌沈阳市的管理者们来说，如何走出"慕马案"的阴影，把人心重新振奋起来，把民心重新凝聚起来，是最紧迫也是最艰难的课题。

两年过去了。令人欣慰的是，新组建的沈阳市委、市政府领导班子按照中央精神，认真总结"慕马案"教训，切实贯彻"三个代表"要求，全心全意为人民群众谋利益，重新赢得了人民群众的信任、支持和拥戴，实现了经济的快速发展和社会的基本稳定。2002年全市地区生产总值超过1400亿元，比上年增长13.1%，财政收入达到105亿元，比上年增长29.9%，实际

笔底风云四十年（下）

利用外资完成15亿美元，比上年增长25%，实现了历史性的突破。

人心的振奋，是从抓党员干部思想作风的转变开始的。2001年初，新的市委、市政府班子成立以后，就在全市党员干部中集中开展了"三个想一想"的学习教育活动，要求党员干部联系"慕马"等腐败案件的深刻教训，剖析"慕马"等人带坏了班子、带坏了队伍、败坏了风气给沈阳所带来的危害，反思自己"参加革命为什么？现在当官做什么？将来身后留什么？"在全市上下形成了析案件、摆危害，找教训、查漏洞，变思想、转作风的氛围，使党员干部真正受到了触动和教育。为完善制度，市委先后出台了加强和改进市委工作的若干意见和加强自身建设的决定；制定、健全了干部任前公示制、考核预告制等管理制度。对于土地批租、项目招标、资金使用、政府采购等重点领域、关键环节，进行制度创新，建立科学严密、相互制约的权力运行机制。

民心的凝聚，是从办好事、抓实事，为群众解决实际困难问题入手的。700万人口的沈阳市，曾有近百万人不能正常用水、上百万平方米的居民住宅不能正常供暖、十几万户的煤气久拖不能开栓，群众反映十分强烈。市委、市政府决定，就从这些群众长期最关心、反映最强烈的急事、难事做起，扎扎实实地办几件实事。东陵区有个居民小区，由于有关部门扯皮，15年没解决供暖问题。市委书记张行湘抓住这个典型，组织煤气、规划、建设等主管部门现场办公，限期供暖，结果只用20来天，3000户居民的供暖问题全部得到解决。以此为突破口，在不到一年时间里，沈阳解决了50多万人用水难的问题，为7万多户居民开通了管道煤气，基本保证了全市居民住宅的正常供暖，完成了387个住宅组团的"拆违建绿"和综合整治，改造维修街路面积300多万平方米……这一连串数字的背后，是党群干群关系的改善，是党和政府形象的重塑。

重新振奋的沈阳站在了新的起跑线上。新形势下如何加快沈阳发展？张行湘认为，必须按照"三个代表"重要思想的要求，树立新的发展观。那就是正确把握物质与精神、经济基础与上层建筑之间的辩证关系，实现经济与社会的全面进步，使人民群众不断从发展中获得实惠。

遵循新的发展观，一个新世纪新沈阳的崭新形象正在逐步显现。建设区域性商贸、金融、信息中心和先进装备制造、高新技术产业化、农业产业化基地的"三个中心、三个基地"的奋斗目标成为共识；浑南新区的开发建设全面启动；铁西工业区的整体改造进展顺利；国企改革逐步深化；民营经济不断壮大。与此同时，从思想解放、文明创建、科教兴市、文化繁荣、法制建设、环境改造等六方面着手，推进现代都市文明、文化建设。新世纪的沈阳，不仅要成为一个经济繁荣、百业兴旺的沈阳，还要努力成为一个"规则的沈阳、民主的沈阳、法治的沈阳"。

（原载2003年8月7日《经济日报》，与李巍、李天斌合作）

"一花独放"能长春吗？

记者一路走下来，发现最令人羡慕的城市是：长春。

岂止是羡慕，简直是眼红。眼红长春发展速度快，眼红长春的财政收入高，眼红长春的经济效益好。当然，最让人眼红的，是长春有一汽，一汽产汽车。

一汽这几年的高速发展人所共知。去年我国一共生产了300多万辆汽车，其中一汽集团的产销量接近60万辆，占全国的20%，销售收入超过840亿元。今年上半年，一汽销售汽车突破40万辆，其中轿车销售22.8万辆，同比增长49.1%。为自己的50岁生日献上了一份厚礼。

笔底风云四十年（下）

一汽的高速发展对地方经济的带动又是显而易见的。世纪之交，长春经济后来居上，呈加速之势。1996年以来，经济增长速度都在两位数以上。2001年地区生产总值首次登上千亿元的新台阶。工业总产值连续6年增长率在20%以上。今年上半年长春实现地区生产总值603亿元，同比增长12.8%。全市规模以上工业完成总产值733亿元，同比增长23.8%，经济总量在东北主要城市中名列前茅，工业效益综合指数在15个副省级城市中高居榜首。

用"举足轻重"来形容一汽及汽车工业在长春市乃至吉林省的特殊地位，丝毫也不显过分。去年吉林省实现工业总产值2171亿元，长春占了其中的一半，为1202亿元。一汽集团又占了长春工业总产值的2/3；从工业增加值来看，一汽实现242亿元，占全省的36%；从利润看，以一汽为首的汽车工业贡献更为突出，去年占全省规模以上工业利润的81.2%。高速奔驰的汽车成为推动地方经济发展的强大动力，去年是改革开放以来吉林省经济总量增加最多的一年，在全国的位次由连续3年的第19位前移至第18位。

榜样的力量是无穷的。于是，记者一路看到，沈阳、哈尔滨、吉林等市都把汽车列入重点发展的支柱产业。大连历史上与汽车工业无缘，但大连人说，至今也没有放弃造车的梦想。齐齐哈尔人则遗恨未已：据说当年是要把一汽放在齐市的，怎么后来变了呢？

眼红的同时也有疑虑。汽车工业的"一花独放"，固然给长春带来了短期的高速度，但从长远看，过于单一的产业结构会不会潜伏着危机呢？

听了记者转述的议论，吉林省委常委、长春市委书记杜学芳回答说，"去年一汽产值占长春的66.8%，这个比例高不高？我看不高。汽车是长春的优势，是城市核心竞争力之所在，而且市场前景广阔。无论是从全国的情况看，还是从国际的情况看，汽车工业的潜力还大得很。如果说有什么可担心的话，我们怕的是汽车做不大，做大了就什么也不怕。"

在长春振兴老工业基地的规划中，进一步做大一汽，做大汽车产业，仍然是重中之重。杜学芳介绍,多年以来,我们一直把支持一汽发展当做长春市义不容辞的责任,努力为企业提供良好的服务环境,举全市之力支持一汽。在汽车工业的未来发展上,我们仍将紧紧依托一汽,用市场化的运作方式,支持一汽集团跨地区、跨行业重组,抓好汽车工业产业结构、产品结构及企业组织结构调整。同时采取有效形式,组成地方与一汽集团紧密型的利益共同体,形成一批技术水平高、经济规模大、市场竞争力强的汽车零部件名牌产品和配套企业,使汽车工业对全市经济社会发展的带动和支柱作用更强、更大。

汽车工业的超常规发展使长春的其他产业相形失色。但长春人说,我们并非"一花独放"。长春产业亮点颇多,简言之,有"三大中心、四大主导"。三大中心指的是现代制造业中心、区域性物流中心和科教文化中心;四大主导产业包括汽车、食品、光电子信息、生物与医药。装备制造业除了汽车,还有铁路客车。长春客车厂的年产量占全国的三分之一;农业产业化近年发展迅速,长春大成公司以每年120万吨玉米加工能力居亚洲第一位;市里重点扶持的光电子信息、生物与医药行业,近几年都在以30%的速度增长。今年前5个月,长春医药工业实现产值18.4亿元,同比增长58%,十年来第一次占据吉林省头把交椅。非典过后,国家新批了88个生物制药项目,其中长春就有22个,占四分之一。采访结束的时候,杜学芳热情地邀请记者:"明年你们再来看吧,一批高新技术项目将陆续投产,长春的产业亮点更多了。"

在长春人民欢庆一汽五十华诞之际,一汽迈向更大发展的四大举措同时出台,即建设一汽轿车、一汽大众和解放卡车三个新基地和成立与丰田合资的丰越汽车公司,目的是打造国内第一个百万辆规模的汽车生产基地。五十兴业,天命可知。"第一汽车"正在成为中国汽车工业当仁不让的领跑者。

"回顾历史,我们无愧于历史。审视现在,我们欣慰于现在。展望未

笔底风云四十年（下）

来，我们自信于未来。"一汽"少帅"竺延风的一席话，道出了一汽和长春人的心声。

（原载2003年8月8日《经济日报》，与刘晓光、李己平合作）

江城今日再攻坚

头顶一泓秀水，身披一条彩练，背靠几面青山，怀拥千顷松涛，北国江城吉林市以其独有的风韵吸引着南来北往的人们。盛夏之夜，漫步在松花江两岸，听水声如诉，看灯影摇曳，披星月清辉，任江风送爽，实在是一件赏心悦目，畅怀惬意之事。

然而，漫步归来，与吉林市的管理者们谈起这座美丽城市的发展现状，却全然没有了惬意之感。

作为老工业基地，吉林市有过辉煌的过去。"一五"时期国家156项重点工程中有"7项半"就建在这里，所谓"半项"，指的是丰满电站扩建工程。当年，吉林的碳素、铁合金产量亚洲第一，丰满是亚洲最大的水电站。吉林化工更是风光一时，据说有一段时间召开全国化工厅局长会议，其中超过半数的与会者在吉化工作过。20世纪90年代以后，随着计划经济向市场经济转型的加快，转型中的新问题与历史遗留问题交织在一起，吉林市经济遇到前所未有的困难，体制转轨步伐缓慢，结构调整步履艰难，速度下降，效益下滑。从1997年开始，全市工业连续5年亏损，一批企业处于停产和半停产状态。过去与省会长春市不相上下的吉林市，近年来差距越拉越大，去年经济总量仅为长春的一半。

第六辑 探访东北振兴

曾有人把东北地区在转轨过程中出现的困境称之为"东北现象",吉林市就是一个典型的代表。从市有关部门介绍的情况看,吉林老工业基地的调整改造,矛盾突出,难点不少。

难点之一:国有企业职工身份的转换问题。全市国有单位和集体企业职工从1996年的90.8万人,减少到去年的39.6万人。但下岗职工中有11.3万人未解除劳动关系,仅解决这一部分职工的身份转换就需要资金20亿元。

难点之二:企业债务负担问题。全市129户重点工业企业发生不良贷款61亿元,其中呆滞贷款52亿元。国有及国有控股的102户企业不良贷款54.6亿元,占全部不良贷款的89.6%。工业企业拖欠银行利息9.2亿元。大量的不良贷款,加大了企业改制成本,造成企业活不了、死不起的局面。

难点之三:企业办社会的问题。全市企业办有109所中小学,教职员工6700多人;46所医院,员工5300人;51个托儿所,员工380人;29个派出所,从业人员520人。每年约补贴办社会经费3亿元,如果从企业分离出来,地方财政无力承担。

难点之四:资源枯竭企业的产业替代问题。全市共有资源型工业企业598户,其中规模工业企业136户。面临资源枯竭的企业主要集中在煤炭、森工等行业。建于1878年的蛟河煤矿已经破产,涉及职工2万人。建于1815年的舒兰煤矿破产也正在实施中,涉及职工2万人。全市12家骨干森工企业中,有2家破产,8家亏损。

难点之五:社保基金缺口问题。吉林市是全省唯一没有社会保险基金积累的地级城市,养老金支出高于应缴保险费。目前在保证按照90%的比例收缴的基础上,全市省级统筹、集体统筹和失业保险三项基金缺口总额达4.8亿元。养老金个人账户基本是空账,做实账户需要资金26.4亿元。去年全市最低生活保障人口为26万人,今年预计将增加到34万人,资金缺口在4000万元左右。

如何看待面临的种种难题?吉林市委书记朱忠民认为,所有难点归纳起

笔底风云四十年（下）

来就是一句话：人太多而钱又太少。"冰冻三尺，非一日之寒"。老工业基地的困境不是一天两天形成的。过去在企业经营状况好的时候，上面拿走的多，留给企业的少，导致调整、改造乏力，形成了沉重的历史包袱。从根本上说，这些问题是体制与机制带来的问题，依靠企业自身难以完全消化，需要国家、地方、企业三个方面共同努力，帮助企业卸掉历史包袱，使企业成为真正的市场主体。在企业深化改革的过程中，老工业城市承担的压力越来越大，人太多了需要安置，钱太少了很多事情又不能办。解决老工业城市公共财政能力不足的问题，还需要各方面给予政策上的扶持。

在矛盾积累与显现的过程中，破解难题的思路也在酝酿之中。近年来，吉林市委、市政府以扩大总量，优化结构，提高效益为目标，以引进增量，盘活存量为突破口，优化资本结构，推动产业升级，不断寻求突破。特别是去年以来，市委、市政府举全市之力抓工业，开始了新一轮调整、改造的攻坚战。按照"六个一批"的办法，加大存量调整的力度：先租后售，启动一批；分立经营，精干一批；改制退出，激活一批；出售管理，活化一批；依法破产，淘汰一批；用足政策，减负一批。负债3.8亿元的明城钢铁总厂与唐山建龙钢铁集团重组后，组建了吉林市建龙钢铁公司，通过技术改造迅速形成年产百万吨热轧带钢生产能力，今年一季度实现利润7820万元。停产3年、负债5亿元的松江水泥厂被冀东水泥厂收购后，产能从80万吨扩大到120万吨，近千名职工重新上岗。全市工业在调整改造中走出低谷。今年1至5月，全市规模工业完成产值174.4亿元，同比增长46.5%；实现销售收入183亿元，同比增长52.5%；盈亏相抵后实现利润6.1亿元，减亏增盈12.6亿元，企业亏损面下降5.7个百分点，扭转了连续几年的亏损局面。

最困难的日子已经过去。曙光已经显现，希望就在前头。

（原载2003年8月11日《经济日报》，与李己平、李天斌合作）

吉化的"第四次创业"

由《人民日报》发表社论庆祝一家企业的诞生,享有如此殊荣的企业并不多见,吉化就是一个。当年156项重点工程中的"吉林三大化"投入建设之际,社论的题目是《我们要建设强大的化学工业》。

从以煤化工为主,到煤化工与石油化工并举,再到以石油化工为主,吉化的发展经历了三次创业。在这个过程中,吉化的组织结构又经历了二次大的裂变。第一次是20世纪90年代中期,原吉林化学工业公司通过股份制改造,分立为吉林化学工业股份有限公司和吉化集团公司。在随后全国石油石化行业的大重组中,吉化又发生了第二次更大的裂变。1998年,吉化集团划归中国石油天然气集团公司管理。经过新一轮的重组改制,核心业务重组为中国石油吉林石化分公司、吉化股份公司,非核心业务重组为吉化集团公司。

一分为三的吉化面对的是怎样的局面呢?由于历史性、结构性、体制性原因,加之管理出现问题,1997年以来,吉化一直处于巨额亏损状态。到2001年,累计亏损达80.68亿元。如何让吉化尽快走出困境,这是一个时期以来从吉林市到中油集团公司,直到国务院领导同志都在关注的问题。

吉化的第四次创业就是在这样的背景下开始的。吉林石化分公司总经理、吉化股份公司总经理于力对记者回忆说,一年多以前他受命来吉化上任,先在厂区里转了一个月,越转脑袋越大。缺岗混岗的、迟到早退的屡见不鲜,有的化工装置旁边竟然还能找到烟头!

长期的亏损把人心亏散了,把管理亏乱了。收拢人心,规范制度,强化管理,成为实现三年扭亏大计的当务之急。针对思想观念、制度建设、现场管理、经营环节、队伍建设、施工用工等6个方面存在的问题,在中油集团

笔底风云四十年（下）

公司扭亏工作组的指导下，公司从去年6月开始大张旗鼓组织了"六查六整顿"工作。顶住各种压力，清理整顿严重影响厂风厂纪的小库房、小食堂等"四小"1102项；压缩领导用车42台，撤销非必需的公费电话1799部；查处各类违章违纪行为1825起，消除跑冒滴漏隐患5870项；重新核定了全部生产装置的经济技术指标，建立完善规章制度113项。全年累计查摆各类问题13059项，整改12104项，增创效益3.38亿元。

"六六整顿"活动如同催化剂，为企业注入了活力，为职工树立了信心。在此基础上，公司进一步在干部职工中强化从严管理理念，向集约化管理目标迈进。在人的管理上，向领导干部明确提出"十放心、六不走""十讲十要十不要"的要求，对其工作绩效实行跟踪考核，打分排序，奖优惩劣。去年共处罚科级以上干部437人次；在物的管理上，从保供、降采、利库、达标等各个环节加强管理，清理淘汰了534家供应商，对50多个品种实行代储代销，降低采购成本1.27亿元；在资金管理上，严格实行收支两条线，通过加强预算控制、压缩费用支出、规范多种经营，去年可控费用同比降低1.79亿元，管理费用同比降低1.27亿元，修理费同比降低5657万元，营业费同比降低2483万元。

一手抓管理，一手抓改革。各厂矿机关科室由原来的10多个压缩到5个左右。全公司共减少两级管理机构103个，压缩幅度达55%；减少管理人员944人，压缩幅度达47%；先后两次进行了全公司大规模的干部调整，共调整厂处级干部86名。实行厂处长见习助理制度，先后选拔了61名"见习助理"，经过培养考察，将其中的21人充实到领导岗位。建立对厂科两级干部的末位淘汰制度，半年来已涉及40名干部；制定合资、合作企业规范管理的方案，加强合同管理，合同专用章由67枚变为1枚。大刀阔斧的优化整合，使管理层次更加明晰，管理流程明显缩短，工作效率大大提高。

管理的强化和改革的深化，推动了企业的结构调整和技术改造，使吉林石化分公司生产经营局面出现了根本性的好转。在中油集团公司四项政策的扶持下，在去年大幅减亏的基础上，今年上半年公司终于结束了长期巨额亏损的局面。1—6月，实现销售收入96亿元，相当于5年前的全年销售收入，同比增长107%；上缴税收8亿元，同比增长111%；实现利润3亿元，同比增利9亿元。资产负债率由年初的79%降到了54%。主要生产经营指标均创出了吉化40多年来同期最高水平。

回顾一年多来扭亏脱困的实践，于力感叹：其实我们也没有什么高招，就是按照中央的要求，"三改一加强"。这些办法说起来简单，但什么时候都不会过时，关键是说到必须做到，做到必须有效。

（原载2003年8月12日《经济日报》，与李己平、李天斌合作）

从"存续"到"持续"

听了吉林石化分公司的扭亏情况，记者十分振奋。同时在想，作为吉化继承者之一的吉化集团公司，如今怎样了呢？

好在吉化集团公司离吉林石化分公司不远：上楼就到。

虽说是在一栋楼里办公，一个电梯上下，但人们很容易把两个企业的员工区别开来：那些年轻干练，着衬衫打领带，胸前还自豪地挂着醒目名牌的，都是在石化分公司上班的；而那些年龄大一些，衣着也随便一些，胸前没有啥标识的，是吉化集团公司的员工。

这种区别是那么的显眼，就好比战争年代里两支性质不同的队伍：一边是正规军，一边是游击队。

在业内，像吉化集团公司这样从主体剥离出来的企业不叫"游击队"，

笔底风云四十年（下）

而被称作"存续企业"。与一般存续企业不同的是，吉化集团公司不是一次剥离的产物，而是先后经历了两次剥离，其资产质量可想而知。2000年3月，吉化集团公司分立之际，有账面资产145亿元，其中社会公益性资产占21%，关闭企业资产占34%，经营性资产只有39%。同时划过来的，还有4.5万名职工，其中一半以上属于富余人员。

存续企业的第一要务是生存。吉化集团公司还能不能生存下去？以张晓霈为总经理的新班子经过分析认为，虽然公司面临着许多难以解决的结构性矛盾，但也不乏有利条件。一是有一大块存量资产，虽然质量不高，毕竟还有一块。一块铁还可以卖出一块铁的价钱呢。二有一支经过几十年培养锻炼的职工队伍。三有一定的资源优势。四有中油集团公司扶持政策的支持。用张晓霈的话说："该给的政策已经给到家了，再没有什么可指望的了。"

在生存还是死亡的选择面前，公司上下迅速达成共识：借中油集团公司扶持政策的东风，抓住吉化生存发展的最后一次机遇，树立信心，立下恒心，上下同心，破釜沉舟，背水一战，奋斗三年，扭亏脱困。

扭亏脱困的攻坚战从三条战线全面打响。一是结构调整。公司原有产业涉及几十个门类，却没有一个支柱产业。按照"有所为有所不为"的思路，加大重组改制力度，公司制改造一批大中型骨干企业；多种形式放开搞活一批中小企业；关闭破产一批资不抵债的企业；企业化经营一批事业单位；整体分流一批非主营企业；分离一批办社会职能。通过"六个一批"的办法，逐步退出弱势产业，强化主营业务，初步形成以化工延伸加工和精细化工为主营业务，以建筑施工为重要组成部分的产业结构。二是技术改造，千方百计把不良资产改造为优质资产。经过一年的努力，创效资产增加了10%，不良资产下降了5%。三是加强管理。全面清理、规范各项规章制度，以全面预算管理为龙头，大力推进精细管理，实现管理流程创新。一个体现精细管理的细节是，在公司总部，所有的办公用纸都是正面用完了用背面；开会用上了投影仪，为的也是省下人手一本的印刷品。

到去年底，张晓霈和员工们的脸上终于露出了一丝笑容。当年实现利润180万元，同比减亏增盈4.4亿元。

区区180万元的利润，相对于数万名职工、上百亿资产，实在算不了什么。但对于为生存而奋斗的张晓霈们来说，其意义又非同小可，这是发展的前兆，是信心的所在。

面对三年扭亏目标一年实现的骄人业绩，公司上下冷静思考，清醒地认识到：扭亏不等于脱困，阻碍企业生存发展的关键性问题尚未得到根本解决。吉化集团公司最终走出困境的根本性措施，还要依靠高速度、跨越式发展。在发展中脱困，需要付出更为艰苦的努力。

加快发展成为企业的第一要务。按照"高速度、跨越式"的发展要求，遵循"盘活资产，整合资源，投融并进，滚动发展"的思路，年初以来，存量改造和增量建设项目在东中西三个基地全面推进。东部以盘活高碳醇装置为主线，在去年铝粉B线改造成功的基础上，今年3月开始了A线改造，5月1日一次开车成功。中部以研究实验厂和农药公司为依托，紧锣密鼓地推进化工基地建设。西部基地以扩建丙烯腈装置为核心，该项目今年3月开工以来，进度比国内同类装置的建设速度快一倍以上，可望在9个月内建成投产。

今年上半年，吉化集团公司再传捷报：实现主营业务收入20亿元，同比增长58%；不计三项费用补贴，实现利润8000万元，同比减亏增盈1.4亿元。更为可喜的是，企业从"存续"走向持续发展的巨大变化，使员工们彻底告别了低人一等的自卑感，激发了当年那分热情，找回了当年那分自信，"忠诚于企业，诚信于用户，奉献于岗位，坦诚于同志"的群体价值观正在逐步形成。

老工业基地国有企业靠什么走出困境？吉化的继承者们用扭亏脱困的实践告诉我们，没有政策的扶持不行，仅有政策的扶持也不行。政策的扶持最终必须和结构的调整、改革的推进、管理的强化结合起来，从根本上说还是

笔底风云四十年（下）

靠人，靠企业干部职工的自力更生，艰苦奋斗。

（原载2003年8月14日《经济日报》，与李己平、李天斌合作）

先改革，再改造

在南方人看来，今年夏天的黑龙江人最幸福了。走进这块清爽宜人的黑土地，记者远离了盛夏的暑热，却领略了另一种热浪。

这是乘振兴东北老工业基地的东风加快发展的热浪。从年初开始，以振兴为主题的各种座谈会、研讨会就在省城和各地陆续举行。5月中旬，省政府正式发出通知，在全省开展加快老工业基地调整改造讨论。

在黑龙江人看来，党的十六大报告关于区域经济发展的"四个支持"，几乎就是为黑龙江量身定制的。黑龙江经济有三大特点：老工业基地、资源大省、产粮大省，都在十六大强调的"支持"之列。

作为重要的老工业基地，黑龙江工业基础是新中国成立以后形成的。抗美援朝时期，25家大企业南厂北迁，"一五"时期国家156项重点工程又有22项建在这里，加上后来的大庆油田和大小兴安岭林区的开发，形成了以重工业为主、国有为主、中直大企业为主的特殊经济格局。在全省规模以上工业增加值中，重工业占87%，国有及国有控股工业占88%，中央直属企业占74%，比重居全国第一；作为全国最大的资源省份，去年全省采掘工业增加值占规模以上工业的62.3%，比全国平均水平高出54个百分点；作为全国最大的商品粮输出省，黑龙江耕地面积、机械化程度、粮食出省商品量、库存量和大豆、绿色食品产销量均居全国第一位。但同时，农民人均税费负担、粮食运输成本也是全国最高。

特殊的省情使黑龙江人为国家做出了特殊的贡献。全省累计提供占全国1/2的原油、1/3的木材、1/3的电站成套设备、1/3的铁路货车、1/7的商品粮、1/10的煤炭，以及全国最多的重型装备和大量的国防装备。但特殊的省情也使黑龙江在经济转轨中面临着特殊的困难。20世纪90年代，全省地方工业经历了连续9年亏损，地区生产总值从1980年的全国第8位退至去年的第13位，工业净资产率由全国第3位落到了倒数第3位。

面对特殊的省情、特殊的困难，黑龙江的振兴大计该从何处着手？在采访中，省内一些经济界人士认为，老工业基地的调整、改造和振兴，必须标本兼治，重在治本。所谓治本，就是要以国有企业产权制度改革和国有经济战略性调整为突破口，着力解决体制性、机制性、结构性的深层次矛盾和问题。

在省老工业基地调整改造领导小组办公室，记者看到一份关于国有大中型企业产权制度改革的调研报告。这份报告认为，国有经济的比重过高，国有企业的效率过低，是黑龙江经济加快发展的重要制约因素。而产权制度改革不到位又是影响国有经济活力的制度性根源。由于激励监督机制不健全，原材料高价进，产品低价卖，成为国企的普遍现象；换人就出窟窿，成为国企的通病。另据统计，去年全省规模以上地方工业中国有资产占2/3以上，创造的增加值、利税只占1/2，亏损面却比非国有企业高出1倍。从规模上看，去年小企业以不到大型企业1/2的资产，创造了相当于大企业16倍的利润，出现了国家投入越多、规模越大、效益越差的反常现象，根源就在于体制缺陷吃掉了规模效益。

近年来，黑龙江国企改革逐步推进，国有经济运行质量有所提高，但总的来看，进展并不乐观。到去年末，全省340户含国有成分的地方大中型企业中，有194户尚未改制，占57%；已改制企业中2/3仍为国有独资公司和绝对控股，没有实质性触动产权；已经实现产权多元化的24户国有控股上

笔底风云四十年（下）

市公司绝大多数还是"一股独大"，机制没有大的改变。省长助理、省老工业基地调整改造领导小组副组长胡祥鼎认为，产权制度改革进展缓慢，有思想观念上的原因，有利益格局调整的原因，还有改革成本谁来承担的问题。但是改革不能无限期拖下去。再不抓紧改制，现有优势企业就可能丧失优势，已经脱困的企业可能返困。

振兴要有新思路。"先改革，再改造"，随着讨论的深入，这个观点正在为越来越多的人所接受。记者看到，省里制定的《老工业基地调整改造实施方案（讨论稿）》，在总体思路中明确要"以国有企业产权制度改革和国有经济战略性调整为突破口"。据悉，省政府已组成推进国企产权制度改革的专门班子，一系列政策措施即将出台。规划对全省国有大中型工业企业分类指导：30户左右的优势企业实行跨国联合；200户左右的劣势企业退出重组；170户左右一般企业实行混合所有。今年年底前要完成120户国有大中型企业的改制任务，其中省授权经营的大型工业企业和集团中要有一半以上完成产权制度改革任务。

共识在形成，思路在明晰。充满活力的黑土地上，正酝酿着新的突破。

（原载2003年8月15日《经济日报》，与王大为、李天斌合作。《黑龙江日报》8月17日转载）

要让冰城热起来

好汉不提当年勇。提起当年的哈尔滨，那可了不得。20世纪60年代，哈市的工业总产值在全国城市中排第5位，在东北是仅次于沈阳的"老二"。

哈药、哈电、哈轴、哈亚麻等一批明星企业，都曾在不同时期坐过全国同行业的"头把交椅"。

今天的哈尔滨与当年自然是不可同日而语。特别是由于1996年的地市合并，哈尔滨的地域成倍扩张，可谓人多地广，家大业大。去年地区生产总值为1232亿元，比上年增长11.5%。自己与自己比，发展速度不能说慢。但横向比起来，就有些不好看了。在全国15个副省级城市主要经济指标排序中，去年哈市除一产增加值高居榜首之外，地区生产总值排第11位，工业增加值排第13位，外贸进出口总额排第14位。其余各项指标也大体在后几位徘徊。从增长速度看，去年二产增加值的增速比15个城市的平均增长速度低了1.74个百分点，三产增加值低0.93个百分点，固定资产投资低2.68个百分点，消费品零售总额低0.95个百分点，地方财政收入低7.33个百分点。只有外贸出口由于基数小而高出平均水平5.5个百分点。市有关部门年初提交的一份研究报告分析说："从近三年来我市在15个副省级城市中的运行轨迹观察，尽管我市在总量排名上没有变化，但经济增长速度却呈逐年下移状态，从2000年排在第7位，到2001年下降为第13位，再到2002年下移到最末位，不能不令人担忧。"

过去东北有个说法："辽老大，黑老二，吉小三"。哈尔滨的后面，总有长春垫着底呢。但不知不觉间，"吉小三"后来居上，大有赶超之势。近两年长春与哈市在经济总量上已难分高下，去年上半年是长春领先，下半年哈市反超，今年前6个月又是长春居前。在沈阳、大连、长春、哈尔滨四市的排序中，哈尔滨越来越多地落到"叨陪末座"的尴尬位置上。以工业总产值为例，2001年位居"老四"的哈市与第一位的大连相差576亿元，与第二位的长春相差426亿元。到2002年，与大连的差距扩大到638亿元，与长春的差距扩大到595亿元。

工业经济总量的蹒跚不前，反映到微观上就是国有大中型企业普遍的经营困难。前面提到的几家在全国同行业的"龙头老大"，如今无一例外地位

笔底风云四十年（下）

次后移。其中最悲惨的是哈亚麻，规模曾号称世界第一，但连续多年每年亏损1亿元左右，已经亏到了资不抵债的程度，市场份额由原来占全国的70%下降到10%左右。

哈尔滨是一座在开放中诞生的城市，虽然当年的开放是被动的，但毕竟融汇各种文化，富有冒险精神，连接东西方两个世界，是这座城市与生俱来的品格。今天，漫步在哈尔滨街头，从随处可见的黄墙铁瓦、穹顶尖塔中，依然能够感受这座城市的独特风韵。然而翻开各种统计报表，新时期的大开放政策给这座城市带来的变化远不如人们想象的那么深刻和广泛。这座早期差不多是由外资建起来的城市，如今似乎难以激发起外来投资者的热情。外商投资企业年年增加，但增幅不大，投资偏小。据去年1—9月的统计，新批外资项目中总投资100万美元以下的项目占72%，其中多半还是10万美元左右的小项目，总投资1000万美元以上的项目仅有9个。世界500强进入哈尔滨的屈指可数，且主要是沃尔玛、家乐福等抢占本地市场的商业企业。去年哈市实际利用外资为2.46亿美元，仅相当于沈阳的1/6、大连的1/6，不到长春的1/2。

差距促人警醒。在国际制造业加速向中国转移，新一轮经济增长周期到来之际，省市有识之士敏感地意识到，昔日重要的老工业基地有从生产型城市向消费型城市转变之虞。再不奋起直追，哈市就有可能在全国打造"世界工厂"的分工中被淘汰。更有当地媒体惊呼：哈尔滨经济存在"边缘化"危险！哈市的管理者们也清醒地感受到了这种危险。从年初开始，一场横向比较、以邻为镜的学习讨论活动在全市展开。各个部门和行业都行动起来，在比较中寻找差距，在反省中总结教训，在更广阔的视野上重新认识城市的优势与劣势，探求实现跨越式发展的新思路。

今年上半年，哈市地区生产总值同比增长14.1%，工业增加值同比增长18%，全社会固定资产投资同比增长28.5%，发展势头良好。然而记者在采访中感到，哈尔滨人的危机感、紧迫感、使命感从来没有像今天这般强烈。在6月中旬召开的市第十一次党代会上,省委常委、市委书记杨永茂坦言:在肯定成绩的同时,必须清醒地认识到当前存在的问题。制约全市经济发展的体制性障碍和结构性矛盾并没有根本解决,与国内同类先进城市相比,发展相对滞后、改革步伐不快、开放程度不高的状况尚未彻底改变。发展滞后是哈市最突出的矛盾。抢抓一切机遇,创造加快发展的有利条件和优良环境,扭住发展不放松,是全市各项工作的首要任务。在这次党代会上,进一步明确了新世纪头20年哈尔滨的发展目标,就是要把哈尔滨建设成国家机械制造业、高新技术产业、绿色食品、医药工业及对俄经贸科技合作基地,东北亚重要的经贸中心和世界冰雪旅游名城,提前实现全面建设小康社会目标。

形势逼人,不进则退,慢进亦退。新世纪的哈尔滨人已经退无可退了。享誉中外的冰雪名城理当成为加快经济发展的一方热土,人们期待着。

(原载2003年8月18日《经济日报》,与倪伟龄、王大为合作)

触摸哈电的春天

哈电的春天来了。春天的脚步是如此迅捷,春天的气息是如此芬芳,远远超出了哈电人的想象。

2001年,哈电拿到手的合同是500万千瓦,2002年是665万千瓦,今年1—4月有680万千瓦。现在手上握有1845万千瓦的订单。年初的时候,哈电给自己定的全年目标是:完成产值60亿元。到了年中,他们才发现这个计划是如此的保守,也许最终的业绩是在这个数字上乘以3。

笔底风云四十年（下）

苦日子终于熬过去了。想想前些年，订单拿不到，任务吃不饱，企业勉强维持，职工人心浮动，下岗的下岗，外流的外流，令人有不堪回首之感。

哈电的全称叫"哈尔滨电站设备集团公司"，其前身是国家"一五"时期建设的重点项目：著名的"三大动力"。1994年，原来的"三大动力"厂同时一分为二，其主体部分又合三为一，组建为在香港上市的H股公司哈尔滨动力设备股份公司。经过50多年的发展，如今的哈电集团已经成为我国最大的发电设备、舰船动力装置制造基地和成套设备出口基地之一。几十年来，累计装备了240多个水力和火力发电厂，分别占全国水电和火电装机总容量的1/2以上和1/3以上。在已进入安装调试阶段的三峡工程左岸14台机组中，哈电参与了8台机组的设计制造，其中的5号机组已于7月中旬并网发电。

电力工业作为国民经济的先行官，在新一轮景气周期启动之际，最先尝到了春天的滋味。按照"十五"规划，我国到2005年发电总量增长4.8%，达到17300亿千瓦时，装机总容量增长3%，达到3.7亿千瓦。而在去年这两组指标就分别达到14500亿千瓦时和3.56亿千瓦，全年生产水火电主机1927万千瓦，是上一年的157.8%，但远不能满足经济快速增长的需要。拉闸限电从去年下半年开始在局部地区出现，到今年夏天已成为普遍现象。据测算，到2020年我国发电设备装机总容量将由目前的3.2亿千瓦增加到9亿千瓦，平均每年需新增装机3000万千瓦。有报道称："电气制造业迎来50年最大机遇"。

一块巨大的蛋糕摆在面前。如何看待面临的机遇？如何抓住并用好这个难得的机遇？哈电人在思考，关注哈电生存发展的人们也在思考。在听取哈电汇报的时候，黑龙江省委书记宋法棠语重心长地提醒：喜人的市场形势既是难得的机遇也是严峻的挑战，措施得当，就可能成为龙头老大，而抓不好，就可能被同类企业抢占市场，甚至淘汰出局。一定要有紧迫感、危机感，抓住机遇，加强管理，深化改革，激发活力，乘势而上，真正把企业做大做强。

"不改革，不改造，我们的日子也能过得很好，别人挣一块，我们挣五毛。但好日子总有过完的一天。为了企业的长远发展，必须把市场的机遇转化为推进改革、改造的机遇，使企业的核心竞争力有一个大的提高。"哈电集团的老总对记者说。据介绍，一个借老工业基地振兴政策的东风，全面推进调整、改革、改造的规划方案正在抓紧酝酿和论证。其重点，一是加大技术改造力度，加快建设"发电设备国家工程研究中心"，构建科研开发和应用技术开发科技创新体系，跟踪、引进、消化国际先进技术；二是改革生产组织方式，从"大而全"走向"少而精"，实行专业化生产、社会化配套；三是推进产业和产权结构调整，加快主辅分离、辅业改制的步伐，整合内部资源，实现优化配套。记者采访之际，集团主辅分离、改制分流改革动员会刚刚开过，具体实施方案可望于8月底出台。

短期看，哈电的竞争对手是国内的上海电气集团和东方电气集团；但从长远看，真正的对手是国际跨国公司。在上电和东方相继与跨国公司携手之后，"哈电要不要合资"的问题也浮出了水面。近年来，哈电通过技术合作的方式从跨国公司引进了一些技术，但在核心技术上仍然受制于人，总体技术水平与国际先进水平有着较大的差距。据了解，通用、西屋、阿尔斯通、三菱、东芝等跨国公司都曾表示过控股、参股哈电的兴趣。哈电也曾与有关公司进行过合资谈判，但终因种种原因而不了了之。

哈电要做大做强，离不开地方政府的支持和国家政策的扶持。作为一批老国有企业的集合体，集团内企业办社会的问题十分突出，学校、医院、幼儿园、消防队、公安处、浴池等机构应有尽有。据测算，仅把集团所在地的13所中小学分离出去，就要吃掉动力区一年的财政支出。由于地方政府承接能力有限，这些机构一直处于分而未离的状态。去年，集团承担的办社会费用总支出达2.66亿元。如何把这些沉重的包袱卸下来，是需要政府与企业共同解决的课题。

笔底风云四十年（下）

谚云："冬天到了，春天还会远吗？"这句听似很有哲理的话，细究起来，却有些违反常理。冬天过后有春天，春天之后呢？自然冬天也不会遥远。今天，哈电人沉浸在春天的欣喜之中，但愿在下一个冬天到来的时候，他们已经有了更为强健的筋骨，具备了抵御更大风雪的资本。

（原载2003年8月20日《经济日报》，与倪伟龄、王大为合作）

大庆：站在历史临界点上

狼，终于来了。

在不同时期记者曾多次到大庆采访，几乎每次都要和大庆人谈起这座城市的未来，探讨"油采完了怎么办"的问题。

然而，大庆是一个创造奇迹的地方。从1976年开始，大庆原油产量跃上5000万吨，成为中国首屈一指的大油田。接着，在5000万吨上稳产10年的目标如愿实现；再接着，稳产第二个10年的目标又达到了；紧接着，稳产第三个10年的目标提出来了。到去年，大庆油田在5000万吨上稳产了27个年头。

一个奇迹接着一个奇迹。以至于给世人留下这样的印象：大庆的油是采不完的。就在上个月，还有媒体以高亢的语言宣布：大庆的油气还可以开采100年。

但作为不可再生资源，油总是会采完的。同所有的资源型城市一样，大庆也终归要面对资源从多到少、从有到无的问题。

今年年初，中国石油集团总经理马富才郑重向世人宣布：大庆原油产量从1976年以来首次下调到5000万吨以下,今年计划产量4830万吨。

其实,大庆油田的产量调减并不自今年始。产量递减是矿业开采本身的客观规律,而规律是不以人的意志为转移的。1997年,大庆原油产量达到创纪录的5601万吨,自此以后,即开始了逐年递减的过程。近5年来年均下降118万吨,年均递减率为2.2%。

其实,假如要在5000万吨以上再勉强维持几年,也并非不可能的事。但由于油田的综合含水已高达89%,维持5000万吨以上的高产需要大量增加投入,边际成本上升,开采效益下降,可谓得不偿失。正因为如此,马富才在宣布大庆减产时强调:这是确保中国石油整体效益所作的主动性战略调整。

其实,大庆产量调减到5000万吨以下,也不意味着大庆人创造奇迹的终结。据统计,国外的注水油田一般在可采储量采出程度达到50%~60%时开始进入递减开采阶段,同类油田稳产寿命最长仅12年。而在大庆,主力开采区块目前的可采储量采出程度已达77%,稳产高达27年。这本身就是奇迹。按照规划,到2005年大庆原油产量不低于4500万吨,到2010年不低于3000万吨,实现这样的目标,仍然可以称作中国石油工业的奇迹。

今年大庆原油计划减产183万吨,为上年产量的2.7%,绝对数和比例都不算大。但是20多年来对5000万吨的"严防死守",强化了这个普通数字的标识性意义。人们由此认为,在度过了朝气蓬勃的青春期、年富力强的壮年期之后,大庆油田正在步入资源衰退、产量递减的衰老期。

"大庆,正处在历史的临界点上。"大庆市委书记王志斌在接受记者采访时,多次发出这样的感叹。

作为一座油田,大庆衰老了,衰老的速度令人揪心;作为一座城市,大庆又是那么年轻,年轻得令人羡慕:满打满算,也才四十出头;作为一级政府,大庆市又太"小"了,比经济学家们所倡导的"小政府"还要小:到现在市一级还没有建立起自己的独立财政。特殊的市情使大庆在为国家作出巨

笔底风云四十年（下）

大贡献的同时，也积累了一系列特殊的矛盾：一是结构性矛盾。石油经济"一柱擎天"，占全市经济总量的72.7%，非油经济仅占27.3%，地方财政收入的75%来自油经济；二是体制性矛盾。国有经济占绝对比重。教育、文化、卫生等社会事业三分之二左右由国有大企业承办；三是文化性矛盾。大庆实行计划经济程度深、退出晚，计划经济的观念根深蒂固。而原油产量的递减又使这三大矛盾尖锐化了：随着原油产量的下降，相应使全市地区生产总值每年递减25亿元左右，影响增速2个百分点，市级财政直接减收4000万元左右，省级减少税收2亿元左右。

"站在历史的十字路口上，我们这一代大庆人面临历史性的选择：是做矿竭城衰的巴库，还是学矿衰城兴的休斯敦？"王志斌自问自答："其实在这个问题上，我们没有选择的权利。如果听任兴旺一时、辉煌一时的大庆就此走向衰落，那不只是遗憾，而是耻辱！"先后在鸡西、双鸭山等地工作过的王志斌，目睹和经历了几座煤城的兴衰。在他的倡导下，市委、市政府主要领导专门组团，分赴省内外几个煤城考察学习。比照煤城看油城，站在今天看明天，大庆人的危机感更加强烈：大庆的今天正是煤城的昨天，大庆的明天会成为煤城的今天吗？危机出效率。强烈的危机意识成为推动各项工作的强大动力。做大石化产业，以化补油；发展多种经营，以多补主；培育"百姓经济"，以小补大；强化畜牧产业，因农转牧；完善城市功能，以城养城……一批投资上百亿元的石化项目相继开工，100多项城建重点工程陆续建成，大庆石油学院（原在安达）、八一农大等高校也先后搬来大庆落户。大庆人说，要为铁人的后代们"攒下一批企业，攒下一批大学，攒下一批功能，攒下一片好生态"。

年轻的大庆会衰老吗？在不久前召开的市第六次党代会上，当代大庆人以一幅鼓舞人心的发展蓝图作出了回答。那就是：发扬大庆精神，搞好二次创业，大力发展接续产业，努力实现可持续发展。到2010年，初步形成石油、石化、地方经济"三足鼎立"的产业格局；到2020年，完成由资源型向综合型城市、由自我服务型向区域中心型城市、由矿区型向生态型城市的转变，全面建设成为高科技现代化城市。

（原载2003年8月22日《经济日报》，与王大为、李天斌合作）

"本色"的回归

每次来大庆采访，都有新的收获。此番的收获是什么呢？可以用这样一句话概括：政府更像政府，企业更像企业了。

之所以说"更像"，是因为过去不那么"像"。大庆是先有油田，后有城市，先有企业，后有政府，因为这种历史的原因，原来身为企业的大庆石油管理局更像是一级政府，而市政府则似乎是大企业的附属物。

让政企各归其位的决定性一步是三年前迈出的。当时，按照国务院和中国石油集团的统一部署，大庆石油管理局实施重组分立。2000年1月1日，大庆油田有限责任公司正式成立，承担起石油和天然气勘探、开发等核心业务。

能进入新的油田公司的人当然是令人羡慕的，因为他们掌控着全中国最大的一笔国有资产：新公司注册资本475亿元，资产总额858亿元。但美中不足。油田公司成立之际，面对的是储采日趋失衡，剩余资源品位较差；地下矛盾日益突出，开发难度增大；运行投入逐年增加，成本压力上升等诸多不利因素。

重组的目的是改制。与资源压力、成本压力相比，更大的压力来源于体制的冲突。从计划经济体制下政企合一的国有企业体制向现代企业制度

笔底风云四十年（下）

迈进，这是一次艰难的跨越。而观念滞后，又是制约企业深化改革的"瓶颈"问题。公司管理层清醒地认识到，新世纪的大庆石油人要延续上个世纪的辉煌，必须从解放思想、转变观念入手，打破"瓶颈"，深化改革。他们鲜明地提出："解放思想无止境，实事求是无禁区"，通过多种手段推进职工队伍思想观念的转变，努力为企业改革的深化营造一个有利的舆论氛围。

从"四个一样"到"四个不一样"的演进，是大庆石油人观念革新的一个典型例子。强调严格管理与自律精神相结合的"四个一样"，是当年石油会战的产物，也是大庆精神的重要组成部分，在今天也没有过时。如今，发明"四个一样"的采油一厂二矿从深化改革强化管理的要求出发，总结出"四个不一样"的新理念，提出"素质高低使用不一样，管理好坏待遇不一样，技能强弱岗位不一样，贡献大小薪酬不一样"。这一强调竞争与效益意识的管理理念，在市场经济发达地区可能不足为奇，但在计划经济观念比较厚重、平均主义思想还相当牢固的大庆，却产生了"一石击水"的作用，一经提出就在油田上下引起了强烈反响。公司党委因势利导，在全公司推广"四个不一样"的管理经验，组织全体员工就此展开讨论，在讨论中打开视野，交流思想，走出误区，求得共识。

学习推广"四个不一样"的新理念，成为推进干部职工思想解放、观念更新的突破口。一系列适应现代企业发展的新观念为越来越多的大庆人所接受。在对待薪酬分配的问题上，过去班与班、岗与岗之间奖金相差十几元、几十元，有些人都难以理解，现在奖金相差几倍，大家也司空见惯。今年年初，两位取得重大技术创新成果的科技人员分别获得一辆"宝来"小轿车的奖励，如此重奖，在大庆还是首例；在对待岗位竞争的问题上，越来越多的管理和技术岗位要通过竞争才能上岗，上来的人信心十足，下去的人也能够坦然面对；在对待个人发展的问题上，过去的"要我学"变成了现在的"我要学"，自我加压、主动学习在职工中渐成风气。

观念的转变为深化改革、强化管理奠定了思想基础。公司内部实施了专业化重组，对测井、试井、试油、修井等专业队伍进行优化整合；推进厂矿两级机构改革，内设机构减少了50.78%，管理人员减少25.22%；加大三项制度改革力度，推行了干部公示制、民主推荐制、交流轮岗制、业绩考核制，实行员工上岗、试岗、待岗"三岗"动态管理；围绕决策管理、生产经营、技术支持、激励约束等环节，制定了财务、计划、人事、审计、合同等一整套专项管理制度和管理办法，规范了经营管理；以105次岗检为载体，编制了公司机关97项主要管理工作流程，管理基础工作更加规范扎实。

思想的解放打开了企业发展的空间。油田公司形成了"以调整促增长，以创新增效益，以合作求双赢，以发展保稳定"的指导思想，确立了立足大庆油田，面向"两个市场"，整合"四种资源"，发展"三大经济"，完成"一个跨越"的工作思路。三年来，主营业务平稳运行，核心技术不断发展，低成本战略全面实施，经济效益明显提高。新增探明石油地质储量1.8亿吨；生产原油1.5亿吨，天然气67亿立方米；实现销售收入2441亿元，利税1960亿元，创出了世界同类油田开发的高水平和高效益。

告别油田的时候，公司宣传部长兼公关部长李懂章送给记者一份颇有意义的小礼品：一块不大的玻璃饰品里，镶嵌着由铁人井生产出来的一滴油。这是公司新近开发的旅游纪念品。

大庆的原油开始论"滴"卖了！这令人叫绝的创意，不正是大庆石油人日益浓郁的商品意识、市场观念的象征吗？

（原载2003年8月25日《经济日报》，与王大为、李天斌合作）

笔底风云四十年（下）

鹤城期盼春风来

　　齐齐哈尔有一个好听的别称：鹤城。境内的扎龙自然保护区据称是全国最大的水禽、鸟类保护区，是世界珍禽丹顶鹤休养生息的地方，因此有"中国大湿地，世界鹤家乡"之说。

　　听鹤城人介绍这几年经济发展情况，记者感到亮点颇多，新闻不少。比如，"打绿色牌、走特色路"，绿色食品产业搞得红红火火，搞出了一批有关部门正式命名的中国马铃薯之乡、向日葵之乡、芸豆之乡、白鹅之乡、腐乳之乡，等等，形成一批绿色食品基地，连续两年成功举办了中国（齐齐哈尔）绿色食品博览会；再比如，以经营城市的思路建设城市，探索了一条以城养城、以城建城、以城兴城的市场化之路。一个典型例子是，原地处市中心的市委、市政府大院异地迁建，在原址上由外商投入5亿元兴建中环广场，成为齐市的又一个标志性建筑；又比如，在招商引资方面齐市也有不少高招。两年来引进资金120亿元，其中去年引进的亿元以上项目就有22个。

　　方方面面的成绩谈了不少，但记者感到一种缺憾：诸多亮点之中，怎么没有工业呢？仔细了解才知道，虽然这几年工业也有发展，但总体上仍然没有脱困，一批国有大中型企业处于奄奄一息的状态。从统计数字看，去年全市工业实现地区生产总值79.1亿元，仅占全市GDP的23.7%；规模以上工业企业完成增加值40.6亿元，实现销售收入149.2亿元，亏损5194万元；地方工业的情况要稍好一些，连续10年整体亏损的历史已于2000年结束，去年实现利润1.27亿元。

　　作为名副其实的老工业基地，作为东北北部的工业重镇之一，齐市工业对GDP的贡献竟然不到三分之一，这实在有些出乎记者的意料。

市有关部门的同志介绍，工业企业经营状况不佳，主要制约因素有以下几个方面：一是债务包袱沉重。到去年末，全市规模以上工业企业负债总额260.4亿元，账面资产负债率为77.4%，加上土地和呆坏账等因素，资产负债率为108.2%。负债率超过百分之百的有172家，占63%。账面资产负债率最高的第二机床厂为241%。二是银行呆坏账比重大。到去年末，规模以上工业企业呆坏账达31.2亿元，占贷款余额的61.7%，其中，国有及国有控股企业呆坏账27.6亿元，占贷款余额的68.5%。三是企业办社会负担沉重。全市有26户国有大中型企业承担办社会职能，办有社会单位338个，总资产5.3亿元，企业需年补助费用1.7亿元。四是企业技术装备落后。目前全市设备役龄超过30年的占一半以上，具有国际、国内先进水平的仅占2%和16%，陈旧落后的工艺占40%，国内先进的技术工艺不足20%，技术装备总体上处于二十世纪六七十年代水平。

分析齐齐哈尔工业困境的形成，原因是多方面的。齐市的工业基础主要是"一五""二五"时期建立的。当时一批企业南厂北迁，为的是"背靠沙发"。但后来中苏交恶，"背靠沙发"变成了"背靠沙皇"，国家投入大幅减少。据统计，从1960年到1980年的20年间，齐市工业年均增长速度为1.13%，仅为全国同期平均增长速度的五分之一。"六五"以后，逐渐有了一些技术改造投入，也主要是靠银行贷款和企业自筹，企业的不良资本结构没有得到改善。一方面历史形成的体制性、结构性矛盾使企业普遍"先天不足"；另一方面在国有企业改革与脱困的攻坚战中，又错失了轻装减负的良机。据了解，三年脱困期间，虽然这里一批企业资不抵债，却没有一家实施政策性破产；企业普遍债台高筑，却没有一笔实行了债转股；数目庞大的呆坏账，基本没有核销。说来也奇怪，国家一系列为国企解困的政策春风，由于种种原因，最后总是绕鹤城而去。

齐齐哈尔工业的情况在黑龙江颇具代表性。因为曾经错过了机遇，付出了代价，所以这一次对国家振兴老工业基地的政策寄予了很高的期望，可谓

笔底风云四十年（下）

摩拳擦掌，跃跃欲试。但正如黑龙江省省长张左己指出的，老工业基地调整改造要为国企改制支付必要的改革成本，这是没有问题的。但企业决不能抱有依赖心理，要有加快改革发展的紧迫感，牢固树立主要依靠改革开放、主要依靠市场机制、主要依靠自力更生的思想观念。

面对暂时的困境，鹤城人民没有失却战胜困难的勇气和信心。市委书记杨信对记者说，看形势要讲三句话，一是困难大，二是变化大，三是希望大。有差距就有潜力，有潜力就有希望。他介绍，以"两改"（改革、改造）促"两卸"（卸掉企业人员包袱和债务包袱），是齐市老工业基地调整改造的总体思路。具体措施，一是招商引资发展企业，二是深化改革搞好企业，三是技术创新提升企业，四是改善环境服务企业。

齐齐哈尔是记者此行的最后一站。回首一路行程，感慨颇多。在这个热流涌动的夏日里，我们自南往北，由东向西，与三省九市老工业基地的干部群众一起，感受《打一场新的"辽沈战役"》的豪情，抒发《再造一个"浦东"》的壮志，《看鞍山如何"进退"》，听《鞍钢的12字真言》，祈愿抚顺《不再"沉沦"》，欣慰沈阳《抖擞精神》，探析《"一花独放"能长春吗?》的疑虑，共商《江城今日再攻坚》的大计。《站在历史临界点上》，倾听《吉化"第四次创业"》的故事，品味《从"存续"到"持续"》的变迁，《发现大森》令人惊奇，《"本色"的回归》促人深思，所有这一切都告诉我们：只有按照《先改革再改造》的新思路，才能《让冰城热起来》，也才能让《哈电的春天》永驻。

再见，鹤城！再见，美丽富饶、深沉而又充满希望的黑土地！

（原载2003年8月26日《经济日报》，与王大为、李天斌合作。该系列报道入选2003年度《经济日报》"十大新闻精品"，获第14届中国新闻奖二等奖。收入《见证·参与·推动——经济日报创刊30周年优秀作品选》，经济日报出版社2013年1月出版）

作品点评

紧跟中央决策 营造良好氛围

初夏时节,在全国抗击非典取得阶段性胜利、疫情有所缓解之际,国务院总理温家宝即飞赴东北调研考察,对如何加快东北地区的老工业基地调整与改造作出具体部署。为了宣传贯彻中央这一重大决策,本报派出记者深入大连、鞍山、抚顺、沈阳、长春、吉林、哈尔滨、大庆、齐齐哈尔等老工业重镇进行采访,从7月30日至8月26日陆续发表了《打一场新的"辽沈战役"》《大连能再造一个"浦东"吗》《鹤城期盼东风来》等17篇通讯,广泛地报道了东北各地干部群众对中央决策的衷心拥护之情,反映了他们解放思想、转变观念,牢固树立改革意识、创新意识,从着力解决体制性、结构性问题入手,脚踏实地,艰苦创业,重振雄风的信心和决心,同时也反映了老工业基地现存的某些实际困难以及他们在调整与改革中的经验与教训。整个系列报道写得很实际,有较好的可读性,起到了深入宣传贯彻中央决策精神,为东北老工业基地振兴营造良好舆论氛围的作用。

(摘自经济日报内刊)

第七辑 旁观两会议政

对于首都新闻界来说，每年春天的全国人大、政协会议"两会"报道，无疑是一场精锐尽出、高潮迭起的业务竞赛。作者较早与两会报道结缘，曾长期担任《经济日报》两会一线采访负责人，留下了《发展看"九" 稳定看"十"》《民主监督为何"相距甚远"》等名篇佳作，多次在各类评奖中获奖，在两会新闻报道的比拼中一时领风气之先。这里收录的是作者两会报道中的部分侧记、访谈、特写，其撰写的两会言论另有出版安排，未及收入。

笔底风云四十年（下）

韩德培畅说"一国两制"

"'一国两制'构想的提出，既要有高度的战略眼光，又要有超人的胆略。这是一大创举，具有深远的意义。"正在北京参加全国政协六届三次会议的著名法学家、武汉大学国际法研究所所长韩德培教授，在接受记者采访时畅谈了他的感受。

韩德培教授认为，小平同志提出的"一个国家，两种制度"的构想，是一个意义非常重大的构想。根据"一国两制"的构想，香港问题得到了圆满解决，它出乎很多人的意料，赢得了国内外各界人士的普遍赞扬。

韩德培教授说，这个构想在国家制度的理论上是一个创新、一大突破，也是对马克思主义理论的新的发展。香港问题圆满解决，对统一台湾将产生重大的影响。前几年，我在美国讲学期间，访问了十几所大学，接触了许多在美国工作和留学的台湾籍同胞。在交谈中，他们希望祖国强盛，向往祖国统一，但也存在着一些疑虑。现在，香港问题顺利解决了，这将更好地消除他们的疑虑。祖国统一是人心所向，大势所趋。

在谈话中，韩教授强调指出，"'一国两制'为国际上提供了解决历史遗留问题的一个范例。对于理论工作者来说，这一构想是个很有价值的题目，需要更全面地、更深入地进行研究、探讨，遗憾的是，现在这样的文章还不多见。我曾建议我的学生从理论上、实践上对这个问题进行系统地分析和论证。我觉得,这种研究很有必要。"

记者对韩教授的采访是在小组讨论会的间隙进行的。韩教授告诉记者,在上午的讨论会上,委员们踊跃发言,气氛活跃。他说:"我在小组会上谈了两点感受。一是关于'一国两制'和香港问题,二是关于经济改革中的法制建设问题。"在政协大会前夕,韩德培教授参加了政协组织的对武汉经济体制改革的考察。他说:"改革的形势很好。我们要注意到,在搞活经济的同时,不能放松管理。要纠正新的不正之风,保证改革的顺利进行,既要靠行政手段、经济手段,还要靠法律手段。要'三管齐下'。行政手段、经济手段也要规范化,这实际上也是法律手段。在对外开放方面,同样有一个加强法制建设的问题。首先,立法要抓紧。特区建设搞了几年,效果、反映都很好,但我们还没有经济特区法。目前我们尚缺少一些必要的法律。如果我们的法律比较完善,人家来投资就更放心了。二是人才问题。有了法律,还要有懂法的人才。现在我们懂法、特别是懂国际法的人太少,这和当前对外开放的形势很不适应。法律人才的培养和储备,应该引起我们的高度重视。"

韩德培教授兼任武汉大学法律系名誉主任,同时领导着我国目前唯一的一个环境法研究所,近年来为培养高级法律人才做出了贡献。他说:"我带的博士研究生和硕士研究生,一毕业,各方面都争着要,'开后门'哩!"说到这里,这位74岁的老人爽朗一笑,显得那么高兴,那么自豪!

(原载1985年4月6日《经济日报》)

笔底风云四十年（下）

理论工作要跟上改革和建设的步伐
——经济学家三人谈

实践呼唤理论。关于"七五"计划的报告指出，目前经济理论工作落后于改革和建设实践，不善于对丰富的实践作出新的概括，要求理论工作者联系实际，大胆探索。对于这一论述，从事理论研究工作的同志有些什么看法和感想？为此，我们访问了正在出席全国政协六届四次会议的三位经济学家。

千家驹：要保证一个前提

中国社会主义学院副院长千家驹委员，谈到报告中对经济理论的现状提出批评时说："总理的批评很对，但是经济理论工作落后于实践，有主观原因，也有客观原因。"

千家驹说，经济理论研究必须联系实际，否则是空话。而联系实际的结果，必然是根据科学的理论，对现行政策进行分析、批评，指出它的不足，所谓理论指导实践，就是这个道理。这就需要有一个前提，即允许不同意见发表。多少年来，学校教的是从概念到概念，经济理论家做的是为政策做注解的工作，根本谈不上联系实践。

他说，中国不改革没有出路，应该看到，改革的前途是光明的，但道路是艰难的。已经进行的几项重大改革，取得一些进展，还不能说完全成功，有许多矛盾要解决，许多问题要研究。比如，工资体制的改革，仍然存在着体力劳动者的平均工资高于脑力劳动者的平均工资，还有不合理的现象，诸如公共汽车司机和小汽车司机收入上的不合理等。价格问题、外贸问题以及银行、金融方面存在的问题，都有待于进一步研究，切不可讳疾忌医，掩盖矛盾。

陶大镛：最突出的两个问题

民盟中央副主席陶大镛委员听了记者的来意，直截了当地说："关于经济理论工作，我最近多次谈到。我认为当前最突出的问题有两个，一是怎样保持生产和消费的良性循环，二是经济发展与智力开发的关系。这两个问题应当引起经济理论界甚至整个社会的注意。"

他说，究竟是通过高消费来刺激生产，还是踏踏实实地抓好生产，改变目前供不应求的局面，这是个很重要的理论问题。我认为我们有些做法不能照搬西方的。

建设有中国特色的社会主义，根本着眼点应是提高生产力，如果只是产量高、产值高，生产力和劳动生产率不提高，怎么谈得上发展生产。从中国国情出发，不能丢掉艰苦奋斗，不能把消费放在第一位，保证良性循环一定要围绕着提高生产。这个问题经济理论界有不同看法，可以讨论。

至于经济发展与智力开发的关系，我们现在已很明确了，经济发展依靠的是科技进步，但是，教育上不去，科技也谈不上。现在教育经费太少，总理提到两个增长，我认为还应该加一个增长，就是教育经费在国家预算里逐年增长。教育是百年树人的大事，如果在目前情况下我们还不赶上去，怎么迎接新技术革命的挑战？这个问题应该讨论，不能回避。

吴大琨：理论工作的黄金时代

我们找到民建中央常委、中国人民大学教授吴大琨委员的时候，他正在房间里认真阅读大会文件。他年高失聪，要带上助听器才能交谈，讲话的声音也特别大。他说："我觉得报告关于理论工作的评价很符合实际情况。这几年改革的实践发展很快，理论研究工作与实践还有相当一段距离。要缩短这个距离。就需要做两个方面的工作，一是理论工作者本身要深入改革实践，密切联系实际，大胆探索；二是各个方面要为理论工作者联系实际创造

笔底风云四十年（下）

条件。我们一些经济工作的文件、资料，理论工作者看不到。我是搞世界经济的，有的非党同志连与工作有关的资料都看不到，怎么能联系实际呢？现在，要大兴调查研究之风，但实施起来，还有很多具体问题需要解决。"

吴大琨委员认为：当前摆在理论工作者面前迫切需要解决的课题很多。他拿起报告说："在这个报告中，就有很多理论问题需要我们研究。我认为，这个报告就是一个既符合马克思主义的基本原理，又符合中国的实际情况，是理论与实践结合得很好的文件。"吴委员介绍说，他正在搜集材料，准备就报告中涉及的一些理论问题进行研究，系统地讲一讲。

在采访结束的时候，吴委员很有感慨地说："我们说，现在是经济工作的黄金时代。我认为，现在也应该是理论工作的黄金时代。在这个黄金时代里，我们理论界完全应该，而且能够多出成果，多出人才，为社会主义现代化建设服务。"

（原载1986年4月9日《经济日报》，与初志英合作）

在民主的气氛中协商
——政协会议民盟组小组讨论会旁听记

下午3点不到，委员们就陆续走进京丰宾馆的5楼会议室。聚集在这里的都是一些科研、文教战线的权威，他们的名字大多为人们所熟知。

这是全国政协六届五次会议民盟组讨论《政府工作报告》的第7次小组会。

第一个发言的是千家驹，厚厚的一叠讲稿表明他已经做了充分的准备。他一口气讲了5个问题：一、关于压缩空气；二、增产节约的根本是在生产方面的节约，而不仅仅是消费方面的节约；三、关于价格改革的物价问题；四、关于对外开放与引进外资；五、应该把社会主义精神文明建设放在首位。

千老介绍说，这是他准备向大会提交的发言稿，希望听听大家的意见。

会场活跃起来，对于千老关于基建投资、增产节约和物价改革的论述，委员们基本是赞同的。但他关于精神文明的看法，却引起了一番热烈的讨论。

千老认为：长期以来，大家思想上总重视工农业生产的增长，重视产量翻番。今后是不是在考核领导干部时，不仅看工农业生产增长多少，而且还要看他在社会主义精神文明建设方面做出什么贡献。要把搞好教育文化作为评价领导干部的重要标准。把精神文明搞好了，文化教育上去了，经济也就上去了，因此，他认为精神文明建设应该放在首位。

首先提出疑问的是他的理论界的同行、吉林大学的关梦觉教授。关教授说："以经济建设为中心，坚定不移地进行经济体制改革和政治体制改革，坚定不移地加强精神文明建设，这是社会主义现代化建设的总体布局。把精神文明建设放在首位，就涉及如何调整总体布局的问题。"

四川医学院教授曹钟梁则认为："用什么提法可以商量，我觉得这问题值得注意。中央提出两个文明一起抓，现在强调精神文明，就是要真正做到两个文明一起抓。"

山东大学教授吴富恒提出：我们检查工作，当然要检查经济效益，但首先要检查精神文明建设的落实情况。比如，教育是基础，喊了多少年，就落实不了，现在肯定还没有成为基础。

钱伟长接过话茬说：加强精神文明建设也是巩固安定团结的局面的需要。教育这个地基不打好，房子盖得再高、再大，也是要塌的呀！

你一言，我一语，越来越多的委员卷入了这场争论。吴廷璆说：抓精神文明是当务之急；林亨元强调要惩处腐败现象，严肃党纪、国法；冯素陶认为现在的问题是上层建筑的发展不适应经济基础的发展。

轻松而认真的讨论使人们忘记了时间。不知不觉中，两个半小时过去了。当一直在倾听大家发言的全国政协副主席、民盟中央主席费孝通宣布散会时，不料受到来自身后的抗议。林亨元委员站起来说："怎么就散会了，我还有话要说哩。"

看着这位古稀老人认真而执拗的样子，人们都笑了。

（原载1987年4月6日《经济日报》）

人民热望安定团结
——全国政协六届五次会议侧记

他们又一次在春光明媚的首都相逢。在全国政协六届五次会议上，如何巩固和发展安定团结的政治局面，成为委员们的主要话题。

春天的反思是严肃而深沉的……

历史的昭示——决非偶然的选择

"中国走上社会主义道路，决非偶然的选择，是历史的必然。共产党的领导是任何力量也取代不了的。"颜明宜老人的感受在委员中具有代表性。她说："我是跨越三个历史时期的人，在旧中国我所看到的是千疮百孔，统治者丧权辱国，只有中国共产党领导下的新中国才国力强盛，国威远扬。"一些民主党派的委员也从各自与中国共产党长期合作的历史中得出这样的结论。

第七辑　旁观两会议政

一度被某些人奉为"法宝"的"全盘西化"论，在委员中许多老知识分子看来，并不是什么新鲜货色。他们中不少人也曾为此奋斗过。然而，历史已经证明，"全盘西化"的道路在中国走不通。他们多么希望更多的青年人能懂得这个道理，不再重复他们走过的弯路啊！

"过来人"的感叹——祖国再也经不起折腾了

人们对那场十年浩劫记忆犹新。正如文强委员指出的：经历过动乱的人，更知道安定团结的可贵。人心厌乱，人心思定，这是委员们的共同感受。

在对历史的回顾中，人们深深感到，安定团结的局面来之不易。"我的童年、青少年，都是在兵荒马乱中度过的。那时候军阀混战，老百姓一日数惊，苦不堪言。共产党领导人民经过无数的艰苦奋斗，好不容易建成了一个人民的新中国。十年动乱过去了，我们应该珍惜现在这个安定的大好时光。"在人民大会堂的讲台上，胡兰畦委员这番简短的发言，赢得了热烈的掌声。

历史的教训值得记取。今天，任何有害于安定团结大局的行为都将受到人民的谴责。武汉市副市长何浣芬委员说："去年闹学潮的时候，很多港澳朋友都担心中国是否又要搞'文化大革命'了，担心我被打成走资派。今年武汉市在香港召开汉、港、澳联谊会，原邀请100多人，结果来了500多人。"

"巩固和发展安定团结的政治局面，是海内外炎黄子孙的共同心愿，我们的祖国再也经不起折腾了。"这些"过来人"诚挚的告诫，值得人们深思。

现实的考虑——治标还需治本

"加强和改进思想政治工作是当务之急！"委员们在各个小组的发言中发出了同样的呼吁。他们对青年学生的现状做了实事求是的分析：青年是我们国家的未来，关键在于通过确有实效的思想工作，帮助和引导他们。

笔底风云四十年（下）

委员们深深感到，加强思想政治工作，首先需要改进思想政治工作。要了解学生的思想实际，加强相互间的理解和信任，改进思想工作的方法，以理服人。同时，要采取多种形式，组织青年学生参加社会实践，帮助他们在社会实践中锻炼成长。

未来的呼唤——愿安定团结之春常驻

委员们在讨论中认为，在继续深入开展反对资产阶级自由化斗争的同时，要巩固和发展安定团结的政治局面，还有很多工作要做。

——必须大力加强社会主义精神文明建设。

——进一步完善我国的政治体制，坚持四项基本原则，建设高度的社会主义民主。许多委员提出：必须大力提倡决策的民主化、科学化，同时，要活跃基层单位的民主生活和健全民主管理。委员们还呼吁，加强人民政协组织的政治协商和民主监督职能，充分发挥人民政协在推进社会主义民主建设中的作用。

——法制建设需要进一步加强，改变无法可依、有法不依、执法不严的现象，使社会主义法制真正成为社会主义民主和两个文明建设的保障。

——加强有关民族政策和民族团结的教育，发展社会主义新型民族关系。

在14天的会议中，来自不同岗位、有着不同经历的委员们畅所欲言，各抒己见。在民主、团结、融洽、活跃的气氛中，他们为两个文明建设提出了积极的建议，也对当前工作中的失误和缺点进行了严厉的批评。政协委员们的共同心愿：人民热望团结，祖国需要安定。愿安定团结之春常驻。

（原载1987年4月9日《经济日报》）

第七辑　旁观两会议政

怎样看待中共中央的人选建议

　　由中共中央推荐的国家机构各方面领导人员人选名单，已经由七届人大一次会议主席团第四次会议通过，作为主席团提名，从5日起交由各代表团酝酿讨论。

　　"既然国家领导人由全国人大选举决定，为什么要由中共中央提出建议名单呢？这合法吗？"有人提出这样的疑问。

　　带着这个问题，我们采访了几位人大代表。

　　一位曾出任宪法修改委员会委员、六届人大法律委员会委员的人大代表认为：由中共中央向大会主席团推荐人选，并不违反现行法律。国家机构的领导人选由大会主席团提名，是由《全国人民代表大会组织法》明确规定的。主席团形成提名草案的过程，法律上并没有专门的规定。主席团的提名不可能在大会前没有准备，由于主席团不是常设机构，这种人事安排的准备工作就应该由执政的中国共产党同各民主党派、人民团体协商进行，这种准备是有益的，十分必要的。

　　"中共中央向主席团推荐人选，虽然在全国人大组织法中没有作为专门条款明确规定下来，但也并非找不到法律的依据。"另一位长期从事司法工作的代表补充说。这位代表认为：在五届人大五次会议讨论人大组织法的时候，当时的副委员长习仲勋作了《关于四个法律案的说明》，其中对提名问题有专门的解释："多年以来，全国人大选举国家领导人，一般都是事先由中共中央同各民主党派协商以后提出建议，经过主席团讨论决定提名的……草案肯定了这种成功的做法。"由于五届人大五次会议对此没有提出异议，最后通过了人大组织法，因此，实际上是肯定了由中共中央协商推荐人选的习惯做法。

笔底风云四十年（下）

"由中共中央推荐人选，是不是就不民主了呢？"对这个问题，山西省人大代表陈舜礼认为：不能这样看。

陈舜礼是中国民主促进会中央副主席、执行局主任，曾参与中共中央提出的人选名单的协商和讨论。他说：目前，我们的民主制度，重在协商。中共中央推荐人选名单的形成过程，实际上是同各民主党派、人民团体反复协商的过程。这个协商过程很早就开始了，谈了一次又一次，名单也不是一次拿出来的。党中央召开二中全会的前夕，又开了一次规模较大的协商会，为了让大家的意见都能发表出来，还专门组织了分组讨论。党外人士的意见不少被吸收到人选草案中。集思广益、反复协商的结果，使这个推荐名单更为完善和妥当。

陈舜礼认为：这次推荐人选的过程，是中国共产党领导的多党合作和协商制度的一次充分体现。这比十三大以前又向前迈进了一步，标志着多党合作和协商制度正向着更密切地合作、更密切地协商的方向发展。

"由中央推荐人选，会不会使党员代表的民主权利受到制约呢？"对这个问题，代表们的理解和回答不尽相同。既是党员又是人大代表的太原工业大学副校长陆文雄认为：在重大的人事格局上，作为党员人大代表，应和中央保持一致；在一些非重大问题上可以发表个人意见，这并不矛盾。党是在不违反法律的前提下作出决定的，党的决定是符合人民意愿的，执行党的决定不妨碍我们履行人民代表的权利和义务。另一位党员人大代表则认为：党员代表要站在党的立场上维护党的利益，同时又要代表人民的意志。党应该说服党员代表支持党的决定，但也不能强迫。投票应由自己作主。山西人大代表郭步殿说：我不是党员，但我认为，共产党通过党员代表的作用和影响，促成党的决定得到人民代表大会的通过，是合理合法的。

一些看似不成问题的问题被重新提出来了，尽管结论也许不出意外，但这种反思不正是我们今天民主气氛逐步高涨的标志吗？

（原载1988年4月7日《经济日报》）

第七辑　旁观两会议政

投票前的话题

经过14天对各项议程的审议和酝酿，七届人大一次会议即将进入投票和表决阶段。差额、等额、弃权之类的讨论又成为代表们的话题。

"选举办法"的比较

本次大会的"选举办法"已在4月2日的第五次大会上通过。一些细心的代表将这个办法与5年前六届人大一次会议的"选举办法"进行了比较，发现有不少新的特点：

——投票方式，扩大了无记名投票的范围。六届人大对除总理外国务院组成人员及除主席外中央军委组成人员的表决，都采用举手表决方式，而本届对人选的选举和表决都采用了无记名投票方式。沿用举手表决的，只有人大各专门委员会的人选。

——选举日程，增加了一次全体会议。第一次会议选出国家主席，在第二次会议上再根据主席的提名决定国务院总理。这种程序安排比六届人大一次会议时一次大会分两轮投票的办法显得更为合理。

——和六届人大的选举办法比，这次的选举办法中增加文字最多的是关于选举过程中候选人得票不超过半数时，如何另提人选和补选的规定。这一变化的实质内容是第一次在人大选举中承认了主席团提出的候选人落选的可能性。

当然，选举办法中实质性的变化还是关于人大常委会委员实行差额选举的规定。代表们普遍认为，这是人代会民主进程的一个标志，也是完善人民代表大会制度的一个方向。

笔底风云四十年（下）

等额与差额的议论

关于"差额差得太少"的议论，主要是和省、市和县、区一级的人大选举相比较而言的。有的代表说：我们在县里选举，少说也要差20%，多的差到50%。越往上，差额比例越少，这既不合理，也不公平。但也有一些代表不同意这种类比。认为差额多少合适，应该根据不同范围选举的实际情况而定，很难有一个统一的标准。县级选举中，候选人和代表接触多一些，大家比较熟悉，差额面应该相应大一些。而到中央一级，有些代表对候选人不是很了解，差额面太大，反而使选票过分分散，效果不佳。差额面上小下大，是比较合理的。

一位曾参加过人选名单协商的民主党派负责人则认为：由于人大常委会的组成要考虑党派、团体、界别、宗教、民族等各方面因素，实际上存在一个合理的内部结构问题。差额过多，就会使这种合理的内部结构受到影响。

那么，"等额选举使人民代表的权利受到限制吗？"一位代表认为：等额选举并不限制代表的权利。等额选举中代表可以投赞成票，也可以投反对票，这对代表的民主权利没有直接的影响。

"弃权"也是一种权利

虽然政协七届一次会议的选举办法已经明确规定了不设弃权票，但在人大会议上，代表们更多地倾向于要设弃权票，现在，这种意见已被4月2日通过的选举办法肯定下来。

"投弃权票也是代表的一种权利。"一位列名于新设立的内务司法委员会名单的代表说，"从人民代表对国家的责任感来讲，我个人并不赞成投弃权票。要么赞成，要么反对，应该鲜明地表明自己的态度。"

（原载1988年4月8日《经济日报》）

第七辑 旁观两会议政

第三十一位监票人

　　他是第三十一位监票人。在按姓氏笔画排列的七届人大一次会议监票人名单上，他列名最后。他叫漆林。

　　他这个姓很怪，且不常见，在人民大会堂前的石阶上，著名黄梅戏演员马兰见了他的第一句话是："你这姓好怪，是少数民族吗？""不，是'少姓民族'。"他回答说。

　　他这个人也怪，记者和他谈了一个半小时，他坐在沙发上的时间不到10分钟，且有5分钟是枕腿而坐……看他那样子，你很难想象他就是那位因为抓了几件大事而在湖北颇为出名的行署专员。

　　也是怪人遇怪事。一年多以前，漆林走马上任之际，堂堂的行署大院，却刮起一股"赌风"。勤杂人员赌，机关干部也赌。据称最高纪录是连续赌了28小时。赌风及由此带来的影响，使机关风气坏到令人难以容忍的地步！

　　容忍犯罪就是犯罪！专员愤怒了。于是，一连串的情况通报会、行署办公会上的议题只有一个：刹住"眼皮底下"的歪风邪气。很快，涉及地直36个部门和单位的110名职工因参与赌博受到严肃查处；以行署大院为掩护的两个流氓团伙的首犯被依法逮捕；行署行政、后勤系统截留资金、隐瞒不报的50多万元"小家当"被查封上缴……

　　以此为突破口，全地区紧急动员狠刹滥占耕地建私房风。从去年底开始，一个月中，全区拆除违章建房1150户，共收取超标建房加倍收费和罚款计180多万元。12名县级干部分别受到党纪、政纪的处罚。至少有3万亩耕地从滥建私房者手中解放出来了。

　　正是有了这番与不正之风斗争的痛苦经历，因此，当漆林专员坐在人

笔底风云四十年（下）

民大会堂里，听到李鹏代总理抨击一些部门"偷税漏税、行贿受贿、敲诈勒索、假冒伪造等恶劣行为"；批评"一些干部以权谋私，甚至贪污腐化"；要求"大力加强社会主义精神文明建设，逐步造成适应社会主义要求的良好社会风尚"的时候，他都使劲地鼓掌！

在湖北代表团，漆林是一位活跃的代表。从他小组会上的发言中，从他对记者的谈话中，人大代表们理解了他，也信任了他。于是，在庄严的选举即将开始的时候，他被推选为大会的31名监票人之一。

一向不修边幅的漆林这几天也着意打扮了一番。他郑重地检查票箱，仔细地分发选票，卫士般守候在红色的票箱前。

当新一届国家领导人在热烈的掌声中产生时，他和2800多名代表一起，欣慰地笑了。

（原载1988年4月12日《经济日报》）

煤、电、水……
——万里参加北京代表团讨论纪实

3月24日下午，3点不到，万里委员长走进了人民大会堂北京厅。他是作为北京的人大代表来参加讨论的。

这是七界人大二次会议北京代表团的第二次全体会议。会上还来了一位客人——能源部长黄毅诚。他的到来，使代表团的讨论差不多开成了关于能源问题的专题讲座会。

缺煤、停电、断水……普通的北京人所能感到的诸多不便，代表们同样在感受着。讨论一开始，北京重型机器厂厂长柯昌棠抢先发言，诉说企业在能源紧缺情况下的困境。接着是北京合成纤维试验厂工程师罗益锋、北京太阳能研究所研究员陆维德，话题仍然没有离开煤、电……

阎承宗代表是市经委主任，作为全市能源工作的"主管"，对当前能源状况有着更多的忧虑。他手握话筒介绍说：1988年全市亏调煤炭152万吨，到了年底，市政府手上竟然没有存煤，只有调剂使用下属各个单位仅有的一点存煤。今年头两个月又月月亏调。电的问题同样如此。全市用电需要量230万千瓦，用电指标只有180万千瓦，加上自发电，平时缺电就达30万千瓦。

一直在认真听取代表讨论的万里委员长一边重复着这些数字，一边认真地做着笔记。作为北京的老领导，他一直关心首都的建设。这时，他接过阎承宗代表的话题，问道：

"石景山发电机组还没有搞起来？"

有人回答：搞了一台。

万里说：要争取快一点，电站建设应该是急如星火，日夜加班。作为北京市的代表，我今天是带着问题来的。为什么首都缺电问题长期解决不了，现在的供需缺口比我在市里时更大了。

一位坐在后排的女代表喊了一声：我们那里一停电就是四天。

又一位女代表说：我们那儿一停就是五天。

万里说：现在居民住宅有了变化，不是四合院，而是十几层的高楼，一停电，老太太连楼都上不去了。北京的电这么紧张，市长、部长都在这里，我作为一个老百姓提个问题：怎么办？

一位市领导说：我们正在同有关部门探讨搞出一个方案。

万里说：我看还是要从两个方面打主意，一是发展，加快电站建设；一是节约，要采取有力措施，调整产业结构，对耗能大户尽快进行调整。节电、节水，一定要抓紧，要用法制的办法。

笔底风云四十年（下）

黄毅诚部长接着说，解决首都用电的问题，一是要加紧电站建设，二要对用电增长采取限制措施。要大家努力，共同办电，既靠国家，又靠地方。

关于电的讨论还在继续。北京市地质矿产局的总工程师董新菊又提起了水的问题。又是一个"热门"话题……

（原载1989年3月25日《经济日报》）

听董辅礽解读"变形"现象

董辅礽的名字常是和一大串头衔联系在一起的，择其要者，就有：全国人大常委会委员、人大财经委员会副主任、中国社会科学院经济所名誉所长、北京大学教授……不过，简单地说，他是做学问的，并且学问做得还不错，关于"变形"现象的研究，也可以算作他的学问之一。

记者：在这几年改革中，人们常常提出这样的问题：好的政策为什么走了样？但把这个问题作为一种普遍现象进行研究，似乎是从你这里开始的，为什么要研究"变形"现象？

董辅礽：许多改革措施在实施中发生了变形，或者说走了样，就像人们常说的：新瓶装旧酒，新体制的外形包含的是旧体制的内容，这是经济体制改革中很值得思考和研究的现象。研究这种现象，一是要人们认识到改革中确实在发生变形，从而找出原因，采取措施防止和减少变形。第二，让人们认识到变形的发生不是什么奇怪的事情，同时使人们看到很多问题并不是改革本身带来的，不能把许多问题产生都归结到改革的头上。

记者：股份制是时下的热门话题，但似乎真正搞懂了什么是股份制的人不多，一些试点企业给人的印象是"不太像"。

董辅礽：实行股份制的目的，是要明确产权的关系，使所有权与经营权相分离，企业同政府相分离，同时，有效地融通资金，实现资金的优化组合。股票只能转让，不能回收，并且是通过市场确定价格的，股份所有者要承担风险。现在我们搞的股份制，一是把股票和债券混同了，债券是要归还的，价格基本固定，债券持有者不承担企业经营的风险，我们很多企业发行的股票实际上是一种债券。二是把股份制变成了一种福利，通过变卖国有资产给职工好处。红利定得很高，旱涝保收；国有资产廉价地流失了。三是由于没有资本市场，无法通过股票价格的市场变动对企业经营状况进行正确的评估，企业的经营成果只能根据账面价值来确定，因此，也很难对企业经营者进行有效的监督。

记者：股份制之所以变形，一方面是有些人想"化公为私"，借改革之名捞好处，这是主观原因；另一方面则是客观上实施条件还不具备。众多变形现象的产生是否都有这样两方面的原因？

董辅礽：改革中的变形，原因是复杂的，分析起来，最主要的原因是旧体制的影响。改革必然会触及旧体制下的经济利益结构，改变这种已经形成的利益结构是很不容易的。在推行"公司"这种经济组织形式中发生的变形，就属于这样一种情况。许多"官办公司""行政性公司"的建立，一开始就没有打算按照市场规则行动，他们只是借用了"公司"的招牌，利用超经济的行政机构的权力，垄断和操纵市场。

记者：改革措施本身的缺陷，也是变形的原因之一吗？

董辅礽：是的。一方面我们有些改革缺乏相应的改革的配合。比如事业单位实行聘任制，由于没有社会保障制度、人才流动制度的配套改革，结果很多单位流于形式。另一方面，有些改革缺乏具体的操作办法和规则。企业兼并在一些地方变成了政府部门"包办婚姻""拉郎配"，一个重要的原因就是缺乏操作规则。

笔底风云四十年（下）

记者： 分析变形现象，对于我们正确看待改革中的失误很有意义。但也许有人问：改革的失误、当前经济生活中的困境都是变形造成的吗？"经是好的，和尚念歪了？"

董辅礽： 改革有失误，原因是多方面的，不能把困境的形成简单地归结为政策措施的变形，但变形确是造成困境的重要原因。信贷失控，就与金融体制改革的变形有关，银行并没有真正与政府分开，难以发挥调节经济的作用。当前治理整顿中的一些措施，如清理整顿公司、减少地方政府对银行的干预等等，实际上就是要纠正改革中的变形现象。

记者： 认识到变形现象的存在，才有可能防止和纠正变形。

董辅礽： 防止变形，关键还在于对旧的体制必须持续地改革下去，进行"韧性的战斗"。在进行各项改革时先要进行认真的试验，了解改革实施必须具备的条件和可能产生的问题，制定相应的操作办法和规则。还可以采取一些过渡措施，逐步地达到改革的目的。当前，特别需要注意的，是防止在治理整顿中发生新的变形。一方面，治理整顿一定要注意不给今后的改革设置新的障碍；另一方面，一定要使治理整顿措施落到实处，抓出成效，防止实施过程中的变形。

（原载1989年3月25日《经济日报》）

不能是旧体制的复归
——访全国人大代表、西南财经大学校长刘诗白

做校长的人免不了常常作"报告"，报告作多了说话就免不了有股"报

告腔"。不过刘诗白校长的川味"报告腔"中的一些见解，可不是我们能经常听到的。

记者： 加强和改善宏观经济调控体系在治理整顿中的重要性，人们都认识到了。但在调控手段的选择和运用上，似乎各说不一。你怎么看？

刘诗白： 治理整顿的决心已定，现在的问题确实是个方法问题。我同意李鹏总理报告中提出的"五管齐下"的办法。但从前一段看，主要还是靠行政手段切了一刀。行政手段来势猛、收效快，在去年那种情况下尤为需要。现在特别需要的，是在经济手段的运用上进行探索、改革和试验。不能一讲强化调控功能，就完全依靠行政手段，只有把行政手段和经济手段结合起来，更充分地使用经济手段，治理整顿才能收到实效，才能弊少而利多。

记者： 在加强宏观调控中，人们特别担心的是出现从"一放就活"到"一管就死"的循环。当前的治理整顿能否走出这种循环呢？

刘诗白： 之所以出现"一管就死"的循环，是因为"管"的方法有问题。我们的经济格局是在不断变化的，新的形势下，当然不能用老一套的办法。治理整顿并不是要把老办法全都搬出来。在疏通流通领域时，可以采取一些计划分配和调拨的措施，实行必要的专营，但是，同样要依靠市场调节，要计划与市场相结合，决不能把市场取消了。市场实际是关不住的。

记者： 李鹏同志报告中在谈到加强宏观调控时，突出强调了发挥银行的调控作用，这似乎是我们认识上的一种进步。

刘诗白： 要彻底解决货币发行超量的问题，实现国家对货币调控功能的强化，要增强人民银行的独立性，特别是在执行货币政策上的独立性，形成一个来自货币信贷方面的制衡机制。企业要有自我约束机制，金融也应形成自我制约机制。

记者： "老办法不能用，新办法不会用"，这可以看作当前宏观调控中普遍存在的一个问题。你认为哪些方面需要强化经济手段的运用？

笔底风云四十年（下）

刘诗白：比如说，在产业结构的调整方面，可以更好地运用利率杠杆。现在因为是"负利率"，既不能吸引存款，又不能对过热的贷款进行排斥。提高利率又涉及到企业的消化能力，但要看到的是：任何大调整都要有一定的震荡，不可能不伤筋动骨，结构调整就是要活一大块、死一小块。还有税收杠杆，也是一个亟待强化的手段。总之，治理整顿中一定要认真探索有效的经济手段，和改革结合起来，不能搞成旧体制的复归。

（原载1989年3月28日《经济日报》）

为何统计与感觉不一样？
——国家统计局局长张塞答本报记者问

"18.5%的去年全国零售物价总指数是怎样计算出来的？""为什么和人们对市场物价变动的具体感受不一致？""统计局是否做了什么手脚？"人代会期间一些代表又一次对物价指数的统计数字提出疑问。为此，记者采访了全国人大代表、国家统计局局长张塞。

记者： 18.5%的数字是怎样计算出来的？

张塞： 全国物价指数是从422个市、县，1.6万个基层市场采集价格，通过4次加权平均计算出来的。计算过程具体分为三步：第一步，采集价格资料并计算平均价格。首先是物价专职调查员每月以消费者身份定时定点到基层市场直接调查登记价格，一般每月调查4—6次，每月按次数平均，分别计算牌价、议价、市价的月平均价格，然后按住户调查提供的居民以各种价格形式购买的某种商品的数量作为权数，第一次加权计算出该种商品的全社会综合平均价格；第二步，计算地区价格指数。先求得各种商品的个体指数，由个体指数计算所在小类、中类、大类及总指数，以住户调查提供的居民在报告期消费的各种商品数量乘以基期的价格所得的金额比重作为商品权数，第二次加权计算出地区价格指数；第三步，上报审核并汇总全国指数。国家统计局根据各重点市县有关物价调查资料，经审核后按地区权数第三次加权计算出每种商品的全国平均价格和个体指数，然后使用全国商品权数第四次加权计算出全国类指数和总指数。

记者： 现在普遍存在的一个疑虑是，在编制价格指数时，商品品种的选择和典型地区的抽样是否有足够的代表性？

张塞： 市场上的商品有几百万种，当然不可能逐一调查统计每种商品的价格变动情况并加以汇总。通常是在科学分类的基础上，首先选择有代表性的商品集团，并在每一种商品集团中确定具体规格、等级的商品作为代表规格品，用来编制价格指数。零售物价指数按零售商品的用途分为消费品和农业生产资料两大项。两大项中又分为大类、中类、小类。在分类基础上，以住户调查提供的居民消费构成为依据，并参照商品零售额资料，在每个小类中选择代表商品集团并确定其代表规格品。现在调查的代表规格品，包括商品品种383种，还有29种服务项目，共412种。为了防止所选代表规格在市场脱销或失去代表性，每个代表商品集团要选3—4个代表规格品，以备替换之用。大城市一般要选1000多种代表规格品，全国合计就达几千种之多，代表性是十分充分的。

至于编制价格指数的典型地区，则是将全国市、县排队按等距随机抽样原则抽选的，1988年共计抽选422个市、县。在这些市、县中，按照大中小结合的原则在各个部门和行业中选择有代表性的综合商店、专业商店及农贸市场作为代表性基层市场，去年全国共选了16000多个。这在世界范围内比较，规模也是比较庞大的，可以保证价格指数的代表性。

记者： 由于统计调查的代表规格品基本是固定的，会否发生这种情况，

笔底风云四十年（下）

即专涨那些不纳入调查的商品的价格。比如，有人认为，最近调价的彩电就不属于价格指数的调查统计范围。

张塞：需要说明的是，为了保证编制价格指数的科学性，防止有些地区出现你所提到的这种行为，代表规格品的选定是严格保密的。至于彩电，不妨透露一下，按照惯例是属于调查统计范围的，彩电价格的上涨能够在价格指数中反映出来。

记者：为什么人们对物价变动的具体感受常常和物价指数有较大的差距？

张塞：国家公布的物价指数和人们的感受不一致是一个世界性的问题，不是我国独有的现象。不过因我国的科学文化落后，统计科学知识不普及，人们的感受更为强烈。从认识论的根源看，主要是人们把个别的直观的具体的感受和经过高度抽象的综合平均概念相混淆造成的。两者的差距主要表现在以下几个方面：一是物价总水平和个体水平变动之间的差异。零售物价总指数是反映各类零售商品价格平均变动趋势和程度的综合性指标，如果用某些商品零售价格变动和它比较，就会有差异。比如，去年食品类零售价格上升23%，其中鲜菜又上升了31.7%，鲜带鱼上升41.3%，如果同总水平比，差异就大了。二是全国物价总水平和地区物价水平的差异。去年的18.5%，就是城镇上升21.3%和农村上升17.1%的加权平均概念，城镇居民就会有指数偏低的感觉。三是报告期的平均价格和时点价格之间的差异。此外，还有全部商品和涨价商品的差异；近期比较和远基期比较的差异。总之，时间、空间、品种上的差异，构成了物价指数和人们的具体感受不一致。

（原载1989年3月30日《经济日报》）

山西的骄傲与忧虑
——来自能源基地的呼唤

听山西代表团讨论，代表们说得最多的是"煤"。

煤是山西的优势。1988年，全国四分之一的煤炭是山西生产的，全省年产煤2.46亿吨，外调1.75亿吨，分别比上年增长6.9%和8.7%。改革10年里，山西累计调出原煤11.76亿吨，供应了全国25个省市的生产建设和人民生活的需要。

山西代表的骄傲是"煤"，然而，山西代表的忧虑也是"煤"。王森浩、李红星等代表列举了山西煤炭生产中亟待解决的几大制约因素：

——新增投入的资金缺口大。一些容易开采、投资少、见效快的浅层煤、透露煤逐渐"吃"完，而要向深层发展，需要扩大井型，增加投入，但"钱从哪里来"的问题长期没有解决；

——钢材、木材、水泥等生产要素短缺价高。就拿坑木来说，去年全省地方煤矿需要113万立方，国家列入计划的只有73万立方，计划落实下来只有60%，到货率又是60%，可用率也只有60%，实际用得上的只占需要量的20%；

——电力及燃料供应严重短缺。去年全省燃料需要量90万吨，实际供应只有30万吨。电力供应也只有需要量70%左右的水平；

——煤炭价格与价值严重背离。由于原材料价格、公路集运和煤站装车费用都在大幅度上涨，每吨煤上火车的成本由25元上升到35元左右，但煤价仍保持在1985年的水平，挖煤无利可图，许多煤矿不得不用维简费弥补亏损……

问题不少，出路何在？连日来，代表们热切地为山西煤炭生产持续稳定发展献计献策。

王森浩代表提出：解决投入问题，一方面靠地方多方设法筹集资金，另一方面，希望国家统筹安排，增加山西能源基地建设的投资。

白清才代表认为：国家对山西能源基地的建设要有整体规划，农业、轻工业、教育、科技、生活等的发展必须协调，才能使能源基地的建设建立在稳固的基础之上。

孙英代表建议：山西能源基地是倾斜工业结构，相应的电、油、粮等供应也应实行倾斜政策。

李红星代表认为：在重视统配矿发展的同时，要大力扶持乡镇矿的发展。

亢龙田代表说：要调动煤矿工人的积极性，"挖煤的不如运煤的，运煤的不如卖煤的，卖煤的不如倒煤的"这种状况再也不能继续下去了……

（原载1989年4月5日《经济日报》）

不寻常的例会
——写在七届人大二次会议闭幕之时

16天前，当七届人大二次会议开幕的时候，人们仅仅是把它当作一次例会来看待的。但人们很快就发现，例会也有"例外"。

在16天后的今天，七届人大二次会议在雄壮的《国歌》声中降下帷幕的时候，人们自然地得出这样的结论：这是一次不寻常的例会。

并不轻松的"清新之风"

翻开今年人代会的日程表，人们很容易发现，那上面第一次引人注目地出现了"代表团全体会议"的字样。李鹏、姚依林、田纪云、李铁映、王丙乾、宋健、王芳、李贵鲜、陈俊生等国务院组成人员和40多个部委的负责人相继出现在32个代表团的讨论会场上。当农业部长何康在四川代表团坦率汇报粮棉油减产原因的时候，当纺织部长吴文英挨个走访纺织工业发达的重点省团的时候，当能源部长黄毅诚为缓解能源紧张状况进行火药味挺浓的对话的时候，代表们普遍反映，"这是上下交流、沟通情况、加强监督的好形式""是良好的开端"。

变化不仅仅表现在会议的开法上。在李鹏总理坦诚、实在的《政府工作报告》中，代表们感受到了更深刻的变化。这一点，甚至得到了颇为"挑剔"的港台舆论界的肯定。就像香港《星岛日报》的一篇评论中所指出的："中共领导人在公开发表的政府工作报告中详列并分析指导工作的缺点和失误，过去还从来没有过……希望这种新气象能带来一股清新之风，扫除积弊，深化改革。"

"沉甸甸"的建设意识

河北代表、邯郸行署专员郭洪岐开会之前有这样一种忧虑：现在各行各业问题成堆，人代会怕要开成"牢骚会"了。但在会议结束的时候，他对记者说：我的担心消除了，会开得比原来设想的好。牢骚是有，但建设性的意见多起来。

翻翻会上印发的数百期简报，人们会产生同样的感受。如果细心做一下统计，简报标题中出现频率最高的是这样的词组："群策群力""献计献策"……

在411份提交大会的议案中，也可以得出同样的结论。议案总体质量有

笔底风云四十年（下）

所提高，更趋于建设性。其中仅制定各种法律和法规的建议就有131件，占议案总数的32%。

一位北京代表认为，建设意识的增强，说明代表们参政议政能力提高了。

人们不再满足于表象的、局部的、甚至是片面的"牢骚"，而是在更广阔的背景上对失误的根源进行更深层次的反思，寻找走出困境的"治本"之策。

不断增强的建设意识与更深层次的理性的结合，使得一些代表的发言显得"沉甸甸"的。代表们不仅仅是敢于说话，而且说出来的话往往和过去的"牢骚"不一样了。这也许可以算作此次人代会的一大收获吧。

权力意识的觉醒

北京代表、北京铁路局党委书记陈效达认为，人民代表权力意识的觉醒，表现在代表们价值观的转变上。和历次人代会相比，代表们更加注重三个价值，即人民代表大会作为最高权力机关在国家政治生活中的价值，全国人大常委会、人民代表在国家政治生活中的价值。他认为，没有权力意识的觉醒，人代会就难以摆脱"橡皮图章"的形象和地位。

权力意识说到底应该是民主与法制的意识，是代表们从对失误的反省中得出的教训之一。为什么去年人代会上通过的"稳定经济"的决策未能实施？为什么货币超发数百个亿而人大常委会竟然不知情？为什么重大的改革方案未通过人代会讨论就匆忙出台？在这一连串的问号中，代表们普遍感到，全国人大及其常委会还没有很好地行使自己的职权，由此形成的权力不受制约的状况给我们的改革和建设带来了阴影。在对人大常委会监督工作不得力提出尖锐批评的同时，代表们呼吁，一定要维护全国人大及其常委会的权威。

一些代表还就完善人民代表大会制度提出了许多切实可行的建议：徐是雄代表建议减少人大代表人数以提高人大工作效率；翟永浡代表希望人大常

委会充实一些年富力强的同志，更好地发挥常委会的作用；廖瑶珠代表认为要改变人大开会就是"听取群众意见"的议事观；刘德珍代表建议通过有组织地培训提高人大代表素质；杜德顺代表希望强化人大各个专门委员会职责……

民主在扎实地发展

人们不希望人代会开成"牢骚会"，更不希望人代会变成了连"牢骚"也没有了的会。作为社会主义政治民主的基本制度之一，人民代表大会的民主气氛历来被人们视为我国政治气候的"晴雨表"。此次人代会召开前夕，不少人作出了"阴晴难卜"的预测。然而，会议的进程消除了人们的疑虑：在近百个小组会、全团会上，代表们畅所欲言、各抒己见，一次次重复着"抢话筒""排队发言"的情景；党中央在会议前夕及进行中宣布的一系列政策，使人们看到共产党领导的多党合作制度正在日趋完善；率先进入表决的政协会议第一次逐个表决领导人选，第一次公布候选人票数，推动着两会民主气氛的不断高涨。特别是《行政诉讼法》、全国人大《议事规则》的顺利通过，使"民告官"有了法律的依据，全国人大代表拥有的一系列民主权力也有了实施秩序的保证和确认。代表们普遍认为，两个法律议案的通过，是我国民主制度建设中一件大事。

4月4日下午3时20分，人民大会堂里出现了精彩的一幕。当大会执行主席万里将《关于授权深圳市人民代表大会及其常务委员会制定深圳经济特区法规的决定（草案）》提请表决时，台湾代表黄顺兴要求发言，他以四条颇为有力的论据呼吁代表否决此案。在其后的表决中，2688名代表中的274人投了反对票，805名代表投了弃权票，表决结果，此案以微弱多数通过。创下了人代会上议案表决中得票最少的纪录。

当黄顺兴代表发言结束时，人民大会堂里响起了掌声。社会主义民主建设在扎实地前进。人代会上出现反对票、弃权票，再也不是什么稀奇的事了。

"遗憾"依然存在

2688名人大代表们走出了人民大会堂。16个日日夜夜中，他们有许多感慨，也有不少的"遗憾"。

有的代表遗憾：个别部长列席会议，仅仅是走形式，甚至打官腔。新的形式还需要完善；

有的代表遗憾：新闻界似乎失却了对两会的热情，报纸上的不同意见少了，气氛比去年淡了；

有的代表遗憾：人大会堂周围的停车场上，依然是外国车的天下；

"会期太长，议论太广，人数太多，花钱不少。"这是更多代表的遗憾。

在踏上归程之际，代表们祝愿：但愿我们的遗憾一次比一次少，我们的人代会开得一次比一次好。

［原载1989年4月5日《经济日报》，入选《经济日报新闻作品选（1987年—1991年）》，经济日报出版社1992年4月出版］

群贤毕至迎春来
——全国政协八届一次会议开幕侧记

迈上长长的台阶，穿过高耸的廊柱，1911名全国政协委员走进了人民大会堂。穹顶的星光映照着人们的笑脸。这是春天的欢聚。

"我已是连续第4届当选为政协委员，15年来，政协的大会一年比一年开得好，希望今年的大会开得更好。"年逾古稀的陈广生，是香港润元贸易有限公司的董事长，他的感慨抒发了委员们的共同心声。作为换届的大会，政协八届一次会议备受人们注目。

"群贤毕至，少长咸集"，一位长者用这八字古语概括新一届政协组成的特点。在八届政协中，有德高望重的中共中央负责人、老同志；有民主党派、工商联、人民团体的各级领导骨干；有在两个文明建设和改革开放中作出突出成就的各行各业优秀人物；有港澳同胞、台湾同胞和海外华侨中的知名人士。特别是相当一批掌握新科技的中青年杰出人才和活跃在生产第一线的业务骨干的进入，给人民政协这个"人才库、智力库"增添了新的活力。人民大会堂里，耆老与后生比肩，青丝与白发辉映，这正是我们的事业后继有人的鲜明体现。

中国青年企业家协会副会长、山西华杰集团总经理崔晋宏说："我既是以混合所有制经济的代表、又是作为年轻人的代表参加政协的，政协老同志多，他们有很多东西值得我们学习，但最主要的，是要学习他们勇于参政议政、大胆行使权利的勇气。"

为适应时代的要求，八届政协首次在界别中单独设立了"经济界"。大会尚未开幕，经济界委员就成为中外记者争相采访的"热门"。本溪钢铁公司总经理张文达高兴地对记者说："我是代表本钢十万职工来参加会议的，国有大中型企业是国民经济的骨干力量，国有企业的改革是深化改革的中心问题，商议国家大事的全国政协当然应该有国有大中型企业的代表。政协设立经济界，是贯彻党的基本路线、坚持以经济建设为中心的实际体现，是很有意义的。"他希望深化国有企业的改革能成为这次两会的主要议题之一，两会代表、委员共同努力，为转换经营机制、增强企业活力献计献策。

经济界人士大举"进军"政协，其中不仅有国有企业的代表，还有民营经济的"大亨"。在非公有制经济的新委员中，有诚实经营、劳动致富的个体户；有奉公守法、事业发达的私营企业主；还有形形色色的混合经

笔底风云四十年（下）

济、三资企业的代表人士。来自广西博白县沙河镇的王祥林委员，就是私营企业喷施宝有限总公司的老板，尽管他和他的公司得到过许许多多的"金奖"和荣誉，但他特别看重这次参加全国政协的荣誉，他认为这是社会对他的奋斗、他的事业的褒奖，也是政府对民营企业为社会作出巨大贡献的肯定。他是他所在的农林界委员中最早报到的委员之一，利用会议开幕前的闲暇，他已起草了4份提案稿，内容涉及"打击假冒农资产品、保护农民利益""农村老年人的赡养与保护""增加农村教育投入"等人们十分关心的社会问题。

同样成为记者们采访"热点"的还有来自港澳地区的委员。新一届政协任期将跨越"九七"，人民政协作为最广泛的统一战线组织，在香港、澳门回归祖国的过程中无疑肩负着重大的历史使命。审议《澳门特别行政区基本法（草案）》已被列入这次两会的议程。在八届政协中，港澳委员分设为两个界别，委员名额也有较大幅度的增加。香港同胞界委员由上届的57名增加到79名，澳门同胞界的委员由7名增加到19名。其中，香港南联实业有限公司主席安子介、香港中华总商会会长霍英东、澳门中华总商会会长马万祺等人士"加盟"政协并当选主席团常务主席尤为引人注目。香港《大公报》自由撰稿人潘君密委员认为，八届政协的组成，说明了政府对港澳问题的重视，也是尊重民意的表现。他表示有理由相信，八届政协必将在促进祖国和平统一的大业中发挥更为巨大的作用。

铃声响过。《国歌》高奏。14日下午3时整，全国政协八届一次会议隆重开幕。中国社会主义民主与法制建设的历史进程，揭开了崭新的一页。

委员们在春天里相聚。春天孕育生机。春天充满希望。

（原载1993年3月15日《经济日报》）

第二十八组的提案
——政协农林界小组讨论旁听记

16日下午，政协第28组（农林界）举行审议《政府工作报告》的第一个小组讨论会。30名委员聚在一起，开门见山地说起了"农"话题。

吃饱了，别忘了农业

率先发言的是华南农业大学校长卢永根教授："农业一丰收，形势就大好。看不到农业的隐忧。我们总是讲，我们用世界7%的耕地养活了占世界22%的人口。有的同志到以色列，也这么讲，人家听了说：这算什么，我们靠这点沙漠，不仅养活了以色列人，而且有大量农产品出口。我建议，今后不要这样宣传了，要多讲讲存在的问题。"

接着发言的北京农业大学教授孔繁瑶说：现在农民收入状况到底如何，若明若暗谁也说不清。农民到城里打工，收入那么低都愿意干，由此可见靠农业的收入实在可怜了。

主持小组讨论的农业部副部长陈耀邦接过话头："全国还有三千万人没有解决温饱，并且这三千万解决起来的难度越来越大。"他举了一个例子，在湘西，他问州委书记，最贫困的地方解放以来有些什么变化没有，回答说是有三个变化，一是能买到盐了；二是能买到火柴了；三是没有土匪了。

会场上响起苦涩的笑声。

重视农业，请别口惠而实不至

孔繁瑶教授说：现在一讲到农业，往往口惠而实不至。光讲有什么用呢！

笔底风云四十年（下）

陈耀邦委员透露了一个内情，为孔教授的话作了注脚。"不久前，报纸上有条振奋人心的消息：今年国家对农业的投资增加32%。我交个底：这意思是增加21亿多基建投资，其中17亿是贷款，而这17亿中又有16亿是建行的正常利率贷款，还有1亿多是自筹投资。这32%实际上指计划中增加的投资规模，真正由国家拿出来的拨款是2.8亿，其中的2亿还是给水利部门治理大江大河的。"

陈部长感慨地说："看了这条消息，不知道内情的非常高兴，了解内情就知道干货不多。老实说：那是画饼充饥。"

为什么有人担心"又有丰收的危险"

作为农业主管部门的领导，陈耀邦认为，当前农业工作的重点和难点是粮食和棉花。

"不重视农业，不重视粮棉，这不是由人们主观愿望决定的，而是比较利益的驱动。种粮不如种棉，种棉不如种其他经济作物，种经济作物不如搞乡镇企业，利益的比较使农民和地方政府都不愿意搞粮棉。前几年，就有位省委书记说了句名言：又有丰收的危险。为什么，因为'背着包袱种粮食，种了粮食还要背包袱'。"

谁来拒绝摊派

在谈到减轻农民负担问题时，陈部长透露：正在搞一个文件，准备把国务院规定之外的各种对农民的摊派一律冻结，一个一个项目进行清理，不管是否有地方或部门的"红头文件"。

说到这里，中国农业科学院党组书记沈桂芳的女高音插了进来："现在说农民有权拒绝摊派，农民有什么权，农民是受害者，有权的是那些搞摊派的，农民拒绝得了吗？"

小组讨论结束的时候，一位委员临时动议：就以"如何在体制转换中保护农业和农民利益"为题,把下午讨论的内容整理出来,作为第28组的集体提案报上去。委员们齐声叫好。

(原载1993年3月19日《经济日报》)

夏利·美菱·易拉罐……

夏利是轿车。美菱是冰箱。易拉罐就是易拉罐。三者可谓风马牛不相及。

旁听了两天政协经济界的讨论,记者却不由自主写下这么个题目,试图把它们扯到一起……

一

先说夏利。

生产夏利的天津微型汽车厂去年产值20亿、利润3.8亿元。形势大好。但夏利的副厂长兼总工董维先委员却说:"我们是寝食不安、战战兢兢地过日子。"为什么?一方面是即将"入关"形成的市场国际化的考验;另一方面则由于国内一哄而起搞轿车形成的"无政府状况"。

董维先说,1989年初,国务院就有个文件,明确汽车生产基地搞"三大三小",后来又补充了"两微",共8个生产点。文件还提出"不准擅自安排轿车生产点""不准安排基建、技改项目"等"五不准",说得很严厉。实际上呢,现在全国搞汽车的多啦,计划外的轿车生产点就有17个。宏观失控已到了极其严重的地步。

一哄而起搞轿车,根本原因还是利润的驱使。董委员交了底:夏利售价

笔底风云四十年（下）

9.4万元，其中成本5万多，加上1万多税费。夏利一部车就赚两三万，它的赢利率在同行业中还不算是最高的。

如此厚利，谁不眼红。然而，一哄而起的结果是一哄而下。受损害的是国家，是我们民族的汽车工业。

夏利在"重围"中，夏利人呼唤宏观调控。

二

再说"美菱"。

"美菱"的正式名字还有个"洋尾巴"，叫"阿里斯顿"，这正是当年电冰箱大战中一哄而上、重复引进的"时代烙印"。"美菱"之外，还有八家企业的电冰箱"长"着同样的"洋尾巴"。

在当年电冰箱如同今天汽车一样热的时候，张巨声借了80万元，开始了美菱厂的创业。如今已改建为合肥美菱股份有限公司的美菱厂拥有4.2亿元资产，去年产量30万台，产值5.7亿元，实现利润7206万元。

美菱确立了在冰箱大市场上的霸主地位。而它的兄弟们呢？据轻工业部的一份统计，其他八家阿里斯顿冰箱厂去年的情况是：两家赢利，两家保本，三家亏损，一家严重亏损。倒数后五名的产量加起来，还抵不上美菱一家的产量。

听着美菱公司董事长兼总经理张巨声委员历数他们在冰箱大战中杀出"重围"的辉煌战绩，我们不可忘记他的大多数同行今天和明天的窘境。

当政府的调控失去了应有作用的时候，市场经济按照自己的规律作出选择。然而，代价是不是太大了些？

电冰箱工业的今天就是汽车工业的明天。走过的弯路还需要重复一次吗？！

三

电冰箱的过去和汽车的今天都在告诉我们，需要有力的、有效的调控。

而一说到调控，人们不由想起那些我们早已熟悉的办法：计划、指令、红头文件、首长负责制……

实际上，这些手段我们一直也没有停止使用。关于汽车的文件还少吗？今年年初，国务院又为此发出正式通知，除"三大三小"外的汽车项目，已经开工的立即停工，申请立项的取消立项。然而，有委员提问：通知下去了，核查队伍组织起来了吗？处罚措施准备好了吗？谁来检查？谁来执行？没有这些，不又成了一纸空文。

国家计委副主任房维中委员讲了一个不是笑话的"笑话"：在各地大上易拉罐生产线的时候，考虑到进口铝材要花费大量美元，计委就发了个通知，要全国立即停止易拉罐的生产和销售。就没有想过让谁来查，有什么办法不让人家销售。结果通知发了跟没发一样，最后被人们当笑话，说计委没事干了，瞎折腾。

房维中感叹：今后发通知可要谨慎些，轻易不要下最后通牒停止这禁止那的，搞不好，失去的是自己的权威。

四

从夏利、美菱说到易拉罐，房维中得出结论：搞宏观调控，光靠行政命令的手段不灵，最好的办法是经济的办法。

中国体改研究会常务理事杨启先委员亦作如是观，他认为，市场经济并不排斥宏观调控，但市场经济下的宏观调控与计划经济下的宏观调控是不一样的。市场经济下的宏观调控要以间接调控为主，以经济手段为主。

董维先委员说，改变汽车工业一哄而上的混乱局面，完全可以用经济手段。比如，增强对重点企业的投资强度，支持他们上经济规模；比如，对不同企业实行不同的关税和附加费税，区别对待，扶持重点。还有，重点企业联合降价，让利于用户，形成"多米诺"效应。

董维先坦率地说，我们现在完全有条件降价，为什么不降？第一，这钱不赚白不赚；第二，在现有体制下，如果我降了，用户也得不到好处，大头都让中间环节拿走了。经济手段也不好用啊！

老办法不灵了，新办法还不好用。这就是体制转换中的突出矛盾，也正是迫切需要我们研究解决的难题。

汽车还要走冰箱走过的弯路吗？这问题似乎现在还不好回答。

（原载1993年3月20日《经济日报》）

渐入佳境
——两会新人心态录

"我是来学习的""我是来交流经验的"……两会开幕前夕，记者采访一些首次参加两会的人大代表、政协委员，常常听到类似的谦虚说法。

大量新人当选为人大代表和政协委员，无疑为今年的两会增添了生气与活力。但新人毕竟有新人的心态，从会议最初几天讨论情况看，率先作重点发言的大都是一些"熟面孔"。新的代表、委员似乎更愿意寻找后排的位置就座。

其实，"后座议员"中不乏有备而来的人士。人大代表、湖北荆江市市长缪合林的会议包中就塞满了他在会前通过大量调查研究后撰写的材料。尽管想法很多，他也没敢在发言中"高谈阔论"，而是化整为零，在每次小组会上都说上几句。同屋的代表开玩笑，说他"上演了一部连续剧"。

新人进入国家最高议事机构，自然会有一个学习适应的过程。但随着两会日程的推进，记者发现，新人们逐渐活跃起来了。

第七辑　旁观两会议政

　　夜访人大代表毛冬声，这位武汉商场股份有限公司的总经理正在伏案疾书，赶写第二天的发言。他说："我本不想讲什么，但听了几天的会，感到有一种责任感，不说不行。"

　　在政协二十七组讨论政协工作的小组会上，本溪钢铁公司总经理张文达委员说：来开会之前，脑子里对政协只有一些模糊的认识，认为是几个民主党派凑到一起，发点议论完事。开了几天会，感觉大出意料，委员的发言有见解、有棱角、有水平，开门见山，坦诚相见，没有八股气。

　　记者连日旁听两会的小组讨论，确有一种"渐入佳境"的印象。套话少了，实话多了；领导作"报告"的场面越来越少见了；不同意见的交锋、对重大议案的争议日益多起来。会场上"抢话筒""排队发言"的场面更是屡见不鲜。

　　两会日程过半，新人怯意初除。看来，两会进程中开始出现的"火爆"场面还将持续下去。

（原载1993年3月25日《经济日报》）

倾听"老大"的呼声

　　兄弟分长幼，企业有大小。在我国多种经济成分并存的多元企业结构中，一些国有大型、特大型基础工业的骨干企业是当之无愧的"老大"。

　　当转换经营机制、深化企业改革成为两会热门话题的时候，"老大"们的呼声很高。

笔底风云四十年（下）

大有大的贡献

八届政协新委员中有不少国有大型、特大型企业的代表。采访中，谈起企业的过去，"老大"们眉飞色舞。来自鞍山钢铁公司的委员自豪地说：鞍钢是新中国钢铁工业的摇篮；来自白银有色金属公司的委员动情地回顾：当年全国造出的每三颗子弹中，就有一颗用的是白银采炼的铜。

大有大的贡献。每一个国有大型、特大型企业都有一部可歌可泣、可惊可叹的创业史、奉献史。在以巨大的物质财富回报国家的同时，他们还要肩负起国家伴随改革陆续出台的一系列富民、助民政策，防止了一些改革措施可能带来的震荡，巩固了安定团结的局面。

大有大的难处

采访了几位"老大"，记者有一个也许不太准确的印象：提起当年"神勇"，无不欣然；说到如今状况，却或多或少有些气馁。

白银有色金属公司总经理陈永年委员的谈话颇有代表性。他说：我们这些五六十年代建成的老企业，现在是青春已逝，还要背着办"小社会"的大包袱。我们离退休职工就有8000多人，仅此就要支出3000多万元，占企业留利的大半。

老企业的新生需要投入，而投入的结果呢？陈委员具体算了一笔账："七五"期间，我们搞了"两厂一矿"，都是国家重点，到去年底，累计欠贷款和利息20.19亿元。待项目建成，还要增长到22亿元，每年仅利息就是两个亿，等到这些项目全部投产，预计每年税后利润不过1.8亿元，还不够支付当年的利息。

一方面，大型企业自身发展力不从心；另一方面，"老大"所承担的责任却是有增无减。铁道部戚墅堰机车车辆工厂厂长杨维书委员说：国家和地方财力不足，从哪儿补？自然是向企业摊派。我们厂一年税费达600多万元，占企业利润的四分之一。企业真是苦不堪言。

大有大的希望

难道"老大"真的不如"老二""老外""老乡"了吗？在倾诉苦衷的同时，"老大"们也在不断探索。他们相信，重振"老大"雄风，决不是无计可施。

陈永年委员认为，转换经营机制的《条例》，为国有企业创造了一个好的外部环境。《条例》必须进一步落实，使企业的自主权利得到保障。同时，国家应该制定特殊政策，保护和发展原材料等基础工业。搞活大型企业，要"软件""硬件"一起上。

吉化集团公司代总经理刘树林介绍吉化进行股份制改造的设想。他说：对大企业，国家能给钱就给钱，不能给钱就给政策。实行股份制是大型企业转换机制的希望所在。他希望国家尽快批准吉化进行股份制试点。

首钢总公司副董事长赵长白委员在大会发言中介绍了首钢以承包为本、人民为本，对国家实行上交利润递增包干，在企业内部实行责权利结合、包保核到人的内部承包制的经验，建议在全国国有大中型企业中推广首钢经验。

大有大的希望，希望就在于改革。这是委员们在讨论中的共识。

重振"老大"的雄风，是深化改革的难点所在。正因为如此，我们更应该多听听"老大"的声音，勿忘"老大"的困境。

（原载1993年3月27日《经济日报》）

笔底风云四十年（下）

春天的话题总是新鲜的
——写在全国政协八届一次会议落幕之时

如同春天的绿叶一样，春天的话题总是新鲜的。

当全国政协八届一次会议降下帷幕的时候，检点今春政协讲坛上的话题，我们将得到什么启示呢？

一

如果试图像小学生的作业那样，为今年的政协大会提炼一个单纯的主题，那将是困难的。

有记者称："机遇"是今年两会上使用频率最高的词；

有委员说："改革"是大家最关注的事情；

有委员说："农业"是大家最担心的问题；

有人说："发展"是委员们最迫切的愿望；

有人说："法治"是人们的共同呼唤；

还有香港问题，无疑是今年两会中最具新闻性的"热点"。

诸多的话题成为"热门"，这正是纷纭复杂的变革时代的特征。而2000余名委员在抓住机遇、深化改革、加快发展、完善法治等重大问题上形成的共识，正是春天的盛会所取得的最重要的收获。

二

话题中的矛盾，是现实社会经济生活中矛盾的反映，是变革时期错综复杂的社会心态的写照。在矛盾的话题中达到共识，就需要我们有新的思维方式。

说机遇，勿忘挑战。孙文芳委员说，抓住机遇，我们就能再上一个台阶，如果我们失去现在这个有利时机，就不能加快发展，这个挑战是最大的挑战。

有热情，勿忘冷静。范敬宜委员说，在看到经济高速增长的同时，不可忽略日益显露的制约因素。越是在大好形势面前，越要保持冷静。

谈发展，勿忘改革。杨启先委员说，我们面临的不仅是发展的机遇，更重要的是改革的机遇，以改革促发展，发展才有后劲。

要速度，勿忘效益。汪慕恒委员说，经济的良性增长，应该是来源于经济改革的增长，表现为效益提高的增长，仅靠投入的扩张是不够的。

要公平，勿忘效率；

要富强，勿忘文明；

要民主，勿忘法治；

要搞活，勿忘秩序；

看城市，勿忘农村；

看沿海，勿忘内地。

类似的句式，我们还可以总结出许多。

三

当2000余名委员聚首京城的时候，他们带来的有令人振奋的捷报，也有各种新情况。向市场经济目标挺进的历史性转折使社会各个领域、各个阶层出现了前所未有的"躁动"。经商热、下海潮、股市风波、第二职业、红包、回扣……所有这些新鲜的或者并不新鲜的事物，我们能给它们作一个简单的是与非的判断吗？

形势比人强。形势使我们学会了"两分法"，迫使我们拿起辩证法的思想武器。

多一点辩证的思想，无疑于我们的事业是有益的。从历史上看，政治上

笔底风云四十年（下）

的忽左忽右，发展上的时冷时热，改革上的进进退退，根源之一就在于我们缺少一点辩证的思维。今天，当中国的建设与改革驶入加速发展的快车道时，我们当然不可忘却历史的教训。如何"既快又好"地实现我们的改革和发展目标，正是当前最重大和最紧迫的课题。

四

春天的盛会每年一次。每年的盛会有所不同。

在政协八届一次会议上，人们有了许多新的感受。比如说：委员的结构有所变化，代表的领域和阶层扩大了；委员讨论时谈局部情况或团体利益的少了，对全局问题、重大议题的讨论更加热烈了；在批评的锋芒不减的同时，富有建设性的改革设计、政策建议多起来了；越来越多的委员关注经济问题，围绕经济建设这个中心议大事，政协讲坛上的经济味儿更加浓郁了……

相当多的新委员是带着或多或少的误解来赴会的，当大会落幕的时候，他们对政协会议有了新的认识。一位新委员说，参政议政，这也是一个"换脑筋"的过程。

委员们参政的能力增强了，议政的质量提高了。与此同时，人民政协的地位和作用即将载入《宪法》，得到国家根本大法的保障。这是完善中国共产党领导的多党合作和政治协商制度的一件大事。人们期待着人民政治协商会议在国家政治生活中发挥更为重要的作用。

春天的话题常新。但愿在来年春天的话题中，更多些欣喜。

（原载1993年3月28日《经济日报》，获全国政协好新闻二等奖。入选《经济日报优秀作品选》，经济日报出版社1997年11月出版；《政协好新闻获奖作品集》，中国文史出版社2000年6月出版）

发展看"九" 稳定看"十"
——关于两个百分比的思考

旁听政协委员审议《政府工作报告》,经常被提起的是两个数字,一个是今年经济增长速度指标9%,一个是今年的物价控制指标10%(也就是把物价涨幅控制在两位数以下)。有委员称,这是事关经济能否持续、快速、健康发展,事关稳定大局的两个关键的百分比。

两个百分比的内蕴如何、意义何在呢?

从两个13%谈起

"两会"召开前夕,国家统计局公布了1993年国民经济和社会发展的统计公报,其中最引人注目的也是两个百分比:一是国内生产总值比上年增长13.4%,一是零售物价指数比上年上涨了13%。

两个13%,一喜一忧。喜的是国民经济在上一年高速增长的基础上,继续保持了较高的增长速度。13.4%意味着去年是1985年以来增长速度最快的一年,这个增幅高出世界经济最活跃的地区——亚洲经济的平均增长速度7个百分点,足以令世人震惊;忧的是物价涨幅过高,并且通胀的压力并没有完全释放出来。国家计委经济研究中心副主任周之英委员介绍,物价涨幅超过两位数,去年是新中国成立以来的第四次、第五个年头。

一喜一忧,也可以看作是亦喜亦忧。委员们认为,高速增长是好事,但带来了"瓶颈"制约严重,固定资产投资规模过大,通货膨胀严重等问题,高速度的后面,有"经济过热"的隐忧。物价涨幅过高是坏事,但与此同时,去年的价格改革迈出了较大步伐,基础产品价格和基础设施收费偏低的状况正在得到改变,这对促进市场机制的形成有重要意义,又可谓

笔底风云四十年（下）

忧中之喜。

9%：速度与效益的最佳结合点

南开大学国际经济研究所执行所长熊性美委员正在做一个"经济增长与预测"的研究课题，他带来一个研究报告，他们通过模型分析得出结论：9%左右（8%—10%）的增长速度，是1994年经济发展的最优化选择。熊委员十分高兴，他们的研究成果与国家的计划指标"不谋而合"。

熊委员认为，发展速度不宜超过10%，否则，我们将为持续的超高速增长付出代价。实际上，这种代价已经开始出现了。投入的增长率远远超过了实际的经济增长率，经济效益下降；经济结构不合理、国民经济各部门间的不平衡的矛盾日益突出；通货膨胀的压力明显增大；过快的增长也引起了出口增长减缓及进口增长加快。此外，高速增长中的资源与环境生态形势也不容乐观。

速度太快了不行，速度慢了也是不能接受的。低速度不仅有违全国人民抓住机遇、加快发展的共同愿望，而且从总体上看，我国经济仍然是"速度效益型"经济，效益的改善依赖于速度的提高，速度下降必然带来效益的滑坡，企业增亏，财政减收，经济形势出现全面紧张。这同样不是我们愿意看到的。

中国经济要保持持续、快速、健康的发展，出路在于实现高速度与高效益的结合。熊委员认为，9%左右的速度，是速度与效益的最佳结合点。

"10%"：根据何在？

有委员在讨论中问：提出把物价指数控制在10%以内，有什么根据没有，是不是随便提出来的？

根据当然有。赵海宽委员介绍，按国际通行标准，物价指数在3%以下，属于可容忍的通货膨胀；4%到10%以下，是中度通货膨胀；超过10%，就属于严重通货膨胀。因此从理论上说，10%是一般通货膨胀与严重通货膨胀的分界点。

赵委员认为，把物价指数的控制点定在10%，从广大干部群众的愿望来看，仍然是偏高的。但考虑到去年的涨幅达到13%，同时我们还要保持较高的增长速度，因此，实事求是地说，能够把物价指数控制在10%以内，就是不错的成就。这是一个积极的目标。

既然去年物价涨幅那么高也没有引发大的社会问题，今年的涨幅超出10%行不行？王世英委员的回答是：不行。以通货膨胀刺激经济增长的理论已被实践证明是行不通的。单看今年的指标危险性不大，但不要忘记，这个指标是以去年已经涨得过快过猛的物价水平为基础的。我们不可过高地估计了群众的承受能力。

另一个关键的30%

既要使经济保持较高速度的增长，又要控制物价过快上涨的趋势，这是一个两难选择。而影响这两个目标实现的，又有一个共同的关键性因素，就是固定资产投资规模的问题，具体表现为投资率。

所谓投资率，就是固定资产投资规模与国内生产总值的比值，是国际通用的衡量固定资产投资规模是否合理的指标。周之英委员介绍，参照国外的做法，总结十几年来我国经济发展的经验教训，投资率以不超过30%为宜。超过30%，各方面的经济关系就会趋于紧张。1987和1988连续两年投资率超过30%，就出现了"经济过热"，出现连续两年的两位数的物价上涨。

这几年情况又如何呢？1992年投资率就达到了32.7%。去年年初制订计划时，提出了把投资率控制在30%之内的要求，但在执行过程中投资规模膨胀，最后去年投资率高达37.7%，比上一年还高出5个百分点。今年，计划安排固定资产投资13000亿元，按国内生产总值增长9%测算，投资率仍

笔底风云四十年（下）

将在32%以上。由此给各方面经济关系带来的影响不容乐观。

因此，周之英委员强调，一定要切实搞好宏观调控，特别是要严格控制固定资产投资规模的过快增长，把工作重点真正放到优化投资结构上来，保证各项发展与建设目标的实现，为改革的推进创造一个宽松的环境。

[原载1994年3月16日《经济日报》，获全国政协好新闻二等奖。入选《新闻报道精品选（1994年第一辑）》，学习出版社1994年8月出版；《经济日报优秀作品选》，经济日报出版社1997年11月出版；《优秀经济新闻赏析》，湖北科学技术出版社1999年10月出版；《政协好新闻获奖作品集》，中国文史出版社2000年6月出版]

作品点评

给数字以生命

《发展看"九" 稳定看"十"——关于两个百分比的思考》一文，是《经济日报》两会期间刊发的一篇重点述评。作者在会前就注意到发展速度和物价问题，就此积累了一些资料，在会上旁听了经济界委员的讨论，分别采访了十几位委员，形成了这篇述评。

稿件见报后，在两会内外都引起较大反响。一些代表、委员都把这天的《经济日报》收存起来，作为会后传达、学习会议精神的资料。

这篇作品的成功之处，一是选准了题目。速度和物价问题是两会上人们最关心的问题，代表、委员议论最多，但因为这两个话题都比较敏感，报道反而不多。作者从敏感的问题上做文章，又能够掌握分寸，把握政策界限，起到了较好的导向作用；二是有一个好的角度，也就是抓住"两个百分比"做文章，既分析了"两个百分比"各自的依据和意义，又分析两者之间的联系；三是文章构思比较精巧，从大标题到小标题都用数字说话，将枯燥的数字赋予了新的生命力，把一些复杂的理论问题讲得深入浅出，易为读者所接受。

［转自《新闻报道精品选（1994年第一辑）》，学习出版社1994年8月出版］

题材重大　论证严谨

此文题材重大，统揽全局。其一，讲清了发展速度与通货膨胀的关系。其二，讲清了速度与效益的关系。其三，分析了保持高速度与控制物价的关键是提高投资效率。文章构思缜密，论证严谨。从中可看出，作者具有较深的经济理论功底和分析研究问题的能力。敢于直言，对相关问题的认识有自己的独到见解，表现出特有的新闻敏感和高度的责任意识。

此文标题新颖准确，醒目求实，生动优美，题文并茂，言简意赅，富有吸引力，充分起到了画龙点睛，一语道破的作用。能够作出这样的标题，表明作者有扎实的文化功底和善于洞察形势，站得高，看得远，豁得出，抓得住，从中也可看出作者对文章主题鲜明的态度和立场。

（摘自《优秀经济新闻赏析》，作者：刘先凡）

从禁鞭炮说到反腐败

"中共中央作出开展反腐败斗争的重大决策，部署了一些大动作，我们拥护、高兴。但我以为，现在的进展并不理想。"王启宏委员快人快语，他是民盟中央常委、武汉工业大学北京研究生部教授。

笔底风云四十年（下）

反腐倡廉一直是政协会议上的热门话题，今年更不例外。在民盟组第一天的小组讨论中，发言的委员几乎都谈到反腐败问题。在肯定一年来反腐倡廉取得显著进展的同时，大家又都有种不满足的感觉。王启宏委员也想谈谈这个话题，他是下午讨论中的第六位发言者。

"这些年，我们搞了不少'禁止'的工作，比如对伪劣产品、走私贩私等等，但效果都不太理想，禁而未止。我就想，有没有做得好的呢，还真想起一件事，去年底北京宣布不许放烟花爆竹，这件事就做得大有成效。今年的春节就过得很安静。"

"反腐败是件大事，禁鞭炮是件小事，当然不可简单类比。但可以以小见大，给我们一些启示。"王教授分析，北京禁放烟花爆竹一举成功，得益于三条：一是立法严，一放炮罚款就在200元以上，严重的还要拘留；二是执法狠，听响儿就抓，罚款不算，晚上还要上电视，第二天上报纸；三是预先的宣传舆论工作做得好，各种宣传工具都利用上了，条条块块都动员起来了，连民盟北京市委都给大家打了招呼。把道理给大家讲清楚了，阻力就少了。

从禁鞭炮说到反腐败，王教授认为："在反腐败的问题上，一是法律上还有漏洞，有空子可钻；二是执法偏宽，对有些坏事情似乎太宽容。我就想，如果北京规定放一个鞭炮罚两块钱，肯定是禁不掉的。当然，抓放鞭炮的人容易，贪污腐败的东西抓起来就比较难，这就需要有些切实可行的办法，比如完善举报制度等等，特别是要加强各级人大、政协的监督职能。各个环节都要下功夫、用狠劲。"

"什么事情都像北京禁鞭炮那样认真去做，没有不成功的道理。"这是王教授的结论。

（原载1994年3月18日《经济日报》）

"大有大的难处 大有大的希望"

"大有大的难处，大有大的希望"。政协八届一次会议期间，记者采访了三位来自国有特大型企业的委员，写了篇《请倾听"老大"的呼声》的报道，内容自然是以"诉苦"为主。日前与三位"老大"重逢，我们的话题仍然离不开如何搞好国有大中型企业。总的感觉，难处依然，希望似乎更大些。

三位委员是：

刘树林，吉林化学工业公司总经理

张文达，本溪钢铁公司总经理

陈永年，白银有色金属公司总经理

刘：去年在这里开会时，心急火燎，急着想回去。当时公司处境困难，关系也不大顺。今年就从容些了。这一年，我们实现了销售、利润、职工收入三者同步增长10%的目标，结束了效益三年徘徊的局面。我们有个口号，叫做：奋斗三年，走出困境，步入良性发展轨道。去年可以说是一个好的开头。

张：我那儿形势也不错。全年利税搞到22个亿，比上年增长了80%。

陈：我就没有老张的"钢铁"那么走运。平平常常又一年。

张：国有企业的改革道路坎坷，但毕竟走了一段路。放权、承包等，是有成效的。但我想，对成就还不能评价过高。可以说，到现在为止，企业的状况没有质的改变。总理的报告讲，改革的难点、重点是国有大中型企业，这个说法我赞成。

陈：我们这几家，都是"国"字号、"大"字号、"老"字号三号齐全的

笔底风云四十年（下）

企业。老企业所具有的固有矛盾，比如，人员多、包袱重、办社会和劳动生产率低等问题，都还没有从根本上解决。所以说，国有企业仍然面临着在市场竞争中被淘汰出局的严峻考验。

张：在三者关系中，经过这些年的改革，国家和企业的关系解决得好一些，先有承包制，后有新税制，利益关系明确了。但在企业与职工的关系、企业内部的关系上没有突破。现在国有企业有两方面的问题，一是"硬件"的问题，太老、太破、太落后；二是"软件"问题，大锅饭怎么解决，"三项制度"怎么解决，铁饭碗怎么解决，领导体制怎么解决，怎样最大限度地把全体员工的积极性调动起来，这恐怕是企业改革最难的地方，也是矛盾最多的地方，是重中之重、难中之难。

陈：解决"硬件"问题，主要靠增加投入，要抓紧对老企业的技术改造。但习惯上，人们总是热衷于上新的项目、铺新摊子，对技术改造是说起来重要，做起来次要，资金没有保证。等这些国有企业把"家底"都折腾完了，再来搞活就迟了。

陈：国有企业进行股份制改造是一个好办法。我们去年在氟化盐公司搞试点，几个月的经营运作，就显示了较强的生命力。原来的利润指标是12万，到年底搞到了107万。更重要的变化是机制变了，企业有了凝聚力、向心力，喊了多年的职工主人公地位落到了实处。

刘：国有特大型企业建立现代企业制度，有一个进一步解放思想、转变观念的问题。比较起来，我们脑子里的框框可能比别人更多一些。比如：传统的计划经济观念；传统的所有制观念；发展上的保守观念；还有传统的公平观念、用工观念等等。我们常说"包袱"重，有物质的"包袱"，还有精神上的"包袱"。

张：尽管现代企业制度是什么样子还有些"朦胧"。但大家都对此寄以很大希望，希望它是"灵丹妙药"。过去的改革没有触及产权关系，这次提出来了；多年来企业领导体制的变化不大，这次提出来要重新研究；这都是突破。现在企业有一股热情，都在往现代企业制度的试点上挤。

陈：当然，挤进试点，要清理债权债务，可能会有点具体利益上的好处。但大家更看重的，是希望通过现代企业制度的建立在改革上有质的进步。现在，搞好试点，搞出样板，是大家比较关心的。试点要由国家来搞，有些问题是很敏感的问题，比如领导体制，企业改制后原有的"三会"（党委会和工管会、职代会）和"新三会"（监事会、董事会、股东大会）的关系怎么摆，大家都在议论，需要国家拿出个"说法"。

刘：一方面是建立现代企业制度，另一方面是调整结构。我们总体经济素质不高，效益低下，问题就在结构上。结构调整喊了十几年，为什么没有大的进展？因为人的问题解决不了。市场经济就是要优胜劣汰，但现在企业要破产是很难的，难就难在人安置不了。企业提高劳动生产率，多出来的人怎么办，没有出路。

张：解决企业办社会的问题，解决富余人员的出路问题，总要求企业自己解决，当然首先并且主要是靠自己，但国家也得管，要给些政策。

刘：从稳定出发，富余人员现在不能推向社会，但也不能总不解决吧。这是难点，但绕不过去。改革要前进，就要在难点问题上有所突破。我们不要求一朝一夕就把难题都解决了，但要组织力量认真研究，尽快找出可行的办法来。

陈：但愿明年再谈这些问题，就不再"朦胧"，而有些实实在在的办法了。

［原载1994年3月21日《经济日报》，入选《新闻报道精品选（1994年第一辑）》，学习出版社1994年8月出版］

笔底风云四十年（下）

作品点评

分寸的艺术

国有企业是中国经济的脊梁，它们的状况如何、前途如何，不但关系到改革的成败与否，也是一个人们普遍关心的热点难点问题。作者为此采访了参加两会的三位国有特大型企业的代表，请他们谈苦衷、谈希望，有一定的典型意义。

国有企业的困境人所共知，但它的希望也正在改革中逐步展现，如何既讲难处，又讲希望，让人们加深对国有企业难处的理解和增强对国有企业前途的信心，正是这篇文章的成功之处。文中谈到了企业改革中的一些问题，也探讨了解决问题的办法，两者相辅相成、分寸得当，讲成就不夸张，讲缺点不放大，使人感到可信、可亲。

[转自《新闻报道精品选（1994年第一辑）》，学习出版社1994年8月出版]

春天的印象
——写在政协八届二次会议闭幕之际

一位同行对记者说：你们搞两会报道的还有什么新词吗？怎么一开口就是"春"字，春天、春风、春讯、春雨……没完没了的。

春天有什么不好呢，春花似锦，春雨如诗，希望在春天孕育，成功在春天发芽。春的生机、春的和煦，不正是两会民主、求实、团结、鼓劲的热烈气氛的写照吗？于是，在政协八届二次会议落下帷幕的时候，我又一次未能免俗，记下这"春天的印象"。

一

如果说去年的政协会上使用频率最高的词是"机遇"的话，今年用得最多的词则是"大局"。人们不仅有了抓住机遇的热情和愿望，而且更加关注用好机遇、把握大局的紧迫课题。

人们在高度评价过去一年各项事业长足进步的同时，几乎每一位委员在发言中都要谈起大局，并且都是从改革、发展与稳定的三者关系中认识大局的。

关于改革。吴敬琏委员说：关键在于改革，只有改革与社会主义市场经济不相适应的旧体制，才能实现国民经济的快速、稳定与发展。

关于发展。童施建委员说：任何时候都不可忘记发展这个"硬道理"，改革是为了发展，发展了才能从根本上保持稳定。

关于稳定。何振梁委员说：在改革力度大、发展速度快的情况下，注意力应更多放在保持稳定上。没有稳定环境，就谈不上改革，谈不上发展。

尽管对大局的认识各有侧重，但人们不再孤立地谈改革、谈发展、谈稳定。改革是动力；发展是目的；稳定是前提。三句话相互依存、缺一不可。在什么是大局、怎样维护大局的问题上增进了共识，可以看作是此次会议的最大收获。

二

旁听政协会议的小组讨论和大会发言，记者们有这样的印象：形势很好，问题不少；难点让人关注，前景令人振奋。

来自不同领域、代表各个阶层的委员们带着他们各自关心的话题，走上了人民大会堂的讲坛。

施宁荪慷慨说物价；

笔底风云四十年（下）

王传纶畅言反腐败；

李永昌为农业担忧；

葛志成为教育呐喊；

万国权为国有企业改革献计；

瞿世镜为社会科学发展建言；

方嘉德疾呼"勿忘工人阶级"；

朱光亚呼唤"全社会尊重科学"……

"形势越好，越要头脑清醒。"在"矛盾"的话题中，人们感受到的是难得的忧患意识，是可贵的求实精神，是真诚的赤子之心。

"春燕归来殷殷问。协商监督可用心，须知等闲世纪尽。"陈培烈委员的词章，不正是委员们心态的生动写照吗？

三

谈起一年来的政协工作，委员们的满意度可以说是前所未有的。一位委员在发言中用了一长串的"新"字：新思路、新起色、新发展、新作风、新形象……张西洛委员评价去年的工作是"好戏连台"；王福重委员说：去年我提了28个提案，件件有答复；刘云沼委员说：政协"行情"看涨，吸引力增强了。

委员们认为：一个"新"字，一个"实"字，是一年来政协工作的突出特点；做好今后的政协工作，还要在"新"和"实"上做文章。

房维中委员说：要坚持"尽职而不越位"。政协的"职"就是政治协商、民主监督。属于这个职责范围的事，要大胆去做，尽职尽责；不属于这个职责范围的事就不要去做。这样说，这样做，对于发挥政协的作用，对于鼓励委员参政议政的积极性，只有好处没有坏处；

万国权委员说：进入攻坚阶段的改革触及到深层次问题，参政议政的难度大了，责任重了。民主党派要主动分担责任，与党和政府同舟共济；

李宏昌委员说：政协有协调关系、化解矛盾的责任和优势。要注意新形势、新变化，调动一切积极因素，维护安定团结；

王恒丰委员说：要健全政协开展民主监督工作的机制；

张文达委员说：提案工作不仅要政协重视，更希望政府部门重视；

罗元铮委员说：加强对外交往，去年开了个好头，要坚持下去；

"新的一年，新的机遇，新的困难，新的挑战，新的希望"，陈洪铎委员谈起今年的工作，又用上了一长串"新"字，他的结论是，新形势下政协工作大有可为。

四

结束了十余天的切磋与协商，委员们踏上了归程。步履匆匆，信心满怀。

刘树林委员急着赶回吉化，公司的股票正在争取在海外上市，紧锣密鼓，成功有望；

严瑞藩委员急着飞回广州，企业内部改革刚刚出台几个新招，还不知道效果如何呢；

陈文金委员心里惦记着他的"茶晶"，他认为这是依靠高科技重振中国茶业的希望所在；

熊性美委员赶着回去做他的课题，很快就要与国外的同行会面了……

胸有大局好畅行。明年春天的重逢，或许能够多一分喜悦，多一分轻松。

（原载1994年3月20日《经济日报》）

笔底风云四十年（下）

踏上那长长的石阶
——写在全国政协八届三次会议开幕时

走过人民大会堂前长长的石阶，每次都给人一种新鲜的感觉。当1850名政协委员走过这长长的石阶的时候，又一次春天的盛会拉开了帷幕。

我们在人流中寻访，寻访熟识或不熟识的面孔，努力去把握他们走过那长长石阶时的感觉。

这是八届政协委员们的第三次握手。老友新朋相聚，都要问一声：这一年过得咋样？

刘树林过得滋润。他是吉林化学工业公司的老总，他说吉化公司度过了不平凡的一年。现代企业制度的建立有了初步的框架，企业股票境外上市的工作已得到国务院批准。在企业改革迈出较大步子的同时，企业经营成果也令人满意，销售收入、利税、职工收入都增长了20%以上。

梁裕宁过得艰难。作为柳州市主管农业的副市长，工作中难题多，愁事多。尤其是去年夏天的一场水灾，粮食生产遭受大的损失。但令人欣慰的是，"堤内损失堤外补"，除粮食以外的农产品全面增产丰收，乡镇企业跳跃式发展，去年全市农民人均收入1203元，有较大的增长。

王命兴过得充实。这位来自福州的民营企业家一年来把大量的精力和物力投入一项新的事业——以到贫困地区进行开发性投资为主要内容的光彩事业，为此三赴黔西，投资数千万元，在乌蒙山深处留下光彩的足迹。他带来了几个有关的提案，希望更多的民营企业家投身到光彩事业中来。

玉珏过得潇洒。他是中央党校的名教授，一年中只有三分之一的时间在校内，大部分时间都在基层跑。正是因为基层跑得多了，他对改革的前景很有信心。他说，许多难点问题我们争论来争论去没有结果，地方的同志早就干起来了。实践走到了理论和政策的前面。

来自各地的委员们带来了方方面面的信息。委员们认为，无论是从我们取得的成就看，还是从我们面临的困难看，过去的一年都可称作是"不平凡的一年"。宏观体制改革上，我们干了几件多年想干而没干成的事，这是了不起的成就；在经济持续快速增长中保持了社会的稳定，这同样是了不起的成就。

回顾一年来的政协工作，委员们打出了颇高的"印象分"：

有委员说：八届政协工作"年年有进步、年年有发展"；

有委员说：政协工作多了朝气，有了生气，新气象树起了新形象；

有委员说：政协委员越当越有滋味，有话能说出来，有劲能使出来。

"中心抓得紧，问题抓得准"，这是委员们对政协常委会一年来工作的突出印象。去年6月的第七次常委会议和今年1月的第九次常委会议分别就农业问题和教育问题进行了专题讨论，会前调查准备充分，会议期间讨论深入活跃，协商讨论的结果形成了《关于建立和完善保护与支持农业体系建设的报告》《关于教育问题的意见和建议》，受到中共中央、国务院的重视并被采纳。

政协工作的新进展还表现在规章制度的建设和完善上。武汉市政协副主席胡照洲委员说，政协自身建设的基础性工作在过去一年中有了突破。去年的八届二次会议修订通过了新的政协章程；随后，又有《政协全国委员会关于政治协商、民主监督、参政议政的规定》正式出台；提案工作也搞了条例，开了专门的会议；去年还召开了多年没有开过的地方政协工作经验交流会，推动了地方政协的工作。所有这些，都令人欣慰和鼓舞。

春天的话题总是新鲜的。今年春天的话题不乏欣喜和自信，却又多了几分沉重、几丝苦涩。

崔晋宏是政协经济界中最年轻的一位委员。他说，经济工作是两会的中心议题，而控制物价、国有企业改革和农业问题又将是大家关注和议论的重

笔底风云四十年（下）

点。这些都是沉甸甸的话题。政协的参政议政也要围绕这个中心，抓住这些热点，多提建设性的意见。如果今年的两会能够在这些难点上有所突破，有些进展，那就算这个会没有白开。

刘光甫虽然是来自军队的委员，却对当前的农业问题最为关注。他说，人们都说中国农民伟大，但光靠农民的"伟大精神"是不行的。农业问题早该好好抓一下了。

陶建华委员是天津大学教授。这位博士生导师这次带来一个关于初中生人生基础教育问题的提案。她认为当前一定要坚持"两手抓"的方针，着眼于提高全民素质，加强精神文明建设，加快发展我们的文化教育事业。

周海婴委员关心的是，反腐倡廉和纠正不正之风的工作能不能有一些更具体、操作性更强的措施。他说：很多事情不是能不能的问题，而是做不做的问题。无论治假冒、纠歪风，还是别的什么工作，关键的一条是真抓实干。

宋伟斌委员希望今年的两会在促进祖国统一的大事上有所作为。这位70年代从海外归来的老人感慨地说：国家的统一是最重要的事。江主席的重要讲话很贴切，有新意。"合者力厚，分者力薄"，台湾地区如果不同强大的祖国结合在一起，是没有光明的前途的。

委员们踏上长长的石阶，委员们肩负着时代的重托，12亿人民在期待着！

（原载1995年3月4日《经济日报》，与苏琳、陈颐合作）

第七辑　旁观两会议政

去年：为何突破"九"和"十"
——关于两个百分比的再思考（上）

题记

　　在全国政协八届二次会议上，我采写了《发展看"九"　稳定看"十"——关于两个百分比的思考》，经时任总编辑杨尚德改定并决定在一版头条刊出。一时好评如潮，还受到了主管新闻宣传工作的中央领导同志表扬。未承想，到第二年两会时，不仅"九"（增长速度指标）没看住，"十"（物价控制指标）还翻了个番。在部署两会新闻宣传工作的会议上，中央领导同志又谈起上年的这篇报道（大意）：你们说"发展看九、稳定看十"，今年两个指标都突破了，不是也没有出什么事吗？借此提醒大家，新闻报道不要把话说得太满。

　　听了尚德同志传达领导讲话精神，我倒没什么压力，反而想，这不是一个很好的报道题目吗？这样的疑虑领导有，读者也会有。解答好这样的疑虑，正是读者需要的，也是记者应该做的。于是，我带着这个问题上会采访，请代表、委员共同回答了《去年：为何突破"九"和"十"》的疑问，作出了《今年："八九不离十"》的判断。经尚德同志审定后，在一版以通栏断版的形式连续刊出。

　　文章的反响是好的，有一则花絮为证：文章刊出后的一天早晨，我要从驻地赶到大会堂参加闭幕会，没有交通工具，就想蹭政协委员的专车。守在车门口的小组秘书听我说是经济日报的，问：是写"误算、失算与'天算'"（文中的小标题）的记者吗？得到肯定的答复后，热情地把我迎上了他们小组的大轿车。

笔底风云四十年（下）

去年两会期间，代表、委员们就经济增长速度和物价控制目标两个百分比展开讨论，得出了"发展看'九'，稳定看'十'"的结论，记者以此为题采写了述评。

今年两会前夕，国家统计局发布的统计公报表明，1994年国内生产总值比上年增长了11.8%，商品零售物价涨幅为21.7%。两个指标执行结果都与计划目标有着较大的偏差。

不容回避的问题是：为什么这"九"和"十"都被突破呢？

既是改革代价 也有失误因素

21.7%的物价涨幅，意味着1994年物价指数比历史最高年份的1988年还高出了3.2个百分点，成为新中国成立以来第六个物价上涨两位数以上的年头，且是物价上涨最高的年份。

对于去年物价涨幅过高的原因，人们有各种各样详尽的分析。通货膨胀的成因无非是成本推动和需求拉动。国务院发展研究中心研究员王郁昭委员介绍，在去年全国商品零售价格涨幅中约有14个百分点为成本推动，占总涨幅的65%左右；7.7个百分点为需求拉动，占总涨幅的35%左右。

在成本推动型的通货膨胀中，又有由需求拉动演化为成本推动和结构性价格调整带来物价上涨的区别。而后者是经济转型期不得不付出、或者说迟早要付出的代价。实事求是地分析去年通货膨胀的成因，尽管有固定资产投资和消费基金增长过快、货币投放过多的因素，有对市场和价格管理有所放松的因素，但要看到，作为改革代价的价格调整占有相当的分量。

中国经济体制改革研究会副会长杨启先委员指出，最近两年，尤其是去年的价格改革，不仅包括了粮、棉、油、煤、钢等一系列重要商品价格的改革，而且包括了一些重要要素价格，如工资和外汇的改革，可以说是价格改革15年来涉及范围最广、对各方面影响最大、成就也很大的一年。

一些委员认为，去年物价上涨中改革代价的成分大于工作失误的成分。

杨启先委员说，去年从上到下始终重视宏观调控，采取多种措施抑制通胀，是非常及时和很有成绩的。如果工作不力或者放任不管，这么多的项目、这么大的幅度的价格改革同时出台，通货膨胀率肯定会大大高于21.7%。

误算、失算与"天算"

尽管不少委员自称在去年的两会上就预计到物价涨幅不可能控制在10%以内，但没有一个委员说，他当时就预计到物价涨幅会闯过20%的关口。

没有人能够未卜先知。但是，如同中国社会科学院数量经济技术所教授周方委员指出的，如果把10%的控制目标看作是一种预测的话，从10%到21.7%的误差远远超过了可以允许和可以理解的程度。

为什么会出现这么大的偏差？委员们分析了几个因素：

误算的因素。中商集团董事长张世尧委员说，10%的目标做不到，重要因素是有些账没有算够、没有算细。去年调价的粮食棉花都是上游产品，不仅直接影响面大，而且连带影响大。仅以粮食为原料的工业品就有1000多个小类。我们看到了直接影响，但对连带影响估计不足，去年食品价格上涨35%，影响价格总水平上涨12.1%，仅此一项就超出计划指标2个百分点。

失算的因素。也就是应该预见而没有预见到的因素。对外经济贸易大学副校长王林生委员说，尽管去年年初就提出了汇率并轨和外汇外贸的改革，但对由此给物价带来的影响没有估计到。据有关方面初步测算，汇率并轨及人民币贬值直接影响居民消费价格上涨近两个百分点。还有外商直接投资增加带来的扩张压力没有估计到。还有委员指出，虽然新税制从总体上没有增加企业负担，但由于一些企业变相搭车涨价，影响物价总水平上涨2个百分点，这也是年初没有预计到的。

"天算"的因素。王林生委员说，天有不测风云。去年灾害频繁，粮食减产120亿公斤，棉花也没有完成收购计划，虽然对总供给的影响不是很大，但由此给群众带来的心理压力和涨价预期不可低估。

笔底风云四十年（下）

11.8%是没有水分的速度吗

在卡斯特经济评价中心年初进行的一次专家问卷调查中，所有专家都认为去年物价涨幅过高。但在对去年增长速度的评价上却出现大的分歧：一半的专家认为适当，另一半专家认为偏高或过高。

委员们对11.8%的速度的评价是喜忧并存的。喜的是，宏观调控措施见效，经济增长比上年有所回落，又保持了快速增长态势，使中国继续成为世界瞩目的高速增长国家之一。忧的是，快速增长推动物价居高不下，产业发展不协调，结构性矛盾突出，宏观经济运行环境仍然紧张，一系列深层次矛盾和问题还有待解决。

11.8%并不是没有水分的速度，杨启先委员分析，当前经济运行的质量不高，工业产品产销率下降，产成品库存在前年高库存的基础上又增加了800亿元，这是资源的浪费。如果挤掉这800亿的"水分"，速度正好可以降下2个百分点。

回头看，去年提出的"发展看'九'"的目标仍然是适宜的。南开大学教授熊性美委员认为，速度之所以超出9%，一是地方经济扩张的热情无法遏制；二是国民经济依然是速度效益型的增长，维持一定的速度才能保证财政增收、企业盈利。中国金融学会副会长赵海宽委员则认为，物价和速度两个指标都未能实现，原因是在防止过热的问题上认识还不一致，决心不大。

谁为老百姓的承受能力"担保"

在通货膨胀有害的问题上，人们的争议不大。但在多大程度的通货膨胀有害的问题上，认识并不一致。有人说，去年讲"稳定看'十'"，最后物价指数翻了番，社会不是很稳定吗？

赵海宽委员对这种说法不以为然。他说，去年城乡人民收入水平扣除物价因素仍有较大的增长，这是维系社会稳定的重要条件。但要看到，也有相当一部分人实际生活水平是下降了，特别是一些困难企业职工、离退休职工生活比较困难。无论是收入高的还是收入低的，都对高物价有意见。群众有意见本身就是大事。我们不可高估群众的承受能力，不能拿政策开玩笑。

一位委员建议，现在需要建立一种数学模型，找出物价涨幅与社会稳定程度的相关性，测算一下老百姓的承受能力。这当然是玩笑话。没有人能为老百姓的承受能力"担保"。今天，我们为经济高速增长的同时保持了社会稳定而高兴，但不能不看到，这种稳定是就全局而言，是相对的。在事关社会稳定的问题上，我们没有理由冒险。

（原载1995年3月12日《经济日报》，获全国政协好新闻二等奖。入选《经济日报优秀作品选》，经济日报出版社1997年11月出版；《政协好新闻获奖作品集》，中国文史出版社2000年6月出版）

今年："八九不离十"
——关于两个百分比的再思考（下）

回顾是为了前瞻。分析去年计划指标的执行情况，为的是使我们今年的各项计划指标更加实事求是，更加切合实际。在展望今年的经济走势，制定计划目标的时候，人们最为关注的依然是经济增长速度和物价控制目标这两个事关全局的百分比。

三种可能　一条出路

尽管不少经济学家旁征博引，论证高增长、低通胀是可能的，但至少在

笔底风云四十年（下）

今年，我们还看不到这种理想在中国变成现实的可能性。

从委员们的发言中，可以归纳出对今年经济走势的三种估计：

第一种估计：经济热度难减，速度与物价双高。也就是说，国内生产总值增长在去年11.8%的基础上居高不下甚至进一步攀高，通货膨胀率不会回落，甚至可能超过25%。

第二种估计：速度大幅回落，物价居高不下。意味着经济将出现"滞胀"局面。如果出现这种局面，国内生产总值的增长将明显低于去年，而通货膨胀率将维持在20%以上。

第三种估计：经济适度增长，物价明显回落。即国内生产总值的增长虽然有所下降，但仍可保持8%~10%的增长率。通货膨胀率明显低于去年21.8%的水平。

如果注入一些感情色彩的话，三种估计中，前二种是比较悲观的看法，后一种是倾向于乐观的估计。通货膨胀率接近或超过20%可视作悲观与乐观的分界点。

既然持续的高通胀不为政府和公众所容允，既然国家宏观调控的目标是"软着陆"，因此虽然有三种可能，但我们只有一种选择、一条出路，这就是既要缓解"高增长、高通胀"的格局，又要防止发生"低增长、高通胀"的滞胀现象，努力争取实现第三种可能：保持经济适度增长，实现物价明显回落，使国民经济呈现较为乐观的局面。

为什么说"八九不离十"

李鹏总理在《政府工作报告》中提出，今年经济增长速度的宏观调控目标为8%—9%。委员们认为，这个速度是适当的，可行的。这一方面因为我国还具有保持较高增长速度的潜力；另一方面，在连续三年11%以上高速增长的基础上，在通货膨胀较为严重的情况下，速度比去年有所下降是必要的。中国广联实业公司总经理严瑞藩委员认为，只要报告中提出的各项措施切实得到落实，实现这个目标有八九成的把握，可以说是"八九不离十"。

中国社会科学院数量所研究员周方委员列举经济保持较快增长的有利条件是：一是宏观调控措施已经见效，宏观经济环境有所改善，"瓶颈"有不同程度的松动；二是去年的一系列重大改革开始取得积极效果，今年国有企业改革的推进也将有积极的效应；三是在保证增长的供给与需求两个方面都不存在大的制约因素；四是地方和企业要求加快发展的热情不减，只要引导得当，就能成为保持适度增长的重要保证。

南开大学教授熊性美委员认为，尽管8%—9%是一个比较理想的目标，但从各地的发展愿望和目标来看，从历年计划执行的结果看，今年计划执行的结果将在10%左右。

这是另一个意义的"八九不离十"。这种分析恰与一些权威机构的预测相吻合。

——中国社会科学院和国家统计局有关课题组在《中国经济形势分析与预测报告》中预测，今年国内生产总值的增长率为10.5%；

——在卡斯特经济评价中心组织的专家问卷调查中，90%的专家认为今年增长速度将有所下降，但仍可保持10%左右的高速度；

——在国家计委、国家经贸委、国家统计局等部委召开的第三次经济景气分析预警联席会议上，比较一致的意见是，我国总体经济仍将高水平运行，预计增长率将保持在10%左右。

今年能守住15%的防线吗

有过去年物价控制目标与执行结果偏离过大的教训，不少代表、委员提出：今年还要提物价控制目标吗？年底又做不到怎么办？

更多的代表、委员不同意这种观点。他们说，如果连物价控制目标都不敢讲，又怎能显示政府坚决抑制通胀的决心和信心呢！问题不在于要不要物价控制目标，而在于我们能不能守住这道防线。

笔底风云四十年（下）

尽管抑制通货膨胀的难度很大，但实现"物价上涨幅度比去年有明显回落，力争控制在15%左右"的目标仍然是可能的。中国经济体制改革研究会副会长杨启先委员对此颇有信心。他的依据是：一、从"翘尾巴"的因素看，据测算今年基本与去年的数字持平，不会有大的扩大；二、从需求拉动和成本推动的因素看，由于固定资产投资增速将在去年基础上继续下降，工资制度改革基本到位，加上社会商品比较丰富，不存在大的供不应求的问题，因此，这两个方面的因素对物价的影响肯定会比去年要小；三、从结构性价格上升的因素看，去年部分品种的价格调整基本到位，今年原则上不再出台大的调价项目。此外，汇率并轨、税制改革等因素对物价的影响今年基本消失。他的结论是：导致去年高通胀的主要因素，今年大部分将有所缓解甚至有大的缓解。只要我们工作中不发生大的失误，物价涨幅完全可能下降到不超过15%左右的范围以内。

不可忽视的"未知变量"

在讨论今年计划目标的时候，一些委员强调，不可忽视经济工作中难以预见的因素，要有足够的思想和物质准备。

最大的不确定的因素是农业。国务院发展研究中心研究员王郁昭委员说，今年农产品的供给状况、粮食特别是稻米价格能否稳定将是抑制通货膨胀的关键。迫切需要加大农业的投入，合理调整工农产业的比例关系。

杨启先委员认为，去年由于外汇占款增加而多投放的2000多亿基础货币，有相当一部分以企业存款的形式存在银行，这笔巨额资金的使用动向对经济全局的影响不可小视，应该制定相应对策，防止可能发生对市场和整个经济平衡的冲击。

对外经济贸易大学副校长王林生委员认为，今年外经外贸的平衡问题将是影响全局的一个重要变量。

展望1995年的经济走势，中商集团董事长张世尧委员说，没有理由当

"摇头派"。我们不能盲目乐观，也不可盲目悲观。还是那句老话：困难与希望并存，挑战与机遇同在。

关键的问题还要靠全国上下共同努力，才能争取好的结果。

（原载1995年3月13日《经济日报》，获全国政协好新闻二等奖。入选《经济日报优秀作品选》，经济日报出版社1997年11月出版；《政协好新闻获奖作品集》，中国文史出版社2000年6月出版）

警惕浮夸风又起
——政协委员谈维护统计数据的严肃性

找中央党校教授王珏委员谈企业改革，谈着谈着就走了题。他说：现在很多统计数字都不准确。我的学生都是基层的领导，问他们为什么报假数字，他们说没办法呀，不这么说、这么干，就干不下去了。

找柳州市副市长梁裕宁委员谈农村形势，又走了题。她说：光看数字，很难了解农村的真实情况。有些地方，打鱼捞虾都算进了乡镇企业，那产值能不高吗！

记者旁听了政协农林组关于政府工作报告的讨论，发现浮夸、虚报问题已经成为委员们关注和议论的热点话题。

莫把西瓜当棉花

一位委员在发言中提了个疑问：去年全国粮食减产120亿公斤，而他所在的省还算不上是粮食大省，就减了26亿公斤，竟占全国的五分之一。这

笔底风云四十年（下）

两个数字有些对不上号。

没有人能回答两个数字孰真孰假。但这个疑问却引发一场颇为热烈的议论。

中国农业科学院研究员张子仪委员说，有些指标综合部门一个数字、统计系统一个数字、业务部门一个数字。最后的数字是协商的结果。不是有多少说多少，而是说多少是多少。

西北林学院院长李广毅委员说：浮夸、虚报的问题越来越严重。有一个省，去年棉花计划种植面积120万亩，实际落实只有80万亩。上上下下却仍然按120万亩定计划、要棉花，怎么可能收上来？

农业部原副部长相重扬委员说，统计一定要实。去年很多委员问，粮食到底产了多少、库存多少，就是答不出准确的数字。

山东农业大学教授罗新书委员说，种棉花的时候，上面来人视察，一看到处都是大棚，地方的同志介绍，里面都是棉花。领导看了很高兴，表扬工作抓得不错。其实呢，里边种的都是西瓜。

"出数字"与"出干部"

分析浮夸、虚报的原因，委员们归纳为：上有所好，下有所图。相重扬委员说，有个说法叫"干部出数字，数字出干部"，数字里头能出干部，这就是症结的所在。

全国政协经济委员会副主任王郁昭委员对记者谈起这样一件事："有位同志告诉我，他老家那个乡的乡镇企业年产值6000万元，如实报上去了，上面说再核实核实吧，如此核实了好几次，最后核实到1亿多。马上就成为受表彰的'亿元乡镇'，乡干部可以享受副县级待遇，乡政府立马买了小汽车。"

王委员认为，数字里头能出干部，说明我们的干部任用机制上有毛病。选干部当然要看政绩，但政绩不等于数字。选拔任用干部应该多听群众的反映。不仅要看他是怎么说的，还要看看他是怎么干的。不能让老实人吃亏，逼着老实人说假话。

上有所好，下有所图，就使浮夸、虚报演化为一种风气。相重扬委员尖锐地指出：这是一股祸国殃民的歪风。王郁昭委员说，过去浮夸、虚报就让我们吃尽了苦头。"大跃进"的时候"吃饭不要钱"，后来连饭都没得吃了。不可忘了切肤之痛。

动真的才能去假的

委员们认为，李鹏总理在《政府工作报告》中专门谈到了一些地方和单位弄虚作假和浮夸作风的问题，提出"必须坚决制止"，并且从上和下两个方面提出了要求，这是非常及时，非常必要的。西南农业大学教授毛炳衡委员说，总理这段话讲得有分量。就要看能不能落实。如果能落实，我看就有希望。

李广毅委员说，与浮夸、虚报相联系的，是会议多、文件多、评比检查多。有人将这种现象形象地称之为"虚事实办，实事虚办"。表面文章越做越实，这样一个节、那样一个庆，纪念这个、纪念那个，还不能不办。我看关键在于切实改变各级领导干部的工作作风。

罗新书委员说，转变干部作风，就要动真格的。说了不算，就会失信于民。我们那儿最近动了真格的，就很得民心，老百姓觉得有希望。有些地方，一个厅长、局长下去，就是警察进街、警车开道，老百姓不知道是调查研究来了还是进村抓人来了。从中央到地方，包括我们政协委员，都有一个转变作风的问题。

毛炳衡委员还建议，要精官减政，加强监督。三个萝卜一个坑，三个处长一个兵。头重脚轻，人浮于事，能不产生官僚主义吗？

动真的、去假的、抓实的，这是委员们的共同期望。

（原载1995年3月12日《经济日报》）

笔底风云四十年（下）

民主监督为何"相距甚远"
——政协委员讨论政协工作报告畅言录

许多委员都注意到，叶选平副主席的工作报告在谈到存在的缺点和不足的时候，尽管篇幅不长，却颇有分量。尤其是在谈到民主监督方面的问题时，用的是"与中央《通知》和政协章程中有关规定相距甚远"的词句。

"相距甚远"四个字，成为一些小组讨论中最火爆的话题。

"相距甚远"的评价是不是恰当呢？海南大学法学系教授王峻岩委员认为是符合实际情况的。他说起这样一件事：某省有位政协委员在政协会上发言，对某个部门的工作提了意见。这个部门知道后马上向上级告状，结果上级领导批示：政协委员利用会议讲坛提意见，干扰了部门工作，不妥。这位委员找到他问：你这个法律专家说说为何不妥？他只能回答：说妥也好，说不妥也好，都找不到法律的根据。

王峻岩委员认为，"相距甚远"，不是一般的远。民主监督，怎么监督，向谁监督，理论上没有说清楚，法律上没有具体规定，实践上也没有走出一条切实可行的路子。现在记者搞舆论监督，常常被推上被告席，政协委员搞民主监督，会不会也走上被告席呢？

河北省政协副主席余振中委员认为，民主监督怎样走上规范化、制度化的轨道，是政协履行职能的薄弱环节。这个弱项过去经常讲，今年突出讲，就今年的工作安排看，恐怕明年还得讲。

加强民主监督，是党中央的要求，是人民的期盼，也是发展社会主义市场经济、发展社会主义民主和法制的迫切需要。国家文物局局长张德勤委员说，我们的社会有很大的进步，也存在着突出的问题。在诸多人民群众关注的消极现象中，腐败是最突出的问题。腐败是与权力相联系的。权力不腐败，问题就好办。怎样保证权力不腐败？就要靠监督。没有监督的权力必然导致腐败。无效的监督就等于让权力泛滥。我们常遇到这样的情况，走私的文物被查获后，不向有关部门交钱，根本拿不回来，《文物法》也管不了。我们要建设社会主义民主，简单地说，其标志就是：凡是有权力的地方就有有效的监督。

一些委员指出，如何开展广泛而有效的监督，不仅是政协面临的课题，也是全社会的课题。现在党内监督比较有效，而行政监督、执法监督、舆论监督、社会监督都不同程度地存在着薄弱的问题。这个问题不解决，建设社会主义民主政治的目标就很难实现。

尽管有这样那样的困难，也可能还有这样那样的阻力，但政协开展民主监督不是无所作为的。特邀组的张文寿委员认为，政协位置超脱，联系广泛，人才荟萃，开展民主监督有自己的优势。委员们在讨论中还就如何加强民主监督的力度，切实履行民主监督的职能提出了许多有益的建议。

黄森委员建议，全国政协可以组织一些专题的调研，开一次专门的会议，从理论和实践上说清楚怎样搞民主监督；

张文寿委员说，过去讲民主监督是"提意见，作批评"，现在看远远不够，要探索新的监督形式；

宋堃委员认为，监督还有个知情的问题。知情才能出力。不知情，就监督不到点子上；

顾宗棠委员说，政协规定委员每年提一条意见，反映社情民意，这也是开展民主监督的一种具体形式，要进一步完善；

张德勤委员建议，政协搞民主监督，可以集中力量，每年解决一两个人民群众反映强烈的问题。比如干部住房问题、车子问题等。

如同一位委员指出的：社会主义民主建设需要一步一步地走，不可能毕其功于一日。委员们相信，只要坦诚地承认差距，切实地采取措施，今年"相距甚远"的问题，或许明年就"相距不远"了。

笔底风云四十年（下）

（原载1996年3月7日《经济日报》，获全国政协好新闻二等奖。入选《经济日报优秀作品选》，经济日报出版社1997年11月出版；《政协好新闻获奖作品集》，中国文史出版社2000年6月出版）

采访手记

按例，第一天小组会讨论政协常委会的报告。头天听报告的时候有些瞌睡，没太在意报告说了些什么。第二天的采访就有些漫无目的，上午选择旁听民建组，只是因为我对这个与经济界联系甚多的党派了解甚少，几年上会都没来采访过，因此今年想填补一下"空白"。

听了三位委员的发言，有些乏味，正考虑是不是需要换了地方，轮到余振中委员发言，谈到民主监督薄弱的问题，引用了报告中"相距甚远"的评价。这四个字一下子调动了我的全部注意力，直埋怨自己的失职：报告中如此坦诚的批评竟然被忽略了。于是沉下心来听讨论，民主监督的话题又被许多委员提到，最后一个发言的王峻岩委员讲了一个小故事，使我对这个话题更有兴趣。

下午本想采访有朱镕基参加的经济组联组会，但没对记者开放。于是选择了一个最不被人注意的政协特邀组，考虑既然是政协特邀，想必对政协工作有更多的了解，能谈得深刻一些。果不其然，特邀组离退休的老同志多，说话不带绕弯子的。一下午讨论十分热烈，且基本是以民主监督为主题。尤其是张德勤委员的发言，把民主监督的薄弱与腐败现象的蔓延联系起来，使这个话题有了一定的深度。听完了下午的讨论，我心里有了底：稿子成了。

晚上安排了其他的采访，稿子是第二天赶出来的。因为担心别的报纸抢了这题目，我建议尽快见报，放哪儿都行。

收到稿后，编辑回电话说，准备临时换稿，发特刊二版。

一小时后，特刊编辑来电话告之：放二版有些可惜，宁可晚出一天，准备放特刊头条。

第二天得到的消息是,不发特刊了,提到正刊一版。

之所以把见报过程讲得比较细致,是因为我对这个过程印象深刻。编辑和老总们可能不知道的是,我之所以会上一直提着一股劲,紧赶慢赶地写了一点东西,与这篇稿子的处理大有关系。这件事提醒我,只要题目抓准了,稿子有分量,编辑和老总们是识货的。好稿子不用催。好编辑不用追。记者不要担心发不出好稿,值得担心的倒是写不出好稿。

后来看会议简报,那天许多小组的讨论都突出谈到了民主监督相距甚远的问题;

后来看有关报道,李瑞环在常委会上介绍,由于意见集中,今年准备对政协履行主要职能存在的问题召开一次专门的常委会;

后来有记者对我说,民主监督这题目我正准备写呢,一看你的报道已经见报了;

后来听说人民政协报的负责同志说,还是经济日报的记者敏感,这么好的题目又让他抓去了;

后来看本报《阅评简报》,有评云:3月7日侧记内容充实。围绕参政议政的主题而不旁骛,绝少议论而只是引用原话,文字简洁而不追求花梢……

[摘自1996年3月《经济新闻研究(第114期)》]

听吴敬琏教授"咬文嚼字"

听吴敬琏教授在政协经济组小组讨论中的发言,就像听了一堂语文课。有些话人们常说,记者常写,报纸上也常登,可到了吴教授的嘴里,就品出

笔底风云四十年（下）

了别样的味道。

且听吴教授是如何"咬文嚼字"的——

一

吴教授的发言是从对"八五"时期的评价开始的。他认为应该充分肯定"八五"期间的改革和成就，同时要对"八五"时期的经验教训作恰如其分的分析。如何恰如其分呢？吴教授认为：

成绩要讲够。不足也要讲透。我们现在做文章，总习惯在讲缺点的时候尽量加限制词，比如"经济管理比较粗放"；比如"经济效益比较差"；比如"有些腐败现象有所滋长"等。我们翻两番的数量目标提前实现了，这是了不起的成绩。但要看到，当时提出的数量目标的前面还有个定语："在不断提高经济效益的前提下"。我们在宣传实现翻两番目标的时候，不能忽视这个前提。能不能实事求是地告诉我们的广大干部和群众，我们取得了很大成绩，我们的目标一部分提前实现了，也有一部分没有实现，然后探讨一下为什么没有实现，这样做无疑对"九五"期间全面实现这个目标是有益的，我们的成绩举世公认，谁也抹煞不了。而不足的地方如果不讲清楚，就会妨碍我们前进，妨碍我们实现更长远的目标。

二

从"八五"说到"九五"，吴教授对宏观经济政策目标中"使物价上涨率低于经济增长率"说法品评了一番：

这句话的意思是通货膨胀率低于经济增长率就可以了。问题在于，增长率与膨胀率有什么关系呢？似乎没有看到过这样一种解释。增长的来源有两个，一是投入的增加，一是效率的提高。扩张性的经济政策可以强化资源的数量投入，因而短期内可以促进增长，而长期则损害增长。那种认为经济增长与通货膨胀正相关的观点在理论上是不成立的。我国现阶段的通货膨胀是多种原因引发的，其中重要的是体制原因，因而抑制通货膨胀不能靠压速度，而要靠改体制。这种说法如果作为政策目标提出来，客观上表明政府对经济规律的一种认识，因而应该慎重一些。

三

时下人们常提起的一个说法是："九五"计划和2010年的远景目标是"发展社会主义市场经济条件下的第一个中长期规划"，吴教授却认为：

这句话不太好理解。如果说是在社会主义市场经济条件下的第一个中长期规划，显然不符合事实。按照原来的目标，社会主义市场经济体制到2000年才能初步建立起来。这句话的意思也可以解释为"进入从计划经济向市场经济过渡时期的条件下"，如果是这个意思的话，也不符合事实，因为转轨时期的第一个中长期规划是20世纪80年代初制定的。这种不准确的提法表明人们对于改革的进程和状况还缺乏清醒的认识。这种提法容易给人们造成印象，好像改革大关已经过了，已经是发展社会主义市场经济的时期了。

而我以为，改革的大关还没有过。因为作为国民经济领导力量或者说主导力量的国有经济的改革还差得相当远。对这一点必须有充分的认识，必须抓紧时机推进改革，加强改革的力度。深化改革的问题应该给予更多的关注，并体现在"九五"计划和2010年远景目标纲要中。

四

谈到国有企业的改革，吴教授也不例外地提到"四自"方针——自主经营、自负盈亏、自我发展、自我约束。但他对此却有另外一番理解：

党的十四届三中全会以前，大家都这样说，我也这么说。但在党的十四届三中全会明确提出建立现代企业制度以后，在我们比较深入地研究了现代企业制度以后，我认为再讲这四句话不行。自主经营的"自"是经营者，自负盈亏的"自"是所有者，四个"自"说的不是同一个主体，是无法组合到

笔底风云四十年（下）

一起的。"四自"的说法混淆了所有者、经营者的关系，带来的问题就是在企业中不可能建立起健全的有效的所有者与经营者之间的制衡关系。而现代企业制度的核心，也是最难处理的关系，就是在公司治理结构中这两种人之间的关系。"四自"的提法恰恰掩盖了这种矛盾，因此会出现两种倾向：或者是所有者任意干预企业经营，或者导致西方理论界所说的"内部人控制"，经营者为所欲为，损害所有者的利益。两者只居其一，或者兼而有之。

五

说到转换企业经营机制的原则，吴教授对"出资者所有权与企业法人财产权分开"的习惯说法提出了异议：

我不知道"出资者所有权与企业法人财产权分开的原则"的根据是什么。有人说"企业法人财产权"的说法出在新加坡一本中文的简述新加坡公司法的书里，这本书我没找到，查了英文的没有这说法。请教了几位法学专家，都说这个提法不能用。在中国现在的情况下，这个提法有很大的毛病，加上《国有企业法》中"国有财产和企业财产分离"的说法，于是人们把企业看成是所有者之外的某种主体，并且主要是指厂长经理，这个毛病就大了。传统上我们没有法人的概念，只有自然人的概念，所以习惯上把法人也看作是自然人，《秋菊打官司》中的公安局长就说："我是公安局的法人。"现在一说张三是法人，李四是法人，法人财产权就变成了这个人的财产权。武汉出了个"于志安事件"，还有许多类似的事件，我以为与这种概念和思想上的混乱有关，我建议不要用这个提法。

听了吴委员的发言，感觉这位经济学教授的修辞学和逻辑学的造诣似乎比他的专业功夫还深厚一些。小组会后，记者对吴教授说了这感想，他却连连摆手说：一孔之见，姑妄言之。

吴教授姑妄言之，我们且姑妄听之。

（原载1996年3月8日《经济日报》，收入吴敬琏著《何处寻求大智慧》，

第七辑　旁观两会议政

生活·读书·新知三联书店1997年3月出版）

采访手记

  政协经济组的讨论总能吸引众多的记者，而吴敬琏教授又是这个组最受关注的人物之一。3月6日是讨论李鹏总理报告的第一天，我选择听经济组的讨论，也为了能听听吴敬琏的发言。

  吴教授的发言果然精彩，且很有条理。他谈了五个方面的问题：一是关于"八五"的评价；二是关于"九五"的目标；三是关于宏观经济政策目标和手段；四是关于改革的进程；五是几条具体建议。吴教授谈得很全面，其中不乏独到的见解，有些还是很尖锐的观点。一边听，一边就感到有些为难：这稿子该怎么写呢？尖锐的东西听起来过瘾，落实到纸上却有些刺眼，处理不好的话，稿子很难公开见报。

  不论稿子怎么写，对吴教授的采访机会得抓住。小组会一结束，我就抢先截住吴教授，约他中午接受采访。这一"抢先"的结果，使十几个都在等着要采访吴教授的记者大为眼红，因为大家都知道吴敬琏在会上露面的机会不多。

  中午一边吃饭，一边仔细琢磨吴教授的发言，发现有一个特点，很多话题都是从对一些提法的商榷开始的。于是就想，这吴老师真会咬文嚼字。念头闪过，豁然开朗，"听吴敬琏教授'咬文嚼字'"，这不就是题目吗？经验证明，越是深刻的、尖锐的观点，越需要中性的、甚至是平淡的"包装"。

  对吴教授的补充采访于是有了明确的目的性。将他发言中提到的一些不同看法梳理一遍，请他一一作了细致的说明。吴教授对我的采访重点还有些不理解，他怀疑：这些观点报纸能登吗？我回答说：《经济日报》的传统是，没有做不出来的文章，关键看文章怎么做。尽管如此回答，我对这篇文章的命运也没把握。

笔底风云四十年（下）

文章写起来很顺手，因为观点都在录音机里，我不过是整理出来，稍作一点包装而已。当天晚上，稿件就发回了报社。第二天听到的消息是，安排一版见报。后来根据我的建议，在特刊一版刊出。

当我告诉吴敬琏稿件安排一版见报时，他有些惊异，说，这些话我们说说可以，没想到《经济日报》还真能登出来。

对《咬文嚼字》一稿，报社内外的同志都说了不少好话。其中让我颇为得意的是二句话：一是有本报同仁转告吴教授私下的评价：那么多记者旁听我的发言，就经济日报记者听懂了我在说什么；二是一位同行的"读后感"：从报道上看，那么多代表、委员都在"学习"报告，就吴敬琏在"咬文嚼字"，称得上"审议"报告。

[摘自1996年3月《经济新闻研究（第114期）》]

没有人会否认社会科学是科学，然而，社会科学家却时时感到自己是"没娘的孩子"。全国政协社会科学组的委员们呼吁——

社会科学不该被冷落

一

社科组的小组会场设在饭店顶楼的一角，记者赶到会场时，讨论已经开始，让我意外的是，记者签到纸上还是一片空白。

不由想起在经济组旁听的情形。经济组正好与社科组住在同一个饭店。头一天下午记者在经济组旁听，据统计与会记者有25人。

那边是"门庭若市"；这边可谓"门庭冷落"。

二

社科组的委员们感受到的是另外一种冷落。委员们发言中最常用的词是"不受重视"。

有委员说,自然科学界上有国家科委、中国科协,社会科学界是"没娘的孩子",叫苦都不知道找谁叫;

有委员说,社会科学研究投入严重不足,全国社科研究基金10年前是600多万元,相当于当时修一公里高速公路的钱;现在增加到1000多万元,可物价涨了,还是相当于一公里高速公路的造价;

有委员说,社科研究的队伍建设令人忧虑,许多领域后继乏人,研究生都招不满;

有委员说,社科研究的成果得不到重视,论文没人看,写书没地方出……

三

社科组委员议论最多的话题是:社会科学算不算科学?

回答当然是肯定的。在党的十一届三中全会召开后不久,邓小平同志就明确地回答了这个问题:"科学当然包括社会科学"。

在去年5月召开的全国科技大会上,江泽民同志的讲话专门讲了一条关于自然科学与社会科学结合的问题,再次重申:科学当然包括社会科学。

尽管有两个"当然",委员们感到遗憾的是,去年的科技大会仍然没有社会科学家参加,没有讨论社会科学的发展问题。

在去年的科技大会期间,党中央作出了"科教兴国"的重大决策。"科教兴国"的"科"字是否包括了社会科学呢?对此没有明确的解释。而从有关文件和宣传上看,没有包括社会科学的内容。

中国社会科学院经济所研究员经君健委员认为,一个国家和民族的强

笔底风云四十年（下）

盛，发展生产力是当务之急，同时也需要生产关系、生产管理和组织，以及全社会各个方面的改革和进步。没有这些方面的改革和进步，仅有自然科学、技术和教育发展，并不能万事大吉。而生产关系以及社会各方面的进步，都需要高度发展的社会科学，包括哲学社会科学在内的"科教兴国"的口号才是一个全面的、完整的口号。

四

委员们注意到，在提交此次两会讨论的"九五"计划和2010年远景目标纲要中谈到了社会科学，但不是放在"科教兴国"的章节之下，而是包容在关于精神文明建设的论述之中。

上海社会科学院研究员瞿世镜委员说，精神文明建设中存在的问题有多方面的原因，但我们不能不注意到理论滞后、思想混乱、行业失范这三者之间的内在联系。政治思想、道德规范、立法执法涉及许多理论问题，都是社会科学的研究范围。没有社会科学的发展，精神文明建设就得不到强有力的理论支持。

哲学社会科学对精神文明建设和文化建设的作用是人们易于认识的，然而，一些委员特别强调的是，对于中国的改革和建设来说，哲学社会科学更是具有全局性影响的科学。

民建安徽省委副主任黄舜委员认为，中共中央一再要求全国上下弄懂什么是社会主义，弄懂怎样建设社会主义，弄懂社会主义初级阶段的理论，这些都是哲学社会科学的范畴。当前改革进入深化阶段，许多热点、难点问题，都需要正确的理论指导，需要广大社会科学工作者给决策者提供正确决策的依据。

全国政协文史和学习委员会副主任卢之超委员说，我国的改革和建设，迫切需要系统的、长远的、战略性的研究。社会科学重大成果的价值和影响是不能忽视的，如果这方面出现失误，比自然科学失误的影响要大得多。

经君健委员指出，健康发展的社会科学，是科学地制订方针政策的重要依据，是决策民主化科学化的前提和基础。忽视或者蔑视社会科学研究的优秀成果，造成的损失可能几代人难以补偿。20世纪50年代关于人口问题的决策就是极能说明问题的例证。重视并充分利用哲学社会科学的优秀成果，或许将造福几代人。70年代关于实践是检验真理的唯一标准问题的讨论，就是这方面的例子。

五

辞书上说，自然科学是人类认识和改造自然的科学。社会科学是人类认识和发展社会、促进社会进步的科学。

在社会主义精神文明建设被提到更加突出的地位，社会主义民主与法制建设不断完善的今天，我们没有理由冷落社会科学；

在各种社会问题日益显现，党和政府致力于促进经济和社会全面进步的今天，我们没有理由冷落社会科学；

在改革进入攻坚阶段，各种深层次矛盾亟待解决，改革实践迫切需要理论支持的时候，我们没有理由冷落社会科学……

5年前，江泽民同志就曾指出，"社会科学研究的方向正确与否，社会科学发展状况如何，对人们的思想意识和社会的道德风尚，对经济建设，对社会的稳定和发展，甚至关系到中华民族的兴衰和社会主义的命运。"

人们有理由相信，共和国跨世纪宏伟蓝图从绘制到实施的历程，正是社会科学工作者大显身手的时刻。

（原载1996年3月11日《经济日报》）

采访手记

最早引起我对政协社会科学组的兴趣，是去年两会时的一件事。当时我与人民日报一位记者同住一室，那位记者偶然旁听了社科组一次讨论，回来

笔底风云四十年(下)

大发感慨,为社科组被记者冷落、社会科学界被社会冷落鸣不平。他为此精心采写了一篇报道,可惜到会议结束也没能登出来。

今年我又与社科组、经济组同住在一个饭店。有天在餐桌上听两位同行交换"情报",一个问:上午在农林组旁听,听隔壁那边像吵架一样,群情激奋的,是哪个组? 一个答:那个角落是社科组。谁也不知道他们吵吵什么。

社科组依然情绪激动。依然没有人关心他们吵吵什么。我想,冷门的地方往往是出新闻的地方。第二天一早,我就赶到社科组采访。在电梯上碰到一位社科组委员,他听说我要听他们的讨论,怪怪地说:我们的小组会场在顶楼的角落里,地方小,坐不下,因为不受重视。听了这话,我心里默默地拟好了稿件的题目:《不该被冷落的角落》(发表时标题为编辑所加)。

听了一上午的讨论,又利用午休时间采访了三位社科界委员。其中经君健委员的谈话使我对社科界的问题有了更深刻的理解。采访结束,腹稿已成。并且很有信心,这个题目不仅抓住了,而且可以说出一点深度、一点新意来。

这篇稿件是在特刊头版发出来的。感谢编辑和老总们,处理及时且位置突出。略有遗憾的是,因为稿子太长,原稿中的几处可称之为"闲笔"的细节被删去了。而那些"闲来之笔",正是我自以为得意的地方,可能也是能够引起读者兴趣的地方。我的体会是,"闲来之笔"用到好处,或许就是"神来之笔"。

社科组的委员们对报道的反映当然是强烈的。经君健委员说,想不到经济日报反映了我们叫了多年的问题。他奇怪有些专管意识形态的报纸怎么不来关心关心?

其实别的报纸对这个话题也是关心的。光明日报社主办的《文摘报》后来转载了这篇报道。

后来回想起来,这稿子是有风险的。主要的风险在于,委员们称社科界是没娘的孩子,其实这"娘"是有的。共产党的天下,怎么会有没娘的群体呢?

这稿子又是有缺点的。明显的缺陷在于,社科界之被冷落,有内外两方面的原因。文章中讲了外在的一面,而没有讲内在的一面。本来采访了委员们"反思"的内容,写稿时因担心文章过长而割爱了。这可以视作因畏长而损害文章质量之一例。

一则有关的"花絮"是:本报政协采访组一位女记者的丈夫在中国社会科学院工作,连着几年都给她唠叨社会科学不受重视的问题,让她呼吁呼吁。这种类似"走后门"的要求当然被这位女士拒绝了。看了《社会科学不该被冷落》报道后,女士跟我开玩笑说:"你可让我家那位有话说了:瞧瞧,叫你写你偏不写,让人家把好题目给做了吧。"

[摘自1996年3月《经济新闻研究(第114期)》]

大中型企业学得了宝钢吗
——记政协经济组的一场讨论

话题是由张文达委员的发言引起的。

张文达委员是本溪钢铁公司的总经理,谈起国有企业的改革,他说,国有企业的问题是"冰冻三尺,非一日之寒"。李鹏总理的报告提到要加强企业的"四自"能力,我同意。国有企业达到"四自"以后,就靠自己。问题是看现在的情况,企业能够达到"四自"能力的有几个?可能宝钢好一点。但全国就有一个宝钢,别人谁能比?包括最老的钢铁企业鞍钢,进入市场以后,排头兵一落千丈。1月份利润不到3000万元,那么大的企业这点利润够

笔底风云四十年（下）

干什么？

宝钢的情况又如何呢？孙民强委员是宝钢三期工程总工程师，他介绍说：宝钢投产10年，累计实现销售收入962亿元，实现利税243亿元，已收回一期工程投资。二期工程国家贷款68亿元，加上利息24亿元，到去年6月已经还清。经评估，宝钢固定资产原值从295亿元升值为549亿元。国家在宝钢的原始资本增值了1.2倍。去年宝钢的销售收入287亿元，实现利税60亿元。宝钢自筹资金进行的三期工程建设进展顺利。孙民强认为，宝钢实现了邓小平同志10多年前的预言："历史将证明，建设宝钢是正确的"。同时也证明国有企业是能够搞好的。

没有人怀疑宝钢建设的成就。但在国有大中型企业能不能学宝钢的问题上，委员们的看法却不尽一致。

全国政协经济委员会副主任李刚委员直率地说，宝钢第一期工程国家给了128个亿，这跟大家的情况不一样。如果国有企业都要学宝钢，条件能够一样吗？

除了投入的问题，还有人的问题。张文达委员说，不跟宝钢比，就与乡镇企业比，我们也比不过。焊管产业现在开工率是五分之一，可大邱庄的开工率在80%以上，他生产线100个人，我们1000人。按他的价格卖，你只能坐地赔。

还有委员说，宝钢是新企业，新人新机制，资产负债率低，离退休职工少，没有办社会的包袱。这些方面老企业都学不了……

宝钢的发展确实得益于国家的集中投入和重点扶持，孙民强委员也承认，这一点是很多企业学不到的。但中国国际咨询公司常务副董事长石启荣委员却举出相反的例子：有一家钢铁企业，投入20个亿，建设了20年，年产20万吨钢。同样是国家无偿投入，还有一个效益好坏的问题。即便是同样大小的投入，还有产出多少的不同。

关于人的问题，石启荣委员作了个比较：鞍钢40万人，生产800万吨钢；武钢5万人，生产450万吨钢；宝钢1.2万人，生产850万吨钢；人均产钢量分别为20吨、90吨、708吨。同样是能源系统，在鞍钢用了1.8万人，在宝钢只要100多人。鞍钢一个月工资，够宝钢发18个月。

今天看来，这个差距是太大了，很难赶上。但孙民强委员说，要看到的是，宝钢能有今天这样的劳动生产率，是宝钢人摒弃"人多好办事"的旧观念，不断加强管理、提高效率的结果。当年宝钢人均产钢也不过120吨，水平并不高。从1988年起，宝钢劳动定员年年精减，平均每年减员2000人，1990年还有3万多人，减到如今是1.2万人。

宝钢走过的是一条从粗放经营向集约经营转变的路子，这也是国有大中型企业的必由之路。对此，大家的看法没有分歧。"学得了学不了"的问题，实际上是"谁来学""怎样学"的问题。

李刚委员建议写一份提案，专门讲如何学习宝钢建设经验。不仅企业要学宝钢的管理经验，政府也要总结当年抓宝钢的经验。办企业就得给本，新上项目不能留投资缺口，要打足铺底资金。

张文达委员说，老企业要走宝钢的路子，关键是解决投入的问题，这个问题不是企业自身能解决的。要有个总体设计，怎样把老百姓手中的钱引导到建设上来，特别是用到老企业的技术改造上来。搞合资，海外上市，吸引国外资金，也是个好办法。

石启荣委员说，宝钢可以学，而且不少企业正在学。武钢已经提出5年赶上宝钢的口号，他们原来有个"一米七"，现在又要上一个"二米五"（宽厚板工程），人员也在不断精减。我对宝钢的黎明同志说：小心，后面有追兵了。

中国机械工业协会理事长鹿中民委员说，各个行业都有自己的"宝钢"。农机行业普遍很困难，但也有搞得好的。常州柴油机厂过去每年生产四五万台，1982年的时候提出搞到40万台，都觉得是"天方夜谭"。而去年产量达到120万台，3000多人的企业2个多亿的利税。这就有点集约经营的味道。

作为一个宝钢人,孙民强说:宝钢的作风是少说多做。所以我们不提倡宣传学宝钢。但欢迎大家帮助解剖宝钢,看看有多少可取之处,有哪些不足之处。在两个转变的问题上,宝钢也没有理由止步。

(原载1996年3月12日《经济日报》)

今日尤须辩证观

一、好与坏的思辨

在一个急剧变动的社会里,常常会遇到"好得很"与"糟得很"的问题。当我们总结"八五"成就,筹划"九五"大计的时候,同样无法回避"好得很"还是"糟得很"的问题。

说"好"的人理直气壮。中国科学院院士林秉南委员说,总理报告对"八五"的总结和对"九五"以至2010年的远景描绘,对我这个亲身经历过军阀混战和饱受日本侵略者凌辱的人来说,感慨万千,我不仅对"八五"取得的成就兴奋不已,而且对"九五"和2010远景蓝图充满信心。

民建中央副主席陈铭珊委员说,社会主义怎么个好法?国民经济持续快速增长,提前实现了翻两番,是很有说服力的体现……

说"坏"的人也有据可寻。比如,物价有回落,但仍然偏高,经济运行还存在不稳定因素;比如,农业基础还很薄弱;比如,国有企业改革进展不大,一些困难企业日子很不好过;比如,社会风气不好,社会治安存在隐患,反腐败力度不大,群众不满足、不满意……

看大局,看主流,我们完全有理由得出"好得很"的结论;但如果看不到大局,看不到主流,以局部推全部,就支流论主流,人们也有可能留下"糟糕"甚至"糟得很"的印象。委员们认为,只有辩证地看待形势,才能得出科学的结论,并据此制定正确的决策。

用杜如昱委员的话说:"年年有问题,年年有发展,改革正是在碰撞中前进。"我们的成就举世瞩目。存在的问题也是不难看到的。充分肯定成绩,为的是增强继续前进的信心;清醒地看到不足和问题,为的是更好地改进我们的工作。

翻开会议的简报,委员们在肯定成绩的同时,更多地谈到的是存在的问题和不足,是解决问题的建议和意见。这种现象体现了委员们的一种思考:不怕成绩讲不够,就怕问题说不透。

中国侨联原副主席陈彬藩委员说,越是形势大好,越要冷静地分析存在的问题。有问题并不可怕,可怕的是有问题我们不知道。

全国政协副主席万国权说,对于我们改革和发展中碰到的一些困难和问题,我认为看重比看轻好,看难比看易好。

二、快与慢的思辨

人的一生没有几个十五年。年轻的共和国也没有走过几个十五年。委员们最关心的议题,无疑是"九五"计划和2010年远景目标纲要,是共和国跨世纪的宏伟蓝图。

"一万年太久,只争朝夕。"我们有一万个理由把改革和发展的步子迈得更快些,甚至跑步进入新世纪。然而,毕竟我们经历过"大跃进"的灾难,尝过"洋跃进"的苦头,有着十几年来起起落落的经验与教训,我们的党、国家和人民在挫折与进步中走向成熟,我们不仅在努力尝试抓住机遇,而且在努力探索怎样把握好机遇。

笔底风云四十年（下）

发展的快慢、速度的高低、投资的多少、银根的松紧……这些曾经在每个春天的两会上争论不休的问题，如今人们有了更多的共识。

中国广联实业公司总经理严瑞藩说，把握好改革、发展、稳定的关系是大局，也是实现跨世纪宏图最有力的保证；

中央党校副校长苏星委员说，当前特别要处理好的是速度与效益的关系，有效益的速度低一点不怕，没有效益的速度再高也无益；

北京物资学院副院长王之泰委员建议，国民经济在持久快速的发展中保持健康的肌体，这才是中国人的福分；

北京经贸大学教授罗元铮委员呼吁，我们的跨世纪目标是可持续发展。宁愿牺牲一点速度，也要保证增长与资源、环境相协调，经济发展与社会进步相协调；

全国政协常委高兴民在谈到狠抓落实的问题时，特别强调要注意三点：一要分清轻重缓急，集中力量办好急需办的大事；二是从实际出发，不要犯急性病，只求数量，不讲质量；三是舆论导向不能一边倒，一阵风，说好就什么都好，要克服片面性……

既要有强国的激情，又要有科学的精神；既要有富民的热望，又要有求实的态度。当我们的理想在蓝天翱翔的时候，我们的脚步万万不可离开现实的土地。

三、软与硬的思辨

"两手抓""两手都要硬"，是我国现代化建设的重要方针。委员们说，五中全会提出的《建议》是全面体现"两手抓"方针的《建议》，两会讨论的《纲要》是全面落实"两手抓"的《纲要》。

精神文明建设历来是政协会议的热门话题，今年的"热度"更高了。人们列举了许许多多的成绩，同时也指出这样那样的不足和问题，分析了一些地方"一手硬、一手软"的原因，提出了许多建设性的意见和建议。

情切切，意殷殷。

　　既要看到存在的问题，又要看到问题毕竟是局部的、是暂时的。许多委员指出，从总体上看，"八五"期间两个文明建设是同步前进的。我们的社会风气存在问题，但并非"今不如昔"；我们的科技文化教育事业还有不足，但绝不是"一团漆黑"。吉林省社会主义学院院长梁植文委员认为，在精神文明建设的宣传上要防止两种倾向：既不要有了一点成就就说是又上台阶，又有突破；也不宜不对情况和问题作具体分析就急于得出一般化的消极结论，诸如文化滑坡、道德滑坡等等说法。

　　既要看到存在的问题，又要看到解决问题的艰巨性、特殊性。许多委员认为，精神文明建设有其自身的规律，不能企望"立竿见影"，一个早上就能让社会风气好转起来。河北省政协主席李文珊委员说，精神文明建设是一项复杂的系统工程，其实质是提高全民的思想道德素质和科学文化素质。而提高素质是一项艰苦细致的工作，同时又是一个潜移默化的过程，决非短期内可以奏效；所以说，精神文明建设一定要坚持数年、数十年常抓不懈。

　　党中央提出"把精神文明建设提到更加突出的地位"，得到了委员们的赞同。与此同时，一些委员指出，要全面贯彻"两手抓"的方针，既要让精神文明建设这只手硬起来，还要防止物质文明建设这只手软下去。任何时候都不能动摇经济建设这个中心。中华民族是伟大的民族，我们完全可以用自己的办法、自己的力量解决改革开放前进道路上的一切困难障碍，继续向前迈进！

　　这是委员们共同的期望与祝愿。

（原载1996年3月13日《经济日报》）

笔底风云四十年（下）

大的善抓　小的敢放
——政协委员谈"抓大放小"

"抓大放小"，简单明了的四个字，却也生发不少的歧义，引起不小的争论。如何抓大？怎样放小？是两会代表、委员的热门话题。

大的为何难抓　小的因何怕放

"抓大放小"的方针提出近一年，也写进了党的十四届五中全会的文件。但委员们的印象是，一些地方抓大放小的实际进展并不理想，成绩也未可乐观。原因在于：大的难抓，小的怕放。

国有大中型企业如何搞活，既是重中之重，又是难中之难，当然不是一句"抓大放小"就可以解决的。中央党校副校长苏星委员认为，现在搞活大中型企业的药方太多，但效果不佳，原因是对成功的经验缺乏总结和推广，抓大没能抓到点子上。

与"抓大"比起来，"放小"应该是更容易办到的事。但恰恰在"放小"的问题上，人们思想上还存在着疑虑，认识不尽一致。

中央党校教授王珏委员分析，放活国有小企业的思想障碍主要有两个，一是怕国有资产流失，二是怕搞成私有化。这两种担心都是不必要的。资产流失的问题可以通过加强管理来解决，关键在于把好评估关。制度健全，评估合理，交易公开，怎么会流失呢。

武汉大学教授辜胜阻委员提出，放活小企业的前提是解放思想，要用当年搞农村生产责任制那样一种热情、那样一种勇气、那样一种力度来搞好国有小企业改革，加快放小的进程。

抓大就是放大　放小也是抓小

一些委员认为，抓大放小是一个好政策，但在贯彻过程中要防止地方和部门各取所需的问题。尤其是在抓大的问题上，需要澄清认识，统一思想。

中国经济体制改革研究会常务副会长高尚全委员认为，当前需要澄清三个方面的认识：抓大不是抓权，而是为了给企业创造更宽松的环境。抓大不能用老办法。要利用市场机制来引导企业行为，多做服务的工作。抓大不能仅仅用保护的手段，着力点应该是提高企业的素质，提高竞争力。

辜胜阻委员认为，放小的过程，也是抓小的过程。要处理好放开与扶持的关系，放开与管理的关系，做到放而有序。同时要为小企业的发展创造公平的竞争环境。

不怕小的放成大的　就怕大的抓成小的

大与小的相对性，成为一些人怀疑"抓大放小"政策的理由。有委员以周口味精厂为例。这个厂前身是两个陷入困境的县办小厂，当年产量400吨，利税100万元。如今产量和利税分别达到10万吨和2.5亿元，上交利税占到全市财政收入的70%。这位委员问，如果当年搞放小，把厂子卖了，能有今天的周口味精厂吗？

高尚全委员对这个典型也很熟悉，但他不同意那位委员的结论，他说：周口味精厂恰恰是"放"出来的典型，而不是"抓"出来的典型。这个厂的实践证明，小企业放活了、长大了，于国于民于地方都有利。我们不要怕把小的放成了大的，需要担心的倒是把大的抓成了小的。抓大的重点应该是存量资产的流动和重组，国有资产那么大的摊子，不流动不行。流动中的流失是可以解决的，而不流动的流失可能更严重。坐吃山空，多大的企业也会变小，甚至消失。

大与小是相对的，又是相关联的。高尚全认为，大中小企业都有其合理

笔底风云四十年（下）

存在的空间。抓大和放小是一个整体，既不能孤立地抓大，又不能片面地放小。抓大不能以损害小企业为代价。对有发展前途的小企业也应该大力扶持，帮助他们成长起来，加入大的行列。

（原载1996年3月14日《经济日报》）

期盼改革上新阶
——三位经济学家的共同话题

经济学家高尚全、周叔莲、王珏三位委员分在不同的小组，但无论是小组发言还是接受记者采访，却不约而同地谈起同一个话题：如何加大改革的力度、加快改革的进程、加快经济体制的转变。

关键是体制的转变

王珏（中共中央党校教授）：如何加快实现"两个转变"？从理论上看，第一个转变是生产关系的问题，第二个转变是生产力的问题，在生产关系与生产力相适应的情况下，第二个转变是决定因素。但从我国的现实情况看，突出的矛盾是生产关系不适应生产力的发展，因此首先必须解放生产力，只有解放生产力才能发展生产力。我国粗放式的经济增长，有生产力本身发展水平的问题，更主要的是由计划经济的体制造成的。从历史上看，党的十二大就提出要以经济效益为中心，为什么到现在没有转变过来？原因就在于体制的问题没有解决，改革没有到位。

周叔莲（中国社会科学院工业经济所研究员）：转变经济增长方式的核

心是提高经济效益，效益从何而来？一是结构优化，二是规模经济，三是科技进步，四是科学管理。目前我国产业结构难以优化的根本原因仍然是经济体制问题。企业普遍存在大而全、小而全，盲目建设、重复建设现象，也是同传统体制必然产生的地区分割、部门分割有内在联系的。科技进步、科学管理在企业普遍不被重视，也不仅仅是由于认识和领导问题，更根本的是传统体制还在起作用，多数的国有企业还没有真正成为市场竞争的主体。所以说，经济增长方式的转变要靠经济体制改革。

高尚全（中国经济体制改革研究会常务副会长）：实现"九五"计划和2010年远景目标的关键是加快实现"两个转变"；推进"两个转变"的关键是经济体制的转变；而经济体制转变的关键是国有企业的改革。这是一个合乎逻辑的推论。

还要进一步解放思想

周叔莲：经过十多年的不断实践和总结，我认为，我们已经找到了推进以国有企业为重点的经济体制改革的正确思路，而且这条思路越来越清晰和系统。现在的问题是如何贯彻这个思路。这条思路是解放思想、实事求是的结果，贯彻这条思路必须继续坚持解放思想、实事求是的思想路线。无疑地，贯彻这条思路会遇到种种干扰和阻力，例如不适当地强调部门利益、行业利益、地区利益，不从全国人民利益出发，不从社会主义市场经济要求出发考虑和处理问题等等。必须努力克服和防止各种干扰和阻力，坚定不移地推进改革。

高尚全：要把思想统一到中央的方针上来，有许多认识问题需要解决。比如，如何发挥国有经济的主导作用？是摊子铺得越大越主动，还是精干主体提高效益更主动？国有资产是在流动中流失多，还是不流动损失多？无论是"抓大"还是"放小"，都有一个进一步解放思想的问题，要按照"三个有利于"的要求，创造宽松的政策环境。不必划太多的条条框框，框框太多

笔底风云四十年（下）

了，抓也抓不好，放也放不了。

积极寻求突破口

王珏：改革要真正有所突破，要从三个方面入手：第一，解决国有资产的管理体制问题。国有资产要有人负责，建立约束机制；第二，解决改革与发展相结合的问题。这不仅是微观的、企业的问题，而是整个国有经济的问题。要以城市综合配套改革为突破口，扩大试点，加快步伐；第三，落实"抓大放小"的方针，首先解决"放小"的问题，加快放活国有小企业的进程。

高尚全：深化改革的重点应该是对国有经济进行战略性重组。只要通过存量的流动和重组优化配置，提高效益，国有经济才能摆脱困境。一、国家要下决心减轻国有企业的负担，逐步解决历史遗留问题；二、加快国有资产流动的步伐，尽快把国有资产纳入市场经济的轨道上运行；三、要创建全新的企业制度。包括管理制度，社会保险制度，投资融资制度等；四、全面提高国有经济的整体素质和质量。

（原载1996年3月17日《经济日报》）

新时期人民政协事业的奠基人
——政协委员追怀邓小平同志的丰功伟绩

在万众同悲的日子里，参加政协八届五次会议的委员们在北京聚首，深切缅怀邓小平同志对新时期统一战线工作和人民政协工作的巨大贡献，重温

第七辑 旁观两会议政

邓小平同志关于新时期统一战线和人民政协工作的一系列重要指示，思绪万千。

邓小平同志是继毛泽东、周恩来之后，新中国的第三位政协主席。他领导五届全国政协的5年，是拨乱反正、重整纲纪的5年，是开创新局面、再展宏图的5年，是奠定新时期统一战线和人民政协工作的理论和政策基石的5年。他顺应我国新时期阶级关系的根本变化和党的工作重点的转移，对新时期统一战线和人民政协的性质、地位、作用、任务以及各方面的方针政策，作出了科学的深刻的阐述。他强调人民政协要在爱国主义、社会主义旗帜下，致力于整个中华民族的大团结。他主张在中国共产党领导下，通过人民政协充分发扬社会主义民主，稳步推进社会主义民主政治建设。委员们指出，邓小平同志关于统一战线和人民政协的一系列重要论述，为我们树立了解放思想、实事求是的光辉典范，是建设有中国特色社会主义理论的重要组成部分，是指导我们进一步做好统一战线和政协工作的宝贵财富。这一切充分说明，邓小平同志是新时期人民政协事业的奠基人。

许多委员忘不了1979年6月15日这个日子，在党的十一届三中全会之后不久召开的全国政协五届二次会议上，邓小平同志发表了题为《新时期的统一战线和人民政协的任务》的开幕词。委员们认为，这个开幕词是邓小平同志统一战线理论的集中体现，是新时期统一战线和人民政协工作的纲领性文献。广东省政协副主席、省委统战部长萧耀堂委员说，邓小平同志在这个讲话中科学分析了我国阶级状况的根本变化，提出新时期统一战线已经发展成为全体社会主义劳动者、拥护社会主义的爱国者和拥护祖国统一的爱国者的联盟，是最广泛的爱国统一战线。明确了新时期统一战线的任务，就是要调动一切积极因素，团结一切可以团结的力量，维护和发展安定团结的政治局面，为把我国建设成为现代化的社会主义强国而奋斗。萧耀堂说，给他印象最深刻的是，过去总讲要"团结95%以上的人"，"团结大多数"，而邓小平同志强调要团结一切可以团结的力量。邓小平同志进而提出了"两个范围的

笔底风云四十年（下）

联盟"的理论，在祖国大陆范围内以拥护社会主义为政治基础的联盟和在此范围之外以拥护爱国主义和祖国统一为政治基础的联盟，这两个联盟共同构成了新时期最广泛的爱国统一战线。

改革开放以来各条战线的巨大成就，是同我们在邓小平同志统一战线理论的指引下，科学运用统一战线这个法宝分不开的。

邓小平同志关于新时期统一战线的理论，不仅有继承，而且有发展。武汉市政协副主席、市委统战部长胡照洲委员说，邓小平同志新时期统一战线理论是适合中国改革开放和现代化建设客观需要的，是符合历史规律和时代特点的，是对马克思主义、毛泽东思想关于统一战线基本理论的继承和发展。他认为邓小平同志创造性的贡献体现在6个方面：关于正确认识新时期中国社会各阶级状况的理论；关于正确认识新时期统一战线范围的理论；关于正确认识新时期中国各民主党派性质的理论；关于正确认识新时期中国知识分子属性的理论；关于正确认识和处理新时期民族、宗教问题的理论；关于以"一国两制"的创造性构想实现祖国统一的理论。邓小平同志富有创见的理论，是推动爱国统一战线不断发展不断前进的强大思想武器。

长期以来，邓小平同志保持着与民主党派代表人士的深厚情谊，来自民主党派的委员们忘不了邓小平同志对民主党派工作的关怀和支持。许多委员都谈起这样一件事：1989年1月2日，民主党派的同志提了一条建议，提出把民主党派参政、监督规范化、制度化的问题。邓小平同志看到后批示："可组织一个专门小组（成员要有民主党派的），专门拟定民主党派成员参政和履行监督职责的方案，并在一年内完成，明年开始实行。"由此诞生了《中共中央关于坚持和完善中国共产党领导的多党合作和政治协商制度的意见》，于当年的最后一天下发。民进中央委员、宁波市副市长陈守义委员说，在邓小平同志指导下产生的这个文件，系统地总结了新中国成立以来中共和各民主党派坚持多党合作、政治协商的宝贵经验；明确阐明了各民主党派在国家政治生活中的地位和作用，第一次提出了参政党的概念；

并且具体规定了民主党派履行政治协商、民主监督、参政议政的内容、方法、渠道、程序等。江泽民同志曾把这个文件称为一个马克思主义的纲领性文件，要求全党认真学习贯彻执行。

科技、教育、文化、医卫界的委员重温邓小平同志关于团结和依靠知识分子的一系列重要论述，倍感亲切；

来自少数民族地区和宗教界的委员深情回忆邓小平同志巩固各民族大团结，认真实行民族区域自治，巩固和发展党同爱国宗教界的统一战线的指示，感慨不已；

来自港澳地区的委员谈得最多的是邓小平同志"一国两制"的创造性构想。他们为一代伟人夙愿未了而深感痛惜……

重温邓小平同志关于统一战线和人民政协工作的重要论述和光辉实践，委员们对在以江泽民同志为核心的党中央领导下，开好当前的两会，进一步巩固和发展新时期最广泛的爱国统一战线，更加努力地做好人民政协工作，更有信心。

（原载1997年2月28日《经济日报》）

委员争说邓主席

今年两会上最容易在记者和委员之间产生共鸣的话题是什么？是怀念担任过全国政协主席的邓小平同志。

作为今年采访两会的记者，我从未感到能够如此迅速地与采访对象沟通。无须多言，每一位委员都会随时放下手头的工作，接受记者的采访，诉

笔底风云四十年（下）

说自己的思念。感情是那样的真挚，感受是那样的真切。

一

袁隆平委员有一个遗憾。一个深深的、不可弥补的遗憾。

他说，"明天上午我还要参加'863'项目的总结会。知道'863'吗？我搞的两系杂交稻是'863计划'的一部分。当年，政治局开会听四位发起'863计划'的科学家汇报，当汇报到如果两系杂交稻搞成功了，每年推广1亿亩，将增产150亿斤粮食的时候，小平同志激动地说，就这一个项目搞好了，我们为'863计划'投入的100亿也值了。"

袁隆平说："听到这消息，我就产生了一个愿望，一定要尽快把两系杂交稻搞成功，亲自向小平同志汇报一次，让他听到成功的喜讯。以前我和小平同志握过手，但没讲过话。这几年几次听到关于小平身体状况的传闻，我着急啊。"

紧赶慢赶，袁隆平和他领导的国家杂交水稻工程技术研究中心在两系杂交稻的研究上进展很快，取得了一系列的中间成果。袁委员说："再有一两年，我们大面积推广成功，就可以向小平同志汇报了。但没想到，噩耗传来，小平同志不能听我的汇报了。这真是刻骨铭心的遗憾啊。"

二

孙民强委员是宝钢三期工程指挥部总工程师。他递给记者一张纸，上面是小平同志历年来关于宝钢建设的指示。"宝钢人忘不了，在宝钢建设最困难的时候，是小平同志扶了我们一把啊。"

那是1979年的7月21日，小平同志在上海听取上海市委常委的汇报，谈到宝钢问题时，小平同志说：宝钢，国内外议论多，我们不后悔，问题是要搞好，第一要干，第二要干好。当天，他还委托当时是安徽省委第一书记的万里同志到宝钢工地看一看。

第七辑　旁观两会议政

在两个月后的一次会议上，小平再次指出：历史将证明，建设宝钢是正确的。

1984年2月15日，宝钢人终于请来了小平同志。小平同志高兴地看了一期工程建设及投产准备情况，又详细了解了二期工程的必要性和可能性，并欣然为宝钢题词："掌握新技术，要善于学习，更要善于创新。"回到北京，小平同志与中央领导同志谈到宝钢二期工程时说：这事要决定下来，今年就干，争取时间。

今天，宝钢发展的实践印证了小平同志当年的预言。去年，宝钢人均产钢650吨，不仅在国内名列前茅，也已与世界先进水平相当。作为规模经营、集约经营、高起点发展的先行者，宝钢已被公认为国有企业实现"两个转变"的典范。

孙民强委员说，宝钢人一定会牢记小平同志的教诲，不负小平同志的期望，不仅要干，而且干好。明年将基本完成三期工程的建设，江泽民同志在党的十四大报告中提出的目标可望实现。

三

在中国革命历史博物馆工作了38年的黄高谦委员，对小平同志光辉的一生再熟悉不过了。他认为《告全党全军全国各族人民书》和江泽民同志在《悼词》中对邓小平同志的评价恰如其分。

黄委员说，小平同志的光辉一生是同中国革命和建设的历史紧密联系在一起的。而中国革命历史博物馆从筹建到现在，也离不开小平同志的关怀和指导。

他介绍说，是小平同志最早提出把"革博"的陈列从党史扩大到中国近现代史的；是小平亲自带人审定革博的第一个中国革命史展览，并决定正式对外开放的；在小平同志第三次复出不久，革博的同志写信向他请教有关史实，小平同志很快就有了答复，澄清了"八七"会议、遵义会议的有关史实；

笔底风云四十年（下）

1984年，在筹办"十一届三中全会以来的伟大成就展"过程中，小平同志又应革博的请求题写了馆名。

人民希望对小平同志的曲折经历有更多的了解，党史工作者、宣传工作者有责任满足人民的愿望。黄委员介绍，1994年革博与有关方面联合举办了《邓小平》大型图片展，参观之踊跃、反响之热烈出乎主办者的意料。后来这个展览不仅在内地巡展，还到港澳地区和国外展出。

作为"革博"的代馆长，黄高谦委员这几天在琢磨，怎样更好地宣传小平同志光辉的一生和他创立的理论。他说，研究小平同志的业绩，研究小平同志的理论，这是党史工作者面临的重大课题，也是我们不可推卸的责任。

（原载1997年3月1日《经济日报》）

搞活国企看"三招"
——政协经济界委员小组讨论旁听记

徐庆熊委员干过国有企业的领导，也当过上海市经委的副主任，自然对如何搞活国企的话题格外关心。他说他有一种"矛盾的心态"：特别高兴的是党中央、国务院高度重视国有企业的改革，有了明确的思路；有点担心的是《政府工作报告》中提出的措施能不能落实。

徐庆熊委员说的是实话。实话实说，怎么想就怎么说，是记者连日来旁听政协经济界小组讨论会得到的突出印象。

抓住1000家

去年说抓大放小,今年还说抓大放小,侧重点有了变化:去年重在放小,今年重在抓大。

一年来,放小的思路清了,办法有了,争论逐渐平息了。各地实际上也已经在"放"了,徐庆熊委员介绍,上海搞小企业改制,效果明显。过去企业有个什么事就张罗吃饭,改制以后,再吃是吃自己的,于是连改制这么大的事也不吃饭了。这就叫真正的当家做主。

永恒的课题是抓大。而对抓大的认识也在深化。抓大不是层层抓、级级抓,当前的重点是集中力量抓住1000家大型企业和企业集团。这是委员们的共识。

围绕着如何抓大的问题,委员们纷纷献策。全国政协经济委员会常务副主任刘鸿儒委员说,积极推进和规范股份制改造,是一个有效途径。大中型企业要增资减债,而社会上的钱很多,这些游资在寻找投资的对象。实行股份制可以把这种资金的供求关系连接起来,当然要有配套的法规,要规范操作。

美菱集团公司总经理张巨声委员说,要抓好1000家,对政府来说,重点是配好1000个班子,抓好1000个人头。选好了经营者,搞改革、抓管理就容易到位。

远东联合运输公司董事长陈钝委员认为,抓大的关键是创造条件,让国有大中型企业轻装上阵,到市场上竞争。现在企业是穿着棉裤赛跑,负担太重。要引导企业确立竞争的观念,树立竞争的勇气。

王荣生委员是中国船舶工业总公司总经理。他介绍,船舶总公司造船产量从1982年的42万吨上升到1996年的190万吨,翻了两番多;出口创汇由"六五"时期的9亿美元,上升到"八五"时期的26亿美元,成为我国机电产品的创汇大户,手持订单连续五年保持世界第三位。王委员的结论是,总

笔底风云四十年（下）

理的《政府工作报告》中对国有企业状况的分析是符合实际情况的，提出的政策措施也切合实际，问题是如何坚持下去。只要坚持下去，国有大中型企业是可以搞好的，我们应该有这个信心。

用好300亿

搞活国有企业不容易。让少数在市场竞争和结构调整中活不下去的企业"安乐死"也不容易。

徐庆熊委员发言时介绍了上海国有企业破产、兼并的情况：上海去年破产了40多家企业，用了呆账准备金20多个亿，使国有企业资产负债率下降了2个百分点。徐委员说，总理报告中关于"规范破产"一段写得好。今年为破产、兼并准备的呆账、坏账准备金达到300亿元，比去年多了。但是，和目前国有企业的呆账比起来，又太少。破产这条路非走不可，问题是我们下多大的力气去做。仅靠那么几十亿、几百亿恐怕解决不了大问题。

徐委员的话如一石击水，引起一番热烈的讨论。

国务院发展研究中心研究员吴敬琏委员说，破产涉及体制上的问题，如果体制上的根本问题不解决，很难办。别说100亿、200亿，就是1000亿也打不住。

王荣生委员说，我看主要是解决规范操作的问题，我们也有几个企业要破产，怎么破？不知道。现在是大家跟着一起喊。还有个组织落实问题，有个政府协调问题。

徐庆熊委员接着说，国有企业破产的困难来自各个方面。破产了会影响银行的效益。如果一旦形成"破产风"，要破的企业那么多，也确实是问题。

吴敬琏说，去年就是这样，破产风一刮，银行非常紧张。有的报纸发表文章问："破产乎，逃债乎？"从银行的角度看问得有道理。有的地方就是做好了套，边破产，边生产，换一个牌子再来。

张巨声插话：地方分行不一定这么想。破产不仅破掉了债务，他那33%

的所得税也不交了。本来利息就收不上来，所以他们愿意破。

吴敬琏解释说，银行是一级法人制，而不是过去的多级法人制。这种现象实质上是局部破中央的产。现在管生产的部门和管金融的部门各执一端，谁也说服不了谁，成了拉锯战。我们比较超然，两边的意见我们都听，两边说的都有道理。

讨论看来还将继续下去。但双方的出发点是相同的：鼓励兼并、规范破产，用好今年的300亿元。

消化1000万

抓大是难点，破产也是难点，最难的还是人的问题。

国有企业减人的空间有多大？据统计，在经营亏损或有较大困难的国有企业中，大约有近1000万富余职工。妥善安置这近千万职工，是国有企业深化改革、推进"两个转变"最紧迫的课题。

来自首钢集团的赵长白委员介绍，首钢有职工25万人，其中主流程5万人，公司提出的"九五"目标是减到3万人。而专家评价说，3万人还太多，留1万人够了。国有大中型企业最大的困难就是人太多。减人的压力太大，而减人过多工人又接受不了。

刘鸿儒委员插话："两德统一的时候，一位西德银行家对我说，他特别不理解，为什么工厂停了，工人没活干，都不自己去找活干，而是等在那儿。我说，这就是几十年传统习惯的结果，转变起来不容易。"

赵长白委员接着说，企业和社会都有大量的思想工作、说服工作要做。现在我们认识到了：文章难做也得做。晚做不如早做。

从富余职工安置说到就业问题，全国政协常委、国家计委顾问芮杏文就此作了专题发言。他认为，在经济发展战略上，要把就业作为重要问题来研究；就业率应该作为政府宏观调控的重要指标；要完善社会保障体系，真正起到"稳定器"的作用。他建议，第一，在发展高技术、高效率企业的同

笔底风云四十年（下）

时，要鼓励和支持发展一批有市场、用人多的企业，哪怕经济效益差一些，能够大量就业就应该扶持。扶持要落实在政策上。第二，对于一些供大于求的产品来说，要把农村市场作为开发的重点。适当加大以工代赈的力度，同时把农村市场的开发与扶贫攻坚、与基础设施建设结合起来。

委员们踊跃发言，话题越来越广泛，讨论越来越深入。大家认为，国有企业改革进入了攻坚阶段。难点绕不开也躲不过，通过"抓住1000个""用好300亿""消化1000万"这三招来突破难点，使搞活国企取得实质性进展，国企可望重振雄风。

（原载1997年3月10日《经济日报》）

无奈的夏利与尴尬的美菱

记得在政协八届一次会议上，记者初识美菱集团的总经理张巨声和天津微型汽车厂的总工董维先，根据对这两位企业界委员的采访，写过一篇《夏利·美菱·易拉罐……》。这篇反映当时冰箱和轿车工业不同程度存在的一哄而上、重复建设的文章是这样结尾的："汽车还要走冰箱走过的弯路吗？这问题似乎现在还不好回答。"

四年后的今天，这问题显然已有了答案。不幸而言中的是，轿车工业正在重复冰箱走过的弯路；而出人意料的是，冰箱行业重复建设的弯路竟然还没有走到尽头。

第七辑　旁观两会议政

一

谈起当年那篇报道，董维先委员脸上现出几丝苦涩、几分无奈。苦涩的是汽车工业的"散""乱"现象并未得到根治，重复建设势头未减；无奈的是由于重复建设造成供需失衡，导致地方保护主义盛行，人为制造市场分割、品种歧视。

四年来的每次政协会上，董维先都要为他心爱的"夏利"在竞争中被人为地置于不利处境而呼号。一片诚心终有回报。去年他提交的《汽车产业政策究竟如何落实》的提案，上了本报《两会特刊》的头条，受到国务院领导同志的重视。根据提案的意见，有关部委制定了《关于取消地方限制经济型轿车使用的意见》，8月由国务院办公厅转发各地。

有了"红头文件"，董维先委员该满意了吧，可他不。董委员说：是的，我们高兴过。但很快就失望了。文件下发半年了，一些地方对经济型轿车，尤其是非本地产经济型轿车歧视和限制的问题并无改善迹象，有的地方甚至公然抵制。他们都从本地方、本部门利益出发，对"红头文件""有利则办、无利不办"，搞"上有政策、下有对策"，这种现象不改变，怎么可能制止重复建设，怎么可能建设统一的大市场，怎么可能维护一个公平竞争的市场环境？

二

美菱的情况与夏利略有不同。四年前，电冰箱市场已开始了向优势企业集中的分化过程。今天，这个过程还在继续。冰箱业的前10名占有了90%的市场，前5名的市场占有率在70%以上。美菱的产量由当年的30万台增长到100万台，在市场竞争中稳稳地站住了脚跟，且把发展的"触角"伸进了新的领域。

本以为张巨声委员能够谈谈冰箱业结构调整的经验，不想却引发张委员

笔底风云四十年（下）

一腔愤懑、一脸尴尬——

"你知道去年全国卖了多少冰箱吗？800万台左右。你知道全国电冰箱生产能力是多少吗？1600万台以上。一半的生产能力放空，却还有那么多地方在争着上冰箱项目。盲目上马，无序竞争，这是多么大的浪费！

"这还是国内的情况。还有外资在盯着中国这个市场哩。一家美国公司找到我，第一条就是要买断品牌。人家的算盘精着呢，说是可以不控股，但要掌握实际控制权。我不干，可别人已经在干了。给你数数，从我们安徽开始……"他一一数来，不多不少"八国联军"。8家共800万台的能力，正好是目前国内市场的容量。

"八国联军"兵临城下，无怪乎张巨声尴尬之余忿忿不平。

三

夏利与美菱，一个被内挤，一个受外压；一个在突围，一个在抗争。

夏利与美菱，在委员中引发更多的思考和议论。

有委员形容，现在有些地方是"内资管不住，外资管不了"。究其原因，不外乎四个字：诸侯经济。解决小规模、低水平和重复建设等问题，实现强强联合和大联合，关键在于扼制诸侯经济。

有委员分析，重复建设的问题本质上是中央与地方利益关系问题，也与产业政策如何落实有关。产业政策要与产业布局相衔接，各个地方守着同一本产业政策，结果又导致新的产业趋同现象。

有委员说，只有加快改革，建立全国统一的大市场，才能根除地方和部门的保护主义，防止重复建设。

还有委员说，重复建设项目都是经过有关领导点头的。点头是领导的权力，但不能乱点头，要按照科学、民主的决策程序，把事情搞清楚了再点头。

董维先委员仍在奔走呼号。他呼吁国务院就各地贯彻国家产业政策的情况进行检查，对有令不行、有禁不止、我行我素者要严肃查处，以维护中央权威，确保政令畅通。

张巨声委员依然有些激愤。他建议有关部门重视新的一轮以中外合资或独资企业为主体的重复建设现象，研究制定相关措施。电冰箱行业应加大行业管理的力度，尽快结束厂点过多、无序竞争的状态，对重复建设、重复投资造成浪费的要亮红牌，逐出场外。

为了夏利不再无奈，为了美菱不再愤怒，确实该做点什么了。

只是这关于夏利和美菱的文章，记者实在不愿到下届人大还得再做……

（原载1997年3月13日《经济日报》）

形势既然好　问题为何多
——政协委员王林生、熊性美谈当前形势

王林生委员是对外经贸大学教授，熊性美委员是南开大学教授。八届政协开会的时候，两位委员就常住在一起。这次老友重逢，同室议政，更透着亲热。

记者有个问题萦怀于心，不得其解。于是走进两位老师的房间，把这问题和盘托出。两位老师听了记者的提问，相视而笑，于是有了下面这段对话。

记：今天是改革开放的第20个年头。回头看，20年来改革一年比一年深入，开放一年比一年扩大，经济基础一年比一年雄厚，无论是老百姓的日子，还是经济发展的大气候，应该说是一年更比一年强。可是横向看，我们

笔底风云四十年（下）

今天却面临着从未有过的矛盾，面临着许多绕不过去的难关，面临着一些剪不断、理还乱的难题。国有企业经营困难，下岗职工要妥善安置，生态问题日益严重，市场秩序比较混乱，我们面临的问题不是越来越少，反而好像是越来越多、越来越严重。

王：这个问题有意思，也很有代表性。本质上是如何看待当前经济形势的问题，也就是为什么"形势很好，问题很多"，或者叫，从纵向看很好，从横向看堪忧。

记：去年两会时有个说法，叫做"宏观很好，微观困难"。但很多委员不同意这种说法，认为宏观微观不可分，微观是表象，宏观是本质。

熊：对形势的判断既有角度的不同，又有标准的不同，出现分歧是正常的，也不可怕。关键是要对存在的问题作实事求是的分析。

王：当前经济工作中存在的一些突出矛盾，根本原因是我们结构调整的步子加快了，而结构调整是要付出代价的，调整过程中免不了会有阵痛。调整中出现的问题，看起来是负面的，但不等于调整错了。结构矛盾是几十年积累下来的，不可能再拖下去了，所以当前调整的力度要大一些，阵痛也会更强烈。

熊：有些矛盾是改革和调整中出现的，有些矛盾则是长期积累下来的。我以为，从中国国情和发展实际看，问题越来越多是正常的，问题越来越少反而不正常了，也就是被忽视或者被掩盖了。分析形势要看到三个不可回避的事实，一是人口多、资源相对贫乏的基本国情，这个矛盾是长期存在的；二是从计划经济向市场经济转变的基本任务，我们要搞的是社会主义市场经济，面临的问题都是前人未曾碰到过的，只能依赖我们自己的探索。三是在相对较短的时间内实现现代化的基本目标，本身不是件容易的事。

记：我想，党的十五大重提和强调初级阶段理论的意义也在于此，不要以为改革开放搞了20年，各种矛盾就迎刃而解了，我们还处于并将长期处于初级阶段，还要有长期艰苦奋斗的精神准备。

王：改革和发展是一个动态的过程。旧的矛盾解决了，新的问题又会涌现出来。过去我们总说改革要触及深层次矛盾，要打攻坚战。现在我们打的就是攻坚战。一些难点问题暴露出来，表明改革真正在向深层次发展。只有解决了这些问题，迈过这道坎，才能在更高水平上前进。

熊：总的看，当前的困难更多的是改革和发展中的问题，也只有通过加快发展、进一步改革来解决。

王：一个充满矛盾的社会并不可怕，或许这就是社会有希望的表现。相反，如果一切都凝固了，不动了，发展也就停滞了，这才是最可怕的事。低水平的稳定是可以做到的，却要以牺牲社会进步为代价。这里还有个观念问题，不能一看到问题就觉得天要塌了，不得了。新闻界的同志要多作点正面引导的工作。

熊：成绩了不得，问题不得了，但总有个主流、支流之分，有个大局与局部之别。难点很多，问题不少，因此我们要有忧患意识。但更要看到问题是可以解决的，要有战胜困难的信心和勇气。

记：还是那句老话，前途光明，道路曲折。气可鼓，不可泄。

（原载1998年3月5日《经济日报》）

丁凤英的新角色

54岁的丁凤英在湖北省委常委的位置上工作了26年，曾经参加过五次党的全国代表大会。今年，作为新当选的湖北省政协副主席、全国政协委员，丁凤英第一次走进全国政协会议。

笔底风云四十年（下）

丁凤英16岁就在农村当基层干部，从村支书、县委副书记、黄冈地委书记到省委常委，许多干部、农民、工人乃至勤杂人员都成为过她的老师："从这个角度上讲，到政协这样一个知识层次很高的队伍中，给我提供了一个良好的学习机会，为适应政协工作，顺利完成党赋予政协的各项工作和任务，团结好各届人士和朋友，必须不断提高自己。面对着队伍精良、任务繁重、内容丰富的政协工作，'以其昏昏、使人昭昭'是不行的。"

作为政协新委员，丁凤英已着手以提案的形式积极参政议政。进京前后，丁凤英对反腐败中法律不够完善的若干问题进行了精心研究，并草拟了提案初稿。

丁凤英说："政协工作首先要做到有为，因为有了作为，才会有地位、有威望。在我的省政协副主席任期内，我对政协工作提出了一个'四出'的要求：即出水平、出成果、出人才、出形象。"

从丁凤英的言谈之中，我们感到她已经深深地爱上了政协工作。四届人大时，丁凤英曾亲耳聆听过周总理建设四个现代化强国的报告，这些天晚上观看《周恩来》电视专题片时，泪水常常涌上丁凤英的眼眶。在中国人民政协发展史上，周总理曾任过三届政协主席，丁凤英说：鞠躬尽瘁为政协，我们一定要让周总理这种精神，在我们身上得到延续和发扬。

（原载1998年3月5日《经济日报》，与魏劲松合作）

听万鄂湘老师"说文解字"

称万鄂湘委员为"老师"，不是客套话。20年前，记者上大学的时候，就是这位老师教我们"ABC"的。

没想到与万老师在政协会上重逢,更没想到万老师又给学生上了一堂"ABC",关于社会主义法治建设的"ABC"。20年没见面,当年的英语老师如今成了法学教授、博士生导师、武汉大学国际法研究所所长,还兼任武汉市中级人民法院副院长,也是民革中央最年轻的中常委。

"以法治国"还是"依法治国"

话题是从记者的一点疑惑开始的:过去我们常讲"以法治国,建设社会主义法制国家",最近这提法有了点变化,叫"依法治国,建设社会主义法治国家"。两个字的变动,有什么意义吗?

"别小看两个字的变动,意义可大啦!"万老师清清嗓子,拉开了讲课的架式。

"依法治国",意思是依照体现人民意志,反映社会发展规律的法律来治理国家,国家的政治、经济、社会的活动以及公民在各个领域的行为都应当依照法律进行,而不受任何个人意志的干涉、阻碍和破坏。一句话,依据表现为法律形式的人民意志来治理国家。

"以法治国",则是把法律作为治理国家的一种手段,并且不是唯一的手段,是可以选择也可以不选择的工具。而选择不选择这种工具,是由人来决定的,因此为"人治"创造了条件。

一字之差,可能导致"法治"和"人治"两种结果,你说这差别大不大?

"刀制"还是"水治"

按照讲课的习惯,为了区分"法制"与"法治"这两个读音相同的词,万老师用拆字法,将前者称作"刀制",后者称作"水治"。

"刀制"与"水治"在汉语中不仅字音相同,也有些意思相通、相近。两个概念既有联系,又有区别。如果翻译成英语的话,这种区别就更明显

笔底风云四十年（下）

了。"刀制"英文是legal system，意思是法律体系，"水治"是rule of law，是依法治理的意思。

邓小平同志关于社会主义法制建设有"四句话"的总要求：有法可依、有法必依、执法必严、违法必究。"刀制"侧重的是有法可依，注重法律体系的建设；而"水治"强调的是有法必依，强调法律的必须执行性和不可违背性，是"人治"的反义词。

变"刀制"为"水治"，不是对"刀制"的否定，而是在"刀制"的基础上前进了一大步。现在我们还要继续完善我们的法律体系，更重要的要使已经制定的法律得到切实的遵守和执行。当前存在的突出问题是有法不依。现在还出现一个新的情况，法院判决执行难，群众说法院也打"白条子"。如果判决成了一纸白条的话，老百姓怎么能树立法治的信心呢。

概念之争还是观念之争

万老师介绍，我们国家明确依法治国的方针有一个过程。"依法治国"曾经是理论禁区，后来法学界就此进行过研究和讨论，八届人大四次会议根据中共中央的建议，在"九五"计划和2010年远景目标纲要中明确提出了"依法治国，建设社会主义法制国家"的方针，到了中共十五大，江泽民同志在报告中进一步明确提出"依法治国，建设社会主义法治国家"的目标，全面阐述了依法治国的基本内涵和深刻意义。

从以法治国到依法治国，从法制到法治，表面上看是名词、概念之争，实质上是观念之争。以法治国体现的是"工具论"的法律观，往往把法律看作是统治手段；而依法治国体现了"价值论"的法律观，把法律作为一种价值，强调"法的统治"。

从以法治国到依法治国，不仅是思想的进一步解放，更是治国方式的重大转变，是社会文明进步的重要标志。提出依法治国的意义，一是建设社会主义市场经济，促进生产力发展的客观需要；二是促进社会主义民主政治建设，实现人民当家作主的根本保证；三是推进精神文明建设，促进社会全面进步的内在要求；四是保证国家稳定，实现长治久安的关键所在。总之，这是一场深刻的观念更新和制度变革。

江泽民同志在十五大报告中对依法治国有很精辟的论述。但似乎有些同志只注意到概念的变化，没有领会变化中的深刻内涵；有些同志甚至连提法上的变化也没有注意到，还在用一些过时的概念。落实依法治国的方针有很多艰巨的工作要做，我看首先是要加强依法治国的宣传教育，让全体人民特别是各级领导干部真正搞清楚什么叫依法治国，为什么要依法治国，怎样实现依法治国。

（原载1998年3月7日《经济日报》）

阳光灿烂的日子

我庆幸，在生命的阳光灿烂的日子里，我拥有五个充实的春天。

在灿烂的阳光下，我一次次《踏上那长长的石阶》走进人民大会堂，描摹《群贤毕至迎春来》的盛况，努力把握《春天的印象》，看新人《渐入佳境》，听"老大"振臂而呼，感受《民营经济冲击波》，祝愿《务实之风开新局》，共同《期盼改革上新阶》。

灿烂的阳光下也会有几片阴云。《新挑战带来新话题》。我和委员们一起期待《发展看"九" 稳定看"十"》，又不得不深刻反思《去年（1994）：为何突破"九"和"十"》，探讨《今年（1995）："八九不离十"》；委员们坦诚相告《民主监督为何"相距甚远"》，又大声疾呼《社会科学不该受冷

笔底风云四十年（下）

落》；有人畅言《搞活国企看"三招"》，又有人怀疑《大中型企业学得了宝钢吗》；我终于知道：《春天的话题总是新鲜的》。

阳光灿烂的日子里我结识了许多师长。闲暇时，我们细数《夏利·美菱·易拉罐……》；悲伤处，《委员们争说邓主席》；张文达告诉我，钢铁工业为什么要《从一亿吨起步》；刘树林提醒我，一定要有《清醒的"爬陡坡"意识》；吴敬琏《咬文嚼字》让我受益匪浅，熊性美《三问乐凯》令人茅塞顿开；今天，我终于可以回答熊委员《哈佛看得到经济日报吗》的问题，也终于理解了张巨声的"尴尬"和董维先的"无奈"。《有感于瞿弦和的"四要四不要"》，我时时告诫自己：《为了"腾飞" 更要"奋斗"》。

阳光灿烂的日子不会随风而逝。当又一个春天来临的时候，让我们在更加灿烂的阳光下，记录下更为精彩的春天的话题。

编辑点评

擅长于评论写作的曙红不仅思辨能力强，而且文字激扬。二十五个书名号不是在堆积令人敬畏的巨著鸿论，而是见于本报的记录了政协五年风雨里程的部分文章标题。走进这些报道里，可以品味到一番心血与深情……

（原载1998年3月7日《经济日报》）

四个教授一台戏

旁听政协九届一次会议经济界的一次分组讨论，记者为四位同是教授的委员踊跃议政的火热气氛所感染，想到"四个教授一台戏"这个题目。

这台戏是由中国人民银行金融研究所赵海宽教授开场的，相继登台的有北京大学经济学院萧灼基教授、中国金融学会副会长刘鸿儒教授，最后"压轴"的是国务院发展研究中心吴敬琏教授。

赵海宽说上句：企业债务怎么办

赵海宽委员说，东南亚金融风波使我们得到了不用付出代价的经验和教训。从风波中我们可以得到四点启示：一是把经济搞上去，保持经济"高增长、低通胀"的势头是防范风险的最根本的因素；二是人民币资本项下的自由兑换是方向，但什么时候、什么条件下实现自由兑换，还要慎重研究；三是加强对外债的管理，商业性外债，短期外债要少借；四是要下决心解决银行不良资产问题。

赵海宽认为，银行与企业的不良债务关系不解决，金融信用不巩固，始终是我们一个心腹之患，《政府工作报告》中已经就此提出了一些措施，安排了相应的资金，但我想还要有点"绝招"。银行的不良资产实际上是企业的债务负担过重问题，解决银行的问题，首先是要解决企业的问题。提两个建议，一是对凡是实行股份制的国有企业，欠银行的逾期贷款一律要归还。有的企业上市一下子拿到几亿甚至十几亿元资金。很少有企业主动去还银行贷款的，都拿去搞基本建设。二是对于国有独资公司的债务，可以转换债权债务关系，由财政向银行发行债券，筹集到资金投入国有企业，企业全部用来归还银行贷款，这样转一圈，企业债务过重的问题解决了，银行由对企业债权转换为对财政债权，对提高信誉很有好处。财政虽然增加了负担，可以慢慢还，还不了还可以借新债还旧债。

刘鸿儒接下句：贷款质量要提高

刘鸿儒委员自称"做了40多年的金融工作"，他说从来没有像现在这样

笔底风云四十年（下）

感到金融的重要性和一旦出现风险的严峻性。过去总强调要发挥银行作用，现在感到银行的作用太大了。我们不是没有问题，而是暴露得早，中央能够较早地采取措施解决，调整比较及时、有效，所以我们比较主动。

刘鸿儒说，银行问题的核心是贷款质量问题。银行拿别人的钱给别人办事，靠周转过日子，就怕周转不动，而周转动与不动的关键就看贷款质量。现在问题是银行的钱80%贷给了国有企业，国企80%的资金靠银行，银行与国企是联在一起的。过去的呆账怎么办？我认为，旧债再多也不怕，总有办法处理。现在最难办的是天天还在发生，因此我们的重点应该是如何防止天天发生，从源头上解决问题。源头的问题就是贷款质量，其核心又是银行经营自主权问题，这问题多年来呼吁不断，但得不到解决，尤其是四大专业银行解决不了。发不了工资也要由银行拿钱，市长说了："这贷款我这一代肯定还不了，我儿子未见得当市长。"他借的时候就根本没想还，怎么能解决不良贷款？解决银行自主权，一靠外部环境，二靠银行自身，解决机制、人才等问题。

萧灼基唱"红脸"：资本市场还得搞

萧灼基委员在发言中全面评价了这五年的成就和存在的一些深层次问题，最后集中谈到爱护和发展资本市场的话题。他介绍，我国资本市场起步较晚，发展迅速，现在已经形成相当规模，在筹集建设资金、转换企业体制、优化资源配置等方面发挥了重要作用。

萧委员显然是发展资本市场的"促进派"，他连用了三个"十分"以表明他的态度："中国金融市场没有受到国际投机资本的冲击，没有受到东南亚金融震荡的牵连，形势喜人。我们要十分珍惜来之不易的金融市场平稳发展的形势，十分爱护资本市场，十分爱护股民的投资热情。"基于此，他提出了激活股票市场的五点建议。

吴敬琏扮"黑脸":防止"泡沫"又重来

吴敬琏委员认为,这五年是深化改革、加强宏观调控、稳定发展的五年,国外经济学界对中国的实践评价很高,我们自己更应该认真总结五年的经验教训,这是我们一笔宝贵的财富,丢掉了这笔财富,我们就可能"好了伤疤忘了痛"。

吴敬琏教授几年来一直呼吁不能搞"泡沫经济"。谈到当前的资本市场,吴委员同样"旗帜鲜明":我不赞成有人提出的用减少额度的办法来"托市"。现在的股票价格并不低,市盈率40到50倍,市盈率这么高,股票有什么投资价值?我们不要一看到市盈率到40、50倍就高呼"股市低迷,必须托市"。香港股市前一阵大跌的时候是16倍。美国的格林斯潘说他觉都睡不着,出了什么问题?不过是市盈率接近20倍。股市崩盘的第二天,格林斯潘到国会作证说:"我一直担心美国这次七年的繁荣不能继续了。跌了554点,好,繁荣又可以延续下去了。"股票市场一要发展,二要规范,问题主要是鸿儒同志刚才讲的:质量问题。不在于上市公司多了,而在于"垃圾股"太多了。

四位教授的发言几乎把下午的讨论"包了场"。小组会结束,几位教授又成为记者追踪采访的热门人物。吴敬琏委员继续扮他的"黑脸",他对记者说:有一种观点认为,为保护股市这一改革的成果,政府应该出面救市,在我看来,这种观点是不正确的。媒介应该作正确的报道和引导,不能把文章都做在如何把股价炒高上。

(原载1998年3月10日《经济日报》)

笔底风云四十年（下）

好文章为什么走了样

记者以"码字儿"为职业，总希望"码"出来的文章可读、耐看，经得住一些时日的考验。可惜做了一段时间的经济记者，突然发现这似乎是一种"奢望"。有些文章得意于一时，但事物很快就走到了它的反面，当年的好文章也变味了。

记者就是带着这样的困惑走上"两会"采访的。

三点困惑

困惑之一：股份制怎么变成了"一股就灵"？采访党的十五大时，记者曾写过一些文章论述为什么股份制"社会主义也可以用"，宣传过对股份合作制要支持、引导、总结、完善的方针。此前本报也对一些股份合作制试点地区作过报道。但出乎意料，十五大之后各地刮起了一股股份制和股份合作制之风，有的地方为此开过万人大会、十万人大会，有的地方甚至把企业改革简称为"股改"。"一股就灵"几乎成了一阵风。

困惑之二：发展企业集团怎么搞成了"拉郎配"？有鉴于国内企业长期"小、散、弱"的状况，有鉴于国际竞争的需要，本报一向鼓吹要发展企业集团，实行大公司战略。去年记者还参加过《海尔扩张之路》的系列报道，介绍海尔在兼并、联合中求强、壮大的经验。又没过多久，企业扩张成了热门话题，发展企业集团在一些地方变成简单的"1+1"，企业忙着"找对象"，政府忙着"拉郎配"，似乎只要把"加法"无限做下去，世界500强就指日可待了。

困惑之三：资本经营怎么变成了"空手道"？记者曾经编发过一篇关于资本经营的文章，当时称作"资本营运"，后来尽管这名词变来变去，但越

第七辑　旁观两会议政

来越多的人理解了企业不仅要经营商品，还要经营资本，包括有形资本和无形资本。可是没过多久，资本经营的名声也不那么好听了，因为有人把它理解为对商品经营的否定，有人把它看成是"空手套白狼"的"空手道"，资本市场上的不规范行为也多起来，一些企业上市靠的不是业绩，而是"包装"，甚至是"伪装""男扮女装"。

记者的几点困惑并非是与两会议程无关的话题，李鹏总理在报告中就谈到了鼓励发展大型企业集团，同时防止拼凑和盲目扩大规模的问题；提出小企业改革要根据不同情况，选择适当的改革形式，不要盲目追求进度。股份合作制要尊重职工意愿，不能强迫入股。

一个症结

几位接受采访的委员是这样解答记者的困惑的：

严尧卿委员说，搞股份制没有错，股份合作制作为放小的一种积极探索也应该肯定，之所以在实践中走了样，有三个原因：一是思想根源上的"唯上不唯实"，上级一提倡就要紧跟，似乎不搞就要落后；二是有的舆论有误导，说好就一切都好，看不到好事物也有一定的局限性，特别是对新生事物习惯于说好的多，说坏的少；三是对市场经济缺乏了解，对中央精神、改革政策没有全面深刻的把握。有些同志对什么是股份制、什么是股份合作制也没有分清楚，就急于层层推广、层层落实，自然要出偏差。

刘明善委员说，搞企业集团是企业发展到一定阶段的必然过程，也是参与国际竞争的需要。中央要抓企业集团试点，说明这个方向是对的。问题是不能一哄而上，不管是否具备条件，你搞了我也要搞。成功的兼并扩张无疑会加速企业集团的发育成长，但兼并本身又是有风险的，搞不好会拖垮企业。"穷哥儿们"加"穷哥儿们"，结果是一群"穷哥儿们"，日子只会更难过。

田文华委员说，经营者不能不学会资本经营，又不可过于迷信、迷恋资

笔底风云四十年（下）

本经营。我们集团这几年有比较大的发展，原因之一就是正确处理了商品生产与资本经营的关系。我们从资本市场上拿回了钱，改造了设备，扩大了规模，培实了主业。一些企业走进了资本经营的误区，就因为他们把资本经营当成了又一剂"灵丹妙药"，指望靠投机取巧过日子。

归纳委员们的看法，三种现象一个症结：刮风。

两分方法

经济工作中的"刮风"问题并不自今日始，它是计划经济的产物，也曾经是我们运用自如的"利器"。几十年来，"大炼钢铁""深翻密植""洋跃进"等，可谓一阵风接一阵风。

"刮风"的风气并没有随着体制的转轨而消逝。它还在影响着我们的行为，制约着我们的思路，正如许多委员指出的，"刮风"的习惯不改，再好的文章也会越做越变样。

如何治理"刮风"的顽症？严尧卿委员认为，"刮风"现象的存在，有一些地方领导人急功近利的因素，更主要的还是思想认识、工作方法问题。关键是要恢复实事求是的传统，真正做到一切从实际出发，因地制宜，科学决策，按经济规律办事。

凡事都要讲两分法。严委员分析，现在却存在一个怪圈，说什么事情好就是一好百好，先进典型只介绍好的一面，新闻界也只报道好的一面，参观、学习的人也只能看到好的一面。问题不是不存在，而是有意无意地被掩饰起来了，等到问题暴露出来，又会走到另一个极端，一坏百坏、全盘否定。许多改革措施都是一种探索，要总结完善，还允许失误，因此我们总结经验，报道典型，都要实事求是，客观分析，冷静判断，少作绝对化的结论。

东南大学教授达庆利委员认为，当前既要鼓励进一步解放思想，大胆试验创新，又要大力提倡按客观规律办事，审时度势，讲求实效。很多好文章做歪了，原因是以主观愿望代替了客观规律，而违反规律的结果必然受惩罚。领导干部要增加创造性工作的能力，不要照抄照转，而要学会具体问题具体分析，注重实际效果。

做文章和抓工作的道理有相通之处。有位新闻界老同志把写文章的奥秘归纳为六个字："吃猪肉，长人肉"，意思是对采访到的事实、观点不能简单照抄，要有一个消化吸收的过程。猪肉如果不能通过消化系统变成人体所需要的营养，就莫如直接贴到脸上。学习先进经验，贯彻上级指示，同样有一个结合当地实际消化吸收的问题，同样应该是"吃猪肉，长人肉"。

（原载1998年3月12日《经济日报》）

关于讲真话的汇报
——致巴金委员

尊敬的巴老：

作为八届全国政协的副主席、九届政协委员，您虽然没有能出席会议，但我们知道，您那颗不老的心依然牵挂着盛会。两会召开前夕，您对新华社记者发表谈话，热诚希望"大家要畅所欲言，多讲真话，要讲民主"，希望"政协要为推动中国的改革开放，做出自己的贡献"。言之谆谆，情之切切，看了令人感动。

"多讲真话"，这是您从不堪回首的切身经历中痛彻心扉的反省，是您从中华民族难以忘怀的曲折历程中披沙见金的总结，也是您20年来振臂疾呼、一以贯之的主题。在采访的间隙，我又一次捧起您蘸着心血写就的那部

笔底风云四十年（下）

"讲真话的大书",感受您那火一样的热情,冰一般的冷峻,倾听您"人只有讲真话,才能够认真活下去"的呐喊。尽管书页已开始发黄,但读来依然炽热灼人,激荡我心。

作为一个在政协会议上采访的记者,作为一个喜爱您的作品、仰慕您的品格的后辈,在政协会议进入尾声的时候,我觉得自己有责任把对会议的印象向您作一个汇报。

说实话,对于政协委员们能不能讲真话,我也有些疑虑。从过去的采访经验看,每次换届的会议总是略显沉闷,新委员听得多,说得少,即使发言,也不往深处说。这次会议第一天分组讨论,我在民革组旁听,"打头炮"的却是来自辽宁的新委员龚世萍,接下来的5个发言者中也只有一位老委员。听过几天的分组讨论和大会发言,我突然感到,现在确实是不同了,会议开得出乎意料的热烈、火爆。

记者的印象也许有些偏颇。于是,我有意地向接受采访的委员提出同一个问题:你觉得大家讲的都是真话吗?

中国大恒公司的张家林是一位搞科研出身的"老总",他字斟句酌地回答我:我认为基本上是说真话。讨论的气氛比我想象的好。虽然有些观点不一定符合实际,但发言者的出发点还是讲真话。

中工机电发展总公司副总经理郑涛女士回答说:原来对政协不了解,有人告诉我当政协委员只有三件事:举手、拍手、握手。来了一看,不是那回事儿,这个委员不好当。发言的时候有时前面也有个"帽子",但很快就摘下来了,说不出点真东西还真不好意思开口。

中国神马集团公司的宋春迎委员说:委员讲的真话中,有些东西是在基层听不到,在书本上也学不到的,我听了很过瘾。比如刘鸿儒说:"审批经济学就是腐败经济学。"这话当然是真话,书本上也找不到。说句实话,听半天讨论,抵得上在党校学一星期。

我采访的主要是经济界委员,是不是经济界的讨论比其他界别热烈一些呢？中午吃饭的时候，我问住在同一饭店的无党派人士组的庄公惠委员（天津市副市长）："你们讨论怎么样？"他回答：无党派嘛，就是敢讲话，讲真话。

后来听说无党派组还对新闻界有些意见：我们讨论这么热烈，怎么很少见记者来采访呢。

其实记者有记者的苦恼。采访两会犹如身入"宝山"，该写的文章实在是太多了。记者的笔是笨拙的，报纸的版面是有限的，我们还难以全面反映出代表委员们的真知灼见，真情实话。

我很高兴和委员们有着大体相同的感受。我想，历史是不会重复的。在改革开放20年后的今天，在大步走向新世纪的今天，"讲真话"正在成为我们时代的潮流。江泽民等领导同志一再要求各级领导干部要讲真话。一些过去讲惯了空话、假话的人也在学着讲真话、实话。虽然在不同的场合还能听到一些空话，套话，甚至假话，但毕竟，人们已经容易鉴别了，不那么轻信了，假话的市场逐步消逝了。

就在我敲打这封信的时候，我爱人看到这个题目，问："你说，政协委员讲的真的是真话吗？"相信有这样疑虑的人当然不只是她。所以我想把这封信交给编辑，希望能登在报纸上，既是对您的汇报，也是对关心两会的广大读者的汇报。

祝巴老健康长寿。

经济日报记者 张曙红
1998年3月12日
（原载1998年3月13日《经济日报》）

笔底风云四十年（下）

好梦能圆

躺在奥林匹克饭店的软床上，陶武成总是很晚才能睡着。都市的白天与黑夜似乎不那么分明，霓虹闪烁，市声入耳，让他不由想起山村春夜的宁静。作为人大代表，白天讨论的都是天下事，只有在夜里，在都市不息的喧闹中，他才能静静地过一过村里的农家事。

离村不过几天，陶武成却觉得这日子过得很长、很慢，他也想找人说说农家事，但他还没学会场外的"公关"。看着代表团里的知名人士和企业家被记者追逐着、包围着，他有些羡慕。他也想对记者说说他的议案，还有他在难眠的长夜中生发的几个"梦想"。

他的第一个梦想已经写成了一份议案，是关于修建大别山腹地公路的事。这可不是他个人的梦，而是湖北省罗田县几十万人的梦。罗田人这几年意见可大了，京九铁路走到了家门口，却绕个弯过去了；原来仅有的一条国道前几年改造的时候又抄了近道，单把罗田给撇下了。作为全县第一位全国人大代表，他知道如果不把这个意见反映上去，回去可不好交账啊！

他的第二个梦想也写进了另一个议案，题目叫"建立贫困地区农副产品收购风险保障机制"，那意思其实就是要解决贫困县收购农副产品缺钱的问题。农民可是实实在在的，当年的蚕茧卖不出好价钱，回到家里就挖桑树。挖了种，种了挖，老这么折腾下去，这产业哪一天才能成"支柱"？

第三个梦想是他自个儿瞎琢磨的：引进资金建一座板栗加工厂。罗田是有名的板栗大县，板栗大县怕的却是板栗丰收，因为板栗这玩意儿不好保鲜，一多就卖不动，就跌价，农民要骂娘。板栗丰收的时候也是他们这些村干部"着急上火"的时候。只有搞深加工，靠规模经营，板栗大县才有出路。

第四个梦想才是他的份内事。他当支书的那个特困村名字有点怪：晒谷石。这名字其实也有些理想成分，因为村里要真找一块大而平整可以晾晒稻谷的石头并不容易。他把村里最紧急的事情理了理：村办小学要维修，村部是危房，电力设施老化，村民"饮水难"的问题亟待解决……算一算，没有50万元下不来，而村集体的账上是负数。会议期间，他希望找个财力殷实的企业或单位搞个对口扶贫什么的，实实在在地帮他一把。

当我们见面的时候，陶武成很高兴终于有了讲述他的"梦想"的机会。采访结束，他叮嘱记者：现在不是提倡"结穷亲"吗？你们走南闯北认识的人多，有机会给牵个线，搭个桥吧。

我自忖很难有机会为他搭这个桥。只能从心里祝愿：好梦能圆。陶武成，但愿明年来开会的时候，您能睡得踏实些。

（原载1998年3月16日《经济日报》）

让长江告诉黄河

说去年，不能不说长江；看今年，不能不说黄河。

说长江，是因为人们忘不了那场人与自然惊心动魄的决战；说黄河，是因为历史的经验告诉我们，"长江之后看黄河"，在我们取得九八长江抗洪救灾的全面胜利之后，在今后不太长的时期内，新的考验可能将在黄河上出现。正因为如此，本次政协会议的一号提案就是民盟中央《关于加大投资力度，依法治理黄河的建议》。

委员们关注着长江，关注着黄河。

笔底风云四十年（下）

心系长江　袁国林细说三点感受

袁国林从长江三峡走来。他是中国长江三峡工程开发总公司的副总经理。他在政协九届二次会议分组会上发言，谈起了对长江的三点感受：

一是要认识水利和气候对中国的特殊性。中国的季风气候，总起来看固然是有好处的，但也带来暴雨集中、洪灾频仍的问题。这是自然规律，不以人的意志为转移。去年长江洪水，主要就是季风气候所引起。

二是平原地区开发应该有个限度。由于连年围垦，八百里洞庭蓄水量少了近一半，加上鄱阳湖区减少的库容，两大湖就少了100亿立方米的库容，相当于三峡工程的蓄水量。但一些地区还在不停地围垦，还在河道内搞建设。去年某大城市建在江边的一幢高级宾馆水都淹到了三楼，"望江楼"成了"江上楼"。不尊重自然规律，迟早会受到惩罚。

三是长江上游的水土保持必须加大力度。这项工作抓了多年，也有所投入，但收效不大。长江年泥沙含量一直在5亿多吨，降不下来。一些地方还出现一边保护一边破坏的现象。现在提出25度以上的坡地一律退耕还林，封山育林，这个决心下得好。关键是要抓好落实。

袁委员最后感叹，这次特大洪水的出现，使人们对三峡工程该不该上的分歧大大减少了。一些水利专家说，如果三峡工程已经修好了，去年保证水位降低1.5米，那么大的险情就不会出现了。

情寄黄河　张红武力陈五项建议

长江之鉴，当为黄河汲取。

比起长江，黄河的问题更复杂一些。用黄河水利委员会黄河水利科学院副院长张红武的话说，就是"水多了（洪灾）不行，水少了（断流）不行，水脏了（污染）也不行"。

就黄河治理与开发的一些突出问题，张红武委员提出了五个方面的建议：

一、以工程措施改变中游水土严重流失区地理环境为治本之策。黄河之难难在沙多，而沙多的原因在于中游黄土高原地区严重的水土流失。黄河中游的水土保持必须跳出传统框框，采用现代工程措施，如修筑控制性拦沙工程及必要的挡土墙，变坡地为平地，通过改善水土严重流失区的侵蚀地理环境，辅之以必要的生物措施，实现"再造山川秀美的西北地区"的目标。

二、进一步加强黄河水资源的利用和保护。为抑制水资源的浪费，一方面按市场规律办事，合理调整水价和水资源费；另一方面在流域内大搞节水农业，提高水资源利用率，同时要尽快采取措施，加快对黄河污染的治理，改善黄河水质。

三、外流域调水是解决黄河断流的最有效措施。近期较为可行的方案是，结合南水北调中线一期工程，把汉江丹江口水库之水自流引入黄河。

四、科学评价黄河挖沙疏浚措施。挖沙疏浚投资巨大，但黄河毕竟是一条河性极其复杂的河流，黄河泥沙挖不胜挖，如不开展深入研究和科学论证，势必事倍功半，甚至半途而废。

五、黄河防洪及干流开发不可掉以轻心。进入20世纪90年代以后，黄河中游连续几年发生高含沙洪水，加上三门峡水库汛初集中排沙，致使黄河下游汛期水少沙多，淤积严重，河道萎缩，河势散乱，防洪工程隐患较多。近年来多次出现小水大灾，若大洪水到来，有可能导致更大的灾害。当务之急是抓住中央加大水利投入的机遇，进一步加快黄河下游河道整治及河防工程建设步伐。

张红武委员告诉记者，去年中央加大对水利设施的投入，黄河同样获益匪浅，黄河各项防洪及治理工程正在加快建设。黄河水利职工及两岸人民有信心迎接大自然的挑战。

（原载1999年3月7日《经济日报》）

笔底风云四十年（下）

大堤稳住了　还要防管涌
——金融界政协委员谈防范风险与发展经济

经历了九八抗洪斗争，全国人民都学会了一个新词：管涌。记者采访的几位来自金融界的政协委员，也一再提起防"管涌"，但却赋予其新的寓意。

委员们认为，在国际金融市场动荡的前年和去年，中央预见早，决断快，大力推进金融改革，未雨绸缪，消除隐患，坚持人民币不贬值，筑起了一道防范金融风险的大堤，顶住了亚洲金融危机的冲击，保证了中国经济的稳定发展。但大堤稳住了，还要防"管涌"。当务之急是要加强防范和化解金融风险的工作，使我们的堤防更牢固，使金融乃至整个经济大局的稳定有可靠的保证。

在今年朱总理所作的政府工作报告中，金融工作"享受"了单辟一章的特殊地位。来自金融界的委员们既深受鼓舞，又深感责任重大。中国农业银行行长何林祥委员说，报告把金融工作放在非常突出的位置，这是多年来没有过的，说明决策层头脑非常清醒，体现了党和政府对金融工作和防范风险问题的高度重视。报告中提出的各项措施是积极妥当的，必须抓紧落实，切实贯彻。

大堤稳住了，"管涌"还存在。在充分肯定一年来金融工作在深化改革、防范风险、支持经济增长等方面取得巨大成绩的同时，委员们强调，对目前还存在的隐患不能低估。这些隐患如同长江大堤外的"管涌"一样，发展下去就可能危及大堤的安全。在大堤稳住之后，致力于发现管涌，消除管涌，才能确保大堤的安全。上海浦东发展银行副行长梁沅凯委员指出，金融问题是一个全局性的问题。亚洲一些国家的教训值得我们认真汲取。要像防管涌一样严防死守，努力防患于未然，把产生风险的可能性降到最低限度。现在大家对金融工作重视了，但一些地方领导同志对金融业务还不熟悉，还习惯于按照计划经济的办法对金融进行干预，许多隐患就是这样造成的。当务之急是要让各级主管经济工作的领导同志熟悉现代金融知识，学会用市场经济的办法领导金融工作。

在经济结构调整时期，维护金融大局的稳定非常重要。何林祥委员为此提出四点建议：第一，要在维护金融稳定大局的前提下化解金融风险；第二，在整顿金融秩序的同时注意维护金融业的整体形象；第三，坚持分清责任、谁的问题谁解决的原则，分散的问题分散处理，不能把分散的风险集中起来成为全局的风险；第四，在金融机构调整上，尽可能采取规范管理的办法，减少对客户利益的损害，防止引发金融乃至社会震荡。

中国金融学会副会长刘鸿儒委员介绍，日本国内对解决银行风险出现了两种意见，一是用丢卒保车的办法，集中力量保护基础较好的银行；一是着眼于全局的稳定，大力推动企业重建。争论的结果是第二种意见被接受了。金融业与工业、农业不一样，互相之间的联系更紧密，所谓"牵一发而动全身"，对金融机构的整顿，应该少关闭，多重组，尽可能减少不良的连锁反应。

实行稳健的金融政策，一方面银行必须坚持商业贷款原则，保证贷款质量，防范和化解风险；另一方面，又要改进服务，拓宽领域，积极支持经济增长。如何处理好这两者之间的关系，是委员们讨论的一个热门话题。

刘鸿儒委员说，积极的财政政策是必要的，也是有效的，但财政的钱、银行的钱拿什么还呢？还是要增加财源，把有效益的企业扶上去，把新的经济增长点扶上去。现在防范风险这一手很硬，风险问题与金融机构负责人的业绩挂钩，而扶持经济发展的措施就要软一些。如果不采取措施，风险是小了，但经济上不去，大局也难以稳定。

中国银行原行长王德衍委员说，现在银行防范风险的责任很大，容易造成一种心态——"能不贷的就不贷"，发放贷款非常谨慎，怕出事。企业的

笔底风云四十年（下）

问题也是银行的问题，企业不好，银行也好不了。在加强管理的同时，一定要研究制定支持经济发展的措施。

针对一些委员对银行"惜贷"提出的批评，何林祥委员说，为了防范风险，一些银行可能确实存在矫枉过正的问题。但我不赞成批评银行"惜贷"。什么叫"惜贷"？珍惜每一笔贷款是商业银行的基本特征，是对企业、对经济增长质量负责的表现，如果银行不珍惜贷款，那倒应该批评。金融风险问题，说到底是国民经济增长的质量与效益问题。银行的信贷资产质量，既取决于银行业的管理水平，但本质上是客户群体效益的反映。当前结构问题非常突出，必须下决心调整结构，解决积压产品、重复建设的问题，因此必须实行审慎的信贷原则。实行审慎的信贷原则是执行稳健的货币政策的重要组成部分。如果我们不这样做，贷款不讲质量，就不能发挥国有商业银行的调控作用，也就是对经济增长帮倒忙。

在改进服务，拓宽领域方面，银行业大有潜力可挖，并非无所作为。中国进出口银行原行长雷祖华委员认为，银行要拓展业务，有一些领域值得重视：第一，既要锦上添花，还要雪中送炭。对目前处境困难但有发展前途的大中型企业要支持。把工作做细一些，风险是可以避免的；第二，现在成立了中小企业信贷部，关键是要解决如何担保的问题；第三，相对来讲，银行对生产领域关注得多一些，对流通领域关注得不够。商品价值的实现要靠流通领域。特别是外贸，要运用金融手段支持外贸向多元化发展。

防范和化解金融风险，支持经济发展，不仅是国有商业银行的任务，也是其他商业银行和地方性金融机构面临的紧迫课题。梁沅凯委员认为，加强金融监管，规范金融秩序，对其他商业银行既是一种考验，也是发展的机遇。必须抓紧时机，完善内部管理，健全风险控制机制，提高资产质量，增强抵御风险的能力。

梁沅凯委员认为，作为金融体制改革的一项重大试验，十几年来新兴商业银行根据我国金融体制改革的总体目标和国民经济发展的需要，积极开拓各项业务，努力探索商业银行改革与发展之路，在资产规模和效益等方面取得了长足发展，我们对此要有一个正确的评价。现在个别地方的新兴商业银行出了问题，原因是他们从组建开始就把地方金融风险和矛盾积聚起来，背上了沉重的包袱。要看到，这种情况在新兴商业银行中也是极个别的。在银行同业中，新兴商业银行的资产质量相对还是比较好的，他们没有计划经济遗留下来的历史旧账，一开始就按照市场规律运作，总的来看，发展是健康的。新兴商业银行存在的困难和问题，也完全可以在发展中得到解决。

为使新兴商业银行在改革中稳步发展，梁沅凯委员建议，要进一步明确新兴商业银行在我国金融体系中的定位，明确改革与发展的方向，树立监管与扶持并重的思路，改善监管方式，督促新兴商业银行完善各项管理制度，帮助他们解决发展中面临的困难和问题，引导和扶持新兴商业银行走得更快一些、更稳一些。

（原载1999年3月11日《经济日报》）

第三只眼睛看世界

与几位企业界的委员聊天，听到一个有趣的比喻：过去我们有两只眼睛就够了，一只盯住市场，一只盯住政府。现在仅有两只眼睛不够，需要用第三只眼睛看世界。因为中国经济与世界经济越来越紧密地联系在一起，中国企业的发展与国际市场的风云变幻息息相关。

地球在变小。地球的那一面打个"喷嚏"，地球的这一面就可能得"感冒"。上海工业投资（集团）有限公司董事长徐志毅委员说：中国是一个人

笔底风云四十年（下）

口大国，我们生产与消费水平的每一步跨越，都可能影响世界资源分配的既定结构，因此别人对我们的每一步都非常关注。美国政府各部、局，国会机构，社会学术机构几十年来一直分工协作对中国经济进行系统的详细研究，涉及范围几乎包括了我国经济的所有部门，实证分析已到了相当精细的程度。而比较起来，我们对美国的研究还很肤浅。徐委员建议，为知己知彼，更好地增强与各国的相互理解和彼此尊重，国家要组织力量研究美国的经济现状与政策，以此为起点，对国际经济关系的现状剥茧抽丝、究流溯源，以利于我们做出正确有效的对策与回应。

现代经济是一场国际游戏。一场席卷全球的金融风暴使人们看到这场游戏的另一面：残酷无情，并且深浅莫测。如何从这场危机中获得有益的教训？中信（香港集团）上海投资有限公司副董事长翁祖泽委员认为，金融危机的发生，提醒我们要注意外部世界对中国经济的影响，但对这种影响的利弊得失要作正确分析。市场经济是一个开放的经济，倒退回去，把大门关起来是不行的。积极参与国际分工，主动成为国际经济循环的重要组成部分，是当前我国加快发展的正确选择。

国际游资的肆虐使人们看到了资本市场上的巨大风险，因此对中国要不要发展、开放资本市场产生了疑问。上海浦东发展银行副行长梁沆凯委员则认为，完善的资本市场是现代市场经济的基础之一。而完善的资本市场又必须是开放性的、国际性的。所谓全球化，就是要在全球范围内配置资源。在中国资本市场的起步、发育阶段，开放的条件还不具备，步子可以稳妥一些，但要逐步完善规则，整顿秩序，规范运作，与国际市场接轨。

研究他人是为了发展自己。睁大了"第三只眼睛"观察这个世界，委员们对中国经济发展有了新的认识。

徐志毅委员说，在发达国家主持修订国际经贸规则，国际经贸秩序为发达国家利益服务，国际竞争平等互惠的相容性与巧取豪夺的排他性并存的形势下，我们既要有充分运用相容性，巧妙化解排他性，促进互惠、不搞对抗的聪明智慧；又要具有反击歧视，回应挑战，确保经济安全的实力。在竞争中掌握主动，趋利避害，抓住机遇，发展自己。

东方集团董事局主席张宏伟委员说，跨国公司是经济全球化过程中一支非常活跃的力量。国家之间的竞争正在演化为跨国集团的竞争。根据《财富》杂志对世界500强的分析，一个国家大公司在世界大公司中的比重，与该国在世界国民生产总值和贸易总额中占有的份额相当。因此，我们应该创造条件，培育发展一批有中国特色的跨国公司，参与国际竞争。

南开大学教授熊性美委员说，由于金融危机的影响，外商在中国的投资进入一个调整时期，但与此同时，许多跨国公司继续进入中国，其中有一些还将其区域总部移到北京或上海。这表明我们正在进一步融入国际化大生产的格局之中。当前要深入研究有关政策，把"积极合理有效"的方针真正落实下去，留住外资存量，吸引外资增量，提高管理水平，通过有效利用外商直接投资，促进我国经济可持续发展。

（原载1999年3月15日《经济日报》）

教授跑题记

走进政协九届四次会议社科组的讨论会场，满眼银发皓首。细看名单，个个如雷贯耳，都是学富五车、著作等身之人。教授们发言，大多有备而来，开门见山，或谈政协工作，或论"十五"蓝图，或点评天下，或剖析热点，常能言人所未见，即便偶尔"跑题"，也跑得有滋有味，令人捧腹。

笔底风云四十年（下）

樊骏：奇声夺人

轮到中国社会科学院研究员樊骏委员发言时，扩音机突然走了调，先是一个慷慨激昂的声音冒了出来："中国运动队也来参加奥运会，但反对服用兴奋剂。"接着又换了一副像是播音员的嗓音："武钢的组织者不是把改革的口号挂在嘴上，去年获得公安机关的一致好评。"两句没头没脑的话，令全场愕然。环顾四周，并没有闯入"不速之客"。再看看话筒，还摆在樊委员的面前，只是他面前多了一台笔记本电脑。

樊委员一看已经达到了"奇声夺人"的效果，便笑眯眯地问："谁知道刚才是谁在说话？"有人答道："是机器。"原来，樊委员正在展示他的科研成果呢。一周前，由他主持的一个机器合成声音的科研课题，刚通过中国社会科学院语言研究所的初步鉴定。他向委员们简要介绍了这个课题的意义以及面临的人才与资金困难，希望有关部门将这个课题列入863项目，重点扶持。

王守昌：夜不能寐

当前教育界存在着的消极现象，让华南师范大学教授王守昌的发言多了些沉重。他说：现在教育界有一些奇怪的现象，比如，教授职务贬值。他说了一个笑话：某教授培养了一个博士，这博士当了教授后却又把他的老师收做自己的博士生。还有，以学经商、乱发文凭的问题严重，有些学校只要给钱就给文凭，硕士、博士都能买到。

王委员说，不久前他参加了某单位的博士导师评审会，看到一些素质不高的人成为博导，心里特别不痛快，回来后一晚上没睡着觉。"让这些只热衷于以学经商的人当博导，再由他们批量生产博士，怎么得了呀？"王教授的话在委员中引起共鸣，"批量生产博士"现象成为大家议论的热门话题。

第七辑　旁观两会议政

蔡义江："目不识丁"

说红学家蔡义江"目不识丁"，当然不会有人相信。但蔡委员说他不久前就经历过"目不识丁"的痛苦。一位学术界的朋友带了一个博士生，毕业论文的题目是《论林黛玉》，请他帮着看看。看过论文，他半年没有回复，朋友问是怎么回事，他只好如实回答：看不懂。

蔡委员由此感叹：现在语言污染不得了，一些年轻人已经不太会说中国话了，文章一写一大本，可三四行念下来，主语都不知在哪儿。有人研究《红楼梦》，可连句子也不会断，硬说是曹雪芹写错了。还说什么"红楼梦就是青楼梦"，论证金陵十二钗就是秦淮河边上的十二个著名"小姐"。学问怎么可以这么做啊？繁荣社会科学，一定要有一个好的学风。

（原载2001年3月9日《经济日报》）

来之不易的重要转机
——听政协委员评说当前经济走势（上篇）

在过去的一年中，我国经济出现了悄悄的却又是深刻的变化。这种变化用一句话来表述就是：国民经济出现了重要转机。

在政协九届四次会议上采访，"重要转机"也是来自经济界的委员们频频提到的词汇。转机是如何出现的？它的标志是什么？意义何在？在转机出现之后，今年乃至"十五"期间的中国经济走势如何？请听委员们的评说。

笔底风云四十年（下）

千呼万唤始出来

去年出现的转机，又被人形象地称之为"拐点"。转机也好，"拐点"也好，表达的是一个意思，就是从一个趋势转向另一个趋势。

长期从事宏观经济监测研究的中国社会科学院研究员李京文委员介绍说，我国的经济增长自1992年出现14.2%的高点以后，随即进入了连续7年的相对下滑状态，到1999年跌至7.1%的低点，平均每年回落14.3%。从1998年下半年开始，中央及时调整宏观调控方向，实施积极的财政政策，加强基础设施建设，扩大内需，启动经济。经过两年的努力，宏观调控终见成效。从去年年初开始，经济呈现加速迹象。到年中，国家统计局公布上半年增速为8.2%，被认为经济"拐点"出现。今年两会召开前夕，国家统计局发布统计公报确认，去年经济增长8%。统计局新闻发言人宣布：我国国民经济运行已经克服了亚洲金融危机带来的困难，出现了走向良性循环的重要转机。

李京文委员分析说，国民经济出现重要转机，有四个方面的标志：

一是国内生产总值稳定增长。去年国内生产总值达到89404亿元，按可比价格计算，比上年增长8%，增速比上年加快0.9个百分点，一举扭转连续下滑的态势，接近9%的我国国民经济潜在增长率。

二是结构有所调整，有所优化。以煤炭、冶金、制糖三个行业为重点，总量调控和淘汰落后生产能力工作有积极进展。技术改造步伐加快，更新改造投资比上年增长13.2%。特别是高新技术产业这两年有了较快的增长。去年全国53个国家级高新技术开发区工技收入达到8000多亿元，比10年前增长了100倍。

三是改革取得了进展。国有企业三年改革与脱困目标基本实现。社会保障制度有较快的进展。其他各方面的改革也有长足的进步。

四是经济效益有所改善。税收继续保持较快增长。工业企业利润大幅度增长，全年规模以上工业企业实现利润4262亿元，达到20世纪90年代以来的最高水平，比上年增长86.2%。工业企业经济效益综合指数为117.8，比上年提高16.1点，是1992年以来的最高值。

综观去年全年的情况，李京文委员认为，宏观经济已经从比较困难的局面进入到正常发展的局面。

中国社会科学院研究员董辅礽委员说：尽管有人对形势的判断乐观一点，也有人谨慎一点，但转机已经出现，这是不争的事实，是经济学界的共识。

"两手政策"驱动"三驾马车"

转机的形成是多种因素交互作用的结果，而其中最主要的是政策因素。全国政协常委吴敬琏说：国民经济出现重要转机，是两手政策综合作用的结果。

一方面实行积极的财政政策和温和扩张的货币政策，扩大了内需，提高了人们的消费倾向；另一方面推进国有重点行业改组和国有大型企业的改革，进行国民经济所有制结构的调整，大力发展民营的中小企业，增加了供给。

政策的作用是通过三个方面显现的，这就是人们通常所说的拉动经济增长的投资、消费、外需"三驾马车"。

对转机形成作用最直接、最显著的首推外需。从去年初开始，受亚洲金融危机冲击最严重的国家和地区开始摆脱危机的阴影，经济有不同程度的恢复。美国经济持续强劲增长，带动世界经济加快增长。在这一形势下，我国外贸出口出现了恢复性的高速增长，外需不足的矛盾出现缓解。去年全年进出口总额达到4743亿美元，比上年增长31.5%。其中出口总额为2492亿美元，增长27.8%。

宋海委员是深圳市主管外经外贸工作的副市长。深圳出口量占全国总量的14%，可谓举足轻重。他对外贸形势的变化有更真切的感受。他们年初提

笔底风云四十年（下）

出的目标是增长5%，后来提高到8%，再提高到15%，最后完成了22.3%。

如果说外需的扩大主要依赖于外部环境的变化，那么内需和投资的增长则主要是宏观政策调控的结果。有专家估计，如果不实行积极的财政政策，去年的经济增长速度可能要比实际值低2个百分点。

从投资看，去年固定资产投资扭转了上年增速回落较多的局面，呈现较快增长的态势。全年完成固定资产投资32619亿元，比上年增长9.3%。由于西部大开发战略的实施，西部地区投资增速加快。全年西部地区投资增长14.4%，分别高于东部和中部6.1和0.6个百分点。财政贴息等优惠政策也促进了企业更新改造投资增长加快和结构优化。

从消费看，在一系列扩大内需政策的作用下，消费者信心增强，国内市场商品销售稳定增长。全年社会消费品零售总额34153亿元，比上年增长9.7%，考虑价格因素，实际增长11.4%。住房、教育、旅游、文化等新兴消费领域在政策引导下也逐渐成为热点。

三大需求全面回升，使人们期盼已久的"拐点"终于伴随着新世纪一同到来。

为新征程开辟道路

经济转机在世纪之交出现，具有特殊的意义。它为"九五"画上了一个漂亮的句号，又为"十五"迎来了一个良好的开端。

在影响宏观经济的诸因素中，人们的心理预期可能是最难以调控的。而转机的出现，无疑极大地提升和凝聚了人气，增强了人们对于跨入新世纪之后中国经济走势的信心与预期。

南开大学教授熊性美委员从三个方面分析了转机出现的意义：第一，转机的出现，标志着亚洲金融危机对我国经济的影响基本消失；第二，标志着我国宏观调控体系方向性的转变已初步完成。从抑制需求扩张，到刺激需求增长；从治理通货膨胀，到防止通货紧缩，宏观调控政策体系在新的总量环境下开始发挥新的作用，政府调控宏观经济的艺术更加成熟，经验也更加丰富；第三，标志着我国供给层面开始发生积极变化，经济结构调整使供求结构性矛盾有所缓解，战略性重组使部分国有大企业焕发生机，支持中小企业的政策使民营经济加快发展。我国经济在调整过程中正在逐步形成新的增长动力和源泉。

中国人民银行金融研究所研究员赵海宽委员特别强调了转机对于即将加入"世贸"的中国经济的意义：转机的出现，有利于我们更快地增强经济实力，提高中国在世界竞争中的地位。尤其入世后，有助于中国在充分利用世界资源、享受新技术发展成果、与各国实行互补的同时，避免受超级强国的摆布。

转机已经出现，然而经济学家还告诉我们：转机并不意味着转折，转机之后不可盲目乐观。

（原载2001年3月9日《经济日报》）

巩固转机　不失良机
——听政协委员评说当前经济走势（下篇）

转机的到来，给世纪之交的中国经济抹上一片亮色，舆论为之欢欣鼓舞。有人形容，中国经济列车开始提速了。有人预期，中国经济的活跃期重新到来。有人惊呼：中国经济正大步迈入新一轮高速增长周期。

然而接受记者采访的经济界政协委员们远不像舆论所表现出的那么欣喜，对于转机出现之后的经济走势，他们普遍持审慎乐观的态度。

笔底风云四十年（下）

转机尚未巩固

委员们之所以持审慎乐观态度，就在于他们普遍担心，当前出现的经济转机并不巩固。转机来之不易，巩固转机同样不易。

李京文委员从四个方面分析了经济转机的不稳定性：

第一，转机的出现主要靠的是国家政策的调整和支持，而不完全是经济自身的好转，这一点国有经济表现得尤为明显。如果没有一系列的扶持政策，国有企业的效益不可能这么快上来。尽管国家政策的调整是必要的，支持也是有力的，但要看到这种支持要耗费巨大的财力，不可能年复一年地持续下去，也不可能随意增强力度。

第二，政策发挥作用是有一定期限的。如果经济内在动力不足，一旦政策效用弱化，经济随时可能出现回落。

第三，国际经济环境是不断变化的，而现在已经出现了不利的变化。美国经济在经历了持续9年的强劲增长之后，去年四季度增长率接近于零，导致今年1月采取前所未有的一个月内两次降息的特别措施。美国人对今年的预测也在不断下调，从4点多到3点多，直到小布什上台后提出的2.4%。美国作为世界经济的领头羊，其经济总量占世界的四分之一，其经济走势必然给世界经济带来严重影响，可谓"一损俱损，一荣俱荣"。与此同时，欧盟受欧元疲软的拖累，日本由于深层次问题依然没有解决，短期内很难有明显复苏，东亚各国的经济复兴也不稳定。因此总体上说，今年国际经济前景堪忧，我国的外贸形势未可乐观。

第四，当前还有一些深层次矛盾没有解决，成为经济持续增长的制约因素。

具体分析去年经济运行状况，也可以印证转机尚未巩固的观点。去年前三个季度GDP增长率为8.2%，而四季度则下降为7.3%，低于全年平均水平。尽管这里有前年的基数较高的因素，但本质上这种变化与国际经济的波动是一致的。

宋海委员介绍说，今年深圳的外贸增长指标已从去年的水平上大幅下调，目标是实现8%的增长。从一季度情况看，能达到8%就不错了。所以我们没有理由过于乐观，永远都要把困难估计够。我们习惯于说两个市场，实际上早已变成了一个市场。中国经济的最大不确定因素，就在于我们必然受到国际经济的影响，而国际市场的变化又常常是我们始料未及的。

李京文委员提醒说，正是因为诸多制约因素和不确定因素的存在，我们千万不可因为出现转机而麻痹大意。现在还不是歌舞升平的时候。

着力于解决深层次矛盾

转机不等于转折。转折意味着国民经济走上了良性循环的轨道，而转机则只是提供了向良性循环发展的可能。

委员们认为，从转机走向转折，真正使国民经济保持持续稳定增长，走上良性循环的轨道，就必须尽快解决经济生活中存在的诸多深层次矛盾。

国务院发展研究中心副主任陈清泰委员认为，重要转机的出现，为我们抓紧解决深层次问题创造了条件，赢得了时机。当前迫切需要解决的深层次问题，一是农业和农民问题。"三农"问题引起了广泛关注，但出路在哪里？恐怕还有一个探索的过程。"三农"问题的实质是城市化问题。当前城市化的进度与经济发展的水平不相适应，所以在20世纪的最后几年，农民收入增速下降；二是城市消费结构升级的问题。现在老百姓有需求，有消费能力，但在一些领域，消费政策还不配套；三是国有企业改革还没有完全到位。三年攻坚，脱困的成绩更显著一些，今年和"十五"期间，我们必须在企业制度创新上下更大的功夫。如果国有资产运行效率不高，经济就难以保持稳定；四是结构调整的问题。要不失时机地加快产业结构的升级，产业布局的合理化和企业重组。现在资产流动与重组的内在需求已经形成，需要加强政策导向，完善机制，消除障碍；五是私营、个体经济的发展问题。国民收入分配

笔底风云四十年（下）

格局与过去有了很大的不同。国民收入的相当一部分留在了企业和个人手中。现在私人投资的环境尚不理想。如果个人的投资积极性不能调动起来，也不可能保持经济的持续增长。

吴敬琏委员认为，只要促成经济转机的"两手政策"坚持不懈，我国经济向好的走势就不会改变。但是根据变化了的情况，还应该适时调整宏观政策的重点，相应减弱"第一手"的力度，使长期实行扩张性需求政策的某些负效应不致过分积累。同时加大"第二手"的力度，继续深化国企改革，同时把供给方面和民营经济的活力充分激发出来，从而为国民经济长时期的持续稳定增长打下坚实的基础。

良机不可错失

记者在采访中感到，委员们所谓的"审慎乐观"，审慎是前提，乐观是基调。审慎地分析经济形势，有利于我们争取一个更为乐观的结果。

董辅礽委员认为，由于经济转机的出现，从总体上看，今年宏观经济面临一个好的形势，经济增长大体可以维持去年的水平，可能略有放慢。

说经济形势总体上继续向好，有两个方面的理由，一是消费需求有望保持平稳。经过20余年经济高速增长，绝大多数社会成员实际收入水平有很大的提高，他们在收入水平提高的基础上增加消费是完全可能的。只要消费者保持比较好的信心，消费需求就不会有大的波动；二是投资可望保持去年的水平。今年将继续实行积极财政政策，再投入1500亿元的国债，将对宏观经济继续发挥有效的拉动作用。由于连年加大社会基础设施的投资，使我国的基础设施，包括道路、交通运输、环境等方面都有较大改善，有利于社会投资的增长。宏观政策的稳定性和有效性，是今年经济继续向好的最有力支撑。

对于今年两会提出的经济增长7%的预期指标，委员们普遍认为是适当的，是实事求是反映了客观经济走势的。委员们认为这也体现了政府对当前经济形势审慎乐观的估计。李京文是中国社会科学院《中国经济形势分析与预测》课题负责人之一。他介绍，去年他们在《经济形势蓝皮书》中对今年GDP增长的预测是8.1%，现在看，这个估计过于乐观。根据变化了的形势，课题组正在重新预测，初步测算今年增长可望保持在7.5%至7.8%之间。

一些研究监测机构的分析印证了委员们的预期。国家计委宏观研究院在去年底提出的一份报告中认为，如果政府扩大内需的政策力度，特别是积极的财政政策保持不变，今年国内生产总值的增长率可望保持在7.5%左右。

国家统计局有关专家认为，从宏观经济总体趋势看，今年经济增长会在一个较高的平台上调整，基本延续7%至8%的发展格局。

从今年看"十五"，委员们持更为乐观的态度。董辅礽委员说，制约当前经济增长的，有出口明显放缓、农民收入增长缓慢等因素，但更主要的是结构问题。"九五"期间经济结构有所调整，但没有大的变化。"十五"计划把结构调整作为主线，是非常明智之举。"十五"期间，经济能否保持稳定增长，关键要看两条，一看结构能否调整，二看收入能否增加，特别是农民收入能否增加。《纲要》对此已经有了具体部署，关键是真正落到实处。

良机不可错失，前景依然灿烂。董辅礽委员断言：如果我们能够在今年有效地克服通货紧缩之势，保持经济转机的良好势头，明年中国经济就可望走上良性循环的轨道。因此我们尤其要重视今年的工作，开好头，起好步。把这个头开好了，我们对中国经济未来五到十年的发展前景更有理由持乐观的态度。

（原载2001年3月11日《经济日报》）

笔底风云四十年（下）

让鼠标点击黄土地

"席卷全球的信息化浪潮已经把我们带到了一个崭新时代，在以信息化带动工业化的同时，我们没有理由不去关注中国广大农村的信息化问题。中国的信息化不可能没有9亿农民的参与。"

极富感染力的语言加上不停挥动的手势，中国青少年发展基金会秘书长徐永光委员正在努力地向记者强调他的观点。

"一个国家的信息化程度，日益成为评判其综合国力和国际竞争力的标志，而农村信息化程度是衡量国家信息化水平的重要部分。在我国，信息化迄今为止还是发生在城市的事，广大农村远远未触及到信息化的边缘。有人预测，相当一部分农村地区在今后5年内还难以普及传统媒体和电话，更不用说普及因特网等信息化产品了。"

"这就给我们提出了一个严重的问题：城市的信息化不等于全社会的信息化。即使在城市普及了光缆入户和宽带点播，如果占总人口70%以上的农村没有实现信息化，能说中国进入了信息化社会吗？"

"在信息化的挑战面前，如果中国农村和城市不能共同发展，城乡差距将再次被拉大，而且这种差距将更加难以弥合。这种差距对青少年的影响尤为致命。农村孩子连传统媒体都很少接触到，与用光电磁培育出来的城市孩子比，对当代生活的理解力、应变力和创造力都将望尘莫及，这样下去我们何以、何时能够打破城乡'二元'经济格局？因此，在'十五'计划中，必须把农村的信息化建设纳入国家的信息化发展战略之中，给予足够的重视、扶持。"

"农村需要信息化，不仅仅是为了孩子。千家万户的个体农民如何适应千变万化的社会化大市场，一个关键的因素就是信息。只有农民获得真实准确的市场信息，才能及时有效地调整种植结构，合理安排生产。前一阵子农民网上卖花成了媒体热炒的新闻，但愿不用太长的时间，农民上网不再成为新闻。"

推进农村的信息化，需要国家的重视，也需要全社会的关注。徐永光介绍，他所在的中国青少年发展基金会正在开拓一项全新的事业：乡村电子信息馆工程。计划3年内在全国建成1万座乡村电子信息馆，希望通过这项宏大工程的实施，加快农村信息化步伐，为提高农民科技文化素质，丰富农民文化生活服务，为农村产业结构调整，促进农村经济发展服务。

徐永光委员对这项被他称作"新的希望工程"的事业满怀激情，也满怀信心。

"毫无疑问，与希望工程相比，这是一项范围更广、力度更大、意义更为深远的工程。鼠标加上黄土地，必将撞击出巨大而神奇的能量。"

（原载2001年3月13日《经济日报》）

新世纪的治国方略
——代表委员评说依法治国和以德治国

一个理念，一个全新的理念在春天的两会上传扬，这就是：以德治国。

还在新世纪帷幕刚刚拉开之际，江泽民同志在与出席全国宣传部长会议的同志座谈时，全面阐述了一个极其重要的治国思想：我们在建设有中国特色社会主义，发展社会主义市场经济的过程中，要坚持不懈地加强社会主义法制建设，依法治国，同时也要坚持不懈地加强社会主义道德建设，以德治国。

笔底风云四十年（下）

在朱总理的报告中，在"十五"计划纲要草案中，都明确写入了把依法治国和以德治国结合起来的治国新方略。

"在我国社会主义现代化建设跨入新世纪的时刻，江泽民总书记发出了'以德治国'的伟大号召，它像春风化雨，必将为中国特色社会主义事业的全面发展插上新的翅膀。"相从智委员的话，道出了人大代表、政协委员的赞赏与欣喜之情。

有了法治，还要德治

其实对政协委员们来说，德治并不是一个新鲜的概念。在近年来的政协大会上，许多委员都在呼吁：中国需要德治。

邓伟志委员还清楚地记得，1994年他写过一篇文章发表在《团结报》上，标题就叫《提倡"德治"》。

李汉秋委员用"大快我心"形容他对新的治国思想的感受。他说，近十年，我年年在政协会上建言加强道德建设，呼吁"法治、德治双管齐下"。听到江泽民同志的讲话后，朋友们电话相告，到两会上又跃然相议，共庆法治与德治结合的方略沐浴着新世纪的朝阳大步走来。

从依法治国到法治德治相结合，反映了我们对有中国特色社会主义的治国规律的新认识。中国内部审计学会会长郑力委员的一席话，代表了相当一些同志的思想认识轨迹。她说：经过20多年的建设和发展，我们有了一个比较健全的法律体系，新的体制框架也基本确立起来了。但在这个过程中，又出现信仰的问题、信用的问题、道德的问题。"过去我们以为法律是万能的，现在终于认识到，没有法律是万万不能的，而法律并不是万能的。解决中国现代化过程中的种种难题，要有两手，既要有法治的一手，还要有德治的一手。"

代表委员普遍认为，"以德治国"作为以江泽民同志为核心的党的第三代领导集体在我国社会经济步入新的发展时期所提出的重要治国方略，是体察民情民意、集中全国人民智慧的理论结晶，是在深刻总结国内外治国经验的基础上作出的科学论断，是对我们党领导人民安邦治国的基本方略的精辟概括，是对古今中外一切治国经验的深刻总结，是对马克思主义国家学说的新贡献。

全国人大代表、中共北京市委书记贾庆林说："江泽民同志以德治国的重要思想，对于我们完善社会主义思想道德体系，提高全民族的思想道德素质，加强社会主义精神文明建设，维护国家的长治久安，具有重大的意义。"

法治德治相辅相成

作为新的治国方略，法治与德治两者关系如何？怎样结合？这是两会代表委员讨论的一个热门话题。

在政协社科组的讨论中，武汉大学法学院教授王曦委员介绍说，他研读了会上关于以德治国的发言，发现大家对法治与德治关系的理解并不相同。一种意见把两者并列起来，分量一样重；一种意见强调德治为重，其内容讲的却是法治；还有一种意见明确提出依法治国第一、以德治国第二。王委员认为，在新的治国方略中，两者相互结合，不可或缺。依法治国是根本。

邓伟志委员说：法是具有强制的，换句话说是硬性的；德是靠褒贬来感化的，是用舆论来引导的，换句话说是软性的。强制与引导相结合，效力才能大起来。

作为一个新的理论课题，有不同认识是正常的。但从实践看，法治与德治的关系远没有理论上那么复杂。许多代表委员认为，法治与德治是相辅相成、相互促进的，二者不可偏废。法治属于政治建设、属于政治文明，德治属于思想建设、属于精神文明。二者范畴不同，但其地位和功能都非常重要。我们完全应该也可以把法治建设和道德建设紧密结合起来。

当前如何重建社会信用是两会上的议论热点。一些代表委员指出，解决社会信用紊乱这个顽症，就既要靠法治，还要靠德治。一方面要打击严重破

笔底风云四十年（下）

坏社会信用、扰乱经济秩序的违法乱纪行为；另一方面要建立起一整套适应市场经济体制的道德体系。来自香港的政协委员张永珍说，信用是最基本的伦理关系，是最有效调节市场经济各主体之间关系的社会道德规范和社会价值取向。尽管法律法规会对违反信用的行为作出裁决和处理，但信用的道德教育对行为规范的作用仍然最大，效果最好。

以德治国，重在治党治政

如何落实以德治国的方略？我们当然有许多工作要做。但许多代表委员强调指出，以德治国，重在治官而化民。

以德治国重在治党。在政协社会福利界委员讨论"两高"报告的小组会上，张海迪委员说，真正的共产党人要为老百姓办实事，做一个堂堂正正的人，行得正，坐得端，可以影响很多人。而现在的一些腐败现象，特别是一些大案要案，真是让人触目惊心！我们在痛恨这些人的同时，更关心国家的命运和明天，关心党的命运和前途，作为一个共产党员，我们也关心党的形象问题。以德治党，恢复好的传统，老百姓才会更加信任我们，党才有凝聚力，国家才有希望。

以德治国重在治政。全国人大代表、中共辽宁省委书记闻世震说，以德治国要求我们必须从严治党、从严治政。我们的政府是人民的政府，人民政府的根本职责是全心全意为人民服务，廉洁从政是最起码的要求。各级政府机关和每个工作人员，都要做到清正廉洁，恪尽职守，不辜负人民的殷切期望。要进一步深化行政体制改革，强化监督制约机制，严格执行法律和制度，从源头上预防和治理腐败。

以德治国重在治官。在政协经济界的联组会上，来辉武委员慷慨陈词：德治的关键是"治吏"。要以德治政，从严治政。电视上演于成龙，老百姓纷纷叫好，而我们的一些干部连封建官吏的觉悟水平都达不到。一些司法部门、一些地方官员的腐败已经发展到了相当严重的程度，必须引起高度重视。对领导干部的违法违纪行为要从快惩处，同时要加强对干部的教育，引导他们确立正确的人生观、价值观、道德观，真正做到出于公心，勤政廉政。

代表委员们还为落实以德治国的方略提出了一些有益的建议。

全国人大代表叶继革说，加强精神文明建设要以群众性创建活动为抓手，善于找准德治、法治与群众广泛参与的结合点，把德治与法治的要求有机贯彻到解决群众关注的热点、难点问题和为民办实事中去；

全国政协委员温克刚说，以德治国是一项庞大的系统工程，必须在党的统一领导下，各个部门和地区各尽其责，各展其长，齐抓共管，形成合力；

全国政协委员薛潮说，公民的思想道德建设要增强针对性和有效性，转变教育观念，更新教育内容，创新教育方法；

全国政协委员王楚光建议加强对国民进行正确的市场经济观念教育；

全国政协委员徐文伯建议积极推进网络文明工程建设……

"我希望在不久的将来，能够看到一个法律严明、道德崇高的社会，能够看到我国人民生活得更高尚、更尊严。我相信具有五千年文明史的中华民族，一定能够以新的更加文明的姿态活跃在世界舞台上。"

袁行霈委员的一席话，道出了两会代表委员的共同期望。

（原载2001年3月14日《经济日报》，获第10届政协好新闻二等奖）

吴敬琏：抑制"坏的市场经济"

近年来中国经济的强劲增长引人注目。中国经济增长的源泉何在？增长的潜力多大？未来发展趋势如何？

笔底风云四十年（下）

今年年初以来，国务院发展研究中心研究员吴敬琏教授在各种场合回答过类似的热点话题。3月7日，在京丰宾馆上百名海内外记者的包围之中，吴敬琏再一次讲述了他所看到和理解的"中国经济"。

8%的含金量有多高

从亚洲金融危机以来，中国出现了内需不足、市场不旺、增长率下降等问题。1998年以后，政府采取了一系列措施来解决问题。现在情况怎样呢？1998年、1999年那种严重需求不足的局面有了很大的改变，经济增长率逐步回升，去年实现了8%的增长。实际上可能还不止这么高，而且增长的量比过去十几年都要好。也就是说：这个8%的含金量很高，但需求仍然偏弱。其表现就是去年物价总水平下降，还没有完全脱离通货紧缩的阴影。

我以为，经济的改善、增长的加速基本原因有两个：一是政府采取了财政政策、货币政策来增加需求；二是提高了企业的活力，也就是供给方面的政策，这一政策往往为人们所忽视。国有企业的情况改善大家都知道了，其实私营企业的改善更加突出。拉动整个国民经济速度上去的，主要是沿海地区，长江三角洲、珠江三角洲，还有福建、山东等。这些地区最重要的特点，就是多种所有制经济共同发展的格局已经形成了。

为什么预测失准

有些事情，看起来好像跟微观活力没有关系，其实大有关系。比如，出口的增加。原来预计，2002年的情况会很不好，但实际上出口表现非常好。靠的是什么？一个是外资企业，一个是民营企业。从1999年开始，允许民间企业进入外贸，打开了门缝，然后越挤越大。

去年第一季度，因为预计到美国经济要陷入第二次衰退，相当一部分官员和传媒对去年经济的估计非常悲观。到年底一看，完全不是那么回事儿。为什么预测出了差错？原因就是上面讲的推动经济改善的两大因素中，我们往往只看到第一个因素，而没有看到第二个因素。如果对这两个因素做恰当分析的话，对今后经济发展的估计，可能比较符合实际。

今年预计增长目标为7%，我估计会超过，7.2%是没有问题的，这也是十年翻一番要求的年均速度。如果做得更好，8%也是可能的。据一些研究机构的测算，在不发生通货膨胀，也不发生因需求不足而引发的通货紧缩的话，我国经济的潜在增长率是8%到9%。

成功背后有隐忧

从近期看，甚至三五年看，国民经济保持一个较高的增长率是没有问题的。但长期以来也积累了一些矛盾，还蕴藏着比较大的风险。最突出的有这样几个方面：

一是金融的风险。最直接的外部表现就是银行大量的不良资产。从20世纪90年代后期以来，政府采取了一系列措施控制银行系统的风险。但这些措施现在看来仍然是不够的。根据2002年有关方面的说法，经过几年的运作，四大银行的不良资产还相当高，四大商业银行除了中国银行之外，资本金的充足率都低于巴塞尔协议的要求。好在从2002年开始，这方面的改革正在加快：一是加大四大商业银行的重组和上市的进度；二是股份制银行的公众化；三是对民间资本开放。同时，对县及县以下金融系统的改造和重建正在进行中。

二是财政的风险。去年财政赤字占国民生产总值的比重超过了3%，到达通常所说的警戒线。是不是很危险？要我说，这个警戒数字并不是精确计算出来的，只是经验数据，提醒人们要注意了。现在提出的2003年预算，这个比例低于3%，说明有关部门已经注意到了这个问题。另外一个警戒线是政府积累的债务占国民生产总值的比重。以40%为界线，也只是一个经验数据。从账面上看，2002年这一比重约在17%，总体看没有问题，但不能大意。账面上看到的只是明显的债务，还有一种"或有债务"。

笔底风云四十年（下）

三是资本市场的风险。这方面我不准备发表什么新的意见。

总之，在看到实体经济状况良好的同时，还必须充分注意我国金融系统，包括银行系统、证券市场和国家财政存在的多年来积累起来的风险。

关键是发展民营企业

保持高增长，需要进一步扩大内需。当前启动消费的问题，主要是农民没有钱。当然可以用各种方式促进城市居民的消费，但城市也有收入差别拉大的问题。低收入阶层想消费没有钱，高收入阶层有钱又没什么可消费的。就消费谈消费，解决不了问题。消费问题的根子是"三农"问题。每个农民如果多花10元钱，全国就是90亿。

怎么解决"三农"问题？我的建议是要大力发展民营中小企业，这是解决城市就业问题的关键，也是解决"三农"问题的根本途径。农民富不起来，原因是靠农业吃饭的人太多，而我国的农业资源又在全世界平均水平以下。不把农村居民转移到非农产业，消费大幅提高也不现实。把农民转出来，就要给他工作岗位。从改善供给着手最重要的一条，也是我们近年来取得很大成功的，今后一定要牢牢抓住的，就是要大力发展民营中小企业。这方面潜力很大，浙江的经验就是很好的例子。

搞市场经济也要趋利避害

我对今后的发展还是比较乐观的。但乐观又是有条件的，就是有些问题还在积累，必须郑重对待，采取相应的措施。在经济之外，还要有政治的、法治的措施。有一个说法是，市场经济不是一个好的经济体制，但它是现有的、可能有的经济体制中最不坏的一个。搞市场经济，有一个如何趋利避害的问题。坏的市场经济现象，比如社会失范、贫富悬殊、腐败蔓延等，还没有得到根本扭转。党的十五大提出了建设法治国家的问题，党的十六大提出了进一步推进政治体制改革、建设社会主义政治文明的主张,如果这方面能有进步的话,就可以使经济的持续稳定增长更有保证。

(原载2003年3月9日《经济日报》)

唱多中国
——写在十届全国人大一次会议、全国政协十届一次会议闭幕之际

题记

经历了半个月的奔波与劳碌,感受了十几天的兴奋与激情,当记者坐下来为两会采访做一小结的时候,我不假思索地写下这个题目:唱多中国。

一

历史是一天天写成的。在两会上采访,你会更深切地感受到时代的脉搏,感受到历史的厚重,感受到过去、现在与未来是如何紧密地交融在一起。

唱多中国,是昨天对今天的期待,是过去对未来的昭示。

记者上会采访,以前有一个好用的招数,叫做"找亮点"。今年这一招却有些不灵了——不是亮点找不到,而是亮点太多,可谓数不胜数。而按照传统的新闻理论,多了的东西就不叫新闻了。

一个数字就是一个亮点,一串数字构成一片灿烂。5年来,国内生产总值由7.4万亿元增加到10.2万亿元;国家外汇储备从1399亿美元增加到2864亿美元;外贸进出口总额由3252亿美元增加到6208亿美元;城镇居民人均

笔底风云四十年（下）

可支配收入由5160元增加到7703元，农村居民家庭人均纯收入由2090元增加到2476元；城乡居民储蓄存款由4.6万亿元增加到8.7万亿元……一连串的数字，反映了综合国力的不断增强，体现了各项事业的飞速发展，展示了人民生活的日益改善。这是前进的足音，这是跨越的标示。

"看似寻常最奇崛，成如容易却艰辛。"奇崛的这5年，何尝不是艰辛的5年呢？特大自然灾害、亚洲金融危机、世界经济低潮、国内内需不足，一个个磨难、一次次考验接踵而至。一句"很不平凡"，怎能道尽其中的艰辛曲折？一句"来之不易"，怎能不让人感慨万千！

风雨过后现彩虹。这是在国际经济阴暗背景下的一道独特风景，是中华民族伟大复兴之旅的一抹绮丽朝霞。过去的岁月所积累的巨大物质和精神财富，为在新世纪新阶段创造新的辉煌打下了坚实的基础。

鉴往而知来，未来的中国必定是一幅更加美丽多彩的画卷。

二

如果要清点两会使用频率最高的词，无疑是：小康。

总结过去不能不提到"小康"，因为人民生活总体上达到小康水平，这是了不起的成就；

展望未来不能不说到"小康"，因为全面建设小康社会，是我们在本世纪头20年的艰巨任务。

今年的两会是不寻常的两会。其最大的不寻常之处，就因为这是在党的十六大之后召开的两会。党的十六大规划了我国在新世纪头20年的发展蓝图，使我们的旗帜更鲜明，道路更清晰，目标更明确。两会承担的神圣使命，就是通过法定程序把党的十六大提出的治国方针变为国家的意志，转化为全国人民的共同行动，为全面建设小康社会取得良好开局。

贯彻落实党的十六大精神，是贯穿于两会的一根红线。而小康，可谓是两会的"主题词"。围绕全面建设小康社会这个主题，代表委员们畅所欲言，共筹良策。来自城市的代表在热议走新型工业化道路；来自农村的代表畅述以城镇化促农村现代化；政协委员们为建设社会主义政治文明献计献策；非公有制经济代表人士为坚持两个"毫不动摇"坦诚建言……

围绕"全面小康"的大目标，又有着许多的分目标、子目标。代表委员们长计划，短安排，深思考，细掂量。

"全面建小康，农村不能忘"；

"全面建小康，西部要赶上"；

"全面建小康，国企要自强"；

"全面建小康，首先是健康"……

共同的信念使人们找到了共同的话题，共同的目标使人们求得了共识。共识的形成，是团结的基石，是力量的源泉，也是唱多中国的重要依据。

三

未来是美好的。创造美好的未来要从今天起步，从现在做起。

两会召开之际，人们还沉浸在"三羊开泰"的祝福声中。与"羊年吉祥"的祈愿相反，对于熟悉中国传统文化的人们来说，羊年并非吉祥之年。羊年伊始，在这个世界上频频发生的天灾人祸，似乎也印证了老人们的担忧。

当然，我们把老人们的这种担心归之于迷信。迷信的产生，来源于人类对于自然无道、命运无常的恐惧。生活在21世纪的我们不需要迷信，但同样不可失却的是对于自然和机运的敬畏之心。换一句文气点的话说，就是要有点忧患意识。

唱多中国，并不意味我们无视当前面临的困难和今后可能出现的挫折。

在两会上采访，记者听到最多的，正是对当前各种困难和问题的探讨与议论。形势不可谓不好，问题不可谓不多。

"三农"问题是个老话题了。老话题在今年的两会上引起了更广泛的关注。农村经济如何繁荣，农业基础如何巩固，农民收入如何提高，农技体系

笔底风云四十年（下）

如何恢复，农村教育如何振兴，民工权益如何保障……大至国家的农业投入，小至农村小学生的学费减免，几乎所有与"农"有关的话题都有人提及。广泛关注的同时也不乏深刻的思考，有委员建议要给民工进城立法；有代表提出要给农民以平等待遇；有人呼吁打破城乡分割的户籍管理体制；还有人建议大刀阔斧免除农业税……老话题渐渐有了新意。

还有就业与再就业问题；腐败与干部作风问题；地区差距、收入差距问题；经济秩序与社会治安的问题……种种经济社会生活中存在的突出困难和问题，都有人在关注，有人在评说。

好的形势没有冲昏人们的头脑。代表与委员是清醒的。党和政府是清醒的。

因为清醒，胡锦涛同志反复告诫全党，牢记"两个务必"，树立长期艰苦奋斗的思想；

因为清醒，政府工作报告没有回避存在的困难与问题，同时提出了切实的应对措施；

因为清醒，尽管去年实现了8%的增长速度，今年提出的却是7%的预期目标；

因为清醒，许多代表委员在发言中说，要把困难想得多一些，居安思危，未雨绸缪；

正是因为这种清醒，我们没有理由不唱多中国。

四

今年的两会又是在中国加入世贸一年之后召开的两会。采访两会的记者不难发现，来抢新闻的外国同行越来越多。一不小心，就会有个高鼻子蓝眼睛的外国记者把话筒伸到你跟前，让你回答一些真真假假、虚虚实实的问题。

中国震惊了世界，世界在关注中国。在两会各个驻地，海外媒体联系采访的申请表"如雪片般飞来",把新闻联络员们累得够呛。

对于中国这样一个人口众多的发展中国家,总有一些外国人士持有审视的眼光。诸如"中国人能养活自己吗"之类的怀疑论调从来就没有间断过。就是在这种狐疑的眼光中,中国人不仅养活了自己,还实现了温饱,过上了小康日子。

而中国经济的发展,得益者并不仅仅是中国人。"中国制造"受到越来越多的国家人民的喜爱,满足了不同肤色的人群的需求。据权威机构统计,过去20年中国对全球新增GDP贡献率居第二位,为14%。对全球新增商品和服务贸易贡献率居第三位,为4.7%。

中国的发展也是世界的机遇。据测算,未来5年中国进口额将达到1.5万亿到2万亿美元,有望成为世界上最大的新兴市场。随着农村经济的发展,农民收入水平的提高,这个市场的潜力可谓深不可测。

先知先觉的外国投资者正在中国各地飞来飞去。在上海、北京等地,随处可见世界500强的企业标识。来自旅游系统的代表介绍,目前希望成为中国公民自费旅游目的地的国家也已经在北京排起长队。

唱多中国,于世界无害,于世人有益,于新世纪有荣。

五

伴随着两会的进程,人民大会堂里不时响起一阵阵热烈的掌声。

在熠熠生辉的国徽下,在如潮澎湃的掌声中,江泽民与胡锦涛、李鹏与吴邦国、朱镕基与温家宝、李瑞环与贾庆林,一双双大手热情相握,亲切致意。

肩负着亿万人民的期望,代表、委员投下了他们神圣的一票。新一届国家领导人诞生了。这是历史的选择,这是时代的重托,这是人民的意愿。

掌声响起来,我心多豪迈。在这承先启后、继往开来的历史时刻,掌声就是心声,掌声就是信心,掌声就是期待。

航道已经开通,舵手已经就位,航船已经起锚。

笔底风云四十年（下）

唱多中国，依据多多，信心满满。

（原载2003年3月18日《经济日报》）

"路见不平一声吼"
——听政协经济界委员畅言民主监督

时间：3月4日上午9时

地点：铁道大厦3楼第16会议室

议题：讨论政协常委会工作报告和提案工作情况报告

政协十届二次会议32组的讨论前半段可谓不温不火，但随着时间的推移，讨论的深入，气氛逐渐升温。第6个发言的陈峰委员提起了民主监督的话题，引发了一场热烈的议论，使上午的小组会进入高潮。请看讨论实录。

陈峰委员：

我在思考一个问题，如何进一步加强和改善政协在我们国家社会政治生活中的作用。委员的提案我看了一些，感觉质量很高。现在提案的回复率很高，但依我看，有些回复基本上是打发你就算，过去我在民航局当干事，办理提案就这么个心态。这种心态不校正不行。

与此相关的，是如何发挥委员在实际工作中的作用。多年来的实践积累了许多宝贵的经验教训，其中重要的一条就是要健全监督机制。政协的职能有一条是民主监督，现在看来，这一条做得不够。

秦晓委员：

现在老百姓说政协是"路见不平一声吼"，人大是"该出手时就出手"。

这个话当然不一定准确。我理解，所谓"路见不平一声吼"，说的就是民主监督的意思。

朱登山委员：

我在金融部门工作，确实感到各方面监督的力度很大。大型企业中央都要派监事会，一家驻一个，上面还有财政部、审计署、银监会，各级的专员，都要管事的。中央和国务院为解决监督机制的问题，确实动了脑筋，想了办法，下了大的力量。政协在履行职能上这几年有实实在在的进展，我认为，现在关键是政治协商、民主监督、参政议政的方式应该有所创新，有所发展，与时俱进。

吴敬琏委员：

政协如何履行好民主监督的职能，需要从长计议，作为一个大课题来研究。首先对这个概念要搞清楚，民主是一种制度还是一种作风？从作风的意义上说，就是政府、官员要多听取意见，这一点是做得比较好的，可以畅所欲言。秦晓同志说"一声吼"，吼几声都可以，各级领导还是有这个雅量的。但这些还不是民主监督的全部意义。民主的本质是人民有权做主。怎么样做主？就有一个程序、制度的问题。我们参政议政，要着重于把程序搞好，把权力配置搞好，在完善制度、搞好程序方面多做建议，多提意见。

（原载2004年3月6日《经济日报》"耳闻目睹"专栏）

蔡庆华"舌战群儒"

时间：3月5日下午3时

笔底风云四十年（下）

地点：铁道大厦3楼第17会议室

议题：讨论《政府工作报告》

最精彩的总是在最后出场。在政协第33组的小组讨论中，最后一位发言的是铁道部原副部长蔡庆华委员。他认为总理的《政府工作报告》爱民、亲民、为民，他还提出三点建议。没想到，他刚提到第二个建议，就"引火烧身"——

蔡庆华委员：第二个建议，是总理在报告中讲到的拖欠工程款和农民工工资的问题，这个问题的关键在政府。到去年底，中国铁路建设总公司和中国铁路工程总公司被拖欠的工程款，一个是109亿元，一个是86.7亿元，其中政府拖欠占50%，国有企事业单位拖欠占22%左右。好多都是因为政府的形象工程、政绩工程资金不落实造成的。政府用自己的信誉作担保，让建设单位垫资承包，干完了却结不了账。

有些地方政府的行为让人难以理解。记得有一年，廊坊的领导对我说，铁路就像一把刀，把廊坊市一分为二，你铁路要搬。我说，那能搬吗？每天廊坊发送旅客3000多人，47趟客车通过，21条专用线每天到达的货物100个整车，我现在叫北京局撤一个月，不到达，不装卸，我看你怎么办。（全场一片笑声）。

张吾乐委员：你看，还是铁路厉害，所以叫你们"铁老大"。

蔡庆华委员：现在不能叫"铁老大"，要叫"铁大头"。

乌杰委员：部长，我给你提个意见吧。铁路的票贩子每年都打击，怎么越打越多呀？

蔡庆华委员：票贩子多，是因为倒票有利可图，紧缺嘛。这叫短缺经济。你们经济学家说说这个事该怎么解决，总不能不叫他买票吧。

罗植龄委员：老蔡呀，票贩子手上的票都是从你铁路上卖出来的，又不是别人印的，这还是管理问题。

蔡庆华委员：现在还真有别人印的呢。今年春运就抓住了一个团伙，专门造假票的，用的还是高科技手段。

董文标委员： 铁路卖票，成千上万人聚到一起，能不出事吗？深圳一位公安局长曾对我说，他们提前跟铁路部门商量，看能不能通过各种渠道把票提前卖出去，但最后票还是那么卖。出动了所有的警力都不够用。

蔡庆华委员： 深圳的情况我知道，春运的前一天卖了147800张票。大家都要走，你说能怎么办？现在的售票渠道也不少，但人家代销就要加价，有加5元的，加10元的，北京还有加30元的。根子还是短缺造成的。供需不平衡，这些矛盾永远解决不了。所以我说，关键还是赶快修铁路。（又是一阵笑声。）

罗植龄委员： 修铁路又要占地，失地农民不就更多了吗？

蔡庆华委员： 修路当然要占地，但与公路相比，铁路一是占地少，二是能源消耗少。长距离、大运量、散包装，靠的还是铁路。美国铁路最多的时候是42万公里，现在运营的还有二十七八万公里，中国到去年底才7.2万公里，是人家的四分之一，相差太远。总理在报告中讲了，要加快重大运输干线和枢纽工程的建设，我非常赞成。按照铁路中长期发展规划，到2020年，中国铁路里程要达到10万公里，还要提高电气化水平，这个任务相当重。

（原载2004年3月7日《经济日报》"耳闻目睹"专栏）

联组会上显精神

时间：3月7日上午9时

地点：铁道大厦3楼多功能厅

笔底风云四十年（下）

议题：讨论《政府工作报告》

每年都与政协经济界的委员们住在一起，每年的经济界联组会都是记者关注的"重头戏"。今年经济界的联组会更是不同以往：中央电视台决定现场直播，这种对分组讨论的直播在两会历史上也是首次。听了两个小时紧凑的讨论，记者感觉这是近年来讨论最热烈的一次联组会。请看记者采撷的几个镜头：

李书福"临阵磨枪"

吉利集团董事长李书福委员还没有在联组会上发言的经历，今年他决定要讲一讲：关于加快发展自主品牌和保护自主知识产权的问题。题目是早已烂熟于心的，发言稿不用准备了，但提纲还是要的。于是，来到会场，他即聚精会神，奋笔疾书，在笔记本上写下几条提纲。"临阵磨枪"还真管用，他的发言思维缜密，用词严谨，给委员们留下深刻印象。

谷永江有言在先

华润集团有限公司原董事长谷永江委员发言之前，先发表了一个令人有些意外的"声明"：我不希望我今天的发言在任何媒体上出现。记者对这个"声明"倒不觉得意外，因为在去年的两会上，记者写过一篇《有感于谷委员"自省"》的文章，报道了他在小组讨论时的"实话实说"，据说他对此颇感不快。遗憾的是谷委员忘了今天的联组会有电视直播，这回他那些"实话实说"不劳记者动手，地球人都知道了。

毛蕴诗"屡败屡战"

在联组会进行了一半的时候，记者就注意到，中山大学教授毛蕴诗委员就开始举手申请发言。可惜由于位置靠后，他的申请一直没有被主持人注意。快11点的时候，当主持人宣布安排最后一个发言，并把这个机会给了坐在他前面的倪润峰委员的时候，毛蕴诗无奈垂手，遗憾之情，溢于言表。

倪润峰语惊四座

抢得最后一个发言权的倪润峰委员自知时间有限，不得不加快了说话的节奏，没想到越说越激动。他谈的第二个问题是关于国企的："国有企业搞了这么多年，到底怎么搞，我觉得还是没搞懂。国企改制重组，不能靠'一卖了之'。国企为经济建设作出了巨大贡献，应该有一个正确评价。现在一些国有企业苦不堪言，大家都要想一想，国企到底怎么了？"一言既出，语惊四座，掌声四起。

王德臣见缝插针

倪润峰委员发言结束，大家都等着主持人的结束语呢，没想到又有个声音响起来："我同意倪委员的发言，要简单补充几句。"原来是中国兵器装备集团总经理王德臣委员"见缝插针"，接过了话头："有些人一说起国有企业，这问题那问题，简直说成了万恶之源，我觉得不是这么回事。国有企业是什么？是国家经济建设的脊梁。当然国有企业确实面临一些困难，所以要深化改革，尽快让国有企业发展壮大起来。"

（原载2004年3月13日《经济日报》）

听林毅夫细辨"两只手"

政府调控经济，有"看得见"与"看不见"的两只手。在政协十届三次

笔底风云四十年（下）

会议经济界的分组讨论中，北京大学中国经济研究中心主任林毅夫委员发言，就在宏观调控中如何用好"两只手"，作了一番细致的辨析。

用什么手段调控经济更有效

林毅夫委员说，总理在《政府工作报告》中强调今年要着力搞好宏观调控，但是用什么样的手段调控宏观经济？这是大家关心的问题。

我国社会主义市场经济初步确立，这是大家的共识。既然是市场经济，当然应该更多地运用市场的手段。但难免有些人会感到，政府虽然讲综合运用市场手段、经济手段再加上必要的行政手段，但实际上主要还是靠行政手段来调控，因而造成了某些"一刀切"的情况。怎么理解这个问题？

在美国等国家，政府管理宏观经济的手段，一是财政政策，一是货币政策。财政政策的使用一般是在整个市场的需求非常疲软，生产能力过剩，通货紧缩的时候，通过增加公共财政的支出，来增加投资，刺激消费。在正常情况下，对宏观经济的管理更多地是靠货币政策，也就是靠货币的供给、利率的高低来调整。所以美国经济一热，格林斯潘就讲，现在应该是高利率。反之，经济比较冷的时候，就降低利率。

问题在于，如果我们完全用这种手段，靠利率杠杆来调节信贷，影响企业投资，是不是能收到外国那样的效果？林毅夫比较赞同政府目前采用的手段，他认为在相当一段时间，行政的手段不能忽视。

为什么"看不见的手"在中国不好用

林毅夫说，我们可以对新近一轮局部投资过热状况来作个分析。

当时，投资增长得非常快。从2002年的4.3万亿，到2003年的5.5万亿，增加了1.2万亿。但2003年银行贷款增加了2.8万亿。这意味着，大部分投资项目使用的都是银行的钱。不仅新增项目用银行的钱，原来的4.3万亿中，本来就有相当大的比例是靠银行贷款的。根据林委员的调查，在这一轮投资热中，不管是房地产、汽车，还是钢材、建材，绝大多数项目，90%的资金来自银行。比如"铁本"，已经投下去的28亿里面，自有资金只有2亿而已。中国有句话："虱子多了不怕咬。"如果项目不赚钱，最后债务都是银行的。这种情况靠利率调整影响是很小的。

第二种情况，如果项目投机性很强的话，它的预期回报率也非常高，按照当时某些热门行业的情况，很多企业家预期项目建成后的暴利不是20%、30%，很多人希望一两年之内就连本带利收回来。这么高的预期回报率，利率再怎么调整，实际上也没有什么作用。

其实，在发达的市场经济中，银行贷款也并不是完全由市场的供给与需求关系决定的。有一个诺贝尔奖获得者，拿到诺贝尔奖的主要贡献之一，就是证明银行贷款不能用市场的均衡利率来确定，一定要低于市场的均衡利率，然后让银行家用"看得见的手"来调节贷款。在银行家已经用"看得见的手"来挑选项目的情况之下，中央银行才可能靠利率的高低，来调控宏观经济的供给与需求关系。

因此在金融领域，尤其在银行，一定要有一只"看得见的手"。这只"看得见的手"，在成熟的市场经济中是放在银行家身上的，在此基础上中央银行才可能运用好"看不见的手"。

关键是推进金融改革

林毅夫认为，我国的情况有所不同。现有四大国有银行这个功能扮演得不够。13家股份制银行好一点，但也只是一点。企业自有资金的比例是不是正常？项目现在的市场很好，明年后年如何？国内外竞争前景如何？这些问题，在我们银行的贷款发放程序是不完善的。银行扮演不好这个角色，逼得中央政府不得不上阵。比如说2004年年初的状况，投资增长42.3%，你控制不控制？不控制的话，可能全年就是50%了。所以不由中央政府扮演"看得见的手"，就要由银行家扮演"看得见的手"。当然，最好是由银行家来扮演。因为政府再有能力,也不是"千手观音",没有办法对每个项目都考虑到。最后基本上只能采用"一刀切"的办法,结果就是"硬着陆"。真正能够扮好"看得见的手"的是银行家,因为银行家跟项目比较接近。

在加强宏观调控中,最关键的是金融。希望我们的银行家能够真正地负起责任来,独立有效地实施选择项目、审批项目和追踪项目的功能,用好"看得见的手"。这样的话,政府的"看得见的手",才可能逐渐淡出。

(原载2005年3月7日《经济日报》,获全国政协十届三次大会好新闻奖)

听马季说相声

3月6日上午,记者来到政协十届三次会议第24组的讨论会场,发现在几位到得最早的委员中,就有年过七旬的著名艺术家、相声大师马季先生。当小组讨论进行到下半场时,马季委员主动要求发言,并且一开口就收不住,把整个下半场"包圆"了。虽然他的发言严重超时,但话音甫落,赢得一片掌声。

第二天上午是政协文艺界的联组会,根据小组的推举,马季委员成了联组会上的头一位发言人。依然严重超时,依然赢来掌声一片。

马委员在发言中自谦是"老生常谈"。发言的主题当然离不开他说了一辈子的相声。

我觉得相声很有前途

听了大家的发言,丝丝入扣。我觉得相声很有前途,大家提供的很多线索都可以作为相声的素材(笑声)。20世纪80年代参与政协会,那时刚开始改革开放，一些委员对我们北京的工作不太满意，觉得步子迈得小，很多方面落后于地方，提了很多具体的意见。就在那个会上，我构思了一个相声，叫《北京之最》。我相信通过这次会，也会有新的相声作品出现（笑声）。

两会之前，从电视上听一位专家分析我国的经济形势，其中几句话给我印象很深。他说我们整体的经济实力，比起美国还差100年，比起日本差50年，当然这个数字咱们没有研究，也许有出入。但这也提醒我们，国家虽然在发展，但离建设中国特色社会主义强国的目标还有很大一段距离，我们还是发展中国家，任重道远，不能盲目乐观。听了《政府工作报告》，我觉得就体现了这种精神，既看到了成绩，也估计足了困难和问题，表现了新一届党和政府领导人实事求是的作风。现在老百姓对党和政府的领导集体充满了信心。我71岁了，经历了好多届政府，有过对比。我们虽然与领导同志没有过多面对面的接触，但从电视上看到了，矿难的时候，他们在现场出现；过节的时候，他们在老百姓中间出现；有非典的时候，他们在大街小巷上出现。有了这样的领导人，相信我们的国家是有希望的。

报告中提到的一些突出问题，都是老百姓关心的话题。比如"三农"问题。因为工作关系，我们在农村待的时间比较长，与农民打交道比较多。过去对农村有个印象，不管什么时期，不管怎样变化，就是一个字：苦。农民苦到了一定的程度。在河南的时候，每天交了粮票，吃什么呢？玉米面糊糊，里面加点白薯。有的地方，一个麦季收下来，除去交公粮，能够分到15斤麦子，打下来剩12斤面粉，要吃365天。今天，农业税给他们免了，这对城里人来讲，无所谓。免了多少钱？我问一个农民，他一家子免了农业税之后，多得1000多斤粮食，换成钱并不多，但他兴高采烈。不交公粮了，从来没有过的事情。他那种感激心情我们难以形容。农民的心，都受到党和政府"三农"政策的感召，还愁农民没有种粮的积极性吗？

笔底风云四十年（下）

相声有过辉煌的时候

老生常谈，还是说相声。长期以来，我有个想法。我的艺术高峰过去了，要看年轻人的了。对年轻人的表现，我不宜发表什么见解。这个年纪，难免带有一些保守的东西。年轻人的表现是不是成功，要看观众是否点头。但在内心，我有自己的看法。文艺界、相声界有很多不和谐的因素，比如，大家现在对相声非常不满意。

相声曾经是深受群众喜爱的一门艺术，地不分南北，人不分老少，上至国家领导人，下至平民百姓，都喜爱相声。相声有它的辉煌时期。我学艺50年了，记得最辉煌的时候，二十世纪五六十年代，侯宝林大师家喻户晓，他带我们到香港第一次演出，香港人连夜排队，就为了一睹大师的风采。过去的相声，抗美援朝时期也好，对越自卫反击战时期也好，都出现过一些脍炙人口的作品，在群众中影响很大。一些好的作品，影响了几代人。何迟先生写的《买猴》，到今天还在流传，他所刻画的"马大哈"，成了对工作不负责任的代名词。夏雨田同志写过《女队长》，刻画了中国相声的第一个正面人物，栩栩如生。我们1984年写的《宇宙香烟》，被黑龙江省穆棱市注册了商标，据说现在年产值4个亿。一个七八分钟的小节目，能够起到这样的作用，我们为之骄傲。《打电话》，60年代初的作品，到现在人们还觉得有点现实意义。

相声得到了群众的支持和喜爱，很多相声艺术家活跃在人们心目中。常宝堃烈士牺牲在朝鲜战场，天津几十万人自觉地走到马路上为他送行，一直引为相声界的骄傲。在日伪统治时期，他站在台上骂日本人，用他自己的武器讽刺。当时民不聊生，物价飞涨。他在台上说，现在物价便宜了，落价了。"怎么便宜了？""过去面粉一袋得十个大洋，现在一个大洋买十袋"，"哪儿有这么好的事呀？""就是袋小一点，牙粉袋。"（笑声）传为佳话。马三立大师，一直演到将近90岁。难得的是，他七八十岁的时候还不断地创作新节目，上台为大家表演。所以大家说：什么是相声？马三立是相声；谁是马三立，相声就是马三立。这些前辈们给我们作出了榜样。

在国际上，相声的影响也越来越大。多少汉学家、或者是学习汉语的人，都把能听懂一段相声、或者会说一段相声，当成汉语水平上一个台阶的标志。我们在马来西亚的时候，马中友好协会的负责人讲了一句话：只有中国的相声，能使全世界的华人笑在一起。

今天的相声怎么了？

相声辉煌过。可是今天怎么了？招谁了？

第一次春节联欢晚会的时候，5个相声在中间穿插着，大家印象很深。今年春节晚会，相声只剩一个，还是在12点钟以后播的，相声味也差了一点儿。如此下去的话，明年恐怕会销声匿迹了。

现在社会上流行很多东西，都叫相声。滑稽表演也叫相声。两个人舞狮子，也叫相声。杂技、魔术、武术的一些东西，也算在相声里面。把相声的形象模糊了，以为能逗大伙儿乐，能出点洋相，就是相声。侯先生在天之灵如果知道这种情况，要骂街的。

从学相声那一天就知道，相声是一门语言的艺术。大家对马三立先生记忆犹新，就一个人站在这儿，没什么表情，说着说着，"哗"，你就笑了。"挠挠"，你就笑了；"放苍蝇"，你就笑了；"后来苍蝇不见了，一打听，食堂开饭了"（会场上笑声一片），大家忘不了呀。现在的相声舞台上，这些东西没有了，近似于"胳肢"人，因此丢掉了多少观众呀。

为什么相声不行了？我作过一些对比和思考。过去我在说唱团，很多相声名家都是从这里出来的。侯宝林、郭启儒、刘宝瑞、郭全宝、孙玉奎，后来的马季、姜昆、冯巩、刘伟、赵炎，一批接一批，一代接一代。这个团体兴旺的时候有60多人，十几年来，到全国各地演出，经久不衰。这个团是怎么组建的呢？团长是在曲艺界德高望重的"小白菜"、京韵大鼓创始人白

笔底风云四十年（下）

凤玲，艺术主管是曲艺界的理论家、大笔杆子，业务直接归中央人民广播电台文艺部管理，作品从定稿到排练、录播"一条龙"，管理简单，运转科学。今天的一些曲艺团体，成员没有经过严格的考核就进来了，通过各种渠道、各种关系进来了，有的人进来十几年还只会说一个段子。还有一些人名义上在团里挂着，实际上跟影视公司签了约，随时等着去拍电影、电视剧。这样的情况能接好相声的班吗？这就是现状，我一点都不夸张。

说唱团曾经有这么多权威，现在老人们一个一个都走了，说唱团两手空空，没有留下任何财富。侯宝林一辈子、郭启儒一辈子，都有极其丰富的经验，没有整理。这笔财富没有了，怎么在此基础上进行改革呀？无从谈起嘛。

我们也知道，要教育年轻一代赶紧地接好这个班。听说各地都有一些相声班、曲艺学校。最典型的是天津办了一所学校北方曲艺学校，是陈云同志生前批准的。20年了，有几位高才生还站在相声第一线？不多。不是没有人才，根本问题是：没有教材。相声传统上是口传心授，一个师傅带两个徒弟。这种方式不能适应今天形势的发展。怎么办呢？就要像其他姊妹艺术一样，办学校，大量地培养人才。但我们没有教材。这些老人都走了，用什么去教他们？应该有人关心这个问题。我们这个年纪的人已经感觉到，责任落到我们的肩上了。应该拿出一定的时间很好地总结我们的过去，没有经验也有教训，教材就是从这些经验教训中出来的。记得有一次在华盛顿演出，演完了晚上请吃饭，华盛顿商会的会长是个华人，他说："马季，你这些东西整理过没有？"我说还没有来得及整理。他说，你不要认为这是你个人的东西呀。这是我们民族的东西。没钱的话可以找我，我愿意帮助你搞。

人才大量流失，也是相声界一个严重问题。姜昆同志是相声秀才，现在调到中国曲协当党组书记了。牛群同志，过去写过好几个好相声，大家对他寄予极高的期望，后来当副县长去了（有委员更正：回来了）。还有些人做生意去了。还有的出国淘金去了。

相声怎么办？我呼吁，有关部门的领导多关心相声，救救相声！

让相声回到百姓中去

现在整天喊着相声改革，形式上的改革解决不了问题。越改大家越不喜欢。"马季，你们这相声这叫什么呀，就差脱裤子了。"（笑声）我感觉，相声已经逐渐回到了过去，天桥时代。这么说，不是要否定天桥这个阶段对相声的促进，而是说现在的表演风格、包袱的趣味，都回到了过去。继续往下滑不堪设想，只有被老百姓唾弃。

相声界也出现了一点新气象。北京有李金斗为首组织的"周末相声俱乐部"，非常好。很多演员都愿意来，不挣钱，他们觉得是难得的与观众交流的机会。这种做法叫"回归剧场"。我认为，这是相声回到它自己应该待的位置上。相声就是这样出来的，是这样老百姓给你捧起来的。你就要回到老百姓希望你去的地方。而这些年，相声被人为地拔高了，拔到中央电视台春节晚会这样一个大舞台上，而我们逐渐地不适应这种舞台。相声的出身，就是直接面对老百姓，离开这样的面对面，生命力就差了。拔高到电视晚会上，总是和那些交响乐、芭蕾舞去比，比不了。侯宝林前辈说过一句话：文艺百花园就如同一桌丰盛的酒宴，相声只是调人口味的酱咸菜。鱼肉吃腻了的时候，吃一口酱咸菜，调调口味。我觉得这个比喻很恰当。

现在好多地方建起茶馆式的演出场所，票价很便宜，观众很欢迎，演员有了和观众交流的机会。我说，只能从这里开始，慢慢提高你的作品质量，提高你的表演能力，慢慢发展起来。这是正道。

相声怎么改革？我说，这就叫改革（掌声）。

（原载2005年3月9日《经济日报》，原题为《关心相声 救救相声》，获中国报纸副刊研究会颁发的2005全国报纸副刊作品年赛银奖）

第八辑

走进新闻现场

新闻不仅是写出来的，更是跑出来的。"脚板底下出新闻"，是经济报人的优良传统。在40余年的新闻生涯中，作者走过雪域高原，巡访边塞口岸，蹲点乡村田舍，结识大国工匠，感受了国庆盛典的豪迈，也体验了防洪一线的艰辛……多彩的世相催生鲜活的文风，《红旗轿车的风波》《郭凤莲"卖酒"》《李默然"作媒"》等新闻特写，短小而隽永，令人过目难忘。

笔底风云四十年（下）

身做基石奠高原
——记援藏工程队木工班长杜章德

题记

  1985年7月，西藏自治区成立20周年大庆前夕，我随国家民委组织的首都记者团赴藏采访。第一次进藏的我在经历了短暂的高原反应后，迅速投入到紧张的采访之中。在采访团安排的日程之外，根据本报报道的需要，我还搞了不少"自选动作"，主动要求参加了自治区经济工作会议，走访了一批成长中的企业，并对四十三项工程建设项目进行了采访。当时拉萨的住宿条件还比较差，自治区记协安排我们住进了西藏日报招待所的小平房，虽然条件一般，但能够吃上蔬菜。自治区党委书记阴法唐还曾专门到招待所看望大家。在赴外地采访期间，不仅交通不便，而且饮食也不习惯，喝过酥油茶，尝过风干肉，还有过吃不饱饭饿肚子的经历。在林芝采访期间，巧遇了正在川藏线上艰难跋涉的本报另一支采访队伍，两支队伍胜利会师后一起回到了拉萨。

  回到北京后，我的"自选动作"在报道中发挥了关键作用。中央有关部门要求加强对四十三项工程建设者的典型宣传，正好他们的事迹都记在我的采访本上，于是我连夜赶写了援藏英雄杜章德、庄盛春的事迹，连续在一版显著位置刊发。此外，还编发了近三个专版的报道。首次西藏之行可谓大获丰收，得到了时任总编辑安岗的表扬，并获得总编辑奖特等奖。

1985年4月30日下午两点。拉萨烈士陵园。

雪山俯首，松柏低垂。拉萨河水呜咽西去，唱着一曲悲壮的挽歌。

静静地，悄悄地，别惊动了他。黑漆的棺木缓缓放入墓穴。洁白的大理石墓碑竖立起来了。墓碑上刻着这样几行字："杜章德同志之墓　浙江省东阳县人，1945年11月生。1984年5月参加援建西藏体育馆，1985年3月21日不幸以身殉职……"

碑不大，也不高。但这是一座英雄的丰碑，它记载着一个普通木工短暂而踏实的一生。

（一）

一年前，杜章德所在的浙江省第四建筑公司承担了四十三项援藏工程之一的西藏体育馆的施工任务。经过七个昼夜的长途旅行，杜章德和他的16个伙伴来到了高原。他是木工第一班班长。

高原是冷峻的。迎接这支数千里外赶来的建设大军的，是严重的高山反应。有的人心慌、胸闷；有的人发烧、呕吐；有的还住进了医院。大部分人由于饮食不习惯，体重急剧减轻。正在这时，从杭州大本营又传来了马上要组织人马出国承包工程的消息。职工的思想产生了波动。不少人在想：出国可以捞到"几大件"，援藏什么也捞不着，条件还更艰苦，何必待在这儿呢？

杜章德不这样想。他说："我们来西藏，是为了完成党中央交给的任务，不是为了赚大钱和游山玩水。来时单位都给我们戴过援藏光荣的大红花。援藏之所以光荣，就是因为西藏条件艰苦，越艰苦才越光荣。"

据测算，海拔的升高与人的劳动效率一般是成反比的，海拔每上升

笔底风云四十年（下）

1000米，人的劳动效率相对下降10%。在这海拔3600多米的高原上，要用不到300天的时间建成在内地一般工期需要3年的西藏体育馆，确实是一场硬仗。这是对建设者的精神、意志、技术和体力的考验。在基础施工中，杜章德班负责模具的制造与安装。为了保证工程进度，17个人没日没夜地干在工地上。没有节假日，没有星期天，每个工作日都要工作十几个小时以上，最高纪录达到连续工作36个小时！

8月中旬，比赛馆西南面第一流水段混凝土框架顶支模进入关键时刻，杜章德正赶上患感冒，医生开了假条，让他休息。他却揣着假条来到了工地。顶着扑面而来的风沙，他领着工人爬上高15.4米的框架顶上，为钢屋架预埋螺栓。累了，就靠在框架上歇息一会儿，缓过劲来接着干。工程项目经理知道了，让办公室的同志三番五次来到工地，喊他下来休息，每次他都回答说："嗯，马上下来。"说过了，又埋头工作中。最后，一直和大家一起干到下班。晚上一量体温，嚯，39.3度！第二天，班上的同志说什么也不让他上班了，他坚持说："今天是能否按计划浇捣混凝土的关键时刻，我是个班长，又在与别人搭档，是无论如何也不能休息的。"说着，拿着工具爬上了屋顶。

就这样，杜章德把自己的全副身心都倾注在工程建设上。1984年底，在由浙江省援藏工程指挥部进行的立功评奖活动中，杜章德荣立二等功，他领导的木工第一班荣立集体三等功。

（二）

经过短暂的冬休，今年3月13日，杜章德第二次进藏。由于其他工程建设的需要，今年进藏施工队伍中木工比去年减少了一半，杜章德肩上的担子更重了。还在进藏的路上，他就开始筹划着今年的工作安排。

来到拉萨，杜章德觉得头有点晕。按惯例，刚到西藏，应该休息一个星期才能工作。但杜章德是个闲不住的人，他的心在工地上。17日，进藏后的第四天，他就开始工作了。此时，工程施工尚未开始，他便到工具间里拾掇了一天，为施工作前期准备。

18日，他头晕得更厉害了，大家强制他休息了一天。

19日，病情没有减缓，他又强忍病痛来到工地。晚上，他还挨门挨户串门，安排组里的工作，找大组长研究施工中出现的问题，就在这天晚上，他开始吐血了。

20日，他还想去工地。经理下命令说："一定要去医院看看！"临上车，他还惦念着工地上的事，说："工地上这么忙，我怎么好去躺着呢！"

杜章德终于住进了医院。但为时已晚。肺水肿，这高原上特有的恶魔，正悄悄地吞噬着他的生命。21日下午3点40分，一颗善良而质朴的心停止了跳动。

"杜师傅"，"杜师傅"，一声声撕心裂肺的呼喊，再也唤不醒他了。他去了，带着对这个世界的留恋。他舍不得离开朝夕相伴的战友，舍不得离开这沸腾的工地、未竟的工程……

他今年才41岁。人到中年，正是大显身手的时候。他没有留下遗言，也没有留下什么财产。在老家农村的妻子，带着一对幼小的儿子，还在期待着他立功受奖的喜报……

如今，在拉萨北郊，一座现代化的多功能体育馆矗立起来了，显得那么雄伟、庄重。

人们永远也不会忘记，为了这世界上标高最高的体育馆的诞生，一位普通的木工献出了他宝贵的生命。

（原载1985年8月9日《经济日报》，与赵健合作。收入《西藏万里行——首都赴藏记者团见闻录》，民族出版社1988年2月出版）

笔底风云四十年（下）

永不消逝的浪花
——记援藏英雄庄盛春

时间的推移，能消除人们的记忆，也能加深人们的记忆。

人们永远忘不了拉萨河上发生的动人的一幕：一位年轻的共产党员、援藏干部，为了抢救一位落水的藏族青年，三次跳进湍急的拉萨河中，用自己宝贵的生命，谱写了一曲民族团结的壮丽凯歌。

时间过去快一年了。然而，在拉萨街头、在四十三项工程工地上，人们还在传颂着英雄的事迹。通过各种形式寄寓着对英雄的追念。

庄盛春，人们记住了这英雄的名字。

大海的儿子

他是大海的儿子。

他来自东海之滨的福建省惠安县。家乡三面环山，一面临海。家乡的山水赋予他大海一样的胸怀，高山一般的毅力。

他中学没有毕业，就回乡参加劳动。1973年报名参军，在部队里多次受到师、团、营的嘉奖，并光荣入党。1978年退伍回乡，联络几位退休军人自谋出路，先后办起了饭店、鞭炮厂。不久，被借调到县民政福利厂。他改革管理方式，扩大业务范围，很快实现了全厂的扭亏增盈。

庄盛春出色的管理才能受到人们的重视，而他舍己为人的精神更为人们所称道。1979年秋，鞭炮厂不慎失火。为了抢救集体财产，庄盛春数次冲入火海。房梁着火了，瓦片直往下掉，砸在他的身上。当他再一次冲向火海时，两个弟弟拦腰抱住他，说："火已上了屋顶，房子就要垮了，危险！"他喊了声："集体财产要紧！"猛地把两个弟弟推开，又冲进火海……

去年4月，惠安县接受了援藏四十三项工程中的石料加工任务。要选调一批干部职工参加石料工程公司进藏施工，庄盛春被选中了。听到这个消息，全家人都有些担心。庄盛春说："援藏是党中央的号召，我是共产党员，又曾在青海高原服役，我不去，谁去！"他耐心地说服了两位老人，愉快地接受了组织的决定。

5月5日，庄盛春辞别亲人，准备上路了。妻子抱着不满周岁的孩子送到村口，临别时禁不住直掉泪。庄盛春风趣地说："我们去支援西藏建设是光荣的，哭什么？等我回来，小宝宝就会叫爸爸了。"说着，在孩子的脸上吻了吻，挥挥手，匆匆踏上了赴藏的征程。

他这样对待工作

进藏不久，庄盛春被任命为公司的物资科长。一上任，他就制订了一份详细的工作计划："三天内落实好全部工人的吃、住，五天内落实完全部采石工具、辅助材料，七天内完成公司的急需办公和生活用品……"还具体列出了一周内要联系的22个单位、必须采购的82种物资。

为了保障公司的物资供应，他不顾自己严重的高山反应，四处奔走，整日里忙得不可开交。他的身体眼看着一天天瘦弱，头半个月体重就下降了整整12斤！

6月底，自治区分配给公司一部汽车，要到格尔木去接。当时青藏路正在翻修改建，行车很困难。公司领导准备联系托运进藏。庄盛春知道了，主动要求去接车。他说："自己接车，不仅可以省运费，还能把公司的急缺物资购运回来。"他匆匆安排好拉萨的物资供应，带着驾驶员赶到格尔木。回来路上，他带着一把镐，一把锹，准备随时跳下车来，修路开道。在海拔5000多米的唐古拉山口，汽车受阻两天两夜，他和驾驶员只能裹着大衣打盹儿。几天后，汽车接回来了，他的眼窝明显凹下去，手上留下了一个个血泡。

笔底风云四十年（下）

去年8月，公司开始了川藏青藏公路纪念碑的建设，急需一批工具手把。庄盛春带着一台汽车跑了一天，黄昏赶到林芝。林芝没有现成的工具手把，他又找到有关部门办好手续，到社员家直接购买。装车后，庄盛春发现还差100多根，又急忙借来工具，准备自己动手上山去砍。驾驶员不解地问："你这个人真怪，现在黑灯瞎火的，你着什么急呢？"庄盛春说："手把晚到一天，工程就要拖一天，我这个搞后勤的，能不急吗？"他冒雨连夜到森林里砍回了100多棵手把。第二天按时返回工地，保证了工程的顺利进行。

在没日没夜的奔波中，庄盛春一天天消瘦下来。有人问："盛春，你这样没命地干，到底是为了什么？"

庄盛春回答说："让西藏人民和内地一样富起来呗！"

生命的最后时刻

1984年10月6日，这是一个令人永远难忘的日子。

庄盛春的感冒还没有痊愈。前一天，医生给他量了体温，高烧39度。他抽不出时间休息一下，晚上一直忙到深夜两点，临睡前，还写好一份急需采购的材料计划。

这天中午，庄盛春来到川藏青藏公路纪念碑工地。还没有等他坐稳，突然，拉萨河畔传来一阵阵呼救声……

庄盛春应声而起。他一边跑，一边解衣脱鞋。工地上的一些同志也跟着他跑过来。

来到拉萨河沿，只见一位穿着皮夹克的藏族青年正在河心飘流，岸上几个妇女在大声呼唤。庄盛春把自己的衣服扔到一边，对跟上来的同志说："你们水性不好，不要下，让我来！"说着，"扑通"一声跳进河里。

拉萨的10月，有如江南的隆冬。拉萨河是从冰峰雪山上淌下来的。水流湍急，冰凉刺骨。人在水里，周身像刀子在割一样疼痛。

庄盛春奋力向落水者游去。就在这时，一个浪头涌过来，把藏族青年推出十几米远。庄盛春急忙回转身来，游回岸上，他向下游紧跑几步，又一次跳进水中。

这次，庄盛春很快游到落水者的身旁，但他又被迫游回岸上。人们注意到，他是一拐一拐地走上岸的。原来，由于冰冷的河水的刺激，他的腿抽筋了。

时间在一分一秒地流逝。庄盛春来不及多想，使劲活动了一下筋骨。这时，岸上不少人已经脱掉了衣服，准备下水。庄盛春挡住他们说："水很凉。你们不要下，还是我来！"说完，又一次跳入水中。庄盛春用尽全身力气，奋力划动双臂，顽强地向落水者靠拢。他终于游到了藏族青年的背后，用手抓住了青年的衣服。他带着落水者吃力地游向岸边，一米、两米，突然，只见他猛地把落水者向岸推去，自己挣扎了一下，从水面上消失了，永远消失了……

在庄盛春留下的遗物中，人们发现了100多首诗稿，其中一首这样写着：

平生爱劲松，

爱其傲霜雪，

夏暑耐三伏，

三九翠苍穹。

拉萨河畔，一座花岗岩石的纪念碑矗立起来了。这是一位33岁的共产党员生命的结晶，这是民族团结的象征。

庄盛春去了。他在拉萨河里激起的浪花却永不消失。今年3月，庄盛春的弟弟庄盛宝，继承英雄哥哥的遗愿，又踏上了赴藏参加重点工程建设的征途……

（原载1985年8月13日《经济日报》，收入《西藏万里行——首都赴藏记者团见闻录》，民族出版社1988年2月出版）

笔底风云四十年（下）

零点出动

题记

1985年10月，中国记协组织记者采访团，分两批赴云南老山前线采访。受报社指派，我报名参加了第一批采访。在第一批采访结束后，又根据报道需要，主动要求留在前线，参加了不久后开始的第二个批次采访，成为在前线停留时间最长的来自地方新闻单位的记者。临行前，时任总编辑安岗同志专门约我谈话，对做好报道提出要求，勉励有加，并提醒注意安全。到前线的第一站是麻栗坡县城附近的烈士陵园，记者团集体致祭献花。然后分成了若干个采访小组，深入到各个部队采访。我们与战士们同吃同住，抓住一切机会采访干部战士，挖掘新闻故事，体验战地生活，度过了一段虽然艰苦却令人难忘的日子。11月6日，《经济日报》头版推出《在老山前线》专栏，持续到1986年1月18日结束，共刊发22篇报道。来自老山前线的报道受到社内外广泛好评，获总编辑奖特等奖。

头戴防蚊帽、身着迷彩衣，即将出征的勇士们挺起胸，绷直腿，站成一个整齐的方阵。在他们前面，八一军旗高悬。

政委走过来了，手里拿着一瓶菠萝汽酒，他庄重地为勇士们一一斟满，看着他们一饮而尽——这叫"壮行酒"。

队长走过来了，他把"大重九"一根一根地敬献给勇士们，挨个打火点上——这叫"智慧烟"。

队伍静下来，指导员走到军旗下，战士们跟着他高高举起右手。他们在向祖国宣誓，高亢的誓词撼动着山峦，那一排排攥紧的拳头显示着勇士们克敌制胜的力量和信心。

夜深沉，雾正浓，一声号令，侦察兵出动了。他们将爬越绝壁，涉过深涧，在雷区里开路，在密林中设伏；他们将把恐惧和死亡送给敌人，把胜利和微笑带回军营。

这是老山前线某侦察分队出击时的特写镜头。尽管我们看过不少描写侦察英雄的小说、电影，但来到这里才真正知道了侦察勇士们的艰辛。前线的战士是这样总结的：最危险的是步兵，最艰苦的是工兵，危险和艰苦兼而有之的是我们英雄的侦察兵。

在某部一连，我们访问了六班长李自洪。在一次执行任务中，他担负搜索排障任务，一手持枪，一手拿刀，走在队伍的最前面。这里是人迹罕至的原始森林，必须砍一步走一步。脚下是棱角锋利的石头，要像踩梅花桩一样一步一步地跳着走，一小时只能前进一百来米，不到十公里的路线走了整整三天。晚上，就在石缝中、大树旁蹲一宿，醒来的第一件事就是在全身上下捉蚂蝗。出发第二天，李自洪病了，直想咳嗽，为了不暴露目标，他使劲忍着，眼泪都憋出来了，实在不行了，就找条手巾捂着嘴，趴在地上轻轻地咳出来。到达预定地区，带来的水喝完了，雨也不下了，战士们渴得直喘，嘴唇开裂，渴极了，伸出舌头舔舔冰凉的枪口。200米之外就是一条河，但为了完成任务，谁也不能走出森林一步，大家舔着干裂的嘴唇，眼睁睁地看着河水涛涛南去。

九天九夜过去了，当勇士们凯旋时，这些二十上下的小伙子，一个个衣衫褴褛，头发蓬乱，胡子老长。

侦察兵的生活艰苦而又危险，但战士们没有被艰苦和危险吓倒。在采访中，我们深切地感受到战士们擒敌立功的热望。为了争得一次执行任务的机会，战士们一次又一次地找干部请战。在一连七班营地，我们遇上一位年纪不大而胡子很长的战士，一问才知道，他就是班长黄义民。他给自己立下这样的军令状：不出战果，不刮胡子。

来到前线的第一个晚上，我们住在侦察兵的营地。这里离国境线不到两

笔底风云四十年（下）

公里，窗外不时传来大炮的轰鸣，室内的漏雨汇成了小溪，但我们睡得十分香甜。因为和英雄的侦察兵在一起，我们感到非常安全，在远近大小山峦上，都有侦察兵警惕的眼睛。

（原载1985年11月8日《经济日报》"在老山前线"专栏）

"妈妈等待着你的喜报"

在老山前线某部，战士们都知道，在数千里之外的河南农村，有一位热情地关注着他们杀敌立功喜讯的赵妈妈。临战前夕，她把女儿送到部队的消息曾经成为部队的议论中心，教育和激励着即将出征的战士们。这位深明大义的老妈妈，就是著名拥军模范、六届全国人大代表赵趁妮。

在某部野战医院，我们访问了赵妈妈的女儿刘梅娥。

小刘是带着妈妈的厚望来到前线的。今年初，正在步校学习的哥哥刘同宾听说他原来所在的部队即将开赴前线，几次打报告要求回连参战，没有得到批准。他遗憾地把这消息告诉家里。赵妈妈知道了就找到部队首长："刘同宾不能上前线了，就让女儿去吧。"她真挚的请求打动了部队领导。今年2月，赵妈妈亲自把女儿送到部队。

我们见到小刘时，她已经成为一名经过战火考验的熟练的卫生员了。

刘梅娥刚上前线就遇上一次大的战斗。她和战友们连续工作了四天四夜，没有一天吃上完整的三顿饭。卫生员的工作，又脏又累。伤员来了，先要洗脚洗头擦洗身子，还要把伤员耳朵眼里灌进的土细心地掏出来。重伤员饮食不能自理，她们就一点点地喂。有的伤员性情急躁，还得耐心地说服他们接受治疗和护理。小刘说："我们是女孩子，刚开始做这些，也有些不好意思。但是一想到战士们为祖国流血负伤，有的甚至献出自己的生命，我们还有什么不好意思呢？"

妈妈关心着女儿的进步，她让姐姐代笔写信告诉小刘，家里买了台东风车。大哥承包了砖窑，妈妈还养了200多只鸡，家里的日子越过越好。让小刘安心在前线工作，照顾好伤员。她还给儿子原来所在的连队写信，给战士们寄来香烟、鞋垫等慰问品。赵妈妈的来信刊登在部队的战报上，成为连队思想工作的好教材。

我们让小刘找来几封家里的来信。这是8月24日寄出的一封信："……全家一切都很好，请你不要挂念，我只有代笔替妈妈嘱托你几句话了。妈妈希望你在部队要好好干，要把伤员当成自己的亲兄妹照顾。在这个艰苦的条件下，一定要经得起战争的考验。但你也在信中说到同志们都上前线打仗，不怕流血和牺牲，你也要向他们学习。你说到，一定要做到。妈妈也希望你在边防好好工作，争取立功，立大功，为家乡的亲人争光，为党和全国人民争光，为你们的部队争光，为保卫祖国的一草一木多作出功（贡）献来。妈妈等待着你的喜报。"

读着妈妈对女儿的谆谆教诲，我们仿佛看到了一位普通农村妇女对党对祖国的赤诚之心。

［原载1985年11月13日《经济日报》"在老山前线"专栏，入选《新闻作品选（1983—1987年）》，经济日报出版社1987年12月出版］

笔底风云四十年（下）

十五的月亮分外明

家书抵万金。在老山前线的前沿阵地上，来自家乡、来自亲人的书信是战士们每天翘首以盼的。家书来到阵地，立即成为大伙儿的"公共财产"，被战士们争先恐后地传看。当然，最受欢迎的还是出自妻子或恋人之手的情书，尽管里面少不了"私房话"。有的情书被分开贴在猫耳洞里，有的还刊登在战地小报上。战士们乐于让更多的战友分享被亲人理解支持的自豪和喜悦。

战士们不把记者当外人，我们有幸看到了不少这样的情书。

某部炮连瞄准手廉士栋来自山东农村，他的对象是位农村姑娘。她的信是这样写的："别人都说，我比以前瘦了。他们和我开玩笑说，我是想当兵的。我对他们说，我想他干什么。话虽这样说，可我的心情谁能理解，谁能理解边防前线战士未婚妻的心。你想，你在那里打仗，这么危险，能不挂念你，能不为你担心吗？虽然担心，但我也感到自豪，我为你保卫祖国而感到高兴，……你怕你万一有什么差错，误了我的忠（终）身大事，我可从来不这样想，难道我把爱献给一个边防战士还有什么不值得的吗？就是前线再紧！不论在什么情况下，你只要提出和我结婚，我都毫不犹豫地把我的一切献给你！"

这就是爱情，这就叫理解！这种来自恋人的理解，在战火纷飞的前线显得尤为珍贵。

某侦察部队副分队长项旭平的女朋友是位在城市长大的姑娘。她是学医的，长得漂亮，舞跳得好，歌也唱得好，打乒乓球在地区得过名次。他们原准备春节结婚。不想，婚期到了，旭平又上前线去了。她是怎么想的呢？她说："担心和害怕战争的人，心情是可以理解的。正因为这样，人们才力求和平。但既然来到战场，我所祈求的是机智、勇敢和不怕牺牲。在这种时候，我给予你的只有坚强的支持，你就按照自己该做的去做吧！等你胜利回来的那一天，我们就举行婚礼好吗？"

"旭平，请你把我的相片带在身上，想到的时候就拿出来看看。当然，在最前线，战斗最激烈的时候，我希望你想到的不是我，而是如何战斗！"

随信寄来的，还有一份《热血男儿一席谈》的剪报。信和剪报被旭平细心地藏在罐头盒子里，他拿给我们看时，还不住地叮嘱。"别弄脏，弄丢了。"

爱情、婚姻、家庭，这正是年轻人所憧憬、向往的。但是，当祖国需要他们的时候，他们毫不犹豫地让个人的利益服从于祖国的利益。战士在前方付出了牺牲。他们的恋人、妻子在后方不是同样在付出牺牲吗？为了让战士在前方安心作战，多少恋人、妻子用她们柔弱的双肩担起家庭生活的重负！某部卫生班长李含臣的女朋友，一位民办中学教员的来信中，有这样一段话：

"含臣；你南去了，作为你的朋友，我一定做到：一、每月（后改为每星期）到你家看望双亲两次，为老人拆洗衣服，代你为老人尽一点孝心；二、为你和老人当好邮递员（李含臣还未把自己上前线的消息告诉父母），同时，尽力做好我的本职工作；三、你走后我每月十五晚八点面向南方向你唱一首《十五的月亮》，望你准时应合（和）……"

"十五的月亮，照在家乡照在边关……"歌声，如此清越、嘹亮；月亮，这般明媚、皎洁，你寄寓着多少热血男儿的似水柔情，你象征着军人妻子、恋人一颗颗晶亮的心。

（原载1985年12月3日《经济日报》"在老山前线"专栏）

笔底风云四十年（下）

路徽在闪光

在老山前线某部，我们发现不少战士的茶杯、背心、小提包上都印有铁路路徽，上面还有"安康铁路分局"的字样，有的战士还把铁路徽章自豪地佩戴在胸前。

我感到奇怪。数千里之外的铁路企业，怎么和这个部队建立如此亲密的关系呢？政工组刘干事笑着告诉我："说起我们和安康铁路分局的关系，还有一段故事哩。"

今年3月，战士张三成在奔赴前线途中，路经安康分局辖段时，被风刮下了火车。分局领导接到报告，连夜召开紧急会议，制定了两套寻找抢救方案。全局紧急出动，只用73分钟就在一个隧洞里找到了张三成。分局医院连夜找来最好的大夫，进行紧急抢救。张三成连续四天四夜昏迷不醒，医护人员寸步不离病房，精心护理。他苏醒后，护士们给他唱歌，和他谈心，安慰、鼓励他。分局招待所的服务员还买了三只老母鸡，炖成鸡汤，送给他补养身体。

正在老山前线英勇杀敌的张三成所在部队的战士们，听到铁路职工全力抢救和精心护理张三成的情景，深为感动。他们精心制作了两面锦旗，包上老山带血的泥土，寄给铁路医院的青年们。收到前线寄来的礼物，医院青年们举行了演讲会、报告会，又把录音磁带寄回阵地。鸿雁往返，老山战士和铁路职工的心贴得更紧。今年8月，安康铁路分局发出开展"铁路职工爱战士"活动的通知，同时还决定，派出慰问团，前往老山前线慰问。

消息传开，一封封慰问信、一件件慰问品潮水般涌进分局政治部。列车段三八女子包乘组40名姑娘，用40个手绢扎成40朵小花，在锦旗上缀成路徽图案。她们说，"这小花代表着我们铁路姑娘的心"；西乡公务段七名小伙子拿起了绣花针，亲自动手绣成"战士在我心中"几个大字；招待所服务员林宁是位养鸽能手，她挑选了一只最好的信鸽，配好鸽笼，送给战士们。她在附信中写道："鸽子啊，请你捎上我的一片深情，勇敢地飞向边防。带回前方的佳音，传递胜利的捷报。"

9月2日下午，在欢乐的鞭炮声中，安康铁路工人的代表来到了老山前线。他们带来了50多面锦旗，1.3万多件慰问品，5000多封慰问信，带来了全局2万名职工的一往深情……

我们在采访中看到，不少战士正挥笔疾书，给安康铁路工人写信，有的忙着准备录音带、纪念品。原来，明天，部队组建的英模事迹报告团就要带着战士们的厚托，启程前往安康，向铁路工人汇报杀敌立功的喜讯……

（原载1985年12月21日《经济日报》"在老山前线"专栏）

劳模喜登天安门

题记

1986年的"五一"节，一个阳光灿烂的日子，作为中共中央直属机关1985年度"先进工作者"称号获得者，我和同事罗开富与首都各界3000多名劳动模范、先进工作者一起，应邀登上了天安门城楼。在参观游览的过程中，我们没有忘记作为记者的本分，记录了劳模登上天安门的喜悦心情，写下了这篇特殊的游记。

5月1日，在欢度国际劳动节的时候，首都各条战线的3000多名劳动模

笔底风云四十年（下）

范、先进工作者应邀登上了向往已久的天安门城楼。

记者随着劳模的队伍从东首拾级而上。走完66级台阶，眼前豁然开朗。分列于城楼两边的红旗迎风猎猎，城楼正面的十根红漆大柱巍然屹立。站在城台上俯瞰，天安门广场人如潮涌，十里长安街车似流水，东侧的劳动人民文化宫传来阵阵锣鼓，西侧的中山公园飘荡着笑语欢歌。节日的首都，沉浸在一片欢乐的氛围中。

天安门城楼是一座双层木结构重檐歇山式建筑，红墙、朱柱、黄瓦，再加上屋檐下各种彩绘和整齐美观的菱花窗格，使总高33.7米的天安门城楼显得庄严而又美丽。在城台上，来自工厂、农村、学校的劳模们自豪地指点着，议论着。一位胸前佩戴着"五一劳动奖章"的高个子倚栏沉思，记者上前一问，才知道他就是被誉为"真正的'牧马人'"的曲啸同志，他的纯朴的讲演曾打动了成千上万人的心。我们问："你曾想到过上天安门城楼来吗？"他激动地说："我根本没有想过。1949年，毛泽东同志在这里宣告中华人民共和国成立的时候，我还是一个初中生。在近四十年后的今天，经过了多少曲折和磨难，我才更加深刻地理解'中国人民站起来了'的含义。不久前我到美国访问，接触了许多专家学者，他们都对人民中国的建设成就表示钦佩。中国人在世界上普遍受到尊重。我深切地感到了作为一个中国人的自豪。"

曲啸同志简单的几句话道出了登上城楼的同志们的共同感受。北京有色金属研究总院副总工程师毛月波对记者说："我是个在云南山区长大的穷苦娃子，解放前连昆明都不敢进，怎么能想象登上天安门呢！我要把今天的见闻告诉老家的人们，让父老乡亲分享我的喜悦。"北京北新桥房管所换房员李国英，是全国总工会颁发的1986年"五一劳动奖章"获得者，他从口袋掏出获奖证书自豪地对记者说："胡耀邦等中央领导同志昨天在人民大会堂接见了我们，我是一名普通职工，是工人阶级的一员，今天能登上天安门城楼，更感到了主人翁的地位和责任。我们要努力工作，为实现'七五'计划多做贡献。"

经历了五个半世纪的风风雨雨，天安门城楼仍然巍峨雄伟，金碧辉煌。她经历了五四运动的波澜；她目睹了开国大典的盛况；她倾听了1976年10月的欢呼。如今，她是一个更幸运的见证者——她将目睹现代化蓝图的实现，她将目睹一个民族新的崛起！

（原载1986年5月2日《经济日报》，与罗开富合作）

远洋海员进京来

5月的北京，春光融融，天高气清。在游人如织的天安门广场上，走来一群身着白色制服、头戴白色大盖帽的"特殊"游客。金色的"铁锚"图案镶嵌在他们的肩章上，特别引人注目。他们是踏浪千里的远洋海员。他们微笑着，作为海员津京参观游览车的第一批乘客，他们掩饰不住自己的兴奋与喜悦。

他们的岗位在浩瀚的洋面上，与风作伴，与浪为邻，为发展我国海上运输事业作出了贡献。他们常年远离祖国，但祖国并没有忘记他们。党和国家一直关心着海员的工作和生活。近几年来，中央领导同志多次批示，要求有关部门采取措施解决我国远洋海员的学习、娱乐和生活"三难"问题。由交通部、中国海员工会通过天津国际海员俱乐部组织的海员津京一日游活动，就是落实中央领导同志指示，解决海员"三难"问题的具体措施之一。

上午10点，全国总工会、交通部、海员工会和远洋运输总公司的领导同志在全总大楼迎来了第一辆海员游览车。阵阵掌声中，全总副主席罗干、

笔底风云四十年（下）

交通部副部长林祖乙为海员津京游览车首次进京剪彩，并与海员们合影留念。曾经是一名远洋船长的全总书记处书记、中国海员工会主席方嘉德在剪彩仪式上讲话，他希望有更多的同志像天津国际海员俱乐部那样关心海员，为海员提供更多更好的服务。

参加今天第一次游览的都是从各条国际航线上回到天津新港的远洋海员。他们中许多人曾几十次停靠新港，却没有机会一睹首都的风采。记者见到一位很精神的小伙子，他肩章上四道金色的杠杠说明他已是一位远洋船船长。他叫高永利，今年才30岁，却有了十多年的航海历史，是天津远洋公司最年轻的船长。他说："我曾有次出公差到过北京，匆匆忙忙的一天，哪儿也没有去玩。当时就想有这样一次机会，好好看看祖国的首都，现在这愿望实现了。"他认为，组织远洋海员就近到首都参观，是一件很有意义的工作。

在海员的游览队伍中，还有几位海员家属。来自河北乐亭县的王翠琴，是江亭轮大厨李盛的妻子。她腼腆地对记者说："做海员的妻子也不容易，夫妻一年有八九个月不能见面，更别说一起外出旅游了。组织我们家属参加这样的游览活动，使我们感到了做一名海员的光荣、做一位海员妻子的光荣。"她的丈夫站在旁边，听了她的话，连连点头。

一天的旅程安排得满满的。海员们瞻仰了毛主席的遗容，领略了琼岛春荫的妙趣，观赏了故宫博物院的珍宝……他们将难以忘怀这短暂而愉快的旅行。美好的记忆将伴随着他们走向五大洲，迎接新的风浪。

（原载1986年5月15日《经济日报》）

第八辑 走进新闻现场

汛前淮河见闻

题记

  1986年夏初，汛期将至，国务院发出紧急通知，要求各地做好防汛工作。根据从有关部门初步了解的情况，经济日报编辑部在研讨防汛形势时认为，淮河防汛可能是一个薄弱环节，值得关注。时任总编辑范敬宜拍板决定，立即派记者沿淮采访，了解实际情况。我和摄影记者邓维受命后，马上收拾行装出发，直奔淮河防汛一线。我们从安徽阜南县的崔集乡（现在的王家坝镇）开始采访，沿淮而下，或步行，或乘舟，或搭车，经颍上、霍邱、凤台、淮南等地，最后到蚌埠结束采访。有时候，白天现场采访，晚上还要与有关部门座谈了解情况。一路所见，印证了有关部门的担忧，尤其是在清理阻水作物上，各地基本上都是"糊弄事儿"。于是，我们发回了这组图文并茂的《汛前淮河见闻》系列报道。报道刊发后引起了强烈反响，有力推动了沿淮各项防汛备灾工作，本报驻安徽记者杨其广随后发回了相关现场报道。

  由于历史的原因，淮河防汛成为一个"老大难"问题。由于采访比较深入，多方听取意见，我们在报道中客观地指出了存在的问题，分析了存在问题的原因，但也并未一味指责，而是实事求是地记录和反映了沿淮干部群众的呼声，提出要"顾全大局，搞活小局"，统筹解决好落实防汛要求和安排好群众生活问题。后来的事实证明，我们的批评是准确的，观点也是站得住脚的。

  据气象水文部门分析，今年是太阳黑子低值年，"厄尔尼诺"现象再次出现，有可能发生特大洪水。然而，当记者来到历史上曾多次为患的淮河

笔底风云四十年（下）

时，所见所闻，令人不安——

淮河，我们为你担忧

国务院紧急通知：汛期将临，各地各部门，必须抓紧时间，清除行洪障碍，确保江河防洪安全！

人们注意的焦点：长江、黄河，以及曾在500年历史中为害350余次的淮河。

国务院有关材料记载：目前，淮河防洪的主要问题是淮河干流行洪障碍严重，行洪能力减少1500到2000秒立米。近年来，淮河流域多次组织清障，但进展极不平衡……

水火无情，决不能让大兴安岭事件在江河防洪中重演！接受编辑部派遣，记者匆匆赶到淮河岸边，第一站安徽省阜南县。

阜南，是历年淮河中游清障工作的重点，汛期淮河洪水将有近一半要从这里的濛河分泄。然而，近年来，分洪道内已经种植了大量阻水作物，年年"清障"，越清越多，今年，长43公里的分洪道内，阻水作物已达7万亩！滔滔洪水到来，后果不堪设想！

刚到县城，县里的同志就介绍说："县委、县政府等六大班子的领导都下乡清障去了。县里已经调用了20部拖拉机，动员3000余人，分片包干，首长负责，限期清障！"

听起来很有决心，很有声势。

然而，当记者来到位于分洪道中游的中岗区，站在濛堤上远眺时，只见枝繁叶茂的阻水作物，郁郁葱葱，一眼望不到尽头。近3米高的荻柴、1.5米高的杞柳，组成一个又一个绿色方阵，把两公里宽的分洪道挤得密不透风！濛河只剩下不到百米的河床，淹没在这人造"青纱帐"中。按照安徽省水利厅文件要求，今年分洪道内要清出1500米宽的行洪通道。在穿过分洪道的公路两旁，我们找到了两片宽约700米的清障现场。拖拉机匆匆碾压过的荻柴，经过早晨的一场小雨，不少又悄悄抬起了头。

中岗区是由县长亲自包片负责的重点清障区。副区长姚孝民向我们介绍说："全区已清除阻水作物5000亩，清障任务完成大半。"这数字和我们看到的现场差距不小。一位在旁边听着我们交谈的护堤员的牢骚话，似乎道出了一点奥秘："噢，年年清障，都拿我们这公路两边容易看见的地方开刀。"

从中岗出发，沿分洪道东行10多公里，一路上恬静安然，找不到县里所描述的轰轰烈烈的清障场面。住在濛堤上的人们还好奇地问我们："今年还要清条子（杞柳）吗？"在黄岗乡政府，乡干部说："我们的清障任务早就完了"，可就在乡政府门前的分洪道内，不仅密密麻麻的杞柳依然如故，公路旁边的几块空地上，还可以看到刚插上不久的整齐的杞柳枝条。

在恬静的后面，隐伏着危险。淮河啊，我们为你担忧！

［原载1987年6月10日《经济日报》，与邓维合作。入选《新闻作品选（1983—1987年）》，经济日报出版社1987年12月出版］

危险，伸入河心的庞然大物

怀着沉重的心情，记者乘交通船沿淮而下，一路上，类似阜南县所见的郁郁葱葱的绿洲，不时耸立在河心、两岸。

鹦哥窝、陈郢子、江台子……一排排荻柴、杞柳、芦苇，犹如一道道绿色的屏障。仅北岸颍上县在滩地上种植的阻水作物就达2000多亩，只有很少几块滩地上有清除过的痕迹。

我们在庙台保庄堤下系舟登岸。出乎意料的是，一座4米来高的砖窑就

笔底风云四十年（下）

建在这去年冬天刚刚建成的保庄堤角上。窑顶正飘出青烟，保庄堤下有不少取土方塘，在积水不深的塘内，几名村童，嬉戏其中。交谈中，砖窑主人竟然不知道这砖窑阻水毁堤的双重危害，也没有人要他搬迁。他告诉我们，这样的砖窑，并不只他这一处。

顺河而下，记者来到淮南市。

听说我们是看清障的，市防汛指挥部的王工赶忙说："别的都好办，给你们看一处清不动的障碍吧！"

车过淮南大桥，上行两公里，一个直插河心的钢筋水泥结构的庞然大物，展现在我们面前。这是平圩电厂丁郢大件运输码头。

码头由引桥和栈桥组成，伸入行洪滩地128米，占河宽三分之一。引桥高程低于设计洪水位1.25米，与长72米、宽14米的剪刀撑框架结构的栈桥相接，形成一个面积达上百平方米的阻水断面。王工介绍说，据他去年汛期的观察，在淮河水位达到21.5米高程时，由于码头的阻水挑流作用，淮河主流南移40余米，直接危及下六方堤的安全！

丁郢大件码头是淮河上远近闻名的大型阻水建筑。动工前未经水利部门和淮河管理部门同意。施工过程中和建成后，有关部门虽然数次"限期解决"阻水问题，但至今未见动静，给两岸清障工作带来极大阻力。

我们登上栈桥。宽敞的平台上除垛放着两叠钢板外，别无他物。一对起吊200吨重的大型扒杆安闲地伸向河心。据了解，这座投资482万元的大件码头，将在今后15年内启用4次，接卸正在施工的平圩电厂发电机组的4组定子。除此之外，它的运输效益还不够设备的维修费用。

（原载1987年6月11日《经济日报》，与邓维合作）

淮河，在狭窄的河床里蠕动着

记者到达蚌埠，沿蚌埠圈堤采访。这条长12.6公里的大堤，保护着这座有着70多年历史、拥有近60万人口的城市。然而，人为设障，毁坏堤防的现象，屡见不鲜。市淮河修防所的同志气愤地告诉我们：现在，被侵占的护堤地总面积已达12万平方米。违章建筑还在继续向堤身、堤顶发展。

在圈堤外的河滩地上，数处大型阻水建筑和堆料场也令人震惊。我们看到这样一组镜头：

——方邱湖行洪区上口门承担着汛期行洪3500秒立米的流量。就在距口门50米处，占地70余亩的蚌埠市硫酸厂横亘在行洪通道上。尽管工厂已停产3年，坚固的厂房和高大的设备至今仍未搬迁。

——交通路口近1000米长的河滩上，堆起了一个接一个的沙丘。20余艘运沙船泊舟待卸。泥沙已淤宽滩地30余米。

——在蚌埠港1至6号码头，各式违章阻水房屋计有70余间，分别挂着"蚌埠市水上公安分局""蚌埠市水运公司调度室""航运局港务处"等单位的牌匾。

更值得注意是，旧障未除，又添新障。在蚌埠淮河公路桥施工工地，今年3月建成的箱梁吊装码头的两条平行的钢筋混凝土结构丁字坝，伸入河心20多米。在北岸，钢筋混凝土结构的挡土墙切入淮北大堤15米，切削堤身土方达1000余立方米。经有关部门发现制止后，墙体已经处理，但被切削的堤身至今没有得到加固，汛期随时可能出现险情。

汛前的淮河，在狭窄的河床里蠕动着。

人民治淮37年，淮河主干达到了抗御40年一遇洪水的标准。但是，水电部治淮委员会的专家们的测算表明：由于大面积的作物阻水和其他各种阻水障碍的不断增加，治淮工程的防洪效益已大打折扣。如重遇1954年那样的洪水，淮河主干洪水位将比设计洪水位抬高0.5—1米。这意味着淮河两岸

笔底风云四十年（下）

的几百万人民生命财产，1000多万亩耕地以及两淮煤炭基地、津浦铁路等重点工程，都将受到严重威胁！

河障不清，河患难消。这道理不言自明。但是，此障年年清，此忧年年有。清障进展迟缓症结何在？淮河啊，难道你真要像前年的辽河那样，给我们再来一次深刻的教训吗？那样的"学费"，未免太昂贵了吧！

（原载1987年6月12日《经济日报》，与邓维合作）

如此"奉命清障"

沿淮所见所闻，令人震惊。震惊之余，人们自然要问：年年清障，越清越多，原因何在？

在阜南，在颍上，在这些作物阻水最为严重的地区，记者也提出了同样的问题。

南街村农民锁仁友是这样回答的："您算算，收割下来的杞柳，把皮一剥，就卖1块钱1斤，编成筐子什么的，能卖到三四块，1亩地收750—800公斤，能卖多少钱！去年我在分洪道里种了18亩地，一清障，要损失4000元。两房未过门的儿媳妇一听说，不准备进门了。你说这障谁还愿意清！"

阜南县委负责人也不隐瞒自己的观点："我们县曾经6年换了6位县委书记。为什么？干不下去。频繁的行洪蓄洪，30多年来仅粮食就损失了60多亿斤，政策又总不兑现，群众已经为大局作出了很大的牺牲。分洪道两岸住着14万人，人多地少，生活困难，种杞柳、荻柴等耐水作物，是脱贫的出路，切身利益呀。1985年，全县农业收入仅2615万元，而其中分洪道内耐水作物收入就达1400万元，占农业收入的53.5%。让你来做这个'父母官'，坚决清障，你试试看。"

颍上县一位副县长的回答更是直截了当："我们是'奉命清障'。耐水作物保收，条子（杞柳）把我们这一片行洪区搞活了。"他还历数了耐水作物的几大好处：一是不要成本；二是可以带动乡镇企业搞编织；三是经济价值高于粮油作物……

回答是相似的。人们算了一笔又一笔个人收入账、地方经济账，就是忘了算一算由于大面积作物阻水可能给淮河流域带来的损失账！

于是，"奉命清障"就成为敷衍和应付的代名词。本来，耐水作物根系发达、再生力强，需要深翻、拣根才能达到清除的目的。现在不少地方的办法是到汛前用拖拉机碾上一遍，第二年依然"长势喜人"；濛河分洪道要求清出1500米的通道，阜南县自减为1000米宽；要求三种作物都清，县里定为只压荻柴，不动杞柳（杞柳经济价值高）；去年汛前，由颍上县组织录制的该县"全面完成清障任务"的录像片上了省电视台，而有关部门的验收表明，该县当年10750亩的清障任务仅仅完成了12亩。

正是由于"奉命清障"，领导者的认识并没有真正统一，县与县之间、乡与乡之间都在互相攀比，彼此观望。霍丘县与颍上县隔河相望，去年清障，霍丘进展较快，但和基本未动的颍上一比，感到"吃了亏"。今年汛前特地派专人观察对岸动静，以便"统一步调"。在阜南县，防汛指挥部的同志还请记者向上级转达这样3条要求：一，清障要先清淮河本干，后清分洪道；二，自下而上；三，左、右岸同步进行。总之一句话：先人后己。

如此"奉命清障"，其结果，显然只能越清越多。

（原载1987年6月16日《经济日报》，与邓维合作）

"老大难"难在何处

淮河的清障问题，并不是今天才提出来的。从20世纪70年代初开始，随着淮河河道阻水情况愈来愈严重，隔不上三五年就会有一份省级以上的

笔底风云四十年（下）

"红头文件"发出：

1972年，国务院批转水利部关于淮河河道阻水情况的报告；

1975年，水利、农林等五部门联合发出"关于抓紧淮河清障工作的函"；

1981年，安徽省政府印发"关于淮河清障工作意见的报告"；

1982年，安徽省政府转发《淮河清障会议纪要》；

1985年，国务院批转水电部关于切实做好河道清障和水利工程整修工作的报告；

1987年，国务院发出关于清除行洪蓄洪障碍保障防洪安全的紧急通知；

……

这还不是全部。各有关厅、局、委、办发出的文件、电报、通知、纪要，更是多得不可胜数。人们说，淮河清障的文件早就可以编出一本厚厚的大书！

文件发了这么多，说明各级领导对清障问题是重视的。但淮河障碍阻水依然严重的现状也说明，这众多的文件在一些地方并没有落到实处。淮河清障之所以成了"老大难"问题，一方面是由于局部利益与整体利益的矛盾，另一方面，也暴露了我们一些地方领导机关和业务部门的工作方法和作风上存在的问题。在对沿淮基层干部和一些水利专家的采访中，人们集中地指出了这样几个方面的问题：

其一，文件层层照转，认识并未统一。一份"红头文件"下来，犹如"接力棒"一样，省、地、县、区、乡层层照转，有的甚至直接转到队、组，以为一经转发，便责任尽到。领导干部的思想首先就没有统一到文件精神上来，也就很难结合本地区、本部门的实际部署工作。在基层，就形成"你说你的，我干我的"的局面。

其二，没有明确的责任制。建立清障工作的责任制，是国务院文件中多次提出的要求。在有些地方，责任制只是写在纸上，而没有具体的制度、措施保证清障任务的落实。或者是有布置而没有检查，或者有检查而没有奖罚。

其三,"政出多门"与"孤军奋战"。一方面,有关部门一再强调清除作物阻水;另一方面,一些部门又鼓励"开发洼泽资源,广种耐水作物"。有的作物阻水严重地区还被有关部门树为致富典型。上面政策矛盾,基层无所适从。一些水利部门的职工感叹说:"清障需要有关方面密切配合,现在是水利部门'孤军奋战',难啊!"

其四,"汛前一阵风,水过就放松"。汛期一到,从上到下都要紧张一阵。等到大水一过,清障工作也就无人提起。实际上,临近汛期,阻水作物"长势喜人",铲堤、开行洪口门又直接威胁眼看到手的麦收,眼前利益带来了更大的思想阻力,工作难度加大了。专家们认为:清障重点应该放在秋后小麦登场、阻水作物也已收割之时,常抓不懈。

采访中,人们指出了各种存在的问题,也提出不少建议。然而,追根溯源,人们都能在这种种表象中找到官僚主义的影子。正因为如此,人们的共同结论是:清障好不好,关键在领导。无论是哪一级,只要是党委和政府的主要负责人对清障问题重视了,并切实抓起来,问题是不难解决的。这就是所谓:"老大难,老大难,'老大'一抓就不难"!

(原载1987年6月18日《经济日报》,与邓维合作)

顾全大局　搞活小局

"顾全大局,我们行动。"因清障不力而多次受到批评的安徽阜南县和颍上县领导都首先对记者说了这句话。"但是,我们也有我们的苦衷。让清障,让蓄洪,我们执行。挨着底下的骂,硬着头皮也要执行,可行蓄洪区内数十万人的柴米油盐、生产生活都由我们管,县里常年吃国家的补贴,我们是干着急啊!群众说:'顾上游,保下游,我们在中间吃苦头!'"

笔底风云四十年（下）

类似的苦衷，不仅阜南有，颍上有，在沿淮其他行蓄洪区也都能听到。

行蓄洪区是根据新中国成立初期国家制定的"蓄泄兼筹"的治淮方针而划定建立的，通过行蓄洪区的运用以削减汛期洪峰，保证上、下游安全，是淮河干流防洪的重要措施，并且是将在今后长期使用的主要非工程防洪措施。阜南县的蒙洼蓄洪区，有耕地18万亩，平均三年半就要进洪一次。颍上县4个行洪区共有耕地近20万亩，大部分不到3年就要行洪一次。频繁的行洪蓄洪，使行蓄洪区人民遭受巨大损失。据统计，新中国成立以来正阳关以上行蓄洪区（主要包括阜南、颍上、霍丘等县）因行蓄洪损失粮食约15.5亿公斤，加上其他损失折款13亿多元。行蓄洪区群众的长期贫困，造成了"与水争地"现象的恶性发展，从而使河道阻水愈来愈严重。

行蓄洪区人民生产生活的实际困难，既成为河道阻水的主要症结，又是淮河流域的重大社会问题。出路何在？人们苦苦思索着。

在淮河两岸采访，人们高兴地告诉我们：行蓄洪区的问题，已经引起了中央和各级领导部门的重视。1984年9月，国务院总理视察了沿淮行蓄洪区，为沿淮行蓄洪区人民提出了一套完整的生产建设方针。它的主要内容包括：由"保午争秋"，转变为"弃秋夺午"；由种植粮食作物为主，逐步转向以经济作物为主；由以种植业为主，逐步转为多种经营和工副业为主。"一边养，一边转，逐步过渡，使自己有个良性循环"。总理的指示，为行蓄洪区指出了一条顺应自然，振兴经济的必由之路。人们说：30多年，我们一直在寻找一条符合行蓄洪区实际的脱贫致富的路子，现在总算看到了希望。

当然，把希望变成现实，还需要作一番艰苦的努力。加快行蓄洪区的治穷致富步伐，还有很多工作要做。

——进一步落实对行蓄洪区实行的特殊政策，减轻农民负担，要从资金、技术、信息、物资等各方面加强对行蓄洪区的扶持工作；

——扩大防洪保险试点，尽快建立防洪基金，以补偿沿淮群众因行蓄造成的损失。同时，通过防洪保险等形式，使有限的资金直接发放到群众手中去；

——加快行蓄洪区安全避水庄台以及公路、邮电等基础设施建设，并通过招标、承包等多种责任制形式有效地利用建设资金，解除群众后顾之忧；

——进一步调整产业结构，充分利用资源优势，发展商品生产，以减少群众对行蓄洪区土地的依赖；

——严格控制行蓄洪区人口增长，改变无计划生育、人口失控的现状，并逐步使人口向岗地和其他地区转移；

……

行蓄洪区治穷致富这个大题目，终于开始"破题"了。

对于淮河流域以至于安徽省来说，沿淮行蓄洪区毕竟还是个局部。局部问题没有解决好，必然影响到大局的安危。只有搞活了小局，才能更好地顾全大局。然而，历史留下了"欠账"，现实的问题是：小局要搞活，非一朝一夕之功；大局要保全，已是刻不容缓。

（原载1987年6月20日《经济日报》，与邓维合作。该系列报道获丹江杯首届全国水利好新闻一等奖）

红旗轿车的风波

一辆乌黑的红旗轿车颇为神气地插到我们车子前面，又潇洒地拐了个弯，隐没在灰色的楼群中，司机说："那是个体户买的'红旗'，跑出租的。"

这是在武汉市青山区的冶金大道上。

笔底风云四十年（下）

大概用"红旗"跑出租全武汉也找不出第二家吧，在青山，要找这位车主并不难。这不，他现在就站在我们面前，胡子拉碴的，带着奔波一天的疲惫。他叫符知渤。

"采访我吗？没什么好说的。要说'红旗'，那可是台好车，六米长，两米宽，三排座，跑起来稳着哩！"说起那令人瞩目的"红旗"，符知渤颇为得意。他介绍说：车的正式型号是CA770红旗轿车，流水线551号。尽管是1976年出厂的老产品，但跑路不多，路码表上累计才5万多公里，可谓正当盛年。据说，车子的原主人是部队的，后来部队精简整编，这辆红旗退役到地方，转手几次卖到武汉。符知渤是去年10月从青山附近的一家冷饮厂花2万多元买到的。

如同民主德国电影《部长轿车的风波》中的情形一样，红旗轿车给车主人带来的似乎不是什么好运道。市交通大队听说要给红旗车办出租牌照，办事人员愣住了。"红旗"能办出租吗？查文件，翻规章，却找不到半个字的答案。于是，研究来研究去，只能得出这样的结论："武汉市没有这个先例。"老符又辗转托人找到副市长门下，回答是让打报告来，等到报告打好了，却又找不到接收报告的地方。

老符的"红旗"就这样搁浅了，至今仍是没有正式牌照的"黑户"。问题出在"没有先例上"，而这本该是不成"问题"的。人们不是常说：第一个吃螃蟹的人最勇敢吗！再说，改革年代，"没有先例"的事还少吗？

"车大"也招风。老符的"红旗"尽管没有正式牌照，却也难有空闲的时候。亲戚、朋友、熟人、同事，诸如儿子结婚、女儿出嫁之类，都会找上门来。"这不，明天是爱人的同事的儿子结婚，点着名要坐这'红旗'，不去行吗！"老符说。

我们问：车子手续没办好，不怕逮着罚款吗？

老符笑了："别看现在大首长坐'红旗'的不多，但走在大街上，也没谁敢拦着车子查一查。毕竟是'红旗'嘛！"

（原载1988年2月10日《经济日报》，与张冬生合作）

听企业工会干部说心里话
——工会十一大采访札记

当近千名工会干部聚集到一起的时候，自然少不了谈谈各种意见，也有人称之为"发牢骚"。不过，在工会的代表大会上发些关于工会工作的牢骚，应该说是"发"对了地方。这里记下的是一些企业工会干部的"牢骚"：

"三类科室"

对企业科室的分类，上面并没有什么具体的规定。但许多企业工会主席都把自己企业的工会称作"三类科室"。

"三类科室"这种自嘲式的称谓，反映出一些企业工会没有独立的地位。

来自浙江的代表孔繁祥说：问题在于一些党政领导对工会性质的认识比较模糊，习惯于把工会看成是自己的下属，认为工会抓抓生活福利、文娱体育就够了；有的企业党政领导对工会采取一种实用主义的态度，需要的时候找工会来调解矛盾，不需要时就撂在一边。只使用，不支持；有的行政上嫌麻烦不想管的，都推给了工会，工会干部被事务性工作缠绕，限制了工会职能的发挥。

"两难处境"

一位辽宁代表的谈话颇为尖锐：现在企业工会干部处于这样一种两难境

笔底风云四十年（下）

地，就像工会干部经常发的牢骚那样："群众骂我们是工贼，厂长骂我们代表落后。"这种处于行政和职工之间的"夹板气"，实在受不了。

宁波港务局工会主席苏立清说：现在人们对社会主义条件下需不需要工会来代表和维护职工利益，在认识上是相当模糊的。常有这样的事：厂长问工会主席，你代表职工，那我代表谁呢？这本来不是一个互相排斥的问题，如果厂长是这样的认识，那当然把工会的"维护"看成是与行政捣乱，工会的"维护"职能自然落空。

山东兖州矿务局工会主席黄恒钧说：工会要维护职工利益，一方面常常得不到行政的支持和配合，另一方面我们自己又缺乏有效的维护手段，工会不能真正维护职工利益，就只好挨工人的骂了。

"我们为职工讲话，谁为我们讲话"

青岛第五棉纺织厂工会主席王彩文向记者介绍，她在来京开会之前，市纺织公司工会主席专门给她打来电话，要她给大会捎上两句话："我们为职工讲话，谁为我们讲话！"

这似乎是过激之言。但王彩文说，这话有一定道理，维护来，维护去，弄不好给个小鞋穿，找谁去？工会工作需要有法律保护。《工会法》的修订从几年前就让我们讨论过，到现在还没有出台，工会行使职权没有法律的依据，工会干部的工作得不到法律的保护，有后顾之忧。

哈尔滨飞机制造公司工会主席高鸣岐来京前调查下属32个分厂、车间一级工会的情况，约有半数工会主席表示不想干，表示喜爱工会工作的只有两人。

发牢骚，是人们发表意见的一种方式。在企业工会干部的这些牢骚中，我们看到的不正是推进工会改革的热望吗！

（原载1988年10月26日《经济日报》，获全国工会好新闻二等奖）

"订货会就该这么开!"
——1989年全国有色金属订货会见闻

在人们的印象中,订货会历来是最不廉洁的会。大吃大喝、请客送礼、行贿受贿等歪风在订货会上盛行,早已不是什么"秘密"了。

然而,记者来到北京通县,采访11日至18日在这里召开的1989年全国有色金属订货会,所见所闻却是另一番景象。

开会第一天,按惯例不参加这类专业交易订货会的两家主办单位的领导——物资部部长柳随年、有色金属总公司经理费子文出乎意料地出现在会场里。他们还在讲话中专门解释了这次"破例"的原因:"过去这种会我们都是不来的,今天我们两位都来了。因为这是年末的第一个订货会,后面还有好几个会呢。十三届三中全会开过了,今年的订货会也该变变样子了。不能光在那里说空话,咱们要见诸行动。我们来,就是希望大家把这个会开成一个廉洁的会……"

今年的订货会确实和往年不同了。开会前,会议筹备小组就专门研究制订了端正会风的6条廉洁措施;走进会场,往年那挂满歪七竖八广告的位置被大字抄写的"有色金属订货会议守则"所替代;餐桌上摆出的是名符其实的"四菜一汤",部长、总经理们的餐桌上也不例外;主会场通州宾馆设立会议举报电话、举报房间,24小时由专人昼夜值班;在代表驻地,那些请客送礼的人见不到了;走遍11个分会场,全然看不到过去那种闹哄哄、醉醺醺、常常要闹到深夜12点、被人们称之为"骡马大会"式的"热闹"景象。

良好的会风带来了效率的提高。来自全国各地191个厂家和单位的3500多位代表,通过8天紧张而有秩序的工作,基本落实了1989年上半年有色金

笔底风云四十年（下）

属原料的预拨订货计划。

"订货会就该这么开！"采访中，记者不时听到这样的感慨。

供方代表、云南锡业公司销售科科长杨正方对记者说："我们来了四个人，大家议论了一下，觉得这个会确实不一样，一是秩序好，二是纪律明，三是供需双方充分协调。"他介绍说：为了满足用户的需要，云锡公司在会上临时主动增加了500吨平价精锡的供货任务，与70多家调拨单位签订了104份合同，圆满落实了占全国指令性计划近90%的精锡供货任务。

需方代表、四川省有色金属供应公司副经理岳志刚说："过去供方来开订货会，不是'二十响'，就是'手榴弹'。这次，烟酒没送出去，定单到了手。我们当然高兴。说实话，我们来的时候带了些'泸州老窖'，按惯例，不带不行啊。这次没用上。这不，还得背回去哩。"

东道主、通县物资局局长单福海感慨更多："我们差不多每年都接待一次订货会。订货会一开，街上的饭店就得发一笔小财，请吃饭要提前几天排队。这一次可就亏了。作为东道主，我们总想尽地主之谊。四菜一汤我们是第一次上，是真上，还是假上，要不要变通变通，就为这个，我们会前还专门开了三次会，最后还是决定真上。既让代表吃饱吃好，又不铺张浪费，效果不错。"

"廉洁、公正、秩序好、效率高"，这是会议监察组组长、监察部一局副局长王文芳对这次订货会的评价。作为首次进驻订货会的"监察大员"，这位年过半百的女同志不顾高烧不止，自始至终"盯"在会议上。她的体会是："开这样廉洁的会，供方、需方、组织者、东道主都满意，过去是风气使然，不得已。希望今后订货会，都能开成这样的会。"

（原载1988年11月19日《经济日报》）

智慧之光
——记武汉钢铁公司计控厂工人技师刘渝兴

武汉有个红钢城。红钢铁里有家计控厂。计控厂有个刘渝兴。

3年前，刘渝兴还是个默默无闻的仪表工，这几年却名声在外。大红花他戴多啦。大场面也见多啦。公司领导见了他要亲热亲热；省市头头遇上他也能喊出个名字；中南海怀仁堂里他领过奖章；人民大会堂里就国家大事表决时，他也曾举起自己的手……他还挣过令国人咋舌的高薪——每天200美元；拍过一张让人羡慕不已的小照：站在英国格林威治皇家天文台子午线中央，一只脚踏在东半球，一只脚踩在西半球……

这一切都是怎样开始的呢？

（一）

人们都知道炼钢厂是出钢的，但很少人知道炼钢厂也出"气儿"——转炉吹炼时会产生大量的高温煤气，其中约60%是一氧化碳，一种优质的气体燃料。我国现有13吨以上的转炉70多座，年排可燃烟气13.41亿立方米，如能回收利用，可供10个百万人口城市的居民用上煤气。但遗憾的是，我国转炉煤气回收利用率不到10%，大量的煤气只能白白点火烧掉。

1978年前后，武钢二炼钢厂竖起了三座50吨转炉。转炉旁也毫不例外地建起三座60米高的煤气放散塔，三支10多米高的火柱直冲天际，成了红钢城的又一新"景观"。刘渝兴常常从这高耸的火柱下走过。但他丝毫也不欣赏这新的"景观"。因为他曾算过一笔账：三盏"天灯"点上一年，就等于烧掉360万元。他为之痛心。但他想不到的是，在即将进行的"抢救"这"360万元"的战斗中，他会成为关键人物并从此"风云"起来。

笔底风云四十年（下）

　　1983年，武钢引进项目的计划表上，正式列入了引进欧洲一家著名的电器仪表公司转炉煤气回收仪控设备的项目。一年后，大部分引进设备安装调试完毕，仅剩下烟气分析仪表装置的调试工作。烟气分析仪表装置被称为整个系统的"眼睛"。只有通过它迅速连续取样，检测出烟气中所有成分的含量，整个系统才能正常运行。

　　那家欧洲公司从英国聘请的调试专家史柯尔飞来了武钢。当作为助手的八级仪表工刘渝兴被介绍给他时，史柯尔皱起了眉头。一年来，他在中国跑了几个钢厂，人家派来当助手的全都是清一色的工程师，怎么这里派来个工人……

　　刘渝兴没有心思去计较这位外国专家的骄矜。他把这次调试当作一次极好的学习机会，把整个心思都放在这套洋设备上。他要摸透它的脾性。他很快掌握了装置的设计原理，但也很快地失望了。

　　史柯尔的调试进行了一个多月，仍然看不到什么进展。由于烟气含尘量大，且带水分，取样线常常堵塞，使整个分析仪表无法工作。尽管史柯尔使出浑身解数，连续取样最高纪录也没有超出119炉。这显然与该公司作出的"连续取样"的保证相去甚远。史柯尔精疲力尽，只得在调试纪要本上签字，宣布调试失败。

　　这时，武钢人面临的选择是有限的。退货吧，光配套工程已花去900多万元，工厂要遭受更大的损失；或者自己接着干，但同样令人难以想象：这可是个"世界级"难题啊！

　　外国人干不了的，中国人就一定不能干吗？刘渝兴不信这个邪。他已把这套洋设备摸得透透的，心中有底。他把自己的想法向有关部门作了汇报，得到了公司领导的支持。在史柯尔离开武钢之前，一个攻关小组成立了。

　　史柯尔沮丧地离开了武钢。在数十天的接触中，他对刘渝兴的轻视已经变成了钦佩。他终于理解了武钢为什么给他派来这样一位工人助手。他钦佩刘渝兴的技术，更钦佩刘渝兴的勇气。临别时，他紧握着刘渝兴的手说：

"刘先生，看您的了。"

（二）

刘渝兴成了决定这耗资巨大的引进项目能否运转起来的举足轻重的人物。不少人投来疑问的眼光，那意思是：你行吗？

刘渝兴暂时还不敢说"行"，但他永远也不想说"不行"。30多年来的实践积累和勤奋自学，给了他向"世界级"难题挑战的自信和勇气。

1956年，当刘渝兴从宜昌老家来到武钢时，他只有初中文化。在鞍钢接受仪表工培训的头半年，听课就像听"天书"一样。但他没有气馁。两年学徒期间，读了一年半的业余高中。凭着"笨鸟先飞"的钻劲，他在同期学徒工里率先独立顶岗。仪表是现代技术飞速发展的"窗口"：二十世纪五十年代使用机械动圈表，六十年代创造电子管式；七十年代出现晶体管表；八十年发明集成电路。30多年来，刘渝兴一步步跟踪着仪表技术的发展，自修了20多门专业技术课程，掌握了光、声、力、电等方面的基础知识。八十年代初，武钢大规模引进国外技术和设备，年逾不惑的刘渝兴又从头学起了"ABC"……

知识的积累，使刘渝兴如添双翼。他的脑子里总在琢磨着技术革新的新点子。还是在"文革"前，他看到煤气工人在毫无防护的条件下，举着火把，爬到40米高的高炉煤气放散管点火时，心里总不是滋味。一有空闲，就到处查找有关煤气自动检测的资料。经过反复试验，设计出一套"高炉煤气放散管自动点火装置"，其性能大大超过当时苏联为武钢设计的同类装置的水平。

在八十年代引进的洋设备面前，刘渝兴也毫不胆怯。每当发现了洋设备这样或那样的毛病，都会激发出他用自己的智慧去改造完善它们的冲动和灵感。1981年，武钢引进了转炉吹氧自控系统，刘渝兴发现并纠正了调节氧量的关键阀门的设计错误，使外国专家惊叹不已。两年后，在专家没有及时

笔底风云四十年（下）

赶到武钢的情况下，他又和同事们一起，改进了11台仪表的线路，使转炉炉口微差压自控系统一次投产成功。

现在，面对这套"趴窝"的煤气回收设备，刘渝兴觉得自己又有些兴奋和冲动了。这是一种创造的冲动，是一种攻关夺隘的冲动。

（三）

冲动往往会带来灵感。

国内外大量的多尘取样工艺资料摆上了刘渝兴的案头。他从头学习了转炉烟气成分组成、分布及各种元素的化学物理性能等知识。对引进的取样装置的设计原理又进行了一番仔细的研究。设计者以烟气中含湿为主要矛盾，设计了热箱，对取样管和过滤器本体加热，以保证烟气湿分不致凝结成水。这种设计看起来有些道理，但为什么就解决不了取样线堵塞的问题呢？

夜深人静。刘渝兴仍在苦苦思索，忽然，犹如一道电光闪过脑际，他找到了一个崭新的思路：假如烟气含湿不是主要矛盾，原来的设计思想不是从根本上就错了吗！

循着这个思路，刘渝兴和攻关小组走出了外国公司设计思想的"死胡同"。经过反复试验，刘渝兴提出了一种全新的防堵方法。

试验开始了。场地就在转炉顶上，脚下的转炉喷吐着火舌。窗外正飞舞着鹅毛大雪，但做试验小屋里却热得能使汗水很快地化为蒸气。刘渝兴的工作服成了结满汗碱的"盔甲"，只好"赤膊上阵"。高温、粉尘、噪音、煤气，憋得人透不过气来。一天下来，鼻子、耳朵里灌满了灰，连咳出来的痰也是红的。恶劣的试验条件在磨炼着他的意志。他和攻关小组的同志一起准备了五种方案，一个个进行试验。

300炉……350炉……连续取样记录纸在不断延伸。希望之光终于出现了。1986年2月，试验突破了第一道防线，连续取样达到421炉，远远超过了那家外国公司的119炉的纪录。

刘渝兴初尝成功的喜悦，但他并不满足。在随后的400多个日日夜夜里，他一头扎进实验室、图书馆里，修改了60多张图纸，进一步完善了装置设计和操作调试方法，并且对试验成果从理论上进行了系统的探讨总结。

1987年4月，连续取样达到1001炉。这是一个为祖国争光的世界纪录。

攻关小组的代表、公司能源部高工程振南来到北京，将连续取样1001炉的奇迹般的数字摆到了那家外国公司的代表休斯先生面前了。看看试验记录纸上令人信服的曲线，休斯折服了。一番讨价还价之后，双方正式签署合同。武钢以技术诀窍形式向该公司转让技术，该公司除赔款11.5万美元外，付技术转让费7万美元。在今后5年内，该公司每出售一台装有"刘氏防堵新工艺"的设备，都要付给武钢10%的佣金。

随着"武钢首次向国外反转让一项创新技术"的大字标题出现在数家报纸的头版，人们开始熟悉了一个过去没有听说过的词儿："反转让"，或者叫"逆转让"。

当那家欧洲公司在武钢的其他几套煤气回收仪表系统先后进入调试阶段时，他们不再派来自己的专家，而是以每天200美元的高薪，聘请刘渝兴主持调试；当那位伤心离去的史柯尔先生再一次见到刘渝兴时，一口一个"老师"。

（四）

刘渝兴成功了，也出名了。

出名就意味着少不了"麻烦"。没完没了的采访；没完没了的开会；没完没了的……

但刘渝兴还不想就此"转业"。他觉得过去干的那些算不了什么。煤气取样防堵工艺虽然是"反转让"了，还得了各种各样的发明奖、成果奖，但那仅仅只是在洋设备上动了"手术"。要长中国人的志气，必须创造出我们自己设计的全新的取样系统。

于是，他又有了新的目标。

又是一次次的试验，一次次的探索，他在一步步地向新的目标接近。一套完整的由我国自行设计的DBE—BQ煤气取样防堵系统诞生了。这种新的取样防堵系统连续取样不再只是1000炉、5000炉，而是到今年4月已连续使用13个月，超过万炉以上。

新的成功又是新的起点。刘渝兴仍然没有止步。

（原载1989年10月5日《经济日报》，与张冬生合作。收入《八十年代群英谱》，经济日报出版社1989年9月出版）

为"岩滩一号"送行

鞭炮声中，八台电瓶车同时启动，载着重达320吨的巨型水轮机转轮"岩滩一号"，缓缓走出了西葫芦岛上这座亚洲最大的高架厂房，驶向大海。

电瓶车轨道两旁，站满了为"岩滩一号"送行的人们，他们中有能源部的部长，有国务院重大技术装备办公室、机电部、船舶总公司、三峡办等方方面面的领导、专家，有省、市、区及几家国家骨干企业的头头脑脑们。人们的脸上洋溢着喜悦。

10月24日，这确实是一个可喜可贺的日子。按照低水头、高容量、混流式的要求，广西红水河上岩滩电站的水轮机转轮被设计成高5.19米、最大直径8.56米的庞然大物，其规格在世界排老三，国内数第一！随着"岩滩一号"的诞生，我国大型水电成套设备的制造迈上了一个新台阶。

在送行的人群中，滨海水电大件加工厂董事长、哈尔滨电机厂厂长王文祥显得格外兴奋。作为岩滩水电设备的承制者，最令这位厂长牵肠挂肚的就数这个庞然大物了。今年6月，转轮进入整体装配，理论工期需要10个月，但由于电站建设速度加快，工期提前，留给大件厂职工们的时间只有4个月了。于是，高大厂房里挂起了"大干一百天，攻下转轮关"的巨大横幅。125天过去了，"岩滩一号"终于可以赶在枯水期之前发运了。

在转轮发运现场，一位长者特别引人注目，他胸前别着"来宾"的证件，却又似主人一般前后忙碌着。一打听，才知道他是武汉重型机床厂技术顾问、今年65岁的沈德彰，是为"保驾"而来。原来，转轮切削加工的两台关键设备都是由武汉重型机床厂制造的，其加工能力均为国内之最。其中的16米数控单柱立车世界上只有两三个国家能够制造，它的问世还被列入去年的全国10大科技成就之首。正是武重厂"保驾"队伍的精湛技术和优良服务，保障了这台国产最大的数控立车连续数十天高负荷、高强度、高精度地运行。

国产设备在巨型转轮的加工中显示了威力，沈总特别高兴。他将记者领到昂首挺立的16米立车跟前，感慨道："这台立车是个新产品，能不能啃下这个庞然大物，一开始许多人都有怀疑。实践证明，我们的机床经受住了考验。这不仅是给武重厂职工争了气，也是给中国工人争了口气。"

"呜"，一声汽笛鸣响，装载着"岩滩一号"的"重任号"驳轮，告别了送行的人们，在欢呼声中启航。

（原载1991年10月29日《经济日报》）

笔底风云四十年（下）

百万爱心在行动

在大巴山区，有个叫王翠华的小姑娘，由于家境不好，父亲让她退学，小翠华哭着不依，妈妈说："又要读书，又要吃饭，哪有钱啊！"小翠华跪在妈妈面前哭着说："妈妈，只要答应我上学，我以后不吃午饭了。"从此，小翠华在上学后再没有吃午饭。

"希望工程"就是帮助像王翠华这样已失学或即将失学的孩子重返校园，继续学业。如果您愿结对挂钩，资助一名失学孩子读到小学毕业，请参加"百万爱心行动"。

——摘自4月16日《人民日报》的一则广告

一

北京东城区后圆恩寺甲1号。中国青少年发展基金会。这里是"百万爱心行动"的"指挥部"。

4月16日上午9点，为"百万爱心行动"专设的热线电话响起了第一阵铃声。邮电工业总公司的一位普通职工在电话中说：刚刚收到今天的《人民日报》，看了希望工程的消息和广告，心情很激动。他决定马上汇款200元到基金会，以资助一名失学孩子完成学业。接着，一位刚刚做了母亲的女同志来电话，要求以她出生三个月女儿的名义资助贫困地区的一名女孩子，从小培养女儿的爱心。

热线电话铃声不断。与此同时，专程送来捐款的人们接踵而至。朝阳区三里屯百货商场的女职工白淑舫倒了三次车找到基金会，她流着眼泪对接待人员说，"我宁愿不吃肉，不买化妆品也要帮失学的孩子们一把。"她拿出提前支取的1000元定期存款，指定资助五名四川、安徽地区的失学孩子。

热线电话的铃声从上午一直持续到深夜，基金会的年轻人度过了繁忙的一天。但他们知道，这仅仅是开始……

二

"百万爱心行动"是中国青少年发展基金会组织实施的"希望工程"的组成部分。希望工程被人们誉为着眼未来、造福后代的"壮举"。

据国家统计局最新统计数字，我国6—14周岁的学龄少儿中，有3000多万人从未入学或中途辍学，其中84%在农村。每年因贫困而失学者，按较保守的估计，也达上百万。

希望工程，就是要动员全社会的力量，通过社会集资建立"救助贫困地区失学少年基金"，使失学少年能够重新获得受教育的权利。希望工程从1989年10月实施以来，在海内外引起强烈反响，累计收到捐款折合人民币1233万元，捐款人次超过200万，先后救助了4万名失学少年重返校园，建成了17所希望小学，并为500名大中学生提供了特别助学金。但是，所有这些，相对于每年上百万的失学儿童来说，还只是杯水车薪，远远不敷需要。

为了更广泛地动员社会力量参与希望工程，扩大救助规模，中国青少年发展基金会根据广大社会捐赠者的愿望和要求，经过反复论证和充分准备，推出了"希望工程——百万爱心行动"计划。这个计划的实施方式，就是通过基金会和全国各地希望工程工作机构的桥梁中介作用，使捐赠者（个人或集体）与贫困地区失学少年建立直接联系，结对挂钩，定向资助。

三

其实，很难说清楚谁是第一位为"百万爱心行动"捐款的人。在这个活动筹备、组织和宣传的过程中，就已经有许多参与其事的人们慷慨解囊，率先垂范。

团中央是基金会的主管部门。团中央五位书记已先后多次为希望工程捐

笔底风云四十年（下）

款。第一书记宋德福这次又拿出225元稿费，要求结对资助。

团中央华青事业管理委员会所属中国青少年读物发行总公司、中国青少年社会服务中心和《中国青年科技》杂志社的104名干部职工，每人资助一名失学少年。

中国青少年发展基金会的全体工作人员，每人"承包"了一名孩子。

团湖南省委书记、副书记分别捐赠200元，团省委15名部长各救助一名失学孩子，机关所有工作人员都提出了捐助申请。

即将离任的青海团省委书记文登，将自己参加工作以来积蓄的1万元现金全部捐给了"百万爱心行动"。

采访报道"百万爱心行动"的记者编辑们为自己采编的新闻所感动，也纷纷加入捐赠者的行列。人民日报总编室的6名编辑在编完希望工程的专版后，立即捐款550元。审看报纸大样的几位负责同志每人捐款100元。经济日报社部分职工为希望工程捐款5000余元。中央电视台新闻中心新闻采访部50多名职工以集体名义申请救助边远地区一个班级的失学少年。台湾《联合报》记者王玉燕采访了基金会后，捐款400元。

四

一封封来信，一张张结对资助申请卡，雪片般地涌到了中国青少年发展基金会。这是一股爱的热流。

从北京大学毕业分配到山东工作的姜森来信说："我已立下一个誓愿，每年拿出一个月的工资捐献给希望工程，为那些上不起学的孩子创造上学的机会。我也有一段心酸的求学史，我已流了泪，就是要让别人不再流同样的泪。"

北京苏京来信说："我的孩子苏平中午到肯德基餐厅用餐时，看到希望工程的义卖活动，当即捐出用餐的10元钱，然后到外面买了两个面包充饥。作为家长，我为孩子有这样的思想境界而骄傲。我们全家决定，从今年起，每年资助10名失学少年，直至希望工程完工。如我不在人世了，就由儿子苏平来继承这一诺言。"

云南省广南县新寨村小学李文章来信说："我是一个民办教师，每月才49元钱，全家4口的灯油钱、盐巴钱和化肥钱全靠我这49元，我同妻子经过反复商量，觉得使一个失学少年重返校园，就是给国家四化建设增添一份力量，请尽快告诉我他的地址，下学期准备给他买上新书包、笔墨纸张和学习用具汇去，作为他的开学礼品。"

每一封来信，都包容着一颗滚烫的心。

百万爱心在行动。

吉林大学经济管理学院开展"为全国贫困地区失学少年募捐——人手一证"活动，号召全体同学在领取毕业证书的同时领到希望工程的捐助证书。

曾在抗美援朝战争中被授予"打不垮炸不断的钢铁运输线"的北京军区某部汽车营，全体官兵参加捐助活动。营党委要求，每个排以上干部包一名孩子，每个连队集体包一名孩子。

北京肯德基有限公司在为希望工程义卖一周、捐款40万元的同时，要求全体员工每人结对资助一名失学孩子，并把这一要求正式载入"员工守则"。

全国个体劳动者协会倡议开展"献一份爱心，筑希望工程"活动，在为此举行新闻发布会的当天，就收到捐款66580元。

五

越来越多的充满爱心的人们加入到爱心行动的行列。他们来自不同的地域，来自不同的阶层，甚至来自不同的国度。

北京同仁医院的一位退休老人拉着老伴，在儿媳和小孙女的搀扶下来到基金会，自己捐了2000元，又以小孙女的名义捐了200元，要孙女与失学少年交朋友。

笔底风云四十年（下）

昆明市一位名叫龚翠仙的退休教师，在银行专门开了一个零存整取的"希望工程"户头，每月存入20元，每年到年底一次性捐给希望工程。

陈云同志夫人于若木同志，为了让孙女陈晓梅和身边工作人员的孩子都能参加"百万爱心行动"，捐赠2000元，派人专程送到基金会。

国家工商局一位副局长看了报纸，委托秘书捐来1000元稿费，坚决不留姓名。

诗人臧克家委托女儿到基金会捐款400元，并送来两张自制的申请结对卡。他的老伴也"承包"了两名失学孩子，女儿在单位参加了捐款活动。全家人都是爱心行动的参加者。

从台湾回山西老家观光的76岁老人毛金铎先生获知百万爱心行动的消息，捐赠2.6万元，资助10名失学少年完成从小学到大学的学业。

日本一家商社在京的10多名职员看到希望工程的广告，连忙打电话询问外国人能否参加，在得到肯定答复后，立即承诺要包下15名失学少年的费用。

这样的故事是说不完的。

六

快讯 截至5月29日，百万爱心行动第43天，累计收到来信18811封；申请结对20075个，意向受助人数20464人；收到捐款人民币1515522.99元、港币20万元、美元4万元。

5月30日，一份发自香港的电传带来令人振奋的信息：香港各界人士为救助失学儿童筹款已突破千万港元大关。

"百万爱心行动"实施一个半月所引起的反响和带来的收获，既在希望工程组织者们的意料之外，又在他们的期待之中。"六一"前夕，中国青少年发展基金会秘书长徐永光告诉记者，他有一个梦想：假如希望工程积累了1亿元资金，那么全国每年100多万因贫困而失学的儿童就都能受到资助，享有像蓝天下所有孩子一样受教育的基本权利。那将是多么美好的一天！

面对海内外千百万人在这40多天里涌动的爱心和热忱，徐永光和他的同事们深切地感到——

那一天并不遥远！

（原载1992年6月1日《经济日报》，与王汝鹏合作）

李默然"做媒"

知道李默然会演戏、演电影，不知道李默然还会当"红娘"。

参加赤峰中国城集团公司的成立庆典，意外地遇上了专程赶来的李默然老师。本以为李老师是作为"名角"请来捧场的，经会议主持人介绍后才知道，李老师是作为"有功之臣"请来的，正是因为他热心"做媒"，这家企业才得以诞生。

事情是这样的，李老师有个弟子叫宋国锋（现任辽宁人民艺术剧院院长），是赤峰人。因这层关系，李默然到赤峰来过几次。赤峰松源集团总公司是红山区最大的一家国有工业企业，有一定规模，产品有开发潜力，但由于受到资金困扰，加之市场开拓能力有限，日子并不好过。红山区领导希望借重李老师广泛的社会关系，寻找合作对象，引进资金、技术和管理。

赤峰人的殷殷嘱托，加上宋国锋的热心游说，李默然把这事儿当了真。两年来，他先后与沈阳飞龙集团、深圳南方制药厂等企业谈过此事，因这样那样的原因都未谈成。

在今年春天辽宁省政协会议上，李默然偶然看到辽宁中国城股份有限公司董事局主席郑宏伟的一份报告，了解到这家以房地产起家的企业正在筹划

笔底风云四十年（下）

产业多元化，有意寻找跨行业、跨地区发展的合作对象。李默然想起了赤峰人的嘱托，他向郑宏伟力陈赤峰的优势，建议他把多元化发展的立足点放到赤峰。

4月6日，经过李默然、宋国锋牵线搭桥，郑宏伟与赤峰人第一次见面。余下的事情进展得出人意料地顺利：6月8日，双方签署协议，赤峰松源集团总公司以兼并的形式整体加入辽宁中国城股份有限公司；8月8日，赤峰中国城集团公司宣告成立。

在成立庆典上，作为"红娘"的李默然颇有几分自得，他把这桩异地企业的联姻称为"天作之合"。他很高兴为赤峰人找了个好"女婿"："宏伟是我的忘年交。年纪不大，但有志气，有能力。在今天这样的转轨时期，企业需要有文化层次、有奉献精神的企业家。干部是决定的因素嘛。宏伟敢接这样一个摊子，这两个月进展还不慢，也证明他是个有识之士、有为之士。"

李默然越说越高兴，拉开了作报告的架式："大家都在学江泽民同志在中央党校的讲话，我也谈点体会。我感到讲话最重要的意义是解决了对社会主义再认识的问题。这对于共和国跨入21世纪是至关重要的思想理论准备。从初级阶段这个最大的实际出发，我们就能理解为什么要调整所有制结构，为什么要搞资产重组，为什么说兼并、破产、再就业是战略性的措施。有人问郑宏伟是不是搞个体起家的，我看不必这样提问题。个体私营经济也是初级阶段的必要形式，不能歧视。这次的合作，说小，很小；说大，也很大。跨地区、跨行业、跨所有制的兼并联合，意义不小，也是对邓小平同志理论的具体实践嘛。"

没想到李默然谈到经济工作同样头头是道。赤峰市副市长高景隆说："李老师讲得生动、深刻，值得我们深思。沈阳和赤峰本来是'亲戚'（赤峰曾隶属辽宁省），现在亲上加亲，我们一定要加快观念转变，改善投资环境，让这桩'良缘'，结出硕果，同时吸引更多的外地'女婿'到赤峰落户。"

（原载1997年8月18日《经济日报》）

郭凤莲"卖酒"

听说我是经济日报的，郭凤莲代表陡然增加了几分亲热。"十四大的时候，你们给我登了张照片，好大哟。让全国都知道郭凤莲在卖毛衣，可给大寨人作广告了。"

"这回准备卖点什么？"我问。

"酒。本想把大寨酿制的酒带几箱来，让代表们尝尝，宣传宣传。遗憾的是准备晚了，走得又匆忙，只好下次了。"

没喝上大寨的酒，听郭凤莲畅谈大寨和大寨人五年来的变化，却也醉人。

她一口气数出了许许多多的"第一"：

大寨有了第一家合资企业：大寨中策水泥有限公司；

大寨人第一次走出山门，兼并了昔阳县酒厂；

大寨第一家股份制企业随之诞生；

大寨人看上了闭路电视；

大寨的农民开始实行退休制，领取退休金；

大寨人集体入了保险，养老保险、医疗保险，还有家庭财产保险；

大寨花120万元打成一口深井，圆了祖辈的"盼水梦"……

过去的大寨是以抓农业出名的，今天90%的大寨人从事工副业；

过去的大寨只出产粮食，今天从大寨源源运出的除了粮食还有煤炭、水泥、服饰、食品及各种畜产品；

郭凤莲卖毛衣的时候，大寨人均收入不过735元，集体积累为10万元。去年，尽管遭了灾，大寨人均收入仍达到2100元，集体积累上升到325万元。固定资产、上缴税收都增加了十几倍。

郭凤莲说，与别的地方比，大寨发展不算快；自己与自己比，这几年变

笔底风云四十年（下）

化确实不小。但最大的变化还是人的精神面貌、思想观念发生了变化。大寨人想致富，敢致富，也逐渐学会致富了。照这个路子走下去，大寨的路会越走越宽，大寨人的日子会越过越好。

大寨人酿制的酒名叫"大寨春"。郭凤莲说，这是大寨人的祝愿，愿改革开放的春天在大寨永驻。

（原载1997年9月13日《经济日报》）

作品点评

《经济日报》十五大报道的两点启示

作为一个读者，尤其是作为一个企业报的记者兼编辑，从《经济日报》这次有关十五大的报道中，我学到了不少东西，其中给我印象和启发最深的有两点：

对大寨的报道。其他报纸采用的是照片和综合的方法，而《经济日报》则以特写的形式且题目就很吸引人：《郭凤莲"卖酒"》。一下子就把读者牢牢地给抓住了！使你非把这篇文章读完不可。读后让你觉得人家记者写得很亲切、很活泼、很生动，你感到记者不是刻意在写报道——而是在和读者聊天，而读者却在不知不觉中，把十四大后这五年大寨的变化全知道了——确实令人过目不忘。

《经济日报》采编人员谈十五大。《经济日报》和其他中央大报一样集中力量报道十五大的各项内容，但在十五大结束后又独家推出两组采访十五大的记者和版面编辑们谈采编工作的感想体会文章——两组文章一见报，令读者感到耳目一新！缩短了报纸和读者之间的距离！同时，对广大新闻工作者来说，也提供了可以学习、借鉴的很好的经验。

（原载1997年10月16日《新闻出版报》，作者：王勇）

想不到、做得到的故事
——关于海尔大地瓜洗衣机的追踪报道

海尔开发大地瓜洗衣机的故事媒体屡有报道，论者多有引证，却很少有人想过：这个如此生动的故事是真的吗？

去年底，一家大报的编辑听人讲起这个故事，产生了一些疑虑。于是在报纸上刊出了一篇言论，质疑《农民洗土豆用洗衣机？》。

报纸的疑问

文章关于大地瓜洗衣机的文字不长，照录如下：

国内一家知名企业做宣传时讲了这样一件事情：某地农民用该企业生产的洗衣机洗地瓜、土豆，排水管堵塞。企业得知后，就开发了能洗地瓜、土豆的洗衣机，很受农民欢迎。这则故事在许多新闻媒体上报道过。最近，笔者参加一个企业座谈会，这家企业的代表在座谈时又讲到这件事，顿时引来与会代表的询问：到底是哪儿的农民消费水平这么高，用洗衣机洗地瓜、土豆？企业批量生产了多少这种洗衣机？这种洗衣机有多大市场？

文章作者认为，宣传这件事的本意是好的，"只是故事本身让人感到有些不好理解""或许只是'宣传现象'"。

海尔的回答

带着报纸上提出的疑问，记者日前来到青岛海尔集团总部，寻找答案。

在海尔产品展示厅，记者看到了大地瓜洗衣机的样机。上面标注：型号：XPB40—DS；特点：不仅具有一般双桶洗衣机的全部功能，还可以洗地瓜、水果、蛤蜊等动植物；价格：848元。

笔底风云四十年（下）

大地瓜洗衣机是怎样开发出来的？李崇正是海尔电器国际股份有限公司研究所的工程师，是大地瓜洗衣机项目组组长，他介绍：1996年10月，公司总裁张瑞敏带队到四川德阳等地考察，当地维修人员反映经常遇到下水管堵塞的问题，原因是当地号称"红薯之乡"，盛产红薯，常有人用洗衣机洗地瓜。张总回来后几次谈起这个有趣的现象，并要求技术部门对销往当地的洗衣机作一些改造，加粗下水管，解决排沙的问题。

既然用户有需要，为什么不开发一种既能洗衣物，又能洗水果蔬菜的多用途洗衣机呢？1997年底，动植物洗衣机（所谓动物指海产品）正式立项，成立了以李崇正为组长的4人课题组，1998年4月完成产品开发，定名为小神螺大地瓜洗衣机，进入批量生产。当年即销售数千台。

与普通洗衣机比，大地瓜洗衣机在设计上有四个方面的改进：一是增加了洗涤支撑网；二是增加了导沙槽；三是排水系统改为直排式，设计了独特的双排水管系统；四是设计了一种防沙结构，防止泥沙进入传动系统内部。这些改进成功解决了果皮磨损、排沙、漏水三大难题。

为什么想不到、做得到

为什么一般人想象不到的事情，在海尔却想得到、做得到呢？

谈起舆论对大地瓜洗衣机的"质疑"，张瑞敏认为："有这种怀疑可以理解，作者不是经营者，没有竞争的压力，也没有必要考虑用户方方面面的需求，所以他觉得这种事情不好理解。我第一次到日本考察家电企业，看到人家生产的产品针对的都是非常小的消费群体，也不理解。问他们为什么要开发，他们回答：经营者必须想到所有的用户。这个产品可能不赚钱，但你赢得了用户，赢得了市场，最终会赚钱的。"

"现代工业设计有两个原则，一是设计的人性化；二是使用的简单化。就是要用最简便的方式，满足每个人、每个时期的不同需求。我们这里有位意大利工程师伯列奥尼，听说有人怀疑大地瓜洗衣机，他说：'这有什么奇怪的。我家里洗衣机就改造过了，专门用来洗海鲜哩。'这就是观念的差距。观念并没有改变事实本身，但观念改变了事物和事实所蕴含的意义。"

"别人想不到的事，海尔人必须做得到。这就叫创造市场。如果大家都能想得到，市场也早已经瓜分完了。我们的目的不是挤进去分现成的蛋糕，而是要做出一块新的蛋糕，甚至可以独自享用。"

其实，在海尔，别人想不到而海尔做得到的事，并不仅仅是大地瓜洗衣机：

立足于开发淡季市场的"小小神童"洗衣机，小到一双袜子都可以及时洗涤，两年来销售已突破百万台；

立足于开发农村市场的"零水压"洗衣机，实现了农村地区零水压条件下（无自来水）的自动洗涤，一问世即大受农民的欢迎……

在第32届国际商会上，张瑞敏向与会的各国企业家讲了大地瓜洗衣机的故事。一位英国银行家感叹：没想到中国的企业也可以把市场细分到这样的程度。这样的企业在市场竞争中一定会取胜。这位银行家回英国后，又把这个故事讲给了《金融时报》的记者。很快，这位记者追踪而至，专门来到青岛采访了海尔集团。

去年底，英国《金融时报》评出"亚太地区声望最佳企业"，海尔集团是进入前10名的唯一一家中国企业，名列第七。

记者没想到，大地瓜洗衣机的背后还有这么多的故事。

（原载1999年1月20日《经济日报》，与胡考绪合作）

笔底风云四十年（下）

铁流滚滚向未来
——五十周年国庆大典目击记

朝雨浥轻尘，长街景色新。9月30日夜晚，不期而至的秋雨把北京的天空洗刷得明净透彻；今晨，随风而逝的秋雨又把艳阳还给大地。

天遂人愿，天解人意。是的，在欢庆共和国50华诞的大喜日子里，连苍天也不愿把些许遗憾留给大地，留给十几亿欢乐的人们。沐浴在雨后新晴的阳光下，我们目睹与见证又一个难忘的历史时刻，我们与首都50万军民一起，共同品味那如虹的气势，如火的激情，共同感受那如春天般的祥和氛围，如磐石般的坚强信念。

上午10时，50响庄严的礼炮鸣响，全世界的目光聚焦北京。

气势如虹

看，铁流滚滚！各式战车勇往直前。

看，神剑倚天！火箭导弹直击长空。

一队队整齐划一威武严整的受阅部队，一部部精良高效战斗力强的作战装备，让世界看到了人民中国的尊严与豪情。

这是新中国50年来举行的第13次阅兵仪式，也是规模最大的一次阅兵，备受世人关注。今天焕然一新的天安门广场正是中国人民解放军成长历史的见证。50年前的10月1日，开国大典上的盛大阅兵中还有马挽炮车和骑兵方队。然而在不久之后的1964年10月，中国即成功爆炸第一颗原子弹。继而，爆炸了氢弹，发射了第一颗人造地球卫星，发射了第一枚远程运载火箭，中国成为世界少数独立自主掌握核技术和空间技术的国家。当年战马驰骋，马蹄声碎，如今马达轰鸣，车轮滚滚。新型主战坦克、装甲输送车、自行火箭炮构成一股股钢铁洪流；海军导弹、空军导弹像一把把倚天长剑镶嵌在长长的战车方队中；当大型拖车载着巨型战略导弹出现在天安门广场时，整个广场沸腾了。

看着列列战车驶过，观礼台上的全国劳模、中国三江航天集团公司的研究员刘石泉特别激动。他向身边的同志介绍："受检阅的装备绝大多数是我国自行研制生产的，而且其中就有我们集团生产的产品。改革开放以来，我们依靠自己的力量、智慧和创造力，在航天技术开发和应用方面大大缩短了与发达国家的差距。不仅如此，我们在武器装备建设方面也取得了长足的发展，能够为我军提供精良的武器装备。"

天上战机翱翔，地上铁骑奔驰。受阅部队在八一军旗引导下，以整齐豪迈的步伐、气吞山河的气势，威武雄壮地通过天安门广场，向全世界展示：中国人民解放军是保卫祖国的钢铁长城。这次参加大阅兵的有陆海空三军、二炮、武警和民兵、预备役部队，让我们看到了改革开放20年来中国国防建设和军队建设的巨大成就，看到了中国人民解放军威武之师、文明之师、胜利之师的崭新面貌，看到了中国军队维护祖国安全统一、促进世界和平与发展的决心和力量，看到了中国人民解放军跨入新世纪的雄姿和阵容。

激情如火

14万人的群众游行开始了！看，195头南北雄狮英姿飒爽。看，九条巨龙上下翻腾……一辆辆展示新中国50年来翻天覆地变化的彩车，一群群欢欣鼓舞意气风发的游行群众，更让世界感受到当代中国的勃勃生机。

38个方阵一个个走过，共和国的历程一幕幕展现：我们浴血奋战，建立了人民的新中国；我们用自己的双手改变了一穷二白的面貌；我们打破禁锢，改革开拓，取得了令世人瞩目、令国人骄傲的成就；我们充满信心，笑迎新世纪的曙光……

共和国的第一位女火车司机田桂英就像当年第一次登上观礼台时一样激

笔底风云四十年（下）

动。出生在日寇铁蹄下的伪"满洲国"，那时她不敢提自己是中国人。1950年观看阅兵，看到自己的飞机在天上呼啸而过，当时她的泪水夺眶而出，一遍遍地对自己说：我是中国人。50年后的今天，她更为自己是一个中国人而自豪。

在内地多处投资建厂的香港张文渭先生注视游行队伍的目光充满欣喜。他说：早些年到内地来，老百姓总是用有些戒备的眼光打量我们这些穿着与他们不一样的人；昨天晚上我们到天安门，没有人把我们当外人。大家的精神面貌真的有很大的变化，是政治经济稳定带来了社会安定。

此时此刻，此情此景，遍布世界各地的华夏儿女，谁不是怀着喜悦的心情为祖国母亲庆贺呢？养育了世界上最多儿女的母亲，给儿女最博大胸怀的母亲，您得到的爱也最深沉、最热烈。

意大利比诺集团董事长、华人徐存松先生听到身边几位意大利客人的赞叹，禁不住有几分得意。他提前几天来京，特意带着这几位意大利朋友看了天安门，登上了长城，相信他们对中国会有全新的认识。从早先摆地摊、卖领带，到现在经营跨国公司、纵横高新技术领域，海外华人以坚韧、聪慧的禀赋在异国他乡塑造着民族的新形象，而祖国是他们最坚强的后盾。"过去我遇到的多是冷冷的面孔；现在外国朋友的眼光中充满热情、友好、羡慕。国富民强，我们就有了依靠！"

在这个饱满成熟的秋天，天地间一切音籁都那么纯正高亢——口号声入云、欢呼声漫空；一切色彩都那么鲜亮绚丽——红得像火，白得像雪，黄得像金，蓝得像大海，绿得像碧野……因为在这一刻，我们浓缩了太多的欢乐；因为在这一刻，我们凝聚了太多的思绪，激荡起太多的豪情。

在我们的建设中，哪里不涌动这样的激情？

这激情，已化作氢弹、原子弹爆炸后的天空中不散的蘑菇云；已化作恢复在联大席位时经久不息的掌声；已化作五星红旗在赛场上升起时盈眶的热泪；已化作微风吹来杂交水稻的阵阵飘香；已化作肆虐黄河终被驯服的岁岁安澜……

　　这激情，是双手托起炸药包时那一声"为了新中国，前进"；是用身体搅拌泥浆的"没有条件创造条件也要上"；是对人民像春风一样温暖的"我愿作一颗螺丝钉"；是藏北高原朔风里的殷殷爱民情；是抗洪前线"人在大堤在"的铮铮男儿誓；是上至总书记下至亿万群众的共同心声："祖国万岁！"

祥和如春

　　民生系于国运。50年弹指一挥间，中华民族从贫弱走向强盛，人们生活从贫困走向温饱再迈入小康。每一个中国人都从身边的变化中感受到时代的巨大变迁。

　　50年，我们告别了短缺；50年，我们的日子越过越充裕。一辆彩车盛载着巨型的"菜篮子"，各种食品的卡通形象招人喜爱。看到这些，走在游行队伍中的赵卫东不禁回忆起自己的童年，"整天想的就是如何能填饱肚子"。是啊，在我们这个信奉"民以食为天"的国度，在相当长的一段时间里，人们都在为吃而殚精竭虑。被认为是衡量一个国家发展程度最重要指标的恩格尔系数，一直在70%—80%间徘徊。吃饱肚子成为中国人生活中最重要的部分。这一切都一去而不复返了，吃不再是中国人主要的消费支出，文化服务、娱乐教育、交通通信、医疗保健等消费种类进入寻常百姓的生活。

　　大河有水小河满，民富离不开国强。随着共和国50年的飞速发展，我们过上了祖辈和父辈梦想的、甚至不敢梦想的好日子。"新三年，旧三年，缝缝补补又三年"，这是计划经济时代中国人民生活节俭的真实写照；如今，穿出个性来，穿出风采来，穿出一个五彩缤纷的世界来，变成了眼前的现实。一辆漂亮的彩车驶过来，新丝路模特公司的30多位佳丽闪亮登场，展示了中国服装的格调、蕴涵与品味。新丝路的王璐认为，"中国人的服装

笔底风云四十年（下）

概念已不再拘泥于蔽体、御寒甚至美观等几项简单的内容，它变成了时尚的代言人及生活方式的表达。"

在摆脱了物质的贫困后，中国人正在追求精神上的富足。"环保成就"彩车上，"只有一个地球""保护环境、造福人类"等大标语体现了我国正在走可持续发展之路。"计划生育"彩车上，一对卡通新婚夫妇模型满脸笑意，中国人已树立起科学、文明、进步的婚育观念。

50年的发展告诉世人，我们的日子越过越幸福；50年的历史告诉未来，我们的日子将越来越幸福。

信念如磐

"中国的未来是无限光明的。让我们高举起马克思列宁主义、毛泽东思想、邓小平理论的伟大旗帜，朝着辉煌的目标奋勇前进！"江泽民同志在庆祝大会上重要而简短的讲话，引来10余次热烈的掌声。

掌声响起来。掌声里显示着中国人民走建设有中国特色社会主义道路的坚强信念；传递着人民对以江泽民同志为核心的党的第三代领导集体的无比信任；表达了对跨世纪发展美好前景的坚定信心。

在游行队伍中，三幅巨大的彩色照片格外引人注目。

毛泽东在开国大典上发表历史性的宣言："中国人民从此站起来了！"

新中国成立35周年之际，邓小平在天安门城楼上凭栏远眺，构思社会主义现代化建设"三步走"的宏伟战略；

江泽民登上党的十五大主席台，描绘共和国跨世纪发展的辉煌前景。

回首50年的历程，我们艰难探索，不懈追求，终于走出了一条建设有中国特色社会主义的道路，取得了社会主义现代化建设的辉煌成就；展望今后50年，我们完全有信心在建设有中国特色社会主义的道路上继续阔步前进，创造新的辉煌。"一个富强、民主、文明的社会主义现代化中国必将出现在世界的东方。"

红旗彩车走过来了,各省市的彩车队伍走过来了,少先队员组成的星星方队走过来了,军乐队奏起《走进新时代》的高亢旋律,游行的人们振臂高呼:"高举旗帜,继往开来,同心同德,再创辉煌。"

看着这欢乐的人流,目击这历史的时刻,观礼台上的人们心潮澎湃,思绪万千。刚刚受到国务院表彰的全国民族团结模范个人、中国证监会成都证管办常务副主任高勇说,我对中国经济发展的前景充满信心。因为我们有建设有中国特色社会主义的伟大理论和实践经验,有一套成熟的方针政策。只要我们坚定不移沿着这条道路走下去,一定能够实现现代化建设的既定目标。苏州火车站派出所民警马鑫男激动地对记者表示,观礼回去一定要更加努力地做好本职工作,不辜负党和人民的信任,不辜负这伟大的时代。澳门中华文化艺术协会常务副会长褟伟旗说,澳门即将回归祖国,澳门同胞将和内地人民心连心、手挽手地共同跨入21世纪,创造祖国的美好明天。

不知不觉中,两个小时过去了。在《歌唱祖国》的乐曲声中,万羽和平鸽振翅高翔;五彩的气球腾空而起;少先队员们高举鲜花如潮般涌来,天安门前,纪念碑下,长安街上,顿成一片欢乐的海洋。

让鸽子飞吧,让彩球飞吧,让我们的心愿飞吧。

我们的未来不是梦。祖国的明天会更好。

铁流滚滚向未来,不会彷徨,不会迷航;

铁流滚滚向未来,不可阻挡,不可战胜。

(原载1999年10月2日《经济日报》,与齐平、刘晓峰、秦海波合作)

笔底风云四十年（下）

看花车

"看，花车来了。"记者席上响起一片咔嚓声。11时18分，游行队伍中的第一辆彩车走过天安门城楼。高耸的国徽在阳光下熠熠生辉。周围的汉白玉栏杆象征着中华民族悠久的历史文化。每个开口有5级台阶，象征着我们的祖国刚刚走过50年历程。栏杆外围装饰着56个大红彩球，代表全国56个民族团结在祖国母亲的周围。

如同一串串珍珠，如同一朵朵浪花，如同一座座山峦，91辆大型彩车点缀在国庆游行队伍之间，成为人们注目的焦点。

一辆辆彩车走过，那是中国革命波澜壮阔历史画卷的再现。雪山草地，火炬燎原，描绘了二万五千里长征的艰苦历程；巍巍宝塔，蜿蜒长城，表现了抗日军民浴血奋斗、团结抗战的民族豪情；千帆竞发，千军奋进，展现出百万雄师过大江的排山气势。在"开国大典"彩车上，巨幅画像记录着毛泽东主席宣布中华人民共和国成立的历史时刻。50年过去了，"中国人民从此站起来了"的声音，仿佛依然在广场回荡。

一辆辆彩车走过，那是社会主义现代化建设伟大实践的生动写照。当家作主的人民"敢教日月换新天"；翻身的农民"喜看稻菽千重浪"；一艘航船乘风破浪，寓意中国农业正大踏步向现代化迈进；一座机场指挥塔高耸入云，表现中国交通事业的蓬勃发展；一辆高速列车轰轰驶过，预示经济特区将以更强劲的动力驶入21世纪；钢铁工人为一亿吨钢而自豪；机械工人为"装备中国"而骄傲；"金钥匙"象征着广厦竞起，百姓欢颜；"菜篮子"象征着温饱有余，小康在望；经济、社会、科学、教育、文化、体育，一个个方阵，一辆辆彩车，是共和国50年来方方面面辉煌成就的缩影。

一辆辆彩车走过，那是中国人民阔步走向新世纪的豪迈宣示。在"走向新时代"的乐曲声中，江泽民同志的巨幅彩照出现在游行队伍中；紧接着的是党的十五大报告单行本的模型彩车，这是一个新时代的标志；在红旗彩车上，五面巨幅红旗象征着时代在发展，祖国在前进；抗洪精神彩车象征着全国人民团结奋斗，战胜洪水与一切艰难险阻的决心与信心；下世纪奋斗目标彩车展示了共和国到2000年、2010年、2050年的跨世纪发展蓝图；随后，由各省、自治区、直辖市和香港特别行政区、澳门地区等设计制作的34辆彩车接踵而至，北京的华表红墙，上海的高架道路，海南的椰林，西藏的雪山，草原上奔驰的骏马，北国翱翔的天鹅，来自全国各地的彩车千姿百态，流光溢彩，充分展现了各个地区最具代表性的建设成就和人文、自然风光，寄寓着全国各族人民对祖国母亲的祝福，对美好未来的期盼。

彩车驶过，如繁花竞开，令人目不暇接；如异景纷呈，令人心驰神往。一辆花车一段锦，一路花车一路歌。

（原载1999年10月2日《经济日报》）

听曹景行"现场开讲"

14日上午10时，人民大会堂南门厅。在等候进入党的十六大闭幕会场的记者群中，记者看到一个熟悉的身影。他就是香港凤凰卫视时事评论员曹景行先生。他主持的"时事开讲"，是凤凰卫视的名牌栏目。

利用等候入场的间隙，记者请曹先生来了一番"现场开讲"。

"曹先生，能否说说你对十六大的观感？"

"最突出的感觉，是格局大。就是看未来的格局比较大，眼光比较远。

笔底风云四十年（下）

报告提出要抓住20年的机遇期，这就是大格局。20年的机遇如何抓？主要要做哪些事情？报告里基本上都有阐述，可以看出今后20年中国发展的方向。重点是解放生产力，就是把构成生产力的要素都解放出来，劳动的要素、技术的要素、管理的要素，还有资本的要素。特别是解放资本要素，这是一个很大的突破。国企资产管理体制的改革，也是为了解放国有资本这种要素。"

"这是否说明，改革在未来20年会有一个更大的发展？"

"不仅是未来20年，十六大结束之后，可能就要有一个大的突破、大的发展。报告提出放手让一切劳动、知识、技术、管理和资本的活力竞相迸发，让一切创造社会财富的源泉充分涌流。也就是要让市场配置资源，让一切要素流动起来，焕发活力。这是基础性的、制度性的创新。释放生产力的各个要素，必然要求加快体制性问题的解决。比如垄断行业的问题，一个行业几个巨头在斗，民营被压制了，外资也进不来。这就是对生产力发展的制约。还有地区封锁问题。省与省之间、市与市之间互相封锁，全国统一的大市场并没有真正形成。只有尽快打破垄断和封锁，才能让要素充分流动起来。理解'三个代表'的论述，要深入到解放要素这个层面，不能仅仅停留在私营企业主是不是可以入党等问题的讨论上。"

"十六大提出全面建设小康社会、再翻两番的目标，你认为可以实现吗？"

"我觉得外部环境比中国自己的环境更重要。外部环境是两个方面：一是打仗不打仗，二是世界经济环境如何。如果世界经济势头好，对中国就比较有利，外资可以继续大量地进来。但假如世界来个大萧条，人家不来买你的东西了，对中国的发展就不利。我并不觉得中国内部的结构性矛盾会激化到破坏整体的经济发展环境，毕竟矛盾在缓解，压力在释放。政府的宏观调节能力还比较强。但是国际环境是我们不能掌握的。这是值得关注的一个问题。"

"你是从香港来的。就你了解，香港市民主要关注十六大什么话题？"

"当然主要是人事。这是与媒体的导向相关的，媒体的标题很大，容易吸引读者。而商界实业界人士更关注的是政策，是大陆的进一步改革开放。比如，外资可以参与国有资产改组，这个信息他们就非常感兴趣，因为这就是商机。关心人事本身，也是在关注政策会不会有大的变动。"

"能否用一句话来概括你采访十六大的感受？"

"要动脑筋。动脑筋去把握十六大的精神实质。不要停留在表态的层面上。只有动脑筋，才能真正理解十六大对今后中国20年的影响。"

（原载2002年11月22日《经济日报》）

走进神奇的迪士尼世界

这是一个神奇的世界。

在这里，你可以拥抱卡通故事里的明星，你可以邂逅神话传说中的英雄，你可以乘坐海盗船进入森林探险，你还可以驾驶飞船巡游太空……走进坐落在香港大屿山脚下的迪士尼乐园，你会顿感自己年轻了许多，甚至回到了无忧无虑的孩童时代。

在乐园的入口处，镌刻着这样的文字："在这里您将会离开现实的今日，而进入一个昨日、明日与梦想的世界。"据说，在世界所有的迪士尼乐园的入口处，都有这样相同的提示。

香港迪士尼乐园是沃特·迪士尼公司在全球兴建的第五座主题公园。乐园占地126公顷，包括四个主题区域，分别是充满异国风情和怀旧色彩的"美国小镇大街"，汇聚童话人物的"幻想世界"，模拟森林探险的"海盗世

笔底风云四十年（下）

界"，穿梭时空、走进未来的"明日世界"。

与其他迪士尼乐园相比，香港迪士尼乐园规模不大，项目还有待丰富，但保留了各地迪士尼乐园的精髓，并融入了东方文化的元素，为游客带来了新鲜的体验。

作为世界旅游娱乐业的著名品牌，迪士尼乐园在香港的落成，在回归10年来香港旅游业的发展中具有里程碑式的意义。

从1999年香港特区政府与美国沃特·迪士尼集团达成建园协议；到2003年完成填海工程；再到2005年9月12日正式开幕，"米老鼠"用了6年时间从美国来到了香港。而这只被人们寄予厚望的"米老鼠"，也的确给香港带来了新的快乐元素，给香港旅游业带来新的看点。虽然乐园开业时间不长，但已经成为人们到香港旅游的必到之处。

也许是"米老鼠"的亲和力超出了人们的预想，香港迪士尼开业后陆续爆出了不少新闻。

据说开业当天就涌入16000名游客。由于游人太多，晚上只好延长一个小时关门。其后又经历了去年春节期间由于游人爆满而引发的相关问题。

提起这些经历，香港迪士尼乐园有限公司公共事务副总裁卢炳松对记者说，我们每天都在学习，每天都在改善。

"开始的时候，对东方文化不熟悉。比如，原来不知道亚洲人喜欢拍照，游客站在娱乐设施上，拍起来没个完。后来我们增加了一些造型，增加了游客喜爱的卡通人物，大家排长队去拍照。我们愿意让游客多拍照，因为他把美好的回忆带回家，也是在为我们做推广。"卢炳松说。

在香港迪士尼运作的第一年，全年入园人数为520万人次。如何评价这样的经营业绩？

卢炳松认为，这是一个140多亿元的项目，头几年都是投资期，不可能很快赚大钱的。我们不是急功近利的人。当年在"非典"之后我们进入香港，是有很大风险的。但是我们很有信心。现在看起来，当年的决策是正确的。这几年香港经济好了，我们也受益了。

卢炳松说着一口流利的普通话。记者发现，迪士尼员工的普通话水平都不错。卢炳松介绍说，我们客源的重点在内地。一到逢年过节，百分之六七十的游客是从内地来的。所以我们要求所有的员工都讲普通话，不懂的就要去学。

（原载2007年7月11日《经济日报》）

吉木乃的希望之窗

题记

为落实深入开展"走转改"活动要求，2011年9月，在徐如俊、张小影、郑庆东等报社领导支持下，经济日报社策划部制订了"走基层转作风改文风·兴边富民口岸行"报道方案。从9月下旬开始，先后派出三批记者赴边疆少数民族地区采访，刊发稿件30余篇，受到了社内外的好评。10月初，我带领采访组赴新疆吉木乃县和塔什库尔干塔吉克自治县采访。其间，我们忍受着较为严重的高原反应，登上了海拔近5000米的红其拉甫口岸，对前哨班的守边战士进行了采访和慰问。撰写的相关报道受到报社领导同志的表扬。

今年9月，国务院正式批准设立吉木乃国家级边境经济合作区。

金秋10月，记者来到位于新疆阿勒泰地区的吉木乃县采访。如何规划建设好边境经济合作区，加快外向型经济发展，成为人们热议的话题。

笔底风云四十年（下）

"口岸是吉木乃的希望。"吉木乃县委常委管永刚对记者说。吉木乃地处萨吾尔山北麓，面积8222平方公里，人口不到4万人。境内大部分地区是戈壁沙漠，传统上以牧为主、农牧结合，但由于严重缺水，农牧业发展潜力不大。近年来，县委、县政府认识到，吉木乃要摆脱贫困、加快发展，只能围绕口岸做文章，充分利用"两个市场、两种资源"，向外向型经济找出路。在积极申报国家级边境经济合作区的同时，县里邀请北京交通大学、新疆城市景观规划设计研究院编制完成了《吉木乃边境经济合作区规划方案》，先后投资3315万元完成了部分区域的"五通一平"，招商引资工作也开始起步。

出县城北行，就是规划控制面积14.39平方公里的吉木乃边合区。车行未久，只见一座座风力发电机耸立在茫茫戈壁上，巨大的叶片优雅地旋转着。

这是由中国广东核电集团投资建设的吉木乃风电场。风电场中控室运行值班长曲鹏介绍说，额尔齐斯河河谷风区是新疆九大风区之一，风能资源丰富。眼前这些庞然大物都是新疆金风科技公司生产的，每台风机中心高度为65米，单个叶片长37.5米。风电场组建于2010年6月，今年4月18日达标投产、并网发电，每年可向新疆电网提供近亿千瓦时的绿色电力。

走进中控室，运行值班员潭涛指点着监控屏幕上的动态图表解释说，目前风电场共布置了33台单机容量1500千瓦的风电机组，现在风速是每秒8米，一般最大风速为每秒25米。现在一天的发电量为40万千瓦时。

中广核风电场是吉木乃招商引资中较快见效的亿元项目，不仅填补了吉木乃县无风电的空白，而且每年可增加地方税收约700万元。

吉木乃在"十二五"规划中提出建设能源基地的目标，除了开发利用风能之外，引进国外油气资源进行深加工是其中的重中之重。这就是正在建设中的广汇LNG（液化天然气）项目。

来到广汇LNG工厂，只见塔罐林立，管道纵横，其中最高的炼塔有65米高。在临时展厅里，工厂综合安全部部长吴永贵介绍说："吉木乃广汇LNG项目日处理液化天然气150万立方米，是目前国内最大的液化天然气项目，也是国内首家从境外引进资源的民营企业。已铺设了境内25公里、境外85公里的输气管线，同时还铺设了一条输油管线。现在设备已经安装了90%，正在进行单机调试，计划11月底试车，明年可望全面投入运营。工厂现有150名员工，其中40%是吉木乃当地的。"

广汇LNG项目落户吉木乃，是两年来吉木乃人坚持不懈努力争取的结果。两年前，当得知与吉木乃邻近的哈萨克斯坦斋桑湖区勘探出油气资源的消息时，吉木乃人敏锐地感觉到了发展的机遇，因为吉木乃口岸距离斋桑湖只有60多公里。经过深入调查研究，他们有针对性地与国内外企业接洽，最终牵手新疆广汇集团，推动该公司间接收购哈萨克斯坦TBM公司49%的股权，获得对哈斋桑湖区块合同区域内8300平方公里地下油气资源100%的使用权。广汇集团在吉木乃设立LNG工厂，用于进口油气资源的深加工，仅一期投资就达6.5亿元。

广汇LNG项目对地方经济的拉动作用是不言而喻的。据了解，斋桑湖区已探明原油储量1亿吨、天然气储量73亿立方米。核心区域330平方公里内已钻探油井、气井25口。吉木乃县副县长张莉英认为，吉木乃广汇LNG工厂全部建成后，稠油年产能60万吨、天然气5亿立方米，必将拉动当地物流等相关配套产业发展，也将大幅度增加税收以及人员就业等。同时，这也标志着吉木乃口岸将从单一的过货通道，加速迈向以大项目拉动的口岸经济区。

一方面是把国外资源引进来，一方面要让国内产品走出去。在吉木乃口岸，记者看到，满载着百货、家电、建材产品的出口货车排起了长队；在海关监管仓库，一车车土豆、洋葱等农产品在等待卸货，一群当地妇女一边说笑着一边按照出口要求进行分拣包装。阿勒泰市吉木乃口岸委主任巴扎尔别克告诉记者，近年来，口岸各有关方面努力改善通关环境，服务口岸经济，促进了人流、物流、资金流的大进大出，快进快出，口岸经济正在实现从"打基础"向"谋突破"的战略性转变。"十一五"时期，吉木

笔底风云四十年（下）

乃口岸进出口货物达到68.2万吨，完成进出口贸易额26.2亿美元，分别是"十五"时期的2.7倍和5.7倍，出入境旅客44.4万人次，是"十五"时期的10倍。新建的万吨宏泰果蔬保鲜仓库投入使用后，果蔬类产品的出口成为近年来新的增长点，带动了当地农副产品的出口，促进了种植业结构的调整，增加了农民收入。

如今，令巴扎尔别克主任有些遗憾的是，与新疆其他同类口岸相比，由于历史的原因，吉木乃口岸联检区面积狭小，缺乏纵深，难以满足口岸经济发展的需要。他希望能够尽快落实自治区批准的口岸总体规划，拓展口岸发展空间。

而令他欣慰的是，"小口岸"也可以做出"大文章"，成为带动外向型经济发展的龙头。

（原载2011年11月23日《经济日报》，与姜帆合作）

探访红其拉甫边检站

在平均海拔4000米的"生命禁区"帕米尔高原，"天上无飞鸟，地上不长草，风吹石头跑，氧气吃不饱，六月下大雪，四季穿棉袄"，多少人望而却步。被国务院、中央军委授予"模范边防检查站"荣誉称号的新疆红其拉甫边防检查站就常年驻守在这里，承担着红其拉甫和卡拉苏两个国家一级口岸的边检任务。记者日前慕名前往探访。

营区如家

走进红其拉甫边检站营区，10座排列得整整齐齐的温室大棚引起了记者的注意，只见大棚里西红柿、辣椒、茄子挂满枝头，生菜、小白菜鲜嫩诱人；大棚旁，鸡满舍，猪满圈，池塘里还有150多只鸭子悠闲自得地嬉戏。如果不是营房四周环绕的万仞雪峰，记者还以为来到了物产丰饶的水乡江南。

红其拉甫边检站所在的塔什库尔干塔吉克自治县，由于海拔高、气候恶劣，当地群众没有种植绿叶蔬菜的习惯。以前战士们要吃蔬菜得到200多公里外的喀什去拉，路不好走，还常遭遇塌方泥石流，几天回来肉也臭了菜也蔫了。为了让战士吃上新鲜蔬菜和猪肉，炊事班的战士们开始了高原种菜、养猪的尝试。

战士们从营区挖走3000多立方米的沙石，又从上百公里外拉来细土，搬来羊粪，建起5亩综合种养殖基地。经过几年的摸索，克服了高海拔、大风、严寒、冰雹等难题，第一次在高原种出了蔬菜、养活了畜禽，将餐桌上白菜、粉条、罐头"老三样"换成了搭配科学的营养餐。如今，边检站的猪肉、鲜蛋已100%自给自足，蔬菜自供率也超过60%。

战士们的餐桌丰富了，营区的生活条件也有了大的改善。2009年以来，边检站累计投入800多万元改善营区基础设施，添置了健身器材，安装了太阳能洗澡设备。

营区巨变是观念转变的结果。边检站政委谢柱说："新的时代为红其拉甫创造了新的条件，也赋予了红其拉甫精神新的内涵。过去红其拉甫人特别能吃苦、特别能忍耐、特别能战斗，如今我们提倡特别讲政治、特别守纪律、特别能奉献。生活条件改善了，但艰苦奋斗的精神没有丢。"

国门如铁

由于毗邻巴基斯坦、阿富汗等热点地区，红其拉甫口岸成为新疆反恐

笔底风云四十年（下）

维稳、缉枪缉毒形势最为复杂的口岸。1993年口岸下迁到塔什库尔干县城后，红其拉甫又成为全世界孔道最长的陆路口岸，监管难度大为增加。

为了为祖国把好大门，官兵们时刻睁大着警惕的眼睛。他们总结说："没有国门稳固就没有经济发展。守护国门是一场艰苦的持久战，一刻都不敢松懈。"

如果说"三股势力"、枪支毒品还是边检站官兵看得见的敌人，那么恶劣的自然环境就是需要他们时刻抗争的看不见的敌人。

距离红其拉甫口岸73公里的卡拉苏口岸，由红其拉甫边检站代管。卡拉苏的维语含义是"黑水"，因为这里不仅海拔高，而且地表辐射远远超出安全标准，地表水和地下水都不能饮用。就是在这样的环境里，战士们依然每天守在室外检查每一辆出入境的车辆。卡拉苏口岸办公室主任迪丽拜尔告诉记者，2010年通过口岸的车辆达4308辆次，算下来，战士们每天攀上爬下不下50次。

来自江苏连云港的女检查员刘静已经在卡拉苏口岸工作了6年。年仅30岁的她这几年每次检查身体，心肺指标都不正常，原本秀发浓密的她现在也只能束起一根细细的"马尾"。

爱民如亲

今年7月的一天夜里，红其拉甫前哨班的战士们送走最后一辆出境车辆正要就寝，突然看见一辆客车从国门处匆匆开来。执勤战士孙洪意迎上前去，一问得知，原来是一名中国路桥公司的员工在援建巴基斯坦公路工地上受重伤，急需送回国抢救。

救人要紧，特事特办。带班领导马上决定暂不查车，让孙洪意先把伤员送到口岸。凌晨3点，孙洪意护送伤员经过132公里的孔道，终于到达口岸联检大厅。已接到通知的边检站卫生队医生和检查员早已等候在此。经过初步检查和护理，客车留在口岸办理入境手续，边检站派出车辆将伤员紧急送往医院，为挽救生命争取到了宝贵的时间。

其实，这已经不是战士们第一次向路桥公司的员工伸出援手了。自2008年援建巴基斯坦公路改扩建工程开工以来，边检站先后20多次临时开关、多次开通"绿色通道"，确保赴巴务工人员、工程车辆及建筑材料及时快速通关，共跨国救助危重伤病员30多名。

在边检站荣誉室，记者看到奖状、锦旗、感谢信多得没地方摆、没地方挂，只能翻拍成小照片陈列在橱窗中，或者封存在柜子里。每面锦旗、每张奖状、每封感谢信后面都有一段感人的故事。

提高边检服务水平，为对外开放、经济发展服务，是新时代赋予边检官兵的新任务。为此，战士们打造了高原生命驿站、孔道110热线电话、服务信息网等特色服务品牌。据不完全统计，近5年来边检站救助被困车辆570多车次，为旅客提供饭菜1300多人次，提供住宿超过300人次，抢救危困病人超过120人次，助相关企业增收近2000万元。

如今的红其拉甫边检站，营房整齐，绿树繁茂，繁花点点，群鸽飞舞。条件改善了，但新一代红其拉甫边检人保持忠诚奉献的精神不丢，创新发展的劲头不减，让这面模范旗帜在帕米尔高原高高飘扬。

（原载2011年12月25日《经济日报》，与赖薇、姜帆合作）

荒漠如何变绿洲
——来自云南省西畴县的报告

盛夏时节，记者赴云南省文山壮族苗族自治州西畴县采访石漠化治理。

笔底风云四十年（下）

出发之前，一直脑补这里的石漠化情况：光秃秃的大山，漫山遍野的石头；而当驱车驶入西畴县境时，眼前的景象完全出乎意料之外：目之所及，草木葱茏，翠峰如簇，壮美与俊秀交融的喀斯特地貌俨然一幅美丽的山水画卷。

在这个典型的石漠化地区，变化是如何发生的呢？

石头缝里求生存

在西畴县，曾经流传这样一句顺口溜："山大石头多，出门就爬坡；春种一大片，秋收一小箩"，这是当年老百姓生活的真实写照！

西畴县地处文山州中部，是云南省石漠化程度最高的地区之一。生态环境最恶劣时，75.4%的土地呈现石漠化状态，一方水土已不能养活一方人。

要想在石头缝里求生存，西畴人面临两道绕不过去的坎：一是搬开石头造地，二是打开石山修路。

蚌谷乡木者村摸石谷，是全县最早开展石漠化土地整治的地方。记者看到，田埂边栽种着果树，台地里种满了玉米。而在几十年前，这里满山满谷都是石头，看不到几棵树。54岁的木者村党总支书记刘登勇提起当年，感慨良多："地里产的不够吃，村民长期拎着口袋四处借粮度日，日子苦不堪言。"

"在村干部的带领下，木者村300多个村民走进摸石谷，用土制的火药点燃炸石造地第一炮，治理出几百亩土地，基本解决了温饱。"刘登勇说。

木者村的做法很快影响了全县各村，群众纷纷行动起来，自发开展石漠化土地整治，建起了一处处台地。在接下来近30年时间里，农田整治建设从未间断过。

出门就见悬崖，回家要爬大山。路，是石山深处农民最深切的期望。

"路通了，就不难了，日子好过了。"这是西洒镇岩头村村长李华明见到记者的第一句话。他们村的进村路前前后后修了12年。

岩头村坐落在海拔1400多米的高山上，周围全是悬崖峭壁。"想下山，得从崖边的梯子路爬下去。"李华明说，以前进出村的物资都需要人背。"等不是办法，干才有希望"，2003年，李华明决定带领全村15户人家修通进村路。

然而，修路并没有想象中容易。悬崖下有农户、高压电线，既不能用机械施工，也不能放炸药，只能用最原始的设备在岩石上一点点地凿。修路之初，曾有人对李明华放话："如果你能把这条路修通了，我拿手心煎鸡蛋给你吃。"

功夫不负有心人，2014年1月，在政府的支持下，岩头村终于修通了最后一公里进村路。今年4月份，又修了400米的环村路。李华明说："以前，祖祖辈辈没见过汽车开进寨子里。现在，每天都有车子进进出出。村民都翻盖了房子，生活有了盼头。"

一条条狭长小路，在群山之中蜿蜒，连接起各村各寨。目前，全县1778个村民小组通公路率达100%，村民小组进村主干道路面硬化率91%，计划2018年实现100%硬化。

"等不是办法，干才有希望"，这看似简单的话语，记录着西畴人石头缝里求生存的艰难历程，成为激励后人接续奋斗的"西畴精神"。

综合治理求发展

在与石漠化的长期斗争中，西畴人萌发了对良好生态的渴望，坚定了对绿色发展的追求。党的十八大以来，随着绿色发展理念更加深入人心，西畴石漠化治理也进入了"山、水、林、田、路、村"综合治理的新阶段。

干净笔直的水泥路，错落有致的楼房，硕果累累的柑橘园，清冽甘甜的山泉……走进兴街镇江龙村，抬头即见山林葱绿繁茂，云雾环绕在山间，好一幅村在林中、人在画中的美景。

江龙村坐落在一个山洼之中，正是石漠化综合治理模式的受益者。以往，村民用"山顶剃光头，山腰拉肚子，山脚盖被子"形容周围的大山。"那

笔底风云四十年（下）

时，因村民环保意识差，周围山上树木被砍光，山间水土流失严重，石漠化程度越来越深，旱涝灾害频繁发生。"江龙村退休老教师刘朝仁回忆。

为了让大山重新绿起来，从20世纪80年代开始，江龙人上山种树。近年来，江龙村把石漠化治理与生态修复、农村能源建设、基础设施建设、产业发展相结合，给"山顶戴帽子"，在已经秃了的山顶人工造林；给"山腰系带子"，在山腰种植经济林；"给山脚搭台子"，在山脚搭建台地，将山上雨水冲落的石头泥土接住，建成可以利用的耕地；"给平地铺毯子"，在山沟农田里种植经济林、农作物等。

"现在变样了，村容整洁，荒山荒坡得到绿化，环境一年比一年好。"刘朝仁高兴地说，"以后准备收集整理村子的发展史，把好的传统形成村规传承下去。"

新街镇三光片区是石漠化综合治理的示范区，记者看到，山坡上的猕猴桃、李子树、桃树长势喜人。一层层梯田从山腰排到山脚，一条条用于灌溉的胶管在地上纵横交错。"只要将开关打开，胶管里的水就慢慢为树苗进行'淋浴'，不仅可以节省人工，还可节约大量水资源。"新街镇党委副书记李文发告诉记者。

据介绍，2013年以来，县里在兴街镇三光、拉孩、老街、安乐、戈木、甘塘子6个村规划了2万余亩的石漠化综合治理示范区，对"山、水、林、田、路、村"进行统一规划和整治，同时探索产业发展、水务管理的新机制。"整个片区已完成1.9万亩的土地整治，新建公路40公里以上，建起10万立方的小水坝，41个500立方的蓄水池，输水主管道40公里。"李文发说。

当荒山披上绿装，田里种满作物，村容整洁有序，饮水取水也不再困难，大山之中升起新的希望。

精准扶贫建小康

5年来，循着"山、水、林、田、路、村"综合治理模式，西畴生态环境发生了巨大变化，生态优势正转化为产业优势，为曾经深陷贫困的山里人开辟了新的致富路径。

在江龙村的果园里，挂满枝头的橘子和柚子绿得发亮，果香扑鼻而来。刘朝仁告诉记者，当年，他和6户村民一起将红河州建水柑橘引种过来，经试种发现这是一条致富好路子。"现在村里家家户户种柑橘，全村果园面积已增至420余亩。农户年均收入能达到4万元，高的能达到10万元。"

在兴街镇者保村凯明李子种植专业合作社，种植李子让很多社员鼓足了钱袋子，过上了好日子。"栽李子树既能绿化荒山，又有较好的经济效益，丰产期的李子树每亩能收入7000元左右。"合作社负责人赵凯明说，"李子销往昆明、贵州、湖南、两广等地，也出口越南。"如今，干劲十足的社员们正憧憬着在东南亚市场闯出一片天地。

在拉孩村，看着地里农作物长势良好，村党总支书记刘丕荣脸上露出欣慰的笑容，"土地治理好之后，村里调整产业结构，鼓励群众种烤烟、三七、核桃等作物，去年村民人均收入增加到7300多元。看到家乡发展得这么好，在外面务工的人也都回来了。"

石漠化地区的人们如何摆脱贫困，是生长在这里的几代人不断探索的难题。如今，随着精准扶贫各项政策的逐步落实，人们对实现全面小康的未来有了切实的憧憬。

"长期不懈开展石漠化治理，为精准扶贫打下坚实的基础。没有石漠化治理，脱贫也就无从谈起。"在谈及石漠化治理与精准扶贫的关系时，西畴县委书记蒋俊解释说，"我们所做的土地整理、水利建设、产业发展等，最终目的就是精准扶贫。"

为加快脱贫步伐，西畴县努力尝试着各种实践，推行"社信合作、社企合作、社员合作、劳务合作、消费合作"五种合作发展脱贫模式，为建档立卡贫困户引来脱贫发展的"活水"。去年全县实现2个贫困乡镇、12个贫困村、1495户5600人脱贫退出，贫困人口减少到15295人，贫困发生率下降到

笔底风云四十年（下）

6.42%。

在兴牧牧业有限公司惠牧生猪养殖厂，这里的负责人告诉记者，"为了帮扶贫困户，公司已吸纳240户建档立卡贫困户，户均入股5000元，每户每年可获得10%的股份红利。公司还把西畴农特产品定点派送业务销售收入5%的红利分给入股的建档立卡贫困户。"

如今的西畴，山头绿起来，村庄美起来，群众富起来。老百姓说，不见荒山见青山，不慕神仙不怨天，全面小康路上越走越有奔头。

（原载2017年8月9日《经济日报》"记者蹲点笔记"专栏，与王琳合作）

今日老山更好看

题记

在告别老山前线32年之后，2017年7月下旬，我与同事结束了在云南文山州西畴县的蹲点采访，来到毗邻的麻栗坡县，重返老山前线。硝烟散去，岁月安好。昔日的战场如今成为发展的热土。当年的小小县城如今楼宇林立，焕然一新。当年最危险的前哨阵地如今人来车往，成了繁忙的边贸口岸。几处仅存的战地遗址上游人如织，成了热门的红色旅游景点。登上老山主峰，看丰碑耸立，坑道依然，层峦叠翠，鸟语花香，不禁感慨系之。和平的日子来之不易，发展的机遇弥足珍贵。

青山苍翠，峰峦起伏。在纪念中国人民解放军建军90周年的日子里，记者来到云南省文山壮族苗族自治州麻栗坡县采访。在这片曾洒下英烈鲜血的红土地上，正涌动着加快绿色发展的热潮。

穿越时空的精神力量

老山，曾是一座普通的山，却因30多年前的自卫还击战，成为一座英雄的山，并缔造了催人奋进的"老山精神"，震撼、感染和激励着全国人民。

登上老山主峰，从高处俯瞰，茂密的树林在眼前蔓延开来，界河两岸山川如浪，眼前仿佛又重现将士冲锋的情景，耳边似乎响起阵阵炮声。自1979年自卫还击作战开始，在长达近十年时间里，一批批年轻将士，义无反顾地走进硝烟弥漫的老山战场，用鲜血和生命捍卫国家领土完整和民族尊严，叫响"亏了我一个、幸福十亿人"的口号，铸就以"艰苦奋战，无私奉献"为核心的"老山精神"。

"1987年9月，时任国防部长张爱萍将军登临老山主峰，亲笔题词：'老山精神万岁'。"

"2015年1月21日，习近平主席在视察十四集团军时，谈到这支部队19岁的烈士王建川在老山作战中牺牲了，生前在战场上给母亲写了一首诗，称赞他'为了祖国不惜血染战旗'的军人血性。"……

听着讲解员讲解，重温那段波澜壮阔的历史，让人感慨万千。一批将士们经过血与火的淬炼，凝成时代雕像，巍然屹立在祖国的边疆。

对于"老山精神"，不同的人有不同的解读。"'老山精神'就是祖国利益、人民利益高于一切的爱国主义精神；是英勇顽强、不怕牺牲的革命英雄主义精神；是敢于吃苦、任劳任怨的艰苦奋斗精神；是为祖国和人民甘愿吃亏的无私奉献精神；是生死相依、团结战斗的集体主义精神。在加快改革发展的今天，'老山精神'没有过时。"县委常委、宣传部长李发瑛对记者说。

穿越历史的烽烟，"老山精神"始终是丰厚的滋养，这种精神力量在历史中扎根，在岁月的流淌中枝繁叶茂，涤荡着后人的心灵。

笔底风云四十年（下）

红色旅游带动百姓致富

今天的麻栗坡，红色印迹随处可见，老山爱国主义教育基地、老山神炮军事主题公园、老山作战纪念馆、将军洞等，昔日的战地成了人们景仰的胜迹。曾经参战的老兵、烈士的家属、满头银发的老者、意气风发的青年、天真烂漫的孩子……前来参观的人们来自全国各地。

据统计，去年全县接待国内外游客170万人次，实现旅游综合收入12.93亿元。红色旅游的兴起，给这个集"老、少、山、边、穷"于一体的边境县带来了实实在在的实惠，也为老百姓脱贫致富开辟了新的门路。

天保村委会老寨村小组位于"老山神炮军事主题公园"附近，走进村寨时，记者被眼前的景色吸引，一栋栋崭新的黄色楼房，房前栽有果树，种有绿草，宽阔平坦的水泥路，路两旁矗立着路灯，整个村容精致洋气，整洁干净。"受益于'沿边三年行动计划'，去年底全村24户百姓都住进了新房，村里也有了文化广场。"老寨村党委书记刘德明说，村里计划加快发展旅游服务产业，游客来了吃住玩"一条龙"。

猛硐乡小坪寨村是老山脚下的第一个村子，距离老山主峰4公里。这个瑶族村寨有80户人家，不少人家在公路边办起了农家乐。说到近些年村子里最大的变化，村党支部书记盘云华连声说："村里水电路都通了，新房也盖好了。去年全村人均收入3800元左右，随着旅游产业的发展，今后的日子会越来越好。"

实干苦干致力兴边富边

老山脚下的天保口岸与越南清水河口岸相邻，是云南省乃至大西南地区进入越南和连接东南亚、南亚最重要的陆路通道之一。

行走在天保口岸，随处可见经营越南特产的商店，街道两旁停放着来自越南的大货车，中国和越南边民在口岸进行着商贸往来，也有很多游客到天保体味边贸文化……

天保口岸于1993年2月恢复开放。麻栗坡边境经济合作区管委会办公室主任王兆慧介绍说:"随着硬件和软件建设不断完善,通关便利化程度不断加强,天保口岸贸易经济得到长足发展,今年上半年,天保口岸完成进出口总额19.7亿元,同比增长7.7%。相信天保口岸发展的步伐将越来越快。"

作为新中国成立以来经历战争时间最长、牺牲奉献最大的边境县,麻栗坡受特殊历史条件限制,经济社会发展相对滞后。当地广大干部群众始终发扬"老山精神",苦干实干,守边兴边富边。一路采访下来,在所接触到的基层干部群众身上,都有一种可贵的精气神。他们勤劳而坚定,朴实而执着,对未来始终充满信心。他们说:"要传承红色基因,建设秀美幸福麻栗坡。"

穿越在历史与现实之间,感受曾经的悲壮豪迈,见证今天的绿色发展。人们相信,在全面建成小康社会的路上,这片红色土地必将书写新的辉煌。

(原载2017年8月5日《经济日报》,与王琳合作)

后记

感谢经济日报社领导和经济日报出版社的支持，这部新闻报道作品集较早就列入出版计划，因个人事务繁杂，加之疫情影响，几经延宕，如今终于付梓，算是了了一桩心事。

收入本书的作品，起自上世纪八十年代，迄于大疫之末的2022年，时间跨度较长，内容亦稍显芜杂。主要篇目都是在《经济日报》上刊发过的，原则上以见报稿收入。因部分资料缺失，少数文章根据原稿刊印。为使读者对报道背景及其影响有所了解，部分重点报道附有"题记"或"作品点评"。编辑过程中对文稿作了一些技术性处理，一是按照新的规范统一了标点符号的用法；二是改正了个别文章见报时的差错；三是适应新形势需要，对个别文章的标题进行了调整，内容亦有删节。经济日报出版社陈芬、王孟一等同志为本书的出版作了大量工作，经济日报技术部谭辛、夏智琳等同志为资料整理提供了技术支持，在此一并致谢！

为文者难免敝帚自珍，而阅读者的体验当有不同。如果这些文字对于你了解一段恢宏历史有所裨益，或者于新闻写作上有所启迪，则吾愿足矣。

2023年4月于北京